上官婉儿

赵玫 著

Shangguan Wan'er

天津出版传媒集团
百花文艺出版社

图书在版编目（CIP）数据

上官婉儿 / 赵玫著. -- 天津 : 百花文艺出版社,
2017.3(2023.3重印)
ISBN 978-7-5306-5991-5

Ⅰ. ①上… Ⅱ. ①赵… Ⅲ. ①长篇历史小说-中国-当代 Ⅳ. ①I247.5

中国版本图书馆CIP数据核字(2016)第311602号

上官婉儿
SHANGGUANWANER
赵玫 著

出 版 人：薛印胜
责任编辑：于静筠
出版发行：百花文艺出版社
地址：天津市和平区西康路35号 **邮编：**300051
电话传真：+86-22-23332651（发行部）
+86-22-23332656（总编室）
+86-22-23332478（邮购部）
网址：http://www.baihuawenyi.com
印刷：山东临沂新华印刷物流集团有限责任公司
开本：880毫米×1230毫米 1/32
字数：432千字
印张：18.75
版次：2017年3月第1版
印次：2023年3月第3次印刷
定价：62.80元

如有印装质量问题，请与山东临沂新华印刷物流集团有限责任公司联系调换
地址：山东省临沂市高新技术产业开发区新华路1号
电话：(0539)2925886
邮编：276017

就像是一首悠远的诗(总序)

赵玫

我的《武则天》《高阳公主》《上官婉儿》三部历史小说，相继问世，组合成“唐宫女性三部曲”。二十来年间，海内外十数家出版机构，先后以多种包装出版这套丛书，显示出常销状态。如今，百花文艺出版社以独具特色的装帧，将它们再度推荐给广大读者。身为作者，我感慨万端。

还记得，一九九三年的夏季很炎热。而那漫长的唐宫故事就是从当年七月开始的。其实在写作之初，我并没有涉足历史小说的想法。有很长一段时间，我一直致力于当代题材小说的创作，探讨在开放的背景下，人们的生存状态，以及他们的爱恨情仇。还记得，那时候我的写作是叛逆的，总希望能在传统的窠臼中颠覆些什么，或者这就是所谓的先锋意识吧。在这样的写作中，我一直循环往复，直到一九九三年和张艺谋签订了写作《武则天》的合约，这是我的第一部历史小说。我接受了对自我的一种挑战。

如此我进入了唐代历史浩瀚的海洋。那是一段怎样巍峨的存在。史书中对众多非凡的唐宫女性的描述令我震撼，也让我思考。一千多年遗存下来的历史是经典，是精华，但却并不一定都是真理。于是，疑惑鼓舞我去探求盛唐女性们种种惊心动魄的生命轨迹。

一九九三年，一个炎热的夏季。漫长的唐宫故事揭开序幕。冒着酷暑，我鼓足勇气踏上了漫漫长安道，向着西部的古老和苍凉。那时候我并不知道，从此竟会有三位唐宫女性走进我日后的生活中，融入我的血脉，并陪伴我穿越漫长的年月，那么多白天和夜晚。

武则天，高阳公主，上官婉儿。我竟然用了将近十年的光景，献身于这美丽而悠远的盛唐故事。十年中我有了很多的变化。或者，那就是这三部历史小说留下的印痕。一任那光阴荏苒，逝水而去。

但那长安辉煌的殿宇依旧。尽管江河改道、风流云散，它们却永不褪色。那是我为我的人物们构筑的宫殿，也是我为她们搭建的永恒舞台。依然的女人的故事，依然的女人的悲哀，那可感可触的，仿佛置身其间。那是我不曾真的亲历，却可以真的想象和感受的一个遥远的空间。这时空氛围的形成，是因为我始终在研读着那些读不尽的史书，我穿越浩繁的故纸堆，被古人的惊心动魄所震撼，然后去拜谒至今矗立在古老大地上的殿宇与塔寺。

斑驳中的雄伟壮丽和锈蚀中的坚忍，令我惊叹。经久不息的美丽线条所带给我的，是那些骄傲的唐朝女人，有着一种神秘的生存的感觉。才知道有时候人的命运，就是受这些建筑的线条制约的，你将在劫难逃。

那阔大的、无限向外伸展的房檐，高傲着恢弘的盛唐气象。那房檐上流动的，是风的绝响。一串串悬挂着的玉石的风铃，飞扬着。当四野的风旋起，你就能听到那来自远古的清脆而又悲怆的铃声。那是我至今仍旧无比迷恋的声响。是的，那玉石的风铃，大自然的绝响，看不到的天籁，始终贯穿在我写作的时时刻刻。风撞击着玉石，就像是吟诵一首无尽的长诗。

接下来，秋风萧索，风卷起满街的落叶。我终于在疲惫中完成了由我来解读的那个伟大的女皇武则天。我无法判断，自己激情中书写的是不是一部好作品，但我知道，尽管我在竭力挣脱历史的禁锢，但那历史的诸多禁忌还是束缚了我对这位空前绝后的女人的感觉。

我只是尽力从一个女人的角度去解读她，让她在天命和人性的深渊中苦苦挣扎。后来我又续写出了“女皇之死”这一部分。那是她登基后献演的壮阔波澜。然而当生命垂危，大权便无可避免地旁落，女皇终于失去了她一生的挚爱，也就是她毕生的权力。写作《武则天》的时候，有如带着镣铐舞蹈，很累，也很辛苦，仿佛始终被一种无形而又无法摆脱的疾病所纠缠。那是种很深的病痛，某种力不从心。于是，我便也随着那女人一道，在疼痛中，向生命的谷底坠落。

然后是高阳公主。一个为了爱而最终被自己的皇帝兄长赐死的大唐公主。爱的故事，发生在巍峨壮美的宫殿和那本应清冷幽远的佛家寺院中。在那里，人性之爱怎样冲决人性的重重禁忌，让爱情涂抹上惊心动魄的宿命的色彩。不忘，在黄昏时，僧人辩机蓦地敲响了法门寺的钟声。想不到那就是《高阳公主》的精魂。从此，他们知道了世间竟还有如此宁静的所在，而宁静中，更有佛家空门不宁静的心性。于是，美丽的大唐公主与禁忌中的浮屠，有了凄美的欲望。在人性与信仰的冲突中，最终唯有死亡。

是的，是死亡终止了这一切。是的，死亡的结局，是不可阻遏的力量。于是我愈加痴迷于这部小说中，那各种各样的死亡。死亡的样式，或者美丽，或者屈辱，抑或凄凉、惨烈。而唯有在这部小说中，死亡是同爱情紧密衔接在一起的。于是男人和女人，爱与死亡，就成为了我追寻的永恒。

接下来，又被出版社的朋友"逼迫"着，继续陷入可怕的深宫，为上官婉儿所忙碌。或许就因了"上官婉儿"这四个字，我就决定要写这本书。为此，我再度品读历史，将《旧唐书》《新唐书》重新从书架上取下来，在浩繁的史书中搜寻着，与婉儿相关联的那些人和事。是的，怎样的婉儿？为这样的一个女人，我竟迟迟不敢动笔。只觉得她的故事，让我心驰神往。

后来，我才慢慢地体会到，与上官婉儿作为女诗人的成就相比，她在政治旋涡中做人的能力，更令人钦佩。不知她作为一介女流，怎样以一种纵横捭阖的方式，让生命充满了戏剧感。她将生命的哲学以及与各种男人恩恩怨怨的纠葛，进而对身体的运用，抵达了极致。对我来说，之所以要写婉儿，是希望能把我曾经写过的武则天和高阳公主组合起来，各自上演她们的长歌，让她们成为盛唐皇宫女性的一道灿烂的景观。

如此，我的心潜入了那座距今已一千三百多年的大唐的宫殿中，我能够尽情尽兴地生活在那里，无形地追随着殿宇中活动着的每一个人。我观望着她们，谛听着她们，看着她们相爱或相残。我会为她们的行为寻找出无数的心理背景，我也会顺乎逻辑地左右她们或支配她们，试图用她们的行为来证明，我想要述说的那些话。

是的，这就是唐宫三位女性为我打开的那扇通往历史的门。我走进去，又退出来，在来来去去间，营造我的故事并消蚀我的生命。总之，我们汇拢着，我们心相知，今人和古人，如此穿越着，仿佛在写作中接受遥远的洗礼。

如此，当有一天，那扇恢弘而沉重的唐宫大门在我的身后缓缓关闭，心中便难免生出几许眷恋，毕竟，那里是我已经熟悉了的舞台；毕竟，我曾与舞台上的许多人息息相关，生死与共；毕竟，我的一些人生的经验与知识，在某种意义上，摸索、积累于这三部小说，而我生命中的十年光景，也在写小说中悄悄流逝。于是，当我和那些旧时情景告别的时候，便难免惆怅，并为自己没能尽善尽美地书写我所钟爱的那些大唐女人们，而感到愧疚和遗憾。

然而，我必得转身。既然历史的大门已告关闭，不再看恢弘的宫殿，不再听美妙的风铃，也不再去想武则天、高阳公主和上官婉儿。不再去想她们的生生死死、枯枯荣荣。

我的历史小说的创作原则，首先是尊重历史，然后在史实的基础上，作最大限度地想象。在写作手法上，我追求文字的完美。因为回望历史始终是一种艰辛的思考，而唯有完美的语言，才能将思考的成果最大限度地表达出来。所以我希望我的小说，既能让人读到凄美的人生故事，把握残酷的陈年岁月，又能切近当代人的精神飞扬。

我一直觉得用去生命中将近十年的光阴，先后写出这三位不朽的女性，是一段不会留下遗憾的创作经历，因为，她们已经成为了我生命中不可分割的一部分。而这部分也将会在不同年龄段的读者心中留下记忆。

如今，我的"唐宫女性三部曲"，自第一部问世，已有二十二年之久了。我很高兴，因为她们始终坚守在读者的视野中。感谢那些喜欢我作品的朋友们，我知道你们的喜爱，就是创作者的无穷动力。

感谢百花文艺出版社。

二〇一六年十二月

最终她秉烛迎候着死亡。那么美丽的生命,和那么宁静如水的气度。在刀光剑影中,毁绝。便也是瑰丽的死。无悔而无怨。也不枉风云的一生。只是那绵绵的情思断了。爱不再有生命可以附丽。又是怎样的哀婉而凄寂?便让那生之一切随风而去。

上官婉儿,这个和武则天一道长留于青史的女人。

婉儿不是宫中的宠妃,而是秉国权衡的一代女杰。以她的倾国倾城的智慧,还有她旷世的才华,将天下操纵于股掌之中。那是上天赋予她的使命。婉儿也貌美,但不是那种国色天香,也不曾因美而动天下。她没有可能利用她的美。那美从她一出生,就注定不能给予她帮助,甚至连性命都不能保证。于是她沐着杀戮的血。在襁褓中,那么小而柔弱的一个美丽的生命,睁大无知的眼睛,看那血色的辉煌。不知道她还看到了什么?透过壮丽的血光。那惨无人道的劫掠,然后便是长长的暗无天日的宫巷。四季的冷暖,包笼着那个掖庭宫中的女孩。从此婉儿不再哭泣，以为命定就是奴隶和囚徒；也不再期待，能有浮出沧海的那一天；只挨着天真烂漫的少女时光，读书并且作文。以为那就是最美的生活，以为如此能终其一生，平静而安宁的，和自己的心共同着。深宫永巷中的婉儿不求轰轰烈烈，只愿心里装满了她自己的内容。

但是上天不让婉儿在诗文中成长。她的心有一天突然被那个冷酷的皇后抢走了。从此，什么是成长？就是在无尽的苦难和林林总总的丑恶中。在恨里。在阴谋诡计和相互的倾轧中。那永远挥之不去的罪恶感。抛却了往日的纯真和无邪。人类容不得一颗纯净的心。这个新的群体邪恶。朝廷被无数邪恶到极致的人，组合着并且统治着。而婉儿不幸身陷其中，那是怎样的生之悲哀。在恶水中挣扎着。出污泥而不染的虚妄。也许婉儿被武则天发现时是一滴透明的水珠，而到了婉儿死期抵达的时刻，她已经是浊水污泥般的最黑也是最长的暗夜。

是谁如此塑造了这个女人？则天大帝，还有肮脏卑鄙的朝廷。忠诚和背叛。被伤害和陷他人于涂炭之中。真的爱和真的不爱。爱而不曾有的性，和淫乱中无法企及的爱，都是些什么？就是婉儿的一生。她真心爱过的男人，和她认真敷衍的男人，全如浮萍一般。无望地随风飘转。只为着生命。只为着这一个目标。急流勇进，或者，忍气吞声。就是这样，让心灵千回百转，让生命跌宕起伏。便也有挥洒智慧才华的乐趣，在其中。治人和治于人。生或者死。那死于非命的终局。

便是婉儿，庄严而平静地秉烛迎向那利剑。利剑在暗夜中那闪闪的金属的冷光。但有烛光那温暖的照耀，还有悬浮在剑刃上的那死亡的勇气。死便明亮而悲壮了起来。只留下那万卷长诗。然后再散失。散失那“惆怅久离居”的别意。再然后岁月将婉儿的诗句散失殆尽，只留下这个女人的千古英名。

在暗夜中，她看到了一片迷蒙的红色。她后来才知道那就是血。是血的颜色在她的家中弥漫着。点点滴滴地飘洒着。落到了她的身上脸上。那么温暖的，带着咸腥的甜丝丝的味道。那时候她还在襁褓中。不知道亲人的血意味了什么，更不懂人类的冷酷和凶残。她太小了。那个小小的可爱的宝贝的婴儿。她的圆润的脸颊和樱桃一般新鲜的柔软嘴唇所交织着的，是一首新生的赞歌。一个色彩缤纷的如气泡一般的对生命的憧憬。

小小的婉儿。

当朝重臣西台侍郎上官仪家唯一的后代，唯一的女公子。

嚅动着美丽嘴唇的婉儿哪里会知道她的贵为公卿的家门的显赫，更不曾了悟那沦为阶下之囚的未来的惨淡。如此的跌宕。从崖顶落到谷底。全是命运的安排。是命运的捉弄。她正在被那命运的黑手抓起。这也是依然笑着的，笑出咯咯响声的，并且摇动着两只胖胖的小手的婉儿所不知道的。

这是前奏。序曲后便会拉开这个女人一生的大幕。在公元六六四年的那个苍茫的寒冬。先是武曌经历了血雨腥风终于爬上了皇后的宝座，集后宫万千宠爱于一身，又先后为李唐皇室生下了李弘、李贤、李显、李旦这四个英姿勃勃的皇子和美貌酷似母亲的太平公主。在皇室的欢乐中,唯一的不足是那个当朝的皇帝高宗李治日夜被他的痛风病折磨着。他的身体正在一天天地羸弱,而他的精神也正在一天天地委顿。于是病重的皇帝力不从心,远离朝政。而朝中不能一天没有天子，于是拥有天子风范的皇后便只能无奈地以女人之身顶上去,垂帘执掌国家的大事。在那个时代,武皇后当然是爱着皇帝的，唯其爱，才不能容忍自己的男人去宠爱别的女人。而在当时的后宫中,在武皇后的淫威下,皇帝几乎就没有嫔妃了。所余不多的能接近圣上的女人,似乎除了武曌,就只有她的外甥女魏国夫人那样的女孩子了。魏国夫人年轻貌美,国色天香,一副愁肠百结的样子。她对他这个终日滞于寝宫的体弱多病的皇帝姨夫可能本来并无爱意，但偏偏这个可怜的圣上在病榻之上慢慢觉出了无聊和寂寞,希望枕边能有个和他说话的女人。而皇后每日代他上朝与百官周旋,政事的繁忙使他们越来越疏远。于是,在后宫中得以常常相见的姨夫和外甥女自然就走到了一起。那是武皇后为他们留下的缝隙。那时候武皇后将国家掌管得欣欣向荣,她正沉醉于政治的胜利所带给她的成就感中。她想,有她在朝堂,皇帝就可以高枕无忧、安心养病了。但是她想不到,那个一向脆弱的圣上竟然大着胆子同她的外甥女卿卿我我、耳鬓厮磨,以至于他竟然许诺了那个不知天高地厚的女孩子做皇后的未来。后宫所发生的这畸形的乱伦之恋,一开始是任何人都没有准备的。没有准备便没有提防,而爱的滋生常常就发生于这种没有准备和提防之间。

这当然是危险的。在毫无防备的情况下，武皇后被她最爱的两个亲人之间的这一段让她措手不及的爱情所袭击。

武曌怒火中烧。怎么会这样？面对如此令人伤痛的尴尬，武曌再一次觉出了她在感情世界中的无望和失败。于是大权在握且一向达观的武皇后，竟也开始召方士入禁逐魔驱邪，以泄她心头之愤。而将巫术带进后宫是违反朝廷严禁蛊祝的法则的。而当年为了爬上皇后的宝座，武曌就是以蛊祝厌胜的罪名将王皇后、萧淑妃囚禁并杖刑而死的。在那个后宫的时代，巫术是所有绝望女人的救命稻草。当她们无望，当她们痛苦愤怒，她们似乎就只能乞求那些巫言咒语来帮助她们摆脱内心的那一份深深的情感的恐惧。所以之于后宫的女人，巫术是灵丹妙药。而与王皇后、萧淑妃不同的是，武曌在厌胜的同时，还有着一种更为疯狂的复仇心理。不单单是心理，而且是行动。她是何等女人，她怎么能坐以待毙，眼看着魏国夫人一步步取代她在龙床上的位置。她更不能忍受的，是她的亲人她最爱的人对她的背叛。不单单是李治，是魏国夫人，就是她的亲儿子亲孙子，如若他忤逆了她背叛了她，她都会不顾一切毫不犹豫地将他们置于死地。这是被后来岁月所证明了的。更何况一个魏国夫人。

于是，在高宗李治和魏国夫人的缠绵不已、镂骨铭心、不知身后是凶险的时刻，看上去超然大度、不拘小节的武皇后便成功地策划和导演了一幕家宴中鸩杀情敌的惨剧。那个从此踏上不归路的女人，自然就是年轻貌美甚至已不把姨妈放在眼中的魏国夫人。仅仅是一杯家人团聚的美酒，就让有恃无恐的魏国夫人转瞬之间七窍出血，魂归了西天，让那个年轻的皇后的梦想破碎成虚妄的碎片。

高宗李治的痛不欲生可想而知。想不到他在病中的最后的一点爱也被皇后抢走了。他对这个飞扬跋扈、心狠手辣、无所不用其极的老婆简直是恨之入骨，不共戴天。于是他抱着病弱之躯，强忍着身心的疼痛，即刻行使他天子的权力，以厌胜的罪名向武曌发起了讨伐。他要废了这个无法无天的皇后。他要让这血债累累的女人滚出皇宫。他要用皇后的血，去祭那个可怜可爱的无辜少女。他要让武曌知道谁才是真正的大唐的天子、后宫的主宰。

其实，这原本是很纯粹的皇帝与皇后之间的个人恩怨，感情纠葛，但夫妻之间的事情一经纳入皇室，就不再是个人的而是整个朝廷整个天下的事情了。于是，李治在盛怒之中召来的第一个人，就是朝廷中专门执掌文墨的西台侍郎上官仪。硬是把一个才华横溢的今后可能会大有作为的臣相，无端地卷入了一场后宫男女的争风吃醋中。

这位赫赫有文名的上官仪就是我们那个小小的襁褓中的婉儿的祖父。一个朝廷的命官。一位将五言诗写得绮错婉媚、独成“上官体”的诗人。那时候他正在做官的路上一路青云。太宗时便累迁至秘书郎。及至高宗在位，又将这个辞采风流的上官仪擢为秘书少监、银青光禄大夫、西台侍郎，可谓身居显要，举足轻重。不单单是高宗器重他，就是皇后武曌也把他当作自己无比信任依赖的心腹。就是如此的一个上官仪，又招谁惹谁了？也许他全部的过错，就是太优秀太杰出，太被皇帝皇后所看重了。皇帝在愤怒的第一时刻召见他，是因为对他的信赖；皇后在第一时间打击他，是因为他对她的背叛。而皇后平生最恨的，就是那些背叛了她的人。

高宗歇斯底里，只想复仇。上官仪匆匆赶来时，见圣上正满脸怒气地在大殿里踱来踱去地等他。皇上脸色严厉，嘴唇铁青，往日的温和荡然无存。一见到上官仪，劈头便说，快给朕拟一份诏书。皇后越来越无法无天了，尽做伤天害理的事情。这样的女人怎么能做皇后？朕要废了她。

高宗的慷慨激昂令上官仪周身冒汗。做了多年的朝臣，且耳闻目睹了朝中变迁，以他的经验和颖悟，他深知皇上是根本无法与皇后抗衡的。于是他只能是坦诚劝诫皇上，这种废后的举动事关重大，不是气头上说说就可以做到的。而高宗就更是决心已定，说朕已经忍无可忍了。朕就是要废她。废她为庶人。你就赶快起草诏书吧，这是朕的命令。

于是上官仪拿起笔。他是不得已而为之，他被挤在夹缝中，找不到让自己脱身的计策。实际上，上官仪已经意识到自己大难临头了。他没有把握这个懦弱的李治凭着一时的意气就能把武曌废掉。而一旦废后失败，那么第一个遭到杀身之祸的，就一定是他这个起草废后令的上官仪。然而君令不能违。而君君臣臣，又是上官仪为官的一条最基本的原则。于是上官仪只能拿起笔，在诏纸上写下了：皇后专恣，海内失望，宜废之以顺人心。

没想到这几个字墨迹未干，武曌便气势汹汹地闯了进来，卷起了一股令人胆寒的阴风。她抓起废后的诏书就一步步逼近李治。她问他，这是什么意思？你为什么要废掉我？你到底要干什么？十几年来我为你生儿育女；你生病期间，又是我早起晚归为你打理朝政。我有什么地方得罪你了？我又怎样使天下失望了，以至于非要把我赶出皇宫才可以顺人心？你究竟是怎么啦？如果你真的这么恨我，那么就拿着这诏书到朝廷上去宣读吧。现在我的生死就握在你的手中，我的四个儿子和一个女儿的生死也握在你的手中。如果你忍心，就把我们母子六人赶出这后宫吧。去呀，去宣读这废后的诏书呀……

这时候的李治已经周身颤抖。他退着，说不，这不是朕的意思。

不是圣上的意思？那么是谁？

是……是他……高宗李治竟然指着垂立于一旁的上官仪。

是他想废我？

是他，是他叫朕这样做的。

懦弱无能的李治，终于不敢承担废后的罪名，将所有的罪责和盘推给了上官仪。

这时候满心恐惧的武曌才顾得上去看站在大殿另一侧的那个镇定自若的上官仪。那么是你了？是你要废我？你不是刚刚经我批准才升任西台侍郎的吗？我记得我一直信任你。真是人心难测。那么告诉我这是你的意思吗？

此时的上官仪早已面无惧色。事实上自从皇后走进大殿，自从皇上胆战心惊，上官仪就已经看到了他的结局。对皇上把罪名扣在他的头上，上官仪一点也不吃惊。他觉得面对这样一个毫无骨气更谈不上气节的男人，他已无须为自己辩解什么了。这场废后的风波，不过是当权的男人和当权的女人之间的一场角逐的游戏罢了。但可惜的是，他被无端卷挟了进去。游戏终会结束，而他已必死无疑。上官仪其实并不怕死。在这个充满了血腥的朝廷上，死人的事他已经司空见惯。他只是有些心疼自己的学问和才华，他本来是可以利用它们报效国家的。他还留恋自己的家庭，他为将与那个刚刚出生的美丽的小孙女上官婉儿做永远的告别而特别难过。他是那么疼爱她。她是他的掌上明珠。他想看着她怎样在他们这书香门第一天天成长为一个才华超众的娉婷少女。他刚刚才感受到婉儿所带给他的天伦之乐。他原以为他的晚年生活会是无比温暖欢乐的，但是，这一切都只能是遗憾了。他必得要替这样的一位天子承担罪名，尽管不值得，但他只能视死如归。

于是上官仪直面武曌，他说是的，诏书是我写的。说过之后，他便大义凛然走出大殿，回他自己的家中等待慷慨就义。

上官仪的刚烈使武曌无比愤恨。她先是将手中的诏书撕得粉碎，然后对着上官仪的背影恨恨地说，好吧，既然你愿意当这个替罪羊,那就去死吧。

其实武曌心里也非常清楚上官仪是无辜的。但是必得要有一个人来成为皇上脚下的台阶。李治尽管唯唯诺诺但他毕竟是皇帝。皇帝当然是有权决定她的生死存亡的。于是武曌走过去温柔地抱住了那个依然在颤抖的李治。她让他坐下,把他的头轻轻搂在她的胸前。她想她再不能触犯他、激怒他了。于是她哭了,她说我知道那不是圣上的意思。圣上怎么会忍心把我和孩子们赶走呢?一切都会过去。掀过这一页吧。我们彼此都不要记恨。是有人要存心离间我们,我们怎么能陷入这些图谋不轨的奸佞小人的圈套呢?我们曾经那么相爱,我们又一同经历了那么多磨难,多少年来,谁也不曾拆散我们,今天也不会。圣上,我们会重新开始的。你说呢?

于是这一场权力和生死的较量,就在这一番眼泪抽泣和缱绻柔情中以平局告终。

从此高宗李治沉默。因为他终于看清了他在武曌面前的劣势。于是他不再抗争。他知道命是不可以争的。

几天之后,上官仪果然以与被幽禁的已废太子忠共谋造反获罪。理由是,上官仪在忠还是陈王时期曾任过陈王府的咨仪参军,忠被废为庶人之后,上官仪自然同忠一样对武皇后是心怀不满的。上官仪当然清楚这是欲加之罪,何患无辞。他坦然面对屠刀,面对上官一族满门抄斩的终局。他便是因坦然而名垂千古。在他身后的几十年里,他并不知他最疼爱的那个孙女婉儿曾经是怎样权秉朝政,怎样地成为皇帝的嫔妃。那都是他身后的事了,所以他无从为婉儿骄傲,也无从为她的诸多失节而羞辱。

在对上官一族的诛杀中,只留下不满一岁的婉儿和她的母亲被赶进掖庭宫充为宫婢。

便是在家族的灭顶之灾中，婉儿被不断飘洒在她身上脸上的那无数的血滴吵醒了。她不知道那纷纷坠落的红色的水珠是什么。那是她从没有见过的，她为此而欢欣鼓舞。她伸出两只胖胖的小手，奋力在空中抓着。她想抓住那红色，那血滴，和那些在杀戮中正在失落的生命。还有响声，撕裂着的喊叫，疼痛还有哭泣。绝望的、求救的，也还有斥责有大义凛然慷慨陈词，还有，在愤怒中的沉默。那种沉默的力量。

上官仪当然不会向这个污浊的人世求和。他或许觉得死才是最干净、最无憾，甚至是最快乐的选择。至少，他今后再不必为皇后那样残暴的女人服务了。他知道，大唐自落入懦弱的李治的手中，就已经意味了大唐的衰落。他身为李唐的臣相而又不能为李唐效力，那他又算是什么李唐的朝臣呢？所以他宁愿去死，无悔无怨，就去殉了那个对他无比欣赏的唐太宗李世民吧。他还知道，那个专权的武曌本意上是不愿他死的，她也欣赏他并需要他为她的王朝掌管制命。真正把他送进死牢的，是那个高宗，是皇帝对皇后的深层的反感和恐惧。一个男人，一个万人之上的男人，因害怕一个女人这么轻易地就出卖了另一个男人，出卖了他身为天子的尊严、人格和良心。那么他上官仪还有什么好留恋的，他再也不愿看到朝廷和皇室的道德沦丧了。只是，上官仪所不忍的，他的正义正直竟要遭至株连九族。武皇后不仅要他死，还要他的亲人他的幕僚们也和他一道死。这才是上官仪最最伤痛最最自责的。他可以死，而那些亲人有什么错？然而朝廷连坐的法则是不可更改的。连坐或者诛杀九族的意思就是，尽杀之。一个不留。以绝其归望。如若对罪者一族不斩尽杀绝，一旦有人漏网，将诛杀亲人的仇恨铭刻在心，有朝一日反攻复仇，那不是在给自己制造危机吗？所以朝廷的法则冷酷。所以必得杀了上官全家，杀了他的儿子上官庭芝，不能留下他的根，不能留得青山在。

庭芝便也无悔无怨。他生于官宦之家，自然从小懂得这家中与朝廷之间的规则。他因父亲而荣，当然也必得随父亲而枯。这是天经地义，没有什么好说的。他只是不忍告别年轻的爱妻郑氏，更舍不得那个刚刚出生的眼珠一样宝贵的女儿婉儿。他临行前抱过他的宝贝。他把婉儿紧紧地抱在怀中，流着泪亲吻着她甜丝丝的脸蛋儿，他想他从此再也见不到她了。那时候婉儿正在安睡。她还没有被家中疯狂的杀戮所吵醒。她也没看见她父亲那异常绝望伤痛的神情，感觉不到她的小手是怎样被她的父亲放在嘴唇上亲吻着。她不能理解一个死之将至的男人同他最爱的女儿诀别时的那一份绝望的心情。她睡着，偶尔会笑，不知道一会儿会有血光照亮她的梦境。上官庭芝最后将他的妻女紧紧搂在胸前。他不忍离开她们，他不想孤独上路，他甚至还想过，与其让妻子女儿配进掖庭，充为宫婢，受人间女人最重的惩罚和无尽的苦难，还不如他们一家三口一道死，死在一起，一起到天国的什么地方相聚，过他们平平安安的家庭生活。但是，朝廷的卫兵们容不得庭芝再想什么，这个年轻公子的头颅就在鲜血的喷涌中落地。那是种怎样的惨烈。在亲人的身边，婉儿便是沐浴着这亲人的满腔热血，开始了她人生旅程的。

然后便是被母亲紧紧地抱着，被赶进了那后宫阴暗的永巷。那个专门关押宫婢的牢房一样的掖庭。那儿永远不见天日，永远苦海无边。

在那漫天飞舞的血滴中，又有了郑氏那咸涩的眼泪汇了进来，也掉在婉儿的身上脸上，透明的，就稀释了她身上脸上的那些亲人的血。婉儿依然不懂，那一滴一滴从母亲眼睛里坠落下来的水珠是什么。她不懂什么是眼泪，为什么会有眼泪。她依然是伸出她的小手，又去抓那一滴滴透明的东西。她玩着笑着，在母亲不停坠落的眼泪中发出咯咯的笑声。她什么也不懂，不懂灾难，不懂失去亲人的苦痛，更不懂得仇恨。那么小的婉儿，被裹在温暖的襁褓中。只是突然地，那迷雾一般的红色不见了，接下来，是黑暗。

这就是永巷。

而永巷是什么，从此漫漫的黑暗是什么，还是婉儿所不懂的。她只是觉得慢慢地困了，她闭上眼睛，觉得她被摇晃着，在一个温柔的摇篮中。她也是后来才知道那是在母亲的怀抱中。她被母亲抱着。天上是夜空中闪亮的星星。她没有心情。因为她不懂。她只是在母亲温暖的怀抱中，所以她并不怕黑暗，也不怕长夜。那漫漫的无尽无休的永巷。一个一个阴暗潮湿的木头房子，紧连着。木格里一张一张向外张望的女人的脸。那么凄惨的苍白的而又是美丽的。看着，这满身血污被赶进掖庭的郑氏母女。她们或者同情或者冷漠，或者幸灾乐祸，嘴角上挂着得意的邪恶。这些被长久压抑的宫婢们早已没有了人的心肠，她们恨不能天下女人都像她们一样，受这永无尽头的永巷之罪。

然后咣当一声，婉儿和母亲被关在了一个阴暗潮湿、密不透风的小房子里。从此这就是婉儿的家。从此婉儿就在这里长大。然而婉儿并不觉得这里冷酷。她以为她天生就是这窄小木屋的女儿，她就应当是在这永巷中度过童年、少年，终其一生的。她毫无障碍地就接受了她的命运，她甚至很欢乐、很幸福，有母亲和她在一起，她觉得她是天下最幸运的女孩。她除了永巷上空那一条遥远的蓝天，和夜晚的星空，和永巷中宫婢以及去势的宦官们的脸之外，什么也没有见到过；更不像她贵族出身的母亲那样，婚前婚后都享受过官宦之家的富足安乐，享受过男人的爱和抚摸。所以婉儿快乐。因为她没有经历过生存的跌宕，也没有对往事的记忆。她就是掖庭的女儿。就是宫婢。就在最底层。她唯一不曾忘记的，是她生命的最初时刻的那红色。迷蒙一片地,就永远储存在了婉儿的意识中。笼罩着。毕生。直到日后她真的经历了那一切,才真正懂了什么是血。

当红色消褪为掖庭宫的漫漫长夜,上官仪的时代便结束了。而上官仪的结束也就是高宗李治的结束,从此他自愿放弃,将权杖拱手交给武曌。于是史书对此无比感慨,不禁血泪盈襟地说:嗟!及仪见诛,则政归房帷,天子拱手矣!

那是少年英雄的梦想。

那是武三思想都不敢想的。

在轧轧的牛车中。如此漫长的旅程。几十天的风风雨雨,几十天的长途跋涉。牛车中的那个少年武三思已经精疲力竭。直到临近都城,牛车才换上马车,而且是有着皇室徽章的那种豪华的马车。这真是武三思想都不敢想,而又是亲身经历的。远方那壮丽辉煌的龙门由远而近。那是怎样地气象万千。三思尽管一路颠簸,疲惫不堪,但他还是被皇城的这气势震慑了。他异常兴奋,简直不敢相信从此就要生活在这样的都城里了。那是天壤之别。是同他记事以来就没有离开过的穷乡僻壤的龙州所不能比的。沧海桑田竟只在姑母武皇后的三言两语之间。这世间的事真是太神奇了。武三思,这个和父亲武元庆一道被贬放外任的孩子,真的不敢相信他又回来了,回到了这个他曾经昼思夜想的地方。

武三思睁大眼睛,从皇室的车辇中探出头来。他左右观望着,这洛阳街市中繁荣兴旺的一切。他之所以全神贯注,其实并不是因为街市中的热闹,而是他在体验着一种终于回来了的兴奋和喜悦,那是种复仇的快意。他想,这里将是我的舞台,自古英雄出少年。

三思虽然年少,但却清楚地知道他所以这样那样的一切。他的童年是在悲哀不幸中度过的,仅仅是因为他的父亲武元庆是当朝皇后武曌同父异母的兄弟。他们一家，原本凭着祖父武士彟同唐太宗李世民的交情，一直非常富有地住在四川广元。自从姑母武曌被选进后宫，广元的武家就成了真正的皇亲国戚。于是武元庆自然就膨胀了起来，以妹妹的贵为才人，而在乡里横行霸道。待到武才人在皇帝的更迭中几经转折，终于成了当朝皇帝李治的爱妃，以至最终攀上皇后的宝座，元庆、元爽兄弟也自然就顺理成章地携家眷赴京城，来到中原的洛阳做起了国舅和京城的小官。

这本来无可厚非。如果元庆、元爽是飞黄腾达的武皇后同父同母的亲兄弟，或许武三思这类侄儿辈的公子们，也就能像皇后的亲姐姐贺兰氏的儿子贺兰敏之那样，自由出入皇宫，成为洛阳城中的纨绔子弟，裘衣宝马，尽享风流了。只是元庆家门不幸。其实那也是武元庆咎由自取。天性的以强凌弱使他在妹妹于后宫的永巷苦熬的日子里，对武士彟孤苦的遗孀杨氏极尽欺凌之事。害得杨氏在十多年的艰难岁月中，始终在泪水和骂声中度日。那是怎样刻骨的伤痛。杨氏虽出身名门，却因丈夫过早辞世而在庞大的妻妾成群的家族中处于劣势。女儿虽然进宫，却又始终抑郁不得志，甚至沦为奴婢。加之杨氏与武士彟所生，皆为女儿，身边没有一个七尺男儿支撑着，杨氏这样的女人的苦就可想而知了。偏偏武曌注定要苦熬十几年才能戴上皇后的凤冠霞帔。那么这十几年间，无依无靠的杨氏就自然只能独自一人受着族人的欺侮。首当其冲者，就是元庆、元爽兄弟。他们目光短浅，怙恶不悛，根本就想不到他们一直在后宫艰难挣扎又绝不放弃的小妹妹能有扬眉吐气的这一天。于是铸成人生之大错。

然而世间的事情就是这样今非昔比，斗转星移。

杨氏生存在世，最大的幸运就是她生下了一个伟大的女儿。

武曌终于获得了她想要的一切。她一步一个血印地坚忍地向上爬着，以美丽和青春做着掷地有声的人生赌注。武皇后的大权在握终于使武家光宗耀祖。当然首先是杨氏来到后宫，紧接着，武家所有的亲属们便纷纷离开广元，如蝗虫般拥进了都城。他们这些京城中的乡下人蝇营狗苟。出身的微贱并不能阻挡他们外戚崛起的欲望。没有多久，这帮武姓男女就开始在朝野飞扬跋扈了起来，那不断升迁的势头简直锐不可当。

武氏一族的封官晋爵完全是为了与贵为皇后的武曌的身份相匹配。武曌对她的这些宗族亲戚特别是对从小就欺侮她的两个哥哥元庆和元爽其实没有任何好感。但由于长久离家，对他们所知甚少，便也就无所谓爱恨了。她只是觉得她一个人在前面冲锋陷阵，浴血奋战，打下江山，而他们轻而易举地便能搭上她的船荣华富贵，不大公平。但也没有别的选择。她的身后必得有一个庞大的家族集团。她必得把他们当作这家族势力的一重砝码，让他们当上朝廷的命官，以撑持她背后的那个也许是虚幻的背景。而最终置元庆、元爽于死地的，其实还是那个在十几年终日以泪洗面的生活中受尽凌辱的杨氏夫人。

杨氏夫人怎么能容得她的敌人与她一道同享富贵。何况，让她的仇人和她一样享受这皇室之荣的就是自己的女儿。杨氏坚信，女儿可以让他们贵，也可以让他们穷。杨氏还坚信，她是能够左右她的女儿的，哪怕她已经坐在了那个至高无上的宝座上。

于是杨氏做了恶人。她一把鼻涕一把泪地要女儿想一想，她们的那些作恶多端的穷亲戚该不该享受今天的荣耀？

于是武曌想。武曌在想了很多天之后，才终于向皇上递上了那一份奏折，恳请皇上对她的亲属削官降爵。那时的元庆已官至宗正少卿，元爽也已升任少府少监。但皇后的一纸奏书，便将她的这两个兄弟赶出了京都。元庆被贬至龙州任刺史，而元爽则贬至濠州，又转至遥远的振州。于是这两个劣迹斑斑的兄弟自食恶果。他们还来不及在他们显赫的位子上得意忘形,就被逼上了贬迁的路程。结果元庆刚刚抵达龙州,就因抑郁愁闷而一命呜呼,将武三思们丢在了那个偏僻荒远的地方;元爽也在流配振州之后,悲愤而死,让他的家眷们无辜地在岭南的瘴湿之地苦熬。

武后的此一番以武氏族人的性命为代价的举动，无疑引起了朝廷百官的一片哗然。不知情者,对武皇后为抑制外戚势力的扩张所采取的这一大义灭亲的举动无比钦佩，肃然起敬。毕竟外戚擅权,是自有朝堂以来历代皇室的通病。更何况眼下掌管朝政实权的国舅长孙无忌,就是典型的外戚专权。所以历代王朝都会把限制外戚势力作为一个规则，但又朝朝代代都不能改变这一外戚显贵的状况。皇帝宠爱的女人,就一定是兄弟姊妹皆列土。而如武曌般,积极主动请求削弱自己族兄们官爵的,几乎历代少有。于是,一场家族内部的是非之争,竟然被升格为新皇后激浊扬清的清明之举。其实明眼人一看便知,武皇后以退为进的这一招实在是非常高明,她不仅以抑制外戚势力的举动向同是外戚的长孙无忌宣战，同时也铲除了她母亲深恶痛绝的仇人。可谓一石二鸟。

这便是武三思那位充满了智慧的姑母。她从那时起，甚至更早,就学会了这种一箭双雕,一石几鸟。这在后来,就成了武曌治家治国的法宝。无论遇到怎样的难题,她都会试着用这样的方法去处理,去制衡。当然后来,她把这样的权术玩得越来越娴熟,也越来越阴险。她深知,唯有如此才能堪称一位真正的政治家。也便是这样,年幼的武三思才被因皇后的大义灭亲而遭受厄运的父亲所牵连。他的童年,是在那不见天日的深山老林里度过的。

于是,在武三思幼小的心灵里,从小就埋下了仇恨的种子。他恨这个权倾天下的姑母。他想他还不如没有这样的亲戚。他恨这个女人无所不用其极。恨她贬谪了他的父亲还不够,还要把他们这些无辜的孩子囚索在这荒凉遥远的地方。他和这个做了皇后的女人有着不共戴天的仇恨。他永远不能原谅这个歹毒的女人。他发誓有朝一日他如果能够见到她并且接近她,他想他是绝不会放过她的。他要杀了她。他要用这个女人的血祭他可怜父亲的亡灵。他目睹了父亲在郁闷中的悲惨的死。他觉得他的父亲实在是太可怜了,他要为他的父亲报仇。

然而就在这个少年武三思的满腔仇恨中，也还夹杂着某种莫名其妙的期待。他隐忍着,并坚信某一天,他的这个冷酷的姑母一定会把他接回京城。他不知道是从哪儿来的这种预感。大概便是他和他的姑母到底血脉相通吧。于是他等待。这一天。他知道能帮他实现这返京梦想的,只有一个人,那就是他恨得发疯的这个女人。

皇家的马车终于停靠在了那扇紫红色的大门前。在此之前,武三思似乎已经体验到了那种衣锦还乡、扬眉吐气的感觉。他说不出自己到底是一种什么样的心情。总之一切太复杂了。首先是恨。是复仇的愿望。而其间又似乎还有朦朦胧胧的爱或者感动。

在京城的一个简朴的府第中，武三思见到了他阔别多年的堂兄武承嗣。承嗣也是刚刚从岭南的瘴湿之地返回。风尘仆仆的两兄弟见面后几乎没有什么话。他们分别多年,又偏居一隅,所以他们差不多不认识。

他们被幽禁于这个清冷的院落中休养生息，并被换上了十分体面的朝服。他们只知道暂时幽禁于此,是为了等待皇后的接见。三思和承嗣见面之后才知道他们的父亲都已经死了。是父亲的死提醒了他们依然身处险境。尽管他们回到了京城,难道就不会是皇后要将他们斩尽杀绝吗?他们这样想着就更是心怀惴惴,不知道此番返京是祸是福,更不知他们会不会被皇后派来的刺客所刺杀。

这种疑虑重重、生死未卜的感觉使他们在等待着觐见皇后的第一个时辰都心有余悸。他们的这种惊恐和担忧完全是建立在对皇后的最基本的认识上，那就是他们的父亲都死于皇后的那一纸奏文。为此他们坐卧不宁、夜不成寐。再这样一天一天地等下去,他们就要崩溃了。然而他们就是这样在极度的恐慌中等待着、煎熬着。那种一天长于百年的感觉。他们想,与其在这里惶惶不可终日地等死,还真不如回到岭南或遥远的深山,在那里,至少不会受到心灵的如此折磨和摧残。

事实上真正的局面远没有武氏兄弟想象的那么可怕。如果他们知道皇后是真想把他们接回朝廷,留下武姓的根,也许就不会终日惶惶如惊弓之鸟了。在此之前,武后的所有兄弟都已经死尽,就连被她赐予武姓、指定为武氏家族唯一继承人的外甥贺兰敏之,也因忤逆了她,而被她杀死。其实这就是皇后为什么要把少小就离开京城的武承嗣和武三思匆匆接回宫中的原因。这两个在遥远的流放之地长大的翩翩少年,事实上已经是武氏仅有的男性子嗣了,而贵为国戚、声名显赫的武姓又不能一天无胄。是不是该把承嗣和三思接回来?这也是皇后几经筹谋之后决定的。就像当年是不是将他们的父亲元庆、元爽赶出京都,也是武皇后在沉默了很久之后才痛下决心的。她当然知道这两个从小受尽磨难的男孩子会恨她,甚至还怀抱着为他们的父亲报仇的愿望。但是她同样知道,她能够制服他们,而且易如反掌。她会让他们从此乖乖地臣服于她,并会死心塌地地为她做武姓继承人的。

而两兄弟不知道姑母的这一片苦心。他们日复一日地在惶恐不安中等待着。这种幽禁于别所中的等待在某种意义上有点像熬鹰。在凶猛的鹰隼没有被驯服之前,猎人便通常要用黑布蒙上它们的眼睛，让它们什么也看不见什么也不知道。遮住眼睛的黑布使它们永远处在黑暗中，永远是不尽的长夜。这样旷日持久。直到有一天它们俯首听命，不会再逃跑，也不会再伤及它们的主人。它们会心甘情愿且竭尽全力地为它们的主人服务。它们会被放飞，把它们鹰隼的凶猛全部用于主人所要猎取的那个目标。而三思、承嗣就是武皇后手中的这样两只生气勃勃的小鹰。

如此，这两只武姓的鹰隼就在这忐忑不安的幽禁中被熬了出来。待到觐见姑母的这一天终于到来，他们即或是没有完全地被驯服也肯定已经是英雄气短了，更泯灭了那种复仇的愿望。这一回他们是真的要进后宫了。他们是偏僻地区的平民百姓，根本就不知道真正的皇宫是什么样。所以，想象中巍峨壮观的皇宫使他们望而生畏。他们手脚冰凉、周身颤抖，他们是战战兢兢走进皇后政务殿的休息室的。他们哆哆嗦嗦地伫立在门边，几乎没有了思维，更不会想到他们死于忧愤的父亲们了。

他们跪在地上叩见姑母。他们不敢抬头，只看见眼前是那由一串串玉石连缀起来的珠帘。他们知道在那珠帘的背后就一定是他们的姑母了。但是他们不记得她了，他们只在民间听到过关于这个女人的绝顶美丽的传说。他们趴在地上，将头撞在石板地上，叩出胆战心惊的响声。依然是生死未卜。他们的心仿佛要跳出胸口。他们不知道下一个时辰等待他们的是什么。他们也不知道，就在这翠帘之下，会不会就有飞刀砍来，将他们的头颅永远地留在这气势恢宏的政务大殿。

你们就是我的侄儿啦？怎么不抬起头来呢？让我看看你们。

武三思无法言说他当时的感觉。珠帘后的那一串浓郁的乡音使他突然有了种莫名其妙的感觉。有点温暖的，那种唯有亲人才会有的口音。那威严中的温柔。

你们终于回来了，真让我高兴。如今我们武家，就靠你们顶门立户了。你们是我的亲人，我一直在想念你们。干吗不起来？过来，让我看看你们。

在一阵玉石清脆而温婉的撞击声中，依然垂首跪在那里的武三思和武承嗣觉出了一种花的清香在缓缓向他们袭来。那么浓烈的花的香气，然后，他们就被那只温热而柔软的手拉了起来。仿佛在梦中。他们站了起来。他们抬起头，却不敢相信他们睁开眼睛所看到的。那么惊异的目光。仿佛不是人间。他们看到了什么？那个天仙一般的美丽女人。他们发誓从没有见过如此之美的女人。那美是无法形容的，是有着一种巨大的吸附力量的，是不容反抗也无法反抗的。那美所昭示的，似乎只有爱；而那美所导致的，似乎也只有无条件的服从，和永不背叛的忠诚。

这就是皇后武曌的力量。

这就是武三思们十几年来日日夜夜不停诅咒、时时刻刻咬牙切齿的那个他们憎恨的女人。

这是怎样的反差，怎样的不和谐。武三思们傻了，不知道是该相信自己十多年来的仇恨，还是该相信此刻这瞬间的敬爱。

这便是武曌，她以她女人所特有的那武器，在刹那之间就破碎了两个英雄少年的复仇梦想。毕竟是她把他们从穷乡僻壤中接回，毕竟是她让他们重新过上出人头地的皇室生活。那么他们还有什么不平衡不满足的？从此，他们真的就像熬顺了的鹰隼或是喂饱了的走狗一样，紧紧跟随在他们这位皇后姑母的身后。他们对这个女人的忠诚，甚至超过了武皇后自己的儿女。他们从没有背叛过这个救他们于苦难之中的主子。他们为她可谓是鞍前马后，为她实现女皇的梦想立下了汗马功劳。他们也许并不真的爱他们的姑母，但是他们离不开她，离不开他们身后的坚如磐石的靠山。他们深知，只有彻头彻尾地依附于她，尽心竭力地为她服务，他们才能活着，才能生存。才能活得好，活得滋润。也才能永远高人一等，尽享荣华富贵。

就这样，武皇后的一个温暖的微笑，就泯灭了武氏兄弟刻骨的仇恨。于是新的一页掀开。武皇后说，来，来见见你的兄弟姊妹。我希望你们从此就是亲人了。你们都是我的孩子，我的宝贝。

婉儿像一株仙草。就那样在永巷那一道狭窄的蓝天下，纯纯真真地长大。在生活中她并没有什么想要的。她很满足，因为她根本就什么也得不到。于是婉儿自得其乐。及至稍大，便开始在母亲的督促下，每天坚持到后宫的内文学馆中去读书。后来读书便成了婉儿唯一的愿望。她不仅喜欢读书，而且刻苦。那是因为有一天她知道了她一直崇拜的那个女人就是从这里走向伟大的。那个女人对婉儿来说很重要。就像是照耀着她的生命的那一束中午的阳光。那是个甚至比母亲还重要的女人。婉儿爱母亲，但母亲毕竟柔弱。但那个女人却是坚韧而顽强的，那才是婉儿最最敬佩的一种女人的品格。婉儿觉得那个女人才堪称偶像，她虽然从没有见过她，但是她就是发自内心地崇拜她，她的不甘命运。于是婉儿也不甘。当然婉儿并没有信誓旦旦，但是她骨子里是想有一天能走出永巷，走出掖庭，走向朝廷的。那是她的志向和理想。一个小小的婉儿，读着书的婉儿，她竟然已经朝着这个方向，开始了一个小女孩的努力。

婉儿每日潜心读书。除了母亲，和掖庭中的其他宫婢几乎没有接触。清晨她总是踩着星月，听着房檐上玉石缀成的美妙的风铃声，走进那个有点暮气沉沉的内文学馆，听那个很老迈的但却有着很高学问的宦官老师为她讲课。那样的一位老人，儒雅而清高地，终日守候着内文学馆中那一册一册的藏书，为没有人来读它们而扼腕叹息。他脸上布满皱纹，穿一身灰色的长袍，那么尖细而苍老的嗓音，说出的却全是世间的真理。所以婉儿觉得他了不起，她心甘情愿每日坐在这个枯燥而执着的老人对面，听他说这世道的沧桑。婉儿总是听他抱怨，说这后宫里肯来读书的人越来越少，真是江河日下啊。他说哪像武皇后当年，她总是孜孜不倦，整天长在这书本中。他还说皇后的确是一个聪明绝顶的女人，她对这些书中的道理，总有一种天然的领悟。她便是拿了这内文学馆的书作阶梯，最终登上皇后的宝座的。谁说书中没有气象万千，难道皇后不是旷世英雄吗？然后老人说他老了。他老了这内文学馆也就该关闭了。但是他会被关在其中，因为他就是死了也舍不得馆中的这些藏书。

婉儿听着老人的教诲。她觉得她越来越喜欢老人，也越来越喜欢这内文学馆中的书了，那是那个伟大的女人读过的书。婉儿想她愿意与老人做伴，就守候着这些书，就永生永世地读它们。

婉儿是在五岁的时候，被她的母亲郑氏牵着，走进这内文学馆的大门的。那是她贵族的母亲的唯一选择。她并不渴求着婉儿能由此而走出永巷，那是她早就断了的念想，她只是觉得她的女儿该读书，她不想让这个有着高贵血统的女儿，有一天真的沦落为那种没文化也没教养只有着一副空洞美丽的躯壳的宫婢。所以她做出了这个选择。她深知婉儿唯有与书相伴，才能真正地心高志洁，出污泥而不染。何况婉儿仅仅五岁，便粗通文墨，对文史显示出了一种强烈的兴趣，那么，她何不让内文学馆好好雕琢婉儿这块美玉呢？郑氏夫人坚信，唯有这里，才是后宫里婉儿最适合待的地方。

于是，她们走进了那个黑洞洞阴沉沉但到处是书到处是灰尘的大房子。婉儿尽管很听话，但是她还是被吓坏了，她怕这黑暗，怕老师脸上刀刻一样的皱纹，怕房梁上结满的蛛网而房子里漫布着的那种被尘封的书的味道。婉儿紧紧地抓住了母亲的手。她哭着，向外跑，她说她不要进来，不要来这里。而那个老态龙钟的师傅竟伸出鹰爪一般的枯瘦的手抓住她，用他那尖细的嗓音呼唤她，并用他矍铄的目光凝视她。婉儿奋力地挣脱着，并且高声地哭喊着，她说我不要这里，我要回家。那一刻一向温和的郑氏突然变得残暴，那是第一次，她伸出手狠狠地打了婉儿，然后连拉带拽地把这个委屈的小姑娘揪了回来，把她硬按在老学士的脚下，让她磕头，从此拜老学士为师。婉儿抽噎着，做着母亲要她做的一切，直到极不情愿地坐在了老学士的书案前。书案上是一支红色的蜡烛。那跳荡的烛光，是婉儿在这个清冷的地方所感受到的唯一的温暖。

那时候婉儿只有五岁。五岁时的天真和明媚。她之所以能屈服下来，坐在古书中间，是因为她终于知道了那是母亲的愿望。母亲希望她读书，她就读书，因为婉儿虽小，但她还是谙知了年轻母亲的艰辛。郑氏虽然遭遇不幸，但是她的母性意识提醒她绝不能沉沦。如果不是为婉儿，在事发的当时，当看见丈夫和公公被戮的那一刻，她真想就夺过那把沾着自己亲人的血的长剑，刺进自己的心窝，和最爱的人生死相伴。但就在那一刻，她听到了婉儿的笑声。那笑声是那么纯真，就悬浮在血色中的，那么灿烂而明媚。然后她就看见了婉儿向上伸起的那晃动的小手。她想抓到什么。什么呢？那血滴，或者，亲人的抚爱？那么小的婉儿。又是那么无辜。如果她也随了丈夫而去，那婉儿怎么办？便是这关于婉儿的念头，骤然间将她攫走。她发疯一般地跑向婉儿，在杀戮中把这个美丽的婴儿紧紧抱在怀中。那一刻她坚定了信念。她在心中发誓，婉儿死，我就死；而如若婉儿活下来，那么今后的路无论怎样艰辛，我也一定要活下来，仅仅是为了婉儿，为了我深爱的那个死去男人留下的血脉。

于是，在深深的永巷中，郑氏英勇地活了下来。她把她和婉儿的那个小小的木房经营得十分温馨，为了承载这个慢慢长大、无忧无虑的女孩的笑声和哭声。婉儿什么也不懂什么也不曾看见，那么郑氏为什么要让她看到眼泪呢？她也不想让婉儿知道家门的不幸。她千方百计要婉儿相信的，就是她们母女天生就是住在这掖庭宫中。掖庭就是她们的家。她要婉儿相信并接受这个现实。唯有认命，她们才能活得欢乐。

郑氏安下心来，从此她的生活中只有一个目标，那就是全力以赴地培养和教育女儿。她想，即或读书不能使婉儿出人头地，但学习本身也会使一个女孩子的内心和生活变得充实。她鼓励婉儿学习，还因为这掖庭宫的环境太糟糕了。她实在不想让自己出身高贵的女儿像那些糊里糊涂、每日闲言碎语的宫婢们那样，最终成为那种无奈也无聊的女人。郑氏便这样努力着。她的与生俱来的贵族气质和修养，无疑为婉儿营造了一个非常好的生长的环境。加之婉儿天生丽质、聪颖好学，使她果然在污泥一般的掖庭中，出落成了一株清清纯纯的仙草。那仙草一般的飘逸和洁净，以致掖庭中的那些微贱的宫婢们都不敢碰她，更不愿玷污了她。甚至，大家都宝贝着她，用最清洁的一面面对着她。她们都宠爱这株青翠欲滴的小草。她是整个掖庭出类拔萃的女儿。

婉儿便是这样长大。她继承了母亲的美丽坚忍和父亲乃至于祖父的才华。所以婉儿刚刚五岁，就懂了母亲的心。

她天生的聪慧、对知识的渴望，和在学习中的那种咄咄逼人锐意进取不断问着为什么的姿态，终于使郑氏觉出了她的捉襟见肘，力不从心。她的学识终归是有限度的，这也就是她为什么硬要把小小的婉儿送进那个昏暗的甚至死气沉沉的内文学馆中，她坚信婉儿只有这样学习，才能成为一个真正的女人。

便是这样，从此婉儿每天孤孤单单地坐在那个老学士的面前，听他讲经讲史，赋诗作辞，上着讲不完的课程。她坐在那里，睁大眼睛，用耳朵听着，也用笔记着。有时候老学士会停下来，咳嗽。咳嗽时他枯瘦的肩膀奋力地颤动。婉儿就看着他。等他。直到那咳嗽平息,那尖细的嗓音继续开始鸣叫着……

这样日复一日。从五岁的某个清晨开始。后来,婉儿就不知道在她幼小的单调的生活中,她还有别的什么事情好做了。后来她慢慢适应了那个老学士,她甚至喜欢上了那个老人,她觉得他真是博学多才、无所不知,他本身就是一个取之不尽、用之不竭的知识的仓库。那仓库里真是太神奇了。那是人间的一切。后来,婉儿觉得她此生能跟着老师学习,是最大的幸福。从此她就是这样,清晨踩着星月,踏进内文学馆的大门,开始她充实的每一天。知识对于她来说,每一天都是新鲜的。

自然那个原本沉闷衰朽的内文学馆,也因为婉儿的到来而生动明亮了起来。从此老人也盼望着那株坠满露珠的仙草一样的小女孩的到来。他每天等她,然后倾尽全力地让她知道那古往今来天地之间的一切。

婉儿便是从老人那里,得知了当朝皇后早年被构陷于后宫的那一段历史的。也知道了武皇后就是在这个内文学馆中奋力苦读,才有可能成为朝廷侍女,以至于最终成为伟大的皇后的。老学士当然没有对婉儿讲这个了不起的武才人曾经是怎样被先皇李世民宠幸,又是怎样因《宫廷秘录》中“唐三代而灭,武姓之女王昌”的字样所抛弃。更没有说这个在内文学馆勤奋学习的女人是怎样在做着太宗的宫女时,就开始与皇太子眉目传情并以身相许,以至于李治一经即位,服丧期满,就迫不及待将感业寺中削发为尼的她接回了后宫。老学士当然也没有讲,那个女人是在怎样血腥地清除了王皇后和萧淑妃的障碍后,才终于荣登皇后宝座。那都是些不光彩的历史,是为尊者讳的。所以老学士不会对婉儿说这些,那时的皇后正光焰四射、权倾天下，而况内文学馆中的这位老人还是真心热爱和崇拜皇后的。他真心觉得这个女人伟大英明了不起。他说这样的惊世之才，千年也不会出一个，更何况，她还是个女人。他说他是由衷地为他曾教过的这个女人而感到无比的骄傲和荣耀。

老学士之所以对武曌怀有了如此之深的感情，还因为皇后不是那种忘恩负义的女人。如今在尔虞我诈的险恶中，过河拆桥的势利小人实在是太多了，甚至还没过完河，就开始为他们的恩人设置陷阱。但是武曌不是这样的人。如今她尽管做了皇后，并且垂帘掌管着天下大事，但是她还是时常会来探望她的恩师，希望请他做她儿子们的老师。只是老学士自己婉言谢绝。他的年事太高，又难舍内文学馆这块故土。他说他在这个岗位上待了几十年，他只想能留在他熟悉热爱的地方了此残生。于是皇后便也不再强求，反而不断为他添加俸禄，让他在自己习惯的地方安之若素、颐养天年。不仅如此，皇后还会常常回来探望她的恩师，单单是这一点，就是没有几个人能做到的，由此可见武皇后在老学士的心中是怎样的一番形象。

从此，皇后便成了婉儿心中的一道阳光。她时时刻刻地从老学士的嘴里流到婉儿的心里，她便也时时刻刻照耀着婉儿。随着婉儿对皇后了解得越多，她就越是觉得这个女人伟大，重要。后来，婉儿就有了一个最大的愿望，那就是，哪一天，能在她读书学习的这个地方，见到那个伟大、非凡的皇后。然而久而久之，因为她总是没能见到皇后，她的这愿望就成了她的梦想。她总是梦想着，期待着有一天奇迹出现，梦想成真。

通常皇后来探望她的老师，都会提前通知，让来此读书的宫婢们回避。然而唯独那一次。那是一个寂静的下午，内文学馆中只有婉儿一个女孩在看书。就是那么突然的，仿佛从天而降，一个凤冠霞帔美轮美奂的女人就款款出现在昏暗的内文学馆中。

仿佛一轮太阳。

骤然照亮了那个寂静的午后。

婉儿被惊呆了,睁大眼睛怔怔地站在书案旁。

武皇后在那些书架前来回走着。她用手轻轻抚摸着那浩如烟海的一捆捆竹简。她拿起一些书来,并仔细地掸掉那书上的灰尘。她脸上闪过的是一种迷茫的神情。然后,她才走近她的老师,对他说,我是多么想再来这里学习,和您在一起。这里给我力量,也给我一种心灵的支撑。只是我太忙了,也太累了,却只能独立支撑。皇后又说,若是我的孩子们能到这里学习就好了。他们或许才会知道他们的母亲能有今天,是多么来之不易。但是他们不肯学习,也不想懂得奋斗的意义。他们只是坐享其成,而不思进取,那怎么会成为一个好的君王呢?圣上的身体越来越糟,我真的就快支撑不住了。没有人来帮我。无论是圣上还是我的孩子们。我不仅仅需要这皇室的安乐,我需要的是智慧,是力量,是需要能帮我把天下治理好的人才。

那一次皇后特意带来了太医,她要太医专门为老学士问诊下药。皇后认真地听着老学士的病情。她反复叮嘱老人一定要坚持服药,她最后说,我总是惦念着您的身体。就是坐在大殿上,我也会常常想着您……

皇后说到这儿竟潸然泪下。紧接着她就像一阵旋风一样地消失了。

婉儿依然愣在那里。她使劲眨眨眼睛,想证实她刚才是不是真的看见皇后了。

那一次,皇后并没有看见那个站在阴影里的满脸惊愕的小女孩。她心里只有她体弱多病的老师,和她无以倾诉的满腹的委屈。

那也是婉儿第一次见到皇后。她简直不敢相信人世间还有这么美这么气度非凡的女人。这女人对婉儿来说实在是太重要了,是对她的生命的一次猛烈的冲击。

婉儿终于见到了那个女人。

皇后离开之后的内文学馆顿然失色,一片凋敝。老学士黯然神伤地坐在那里,低着头,久久没有说话。他背对着婉儿。他的肩背在不停地抽搐着。这样良久。

婉儿走过去。她站在老人的面前。她用纯净的大眼睛看着老人,她问他,你哭了?

这时候老人才意识到还有婉儿在身边。于是他问婉儿,你见到她了?

婉儿点头,说她真的很了不起。我爱她。

老人说,婉儿,来,咱们开始吧。

婉儿永远也不能理解她在赞美皇后时母亲脸上那似是而非的神情。那是种不置可否,又茫然无措,总之,母亲并没有和婉儿一样陷在那种见到皇后的兴奋与幸福中。婉儿为此很愤怒。这是第一次她不能理解母亲了。于是她问母亲,难道皇后不美吗?紧接着她又步步紧逼,难道皇后不伟大吗?难道皇后没有才华吗?难道皇后不重感情吗?难道皇后不善良吗?难道皇后没有同情之心吗?

这是郑氏永远也回答不上来的。然而婉儿依然不愿意放过她。她说,母亲难道就不肯说哪怕一句赞美皇后的话吗?母亲难道不觉得婉儿应当像皇后那样,怀抱着伟大的志向,从这后宫中走出去,成为一个对天下对社稷有用的人吗?母亲,你说呀。

婉儿这样逼问得紧了,郑氏竟然落下泪来。这便更使婉儿百思不得其解。她跪在了母亲面前,她说,母亲,你这是怎么啦?你为什么要哭?难道我说得不对吗?难道皇后不好吗?可是我今天见到了她。我一看见她就知道了我爱她,而她日后也会爱我。

不,婉儿。郑氏把她的女儿紧紧地抱在了胸前。她只说,以后不要再去内文学馆了,就待在家里,让我们长相厮守。

母亲我愿意永远和你在一起,可这里毕竟是掖庭。这里的女人永无出头之日。您就忍心看着女儿永远深锁在这黑暗中吗?不,母亲,我不愿意永远待在这里,而只有皇后能救我出这苦海。她今天就和老学士说了,她需要智慧和才能,她需要有才华的人在她身边。

可是婉儿,那也绝不会是你。

可是如果是我呢?

没有如果。孩子,听妈妈的,你是永远不会被选拔到皇后身边的。我也不愿意这样打击你,但这是事实。你必须接受。别再去内文学馆。也别叫皇后再看见你了。

她根本就没有看见我。

那就更好了。孩子,回家来吧。有些事你不懂。那朝廷是险恶的,根本就容不下你这个纯真的女孩子。

就是说皇后也是险恶的了?

婉儿,你叫我怎么跟你说。

郑氏无以言说。那场血腥的杀戮是她所亲历的。而往事依稀。那当然是婉儿所不知道的。她那时候才刚刚出生,她怎么会知道她自己的祖父和父亲,就是被她今天所无比迷恋的女人杀害的。这样的家族的血仇难道不该让婉儿知道吗?但是十多年来,郑氏没有向婉儿透露过哪怕一个字。她知道她们母女尽管逃脱了死亡,但后宫依然是险恶的。她不愿让天真烂漫的婉儿早早就了然这世间的险恶。她很难保证婉儿在获知了她的身世之后,还会如此地纯洁快乐,无忧无虑。而一旦婉儿疾恶如仇,一旦她意气用事忤逆了上边,那她们母女就真的在劫难逃了。郑氏在这黑暗的掖庭,含辛茹苦地把婉儿带大,她不希望她的女儿会由此身处险境,她要她的女儿活着。她要婉儿如花似玉地生长在她的翅膀下。她还不想让她的女儿在仇恨中长大。仇恨太可怕了,它会像疾病一样毁灭掉一个人的全部良知。这些年来,她深知被浸在仇恨中的生活是怎样的痛苦,怎样的令她恐惧。她就恨。恨皇后,恨皇上。恨得她白天坐卧不宁,晚上夜不成寐。她甚至一千次地策划,一旦有了接近皇后皇帝的机会,她就一定会像那个荆轲刺秦王那样,撕碎了那两个毁了她美好家庭的罪魁祸首。她绝不留情。绝不原谅他们。她要让他们死。让他们的儿女去体验那痛失亲人的绝望和悲哀。可惜她从没有这样的机会。所以她就只能日夜被这复仇的欲望所煎熬。而她越是仇恨,就越是被不能复仇所折磨,她也就越是觉出了婉儿不应该仇恨,不应该被仇恨所困扰,甚至不该知道有仇恨,不该知道她的家族和她自己的悲惨的故事。

这就是郑氏夫人难言的苦衷。她又该怎样对婉儿说呢?

也许,这也还不是真正让郑氏悲哀的。多年的奴婢生活,早就磨没了她的心性。她已经不再欲望不再梦想也不再期冀什么可能会发生在她和她女儿身上的奇迹。郑氏之所以垂泪,是因为直到今天她才意识到,她的女儿正在对她的未来怀抱着一种不切实际的梦想。而那恰恰就是因为,婉儿不了解她的身世,不知道自己就是那个被皇后斩杀的上官仪的孙女。她从小把婉儿送到内文学馆读书学习,并不是为了她能因此而走出掖庭。她们是走不出去的。就是后宫所有的女人有一天全都熬出了头,她们母女也永无出头之日。女皇怎么会把她的仇人放出去呢?而婉儿又为什么要把她的一生寄托于她的敌人呢?想不到内文学馆的学习生涯竟使婉儿怀抱了这样一种非分的妄想,那么她当年把她送来这里,不是就害了她吗?那是心比天高、命比纸薄的残酷。郑氏是了然这一切的，而她又不知该怎样把这个做着白日梦的女儿拉回来，拉回到现实的生活中。

于是，郑氏沉默。

她不想破碎女儿的梦，又深知女儿的梦原本就是破碎的，只是她自己不知道。

婉儿又接着问母亲，你不是说，有算命先生说，及我长大，必秉国权衡吗？

那要你是个男孩才会成为这样的人。而你是个女孩。女孩子怎么能成为那种掌管国家社稷的人呢？

怎么不行？婉儿说，皇后不就是女的吗？

而坐在天子位置上的是皇帝。

可如今大唐的朝政又有哪一项不是由皇后决定的？

怎么可能？权秉天下的当然是圣上。

哎呀母亲，你真的没听说吗？皇上早就不上朝了。他病得很厉害。现在临朝的是皇后。尽管她垂帘听政，不能名正言顺地坐在皇帝的龙椅上，她不是依然能把王朝管理得很好吗？

是的……是的……

郑氏知道，随着婉儿一天天地长大，她已经有了她自己的对事物独立的看法，有了她自己的爱恨情仇。那甚至是她作为母亲，都不能左右了的。是内文学馆中的知识，打开了她的眼界，让她看到了自身以外的那个世界，甚至看到了那个对她来说纯属虚妄的未来。而这些对婉儿来说，才是悲剧性的，是致命的。郑氏一定要想方设法，在不伤害婉儿的前提下，让她看清自己的现状。

婉儿不再理睬母亲。因为她已经越来越感到了母亲的狭隘和目光短浅。她觉得母亲已经不能够理解她，更不能理解她的追求。她想那可能是因为母亲终日被囚禁于后宫中，不知道掖庭以外究竟是一种怎样的景象。母亲也没有见过皇后，根本就感受不到皇后是怎样的伟大，不了解皇后是怎样注重那些有才华的女人，更不信有一天皇后会把她带出掖庭。这绝不是空穴来风或者婉儿的自作多情。那是她的感觉。婉儿的感觉从来就没欺骗过她。她真的已预知了那个一定会属于她的未来。而那未来也必定是那个伟大的女人给予她的。婉儿坚信那一切。那绝非渺茫的梦想，而是就近在咫尺的希望。所以她必须为之努力，必得更加勤奋地学习，以缩短她和她的梦想之间的距离。

从此，婉儿的希望就附丽于皇后的英明上，常驻婉儿的心中。她每每坐在老学士的对面，听他讲书，而心里想的，却全是那个每日垂帘的皇后。她想象着那个女人怎样梳妆打扮，怎样临朝听政，她还想象着有一天她又是怎样来到她的身边，看她做诗填词，然后，牵着她的手说，婉儿，来吧，到我身边来吧，我需要你的帮助，朝中的政务太多了，我需要你来帮我打理……

婉儿便是这样梦着。她爱皇后。皇后在她的生命中实在是太重要了。那是婉儿信念中的唯一一道光环。那光环照亮着婉儿成长的路。

太子李弘是武皇后最最疼爱的孩子。便是依靠这第一个儿子，武曌才真正稳固了她在后宫中的地位。原本压迫在她头上的王皇后和萧淑妃，便也因了弘的诞生，而迅速失去了她们皇后和宠妃的位子。从此弘在他母亲的护卫下，无忧无虑地长大。他舒舒服服地住在东宫，恬静而安然地生活着。也许弘太养尊处优太娇生惯养了，所以他尽管很快长成七尺男儿，却依然是懦弱的、单纯的，甚至是无能的。

历史中所记载的弘一生做过的最重要的一件事，就是他曾非常勇敢地私下探望过他的两个被深锁牢狱的姐姐宣城和义阳公主。她们是萧淑妃生下的两个可怜的女儿,也曾被高宗李治视为掌上明珠。然而连萧淑妃也已被武皇后所杖杀,那么又有谁敢站出来去保护这两个无辜的女孩呢?身为父亲的李治尚且不敢,那么还有谁?然而,终于有弘站了出来为他的两个姐姐伸张正义。弘尽管是李治和武曌的儿子,弘尽管懦弱无能,但弘是正直善良的。是宣城、义阳两位大唐公主在牢狱中的悲惨境地让弘不忍,于是他不得不在满朝文武的面前跪在了垂帘的母后面前,请求她,就放了那两个奄奄待毙的公主吧。

单单是微服私访狱中罪人就已经大逆不道了,而况弘又是不知天高地厚地在满朝文武的面前为两个姐姐求情,这就等于是在众人百官面前指责武曌的丧尽天良,是在羞辱他自己的母亲。那一刻珠帘后面那武曌的愤恨可想而知。在她的无地自容的尴尬中,她被逼到了死角上。

弘当然并不知道他母亲曾怎样独自垂泪。弘还太年轻太幼稚,他也根本就不能理解母亲为什么要把萧淑妃所生的皇子皇女通通赶出皇宫。武皇后这样残酷地处置那些孩子自然有她的道理。是她在皇室里待得太久了,也是她曾经多少次目睹了这宫廷中为了皇权兄弟姊妹的相互倾轧和杀戮。她不想让这样的惨剧也发生在自己的孩子身上。她不愿看到做了太子的弘被其他兄弟杀掉,更不愿让纯洁软弱的弘拿起剑去伤害别人,让他人的血弄脏了弘的苍白的手。无论杀人还是被杀都是可怕的。而武曌的孩子们必得远离那些可怕的事。但是可怕的事在宫廷里又是在所难免的。那么怎么办?那么只有武皇后挺身站在弘的前面,用她自己的身体去拼杀去搏斗,挡出明枪暗箭又将对手击败,从而为她的孩子们杀出一条通往安全通往权力的路。是她牺牲了善良正直才换来了她孩子们的善良正直；是她的凶狠残暴、心毒手辣才能让她的孩子们一个个仁义道德、洁身自好，并且能无忧无患、自由自在地在宁静祥和的氛围中长大。难道她错了吗？难道她不该杀了王皇后、萧淑妃，留待她们哪一日反扑过来，将她撕成碎片吗？难道她应该把萧淑妃的两个儿子和两个女儿继续留在宫中，等待着有一天他们羽翼丰满，再把她自己的儿子从东宫太子的位子上拽下来，让他们这些兄弟反目成仇，相互残杀吗？

武皇后独自垂泪。她悲愤。而悲愤之后是满腹的委屈。她想不到自己为儿子所做的一切，有一天竟成了她儿子反对她的口实。那么如果照这样发展下去，如果弘再提出将被母后流放的两个兄弟上金和素节也接回来，她为之努力奋斗几十年的心血不是就付之东流了吗？这当然是绝对不行的。

武曌毕竟是武曌。她毕竟是这个天下、是古往今来都不会再有了的唯一的女人。面对几近置她于死地的儿子，武曌当即就做出了一副很通达的样子，仿佛太子所提起的是一件年深日久她早已忘记的往事。她说是应当将那两个女孩下嫁了。她还无限感慨地当着满朝文武赞美太子的仁德与善良。她说未来有太子这样的贤君，必定是天下和睦，四海安宁。然后她躲进寝殿独自垂泪。然后她很快就下令放出暗牢中奄奄一息的宣城和义阳。再然后她又把这两个公主下嫁了朝中两个异常低微的小官，让谁对此都说不出什么，又哑巴吃黄连般地，满嘴的苦。

武皇后在做着这一切的时候，可谓有条不紊，不动声色。但是事过以后，无论是皇后自己还是太子本人的心里都非常明白，在他们母子中间，已经有了一重仇恨，一个难以解开的结。

从此太子开始疏远母亲。他已经越来越看清了母亲的歹毒，并且深知，以母亲的秉性，她是绝不会放过任何一个与她作对的人的，哪怕那个人是她的亲人，是弘。于是李弘开始对母亲处处提防，但终究太子还是防不胜防。道高一尺，而魔高一丈。最后，弘终于没有能逃脱母亲的狠毒。

于是很快，弘被鸩死于武皇后的合璧宫绮云殿。那是在一个其乐融融的家宴中。父亲母亲。还有兄弟姊妹。那才是真正的祥和美好，天伦之乐。然而，就那么突然地，弘便歪倒在地上，七窍中溢出的，都是青春的血。

这是这个家庭中第一个亲人的死。

这死便从此掀开了死亡的长卷。

家中最哀痛的那个人当然是母后。她紧紧抱着那个正在变得僵硬的儿子。她呼唤他亲吻他，不惜让儿子的鲜血染污了她的衣裙。无论这个有着反骨的儿子是谁杀的，哪怕就是她自己，是她自己在儿子的酒中下了毒，但无论如何她最疼爱的弘死了。也无论弘怎样地反抗她敌视她疏远她，但弘到底是她的儿子，她生了他养了他，这点是永远无法改变的。所以武皇后怎么能不伤心？她所不喜欢的，其实只是儿子那慢慢独立的思想，而那个年轻的生命和躯体，她还是深爱的。如今，她爱的东西和不爱的东西都随了那一杯毒酒而去，她从此就再没有弘了，再没有这个就住在近旁住在东宫的儿子了。她再也看不见他的脸摸不到他的手听不到他的声音了，哪怕是反抗她的声音……武皇后紧抱着她这个早逝儿子的尸体，绝望地哭着，任那个仅有二十四岁的青春生命在她的怀中消逝。

然而历史怀疑，武曌真的会爱护她的孩子吗？比起王朝社稷，比起地位权力，她的孩子对她来说，实在是微不足道。国家和权杖，才是至高无上的，才是她毕生的最爱。为了她的最爱，她将不惜以牺牲亲人的生命为代价。她宁愿献出一切。只不过，这一次为维护她的权力所付出的代价有点惨痛。她所失去的毕竟是她的亲儿子。

她所流出的,毕竟是她心中的血。

武皇后真的悲痛欲绝,为此,皇后废朝三日,让天下同哀。再然后,武皇后不惜动用国库大笔钱财和万千民工为自己赎罪。她以天子的规格,在洛阳郊外为李弘修建了恢宏的陵墓。李弘的恭陵方圆百里,气势磅礴。以至于人们至今不知那是武曌为了寄托她作为母亲的不尽的哀思,还是为了掩盖她杀亲灭子的那血腥的罪恶。

太子李弘的暴死,自然也传到了后宫,传到了怀着青春的梦想在内文学馆中奋力苦读的婉儿耳中。后宫中的女人们,都知道太子是个非常善良又非常懦弱的年轻人;还知道这个与世无争、顺从驯服的太子,是圣上的掌上明珠,他的骤然离去,无疑对皇室是一个很大的打击。

而就在朝廷上下为太子的殒命而万分悲痛的时候,后宫中还有一股潜流在暗自行走,那就是在宫婢中广为流传的太子系皇后所鸩杀的谣言。这样的信息不胫而走,如瘟疫一般在后宫蔓延着,这无疑大大毁损了武皇后的形象,特别是动摇了武曌在婉儿心中的那种至高无上的也是不可侵犯的形象。如此,皇后便是可以侵犯的了。皇后亲手鸩杀了自己的儿子,那皇后又何以堪称那个大慈大悲、大恩大德的国母?皇后既然是连她亲生的儿子都容不下,她又怎么能容天下?偶像正在坍塌。这才是让婉儿最最伤心的。她曾经是那么热爱她崇敬她,她甚至为了皇后而跟母亲争吵不睦。在婉儿那种青春少女的心中,最大的伤害莫过于有人来抢夺走她心里的那一片圣洁了。如果信念倒塌,而那信念又是她自己为自己建立的,那么还有什么?信念已无足轻重,关键是她会连对自己都失去了信心。婉儿伤心极了也痛苦极了。她不愿意听后宫那些下贱的婢女们得意地把那些污言秽语如脏水般地泼在皇后的身上,她甚至因此而迁怒于太子，她认为是太子的死使皇后无辜背上了恶名声。

于是婉儿去问老学士。

老学士的沉默不语使婉儿意识到其中必有老人难言的苦衷。

那么就是说那不是谣传了？是皇后真的杀了她的儿子？不，那不是真的。皇后怎么会去杀太子？她爱太子，她是太子的母亲呀！天下哪有母亲杀儿子的？不，圣明的皇后怎么会去做这种事。不，那不是皇后。公公，你说呀，那不是皇后干的，对吗？

老学士无言以对。当婉儿逼得急了，最后他只能摇摇头说，孩子，这人间的事情不是人能左右的。

婉儿对老学士的回答似懂非懂。婉儿便带着这伤痛和疑虑回到了家。她没有对母亲提到这心中的愤懑，她想反正母亲对皇后是怀着偏见的，她当然会轻信那些谣言的。

于是，太子被鸩杀的事成了婉儿和母亲谈话时的一个禁区。她们谁都小心地绕过那个话题。只是到了睡觉之前，郑氏突然莫名其妙地抨击起了那些专爱传播谣言的后宫婢女们。郑氏说，别去理她们。都是些长舌妇。就会制造流言。好像除了造谣惑众，她们就没有事情可做了。她们恨所有比她们好的人。整天像饿猫似的睁大眼睛到处搜寻着。听见风就是雨。甚至没听见风就有了雨。把白的说成是黑的，你怎么能相信她们呢？

郑氏的话让婉儿有点摸不着头脑。她睁大眼睛望着母亲，不知道母亲是真的不信那些关于皇后的流言，还是仅仅为了平息她满腔的怨愤。她有点疑惑地面对着母亲。她想让母亲告诉她事情的真相。但是她最终还是什么也没问。她可能也是害怕真相的。

而对于武皇后鸩杀了她自己的儿子的传言，郑氏其实是深信不疑的。以她自己所亲历的那场家庭的大灾难，那个心狠手辣的皇后又怎么不敢杀了自己的儿子呢？既然是太子为了两个姐姐而敢于同皇后对抗,既然是太子敢揭母亲的疮疤并且敢当众羞辱她,皇后又为什么要容他呢?以杀戮而清除异己,在皇后那里早已是家常便饭。而死在皇后刀下的人,也早已尸骨成堆,又何必在意添上一个她自己的儿子呢?

皇后就是那个凶手。这是确定无疑的。这是郑氏毫不犹豫的判断。但是她却并没有把她的这个判断告诉女儿。郑氏到底是郑氏,她终于没有把她的想法说出来,就像是她始终没有把她们家族的恨事告诉婉儿一样。她不愿意破碎女儿的梦想。她或者并没有意识到,在女儿这样的女孩成长的过程中,是需要有一个梦想来支撑的。但是郑氏却深知,一旦婉儿也深怀了他们这个被皇后所灭绝的不幸家族的深仇大恨,那婉儿的性命便也就危在旦夕了。

所以郑氏说了那些抨击后宫长舌妇们的话。她甚至说了任何的母亲都爱她们自己的孩子,只是爱的方式不同罢了。

然后婉儿安静地睡着了。

第二天清晨,婉儿醒来。她说她做了一个梦。梦见皇后。皇后说她没杀太子。太子是死于政治。那么政治又是什么呢?

幸好武皇后有很多儿子。幸好当弘逝去之后,他还有三个兄弟可以依次搬来东宫,接替他太子的生涯。

首当其冲的便是李贤。李贤当时二十二岁,正是英姿焕发,风华正茂。李贤是极不情愿地搬来东宫的,他更不愿意从此在母亲的监视下生活。

贤是朝野尽知的一位风流才子。但是贤却从来没有把他的才华当作负担。尽管他从小就迷恋读书,且一览不忘,被他的父亲高宗李治看作是他所有儿子中最有才华,也是最堪担重任最适合继承王位的。但是兄弟中排行第二的位置,便使贤天然失去了可以成为一代伟大君王的可能性。但贤并不为此耿耿于怀。可能是因为他的智慧通达,再加上他对手足之情的看重,使得贤从未有过对皇位的觊觎之心。于是在弘死去之前,贤始终和弘保持着一种亲密无间的兄弟之情。他爱他的哥哥,但同时也很惋惜弘的懦弱和他的那种孤僻内向的性格。贤是怀着那种哀其不幸又怒其不争的心情去看待弘的,同时又很谨慎地袖手旁观着。他是能够准确地找准自己位置的那种聪明人。他很懂事。他从一开始就把自己结结实实地安置在了沛王府中,娶妻生子,骑马狩猎,远离权力争斗的中心,过上了一位风流皇子的潇洒而太平的生活。

贤亲眼目睹了李弘在朝堂上逼迫母亲释放两个姐姐的那一幕。那一刻贤真是出了一身的冷汗，他觉得他简直不认识他这个哥哥了,更不知弘为什么要出此错棋,将母亲和他自己陷于被动与无情中。那一刻真是太可怕了。而且贤当即就意识到了弘的死期不远了。二十二岁的李贤当然了解这宫中的你死我活,但是他真的不愿意看到在自己最亲的亲人中会发生如此冲突。不。为什么要这样？弘在为那两个本来和他没什么关系的公主请命时声泪俱下,而坐在珠帘之后的母亲也已是热泪盈眶了。怎样的剑拔弩张。又是怎样的一触即发。贤实在不愿看到这些,不愿这皇室中的恩怨被扩展到朝廷上来,让百官嘲笑,如此的一发而不可收。贤知道这样的冲突对立所造成的一定就是彼此的仇恨和报复。后来的情形果然被贤不幸而料中。弘从此与母亲愈加地疏离。在疏离中他更加孤僻抑郁,乃至于绝望,崩溃。而母亲呢,则在尴尬之中收拾着残局。但是看得出在表面的大度中,她已痛下了决心。她是不会放过这个当面羞辱她、反抗她的儿子的。她要拿出对付一切敌人的那铁腕来整治她的儿子。父父子子,君君臣臣。道理是一样的。无论谁有悖纲常,都将付出代价。

李贤太了解他这个实际掌管着天下的母亲了。他将他的这个母亲看得很透，既看透了她的英勇顽强、意志坚定，又看透了她的凶狠残暴、笑里藏刀。贤知道母亲为人处世只有一个原则，那就是顺我者昌、逆我者亡。这是她身边任何人难逃的法则，哪怕是她的亲人。所以贤总是离他的母亲远远的。他总是逃避她，疏远她，从不和她拉扯母子亲情。贤总是庆幸自己是母亲所生的第二个儿子。更庆幸有弘这样善良的哥哥从小就在太子的位子上挡着他，也就是保护着他。贤需要这样的保护。需要弘的这种保护所给予他的那种安全感。他因为在弘忤逆了母亲之后，才格外地为弘担心。他不知道会发生什么，但是却知道一定会发生什么。于是他忧心忡忡地等待着。他知道那一天就要到来了，弘是突然当不成太子了。他很怕哪一天母亲会宣布废掉弘……那么接下来的又会是什么呢？贤一想到这些就不寒而栗，以为末日来临。

然而，那还是贤所没能想到的。弘竟然并没有能等到他被废的那一天。母子间的仇恨和对立终于被解决，竟是在一场和和睦睦的家宴中。那么神奇的，魔术一般的。父皇母后来了。兄弟姊妹来了。弘终于也来了。但旋即便消失了。而且永远永远地消失了。

那就是母后。以她独有的方式。她甚至都不忍心向天下宣告她要废黜她最最亲爱的弘。她不想以这样的方式羞辱弘，于是她宁愿杀了他。也许这才是母后心中叛逆儿子的最好的结局，让弘暴死在太子的位子上。是天灾人祸。是力所不能及的。是命，也是母亲挽回她的面子她的尴尬的最好的台阶了。她没有理由因弘的正直就剥夺了他的皇位继承权，但是，她却可以因弘的暴死而将这个令她无比失望的儿子淘汰出局。这是何等的大手笔。这便是母亲，和她的威严、微笑背后隐藏的杀机。

这杀机是在弘抱病走进母亲的合璧宫绮云殿时，贤便在母亲的满脸柔情中看到了。母亲的那么关切的目光。还有隐藏在关切背后的那深深的惋惜和伤痛。贤想,那一定就是有了结果了。那一定是母亲已经痛下决心了。她一定是已经知道她就要永远失去她的这个儿子了。于是她才会那么真诚地关爱着弘,那么细心地询问着弘的病情,并尽释前嫌地轻声告诉弘,忘了那些吧。让往事随风而去。她是母亲。她是爱弘的。从弘一出生,她就深爱他。而这爱永远不会变。无论在哪儿,这深爱都会永远地绵延不绝地伴着他……

母亲的话音几乎未落,那一刻就到来了。

那是怎样的一场家宴。生病的父皇。慈爱的母后。兄弟姊妹。一个不少地聚在一起。全家人。其乐融融。觥筹交错。但是贤却看出了这是他们这个幸福家庭的最后的一次团聚。最后的一次。团聚。然后就是支离破碎。一个破碎的家庭,又何谈爱的永远相伴,绵延不绝?然而这仅仅是一个开始。可是一旦开始……

贤不寒而栗。

几乎是转瞬之间。贤看到了什么?父皇看到了什么?而兄弟姊妹们又看到了什么?母亲的安排终于有了结果。她的那爱的誓言还没有消失,还萦绕在奄奄一息的弘的耳畔。弘是带着母亲的微笑和爱的陪伴走的。所以,尽管他的耳目口鼻中全都淌出了鲜血,但是他的神情还是安详的,是获得了毕生最大的慰藉的。然后是母亲的真的伤痛和悲哀。母亲没有表演。她真的抱起了弘流血的身躯,亲吻着他并且呼唤着他。然而无济于事。她是知道的。因为那一切都是她安排的,也是她所最最期盼的结果。

贤没有哭。在那一刻他只有一个念头,那就是,这是必然的。他承认这是母亲最智慧的选择了。她尽管丢失了她的一个儿子,却稳固了她说一不二的权威。

贤没有哭,但却非常害怕。与其说他看到了弘的死,还不如说他看到了自己所要面对的那深刻的危险。一旦母亲在他们兄弟姊妹中动了杀戒,那么杀一个和杀两个又有什么区别呢?所以贤很害怕。此时此刻,他恨不能不是他自己,而是他的弟弟英王李显、相王李旦,或者干脆是那个根本就没有继承权的太平公主。他知道他从此要面对的是什么,他也知道父皇以及满朝文武对他的期望是什么。他更知道,母亲对他的要求是什么。

不,李贤不要面对这些。他不要成为太子,继承皇位。那不是他喜欢的事。他不管那是不是父皇母后的期望。他必得违抗他们,伤他们的心,他必得远离东宫。他之所以盼望着离开是因为他知道东宫就是他的坟墓。他爱父亲,却深知父亲的软弱和有名无实;他爱母亲,却更了解这个女人的歹毒和大权在握。他无法在这种混乱的君臣关系中生活。但死生有命,也是李贤所谙知的。

于是,当弘的葬礼结束,当贤不得不搬进东宫,他就非常睿智地为自己选择了一条足以抵御危险的太子之路。而其中最最关键的,就是不要让母亲觉出他是个咄咄逼人的危险人物。贤的这种创造性的选择,后来被他最小的弟弟承袭了下来并发扬光大。旦便是依靠这种无足轻重的生存方式而如履薄冰地终于寿终正寝。这是武曌的五个儿女中,唯一走完了人生的。尽管那人生也是风风雨雨、起起伏伏,但是旦走完了它。

而贤是什么人?贤尽管明智地选择了恬淡人生,但是他骨子里到底是那种咄咄逼人、任情任性的人。他天生的聪明才智辞采风流是武皇后的骄傲,但同时也是对这个有着无限权欲的母亲的威胁。

但是无论如何,在最初的几年里,贤还是做得很好的。他非常成功地做出了对政事漠不关心的样子,让掌管政事的母亲高枕无忧。而不问政治又不能高高挂起,他必得寻到一个能远离政事的载体,那便是他全身心投入的一项学术的研究。那也确乎是一项他非常喜爱的学问。

公元六七五年，贤在弘逝去两个月后接替太子的位置搬进东宫。自搬进东宫开始，他就启动了一项对范晔所著的《后汉书》进行注释的工程。这是一项浩繁的工程，必得长年累月方可完成。为此李贤广招学士，潜心著作，从此便陷入了那片浩瀚的历史中。贤可能是真的对那段后汉的历史发生了兴趣。而对于那段历史的漫长解释，又恰好成为贤的远离朝政远离母亲，自然也就远离了危险的宁静的港湾。贤归避于此，又被这历史的深意所陶冶。总之整整六年，贤深陷在这注释《后汉书》的工程中。他的这一番选择，不仅被李治大加赞赏，就是武曌也不得不对贤的建树心悦诚服。

也便是在太子李贤兢兢业业修注汉书的时候，后宫中那个始终在内文学馆勤奋苦读的上官婉儿也开始出落得清清秀秀、袅袅婷婷。婉儿天生丽质，源自于她所出生的那个高贵的家庭，而多年来内文学馆中那孜孜不倦的学习，又为这个美丽的女孩子平添了一种优雅的气质。那是种由知识的拥有所形成的一种特殊的气质。那不是一般的美丽，而是比美丽更为深邃的一种东西。思想，或者，能够洞穿一切的那种生命的力量。

婉儿梦醒的时候才知道，那不是梦。

老学士就坐在对面的那把破旧的椅子上。他也确实是刚刚说完了那个让婉儿无比震惊的消息。

皇后真的要召见我？婉儿真的不敢相信。

老人郑重地点头。混浊的目光中那蒙昽的欣慰。

她为什么要召见我？

她需要你这样的女孩在她身边。

我是怎样的女孩？

聪明的有才华的。

明天？

是的，明天。

那我可不可以回去告诉母亲？

去吧。不过要快点回来。我们今天一定要把这最后的几章读完。

那么我今后还能来读书吗？

恐怕很难了吧。

为什么？

你要被皇后带走。

去哪里？

朝廷。

朝廷又是什么样？

你会喜欢那里。

又是为什么？

因为你满脑子里装的都是朝廷，你熟悉那里，也知道该怎样在那里生活，就像是皇后。

可是我读的是书。是文学和历史。

所以你才能够在朝廷中如鱼得水。

如果我想你了呢？

就回来看我。

如果你病了呢？

我会照看自己。

如果你孤单了呢？

有书相伴。

如果你想我了呢？

就看天上的太阳。

婉儿飞快地跑回家。那时候天色还很早，掖庭宫的永巷里一片寂静。婉儿飞快地跑着，怀着一种莫名其妙的喜悦和激动。皇后要召见我了。我要去朝廷了。朝廷什么样？我又会见到什么人？十几年来，婉儿从未迈出过掖庭一步。除了母亲、老学士和那些宫婢宦官们，婉儿根本就不知道那高墙外面的世界是什么样，更不知皇宫是怎样的气势磅礴。所以她兴奋。她飞快地跑着。她的急促的脚步声和她的心脏的怦怦的跳动。她甚至听不到清晨从终南山飞来的鸟儿的歌唱。那是她平常最最在意的，但是她此刻不再在意了。她几乎是一头撞进她的小屋的。她高喊着母亲，便也一头撞进了母亲的怀中。

郑氏夫人吓坏了。她使劲抱住那个气喘吁吁满头是汗脸蛋儿红扑扑的婉儿，问她，怎么啦？孩子，出了什么事？

母亲，我说过吧，那不是梦。

你在胡说些什么呀？到底怎么啦？你不是刚刚去读书吗？是老学士？老学士他……

母亲，你瞎猜什么呀？听我说，是皇后。

皇后怎么啦？郑氏骤然间脸色苍白。

皇后要召见我啦！

你说什么？郑氏惊呆了。你再给我说一遍。

皇后要召见我啦。就在明天。我说过的这绝不是梦。母亲，你难道还不相信吗？

皇后要召见你？不，婉儿，她要把你怎么样？

她要把我带到朝廷。母亲，我的梦想成真了，这简直是奇迹，我真是太高兴了。

可是，不，婉儿，不要去，不要跟她走。听话。孩子，留下来。我们在一起，生死相伴。郑氏说着，便更紧地抱住了婉儿。她的脸色苍白，甚至眼泪都流了下来。她紧紧抓住婉儿，仿佛婉儿就要被抢走似的。

母亲,你到底是怎么了？这一次婉儿奋力挣脱了母亲的拥抱。你是什么意思？你怎么能这样？我又不是去送死。这是好事呀!

是的,也许是好事。只是那地方太险恶。可你才那么小,你不知道……

这和险恶有什么关系？你要知道,我是和皇后在一起。和皇后在一起还有什么危险吗?皇后需要有才华的侍女在她身边。而我恰好符合皇后的条件又为什么不去？对这掖庭的任何一个宫女来说,这都是个千载难逢的机会,可是,母亲却不许婉儿去,这又是为什么呢？母亲如果不是为了日后让婉儿有所作为,不被这掖庭深巷锁上一辈子,干吗还要送我去内文学馆读书？

那么,老学士怎么说？

就是老学士力荐的婉儿。

他？他怎么能……郑氏没有说老学士怎么能把婉儿往火坑里推。也没有说,婉儿你知道什么？你哪里看到过咱们上官府邸被皇后杀戮的血腥场面。郑氏早已经魂飞魄散。她丢下婉儿,便像婉儿一样急切地赶到了内文学馆。接下来郑氏同老学士的一段对话,是婉儿没有听到的。郑氏依然眼泪涟涟,周身颤抖,一副如丧考妣的惊恐和绝望。她有点愤怒地问着老学士,这是为什么？为什么要把婉儿往那火坑里送？

她需要婉儿这样的人才。她身边的那些人都是草包。

那婉儿不是去送死吗？

我了解皇后的为人。不论是谁,只要他有真才实学,皇后都会以诚相待。

她知道婉儿是谁吗？

她当然知道。但是她更知道婉儿是内文学馆中最出色的孩子,她相信我。

她难道忘了她与上官一家的仇恨？

最近武承嗣和武三思也被皇后接了回来。他们的父亲也都是死于流放。父辈的罪名怎么能继续背在后代的身上呢？这一点，皇后从来都是清醒的。

可是，婉儿还那么小。她一旦不懂事触怒了那个女人……不，我真的不能让婉儿去。十四年来我含辛茹苦将婉儿带大，就是为了能留下上官家的一个根苗。婉儿是那么可爱那么纯真，不，我不能让婉儿去，我……

你难道要婉儿在这掖庭的破房子里待一辈子吗？那就是你对婉儿的爱吗？朝廷也许是险恶的，待在皇后的身边也许是不安全的，但一个人只有待在险恶中，只有在不安全的环境中搏斗，才能体现出他的价值，也才能成长。你把婉儿留在身边也许是安全的。让她永远生活在你的羽翼下，永远不见天日，不见世面，甚至放弃掉这次千载难逢的机会，迟早有一天，婉儿会埋怨你，会恨你的。她从此折断了翅膀，不再会飞。仅仅是为了满足你作为母亲的安全感，夫人，请想想那值得吗？而且，她就是留了下来，你们母女就一定会安全吗？你难道就不能放婉儿去闯闯，说不定她会为你们闯下一个新天地呢？

只是……

不要再犹豫了。何况事已至此，是什么都不会改变了。明早，皇后就来。再说，那不是婉儿的梦想吗？就成全孩子的梦吧！只是要千万记住，不要对婉儿说什么。那也是皇后的意思。到了她该知道的时候，她自然也就会处置那一切了。

第二天清晨。

那个决定一切的时刻。

皇后果然轻装简从，准时来到了内文学馆。此刻，皇后春风得意。李弘暴死的阴影早已烟消云散，而新太子李贤埋头训诂他所无比热衷的《后汉书》，对母亲的政事不闻不问，给了武曌在朝廷中自由驰骋的无限空间，让她无比放松，心情愉快。此间唯一让皇后担忧的，就是高宗李治每况愈下的病弱之躯。但那也是命中注定，武曌和御医都无回天之力，而武曌觉得她对圣上最好的报答，可能就是尽力打理好朝政了。让国泰民安来抚慰吾皇病弱的心灵。

在朝廷中出没往返，游刃有余，使武皇后越来越坚信自己掌管天下的能力和才华。她不再怀疑自己，倒是对身边那些愚笨僵化的朝相们，越来越觉得不满了。她太需要一些年轻的有朝气也有才华的人来打破这朝中的沉闷了。那是皇后再也不能忍受的一种窒息，所以她才一直呼吁要不拘一格选拔人才，而她的这一提议在实现起来的时候，又是那么举步维艰。她知道是那些李唐的老夫子一般的旧臣们在阻碍着她。而她又不能明目张胆地赶走他们，毕竟圣上还活着，也毕竟这是李唐的王朝。尽管是她武曌在实际掌管着王朝，然而她却也只能是以皇后的身份，为李唐垂帘听政。她便是在这诸多的无奈中向她内文学馆的恩师求助的。

便是这上官婉儿。老学士斩钉截铁甚至是没有商量余地地举荐了这个聪慧明敏的女孩。

只有她？皇后有点踟蹰地问。

臣以为只有婉儿。老学士再一次肯定地说。

你真的力荐这个女孩？皇后也再一次追问。

我保证，她会帮助你的。

何以见得？

那是我的直觉。就像是当年我相信你会有今天。

你是说这个上官仪的孙女？你以为我真会用这样的人吗？她就

像是一把匕首，隐藏在我身边。她随时会把复仇的利刃刺进我的胸膛。你以为我真该如此愚蠢地引火烧身引狼入室自讨苦吃吗？不，我不会要她的。她纵是有天大的才能我也不会用她的。就让她死在这掖庭吧！别做美梦了。告诉我，这后宫难道就没有别的什么可供我挑选的人了吗？

老臣以为，除了婉儿，就真的没有了。

你就那么肯定？

以皇后的雅量，难道容不下一个区区婉儿？而且以臣之见，你捐弃前嫌，大胆启用上官仪的孙女，所换取的，定然是满朝文武的更加心悦诚服。就是那些旧臣，也不能不因钦佩你的勇气和度量而对你折服。这是一举两得的好事，既左右了文武臣相们的人心向背，又俘获了一个出类拔萃的人才。臣以为，以殿下对婉儿的恩德，必将换来她的涌泉之报。何况婉儿并不知道她的身世。今后也不会知道。更何况她是那么崇拜殿下……

如果真是这样，那么好吧，就让我们一道来冒这个险吧。传婉儿。我倒是要看看这个婉儿究竟值不值得我冒这个险。

然后，婉儿的那个梦寐以求的时刻就来到了。对于婉儿来说，这是她一生中唯一的一次应试，而且是在皇后的面前，在她最最热爱最最迷恋也是最最崇敬的女人面前。那是种怎样的惊心动魄，怎样的地动山摇。然而婉儿不怕。不怕也不紧张。她淡淡妆，天然样，十分得体地走到女皇面前向她叩谢请安。那是怎样的优雅大气，又是怎样的质朴纯真。不卑不亢中的毕恭毕敬，默默无言中的满心期待。这就是婉儿。婉儿一出现就攫走了皇后的心。她真的在她的侍女中，从没有见过婉儿这样的女孩子。她几乎是一见到婉儿，就喜欢上了她。她说不清这是为什么。只是心灵中的一种触动。她看着婉儿，那欣赏的心情溢于言表。

然后婉儿便在桌前奋笔疾书，依次为皇后命题作文，草拟诏令,又赋诗数首。婉儿也不知哪儿来的力量,大概就是因了她是在她深爱的女人面前，是因为她日后太想和这个伟大的女人在一起了,所以婉儿那天的应试,可谓是一种超常的发挥。一切都得心应手,又一切都尽善尽美尽如人意。当应试结束,婉儿抬起头,她从皇后那里看到的,是惊喜而爱慕的目光。

这可能就是她们主仆之间君臣之间第一次的相视，而又是相视无言了。婉儿怔怔地看着皇后。那么直率的目光,那掩饰不住的欣喜和热爱。

在相视良久之后,皇后才不得不把她的目光移开。她知道了她喜欢这个女孩，喜欢她那种没有做作，也没有故意矫饰的天然姿态。她即刻想到的,还有她的女儿太平公主。她甚至想到应该让婉儿这样聪明绝顶的女孩常常同太平公主一道玩儿，公主身边的那些侍女实在是太傻了，竟然没有一个抵得上这个永巷生长起来的孩子。看着婉儿那痴迷的目光,和只有掖庭中女孩才会穿的那深棕色的麻布衣服，皇后仿佛又回到了她十四岁时刚刚被选进后宫住在掖庭的那段日子。可能就是那段伤心的回忆触动了皇后的恻隐之心,可能皇后就是为了怜惜自己,才不忍让这个同是十四岁的多才多艺的女孩终生埋没在永巷的灰尘中。

皇后想了很多。

皇后也想了很久。

那是一段很长久的沉默。然后,皇后站起来,并伸出手拉起了一直跪在那里等候着最后裁决的婉儿的手,武曌说,我已经五十岁了。

武曌又说,愿意和我走吗？那么,就来吧。

婉儿情不自禁地把皇后的手,紧紧贴在了她的嘴上。

那是一段燃情的岁月。连皇后都没有想到，婉儿的出现，竟会在她的家庭中引起那么大的骚动。他们这个皇室中的每一个成员，都对婉儿的到来持有着他们自己的一种态度。

此时已病得很重的高宗李治，对婉儿的到来深怀恐惧。其实他惧怕的并不是婉儿所怀的那一份复仇的愿望，而是武皇后的那一份如此的深明大义，不计前嫌。武曌将婉儿这种女孩召至身边的举动，让高宗更加觉出了武曌这个女人的深不可测。他看不透武曌的葫芦里究竟卖的是什么药。世间已经没有她做不出来的事情了。一切的违背常理。一切的胆大妄为。所有的举措都是难以理喻的，以至于竟然会把她亲手灭掉的家族的后裔安置在她自己的身边，那么，还有什么样的仇敌不能接近她呢？这样看来，武曌把武三思他们接来比起婉儿的到来实在是小巫见大巫了。三思他们的怨恨算什么，他们的父亲不过是在外任之地因贬官流放抑郁而死罢了，而上官仪和上官庭芝是被他出卖又被武皇后满门诛戮，在牢狱中被活活杀死的。那又是一种怎样血光四射的深仇大恨。如此的血仇都可以在皇后的一个灿烂明媚的微笑中消泯殆尽，那世间就真的不会有什么更令人震惊的奇迹了。婉儿的到来所带给病中皇帝的，是他对皇后的更加不能理解和更加惧怕。而他想做的唯一事情，就是找个机会告诉那个不谙世事的小姑娘，一定要小心侍候皇后，万万不可掉以轻心。

对婉儿的到来采取冷漠态度的，是武皇后最小的也是她最最亲爱的女儿太平公主。她对母亲身边的这个据说才华横溢的小宫女格外地不屑一顾，每每见面也是很不以为然的样子。太平身为公主，又是这皇室中唯一的公主，唯一的小妹妹，她就自然是更加地娇生惯养，颐指气使，不可一世。宗族中其他的成员也都很难和她接近，更不要说从掖庭出来的婉儿了。

太平公主是以她的聪慧颖悟著称于世的。这也是她的母亲武曌为什么对她尤为钟爱的原因。其实这也就是武皇后与众不同的地方，无论她身处怎样的环境，她都会对身边有才华的人格外看重，尤其是那些女人。她不管那些有智慧的女人是谁，哪怕她们是她的敌人。比如她就特别钦佩那位曾写过《女则三十卷》的唐太宗李世民的皇后长孙氏。她虽然没有能见到她，但长孙皇后所遗下的《女则》她却是读过很多遍。她尽管不喜欢长孙皇后对女人的规范，但是对那个女人勤于思考的生存方式是非常欣赏的。再比如她由衷佩服的那个叫徐惠的女人，她知道徐惠被召进宫里，并不是因为她的美貌，而是她朝野尽知的才华。也许是唐太宗见到的漂亮的女人太多了，所以他才厌倦她们，而对徐惠这种知书达理、多才多艺的女人情有独钟。就在武曌被打入冷宫的同时，徐惠却从才人到婕妤不断地升迁着。按理说武皇后应当对徐惠刻骨仇恨，但是她依然敬佩她甚至仰慕她。在某种意义上，当她身陷绝境，仍不放弃，日夜在文学馆内发奋读书，其实就是徐惠在激励她。是徐惠身上的那知识才华在诱惑她。

所以，当日后武曌有了这个宝贝女儿，她对女儿最深切的关爱就是为她请来了最有学问的老师。在学习的问题上，她打破了纲常伦理，坚持儿女平等。她甚至觉得，唯其女人，才更需要智慧才华，来帮助她们摆脱性别所带给她们的微贱和不幸。她不喜欢女人太依赖于她们的青春美貌。青春美貌固然重要，她就曾拥有过惊世的美貌和青春，却依然不能摆脱冷宫的窘境，而当她拥有了老学士所给予她的智慧和才学，她才能一步一步地走到今天。所以，她对女儿的要求是，成为一个有思想有智慧的女人。这便是武曌作为皇后与历代皇后不同的地方。这也是她为什么下决心，把仇人的后代接到自己身边，并把婉儿介绍给自己女儿的真正原因。她是希望婉儿能影响太平。她希望公主也能从婉儿的文章和诗词中，看到那卓然超群的智者的风范，尽管，婉儿只是个年仅十四岁的小姑娘。

然而太平公主见到婉儿之后，却有很格格不入的那种感觉。这是两个都很聪明也很有才华的女孩子之间的那种说不清、道不明的感觉。不是妒忌，更不是仇视。但却是若即若离、彼此利用、相互戒备而又相互依赖的。这是她们从相识就采取的一种各自的态度。日后，她们也就始终延续着这样的一种关系的状态。而其间，当然还有一种从小一起长大的那种近乎两小无猜的友情。毕竟，成长中的太平公主是需要一个除母亲之外的能理解她的女伴。她的很多闺中的私语，也是需要找到一个同龄的姐妹一般的女孩倾诉的。

那么那就是婉儿。

婉儿之所以能将她和太平公主之间的这种近乎友谊的关系维持毕生，还在于她绝顶聪明的感觉很快就找准了她和太平公主之间的那种主仆关系。她总是能够坚持住自己奴仆的立场,总是心平气和地看待这种不平等的状况。后来,无论婉儿的才智有多高,官位有多高,她都坚持着自己是太平公主的奴仆。而就是这样的一种关系,便很快消除了太平公主的某种防范,而使她们确实是建立起了一种甚至超越了主仆关系的纯粹的友情。而这友情中最重要的一个部分,就是她们得以相通甚至得以平等的那一份智慧。那种在很高的位置上的女人的智慧。是智慧使她们能够对话;也是智慧,使她们能在对方遇到困难时,相互关照和帮助,搭救对方于危难之际。

她们便是因了这智慧,将她们的友谊维持了很多年,乃至于毕生。无论皇室中的男人和外戚们是怎样的争斗,而婉儿又是多深地卷入了这争斗的旋涡中,但她却从来没有一丝一毫地伤害过太平公主。而智慧的太平公主也自然是了悟婉儿的这一片苦心的。所以她才能在婉儿最终被唐玄宗李隆基所杀害的两年后上书,奏请圣上为婉儿恢复名誉,赐谥"惠文"。这大概也算是太平公主对婉儿多年来对她的爱护和友情的一种报答了吧。她是敬佩婉儿的。婉儿已经是她政治生命中不可分割的一部分。

对婉儿怀有着另一种敬重的,是从小就生活在相王府中的相王李旦。旦是武皇后最小的一个儿子,也是最有忍性,在某种意义上也是最聪明的孩子。天性的柔韧和总是急流勇退的性格,使旦始终对婉儿采取了一种不卑不亢但却又十分友好的态度。当出水芙蓉般的婉儿突然出现在母亲身边,当婉儿的那一份才华和清纯突然闪亮在他的眼前,他不是不动心,而只是没有能力卷进二哥、三哥对婉儿的那明争暗斗的抢夺中。他永远不会夺人所爱。哪怕那所爱就在他的身旁。他当然也像所有的男人一样,是喜欢婉儿那种既美丽又聪明的女孩的。他认为婉儿是那种世上罕见的奇女子，就像是百年千年都不会再出现的他的母亲武曌一样。所以他才格外地钦佩婉儿，在钦佩之中有一种很深邃的敬重。所以当他的两个哥哥先后离开朝廷，而偏偏是他坐在了天子的位子上，他便像敬畏母亲一样地敬畏母亲身边的这个婉儿了。他甚至已不再把婉儿当作他的同辈人来看待，而是把她当作了母亲那样的长辈。尽管婉儿比旦还要小两岁，但李旦在感觉上确乎是要比婉儿弱小了很多。所以他对婉儿从未怀有过非分之想，而他本来就没有很多能和婉儿接近的机会。他做太子时，婉儿是女皇寸步不离的近臣；而当女皇魂归乾陵，婉儿又成了继承王位的三哥须臾不可离开的嫔妃。他为婉儿所动过的唯一的感情，就是当自己的儿子隆基杀了婉儿之后的那一份深刻的哀痛。他真的很伤心，不单单是对那美丽生命亡失的一种惋惜，也还有内心深处的某种像生命破碎的一种疼痛。那时候，旦始才知道在他生命的某个深处，对婉儿竟是怀着那么深刻的爱情；始才知道很多年来，他对婉儿不仅仅是敬重，还有着一种很深邃的联系。那联系在平时是看不到的。是被他的冷漠他的客观所掩盖住的。他甚至还对婉儿的淫媚颇有微词。而一旦婉儿死了，他从此再也见不到她，也无法与她交谈，他才知道这是生命中怎样的一种缺憾和从此怎样的一种寂寞。毕竟是一个几十年来始终活动于他们皇室成员之间的一个女人。亲人一般的一个女人。他不能接受这个失了婉儿的朝廷。这就是为什么他再度称帝之后而又总是去意彷徨。

在武皇后的儿子中，对婉儿迷恋得真正神魂颠倒的，是那个后来终于做成皇帝的中宗李显。李显初次见到婉儿的时候，正是二十二岁风流倜傥的英王，且大有祖父李世民的那浩浩气势。英王显虽在他的王府中已拥有韦氏一类美丽的妻妾，但是在母后处初见那个气质优雅的年轻女孩婉儿时，还是不禁心惊肉跳，夜不成眠。他实在是从没见到过这样的女孩。他不知道婉儿这样宫婢出身而又过目成诵、了知天下的年仅十四的女孩究竟是用什么做成的。在他看来，婉儿是天降才人，是个奇迹，否则她怎么能那么小小年纪，就能为母亲草拟出如此经典的诰命呢？婉儿实在是太出色了，她不仅很美，而且很智慧。在后宫中，美并不能算什么，但智慧就十分难得了。而婉儿恰恰就是这种难得的女人，她不仅能在床第之间派上用场，还能在朝政上下举足轻重，这才是英王李显真正看重婉儿的地方。他甚至想过，倘若有一天他做了皇帝，他也一定要用婉儿为他掌管诏命的。当然，他也会要求婉儿和他上床，做他的嫔妃。他要将整个的婉儿据为己有。他要占据这个女人的所有的东西。她的美丽她的才智，还有，她的身体。

英王不愿错过婉儿这样的女人，因为他觉得婉儿对他来说太重要了，就像是当年他的父皇一定要把他祖父的嫔妃武媚娘弄到手一样。显然，一定是做太子的父亲太爱武媚娘了，而武媚娘对父亲来说也太重要太切肤了，所以父亲才会无论冒怎样的风险，哪怕是冒着忤逆他的父亲唐太宗李世民的杀身之险，他也绝不会放弃当年那个美丽非凡而又智力超群的母亲。所以显也信誓旦旦，一定要把婉儿弄到手。他甚至在第一眼看见婉儿的时候，就坚信他同这个女人之间，一定会有一段天长日久的恩怨。是生死相依的那一种，又是充满了坎坷艰辛的。他这样坚信着，便在婉儿到来的第一天，就对这个还依然处在惊慌中的小女孩投过去了那种大胆的能让婉儿觉察得到的一种关切而且是爱慕的目光。他知道，从此，追求这个女孩的漫长旅程就开始了。他知道这是一个漫长的过程，所以他并不着急，他要耐心地等着这个在心智上早慧的女孩在感情和肉体上也慢慢成熟,他很自信。他知道迟早他会拥有婉儿的。

但是没有几天，显就意识到了那条追求婉儿的道路并不平坦，甚至是布满陷阱和荆棘的,甚至遍布着血和伤痛。其实根本就没有路,而是要靠他自己一步一个血印地蹚出来。因为没有几天,他就看出了婉儿在他面前的那种冷漠镇静,不苟言笑。凭着英王对女人的经验,他当然看出了这是婉儿对他的不感兴趣。她总是那么心无旁骛,目不斜视。但是,她当然不是对所有人都没有兴趣的,譬如说,婉儿对她的主子武皇后,就从来是满怀了爱戴和崇拜。这在她的目光中是看得出来的,她甚至爱皇后到了一种痴迷的境地,进而表现出来的,就是那种极端的服从和谦卑,那种英王所不喜欢的奴颜婢膝。他想这个未来的他的女人,怎么能对皇后如此的奴颜媚骨呢?

而其实这些,还并不是最令英王不安的。婉儿的屈膝,至少还能证明她的忠诚。关键是,她的目光所更多关注的,竟然是已住进东宫的新太子李贤,他的二哥。那也是显从婉儿那纯洁透明的神情中了悟出来的。那是显而易见的爱。还有少女的那种紧张和羞涩。大概只有当显看出了婉儿的另有所爱之后，他才第一次对他的二哥有不睦之想。他想二哥有什么，无论人品才华还是他的举止相貌,都是不能和他相比的。他想二哥唯一可以骄傲的,就是比他早生了几年,更多地拥有继承皇位的权力。但是时世变幻,谁也说不准天下是谁的,婉儿何以从小就要如此势利,而将她的心随便就给什么人呢？她就那么相信太子能给她幸福吗?

让英王李显备感失望和失败的，便是住在东宫的第二任皇太子李贤。贤确乎不如英王威武高大、气宇轩昂,但他却有着一种独到的男人的魅力。那是种被掩盖住的力量。是一种能够肝胆相照的坦荡胸怀。

因为贤就住在紧邻母后的东宫，而贤又身居太子监国，所以每每处置朝政，婉儿在皇后的子女中所见最多的，就是当时二十四岁的李贤了。那时的李贤，已做了两年的太子，他不仅把全部精力，都投注在了《后汉书》的注释中，每每涉及朝政，也总是公正明审，深受文武百官的爱戴。婉儿一生所佩服的，就是那些满腹经纶的饱学之士。不用说太子贤是怎样的在政坛出类拔萃，就是他对《后汉书》注释的那一番热情和献身，就足够婉儿倾慕的了。她想太子真的非常了不起，一点儿也不像她想象中的那些皇室公子哥们的奢靡淫乱，只钟情于声色犬马。所以她是佩服太子的，觉得他能承担起修注《后汉书》这项浩繁的工程，实在是很伟大。

那时候武皇后对她的这个儿子还是十分欣赏的。她觉得贤虽然不像英王那么相貌堂堂，也不像李弘那么柔弱无为。特别是朝廷上下对太子一致称颂，更让武皇后认同了圣上李治的观点：贤，是他们的四个儿子中，最有出息也是最具帝王气象的一个。所以他们很为太子而骄傲，他们认为江山就得要贤这样的明君所继承。于是，在武曌垂帘之时，凡遇重大事件，总会把太子召来一道商讨。她既要听贤的见解，也还要把她从政的经验传给贤。那时候贤和他的母亲还是很和谐的，因为贤有他的《后汉书》可以训诂，还有他完全把自己置身于朝政之外的一种姿态，让他执掌朝廷实际大权的母亲很放心。

所以那时候武曌是爱她这个儿子的。她对贤的欣赏钟爱之情总是溢于言表。有时候武皇后兴奋起来，她还常常会带上婉儿和几个亲近的侍女，不通告就来到贤的东宫学馆中，去看他怎样带领学士们修注《后汉书》，并在她的侍女们中间对太子的勤奋赞不绝口。皇后的突然而至完全是为了给贤一个惊喜，是想向太子说明她是关心他的，她并且每每带去银两布帛，奖掖那些每日在故纸堆中辛勤劳作的学士们。皇后真的是一片诚心，有婉儿做证。但是太子不知是听了谁的挑唆，慢慢地，他竟然以为这是母亲在搞突然袭击，是对他不放心。

李贤坚毅刚健，脸上是很粗放的男子汉线条。虽然不是明眸皓齿，却也是棱角分明。他不仅过目成诵，辞采风流，且骑马狩猎、短刃长戟无所不能。宫内宫外，年长年少的女人们，几乎都把贤当作了她们的梦中王子。生命和精力的旺盛，使贤在入主东宫之前，就在沛王府中做了三个儿子的父亲。但是无论怎样儿女绕膝，还是怎样把自己囚禁于故纸堆里，贤那皇亲贵胄的纨绔之心还是摆脱不掉。一遇机会，便会任情任性，声色犬马，将生命轻掷。

而此世间，贤所惧怕的唯有一人，那就是母亲。因为他知道这世间唯有母亲能握住他的性命，是能够决定他的生与死的。于是，贤凡是出现在母亲身边，都会表现出一种与贤的天性南辕北辙的驯服。这当然是贤装出来的。因为他想活着。所以他驯顺，而他驯顺的表现就是他的永远的沉默寡言。贤大概知道言多必定语失，所以他不讲话。他以不讲话来维持他与母亲之间的那平衡。

这是贤的伪装。贤便是以他的这种伪装，俘获了皇后身边很多女孩子的心。他是那么坚毅，又是那么不苟言笑。他从未正眼瞧过母亲身边的任何一个年轻的侍女，他不屑与她们交往，哪怕她们其中的有些女孩很漂亮。贤越是冷漠孤傲，自然就越是能打动那些小侍女们的心。她们被这个有着坚硬外表的男人迷惑着，只要贤一来，她们的眼睛就会不由自主地放起光来。这就是贤作为男人的魅力。那些爱慕着贤的小侍女们甚至私下里议论，如果有来生，只求能做贤的侍女。哪怕只有一夜风流，一生足矣。

便是在侍女们对这个白马王子式的太子的青春萌动中，婉儿也被感染了。其实她本不在意贤，尽管她有着一些能与太子接近的机会,她都让那些机会在她的不在意间流走了。她也不觉得可惜。她觉得太子就是太子,而不是什么有魅力的男人。她是在武皇后的身边待过了两年之后,当她十六岁的时候,好像才恍然大悟,意识到原来太子是那么吸引着她。

那是少女的骚动。但是婉儿不承认。她觉得她和那些庸俗的侍女们绝不一样,她们所爱慕的是太子的位置和相貌,而她所倾慕的,则是太子的人格和才华。她从来没有奢望过自己和太子会怎样。婉儿知道那只是虚妄,毫无意义的。婉儿是一个实际的人。那是她自从和皇后在一起所学到的一种人生的态度。她想与其对太子想入非非,还不如脚踏实地地向皇后学习权秉国政的艺术。

于是婉儿对李贤很淡然。她不想挤在那些迷恋着贤的庸俗的侍女队伍中。她只是任凭着贤身上的那种神秘的力量在吸引她诱惑她。她听之任之。无可而又无不可。特别是到了后来,贤对他的母亲开始心怀芥蒂,他就更是很少到皇后的后宫中来请安,自然婉儿也就更是很少见到李贤了。婉儿知道那是不可能的。她一个小小的奴婢,怎么会引起大唐的堂堂太子的注意呢?婉儿认为倾慕太子简直是一件最荒唐的事。她觉得那些侍女们可能都疯了。而且慢慢地在皇后与太子的交往中,婉儿意识到,恐怕有什么就要发生了。婉儿预感到,那可能是一场可怕的悲剧。

有一天在朝上,那是很久以后的一天,贤和其他皇子以及文武百官到来了。婉儿伴随着皇后,在帘后。她再度看见了贤。但贤垂首,始终如一的姿态。她遇不到贤的目光。但朝堂百官中也有遇不见婉儿目光的,那就是英王李显。显一往情深一如既往。他尽管得不到丝毫的回应,但是他锲而不舍。哪怕隔着珠帘,他也要盯着婉儿。其实那也是婉儿感觉得到的。她即或不去看他,也能知道英王的目光是怎样不停地在她的身上游动着。

那天觐见结束，朝臣们纷纷退出大殿。皇后像突然想起了什么,叫婉儿去追回太子,把太子带到政务殿来,她有事要和他商量。

于是婉儿匆匆去追。在熙熙攘攘的退朝的百官中,直到追出殿门,婉儿才看见太子正和他的两个兄弟一路说笑着朝外走。婉儿加快了脚步,一路小跑。她想她不能从身后叫住太子,所以她继续朝前跑,直到跑到太子和英王、相王的前面。她气喘吁吁。在匆匆的屈膝礼后,便喘着粗气说,太子,太子请留步,殿下……殿下要您去她的政务殿。

三兄弟被突然出现在他们眼前的婉儿阻挡了。他们都很惊讶,但每个人脸上的表情都不一样。然而他们却都目不转睛地看着婉儿。他们不知道他们眼前的这个美丽姑娘是怎样从天而降的。他们都很兴奋,又有点大惑不解。于是他们怔怔地看着婉儿,欣赏着这个依然在喘息的、满脸红晕的女孩。

也许是他们太在意婉儿了,所以他们尽管听到了婉儿的话,却又不知道婉儿说的到底是什么。

倒是太子李贤很快醒悟了过来,于是他有点不耐烦地说,你在说什么？再说一遍。

贤的冷漠的话音刚落,显便惊呼着,是婉儿?有什么事?你怎么来了?

唯有站在一边的相王李旦是清醒的，他没等婉儿复述她的使命,便对太子说,二哥,是母亲在叫你。

是的,是皇后。婉儿急切地复述着,皇后请太子回政务殿,说有事要商量。

她又要干什么？太子一脸的不愉快。

这时候英王也不管什么母后什么太子,对他来说,在此刻,婉儿才是最最重要的。于是他走近婉儿，在和婉儿很近的地方，轻声地问她，听说婉儿的诗做得极好，哪天能不能在母后的家宴中也代我应制几首？

英王夸奖了，奴婢不敢。

有什么不敢的，听说你尤其擅长五言诗，就像你祖父上官仪……

奴婢的祖父？婉儿惊愕地睁大眼睛，奴婢从不曾听说祖父会做诗，英王是不是搞错了？

哪里，那是朝中有名的"上官体"，一时间满朝文武争相效仿绮错婉媚的"上官体"，婉儿真的不知？

三哥，母亲在叫二哥。旦提醒着显。

太子李贤就低着头站在那里，听着显不肯终止的谈话。

显接着说，一定是你祖父的遗传，让你写出如此瑰丽的绝妙诗行，我读过了你的很多诗，譬如……

婉儿，你是说皇后在叫我？贤强行打断了显的话。那一刻，婉儿正执着于英王所说的关于她的祖父。那是她从未听说过的。她很惊讶。想知道家族的历史究竟是怎样的。而她的母亲从来就没有如实地讲给过她。一提到父亲，母亲就总是躲躲闪闪。而越是躲闪，婉儿就越是觉得其中必有隐衷。所以婉儿充满了期待地看着英王。她希望英王显能告诉她，她的家世究竟是怎样的？她的祖父上官仪又是谁？她为什么从来就没有见过他？婉儿太想知道这一切了。

然而太子贤的声音响起。那么严厉的。那声音仿佛从很远的地方传来，就像雷。从天空的某个地方滚过来，就炸响在婉儿的头顶。那么低沉的一阵巨响，婉儿被惊吓得一阵哆嗦。她有点惊恐地望着太子。她的脸由红而变得惨白，她说是，是的，是皇后。

皇后干什么？贤继续严厉地问。

皇后要太子回政务殿。

什么时辰？现在还是明天？

现在。就是现在。此刻。

那你还在这儿耽搁什么？我们快走吧。贤说着就扭转身，径自向政务殿走去，把婉儿和他的两个兄弟甩在了身后。

太子的愤怒让婉儿的眼泪顿时涌出了眼眶。她突然觉得伤心极了也委屈极了，也是第一次，她觉出了做一个奴婢是多么的可悲，而世道又是多么的不平等。婉儿哭着，不知如何是好。倒是英王走过来，搂住了婉儿的肩膀，安慰她说，没事的，你快去追上他就是了。

太子真的生气了吗？婉儿求助般地望着李显。

他就是这个样子。没事的。快去吧。

婉儿这才告别了英王和相王，又是一路小跑地追上了太子。太子径自向前走着。他大步流星，沉默不语。尽管，他知道那个柔弱的婉儿就在他的身后悄无声息地跟着他，也尽管，他听到了婉儿的那隐忍的抽泣声。贤就这样冷酷地向前走着，直到他们来到了政务殿大门外的那条寂静的石板路上，贤才突然地停了下来。扭转身。看着婉儿。然后问她，你跟了母亲那么久，难道还不了解她？你难道真不知道落实她的指令要雷厉风行，不能有片刻的迟缓？而你怎么还敢延误？在那里听英王胡说八道？谁知道他是从哪儿道听途说来的。这长安城每一个门窗都在制造着谣言，你竟然还会那么认真地相信他？那么，你和那些下贱的长舌妇们又有什么区别呢？

婉儿低着头。她真的非常痛苦。就算是太子的每一句话都对，可是她是谁？她就敢不回答英王的问话吗？她不过是皇后身边的一个下贱的奴婢，她该怎么办？她不仅不敢违抗皇后，这皇室中的任何一个人她都不敢违抗。不论是谁的一句话，都能让她转瞬之间就命丧黄泉。在她这样卑微的女人这里，是没有是非的，有的只是服从。服从所有比她地位高贵的人。人是不平等的。生来就是不平等的。尽管婉儿也有傲骨也有尊严，但她的卑微将她人性中的一切全都毁灭了。所以她能怎样？剩下来的只有逆来顺受，独自垂泪。

婉儿只有十六岁。

赶快擦掉眼泪，向皇后禀报我来了。还是太子在讲话。然后太子又接着说，记住。太子说记住的时候，他已经扭转身不再对着婉儿了。

他说，记住。我下面要说的话，永远不会说第二遍了。而且无论今后发生了什么，我这话都是作数的。所以，记住。

记住，我从第一眼看见你，就知道你是个了不起的女孩。我也知道你现在肯定在想，太子有什么了不起，人生来就应当是平等的。但是现实就是这样不公平。这是任何人都无法改变的。你是掖庭中长大的，所以你永远是奴隶。无论你是怎样地恃才傲物，你都永远是母亲的宫婢。你将永无出头之日，除非有一天你做了哪一位皇上的嫔妃。所以你要认清自己。你要时刻保持清醒的头脑并时刻警惕着。听着，别相信英王的那些话。也别去想它。更不要打听。那将会引来杀身之祸。你还不想死吧？所以按我说的去做。我不会伤害你。这里是皇宫。到处是暗藏的杀机。不是游戏，而是生死存亡。本来，这地方对你就不合适。没有人能保护你。只能靠自己。靠你随时随地的审时度势和自知之明。懂了吗？这是我的肺腑之言。我只是不想在我还活着的时候，而你已经离去了。

李贤说完，就转身走进了政务殿。

婉儿随后也跟了进去。她向皇后禀报了太子贤的到来，然后就站在了皇后的身后。她听着皇后在向太子说着什么。但是她已经不知道皇后对太子说的究竟是什么了。她脑子里转来转去的都是太子的话。有些话她不懂，但有些话她知道那是太子真心对她好。但是她不能理解，太子在对她好的时候为什么还要羞辱她，为什么还要拼命伤害她的自尊心。她不懂太子为什么要用这样一种扭曲的方式来关心她，提醒她，爱护她。她更不懂太子为什么要说，他的话是永生永世作数的……

婉儿这样想着。

当她警觉着不再这样想的时候，皇后已经准备回后宫了。而政务殿中的太子早已无影无踪，不知去向。

婉儿本来是一个非常实际的女孩子。但是太子那天所说的那一段话，竟让一向实际的婉儿做起了白日梦。那是纯粹女孩子的一种不切实际的梦想。单单是凭着太子的那一席话，婉儿就觉得她和太子已经很亲近了。

婉儿一厢情愿地这样想着。她还想，既然太子能对她说出他的肺腑之言，那么他们之间还有什么不能谈的。婉儿也有肺腑之言，但是无论在掖庭，还是在后宫，她都一直苦于没有一个相知的人可以倾诉。婉儿想不到竟会是太子走进她的生活，走进她的心。太子的那坦坦荡荡和对自己深切的关照，婉儿真的觉得太子就是她的亲人了，甚至比亲人还亲。那是一种灵魂的贴近，是肝胆相照。婉儿这样想着便切盼着能再度见到太子并与他长谈。她希望太子能听她倾诉，能理解婉儿这样做着宫婢的女孩子的心灵。婉儿甚至想，今生今世，她即或做不成太子的女人，也应该成为太子的朋友。她希望太子以平等待她，把她当作他生命的挚友。

但是婉儿竟再也没有得到过能与太子单独见面的机会。婉儿知道如果太子想见她，他是能够安排的，他可以找到一千个他们单独相见的理由。但是太子没有。他在说过了那一番箴言之后，就好像突然在婉儿的视野中消失了，消失得无影无踪。即或是太子就在皇后翠帘的那一面，就和文武大臣们站在一起，他们已经近在咫尺,但却也咫尺天涯。不仅仅那道透明的珠帘是一道永恒的屏障,就是他们之间那高贵与卑贱的差别,也将是一道永远无法逾越的鸿沟,这是很久以后婉儿才意识到的。

婉儿被冷落着。以至于她都不敢相信太子确曾对她说起过什么。有几次在政务殿的甬道上,婉儿与太子擦肩而过,而太子就仿佛从不认识她,哪怕是甬道上没有人,太子也不理她,仿佛他们是路人。

婉儿百思不得其解。

婉儿和太子越来越遥远。

他们是用心靠近的,而现在分离的,也是他们的心。

这样日复一日。婉儿被太子的冷酷折磨着。是太子要婉儿觉得他关心她亲近她,也是太子要婉儿把他装在心上的。然而,太子又是那么不近人情地从婉儿的心中拿走了他。

婉儿从此再不能接近太子。她强迫自己要努力忘掉这个男人,并且彻底断了她对这个男人的念想。但毕竟石板路上的那一幕太深刻了,就烙在心上,那是婉儿想抠也抠不掉的。也许恰恰是不再能接近太子,婉儿才更加怀念他。那很多不眠的夜晚,婉儿想的,都是太子说过的话。慢慢地,她竟然觉得在夜深人静的时候能独自回忆着太子的话,也是她的一种幸福了。

太子说,我从第一眼看见你,就知道你是个了不起的女孩。

婉儿想,这就是说,太子并不是不在乎我。而我过去一直以为,太子怎么会注意到一个小小的奴婢。就站在皇后身边。那么弱小而卑微的。而李贤是谁?一个王朝的太子。一个王位的继承人。他是那么高高在上,怎么会第一眼就看出我是个好女孩呢?不,那不是真的。太子那低沉的声音响着。就在我的耳畔。那么寂静的甬道,太子向我走来。他的那么飘逸的姿态。贴近我并叫着我的名字。他的有力的臂膀。他说别以为我不在乎你。他把手放在我的脸上。他说婉儿你是这么美你是我最最看重的女人。你的才华还有你的诗。可是你为什么不是我的女人？你为什么不能住进东宫？来吧，跟我走。你当然是我的。不论今生来世，你心里都只能装着我，唯有我……不。那是梦。然后梦醒了。是不尽的长夜。黑黑的庭院。云在遮月，有花影摇动。诗中所言不尽的，总是相思和离别的苦。听沙漏细细的声响。熬着不眠的时辰。那是今生今世的疼痛。有风吹过。房檐上叮叮当当的风铃，惊扰了我的梦。那真的是梦。是梦中情人。醒了才知道梦是怎样的虚妄。身边并没有太子。太子并不在乎我。一个小小的宫婢。但是皇后在乎我，她才是我真正的所爱。幸亏世上有皇后。那是生命的慰藉。皇后才是一切。也才是我的未来。

太子说，你肯定在想，太子有什么了不起，人生来就应当是平等的。

他怎么会知道我在想什么？而在那一刻，我恰恰就在想，为什么人和人不平等。是的我并不觉得我比谁差。不要以为我卑微，我就没有聪明和才智。我甚至比那些王孙贵族更优秀。我从不浑浑噩噩而是用大脑为人处世。我做着微贱的奴婢却也有着和所有人一样的尊严。然而太子说现实是无法改变的，除非我能像皇后那样做了某个皇帝的嫔妃。那么那个能欣赏我的皇帝又是谁呢？太子吗？不，不可能，这世间真正欣赏我的只有一个人，那就是皇后。那么，我就将永远是皇后的侍女，永无出头之日了吗？我的未来究竟在哪里？谁又是我真正的希望呢？

贤又说，别相信英王的那些话。别去想它，更不要打听，那会引来杀身之祸。

英王说了什么？我的祖父上官仪？祖父是谁？他又在哪儿？为什么从来没有人对我提起过？那绮错婉媚的“上官体”？为什么老学

士从未让我读过祖父的诗？母亲每每谈到我的身世也总是躲躲闪闪，讳莫如深。这其中究竟有什么难以启齿的？我在一天天长大。可太子为什么不让我相信英王的话？为什么还要恐吓我，说这将引来杀身之祸？然而我太想知道那一切了。我的身世对我来说永远是一个解不开的谜。我不知道往事的秘密，就意味着我不知道我是谁。不知道我从哪里来又怎么能知道我将往何处去呢？我连我自己是谁都不知道，我又怎么能在这个险恶的环境中生存呢？而太子要我蒙在鼓里。如盲人摸象般不知道这浩大的世界是怎样的。我便是这样被母亲和太子蒙住了眼睛。那无穷的讳事。不能对我讲的。黑暗中，唯有这不尽的永巷。

贤又说：这里是皇宫。到处是暗藏的杀机。不是游戏，而是生死存亡，本来这地方对你就不合适。

那么什么地方才适合我？那个暗不见天日的掖庭宫吗？那些群氓一样的宫女们。虚妄着那一天天凋零的美丽。不，我不要一生囚禁在那里。就是皇宫里的环境再恶劣，也要比掖庭好上千万倍。即或是死，我也情愿在这明亮的大殿中痛快地死，而不愿让掖庭的昏暗一天天销蚀着生命。所以我梦想着能走出掖庭。是皇后把我从苦海中救出，让我梦想成真。这有多么重要。从此改变人生。这就是我为什么会崇拜这个女人。如果说这世间还有让我为之献身的人，那就是皇后。唯一的女人。她就像夜空中的星，为我引路。能从此生活在她的身边，哪怕是生活在险恶中，婉儿也将在所不辞。这是种怎样的幸福。这是太子这样的人所不能理解的。他根本不知掖庭和朝廷对婉儿来说意味了什么。掖庭是女人。而朝廷是男人。婉儿怎么能甘愿做掖庭柔弱的女人呢？就像皇后，她甚至不甘在后宫引领万千佳丽，而要在朝廷执掌男人的伟业。太子怎么会说不合适呢？他不了解我，也并不真正了解他的母亲。他一定也和那些带有深刻偏见的朝官们一样,对他母亲的垂帘听政不屑一顾,甚至以此为羞,对女人执政怀有着天生的成见。所以他才不知道他的母亲有多么伟大,也不可能知道这王朝的权杖所带给皇后的是怎样巨大的乐趣。难道朝廷真不是女人应该待的地方吗?难道皇后不是比历代君王都称职的那个翠帘背后最英明的国君吗?无论人们怎样地议论她,诋毁她,甚至反抗她颠覆她,但是怎样?权力不是依然牢牢地掌握在她的手中吗?这是一个怎样神奇的领域。皇后带我走了进来,让我从此对这里也产生了浓厚的兴趣。我仿佛天生就该是生活在朝廷里宦海中的人。唯有在这里,我才会有那种如鱼得水、其乐无穷的感觉。这里怎么能不适合我呢?我看得见那暗藏的杀机,所以我能避开它;我了然这朝廷的生死存亡,才能将这当作一种智力的角逐并置身其中。不,我不是通常意义上的女人,就像皇后不是通常意义上的皇后。我也不是太子所要求的那样的女人,我有我的追求,也有能给予我生存之可能的勇气和判断力。因为,在某种意义上,朝廷就是我的家园。

太子还说,没有人能保护你,只能靠自己。

我知道那是太子的关切。可是,我又要谁来保护呢?而当初,皇后被先君冷落的时候,又有谁来保护她呢?这都是老学士说的,他说皇后就是靠着她坚韧的意志自己奋斗出来的。一个怎样不屈不挠的女人。一个怎样的女人的典范和楷模。这便是后宫的女人,也是我自己。没有别人可以依靠,甚至,没有别人可以诉说。那独立支撑的,是自己的生命。

婉儿便是这样想着。一遍又一遍地回忆着太子说过的每一句话,甚至每一个字。她想着,解读着,玩味着。她觉得想着太子的话就等于是在跟太子对话。是的,贤,一个这样的男人,就以他的肺腑之言俘获了纯真的婉儿。然而他又扭转身就抛弃了她。让她从此在白日梦里，满足着自己虚幻的欲望。婉儿不停地问着又反问着。她永远也弄不清在她和太子的关系中，太子究竟在扮演着一种怎样的角色。

那不过是一个秋天的夜晚，婉儿来到了太平公主的府中。那是公主要她来的。她需要婉儿帮助她筹备一次兄弟姊妹间的聚会。

那时候太平公主对婉儿，已经有了种莫名其妙的感情和依赖。她觉得婉儿毕竟与母后身边那些无知的宫女不同。婉儿的美丽大方和高雅气质，特别是她那非凡的才华，让太平公主不得不佩服。再加上在她们越来越多的交往中，太平公主发现在她一筹莫展的时候，婉儿总是能为她想出最智慧也是最有效的办法，帮她渡过难关。这样久而久之，太平公主就在欣赏婉儿的同时，又开始依赖她。事事处处需要婉儿为她出谋划策，慢慢地她们真的成了好朋友，那种无话不谈的闺中姐妹。

那时候，太平公主和她的哥哥们的聚会越来越多。那是因为大哥李弘的突然死亡，使他们兄妹之间也突然都觉出了一种潜在的危机。于是那种惺惺相惜的感觉油然而生。大哥的死使他们意识到，他们中的哪一个说不定哪一天就要离他们而去。所以他们不停地聚在一起。他们彼此相爱，手足情深，他们之间的那种深刻的血肉铸成的感情，是历朝历代都很少有的。而且以武皇后的杀人不眨眼，她的儿女们却是如此的团结如此的和睦相处，这是古往今来的历史学家们都很难理解的。

高宗李治和武皇后的这五个儿女，确实是在一种异常和睦的环境中长大的。首先李治就是个温和慈爱的父亲，所以他也从小要求他的儿女们友好相待。那是因为李治亲历了他的两个亲哥哥为了王位的相互残杀，最后两败俱伤，双双灭亡，反而让他坐享其成登上皇位。尽管那已经是几十年前的伤心往事,而至今李治一想到那两个哥哥的彼此攻讦残暴倾轧,就不禁心有余悸。所以,他不停地对他的儿女们说要友爱,要珍视这血脉相通的手足之亲。他说,朕不想在自己的家中看到亲人的血。他还说那血终究会报应的。要以血还血。孩子们因为热爱父亲所以他们便信守着父亲的教诲。久而久之,这手足之情便成了他们的一种生命的原则,他们是宁可自己遭遇不幸,也绝不会伤及他们的兄弟姊妹的。

在这个和睦的皇室家庭中,来自另一个方面的关于相亲相爱的教育,是他们的母亲。尽管武曌在人们的心目中是一个杀人成性的魔鬼,尽管她在后宫和朝廷的沉浮中确曾滥杀无辜,甚至杀害了自己的无数亲人,但是,她是爱她自己的孩子的。她便是因了这爱才去杀人。而她杀人的目的无非是为了保护她自己;而她也只有保护了自己,才能保护她的孩子们。这是武皇后的另一种爱。也是真爱和深爱。她是牺牲了自己的名声,是把自己捆绑在罪人的耻辱柱上,才换回了她的孩子们的安全的。她能不去杀那些进犯他们这个和睦家庭的敌人吗?她能不挺身而出去殊死搏斗吗?到头来她血债累累,恶贯满盈,才使她的孩子们能在安全和温馨中成长。这难道不是她在爱他们保护他们吗?也许是武皇后杀的人太多了,她所亲历的那杀戮也太惨痛也太切肤太触目惊心了,所以她一边杀人,一边又不断地告诫她的孩子们要相亲相爱,同舟共济。有时候她的指缝间还滴着他人的血,她就在她的孩子们中间大谈手足之间的仁爱。于是,她的孩子们果真就在那一片祥和中长大,看不到慈爱的母亲身后已经是尸骨成山。直到,他们的大哥在那次家宴中突然殒命于母亲的怀中。

孩子们被吓坏了。这是他们在这个本来和睦团圆的家庭中第一次经历了亲人的死亡。那么轻易地,大哥就死了。他们兄妹都亲眼目睹了那死亡。他们也都哭了,以至于弘的葬礼之后很久,他们都不能相信他们的这个哥哥从此就没有了。他们就再也见不到他了。他们是怀念弘的。那是他们失去的第一个亲人。他们因此而绝望。同时觉得他们的这个家庭从此就残破了,而破镜难以重圆。

所以他们才会常常相聚。为了这短暂的能够团聚的时光。兄弟们有时候会喝酒,喝醉。一开始,他们只是为了忘掉大哥而到了后来,他们在酒醉的时候,就敢壮着胆子发出疑问了,究竟是谁害死了大哥?

就是在这样一个秋天的夜晚,婉儿来到了太平公主的府中,帮助公主准备那次兄妹之间的聚会。

太平公主对婉儿说,母后也会来。

婉儿很惊讶,她问,平时不只是你们兄妹几个吗?

是为了二哥。太平公主说。

为了太子?太子怎么啦?

是我强迫他来见母亲的。

太子和皇后不是每天都要见面吗?

但是你难道就感觉不到他们之间的紧张吗?你整天在母亲身边就看不出来?二哥越来越疏远母亲了。

那是因为太子很忙。他在忙着注释《后汉书》,无论如何那是一项很浩繁的工程。

那是他的托词。我太了解二哥了。他是在有意疏远母亲。就像是大哥曾经在朝堂上当众羞辱母亲。他们这些人也不知是怎么了。难道母亲会不爱自己的儿子?这朝上就是有些人总是在那儿挑拨他们母子之间的关系,而二哥竟然听信了他们这些奸佞的谗言。他其实一点儿也不知道,母亲是怎样看重他。或者他根本就不想知道。

公主这么一说，我倒真是想起来了，在政务殿皇后问太子修注《后汉书》的事时，太子说，母亲随时可以搜查。当时我们都觉得太子的回答很冒犯。想不到皇后还是和颜悦色，说，是圣上想亲自赏赐太子和太子府中的学士们。

二哥就是不知道怎么了。不过婉儿，这些也千万别对别人说。这只是我自己的感觉。我只是不想在我爱的人中间这么剑拔弩张的。我只是再也不想失去亲人了。我只想母亲和二哥能和好。所以婉儿你要帮助我。席间尽量为母亲做几首好诗，让她高兴。同时你也可以悄悄地劝劝二哥。

我？劝太子？那怎么可以，他不会听我的。

怎么不会？看得出的，二哥喜欢你。当然三哥、四哥也都喜欢你。

公主快别瞎说了，婉儿只是一个奴婢。

你可不是一般的奴婢。这一点，不仅母亲，我们兄弟姊妹都知道。好了，去迎接他们。

然后便是席间。

武皇后款款而来。她虽然已年过五十，却依然美丽，是那种很气势恢宏而又太平盛世的美丽。她素衣素裙，温婉柔和，特别是和儿女们在一起时的那一份随意随和，使人很难想象她垂帘听政时的那一份威严与霸气。但眉宇间的坚毅却依然还在，还有她的智慧所闪烁出的那诱人的光辉。一家人在席间果然快乐。大家在亲情的笼罩下谈笑风生，并举杯祝圣上龙体早日康复。婉儿就侍奉在皇后的身边。她虽然身为侍女，大家却也不把她当下人看待。

婉儿注意到了在这样的场合，皇后是怎样主动地和太子交谈。她总是亲切地向太子问这问那，她的那一份亲和的愿望和努力有目共睹。但是，令所有人不安的是，太子自始至终的那种不合作的态度。整个席间，他沉默寡言，不苟言笑，对母亲的问话，也只是回答得异常简单，有时候干脆就是“是”或“不是”，不仅弄得母亲很尴尬，弟妹们也全都很扫兴。贤的不冷不热不咸不淡不卑不亢，使太平公主精心筹划的这场家宴几近不欢而散。当武皇后不得不起身黯然离去的时候，婉儿看见太平公主狠狠地捅了李贤一下，他才主动地走过去送皇后。

贤是搀扶着皇后的手臂送她下石阶的。婉儿看见了在那个瞬间，皇后是怎样紧紧地抓住了她这个儿子的手，就仿佛贤的手是她在遭遇没顶之灾时的那救命的稻草。皇后好像还想对太子说点儿什么，她可能想说，贤，你是我的儿子，我是爱你的。但是还没有等皇后把她想说的话说出来，贤就陡然抽走了他的手，害得皇后差点儿跌下石阶，幸好有婉儿和太平公主扶住了皇后。就在那个皇后即将跌倒的瞬间，婉儿从皇后的眼中看到了一道凶光。不过那凶光转瞬即逝。那是所有的人都不曾见到的。而婉儿已经为太子的生命担忧了。

然后武皇后恍若无事般在侍女们的簇拥下，离开了女儿的家。她可能有点黯然神伤，那是写在皇后脸上的一种表情。贤可能也看见了，或是对自己的抽出手臂有几分自责，所以他一直默默跟在皇后身后，直到皇后踏上她豪华的车辇，李贤才说，皇后走好。

贤就那样伫立在秋的暗夜中。四野是萧萧落木。那是很悲凉的一种景象。贤不知道为什么有点儿想哭。他当然知道男儿有泪不轻弹，但是，他知道他和母亲都已陷入绝境，他们母子都已在劫难逃。

什么叫皇后走好？太平公主怒气冲冲地对着太子喊。你就不能叫她母亲吗？难道她不是你母亲吗？

我称她什么，用不着你来告诉我。可是你并没有告诉我，在咱们的聚会中你会叫她来。

她来怎么啦?

她来我就不会来。

母亲就这么叫你害怕?

我是不知道这个家中谁又会死在她的手下。

你怎么能这样说母亲?你就那么恨她?

她不是我们的母亲。至少不是我的母亲。

可明明是母亲生下了你,生下了我们大家。

大哥也是母亲生的。她比对我们任何一个都更宠爱他,又怎样?

你怀疑母亲?

不,我只是怀念大哥。

大哥不是母亲杀的。太平公主高喊着。

但愿不是。可是大哥还是死了,把东宫的苦难留给了我。

可你是王位的继承人。这时候英王李显走了过来,他也觉得贤对母亲太苛刻了。

拿去好了。英王相王,你们谁喜欢谁就拿去好了。我宁可不要这个王位。而且说不定是那个女人在时刻觊觎着父亲的皇位呢?所以,你们懂继承人意味了什么吗?就意味着刀已经架在了你的脖子上。大哥已经解决了,接下来就是我了,是你们。

二哥。求你不要这样说母亲。我知道母亲是爱你的。太平公主流着眼泪恳求着。

她更爱她的权力,而我们是她最终登上权力高峰的障碍。

二哥你为什么要这样说,我不想看着你和母亲这样,我爱你们。太平公主哭着趴在了贤的胸前。

那一刻太子的眼睛里也是泪水盈盈。但是他强忍着。他推开了那个哭作一团的小妹妹,他说,原谅我,告辞了。

贤说过之后，便义无反顾地朝外走。

不，二哥，你别走。我知道你不开心。可我要你来，是为了让你高兴的。太平公主赶紧叫身边的婉儿，去拦住他。我有话要对他说。

婉儿便追了出去。在萧瑟而寒冷的晚风中。满目飘零的落叶，就像是一首哀悼的长歌。

这时候贤已经走出了太平公主的大殿。他不停地向前走着，向前走着，他不知自己走向的是地狱还是天堂。他就这样茫然地走着。他想不到婉儿会突然出现在他的面前。拦截他。

婉儿，怎么会是你？你没有和母亲走？

是公主要我留下。也是公主要我请太子回去。她想告诉你，她的这场家宴是专门为你安排的。她不想伤了你的心。

怎么会是为我？是为了皇后吧？

太子你难道看不出公主是怎样爱你吗？她不想再失去一个哥哥，不想再失去你了。她说你是她爱的兄长。太子，回去吧，别叫公主伤心。

是别叫我母亲伤心吧。你回去，告诉太平，别再费心了。什么都无济于事。是我自己。我不想再当玩偶了。

可是皇后是信任你的。婉儿说。

你知道什么？你怎么配说我们家里的事？你不过是她身边的一个小奴婢罢了。

我是奴婢也罢，贱人也罢，但我知道，皇后是信任你的。她不止一次当着满朝文武夸赞你，说你才是堪以大任的太子。

这真的是她说的吗？好一个聪明的婉儿。你竟然聪明到连她的虚情假意都听不出来了。她不过是说着玩儿玩儿的。一个太子算什么？我不过是不幸被她拿在手中的一个小虫子，随时随地都会被她捏死，碾碎。她捏死我将易如反掌。你跟了她这么久难道还看不出来吗？所以我想挣脱，我想反抗，就是死也死得光明磊落。说什么我是堪以大任的太子，那真是骗人的鬼话。我其实根本做不了什么皇帝，这一点你看得清吗？她不会随便把皇位给任何人的。就是父亲死了，也不会让我继位。不单是我，我们兄弟是谁也得不到皇位的。因为我们有母亲。因为我们的母亲太伟大也太残酷了。为了那个皇位，她竟然不惜杀了她的亲儿子。婉儿，相信我，她会一个一个地杀下去的，而最终，她是要登基称帝，开天辟地，一个多么伟大的女皇啊！这一点你看清了吗？反正我是看清了。她生下我们兄弟就是为了在她通往皇位的路上陪着她玩儿的。可是我累了。我也没有那么爱她，我们至高无上的母亲。所以我不愿伺候了。看到了吗？婉儿。她给我们兄弟留下的，只有两条路，要么唯唯诺诺，屈辱一生；要么，就只有死路一条。

可是太子，你为什么非要往死路上走？

因为我没有活路。

当个傀儡，有什么不好？

我不愿意，那不是我的性格。

你只需苟且几年，皇后总有……

婉儿，是你吗？我这才知道你的厉害，你是想说皇后总有老死的那一天。可是她要是不死呢？

贤一步步走近婉儿。他几乎就要贴住婉儿的身体了。然后他低下头，在婉儿的耳边低声说，可惜的是我等不到那天了。除非我先杀了她，我又不愿让她的血弄脏了我的手，弄脏了我的一世英名。

婉儿一步一步地后退着。她还从来没有被一个男人挨得这么近过。她有点儿害怕。又有点渴望。她的心怦怦地跳着。她说，太子，太子，你还是回去吧。

回去？你让我回去？公主不是叫你把我带回去吗？

可是，可是太子你喝多了，你还是回家去吧，啊……

你说什么？说我喝多了？我说了什么不该说的话吗？你完全可以去告密。

不，太子，我不是这个意思。

那你是什么意思呢？婉儿！

这时候太子李贤突然把婉儿紧紧地搂在了怀中。他使劲地抱住婉儿，不让她挣脱。然后他便亲吻着这个被吓坏了的女孩。他亲吻她抚摸她，男人的那一套太娴熟了，他甚至把他的手伸进了婉儿的衣裙，他甚至触摸到了婉儿那正在发育的青春的乳房。那是李贤不能抑制的一种欲望，一种男人的欲望。他感受着那个不停挣扎而周身颤抖的女孩，感受着他的正在变得僵硬的舌头是怎样在婉儿那甜涩而柔嫩的口腔中横冲直撞。李贤疯狂地侵袭着婉儿。他知道婉儿是他梦寐以求的。他就那样任凭他的欲望蹂躏着婉儿。他前进着，践踏着。他的欲望勃起着，而婉儿，终于抵挡不住他的劫掠，而在他的臂腕中瘫软下去。月光下，婉儿的那么苍白的脸，和被他撕扯开的衣服里裸露的那么美丽的乳房。

贤抱住几乎昏厥的婉儿。他突然不再亲吻她也不再冲撞她。他把婉儿被他弄得零乱的衣服整理好。他就那样把婉儿紧抱在胸前，等着她从那从未经历过的巨大的欢乐中醒来，然后在婉儿的耳边轻轻地对她说。

他说不能不能你不是那样的女人。不是我们男人想要的那种女人。我是那么看重你，所以我们不能这样。别以为我不在乎你。婉儿，我从第一眼看见你就爱上了你。你是那么与众不同又是那么光芒四射。从此你就一直吸引着我，让我情牵魂绕，又欲罢不能。给我力量，让我能抵御这强烈的爱。婉儿，说你也爱我，你也愿和我同生同死。但是,不。婉儿我知道你是谁。我也知道你从哪里来,又将到哪里去。你和我一样是生而不幸的人。你本来应当是满怀了仇恨的,你应当是背负了复仇的神圣使命的,然而,你的眼睛里为什么竟充满了对她的如此爱慕甚至崇拜?连这些也和我一样。是的是的我崇拜她。那是她永远也不会知道的,她永远也不会知道我是怎样深爱着她。她太美也太卓越了,她才堪称那个伟大而非凡的女人。有时候我想我宁可死在她的手下。就像弘。弘死前的目光说,他是心甘情愿的,只要是能躺在她的怀中。你看婉儿我什么都对你说了。我为什么要对你说这些,你我是那么陌生。是因为你的眼睛。你的眼睛是那么纯洁清澈,能滤掉我心中的全部恐惧和忧伤。它们是那么美。美而柔顺,让我觉得望着那双眼睛时,心里是透彻而安全的。婉儿知道吗?这就是你。恐怕连你自己也不知你是怎样的好,怎样的圣洁而崇高吧。所以和你在一起的时候,我就只想把心里的什么全都对你说。我每时每刻都切盼着能和你这样在一起,但是我又怕见到你,你不会知道那将会是怎样的不幸。我说过这不是游戏而是生死存亡。纵然你有千般智谋,这世间又有谁能逃得过她的掌握。没有人知道我住在东宫是怎样的苦。像牢笼一样的,每分每秒都置身于她的监控下。我就像是生活在一个透明的房子里,哪怕我穿戴整齐也一如赤身裸体。能理解这样的感觉吗?所以我只想逃走,只想着远离她。我只有离开她才能感觉到我活着,我存在,否则我就只能是一个玩偶,或者行尸走肉。我凭什么要整天埋头于注释《后汉书》,耗费掉生命中的这大好年华?我本来是欲望着海阔天空的,或者大丈夫战死沙场。然而生为她的儿子,我就只能是躲在这枯燥沉闷的故纸堆里,让我的勇敢和雄心淹没在这无能与无奈中。能理解我吗?婉儿,婉儿你在听我说吗……

婉儿就那样被紧抱在贤的怀中听他诉说。她刚刚从那一阵巨大的狂喜中摆脱出来。那是她从未经历过的一种女人的震撼。她的身体被零乱着。那么疯狂而热烈的一切,那一切几乎使婉儿窒息。然后她终于被那个男人放弃了。他珍爱她,让她躲过了她很可能躲不过的女人的那一劫。现在好了一切都平息了,她被他搂抱着只听他诉说。那又是怎样一重深邃的境界。一切是那么平静,平静而悠远,就仿佛这倾听与诉说并不是发生在他们两人的中间。多么好,在这个秋天的夜晚。那个略带酒气的年轻的男人的气息。婉儿哭了。为了那个男人对他的信任为了他和她的平等。婉儿任凭着贤对她所做的一切,一切。无论是他的强暴还是他如此深情的倾诉。于是婉儿也慢慢抬起了她的手臂。那是第一次,她主动伸出手臂从身后抱住了贤。这样她就能更加切肤地感受到她对面的这个男人了。她知道她也爱贤。深爱他。那一刻,她想无论发生什么,无论她作为皇后的侍女而与太子如此接近会惹来怎样的杀身之祸,她都顾不上了。她只要能这样和贤拥抱在一起。她只要贤能抚摸她亲吻她把她当作亲人对她诉说。她只要能和贤生生死死地在一起。她只要他们能长相厮守,天长日久,不,哪怕单单是这一刻,她宁可为这一刻去死……

然而,贤却突然放开了她。贤不仅放开了她还把她推得很远。婉儿蓦然睁大了眼睛。她看着对面的太子,不知道在他们之间又发生了什么。这到底是一个怎样的秋夜,婉儿不知道。但是当她听到了另一个男人的声音后,她扭转头,才发现英王此刻就在他们身后。英王显得有点儿尴尬局促。为刚才的那一幕。他是无意间看到太子和婉儿拥抱在一起的。那一刻他简直不敢相信自己的眼睛。是英王李显主动提出来要找二哥和婉儿的。他觉得他们离开得太久了,尤其是婉儿,他不知二哥是不是会伤害婉儿,他是不想婉儿受到伤害的,哪怕婉儿仅仅是个母亲的侍女。

显有点儿尴尬地站在那里。站在那突如其来的、他毫无准备的一幕前。他在他们的对面显得有点儿孤立,有点儿无望,于是,显扭转身就走了。他先是退着。摇着头。他不相信。然后便转身跑走了。

是李贤从身后叫住了显,他说,三弟,你回来。带这个女人回去。就像她说的,我确实喝多了。把她拿去吧。我告辞了。

可是,要不要送送你?显怯怯地问。

你不必介意。懂吗?显。她不过是个奴婢。过来,拉住她的手,带她回去。她可以是任何人的,对吗,三弟?只要是别触犯了母亲。

二哥,你怎么能这样待婉儿?

我该怎么待她?把她看作是公主吗?可惜她没有这个命……

贤踉踉跄跄走出了太平公主的庭院。

而李显果然走过来拉住了婉儿的手。他看见了婉儿的满脸泪水。显轻轻地搂住婉儿,用衣袖抹去婉儿的眼泪。他不知该怎样安慰这个抽泣不已的小姑娘,他说,你别哭了。别理二哥。他真的喝多了。他本来不是这样的……

婉儿却奋力挣脱了李显。奋力挣脱了那如此温暖的关切。她独自跑进太平公主的大殿。把那个无比关切她的李显丢在身后,丢在寒冷的秋夜中。婉儿之所以不顾一切不计后果地拒绝了李显,因为在那一刻她确乎是有着一种不顾一切的心情。哪怕死。她被贤的那么深刻的爱和那么真诚的诉说,以至于在李显面前对她的那么无情的嘲弄逼迫得几近疯狂。她不知道贤是爱她还是恨她,更不知道贤对她的爱是真实的,还是对她的贬低奚落是真实的。如此的起起伏伏、恩恩怨怨,婉儿真的被李贤搞蒙了。但是她爱这个男人。强烈地爱。她并且也是平生第一次被一个男人拥抱、亲吻和抚摸。像梦一样。她希望能永远待在那个梦里。她不喜欢她的这个梦寐以求的梦被打破。她不能忍受英王李显愚蠢地跑来就打碎了她的梦打碎了她的心。所以她恨李显。那种发自生命的切齿的恨。她怎么能被那个破碎了她的梦的人安慰呢？她怎么能继续和他一道待在秋夜中呢？所以她跑了。她伤害了李显。她也许知道显对她的那一片深情。她也许还知道显是不会伤害她的，所以，她才敢狠狠地伤害着显。

婉儿一回到太平公主身边，脸上就绽出了一团灿烂的微笑。哪怕那微笑背后全是眼泪，但是婉儿笑了。婉儿的微笑让李显倒吸了一口冷气。那是他又一次想不到的。他想他猜不透这个女孩子了。他想她真是深不可测。

婉儿回到了皇后身边，已经是午夜。婉儿想不到直到午夜，皇后竟还在等她。

那时候婉儿已恢复了她心中的平静。那是婉儿在皇后身边所必须保持的一种心境。那是因为她了解皇后。她知道她该以怎样的心情，和这个她既惧怕又崇拜的女人打交道。

婉儿回来的时候已经很晚。她照例要到皇后的寝殿通报她的返回。她觉得很累。是心的累。那种莫名的兴奋和莫名的恐惧挤满了她的心。那是种剪不断理还乱的思绪。折磨着她，让她无所适从。

她轻轻走进皇后的寝宫。寝宫的大殿里亮着幽暗的烛光。大殿里静极了，只有几个值夜班的宫女在门口守候着。婉儿想皇后一定已经睡了。她想报到后她也要尽快回她自己的房间，她只想独自想想这个晚上究竟都发生了些什么。想不到婉儿刚刚走进皇后寝殿的大门，就有神色严峻的宦官迎上来，说，你怎么回来得这么晚？

是殿下要我留在太平府上的。

皇后一直在等你。宦官的脸色变得更严肃。

皇后等我？她还没有睡？婉儿一下子有点儿慌张。她不知皇后在等她是不是和她回来太晚有关系，婉儿这样想着，竟发起抖来。因为她毕竟在那秋的寒冷的暗夜中，在太子的疯狂的拥抱中，听太子说了很多皇后的坏话。她不敢相信在那万籁俱寂的黑夜中，竟也遍布着皇后的耳目。她想这样的皇室实在是太可怕了，就像太子语重心长对她说起的那样，到处都暗藏着杀机。那杀机无所不在。

婉儿怕极了。她怯怯地望着宦官，公公，皇后找我有什么事？

殿下从公主府一回来脸色就不好，公主那边究竟出什么事啦？

没有啊，皇后走的时候很平静。

快去吧，谁知道这宫里是怎么回事，就没有一天安静的日子。你也小心才是。

婉儿怯怯走进皇后寝室。果然武曌独自坐在灯前。在幽暗的光下，皇后显得柔和美丽而又难掩满心忧伤。她和颜悦色地让跪拜的婉儿起来。然后，她问她，那边刚刚才散？

是，是的，殿下。

太子也是刚刚才走？

不，殿下刚走，太子就回东宫了。

他不开心？

奴婢不知道。

你不曾看出他恨我？

不。奴婢没有。

你也没有听到他指责我？

不不。奴婢什么也不曾听到。

他是在指责我。他真的恨我，婉儿你难道看不出吗？很多年来，他总是千方百计地躲着我。他先是苦熬六年注释范晔的《后汉书》，将我拒之于他的学问之外。好不容易将这项工程完成，他又闭门东宫，对朝廷上的事不闻不问。后来我请他来这边坐坐，他也从来不肯过来。我是什么？不说我是在替圣上执掌朝政，就凭着我是他的母亲，他难道就不该来看看我吗？他将这为臣为子之道，全不放在眼中。再后来，他就派人杀了我的正谏大夫明崇俨。明崇俨招他惹他了？不过就是说了句太子满脸幽怨之气、不宜做天子的话。明大人说说又何曾奈何他。这天下不是我和圣上的吗？我和圣上不是欣赏他的吗？如今他这样自毁前程倒是让明崇俨说中了。一个天子，怎么能气量如此之小？而他又如此滥杀无辜，婉儿你说，圣上能把皇位轻易传给他吗？婉儿你怎么不说话？

殿下是要奴婢说？

是的，我就是想知道你是怎么看的。

可是……

没有什么可是，你就说吧。

那么，奴婢以为当朝太子容止端雅，天性颖悟，每每涉及朝政，总是处置英明，深得满朝文武的赞美。而况圣上……

我不是要听别人怎么说他，我是想知道婉儿你，你是怎么看他的？这大唐的社稷可以放心交给他吗？

奴婢以为，太子是一个值得堪以大任的人。他有果敢，有建树，有浩天长虹之势，一旦拥有皇权，定然会成为有作为且英名永存的一代君王。

就是说，这皇权可以放心交给他了？

只是，奴婢觉得太子不知道为什么，他总是不能善待自己，总是不能好好地对待他所拥有的这一切。皇后所用“自毁”那个词，婉儿以为用在太子身上，实在是再恰当不过了。可能是太子太有个性，或者是太看重他做人的尊严了。不。奴婢这是妄加评判。

你说的有道理。贤太任性了。或者是圣上从小对他太过于宠溺了。反而害了他。

不过，以奴婢的观察，太子是爱皇后的。

爱我？他爱我为什么总是逃避我？他爱我为什么总是意气用事？他爱我怎么不履行他太子的义务和职责？他如果真的爱我，又为什么要杀了那明崇俨？

殿下，明大人不一定是东宫所杀。

那么是我在猜忌他啦？这样的不择手段不是东宫所为又会是谁呢？他是怕他的王位继承权被他的两个兄弟抢走。

据婉儿所知，太子与他的兄弟姊妹一直相亲相爱。而且，太子确实无意为了太子的位置而在兄弟间剑拔弩张。他甚至根本不想做这个太子，他……

他还对你说了什么？

殿下，太子真的很爱您。他崇拜您。他说您太美丽也太伟大了，他甚至说，您是天下男人都很难企及的，那种非同凡响的女人……

这真是他说的？

是太子亲口对奴婢说的。

他竟能对你说这些？

不，没有，是奴婢无意间听到的。

婉儿，你不用紧张，你即或是他的红颜知己也没有什么不好。其实贤儿是值得女人去爱的那种男人。可惜他宫里的那些女人都太俗气了，所以他可以和她们生儿育女，却不能和她们心有灵犀。自然，她们也不会给他什么好的影响。他喜欢女人，但却遇不到你这种明敏聪慧的女人。婉儿，帮助我，去劝劝太子。既然他能够对你说出那些肺腑之言，他也能听进你的劝告。让他知道，我并不想伤害他，更不希望看到日后的某一天，是我把他从东宫赶走。太子是我的儿子我的血肉，但国家社稷肯定比一个不争气的儿子更重要。这是北门学士们所写的《少阳正范》和《孝子传》。是我让他们写的，在某种意义上，也是专门为贤儿写的。过去曾几次请人带给他，希望他读了之后能从此了悟做太子的规矩和做儿子的德行。可他反而与我更加疏离，每每问起，他也总是抵拒搪塞，顾左右而言他。做太子就是要有太子的规范，怎能如他这般自行其是，忘乎所以，那国家不知会被他糟蹋成什么样子了。天下不是儿戏，而是生死存亡。我从小就对他说过，可惜他至今不堪造就。婉儿，明天你替我把这两本书再送到东宫。要亲自交到太子的手中。告诉他，我只希望他能珍惜他所拥有的这一切。这一切都是我给他的，包括他的生命。我可以给他这一切。但同样我也可以拿走。只是，他不要逼我……

婉儿托着那两本书垂首而立。

好了。你可以走了。我也要睡了。明天还要早朝。圣上的身体越来越不好，可是我的儿子们又是这么不争气，仿佛生下来就专门为了和我作对。贤儿什么时候才能懂得社稷意味了什么呀！

武皇后疲惫的神情。

婉儿走过去吹灭了那幽暗的灯。婉儿离开的时候百感交集，心的深处是不尽的悲伤。

婉儿不知道她更加同情的是皇后还是太子。不知道从什么时候开始，婉儿就被突然地卷入了皇后与太子的争斗中。在那个剧烈旋转的涡流中，婉儿被裹挟着，被挟持着。她被挤在了一个透不过气来的夹缝中，承受着从皇后和太子两方面压过来的对对方的仇恨与咒骂。

婉儿无所适从，而又满怀着期待。正因为她被敌对的每一方势力都视作朋友，所以，她便也心血来潮，决心做一回亲善大使。可能是她太崇拜皇后也太看重太子了，所以她非常害怕有一天，皇后和太子真的会失和。她知道那将是一场怎样的惨剧。那就真的不是儿戏了，也不再是这种剑拔弩张的紧张状态，而是刀剑相向、人头落地。那才是婉儿真正不愿看到的。她不能保证这一幕惨剧就不会发生。尽管她没有看到那个先太子李弘的死，但弘死的那种凄惨却是婉儿可以想象的。因为六年来她已经太了解皇后了。她知道皇后的心有多高，手有多狠。皇后才是真正的无冕之王，皇后也才是真正的说一不二，不容异己。婉儿不能理解的是，贤这个如此明达的太子，怎么就不能看清他早已是身处险境，危在旦夕。哪怕太子的身后有着圣上的关爱圣上的器重，但毕竟圣上早已大权旁落且病入膏肓。太子怎么能倚仗着如此虚弱的支撑去和那个实权在握的母亲对抗呢？那么太子不是主动往火坑里跳，就是他困兽犹斗，决心一死了。他不肯勉从虎穴暂栖身，更不想留得青山、地久天长。

婉儿作为皇后的特使来到东宫。婉儿被阻挡在东宫空旷而冰冷的院落中等待。有户奴向太子禀报了婉儿的到来。但是婉儿并没有能很快见到太子。

其实婉儿对来见太子还是很紧张的。尽管她是皇后的特使，她有公务在身名正言顺，但是几天中发生的这许许多多的事情，还是让婉儿对她与太子的见面感到了几分恐惧。那是一种非常复杂的且难以言说的感觉。是她切盼着又害怕着的一种心情。但有一点足以给予婉儿勇气，那就是当太子危如累卵的时刻，她要救助他。婉儿深知，在这种势力的对抗中，皇后是不可撼动的，而可以劝说的唯有太子。所以她要劝太子，要说服太子，不要用他脆弱的生命去撞皇后的铁拳。为尊严而粉身碎骨，未必就是真的英雄。而大丈夫能伸能屈。总有一天，他会夺回大唐的政权。

婉儿这样想着。她就不紧张了。她想她见了太子就对他说这些，她是来救太子的，是因为她对太子的那一份深深的情意。婉儿这样想着。慢慢她觉出了冷。她才发现已经好几个时辰过去，而她还依然被冷落在东宫那个凄冷的院落中。已经是很深的秋。天阴沉沉的,很冷。后来天上就飘起了雪花。零零星星地,飞舞着。婉儿站在那里。有东宫的家奴们偶尔从她身边走过。他们的神情都很冷漠,没有人肯告诉她,太子在干吗,他为什么还不见她?

后来那深秋的雪越来越大。婉儿想是冬天了。雪落在她的身上头发上。再融化,化成冰的水,刺透着婉儿的肌肤。婉儿被那彻骨的冷侵袭着。她就在那冷中等待着。后来婉儿被冻得麻木了。她不仅四肢麻木,连大脑也麻木了。她已经不知道她是为何而来。她已经没有了冲动和欲望,她甚至想,生死有命,就让太子与皇后的恩怨随这漫天的大雪而去吧。

婉儿很苍白。

她已经无所谓。

没有爱也没有恨。

她终于觉出了她的可笑。无论在哪儿,她其实不过是个奴婢。她怎么可以对一个奴婢的作为信心百倍,寄予厚望呢?

婉儿被冻僵的思维。她是在纷纷扬扬的大雪在太子的院落中铺了薄薄的一层之后,才终于被带进太子的寝殿的。婉儿很惊讶。她不知道为什么她要被带进太子的寝殿。那是太子睡觉的地方,也是他和太子妃们亲近的地方。于是婉儿很警觉,婉儿尽管年轻但是她已经谙知了这宫中的一切,所以她异常谨慎地向里走着。那一片越来越深的白天的黑暗。婉儿想这里不对,她不知道会发生什么。婉儿的怦怦跳动的心,她想她怎么能在这种地方把庄严而冷酷的《少阳正范》交给太子呢?这不是太子对皇后最大的亵渎吗?

太子的寝殿很温暖。有着一种婉儿所不熟悉的气息,在吸引着她。那可能就是那种男人所特有的味道。那当然是婉儿所陌生的。就像这寝殿。仿佛每一处都是迷宫。婉儿被带着向前走着,她充满了好奇、欲望，而又始终是冷静的，冷静而又小心翼翼。婉儿被带到最深的深处，在那个黑暗零乱的大床边，婉儿才终于看见了那个披着白色绢丝长衫的李贤。贤的头发披散着，那样的一种落拓失意，又是那样的一种飘逸自然。婉儿在很远的地方停步。身上的雪花在一片一片地融化着并湿润着她。看见了一个这样的坐在床边的太子，婉儿很震惊。而震惊之后的一种感动和温暖又紧紧地包笼了她，于是婉儿向后退着，她已经不知道该对太子说什么或怎样说了。

太子离开他的床走向婉儿。他用一种放荡的目光看着婉儿，那也是婉儿所不熟悉的。然后他搂住婉儿的肩膀对床上的什么东西说，看吧，这就是我跟你说过的那个女人。

婉儿被太子这无礼吓呆了。她睁大眼睛向床上看过去，才发现躺在床边的，竟然是一个几乎赤身裸体的男人。婉儿更加震惊。她尽管听说过这皇室中到处是狎戏户奴的公子王孙，却从来没有真的看见过。而她今天真的看到了，而且是在她怀了一种莫名其妙的深情的男人的床上。

婉儿后来才知道，这就是太子十分宠爱的户奴赵道生。太子对这个妖冶的男人始终怀有一种无法解脱的迷恋。尽管他已经妻妾成群儿女绕膝，但是他就是不满足，他觉得那种男女之间的关系太过于平静不够刺激。所以他要赵道生。他或者只有在赵道生所给予他的这种扭曲的爱和性中，才能真正体验到一种驾驭王朝的感觉。

婉儿简直不敢相信自己的眼睛。或者说她被眼前的这一幕由两个男人组成的淫荡下流的景象吓坏了。她哆嗦着，上牙碰着下牙。她奋力挣脱着太子的臂膀。她想逃出去，再也不看这令她恶心的场面。

太子怎么能这样？婉儿一边挣脱一边流着眼泪问李贤。

你要我怎样呢？太子满脸的不屑，说，像那个抢夺了李唐江山的女人期望的那样，每天在书院中道貌岸然地读那些圣贤的烂书吗？就是真的读懂了那些烂书又能怎样呢？

不,我不想看见你这样。

你不想看见？你又有什么权力不想看见？我怎样了？我怎么使你们这些猖狂的女人失望了？你是说他？不错他是户奴,但他却是此世间最能理解我的人。只有和他在一起,我才能忘了那朝廷上所有的争权夺利,才能忘了那个贪得无厌的女人。她把王朝拿走又能怎样呢？这王朝难道就不再姓李,而会姓她那个微贱的武吗？

就算是皇后在执掌着你们李家的江山，但是她每天辛辛苦苦做的也都是正经事。而太子在做什么？太子或许真像那个正谏大夫明崇俨所说,终是成不了大器。

我成了大器又怎样？就能打倒她吗？

没有谁毁你。是你自己在毁自己。既然你不想要你的前程,那么还要别人为你操什么心呢？婉儿说过之后转身就走。她知道已经完了。结束了。所有的努力都将无济于事。她看到了这一切。她知道太子已经无可救药。

愤怒的李贤一把抓住婉儿。他说你回来。说说我的前程在哪里？

你在逼她。

是她在逼我。你竟然连她在逼我都看不出了。真是近朱者赤呀。说,是她在逼我。

你让我恶心。这一回婉儿真的挣脱了李贤。她也真的厌恶起了这个让她失望甚至绝望的太子。她奋力向外跑着。她一边流泪一边在心里骂着李贤。她说你就这样死吧。你就只配这样死,和那个户奴一道……

而你难道不是奴婢吗？李贤从身后将婉儿拦腰抱住。他把婉儿紧紧地抱在怀中，然后在她的耳边恶狠狠地说，别忙着走呀，主子交给你的任务还没完成呢。你不怕她赐你死吗？她可是个什么都做得出来的女人。拿来，不还是那两本破书吗？什么北门学士？还不是一帮子庸才、走狗，她所豢养的御用文人。拿过来，把那两本书给我，好向你的主子交差呀。

贤从婉儿的手中夺过了那两本书。他夺过来后，转身就把它们扔进了那个正在燃烧着的火盆中。火势因了那《少阳正范》和《孝子传》而熊熊燃了起来。那是种怎样热烈的燃烧，烧着“正范”和“道德”。火于是发出呼呼的声音。那是欢呼，那是洗礼。

然后李贤放了婉儿。他说好吧，就如实禀报你的主子，说太子和户奴鬼混，还烧了皇后的一片苦心。

婉儿看着太子。她流着眼泪问太子，你真不把你的生命当回事吗？让他走。让那个让人恶心的男人离开你。别这样过日子。别把你自己的生命当儿戏，太子，婉儿求你了。

婉儿说着竟跪了下来。她声泪俱下，她说太子不是在乎婉儿吗？那就不能听婉儿的哪怕一句忠告吗？婉儿是爱慕太子的。只要太子让那个户奴走，婉儿情愿以死相报。

你真的愿意为我而死？那么除了死你还能给我什么？

婉儿连死都在所不惜……

那么好吧。赵道生，你出去。我倒要看看这个奴婢她愿意给我什么？

接下来的那一幕便是婉儿自己也看不到的了。如急风暴雨一般，她仿佛被蒙上了眼睛，被按倒在一个不停摇荡的木船上。婉儿的衣服被撕烂。她几乎赤身裸体地和另一个赤身裸体的男人在一起。她被强暴着撞击着凌辱着。那是她从不曾有过的同男人在一起的经历。她身体所承受的那所有的暴行令她眩晕。她紧闭着双眼，任人宰割。那深入骨髓的疼痛。还有那无法抑制的激情。在美与刺痛之间的,是婉儿油然而生的那温暖的爱意。她扭动着呻吟着。她无处可藏可躲她想逃走却又疯狂地眷恋着让她伤痛的这一切。她的那么青春的身体。她的由嘴唇由乳房而传导至全身的那么深邃的感动。她想那才是她真正想要的。她不顾一切,她宁可在这样的时刻就死,就死在这个男人的怀抱中。

然而,又像从前。

突然地,太子从她的身体中游离了出去。他站起身,离开了她,并把她的被撕烂的衣服扔给了她。婉儿一如陷在了一个空洞的虚妄中。她甚至依然在喘息着,她身体中的那一份亢奋还依然在她的神经中传导着。

婉儿又一次不知道她在经历着什么。她怔怔地看着躲得远远的那个男人。

贤把衣服扔给婉儿。他说快点儿,你快穿上。走。离开这里。离开东宫。这里早已是坟墓。所有的人都在醉生梦死地等待着那个终局。可是你不一样。你是好女孩。谁都可以毁灭,但是你不可以。走吧走吧。别让我再看到你。也不要再卷进我们母子间的这势不两立的争斗中了。我已经不抱幻想。我决心抵抗到底。而你不该也被拖进来,也如我般死于她的刀下。不。你已经够不幸的了。离开吧。离开这是非之地。离开我。你是无辜的。无辜者尚且如此,何况我们这些深怀罪孽的人。走吧。

婉儿离开。带着满身满心的伤痛。又是一场梦。梦醒之后,婉儿的头发很凌乱。

在皇后的政务殿。皇后得知婉儿回来,却并没有停下手中的事情来问她什么。她只是说你回来了。她只是抬起头看了婉儿一眼就把她丢在了一边。她也许根本就不知道婉儿的心中是怎样的思绪翻转。她想将她所看到的关于太子的一切，一切的恶心都呕吐出去,她不想从此在她的心中装着那些肮脏和下流。

婉儿有点心不在焉地做着皇后要她做的事。有些事她总是做错,做错之后是皇后严厉的目光。婉儿不知道皇后为什么对太子的事绝口不提。婉儿惶惑着。直到皇后要离开政务殿,婉儿才鼓起勇气,走向皇后。她想说关于太子,她想说她已经把《少阳正范》和《孝子传》交给了太子。可是婉儿还什么都没有说,就已经是眼泪汪汪、泣不成声了。

皇后的脸色依然很严峻。她不管婉儿是怎样的心绪不宁,她突然问,怎么会去得那么久？是太子不肯见你？

不,不是。婉儿不知道她为什么要为太子辩解。

那么是你有意耽搁了,你不知道这里很忙吗？

奴婢不是有意耽搁的。

是的,我知道。我知道你在东宫的庭院中站了很久。下着雪。他那是有意在折磨你。但是,婉儿,你知道吗？那其实并不是在折磨你,那是他在蔑视我。

不,不,殿下,太子不是那个意思。

他是什么意思我还不知道吗？然后，你在他的寝殿见到了什么？

婉儿睁大眼睛望着皇后。她简直不敢相信东宫里竟遍布着皇后那么多的耳目。婉儿这才第一次领教了什么叫隔墙有耳。她骤然之间非常害怕,她不知皇后的耳目还看到了什么……

然后皇后很平静地问婉儿，在那里你是不是看到了太子的一个户奴？

不不,奴婢没看见什么,奴婢只是把殿下送给太子的书交给了太子。

你不必为他遮掩。他玩户奴在宫里已是尽人皆知了。也许只有你不知道。今天你也看见了。他就是想让我们这些爱他的人,看到他是怎样的下流无耻,不可救药。他就是要用他的这些丑恶来伤我的心。我太了解太子了。现在这朝廷上下、皇室内外,唯有一人不知太子的邪恶,那就是圣上。唯有圣上被蒙在鼓里,不知道他如此器重的儿子是怎样和他一样,也病入了膏肓。只不过圣上是病在身上,而太子是病在脑子上。他想得太多,也太复杂了。以至于他不愿做一个像样的太子。幸好没有人把贤的劣迹恶习禀报圣上。那会把圣上气死的。所以你不必为太子遮掩。他的羞是遮不住的,他已穷途末路。告诉我,他见到那两本书后都说了些什么?他是不是又在骂我?是的,你不用说我就知道太子的脸上是怎样一种轻蔑嫌恶的神情。婉儿,你说,太子还有希望吗?而我辛辛苦苦操持的这大唐社稷,敢交给这样一个荒淫无度而又不思进取的太子吗?

武皇后语重心长,说到伤心处不禁落下泪来。

婉儿不知道该怎样回答皇后。但是她知道太子的堕落确实让皇后伤心绝望。到了此刻,连婉儿自己都无法说清是否能把社稷交给那个自暴自弃的东宫储君。她也很难过,也很无望。在皇后的眼泪和悲伤中,婉儿再也控制不住自己的满心伤痛。她便也真的哭了起来。她不知该对垂泪的皇后说什么,怎么说。她理解皇后,理解一个母亲对不争气的儿子的那份失望的心情。婉儿不停地哭着。她不想在皇后面前再隐藏什么。她不想把那一切因太子而生的痛苦和郁闷再憋在心里了。她想她和皇后是彼此理解的,她们是同病相怜,是同样的痛心疾首。婉儿哭着,她骤然觉得在她和皇后之间又有一重新的关系。那是超越于主仆的,是那种很亲近的彼此相知、肝胆相照的关系。

也许婉儿同武皇后确乎是有着一种神秘的能够相互感应的关系。因为当婉儿想着她们之间的这一份知己的时候，武皇后也伸出手把婉儿揽在了她的怀中，她轻轻地拍着婉儿抽泣不已的肩背，轻声地对她说，好了，孩子，别哭了。她让婉儿的头靠在她已经有点儿干瘪的胸前。她说，我知道你很痛苦。太子让你失望了是吧？你觉得你的心被他弄碎了，你本来把他当作神一样的男人来崇拜的。贤确乎是个好孩子。多年来圣上如此地看重他也不是没有道理的。但是不知道他突然被什么蒙住了眼睛，他从此就只有一个念头，那就是背叛我反抗我。他为什么要这样？我不是他的敌人是他的母亲。然后他就像这样开始糟蹋和毁灭他自己。他就是这样毁灭给我看的，让所有爱他的人伤心，这就是他背叛我反抗我的方式。唯一的方式。烧了他自己的生命的船。

皇后感慨万端。她可能觉得她的满肚子苦水也没有人可以诉说，而唯一，面对着她女儿一样的这个小小的宫廷侍女，皇后竟然有了一种想要倾诉的欲望。她把婉儿轻轻地搂在胸前。她说婉儿，让我告诉你一段我所经历的往事。已经几十年过去，却仿佛就在眼前。是贤儿。是贤儿使我经历过的那段痛苦的往事历历在目。那时候我还刚刚进宫。是先皇李世民选进来的宫女。那是第一次，我走进先皇的甘露殿。我不知道，就在白天，先皇刚刚下令血洗了东宫。那是怎样的惨烈。东宫尸横遍地，血流成河。那时候住在东宫的是太子承乾。承乾是先皇的长子，也是他最最看重的儿子。承乾名正言顺地住在东宫。就像贤儿。但是，那个与承乾一母同胞有着手足之亲的弟弟青雀却一直在觊觎着那个太子的位子。于是他每每罗织罪名，陷承乾于不义之中。于是承乾走上了自毁之路。他同样变得古怪孤僻，忧心忡忡，以至于常常不辞而别，到终南山下骑马狩猎，不参政上朝，他甚至也开始狎昵一个叫称心的户奴。承乾越来越离谱的举止，让先皇又愤怒又痛心。那一场东宫的杀戮实在是刻骨铭心。称心就被拦腰斩断在承乾的面前，那时候承乾绝望的撕心裂肺的喊叫声一直在皇宫萦绕着，而东宫的血腥之气也是数月不散。就在那个晚上我第一次见到了太宗。太宗似乎一下子就衰老了，那苦痛和深深的绝望也是溢于言表，挥之不去。就在那个夜里，先皇终于下定了决心，要废太子为庶人。那个夜晚我始终铭记，但只是到了今天，我才真正地理解了先皇当时的痛苦和绝望。承乾也是先皇的亲儿子。为父母者，不到万不得已，他们怎么会伤害自己的孩子呢？

婉儿你都看见了，如今的贤儿简直就是当年那个承乾的翻版。他们同样地远离朝政，疏远父母；他们也是同样地声色犬马，嫖狎男妓。贤儿为什么要这样？他为什么要追随那个已被他的兄弟逼迫得无路可走的承乾呢？难道他真有承乾那么痛苦吗？没有人陷害，也没有人在争抢他的王位，没有。他的兄弟们都是最善良的孩子，是我教育出来的，他们是绝不会为了权力而相互倾轧的。贤已经坐在了太子的位子上。那是他的幸运。可是他为什么就不肯把握住他的这幸运呢？他干吗还要这样往下滑落呢？除非他真的恨我。是他在逼我。是的，是他在逼我走上先皇那不得不重新选择的路……

殿下，殿下……

婉儿，你能理解我吗？这些话我没有任何人可以说。我不能对圣上说，也不能对我的孩子们说。尽管他们是我的亲人，但是他们谁都不能真正地理解我。而唯一我最信任的，也是最能理解我的，唯有你，婉儿。因为你几乎每天都和我在一起，你是最了解我的，也最了解我为什么会对太子的堕落如此痛心。对吗婉儿？你知道我心中的苦，对吗？

婉儿在皇后的怀抱中。婉儿拼命地点头。婉儿并不是为了阿谀谁,而是,她真的被皇后的那一番肺腑之言所感动。她觉得皇后做母亲实在不容易。她也才意识到,确实是太子贤辜负了他母亲对他的那一片苦心。

婉儿就这样被皇后搂着。那一刻她突然有了一种异常温暖的感觉。她觉得皇后就恍若是她的母亲。甚至,比她的母亲还要重要,因为,皇后所给予她的这一切,包括这爱和信任和引导,是她默默无闻的母亲所不能给予的。

婉儿你回去吧。我也累了,我要回后宫了。

婉儿起身离开。一种轻松的感觉。她觉得她的心里不再那么乱了。她也不再对太子那么情牵梦绕而又痛苦不安了。她觉得她在皇后的怀中哭过,她听到了皇后那么真诚的倾吐,她心里就好过多了。而且,她得知了皇后对她如此信任。婉儿知道这对她才是最最重要的。因为她知道皇后对于她、对于朝廷乃至于对整个天下意味了什么。

婉儿告别皇后,姗姗离去。婉儿走到政务殿大门的时候,皇后又突然叫住了她。婉儿回来。皇后又说,你不必回来。

殿下要婉儿做什么吗?

武皇后若有所思的样子。她望着婉儿,仿佛千言万语,又仿佛欲说还休。不。皇后说,没有什么了。你走吧。噢,我只是想告诉你,你长大了,也越来越漂亮了。我真的很喜欢你。也慢慢离不开你了。只是,孩子,你的头发有点儿乱,你不必解释什么。我了解你。我也是从你这么大走过来的。我是说有点儿凌乱的头发也许更好看。那是种女人的韵味……

从此贤和母亲的关系越来越紧张。无论旁人怎样努力地从中调解,他们之间的紧张关系都不能得到哪怕一丝一毫的改善。他们的积怨仿佛越来越深,每一根弦都绷得很紧,而且他们之间的每一件小事,每一句话甚至每一个语气,都能引出对方的怀疑、猜忌甚而怨恨。尽管他们在朝廷上还要时常相见,以礼相待,维持住一种在众人面前的表面的也是虚伪的和谐,但是接近和熟悉他们的人实际上已经看得很清楚,他们的克制程度已经到了最大限度,最后的崩溃、反目已经是个时间问题,或是,只需要找到一个契机、一个爆发点罢了。他们就像是一座处在活跃期的火山,随时都将喷发出那炎热的岩浆来,烧毁一切。

而缓解了那一触即发的,是不久之后,贤终于获得了一个能远离母亲远离东都洛阳、到长安去处理朝政事务的机会。贤获此机会欣喜若狂。他想,他终于可以在一个远离母亲的地方自由地呼吸一段时间了。他太需要这段轻松的也是能够延缓生命的时间了。否则,他的生命的弦就要断了。他会发疯,会崩溃,说不定他哪一天就会冲向那珠帘背后的母亲,杀了她,同时也杀了他自己。是上天不要他们母子残杀。至少是此刻,上天要他们母子分离。贤在接到敕命后便即刻打理行装。他恨不能立刻就走,迅速逃离。在临行前,他甚至都没有向他的父亲母亲辞别。

而在贤临行的前夜,倒是武曌在她的绮云殿准备了一场丰盛的晚宴,为太子饯行。皇后说太子明早就要上路,途中八百里,穿山越岭,一路会非常辛苦,所以要为太子送别。皇后也早早地就把帖子送到了东宫,她还同时叫来了其他的孩子李显、李旦和太平公主。这是一个名副其实的送别的家宴,是一个一家人充满亲情、和和美美的团聚和送别的宴会。这一次的晚宴是皇后精心安排的,而且每一样菜肴也都是皇后亲自点定的,特别是,太子从小就喜欢吃的那些饭菜。

武皇后的用心良苦一目便可了然。

这一切婉儿是亲眼所见。她想皇后毕竟是皇后,皇后的气度是世人所根本不能比的。尽管皇后对儿子的种种劣迹已经忍无可忍,深怀成见,但是在贤要上路的时候,她还是要仁至义尽地为儿子饯行。在贤要走的这段时间里,武皇后总是说,太子这一路八百里,真不知他会多辛苦。尽管贤已经长大成人,但,儿行千里母担忧的心情是不会改变的。

到了家宴约定的时辰,皇后竟然还在颇费踌躇地不知道该选择哪件衣服出现在这样的场合。她反复说不能太正规了。要亲切随和。她甚至说贤喜欢红色。他认为红色才是真正热烈的颜色。

武后到底没有选择红色。她或许以为红色太张扬,太像血的颜色了吧。所以她穿了那种温和一点儿的浅棕色的麻布织成的长裙,首先来到了宴会大厅,在那里等着她的孩子们。

英王显、相王旦和太平公主依次抵达。早就过了约定的时辰,却依然不见太子前来。太子不仅不来,他甚至都不曾派人来为他的缺席而请求原谅。而这家宴,明明是皇后专为她的这个儿子准备的,贤却不来,那一份尴尬便可想而知了。

皇后坐在那里,显得有点儿悲伤和落寞。饭菜全都冷了。一遍一遍地加热。直到日落西山,皇后才不得不说,看来太子是不会来了。幸好我没有提前禀告圣上,不然他的病又会加重几分。想不到,贤儿竟会如此怨恨母亲。

也许是二哥没有收到请柬?太平公主天真地说。

也许是吧,那么,咱们就不等他了。

干吗不派人再去叫他。我去吧。太平公主说着站起来。

不用去了。太平,过来,坐到我身边来。干吗非要他来,咱们聚在一起为他送别的心意尽了,就很好了。来吧,孩子们,我们开始吧。即或是太子不在,来,举起酒杯,这杯酒也是咱们为他送别的……

一场精心安排的本来应该是充满了浓浓亲情的家宴，就这样，结束了。当儿女们告辞，武曌说，我请你们去东宫。我是说，替我和圣上，去送太子。婉儿，你和他们一道去。再一次，把这两本书交给他。就说，不，什么也不要说了，他会懂的。

婉儿接过那两本书。依然是《少阳正范》和《孝子传》。婉儿看见了皇后眼中的眼泪。在月光下。那泪光。婉儿不敢再看皇后。她想起了皇后讲给她的那段太宗和承乾的往事。她不敢相信那就是皇后决心已定。她不希望看到这两本书就像是两把剑，直刺进太子的心窝。

东宫一片黑暗。他们走到近处才发现，正有一辆辆马车静悄悄地从东宫驶出。只有马蹄的嗒嗒声。星夜兼程。谁都没想到太子李贤把他的行期从明天清晨提前到了今天夜里。贤的行动已经越来越诡秘，越来越离奇。慢慢地连他的兄弟姊妹也不能理解他了。

英王李显骑着马好不容易找到了有着东宫徽记的太子的马车。他跳下马，拦住太子的马车，这时贤掀开马车的窗帘。

二哥怎么深夜就动身？英王走过去说。

怎么是你？

你为什么不来参加母后为你送别的宴会？

没看见吗？我不是已经走了吗？

家宴是母亲专为你准备的，你难道不知道？

李贤说，我怎么会不知道？我收到了她的帖子。又是那个绮云殿。我一看见绮云殿的字样就害怕了。我怎么敢去呢？忘了几年前大哥就是在那里暴毙的吗？大哥何以暴毙？他走进来的时候还在和我们兄弟姊妹谈笑风生。可是谁会杀大哥呢？无非是那个害怕未来和她争权的人。

你在胡说什么？我们兄弟姊妹都曾无数次到绮云殿进餐，怎么都不曾被鸩杀呢？

你们是什么？你们现在无足轻重，对她不构成任何的威胁。而如若有一天你也做上了太子，你就会知道这东宫里是怎样的处处充满杀机。倘若你还想活着，就必得时时小心谨慎，在危机四伏中为自己找到一条求生之路，哪怕是苟且偷生。我没有别的方法可以抵御杀戮，但是我可以不去绮云殿，不喝那个女人的酒。我没有大哥那么傻。随便几句甜言蜜语的邀请，就吃亏上当乃至于搭上了性命。大唐王朝本来就是我们李家的，怎么能容忍一个武姓的女人在那里指手画脚说三道四呢？那不是太黑白颠倒、世无天理了吗？而她又是什么人呢？不过是祖父的一个小小的宫婢罢了。她不仅淫乱后宫，竟然还要篡夺神器，我和她不共戴天。

可她毕竟是我们的母亲。她生了我们，又养育了我们，她……

英王连你也如此浅薄。母亲又怎样？你难道不知这皇室中，从来都是亲人杀亲人吗？弑父弑君，兄弟相残，古往今来，历朝历代全都是如此的。幸好我们兄弟手足情深，那是因为用不着我们争权夺利，互相杀戮。我们之间没有权力之争。和我们争权的唯有一人，那就是母亲。总有一天，我们兄弟会被她斩尽杀绝。说不定哪一天她还要登基做女皇呢。这一点我早就看透了。我们是障碍。不是我们自己要妨碍她，而是天理不容。告辞了，显弟，好自为之吧。

贤说着放下窗帘。他要车夫前进。那马车刚刚开始启动，从后面追过来的婉儿又气喘吁吁地跑了过来，她大声说，等等，请太子留步。但马车不肯停下。那是贤的指令。马车越走越快，而婉儿，竟然绝不放弃地在马车后奋力追赶着。

这样跑出了很远。

婉儿曾经被石板绊倒，但是她爬起来继续不顾一切地向前跑。

那一刻婉儿不知道哪儿来了一股蛮劲儿。不追上太子的马车她就绝不罢休。她怀里抱着皇后交给她的那两本书。她想她一定要把它们交给太子。她不知道是不是她自己在太子走前想最后再看到他。

后来太子的马车终于停下。停在夜色中,等着已经被甩得远远的婉儿追上来。婉儿喘着粗气,满脸的泪水。她几乎跌倒在站在那里等着她的太子的身上。

你要干吗?太子十分冷淡地说。

是皇后,是皇后要奴婢来……来为太子送行……

婉儿,你干吗总是要搅在我们家的事情中?我不是无数次和你说过吗?先管好你自己的事。就因为你是她贴身的仆人你就安全了吗?你以为她信任你,她就真的会信任你吗?你以为你是谁?她连她的亲生儿子都不信任,怎么会信任你这样一个从掖庭宫走出来的婢女呢?

不,奴婢不想证明什么,只是,皇后要奴婢一定要把这两本书交给太子。

她真是疯了。太子咬着牙根说。这个女人她到底要干什么?她一而再、再而三地把这两本烂书送过来。我已经知道她是什么意思了,你懂吗婉儿?这是追杀令。那么好吧,就让这追杀令见鬼去吧。你就说,太子早就把生死置之度外了。

李贤说着,就开始一本一本地撕扯着那两本书。他奋力撕扯着,直到把它们撕成碎片,又把那所有的碎片重新塞在了婉儿的手中。他说拿去吧,全拿去,交给她,让她给别的儿子去读吧。她不是有那么多的儿子吗?她可以一个一个地杀。直到她没有儿子她孤身一人,她就可以如愿以偿了。

贤说着重新坐上了马车。

婉儿抓住了贤的车窗。婉儿说,太子,奴婢真的担心……

为我担心？那不值得。我不是一个负责的人，更不是一个值得你如此担心的人。回去吧。你没有看见吗？英王在等你。你的任务已经完成了。你已经把她的追杀令交给我了。行了婉儿，咱们就此告别了吧。说不定我们真的就此永别了。不过，咱们能这样相识已经非常幸运了。就为了此生能知道世间有你，有个叫婉儿的女孩，就足矣了。不论今生今世，我都不会忘记你。

太子的马车在深深的长夜中渐行渐远，很快就被那凄凉和黑暗所吞没。从中原大地到翻越秦岭天堑，那将是怎样艰辛的漫漫旅程。

婉儿被留在暗夜。仿佛被丢弃。那么孤独而忧伤的。一种永生永世的绝望。在寒冷的风中。婉儿被置身在黑暗的旷野中。她无法解释太子这种男人。他们有着那么高的心智，却不愿对自己的生命负责。但无论贤怎样毁灭着他自己，他却已经在婉儿的生命中永恒。是他让他自己的生命这样披肝沥胆地燃烧起来，才能让他在婉儿的生命中悬浮着，并永远照亮着婉儿脚下的路。

婉儿被身后的那双臂膀抱住了。婉儿知道身后是谁，婉儿没有挣脱。婉儿任凭身后的那人将她扭转过来，任凭他要她面对他。于是婉儿就面对了他。她后来就趴在那个人的胸前哭了起来。她哭得很伤心。为远去的那个男人。那时候婉儿还意识不到眼前的这个男人对于她的未来有多重要，也不知道被这个男人这样喜欢着有多重要。

然而婉儿就是婉儿。婉儿的天生优雅是因为她的血管里流淌着的是真正贵族的血。尽管那时候，婉儿并不十分清楚地知道无论她的父亲还是她的母亲都出身于显赫的官宦之家，也不知道她是怎样世袭的名人之后、大家闺秀，但是她的天生高贵的气质和风范，却让她举手投足都气度非凡，而不像出身微贱的武皇后那样，为了向上爬而宁可出卖人格，毫无廉耻之心。婉儿所走的是和武皇后完全不同的人生之路。武皇后为了能继续留在皇宫，当李世民那颗苍老的巨星即将陨落，她便能够不顾一切厚颜无耻地去抓住太子李治那棵救命的稻草。她可以给李治以爱情，也可以给他身体。她的目的性很强，那就是要李治能爱上她，并在危险中救她于水深火热之中，救她于长安郊外的感业寺中。就是在那个原本圣洁的地方，她不择手段地亵渎神灵，用她的淫荡引诱李治这个当朝的天子。她利用男人在性爱中的贪婪和脆弱，让她身体上的每一个部位都闪烁出夺目的性的光彩。她是如此的肮脏卑鄙，又是如此的令男人神魂颠倒。她在那个古钟长鸣、修行戒度的地方，与继承了皇位的男人柔情缱绻、云雨风流。以至于她终于得以让她削发为尼的肚子里怀上了当朝天子的血肉，以至于她终于重新被接进后宫，集万千宠爱于一身，在击败了圣上身边所有的女人之后，荣登了那皇后的宝座。在武曌不断向上攀爬的道路上，这个女人可谓是无所不用其极，可谓是天良丧尽，无恶不作。

然而婉儿就是婉儿。婉儿的血管里流淌着贵族的血。她没有武皇后那样的野心，也没有武皇后那样的无耻。婉儿生命中最大的功利之心就是她要活着。而她所做的每一件事也都是为了她这个最神圣也是最实际的生活的目标。婉儿便是这样寻找着她身边能给予她这种生存可能的人。武皇后，还有她所能接近的那些宫廷里皇室中的男人。她为此而放弃着那种真实而纯粹的感情。她视那些为无用的东西，而活着所需要的，是那些有用的东西。她幸好有她的身体她的天生丽质。她幸好可以用它们来交换她的生命，甚至她的自由。她便是这样以生存为中心地选择着取舍着。她所以才能在如此肮脏布满陷阱又漂着血污的宦海中沉浮着。有时候她也会出卖道德和良知，但是她不是为了踩着他人的尸骨向上爬，而仅仅是为了能活着。她的人生的目标其实已经很低了，但却依然要丧失掉很多被称之为生命中最宝贵的东西。身处如此困境的人，又何谈气节和品格。那是婉儿在几十年为活着而挣扎着的生涯中，慢慢才了悟的。也是慢慢地，纯粹的真情的婉儿成了一个冷血的人。她慢慢将她的性情丧失殆尽，慢慢将人生的所有真谛参透。

然而当太子李贤的马车缓缓驶离皇宫时，婉儿还是个年轻的姑娘，还会用心而不是用她的大脑去体会她的苦痛。她说她不明白太子为什么就不能好好对待他的生活，她还不懂太子为什么要一步一步地把自己送上绝路。

英王把婉儿搂在怀中。英王一点儿也不是乘人之危，他确实被二哥的那一番痛彻肺腑的话所震动了。他是敬佩他的这个兄长的。他也是真心希望他能和母亲和好的。他便是在这样的心境中把婉儿紧搂在胸前的。在那一刻，他们都需要彼此的慰藉，都需要能有一个疼痛背后的支撑。

显说，二哥一定是疯了。

不，他是清醒的。你想想他说的那些话，这世间还有比他更清楚的人吗？他是清醒地把自己逼上绝路的。他不想再和你们一道走这条布满了荆棘的路了。他厌倦了，所以他以反抗来毁灭自己。那一切就要发生了……

你说什么？婉儿，要发生什么了？

真的。我早就预感了。迟早的。他已经彻底放弃他自己了。你看，他已经下决心了。皇后也已经下决心了。看这些碎片，就像是开战的宣言。

那么有谁能救二哥吗？

婉儿摇头。

那么倘若没有我和旦呢？

婉儿依然摇头，婉儿说，怎么会有倘若呢？

很冷的夜风。英王李显紧抱着婉儿。在那一刻，他们甚至感觉不到他们的身体是怎样很紧很紧地贴在一起，他们被他们所共同看到的这一幕震惊了。是很久之后，当婉儿不再哭泣，她才挣脱了显的怀抱。她面对着显。突然的一种莫名其妙的依赖感，她突然觉得显是那么温和那么包容。所以她任凭着显帮她擦去满脸的眼泪，任凭显在这寂静而寒冷的午夜呵护她。

显突然问，你爱二哥，对吗？

婉儿摇头，说不，不，我只是非常敬佩他。

你是爱他。而他也爱你。只是你们不愿承认罢了。但是，既然你是这么爱他，你又为什么不去帮助他？

我怎么能帮助他？我不过是你母亲的一个侍女。他能听我的劝告吗？他已经在自毁的路上越走越远了。几年来，你们也和我一道目睹了太子是在怎样的挣扎，他无非是想摆脱李弘那样惨死的厄运。然而你们兄弟姊妹又有谁认真地想过太子的处境？又有谁真心地和他谈过？他总是那么孤独，把他锁在他充满了恐怖和迷乱的心灵里。没有人帮助他，也没有人去把他引领出那个可怕的误区。以至到了今天，已经不再有人能帮助他了。无论他是怎样明敏聪慧、才华超众，他也就要毁灭了。真的，英王，难道你还看不出吗？太子他就要死了。

你不能这样诅咒太子。你本来是能够帮助他的，如果你愿意的话。但是你可能更忠实于母亲。你认为母亲之于你才是第一位的。所以你才忽略你自己。忽略你对二哥的感情。你的心里只有母亲。你永远只生活在她的阴影下。你如果能正视你的感情，你就不会这么冷漠地见死不救了。

英王你是这样看我的?

只是你自己看不到罢了。

就是说如果有一天太子真的惨遭不幸,那就是我害了他?

我只是说他是那么看重你,他是能听进你的话的。

可我是谁?我不过是一个最最微贱的奴婢。我只有一种选择,那就是侍奉你们的母亲。我心里只有皇后又有什么不对呢?我爱戴她并且忠诚于她这是我做奴婢的本分。是太子不该这样对待自己,也不该这样对待你们的母亲。她很伤心。她尽力了。她仁至义尽,她本不想看到在她自己的家中滴满她亲生骨肉的血,那么又有谁来安慰她,来体恤她的不幸与苦衷呢?而我,被挤在这个夹缝中,我该怎么办?

婉儿说着,便又痛哭了起来。她觉得她很委屈,很痛苦,又很无助。她哭着。她挣脱着,她说,放开我。我不要你来安慰我。

婉儿我知道你是无辜的。我也不该指责你。我知道你身处夹缝很为难。你不要哭了。你听我说,你知道吗,我一直是爱你的。从第一天在母亲的绮云殿见到你,我就真的爱上了你。那时候你只有十四岁。你是那么清纯和美丽。你的才华和智慧是世间任何女人所不能比的。我喜欢你并且崇拜你。可是你从来都不愿意看到我是怎样的迷恋你。你总是躲避我。你的心里只有二哥。我也爱二哥。我们是兄弟。但是我不能看着他是怎样把你拥在怀中,又是怎样地抛弃你。为此我恨他。恨他不能好好地爱护你。我知道他是爱你的,但却又不肯对他自己的这份感情负责任。他是那么自私。他如果真的爱你,就不该这样毁灭他自己了。他是个伪君子胆小鬼,婉儿他不值得你这样去为他痛苦为他担忧。婉儿就让他去吧。忘了他。开始你的新生活,别再错过这次机会了。

什么机会?

情感的机会。

英王,婉儿不懂你的意思。

你还不懂吗?我真的爱你,并且尊重你。

英王你以为我们能够怎样?不,不要说了,我只是你母亲的奴婢。

我可以向母亲把你要来。

不,皇后是不会把婉儿给任何人的。我也永远不会离开皇后。

婉儿你听着,我并没有要求你和我同床共枕,我也知道那是根本不可能的。我只是希望你能看到我对你的感情,能和我共同拥有一种超越了那种肉体关系和君臣关系的友情。也许我们的这友谊对你的未来至关重要呢?

英王是说,未来有一天你会……

那是不言而喻的。

英王怎么能这样想。你不是说你们手足情深吗?

而婉儿你不是也很实际吗?我没有任何的歹意,也不想从我的哥哥手中夺权,如果是历史把你推到了那个位子上呢?我只是想说,无论怎样,我会永生永世对你好。

那么好吧,英王,我接受你的友谊了。只是,我们谁也不可能想得那么远。恕婉儿直言,没有未来。未来只属于一个人,那就是皇后。

那么我们就想现在。现在是你和我在一起。在这漫漫长夜。这一刻比什么都重要。

在八百里之外的太极殿中,太子李贤确实度过了一段彻底舒心彻底痛快的日子。他无忧无虑,尽情享乐,特别是无须戒备和警惕,让他顿觉身与心的真实的轻松。他很想在长安久居下去,因为他太喜欢这气势浩大的太极殿了，他在这里能时时刻刻感受到他的祖父唐太宗李世民的一世英名，气吞山河。他唯有站在这空旷的太极殿内，才会觉出这里之于他是怎样的亲和，而他置身于此又是怎样的渺小，他生为武曌之子又是怎样的不幸。他觉得唯有长安才是他们李唐王朝真正的福地。只有这里，才能使他们李唐的霸业气象万千，而那个温和的平坦的中原大地，根本就不是大唐驻足的地方。

贤真的太喜欢太极殿了。喜欢这壮丽的殿宇，浩大的屋檐。贤在长安期间，几乎每天都要来太极殿，坐在他祖父李世民坐过的那把已经破旧但却坚实无比的皇椅上，聆听那残败的四壁所记录下来的祖父的声音。那永远的贞观之治。那才是真正的伟大。

贤本来是怀抱着那伟大的抱负的。那是每一个皇室中的男人都必然会有的雄心壮志。如果不是他对那个擅权母亲的深恶痛绝，也许这个曾因注释《后汉书》而名垂千古的章怀太子，很可能会成为一代了不起的君王。史书因此而对他总是多有褒奖，说他不仅"容止端重"，且聪明绝顶，"读书一览不忘"，在朝事中也总是"处事明审，时论所称"，深得高宗李治的宠爱。然而皇室中复杂的你死我活的争斗毁了贤。是贤主动将东宫和朝廷的关系复杂化的。他容不得他的母亲，他的母亲也容不得他。就仿佛是一山容不得二虎，哪怕这二虎是亲人，是母老虎和她的虎儿子。

而大山只有一座。总要有一个被赶走。既然武皇后的儿子们都是那么不成熟，那么不堪以称王，那么山中就只能是母老虎说了算了。于是贤与母亲的积怨越来越深，后来就已经是一个永远也解不开的结了，而且最终的爆发就只在一触之间。

所以当贤远离中原、远离母亲的地盘，他才终于得以在最后的时刻过了一段真正的好日子。尽管太极宫在久乏人气甚至年久失修之后，显得有点儿荒凉破败，贤还是觉得这里真好，他来到这里就仿佛是回到了真正的家。他不知道这太极宫中其实盛着他母亲太多的苦难和艰辛，他如果知道，可能会在这里生活得更开心。

李贤只是在这最气势磅礴的地方，再不能做英雄豪杰的梦了。于是他更恨他的母亲，也更热烈地毁灭着他自己。他已经没有自律的愿望和能力，他在长安的生活可谓穷奢极欲到了顶点，他把这也当作了一种有点扭曲的对他母亲的反抗和报复。他终日纵情欢乐。欢乐到一种疯狂。这是一种变态的生活，一种没有明天也不希望有明天的放纵。他不是带着人马驰骋在秦岭的林中狩猎，就是在禁苑中与左右打马球。他酗酒恣意，与能找来的女人尽享欢愉。如此还不够，他还要和他特意带来长安的户奴赵道生夜夜相伴，在断袖的云雨中寻求刺激。

便是这样的一个李贤，便是这样打发着这所剩不多的远离母亲的日子。他这样糟蹋着自己的时候，仿佛他根本就不是那个兢兢业业修注过《后汉书》的风流才子。反正李贤已经无所谓。无所谓他怎样地生或者怎样地死。他已经看透了这一切。这是他自从弘的死就看透的。他知道他既然被囚进东宫，就最终难逃这一劫。

贤是自甘堕落自甘毁灭的。这是他死前的最后的挣扎和反抗。他知道他已经英雄末路，而在四面楚歌之中唯一让他不能释怀的，是他对母亲身边的那个婉儿的牵念。他想这是他此生用心去爱的唯一的女人了。他觉得比起自己，也许婉儿的处境更凶险。他不知道那个一天天长大的女孩是否能善终，但是他知道他已经尽力帮助她了，给她忠告，让她知道在危机四伏的宫廷里究竟该怎样生存。也唯有对婉儿他是深怀着一种责任感的。这就是他为什么总是渴望着见到她，而每每见到又总是想方设法冷落她。他觉得婉儿是他生命中唯一不该放弃的。但是他还是不得不放弃她了，因为他已经放弃了他自己。但是他想他就是死了,他的不死的幽魂也会时时刻刻追逐着婉儿,给她以爱的关切。

太子李贤在长安的所作所为，无疑很快就传到了他母亲的耳中。于是长安的太子很快接到敕令,要他打点行装,尽快返回洛阳的居位。然而李贤置母亲的敕令于不顾。他太眷恋长安这座古城了,也太迷恋他在这里自由自在的生活了。于是他拖延着。他对母亲的命令不理不睬，就像是他可以烧了也可以撕碎母亲送给他的那信条一般虚伪的书。贤的忤旨自然使武曌格外恼火,于是,敕令被一封紧接着一封地送抵长安,贤被一次一次地催促着,而他却一天一天地耽搁着。贤很固执。这一点很像他的母亲,所以贤才注定要成为母亲的敌人。尽管贤已经视死如归,但随着归期的临近,他还是觉出了几分沉重。

总之贤已经难逃一死。所以他返回洛阳后,就更是背水一战地公然与他的母亲对抗。他明目张胆地把武曌说成是杀人如麻的刽子手,她不仅杀朝臣杀宗室甚至连她的亲生儿子也不放过。他扬言他和武皇后不共戴天。他甚至希望她能尽快来杀了他。

贤的疯狂叫嚣显然是惹恼了武皇后。皇后忍无可忍,她宁可不要这样的儿子,她知道她已经彻底失去贤了。既然事已至此就绝不能再有迟疑。她绝不姑息养奸,纵容自己的儿子;更不想等待了,她已经等待得够久了,她怕夜长梦多。

武曌是在痛下决心之后,才派婉儿去东宫的。她对婉儿说,她出此下策全都是太子逼的，她只是苦于没有一个能废黜太子的证据。她说太子已谋反良久,他那里一定有屯集的兵器。所以她要求婉儿利用太子对她的信任,努力查出太子谋反的如山铁证。

那时候武皇后已深知婉儿对她的感情，却不知婉儿对她的忠诚。其实那时候她早已握有了罢黜太子的足够罪证,但是她还是把婉儿送去了东宫。她要让东宫事件成为一块试金石,她要知道她所信任的婉儿在关键时刻是否对她忠心耿耿。

唯有清纯无比的婉儿被蒙在鼓里。那时候婉儿还不知道皇后做事总是一箭双雕、一石几鸟。皇后既要彻底摧毁东宫势力,又要试出奴婢的忠心。她既要在身体上彻底击垮李贤,又要以他一向看重的婉儿的变节来摧毁他的信念。这便是武皇后阴险狡猾的谋略。为了达到她牵一发而动全身的目的,她是不惜毁灭青春的身体和美丽的信念的。

婉儿当然知道她是身负使命的,所以当她初见从长安返回的太子时,她确实是怀了一种非常复杂而又异常暧昧的心情。尽管皇后派婉儿来,名义上是要侍奉太子;但其实他们谁都清楚,婉儿是皇后派来监视太子的。正因为他们全都了悟了这一层,所以他们的感情尽管复杂暧昧,但是他们面对面时却并不尴尬。

贤一见到婉儿就牵住了她的手。贤说走,我带你去看些宝贝。

贤牵着婉儿的手,在东宫的花园里走着。他一反常态地十分亲切的样子,和颜悦色,而且春风得意,一点儿也没有往日的那种压抑和冷漠。他说他在长安的时候很想她。他说她是他无论天上人间最最牵念的一个人。他还说你怎么来得那么晚,他说你如果来得再早些或是再年长些,他就一定会从母亲那里把婉儿要来做妃子。贤说得轻松随意,又真诚自然。贤说的那些话让婉儿的眼泪禁不住落了下来,因为婉儿知道贤无论是怎样地憧憬未来,他都是死期临近了。

所以,看来我们今生今世只能做兄妹了。你不愿意吗?婉儿,你怎么哭了?你不要哭。你伤心是我最最难以忍受的。别这样,婉儿,我不是回来了吗?母后不是叫你来侍奉我了吗?我们不是在一起了吗?

可是,太子,我……

你什么也不要说，你说了反而会破坏我们此时此刻的这一切。来，牵住我的手，这里有点儿黑。

这里是哪儿？

这里是我的马厩。

太子为什么要带我来这里？

看到了你就会知道了。

马厩里很昏暗。昏暗而阴森的，那种马的和干草的气味。李贤紧抓住婉儿的手，带着她深一脚浅一脚地向深处走。越走到深处就越是昏暗。慢慢地，婉儿越来越害怕，她不情愿地被李贤拽着磕磕绊绊地向前走。后来婉儿停住脚步，她说太子的马厩这么大，我们这是要去哪儿？

贤说走吧，你跟着我就不用怕。知道我想送给你什么吗？

奴婢什么也不要。

那么你连一个在皇后那里立功得奖的机会都不要吗？哪怕是几匹麻布。我要看着那布帛为你做几身漂亮的衣服。

太子是什么意思？

什么意思也不是，就是要我心爱的女人美丽。

可是，不，太子，我不想再往前走了。

来吧，别害怕，相信我，我怎么会伤害你呢？你之于我，是比我的生命还宝贵的。看哪，我们到了。看见这个巨大的洞穴了吗？铺满了干草。这就是那个借口了。铁证如山。她足可以洗劫东宫了。不不，婉儿，你先不要看。告诉我，你是不是皇后派来的？不不你不要告诉我了。我知道你说不出欺骗我的那些话。那就不要说了。让我们来想想在这一刻，在这个巨大的洞穴前，在一切昭然若揭前，想想，我们该做点儿什么呢？婉儿，说，此时此刻你最想要的是什么？

回去。婉儿周身颤抖着。

你冷吗？

婉儿点头。

很冷吗？

婉儿点头。

想让我抱抱你吗？

婉儿迟疑了一下，点头。

那么我能亲亲你吗？

婉儿犹豫了片刻，终于还是点了点头。

然后贤就紧紧抱住了婉儿。他说婉儿你真是个好姑娘，我恨不能把你吞下去，让你成为我永生永世的一部分，生生死死不分开。婉儿你知道吗你是天下最美的女孩，又是最最不幸的。你能原谅我对你总是那么粗暴无礼吗？你能原谅我总是伤害你让你哭吗？不，那不是我的本意。如果我不爱你我早就占有你了。那对于我这样的男人简直是易如反掌。无数的女人我都是那样得到她们的，但对你不行。你不是那种可以任人蹂躏宰割的姑娘。你有尊严，很高傲，你是不能随意被男人碰的，这也就是我为什么要远离你。你我生不逢时，所以上天让我们相遇就是上天在惩罚我们，降苦难于我们的心上。愿意属于我吗？就在此刻。这已经是最后的时刻了，我们的时间不多了。婉儿，告诉我，你愿意吗？

那是今生今世天上地下的一种许诺。

唯有贤和婉儿知道那许诺意味了什么。

然后是昏天黑地天摇地动海誓山盟刻骨铭心。那才是真正的永恒。从此永远弥漫在婉儿的意识中。

好了。当这一切结束。贤的有点儿苍白的脸。他说，听着，当这一切结束，我就把我的性命托付给你了。

婉儿不解地看着贤。她觉得唯有眼前的这个男人才是她在这个世界上最亲的人。

贤说着便跳下了脚下的那个深洞。他扒开柴草，婉儿便在马厩里的微弱的天光下，看到了那一件件深埋地下闪动着咄咄寒光的兵器。

婉儿骤然间不知所措，她脱口而出，你怎么敢私藏兵器？

你知道吗？就是一个再坚强的男人也有害怕的时候。没有人真正看到过我的内心，我的内心就像是这个私藏兵器的深深洞穴，每时每刻都充满了恐惧和紧张，以至于都容不下我对你的好好的爱。我反抗母亲，但是我更惧怕她。东宫与后宫只一墙之隔，我知道母亲随时随地都可能在一个意想不到的时辰杀了我。与其让那个女人的剑随时随地地悬在我的头顶，日夜被这恐惧所折磨，还不如顶上去，迎向那剑，宁可粉身碎骨。这就是我为什么要四处搜集兵器铠甲，就是为了有朝一日，兵发东宫。我宁可这样去死。宁可战死。就是赴汤蹈火，也在所不惜。

婉儿被李贤的这突如其来的起兵谋反计划吓呆了。她不能想象这个刚刚同她缱绻柔情的男人，转瞬便成了一个蓄谋已久的野心家。她不能把亲人的李贤和谋反的李贤联系在一起，她不敢相信这个穷兵黩武的太子竟要将他毫无准备、手无寸铁的母亲置之死地，那是怎样的丧尽天良，大逆不道。

婉儿惊惧地叫着，不，太子，你不能这样。

那么你要我怎样呢？要我逆来顺受做任她摆布的玩偶吗？大哥又何尝不是如此，到头来又怎么样呢？还不是被母亲轻而易举就捏死了。

可是，皇后并没有要发兵剿杀你。

把你派来不是和发兵一样吗？而且这东宫里的耳目远不止你一个。

但是，太子，不要。真的不要。你说，这兵器不是用来对付皇后的，而是为了东宫的安全，你这样说呀！

贤不屈不挠，他说，谁都知道在这种地方要获得安全简直是痴心妄想。这点儿兵器又能抵御谁呢？能抵御得了那浩浩几十万御林军吗？东宫转眼就会被荡平。那是谁也抵挡不住的。我没有安全。我唯一的安全就是要让这剑戟直刺她的心窝，我要用她的血祭我们李氏的庙堂。我迟早要起兵。要为惨死的弘报仇。

贤你放弃这个怪念头吧。求你了。你不是一直没起兵吗？你不是一直在犹豫吗？那就放弃吧，你不是说过你深爱着她吗？

那不是真的。我恨她。我之所以迟迟不能发兵，那完全是为了父亲。父皇奄奄一息。他已经看到了家族亲人的太多的血。他的心很疼。他是因为对不起祖父对不起宗族对不起我们李唐王朝才从此不愿上朝的。他是圣上，却被挟制于一个女人的铁腕中，他有一肚子难言的苦。是因为圣上。完全是因为圣上。我不想让他再经历这血腥杀戮的场面了。他已经目睹了弘的死，我不想再让他看到母亲或者我的死了，所以我只能等待。你懂吗？那才是我的真意。

太子决心已定？

婉儿我能与你披肝沥胆，便死而无憾了。

婉儿在那天傍晚回到了依然在政务殿等她的皇后身边。在很昏暗的灯下。当婉儿说出了那一切之后她觉得她卑鄙极了。她并且心如刀割。心带着鲜血一片片地破碎着。贤毕竟是她以身相许的男人。是她最心爱的人。她怎么能出卖她最亲的人呢？但是她就是出卖了他，她知道她将永世不得安宁。

就这些吗？武皇后冷酷地问。

婉儿说，那可能是为了自卫。

单单是匿藏这么多兵器就足以构成死罪了。还说什么自卫。他明明就是在谋反。

可是，殿下……

你不要再为他辩解了。那武器还不能证明他的野心吗？

是的，也许太子所为不够磊落，但是他并不想伤害您，更不愿伤害圣上。

他会不会伤害圣上我不知道，但是他对我已是恨之入骨。如果对贤这样怙恶不悛的叛逆者都不能严厉惩办，那江山社稷就真是风雨飘摇了。你还有什么要说的吗？

奴婢没有了。

那就回东宫去吧。无论如何，稳住太子，剩下的就由我来安排吧。

婉儿恳请殿下开恩，别伤害了太子。

还轮不到你为那个逆子求情。这宫廷里的争斗从来就是你死我活。怎样处置太子我自有安排。你去吧。这些不是你该考虑的。

婉儿在暮色褪尽的时候回到了太子身边，婉儿的心情很沉重。这是第一次，她将她爱的人的性命交付给了他的敌人。婉儿心怀惴惴。她不仅是不安而且是一种疼痛。她不敢抬起头看太子的眼睛。在太子面前她已经羞愧、惶恐得无地自容。那是第一次，她不知道该怎样说怎样做。是将她的出卖隐瞒，还是就让太子知道她是个卑鄙无耻的女人。

而贤用异常平静的目光看着婉儿。他觉得在经历了那一番惊心动魄之后，他已经能够平静地看待婉儿了。他问她，今天的黄昏极美，有壮丽的斜阳，如血一般，燃烧了整个天际。想约你一道看残阳，像悲歌一般地令人震撼，却找不到你，你去了哪儿？

我回后宫去看了母亲。婉儿怯怯地说。

不会吧？你根本没回掖庭，而是去了政务殿。

太子在跟踪我？

你难道不知道吗？这皇宫里的每一堵墙都布满了看不见但却透风的眼。我们最终都会毁于这隔墙有耳。做奸细的滋味不好受吧？

什么奸细？

好了。不说这些了。我知道你也是万不得已。我不怪你。因为我爱你。感谢母亲在这最后的时刻把你送来，让你我在这个风雨欲来的时刻守在一起。来人哪，点亮东宫所有的灯，让我们等吧。

等什么？

你我都知道我们在等什么。

太子，太子你杀了我吧。婉儿突然跪在了贤的脚下。她哭着，她说，先杀了我吧，别让我看到那场血腥的洗劫。那是奴婢最最不愿看到的。奴婢也不愿意看到太子被伤害。那都是奴婢的罪恶，奴婢罪该万死。

婉儿说着去拔太子挂在腰间的剑。她抽出了那剑，并将那剑直抵她的胸膛。太子用力地和绝望的婉儿争抢。那剑刃就割破了太子的手，贤的血便如一道道血色的飞虹在夜空中飞舞。那迷蒙的血雾。婉儿突然觉得她仿佛在什么地方见到过这温暖而甜腥的血雾。在记忆的很深很深的深处。婉儿不知道那似曾相识的景象曾在哪里出现过，但是她立刻丢下了那剑，下意识地伸出手去抓那纷纷坠落的贤的血滴。

婉儿最后抓住了李贤受伤的手。她撕破她的裙子去包扎贤的手，她不停地问着贤是不是很疼，是不是很疼？然后婉儿就跪在那里将贤的受伤的手贴在了她的脸上。她泪流满面，她说太子，是婉儿害了你。是婉儿伤害了她在此世间最亲最亲的人。

贤把跪在他脚下的婉儿扶起来搂在怀中。他愤恨地说为什么要这样？为什么要我们彼此残杀？她知道的。她什么都知道。她知道我是怎样地深爱着你，却又故意安排你来揭发我，让我们自相残杀。她是怎样地狠毒。但是婉儿记住，我永远不会怪你。你也不用自责。是我有意让你看到那些兵器的。是我有意让你得知这一切并告诉她的。这也是为了你。为了她能信任你。为了她能让你活下去。来吧，婉儿，让我们一起等待。我知道这是必然的。我也不会逃跑。不会从此苟且偷生，连这也是为了你。

可是，太子，能否将兵器转移？如果没有了兵器，皇后就不能定你的罪了。

婉儿你真是天真。她还是要杀掉我。而且要连你一起杀。不，我不想让你死。我要你活着，有朝一日，为你的家族报仇。

报仇？报什么仇？

你不就是为了复仇而活下来的吗？

婉儿不懂太子的话。

迟早你会懂的……

那血海深仇。

婉儿哭泣着。她说太子我不想失去你。她说太子，奴婢今生今世就再也见不到你了吗？

别再哭了，婉儿。让我们慢慢等待。你看东宫的所有灯都点燃了。大殿里多亮呀。亮如白昼。她知道我从小就怕黑暗。所以她总是在我的床前为我点燃一盏午夜常明的灯。她一定看到了东宫已成一片灯海。她一定知道那是我在等她。但是她这会儿还不会来。她要留给我掩藏罪证的时间。然后她就会当着我的面，首先杀了你。她会说并不是她让你到东宫来的，而是你擅自跑来淫乱，败坏了后宫的风气。她要看一看你对她是否忠诚。她对你将永远深怀芥蒂。你是她天然的敌人,但是她就是要冒着生命之风险来使用你、征服你,这便是她的天性。婉儿你不要心怀愧悔,那真的不是你的过错。你的心不过是我们母子争斗中的一颗美丽而晶莹剔透的牺牲品。婉儿,听到了吗?禁军的脚步……

直到清晨。当启明星亮起。一夜整装待发的禁军终于在武皇后的一声号令下攻进了东宫。兵士们直奔马厩。马厩里的兵器当即便被轻而易举地翻找了出来。

那一刻武曌留在后宫。

那一刻武曌的心里很悲哀。

她远远看着东宫里彻夜明晃晃的灯光。她知道那是她的儿子在对她叫板示威。她很愤怒。她咬牙切齿在心里骂着,贤你不要逼我。在她最后发出清洗东宫的旨令前,她心里一直很迷乱。她想我的儿子怎么敢这样对待我;她还想这一次她终于真正体会到了当年李世民下令清剿太子承乾的东宫时,是一种怎样绝望的心情。一样的绝望。绝望还有无奈。她终于不得不举起刀剑,向她自己的亲生骨肉宣战。

马厩里的五百套兵器被堆放在东宫的庭院中。那是武曌所没有想到的,她只知东宫藏匿兵器,却不知藏匿的兵器竟有五百套之多。五百套是什么概念?如果太子真的起兵,那五百套兵器的武装就足以把她武曌送上断头台了。

武皇后更是满腔怒火,怒火中还燃烧着她深深的悲哀。她当即下令将贤囚禁了起来,并立刻浓墨重彩地将李贤起兵谋反的消息禀报了皇上。高宗拖着病弱的身躯。那时候他几近双目失明,痛风病已折磨得他死去活来。但是他还是拖着病弱之躯为他最最钟爱的这个儿子求情。他说放了贤吧。贤也是你的儿子。

正因为太子是我的儿子,我才更要大义灭亲,不能赦他。

在武皇后的义正词严中,高宗李治只能退下阵来,独自垂泪。

而李治是谁?他才是圣上。他才是万人之上有着无限权威的那个天子。而他竟然要仰武皇后的鼻息,那天下还有什么公道?

武皇后令婉儿起草的那一份诏书不可更改。那是在武曌的盛怒之下,由婉儿一笔一画地写出的。武皇后在婉儿草拟着那份置李贤于死地的诏书时,满脸是泪。她不停地说着她是多么爱贤,她对贤是怎样寄予了厚望,就仿佛要将贤送进地狱的那个人不是她,而是正在起草诏令的婉儿。

婉儿没有眼泪。她的心已变得坚硬。纵然她在起草那份将自己最亲最爱的人毁灭的诏文时有千般悔恨万般伤痛,她都不曾有一丝一毫的流露。也是第一次,她看出了那是皇后在表演。她不知道皇后那虚情假意的泪水是怎么流出来的,更不知道皇后的那一副母亲的心肠是由什么做成的。

尽管皇后怎样地不情愿,婉儿还是将那杀无赦的诏文呈在了皇后的眼前。婉儿知道那才是最令皇后欣慰的,因为那诏令为她彻底铲除了心头之患。

两个如此坚强的女人。

她们都认为自己是爱贤的,而贤又恰恰是被她们置于死地的。

几天之后,处置太子李贤的诏书下达:

太子怀逆,废为庶民,流放巴州。

垂帘听政的武皇后,在听着侍郎宣读那一份诏令时,脸上麻木得就像是一块铁板。她没有眼泪。她没有悲伤。她知道这其实还远不是对贤的最终的处罚。

史书上说,章怀太子以母子之爱,颖悟之贤,犹不能免于虎口,何况他人乎！

从此，高宗不再上朝。他连朝政也不再过问。他的心滴着血。贤是他永远的伤痛，直到几年后他潸然辞世。

一个曾经风流倜傥且成就卓著的皇家公子就这样被废黜，并被押解于蜀地巴州的穷山恶水中，在一所破败的皇家行宫里苦度余生。那里有高山流水，却四季闷热潮湿，遍山的竹林终日被笼罩在连绵不绝的雾气中。那里没有自由，很少见到阳光，连空气都是压抑的沉闷的悲哀的。从此李贤再没有离开过那里。他终日郁郁寡欢，但却心静如水。过去的那种纵情纵欲、放浪不羁的生活彻底远离了他。他有时候会思念长安，会想到依然生活在母亲身边依然身处险境的那个婉儿，但却也只能是想想而已了。他从此所能听到的，只有山中啼血的杜鹃了。

李贤所有的近臣和亲信，在他被囚禁的那天，就一个不留地被斩尽杀绝。最先拉出来问斩的，当然就是最令武皇后不齿的那个户奴赵道生。

李贤所藏匿的那五百套兵器，也被尽数运到洛河南岸焚毁，向天下昭示太子的罪恶。那熊熊的火焰和滚滚的浓烟，遮住了洛阳城上面的半个天。围观者成百上千。成百上千的好事者兴致勃勃，不知道皇室中究竟发生了什么。将谋反的罪证当众销毁，这也是武皇后精心安排的。她不仅仅是要烧给天下百姓，也是烧给一切企图反对她的人的。

在销毁兵器的那天，武皇后没有上朝，而是独自一人在禁苑中骑马。她坐在马上。让马儿缓缓地兜着圈子。她仰头望着洛阳上空的浓烟。她想这就是贤的下场。她这样想着不禁黯然神伤。她想贤毕竟是她的儿子。但是那压顶的黑烟卷去了他。她从此再没有这个儿子了。

唯有婉儿没看见那遮天蔽日的浓烟。那一天她被恩准躲在了母亲在掖庭宫的房子里。她锁住自己。不吃不喝。母亲叫门也不开。后来婉儿病了。发着高烧。她依然锁着自己，甚至连皇后专门派来的御医也不见。

三天之后，婉儿回到政务殿。她消瘦了许多，但却神色淡定，仿佛脱胎换骨。她和皇后谁都再没有谈论过太子的事。就像那是永远永远掀过的一页，是从此不会再读的一页。她们甚至都不会再提起太子李贤的名字，恍若永远忘记了曾生活在她们身边的这个很亲近的人。这成了她们之间的一种默契。

那是她们生命中的永远的忌讳。

婉儿果然如贤所期待的，获得了皇后所赏赐给她的那几匹绢帛。但是她没有像贤所希望的那样，用那绢帛为自己做漂亮的衣服。婉儿在得到那绢帛的当天，就把它们分发给了掖庭的那些穷困可怜的女人们。婉儿的心情很凄怆。那是只有她自己才能体会得到的一种心境。在很深很深的那个地方。

直到贤被押解着踏上那遥远而又荒凉的巴蜀之路，婉儿才真正知道被李贤所终结的是一段怎样明媚的时光。从此沉入黑暗。从此在婉儿身边在早朝的大殿在政务的厅堂在后宫在东宫在洛阳城中的所有地方，都再不会有贤的影子了。贤已经不在了。贤亡失了。没有贤了。也不会再有贤的音容笑貌。于是婉儿寻找。她遍寻宫城却不见贤的踪影。她叩问苍天。而苍天不语。哪怕是在梦中，贤都不曾前来。贤真的没有了。活着，在那漫漫蜀道，却等于是已经死了。

当再也见不到贤，当连意识中都不再有贤，婉儿才觉出了她是怎样的想念他。一切是那么迅疾。像天空划过的那颗流星。星光转瞬即逝。接下来便是寂静。那是万籁的无声。无声也无怨无悔。贤就走了。甚至没有告别。

婉儿没有告别。那是她自己的选择。本来,皇后是准许她去看望囚禁中的贤的,但是婉儿没有去。她无法面对。她太珍爱这个男人了。她不能原谅自己出卖了他。她从此愧悔无穷。

这愧悔便毕生纠缠着婉儿。它甚至改变了婉儿的一生。她从此不再是一个纯洁的女人。她已经做过了这种出卖亲人天良丧尽的事情。这样的婉儿还是原先的那个婉儿吗?那个心上的污点尽管看不见但它已经永远存在。那是婉儿自己对自己的审视。那是婉儿从此自己把自己当作了一个坏人。从此坏人的一生。从此无法摆脱的罪恶感。特别是当贤在日后的某一天被他的母亲在巴州的居所里逼死,婉儿就更是觉出了自己的手上沾满了贤的血。她想她才是那个始作俑者,她才是那个万恶之源。杀害李贤的并不是皇后,她才是那个真正的凶手。

是在很多年很多年之后,婉儿才从皇后的侄子武三思嘴里得知,在武曌派婉儿去东宫之前,其实她早已经知道东宫藏匿了兵器。她完全可以不通过婉儿就清洗东宫,她已经枕戈待旦,胜券在握。但是她还是让婉儿去了。婉儿的这一去对皇后很重要,她从此就拥有了这个毕生的心腹。然而她不管婉儿一世的清白就此被她毁了。那是婉儿一个人独自承担了十几年的罪恶和不安。她总是觉得贤的魂灵在追逐着她。贤的血纷纷坠落在她凄冷的梦中。她被惊醒。陪伴着她的是长夜中不尽的恐惧。

婉儿在获知这一切的时候正把她的身体出卖给大权在握的武三思。婉儿觉得她双重的脏,她已经是个没有灵魂的女人了。她如果十几年前就知道她不是那个真正的元凶,她也许就不会让自己堕落成这个罪恶的女人了。她一直以为她已无须负罪,因为她就是罪恶,她就是那个罪恶的化身,那么她又何苦在罪恶中挣扎,她已无所不为。

婉儿这一年二十岁。婉儿在二十岁的时候已经是一个很明智的女人。她已将一切都看得很明白很透彻。她总是能审时度势,把握时机,准确地选择她自己的倾向和立场。婉儿便是这样在朝廷和皇室中周旋着。这是她生活的圈子,所以她必得学会在这个圈子中斡旋的技能,如此她才能得以生存。当然要在这其中游刃有余也不是一件容易的事,甚至比做天子做皇后还要难。

所以婉儿的生存是艰难的。今天想来,若是武曌处在婉儿的位置上,她也未必能如婉儿那样在宦海的沉浮中如鱼得水。当然这是全然不同的生存方式。武曌的得以蒸蒸日上完全是因为在她的身后,有着天下权力最大的统治者的支撑和宠爱。武曌所需要做的,就是使出浑身解数去瓦解那个最高统治者。她只需用她的美貌和身体拿下那个统治者的威严,她便可以大路通天了。而婉儿有什么?婉儿生活在武则天的时代,她的美貌和身体是没有用的。她有的只是忤逆了皇后的家庭背景，和在掖庭长大的辛酸历史，以及，她身为奴婢的那卑贱的身份。婉儿是唯有靠自己的。她背后没有支撑，她只能靠着自己的心智。或者那心智就是她的支撑。她便是这样自己支撑着自己在到处是杀机的这个圈子里出生入死的。

婉儿越来越聪明。她不是用眼睛去看而是用脑子去观测她身边的那些血腥的杀戮的。她要躲开那些血，但又要多少沾上一点儿血。她深知在罪孽深重的人们中，她必得也背负了一重罪恶，才能够得以存活。譬如，对贬谪巴蜀的贤。她倾慕这个男人，她甚至爱他，但是她还是让自己沾上了贤的血。

婉儿唯有沾上了贤的血才能是武曌的同伙。婉儿是希望成为武曌的同伙的，因为唯有武曌才能给予她生存，而为了生存，她宁可沾上贤的血。这就是游戏的规则。

便是这样的一点点贤的血，让婉儿巩固了她在皇后身边的位置。或者说，婉儿的位子就是靠他人的血一点点累积着而最终安如磐石的。婉儿要这个位子，要这一份稳固，要待在皇宫，要侍奉皇后。婉儿并不是认为唯有在此她的才华才得以施展她的价值才得以实现，不，那不是婉儿的初衷。婉儿的初衷仅仅是，她在阴暗的永巷中生活过，她看到过那些被遗弃的宫女们悲惨的生活，她不能想象再回到那阴暗的掖庭，更不能想象母亲再搬回她们原先住过的那个木格子中。她爱母亲，她再不愿看到母亲衣衫褴褛，终日以泪洗面。不，她不能再回到过往的那一切，而要永远摆脱苦难，婉儿唯有在权势者中站稳脚跟。婉儿其实早就看清了如今的朝堂之中，真正的当权者只有一人，那就是皇后。皇后不仅集万千宠爱于一身，而且集天下权力于一身。那么她还有什么别的选择吗？婉儿只有一种做人的准则，那就是对皇后的态度。以皇后的好恶为好恶，后来就成了婉儿唯一的生存原则。

然而婉儿又不是那种无条件的唯命是从。婉儿是有着那种她该持有的尊严的。她从不奴颜媚骨,甚至时常会有一点儿她自己的爱憎和好恶。其实这依然也是武曌的好恶。因为武曌从不喜欢她身边的人只是对她言听计从。如果他们只是听她的,那么她何苦还要用他们?而且她用人的目的就是要使用他们的智慧,她希望他们动脑子,有独到的见解,她甚至希望他们有时候有一点儿锋芒,有一点儿不同的声音。所以婉儿才会有了一个她可以独立思考的空间,所以婉儿尽管被笼罩在女皇巨大的阴影下,她依然觉得她的思想是自由的。就比如她对贤的那种欣赏的态度。她从不讳言她是欣赏贤的,并反复告知皇后,贤才是李唐王朝最合适的继承人。她曾在皇后的面前历数贤的种种美德,她甚至为了贤而不惜诋毁有点儿狂妄的英王显和过于软弱的相王旦。而慢慢地,当有一天皇后和贤终于有了嫌隙,而随着他们母子之间越来越隔膜越来越疏远,婉儿对贤的态度也不得不有些微的改变。她尽管不改对贤的称颂,但已不像以往那样不遗余力。她知道,毕竟,对太子取舍的大权是握在皇后的手中。而到了最后的针锋相对、生死攸关,婉儿便不得不成了那个娼妓一样的奸细。那样的婉儿还有什么尊严?那是婉儿所不愿的。她毕竟读破万卷书,她知道人活着是需要人格的。但比起人格,婉儿的生存乃至于她母亲的生存才是更为重要的。所以她不得不舍弃了她的人格,舍弃了贤,而全然站在了皇后的立场上。

这便是婉儿的态度。在李贤被废的事件中,她确实稳固了她作为皇后贴身侍女、作为皇后最信任的心腹的位置。尽管她也曾深深懊悔也曾怨恨自己,但是她明确地知道她是一定要向前看的。既然是她认定了只有攀附皇后这一条路,她就必须坚定不移地朝前走。她不允许自己徘徊,更不允许自己动摇。纵然是她的双手沾满了她爱的人的血,纵然是她的人性已被践踏得片甲不留,她也只能是跟定皇后，做她的诱饵，或者刀剑。

婉儿还知道，在政治的大潮中翻卷的人，是容不得没完没了地沉溺于儿女情长的。唯有舍得下大情大义的人，才能成大气候，就像皇后。于是婉儿不再追思往事。她强迫自己忘记贤。她要求贤从此只存留于她心的某个永远而又遥远的角落。她要重新开始。因为，新的太阳升起。新的一天到来。

然后是武曌的第三个儿子李显闪亮登场。显便是这样的一位新储君，他转瞬就搬进了那座血腥之气犹存的东宫。他不在乎那里的堪喜堪忧的境地。他有点儿头脑发热，顾不上想那么多。他甚至没有为他一直敬重的二哥的被废黜而悲伤。他或者是真的早就瞄准了这个太子的位子。总之他坚定地站在了母亲一方，他认为贤就是不该私藏武器、阴谋造反，如此的大逆不道当然是天地不容。

显不费吹灰之力，轻而易举就坐在了太子的位子上。也许是贤真心诚意拱手将这位子让于他，但是他却丝毫不领情。也许是他也曾听说那个母亲的正谏大夫明崇俨对贤的预言，说贤的满脸幽怨之气，根本不堪继承帝业。于是显以为东宫当然就应该是他的。他跨进东宫高高的门槛不觉得是如愿以偿，而以为是天经地义。

大摇大摆住进东宫的显有点儿忘乎所以。说话的口气也随之大了起来，仿佛天下已经有一半是他的了。显的飘飘然亦是因为他的身边没有一个谨慎而智慧的女人，尤其是他所宠爱的那个韦氏庸俗浅薄。转眼就成了太子妃使这个女人太兴奋了，于是，她便不合时宜地端起了一副俨然皇后的架势。她的所作所为显然深深影响了李显，并埋下了他们日后不幸的种子。

那时候显时常往来于政务殿。与他的二哥李贤不同的是，显过问政务，而且勤政。显不知过分勤政也同样会惹来杀身之祸。但其实显并不是真的勤政，他往来于政务殿其实仅仅是为了能更多地见到婉儿。显对婉儿的热情从不曾减弱过。只不过当他看出婉儿对贤的情有独钟，他便对婉儿敬而远之了。如今贤的被贬黜以及他的升迁，使他觉得新的机会到来了。他依然不改对婉儿的喜爱。他坚信他只要锲而不舍，婉儿就一定会是他的。

然而在母亲的政务殿中，婉儿总是埋头工作，不曾给过李显半点能与之接近的机会。她总是很严肃很冷漠，一心扑在皇后所交给她的各项政务中，仿佛不食人间烟火，更不要说去领悟新太子的那满腔柔肠了。

李显在一个他精心寻找的傍晚，终于单独见到了婉儿。他故意在很晚的时候，把母亲交他批阅的奏折送回到政务殿。那时候皇后早已回后宫休息，但是显看到了婉儿还没有走。于是他来。他的到来使婉儿很惊讶。她忙拜过太子，不知道太子有什么事。

显说你很忙。让我帮你。

婉儿说，不用，奴婢自己能行。

婉儿说罢便继续做自己的事情，而太子便坐在一边，目不转睛地看着婉儿。婉儿被太子盯得有些不舒服，她便抬起头来对太子说，晚了。如果没有什么别的事，请太子回去吧。

而显依然坚持着坐在那里盯着婉儿。他这样看了很久，才突然说，你不伤心吗？

奴婢伤心什么？

你再也见不到我二哥了。

奴婢不伤心。那是太子罪有应得。

太子是我，而不再是他，你难道还不相信吗？

奴婢怎么敢不相信。当然你是太子了，请太子原谅。婉儿说过，就不再讲话。她甚至也不再抬起头来，只是专心在那里整理奏折。

显又说,你知道这政务殿都发生过什么吗?

婉儿头也不抬地说,太子请回东宫歇息吧。

人们说,母后就是在这里和父皇搞到一起的。

太子怎么能这样说皇后?

是的就是在政务殿,人们就是这样说的。那时候祖父正率领千军万马亲征高句丽。留下父亲在长安城监国。那是一个漫长而寒冷的冬季。祖父连战连败,却执意不肯收兵。于是那个曾是祖父才人的母亲便在这政务殿中乘虚而入,向监国的父亲大举进攻。从此她钻进了父亲的怀抱,也就是钻进了父亲的心。母亲当然是知道父亲未来要做皇帝的。

婉儿惊愕地睁大眼睛看着李显。她想不到在这庄严而肃穆的政务大殿中,太子竟会说出如此不堪入耳的污言秽语。婉儿在那一刻甚至感到了恐惧,她想不到在皇后的面前一向唯命是从的李显,在背后竟然敢如此地亵渎他的母亲。

婉儿义正词严,她说请太子不要说了,我是敬重皇后的。

我也并没有对母亲不敬,我只是想让你知道,你我现在的关系,包括我们所置身的这个政务大殿,和当年的父亲母亲实在是太相像了。婉儿你不觉得吗?

奴婢不懂太子的意思。

婉儿你不觉得你太像母亲了吗?你是那么聪明,又是那么富有才华,以你非凡的才智和能力,你难道不愿意成为母亲那样的人吗?

皇后是天之骄子,是奴婢这样的凡人永远也无法企及的。

婉儿你要知道未来的皇帝是我,你难道真的不想成为母亲那样的皇后吗?

太子有太子妃。

当年父亲也有皇后。

不,那不是奴婢的所求。

你就不能大胆地设想一下吗?要实现这一切,你唯有依靠我。只有我能帮助你实现这样的梦想。只要你对我好,我发誓会让你从才人到婕妤再到昭容到皇后……

太子你真的不要说了。你说的这些的确不是奴婢的梦想。奴婢只想侍奉皇后。而且恕奴婢直言,太子也万万不可做此想。如今天下风云变幻,谁也说不准未来真正握有大权的究竟是谁。

你是说二哥还会回来?

太子想得太简单了。

那么是相王?

相王从来没有野心。

那么又会是谁呢?

婉儿沉默。

不,婉儿,你别拿这些做盾牌。皇位就是我的。婉儿,别拒绝我。记得吗?我说过,我一直在等你。别再错过这样的机会了。答应我吧,婉儿,行吗?

太子请回去吧。太子太不了解你的母亲了。她是无与伦比的。她才是真正的王。这就是婉儿想说的,也是想让太子知道的。

显离开。一种莫名的失落。还有恐惧。他不知道婉儿的话意味了什么。他不仅仅是在感情上没能如愿以偿,他甚至还对他的未来产生了一种莫名其妙的惶惑。他离开的时候有点儿黯然神伤。

婉儿把显送出政务殿的大门。政务殿门外的那条长长的甬道已经是一片静寂。有沉醉的晚风和满天星斗。婉儿止步于那条甬道。那甬道对婉儿来说有着太多的记忆和创痛。她便是在那里亲近了贤,而贤已如闲云一般地流散。甬道早已是物是人非。每一块铺砌的砖石上所记录的都是婉儿青春的悲伤。那是婉儿不愿想的又是不得不想的。

于是婉儿止步于那条甬道。她转身回去的时候突然被身后的显拉住了。婉儿说不清在那个瞬间她是怎样的一种感觉。她有点儿迟疑,但并不慌乱。她甚至知道这大概是必然的。她想她应当是了解显的。

她想那或者是所有做太子的男人的权力。

但是她想不到显拉住她后就把她拽到了自己怀中。然后他就不顾一切地拥抱着这个他觉得他已经爱了一生一世的女人。他可能还觉得他终于获得了能接近这个女人的机会。所以他发誓绝不错过这机会,他拥抱着并亲吻着这个女人。

婉儿竟然没有挣扎。这反而使李显百思不解。她竟然那么顺从。听之任之。显有点儿惶惑。他觉得他再一次不能解释这个女人,他虽然紧紧地抱着她,他与她那么贴近,但她却仿佛那么遥远和陌生。

如果依着婉儿的心性,婉儿当然会拒绝这个乘人之危的新太子。但是婉儿已没有心性,或者说她早已不是东宫事件之前的那纯真的女孩了。所以她没有拒绝。没有拒绝也并不挣扎。她就是如冷酷的石雕一般被生硬地揽在显的怀中。她紧闭双眼,任凭显的抚摸和亲吻。她不知道自己是不是需要那些。并不知道她是不是很嫌恶。但是婉儿做出了选择。那是她在事发的瞬间就做出的选择。她没有了心性但却依然拥有着心智。她便是依着心智而做出这人生的取舍的。她允许了李显。她让自己待在李显的怀中。她让李显在她的身上完成他压抑日久的激情的发泄。

婉儿允许了李显很可能是因为在她的潜意识中也有着某种强烈的攀附权贵的欲望。毕竟李显已成为太子,她当然不能也不愿忤逆这个新太子。她或者也在冥冥之中预感到她的未来也许就真的握在了显的手中。她深知这个男人爱她。她或许也深知她可以利用这个男人的爱，她甚至可以因了这爱而控制这个男人。婉儿意识到这一点的时候，竟然会莫名其妙地很快慰。慢慢地，她就知道她到底有多卑鄙了。她并且已经不会再为这卑鄙而无地自容。她很坦然。她坦然的理由很简单，那就是她要活着。

便是为了活着，婉儿置身于显的火热的激情中。她没有爱，但也没有厌恶。她只是凭靠着某种不自觉的也是天然的功利之心，而对面前的新太子趋炎附势。她被显的激情骚扰着。被煽动的是一种她所不知的欲望。那是同感情毫不相关的一种身体的欲望。那来自身体内部的异常热烈的感觉。那是婉儿所不曾经历过的。她也曾这样被贤拥有过，但那是满腔的爱和渴望。婉儿不懂她不爱显为什么还会有那种身体的冲动。那冲动并不能代表她的心，但却能代表她的身体。或许是她的身体需要这些，需要一个男人，需要被一个男人爱抚。便是在身体中的那欲望的支配下，婉儿也伸出了她的双臂，去拥抱了拥抱着她的那个男人。

婉儿很投入。她真的满怀了欲望。她想那可能是她的生命中即将开始的新篇章。她为什么不能接受显？就像是，她为什么不能接受现实。而现实是什么？就是这个激情的显吗？

就在婉儿与新太子彼此认同的第二天，皇后突然问婉儿，告诉我，你是怎样看新太子的？

婉儿异常惊慌。她不知道皇后又看到了什么。她很害怕。她不知皇后是什么意思，更不知该怎样回答。她有点儿措手不及。她很沮丧，她觉得她永远也不能洞悉皇后的心。

婉儿你不必有什么顾虑。你觉得太子怎么样？

奴婢以为，太子在其位，谋其政。

是的这些我都看到了，我只是想知道他是怎么看待他自己的。

奴婢……

你不必吞吞吐吐了，我知道你们是朋友，何况他一直很看重你，告诉我，他是怎么想的？

婉儿以为，太子太看重他的位子了。

你是说他有野心？

不，是太子妃有野心。

太子妃？那个韦氏？你听到些什么了？

东宫里议论纷纷，说太子妃已经开始为她的亲戚向太子要官。

她已经贵为太子妃，为她的家族封官晋爵也是情理之中的嘛。

封官晋爵自然不容置疑，只是太子妃一族已开始在乡里横行霸道，很为百姓所不齿，辱没了皇室的尊严。

这自然不好。

可是皇后，这一切在婉儿看来，都不重要。重要的是，太子对太子妃言听计从，仿佛被控制在她的手中。婉儿是怕如若太子一旦拥有了天下，怕是大唐王朝就难逃外戚专权的厄运了。

有那么严重吗？莫不是你对太子妃有偏见？

请皇后相信奴婢。也许奴婢说得不对，但这却是奴婢千真万确的一种感觉。婉儿只是想让皇后有所省察，防患于未然，婉儿和太子妃之间绝无个人恩怨……

好了，你不要说了。我怎么会不相信你，而去相信那个太子妃呢？当年明崇俨曾说英王最类太宗世民，怕只是说他的长相。太宗英明一世，威震天下，不曾有任何后妃敢来干涉他的朝政，看来太子是不能与太宗相类了。以太子之威，竟不能震慑他的老婆，那么有朝一日他成为天子，又怎么能震得住天下呢？

皇后恕奴婢直言，太宗果然英明一世，但他也最终未能摆脱外戚专权的命运。长孙皇后虽深明大义，不允许她的亲属左右朝廷，但可惜英年早逝,不曾看到国舅长孙无忌在朝中的飞扬跋扈。若不是皇后以大唐的名义力挽狂澜，那王朝今天不知会落入谁的手中哩！是皇后贤明……

这些旧事你也了解？皇后有点儿不安地问着婉儿。

这些都是内文学馆中的老学士讲给婉儿听的。

那么,他还讲给了你什么？

皇后的丰功伟绩,是天下尽人皆知的。倘没有皇后辅弼病弱的圣上,大唐怎么会有今天的国泰民安。所以世人常说,殿下才是真正的圣上。

真有人这么说？婉儿你不是在故意恭维我吧？

即或是没有人说,人们也会这么想。圣上已多年不曾临朝,这是有目共睹的。这天下朝政还不是殿下在辛苦打理,日复一日。

婉儿,说心里话我也不愿意如此辛苦。毕竟我是一个女人,又不再年轻。只是圣上的身体一天不似一天,皇子们又是一个一个地那么不争气。我本来对贤寄予厚望,期待着他有一天能继承圣上的王业。但是他竟如此自暴自弃,不堪造就。贤尚且如此,对别的儿子我就更不抱什么奢望了。这个家就是这样了,只能听天由命了。想想这些,有时候就觉得很悲哀。我真的不敢想有一天圣上去了,这家这国会是怎样的一幅景象,但总之我不会把圣上的朝堂交到我不放心的人的手中。那也是我几十年经营的政权。对这政权我是负有责任的。我不能对不起圣上,更不能对不起打下这江山的李唐先辈们。

奴婢理解皇后的苦心。

所以我才会问你太子究竟怎样？能否委以大任？

奴婢懂得。奴婢也是实言相告。

我总是觉得我的儿子们不幸。在他们身边总是没有一个聪明的女人。所以不管那个愚蠢的太子妃怎样张扬,我可以叫英王做太子,我也能像废了贤那样废了他。无论对于我还是对于圣上,国家的生死存亡都是第一位的。只要我活着,只要我一息尚存,我就不能让大权旁落。我向天起誓。

公元六八三年,懦弱了一生的高宗李治,终于结束了曾带给他无穷病痛和困扰的生命。他是在远离长安、远离祖宗的陵墓和庙堂的东都洛阳与世长辞的。多少落叶归根而又归不成的感慨。就仿佛颠沛流离,客死他乡。无论他的皇后是怎样地热爱洛阳,但洛阳毕竟不是高宗的家。高宗辞世时的那一番悲怆的心境可想而知。幸好他驾崩时身边有皇后。有了皇后他也就放心了。这是他一生至爱的女人,当然也是他可以托付的女人。他深知几十年来如若没有皇后,这大唐的江山一天也支撑不下去。所以他与皇后落泪告别时是满怀了感激的。他因此而留下遗诏:太子李显继承王位,但一切重大国事必得由皇后处理。倘若太子继位不是不可抗拒的规矩,高宗大概恨不能将他名下的所有权力,全都交给他的武皇后。他不知道除了由武皇后执掌大权,还有谁能堪此大任。这是国事政事,是关系到整个王朝生死存亡的,而能将这天下撑持的,恐怕唯有皇后一人。然后高宗便撒手而去。所有的人间恩怨从此风流云散。他是在他的皇后的怀中死去的。他想这是个他爱他恨而他又离不开的女人,而此刻,他还是要离开她了……

这对于早已经人情淡泊的皇后来说,尽管圣上的死是一个迟早的必然,但是她还是非常非常悲伤的。那时候在她的生命中,除了她与先皇李世民那短暂的才人的关系,只有李治这一个男人。她与他生活了几十年。几十年的恩恩怨怨,血雨腥风。她为他生儿育女,又为他掌管天下。他是她的君王,又是她的夫君。她仰仗他依靠他,因为天下是他的;而她又利用他左右他,因为她希望天下是她的。

而高宗的离去也许会带走皇后今天的一切。她或许再不能垂帘听政，再不能掌管国事政事，她要把天下的实际权力移交出去，移交给她的已经长大成人的儿子。她不能违反天下的纲常。

朝廷在四天之中秘不发丧。

秘不发丧是因为皇后要想方设法做好应付一切因圣上仙逝而可能突发的事件的准备。皇后尽管悲哀，但她还是镇定自若地做好了这一切，她甚至在极度的悲伤中，做好了彻底将权力移交出去的准备。仿佛皇后也随了皇上而去。她甚至不打算再上朝，再听政，一个悲哀的女人怎么能置她的悲哀于不顾呢？她只是在悲伤中尽力去做着她所应当做的一切，为高宗安排国葬，同时为她即将即位的儿子铺平道路。

这使婉儿又一次震惊。她更加钦佩皇后了，她不知这个天下最伟大的女人，究竟心有多深，胸怀有多宽广。她看着皇后默默地做着那一切。她被感动被震撼，并恪尽职守地完成皇后要她做的所有的事情，包括起草各类更换天子的文件。在做着这一切的时候，婉儿蓦然生出了很多的落寞。她不能想象那个今后不再是皇后临政的王朝，会是怎样的一种景象。她并不真正了解那个即将继位的太子李显究竟是个怎样的庸才，她不知道一个那样不堪造就的君王会把社稷引领向何方。婉儿为此而深怀忧虑，她也能理解皇后此时此刻的那种复杂的心情。婉儿跟随皇后的时候皇后已经临朝。所以婉儿除了皇后，不知道还有谁能替代皇后。婉儿熟悉的，只是皇后垂帘的朝政；而她崇拜的，也只是皇后的政治才能。她认为只有皇后才具备君临天下的能力。她不相信显真的能治理国家。她将怀念皇后当朝的时代。

但是，毕竟高宗已经仙逝。而天子驾崩，也就必得有新天子承继皇位，改朝换代。这是不能改变的必然。高宗的死就意味着高宗时代的结束，而高宗时代的结束，也即是武后时代的结束，纵然武皇后有千般能耐，她也只能随高宗一道寿终正寝，再不能垂帘了。

就是这样，一切都结束了。圣上去了，便也带走了武曌执政的时代。

四天之后，向天下宣告为高宗国丧。与此同时，太子李显正式即位。显即位时二十八岁，正是一个男人最辉煌灿烂的时代。

而五十六岁的皇后，则在高宗国丧、太子登基的同时，被尊为太后。那种太后的寂寞与苍凉，从此深居后宫的状态，是皇太后本人也不能适应的。那么突然地，她就再不必每日清晨即起去赶早朝，那些伫立于大殿的满朝文武们也不用再向她请示汇报，聆听她的教诲了。一种恍若隔世的感觉，皇太后难道从此就真的只能待在后宫，颐养天年了吗？

一位君王的谢世，确实意味着一个新时代的来临。

在这个刚刚到来的谁也不能适应的时代，当然一切要重新开始。

悲伤的太后，当然不适宜过问朝政，而新天子的君临天下，在某种意义上也就彻底剥夺了太后曾经那么热衷那么迷恋也是那么如鱼得水的政治的舞台。这是太后不习惯的，又是太后不能违抗的。她还找不出一个重操旧业的无懈可击的理由，尽管，她觉得那个皇位只能是她的。

而与此同时，从此每日临朝，坐在那个高高的龙椅上面对文武百官的奏请，其实也是新太子显所不能适应的。尽管他做太子已经三年，每日在太师太傅们的教导下学习怎样管理朝政，但是当他真的坐在了圣上的位子上，他便又真的不知道该怎样做这个圣上了。显是在他们兄弟中，唯一做了皇帝的。他的两个哥哥仅仅是在太子位上要么被鸩杀，要么被流放，不曾有任何做君王的经验能够传授给他。所以显很孤单,有时候也很茫然。在面对百官的奏请时,他既不能显示他的无能,也不愿向母亲的臣相们请教,更不愿求助于太后。因为显知道,母亲是不信任他,甚至是瞧不起他的。显虽然知道他比起母亲相形见绌,但是他却有一个二十八岁的男人的自尊,和在其位、谋其政的勃勃雄心。所以他谁也不想依靠。他甚至有意识地表现出了一种刚愎自用。其实,那是他的虚弱。他在虚弱中独自探索。而他在这心怀惴惴的摸索中，难免就要求助于那个如今真的如愿以偿做了皇后的韦氏。他夜夜听着韦皇后在他耳边吹着的那些枕边风。他甚至听凭着她的摆布。而一个没有任何政治才能和经验的女人,又能把一个同样没有政治才能和经验的男人摆布成什么样呢?

幸好,在这个关键的时刻,深明大义的太后把她最亲近的婉儿留给了天子,辅弼他。这是怎样的一份馈赠!至少李显是这么看的。不单单是因为他对婉儿所怀的那一份深情，而是他在朝廷中确乎是已经捉襟见肘,苦不堪言。而婉儿的到来,就不啻是让他获得了左膀右臂;不单单是左膀右臂,他简直是获得了整个生命。

当显以君王的身份第一次在政务殿见到了婉儿，他的心中立刻被那种有着几分得意的激情所摇荡。他觉得依然冷漠、一身缟素的婉儿很美,她甚至更美也更迷人了。李显想,朕爱这个女人。他不仅爱她的美丽她的身体，而此时此刻，他可能更爱她的心智和大脑。他太需要这个在朝廷跟随母亲多年有着丰富经验的女人了。他坐在政务大殿高高的龙椅上，看着向他走来的那个不得不臣服于他的女人,他真的有了一种君临天下的感觉。在显的心目中,婉儿就是天下。而这天下今天终于是他的了,李显想,这是上天的赐予。

婉儿默默走来。她低垂着眼睛。她从容地做着显要她做的所有事情。她尽管对皇帝的诸多不知所云的旨令深怀不满,但依然努力做到俯首帖耳,言听计从。她只是在圣上太无知的时候,才非常小心地不露痕迹地点拨他。慢慢地他们的这种合作,在诸多磨合之后也变得默契了起来。显在他急需稳固地位的时候,并没有急于向婉儿索要她的那一份感情。他大概认为反正婉儿是他的了,他想他不仅能获得她的感情,他还将获得她的身体,那是迟早的,既然天下已经是他的。

显在一个将政务处置到很晚的那个深夜,他觉得他很累了,他想稍稍休息一下,他才突然地要所有的侍从退下,而只要婉儿留下来为他草拟几份诰命。

然后所有的人退下。

在浩荡的政务大殿中只剩下圣上和婉儿。

这一次显没有任何过渡,他甚至连一句话也没说,他径直走向婉儿, 并即刻把她搂在怀中。那时候他已经再没有任何迟疑和胆怯,他知道他手中所握有的皇权就是一切,难道那偌大的皇权还换不来一颗女人的心吗?

他说朕就知道会有这一天的。

他紧抱着婉儿。亲吻着她。他说,你愿意从此就伺候朕吗?他问她还记得朕曾经对你说过的那些关于母亲的故事吗?你能想象得到吗,这已成为现实。此时此刻,你就在朕的政务殿里,在朕的身边。朕不必像父皇当年那样,还要从感业寺把落发为尼的他心爱的女人接进宫。不,朕不用。你就在这里,在我的怀中。你就是朕的。你别再拒绝。听到了吗?连天下都是朕的了,而你怎么能不是朕的呢?听到了吗?婉儿,我不是在以势压人,我是真的喜欢你。听到了吗?今生今世,只要朕在,你就只能是朕的。

婉儿在这样的时刻, 不能不想起远去巴蜀的贤和那个寂寞深宫的皇太后。然而她只是想想而已。在心里想。她任凭着显在这个激情的午夜激情地攫取着她。她逢迎着。她甚至响应着显的激情。她想圣上才是现实。此时此刻才是现实。她唯有被圣上索要,在某种意义上才能确保她的生存。毕竟显是圣上。是切切实实千真万确的圣上。而能被圣上所亲近所拥有所迷恋，这是天下女人都梦寐以求渴望得到的。而她轻而易举就得到了,她为什么要轻而易举就放弃呢?

婉儿是个明智的女人，她又跟随皇后在宦海中沉浮了六年之久。她早就看穿了这一切,她想她能混迹于此,早就知道心里想的和用身体去做的是完全不同的两回事了。

于是婉儿任凭着那个做圣上的男人在午夜的政务殿中以他的方式拥有着她。婉儿的身体所带给她的那一份冲动使她再一次证明,身体和心确实有着非常非常遥远的距离。她想她把她的身体给了圣上并没有什么可怕的。关键是她的心还是她自己的,她还可以在心里想,想贤,想太后,想她自己的身世和母亲。婉儿想她的心还是属于她自己的,这才是最最重要的。

而显对婉儿的激情浅尝辄止。

这里毕竟是政务大殿,显确实不敢在此亵渎神灵;何况,显在婉儿的面前也还确实有着几分拘谨，几分其实在婉儿看来完全不必要的英雄气短。

显松开了婉儿。

那是没有完成的欲望。

而显在心里为自己辩解,他说他要瓜熟蒂落水到渠成。他不必急于求成。他们来日方长。在这个夜晚这一刻,他不过是想传达一种激情的信息罢了。他没有别的所求。他只想让婉儿知道无论发生了什么,他都爱她。

而婉儿在告别了圣上的身体时,对他说,圣上终于成了圣上,真是了不起。

显虽然没有尽兴,但依然欣喜若狂。那是他为他自己设计的一个缓慢的过程，就像猛虎扑食，它先是扑倒它的猎物，但是却并不急于吞噬它。那成就感就在它与受伤的猎物的周旋中。它看着它慢慢倒下。归顺。最终成为它的囊中之物。这就比如是圣上和婉儿。是圣上不想让婉儿立刻就成为他身下的女人的。他要那个欲擒故纵而且是充满了美感充满了诱惑的过程。他要长久地期待。他相信唯有长久地期待之后，理想的实现之于他才是真正充满了欢欣的。

显便是带了这期盼回到了后宫。已经很晚了，韦皇后竟仍然在他的寝殿中等着他。

你怎么还不去睡？显有点不愉快。

又和那个婉儿在一起？韦皇后仿佛醋意大发，和她在一起真的很好吗？

你快去睡吧，那是朕的事。

你的事也就是我的事。做皇后的不是我吗？你难道还会立那个小贱人为皇后吗？你们李家的男人难道就全都这么没出息吗？

你别在这儿胡搅蛮缠了。朕要休息了。朕明天还要早朝。

什么朕啊朕啊，你以为让你坐在那把椅子上，你就真是朕了？别相信那个小贱人。你以为是你母亲体恤你的无能才把她给你的？你怎么那么蠢，你就看不出来她是那个老太婆留下的耳目，是专门来监视你的。你忘了，当年不是太后把这个狐狸精派到东宫，东宫才全线崩溃的吗？你还以为这是什么好事？你真是太可笑了。

可是婉儿是秉公办事，是为了朝廷。

那她干吗还要去勾引李贤？

你不是说如果没有婉儿检举二哥，咱们就进不了东宫，也不会有今天吗？

那是说着玩儿的。你以为婉儿检举李贤是为了讨好你？那就大错特错了。那个贱人她只有一个主子，那就是太后，唯有太后。

那是因为太后临朝。如今临朝的是我了,她当然也就会服从于我了。我需要婉儿。我知道她非常了不起,她一直在帮我,她……

什么她她的,那么我呢?你对你身边的皇后都视而不见,你一定是早就和那个贱人风流过了吧?

不,没有,真的没有。

真的没有?如果真的没有,那么你还等什么呢?

于是韦皇后脱下了她的裙子。把她的鱼一般光滑的身体塞进了显的怀中。她的身体是那样的光彩照人。没有雅俗之分。只是热烈的肉体。那是显熟悉的。也是显不能拒绝的。他确乎是因着没能在婉儿的身体上完成他的欲望,所以,他便顺势将韦皇后压在了他的身下。

然后,韦皇后就让新天子相信了婉儿是不可相信的。她用她的身体让显明白了,他能够相信的只有一个人,那就是和他生儿育女、有着无尽的床笫之欢的韦皇后。唯有他们之间的利益才是共同的:他们的权力和他们共同的孩子。

距高宗辞世仅仅不到两个月,便又有不幸的消息传来。那时候婉儿已开始辅弼圣上李显的新生活。她全力帮助显,她希望朝廷能和皇太后临朝的时候一个样。婉儿于是很累。不单单是因为显的无能,还有显背后的那个韦皇后总是对朝政充满了浓厚的兴趣。而她又不懂。不懂而又瞎指挥,结果总是把好不容易安排好的一些朝政大事搅得乱七八糟,混乱不堪,要婉儿不知做多少努力才能挽回。所以婉儿很累。她不仅要帮助一个几近白痴的皇帝,还要对付那个处处与她为敌的搅水女人。韦皇后总是有意诋毁婉儿,并不遗余力地将婉儿好不容易才做好的一些事毁掉。

所以婉儿焦头烂额。她甚至都很少到后宫去探望依然在伤痛中的皇太后。但是婉儿并不在意。因为她知道她现在奋力去做的这些事全都是为了皇太后。她不想有一天一旦皇太后回来,还给皇太后的是一个烂摊子。所以婉儿尽管很累但是她无悔无怨。

但是有一天太后突然叫婉儿来后宫看她。直到这时,婉儿才突然意识到她已经有很多天没去看太后了。她于是很慌乱。六神无主的样子。她不知道太后那里究竟发生了什么。她的心怦怦跳着。她甚至莫名其妙就流出了眼泪。她想太后独自一人待在后宫很寂寞很悲伤,她是一路小跑赶到太后身边的,她推开太后寝殿的大门,她看见太后蓬头垢面,正眼泪涟涟地靠在她的床头等着婉儿。

太后你怎么啦?婉儿跪在了太后面前,她轻轻地摇着太后,她问着,太后,你不要哭,告诉奴婢,出了什么事?

太后如此伤痛的样子是婉儿从不曾看到的。不论是几年前废黜李贤,还是两个月前先皇辞世,太后都不曾如此伤心。她总是隐忍着。悲哀中的无比坚强。就是在高宗国葬的典礼上,太后依然能化悲痛为力量,为大唐王朝的未来慷慨陈词……

可是,眼前的武曌怎么啦?她哭着。那么绝望的哭声。那是婉儿所不能理解的一种悲痛欲绝。婉儿跪在武曌的面前。她抓着太后的手。她劝着太后但是她觉得她自已也快要哭了。这是唯有在太后身边才会有的一种感觉。她受不了这个一向坚强的女人有一天突然不坚强了。婉儿知道,那一定是发生了什么。那一定是特别特别重大的事情,但那是什么呢?是婉儿猜不出的。

太后您怎么啦?是不是不舒服?别哭了太后,奴婢求您了。婉儿央求着。

武曌依然哭着。直到很久之后,她才泪眼蒙眬地抬起头。她看着婉儿。欲言又止。但是她最后还是说了,她说,谁说太子不是我的骨肉。他也是我的儿子。

婉儿被武曌的这句没头没尾的话弄得很懵懂。她不知太后想说的是什么,也不知道太后所说的是哪个儿子。

是贤。武曌突然停止了哭泣,她睁大眼睛看着婉儿,她问婉儿,告诉我,他为什么要死?

贤死了?不,太后,那不是真的。连婉儿也不敢相信了。她退着。她说不会的,太子远在巴州,有谁会去害他呢?不,太后你说这不是真的。太子他不会死。

他早已经不是太子啦。皇太后冰冷的声音。婉儿你忘了吗?几年前他就已经被废黜了。难道你不记得了?

奴婢没有忘。只是,贤他……他真的死了?不,奴婢不信。

一开始我也不信。贤也是我的儿子。他也是我身上掉下来的肉也是我身上流出来的血。

只是,圣上不会知道了。愿圣上在天之灵安息。愿太子早早与圣上在天国相会,愿……婉儿嗫嚅着。

太后说,是他自己朽木不可雕,是他自己在毁自己。他被贬偏居巴州,那难道是我的错吗?可是婉儿你是清楚的,如果他不被废,一旦他登基,他第一个要杀的人就一定会是我,你说是吗?婉儿?

婉儿点头。婉儿并不知道皇后在问她什么,但是婉儿点头。她慢慢变得麻木。意识很朦胧。但有一点是清楚的,那就是,贤死了。这个她此生真正爱过的男人死了。是太后派人杀了他。是太后像杀了她的第一个儿子弘那样,又杀了她的第二个儿子贤。太后的手上已经沾满了她儿子们的血,而她又因为她的儿子们的死而悲伤,那是真的悲伤。让婉儿不解的是,皇太后不是已经放弃了她的霸业,把它交给了她的第三个儿子,她干吗还要杀贤呢?贤又妨碍谁了呢?莫不是皇太后还要她的权杖?

婉儿不寒而栗。她知道如果真是这样,那显也在劫难逃。不仅显，还有旦。还有太后的所有的孙子们。那所有能继承李唐王位的人，都将是太后的绊脚石，也都将是太后用鲜血垒起的供她向上攀爬的阶梯。

婉儿说，太后并没有敕许贤回来为圣上送葬……

你是说是我杀了他？

奴婢不是那个意思。奴婢只是说，圣上的死其实就意味着贤的死，奴婢知道，圣上一去，贤的死期就不远了……

你怎么知道？

那是因为，他们彼此太相爱了，他们谁都舍不得把另一个单独留在痛苦中。

不，婉儿，不是这样的。只是，一个错误的旨令。

一个错误的旨令就杀了贤？

是我体谅他。武曌突然变得威严。他没有被敕许回来为圣上送葬。他一定为此而非常悲伤。他是那么爱他的父亲，他一定想能最后见他一眼。但是他没有被敕许。于是我想该去看望他了。该去告诉他圣上在行前是怎样牵念他的。我是派左金吾将军丘神勣去巴州的。我是想让贤知道，我并没有忘记他。尽管圣上去了但世间还有我，还有他的母亲在关切他。可是想不到贤就自杀了。在丘将军他们还没有离开巴州，他就在他的居所里自杀了。他怎么能这样？他怎么能这样丢下我？丢下我年老体弱在这没有圣上也没有弘和贤的宫殿里。我并没有派人去逼迫他。不是丘神勣这个昏官误解了我的意思，就是贤他误解了我，他不肯给我一个让他回来的机会。我是要让他回来的。婉儿你听我说过吧，那是迟早的。他是我的儿子，我也想他呀……

婉儿跪在那里。她不停地哭着不停地摇着头。她想说点什么。关于贤。关于这个永远都不再能回来的男人。但是她却什么也说不出来。她就是张开嘴,也说不出她心里想要说的那些话,甚至,她连哭声也发不出,只有眼泪不停地流下来。

她只是跪在那里听着皇太后关于贤的死亡的解释。听着那个白发苍苍的老女人用谎言来欺骗她,也欺骗她自己。后来太后就真的相信了她自己编织的谎言。那么凄美的而又伤痛的。她相信着她自己。将谎言述说得越来越真实。而婉儿知道,如果贤真是被逼自尽,那么逼迫贤的除了皇后还有谁呢?如果说她的第一个儿子真的是死于意外,那么贤就一定是她亲手杀害的了。而她能够如此明目张胆地杀了贤,谁又能保证这个对权力热爱得几近疯狂的女人不会杀了她另外的两个儿子乃至于女儿,乃至于她口口声声说着信任的女孩婉儿呢?

婉儿在这深刻的疼痛之后,她痛定思痛,便不再流泪,她的心也变得僵硬。过去,她即或是知道她今生今世可能再也见不到贤了,但只要贤活着,婉儿知道他是在一个很远的地方活着,存在着,她的心里就会充满了希望,那是种无须看见的心灵的寄托。但是,贤死了。真的死了。太后将婉儿心里的那最后一片纯洁的地方都劫掠一空,那么,婉儿还有什么可牵念可留恋的呢?

她的至爱,和她的毕生的忏悔,全随了远方那个灿烂生命的凋落而凋落。那么,还有什么必要反抗皇太后吗?贤已经死了。她的心也死了。

婉儿不再流泪。她说太后你不要伤心。贤当然不是您杀的。是他自己。他自从校注完《后汉书》就开始用各种各样的方式杀自己了。那是奴婢亲眼看到的。是贤不能自己善待自己。或许也不是丘大人传错了太后的旨令,是贤自己想随了圣上而去,在那边陪伴着圣上,照料他。是贤自己想结束这一切。一定是他自己。这是奴婢坚信的。所以太后不必为此而难过,更无须为此而自责了。

婉儿,这是你的真心话?连老谋深算的太后都不敢相信那是婉儿说出的话。

奴婢真的是这样想。既然是贤想结束自己,又有谁能劝住他呢?

但是很多人会误解我。那些亲太子的老臣们。已经有人在议论,说是我派丘将军去杀了贤,还说我要把李家的后代一个不剩地全杀光,我该怎么办?

平息这些谣言。

怎么平息?没有人知道这谣言最初是由哪儿传出来的,让我去抓谁?

流放丘将军。婉儿斩钉截铁。

你说什么?

流放丘将军。婉儿再度坚决地说。

你是说让我卸罪于他?

也是为了敲山震虎。

婉儿你真是越来越聪明了,这些年我没有白疼你。

丘将军本来就是有罪的。他不仅逼死了贤,还让太后背负了罪名。婉儿在说着这些的时候,那平静的神情就仿佛是她已经没有了心肝。

那么接下来呢?这时的皇太后就仿佛是一个考官,在测验着婉儿的智力。

在京城为贤举行一个隆重的葬礼。让天下看到太后的一片慈爱之心。

很好。就按你说的。你去安排吧。我累了。葬礼由圣上主持。让世人看到,圣上是贤君。是珍重手足之情的。还有,我没有选错他,对吗?

于是婉儿竭尽全力地为贤准备那场浩大的葬礼。贤有婉儿如此呕心沥血为他送葬，也不枉死一场了。婉儿很认真也很投入。她在冷静做着那些的时候，深深地隐藏了她的心。没有人知道她是为了寄托自己的满腔哀思，还是在千方百计地为武太后洗刷罪名。

婉儿对这个盛大葬礼的全力以赴竟惹出了当朝圣上的不满。有一天，他为了别的什么事迁怒于婉儿，他问她，很多的奏折你不处理，何以至此？

奴婢一直在准备贤的葬礼。

一个忤逆的罪人死了，何苦要你如此费心？

他是你的手足兄弟。

是为了你心上的痛吧？

以奴婢的身份，何以言痛。奴婢这样做是为了圣上的形象。是要让世人看到圣上的情深义重。

不单单是为了朕吧？

还为了封住那些造谣惑众者的嘴。

那就是为了太后了，对吧？为了让天下知道，贤不是她杀的。

婉儿不再回答。

于是显更加愤怒。他说你们这些女人都是一路的货色。要不皇后说，你只有一个主子，那就是太后……

这话是韦皇后说的？奴婢从小跟随太后，如今太后不再临朝，奴婢依然效忠于她，这有什么不对吗？

总之是你们两人沆瀣一气。你们总是口口声声爱一个人，又会不顾一切地把他杀掉。然后又来虚伪地为他送葬，谁知道你们要的是什么把戏。你们全都是那种为了权力而不顾一切的人。你们全都没有心肝。既然你是那么爱二哥，既然你在他被贬黜流放之后心里还想着他，你干吗还要告发他？婉儿我真的越来越不能理解你了。我知道你是不会再爱任何男人了,你甚至不愿睁开眼睛看他们。告诉我贤真有那么好吗?他和你上床的时候真让你那么神魂颠倒吗?告诉我真的那么爱他吗,以至于他死了你还要这么费心地讨好他……

圣上,奴婢不过是奉了太后的旨意而操办这场葬礼的。太后特意要圣上主持,以告天下圣上是最贤明的君王。

全他妈的是演戏。你,还有那个老太婆。你们竟敢拿二哥的魂灵当道具,你们真是太卑鄙了。

这皇室里有几个不卑鄙的,朝廷中又有几个人不是在表演。奴婢劝圣上出席贤的葬礼吧。那是太后的意思。圣上最好不要违拗太后的意思。太后可以让圣上称帝,但是也可以……

你是在威胁朕?

奴婢只是为了圣上好。圣上尽管君临天下,但天下依然是太后的,希望圣上能明察。

第二天清晨,武太后果然为废太子举哀显福门。显皇帝当然不敢不去,他尽管可以背后诅咒他这个心狠手辣的母亲,但不敢当面违抗太后的旨令。

贤的浩大的葬礼。

而贤的尸骨依然在巴州的崇山峻岭中。

贤被追封为雍王。生前死后。贤的生命和死亡本身就是个莫大的谎言。那么谁又会真的伤痛真的亡悼呢?

那个葬礼,唯有婉儿留在了自己的房里。婉儿是被太后特别敕许,可以不参加那个盛大的谎言一般的葬礼的。婉儿没有陪太后登临显福门。她不愿意置身于她为太后编织的那个大骗局中,也不愿意看见太后在贤的没有尸骨的灵位前表演。太后和贤都是婉儿深爱的人。她不想用心去介入他们的这生死的恩怨中。

婉儿把自己关在自己的房子里。这一次她没有哭,她只是更加清醒地意识到了她是怎样地卑鄙和肮脏。她是那么清醒地意识着。后来她毕生如此,清醒带给了她更为深刻的悔恨。

而在婉儿独自反省的时候,唯一给她安慰的是,她想贤终于如愿以偿了。她想也许太后真的并不想逼死贤,而是贤偏要以死而使武曌成为那个连续杀死两个儿子的残忍母亲,成为那个十恶不赦的千古罪人,贤的目的达到了。

初登王位的李显,无论皇太后的那些宰相们怎样帮助他,他都不能好好地拥有他的神器。他只会滥用他手中的权力,去满足皇室的一些蝇头小利。这样久而久之,满朝文武便对李显十分不满,因为他们毕竟是长年和太后合作,他们所熟悉的是太后的工作方式,而太后从来是严谨的,而且是全心全意为着国家社稷的。

显使朝堂失望。婉儿看在眼中。婉儿知道显的这种莫名其妙的膨胀,其实都是因为他背后的那个无限扩张的韦皇后。

尽管朝堂已不是太后的,但是婉儿觉得它还是太后的。婉儿还知道朝堂中的无数臣相也都是这样想的,因为整个王朝所更换的唯有一人,那就是显。显代替了那珠帘背后的皇太后,仅此而已。太后仅仅是退到了那个更深的深处。皇太后深居简出,但是并不等于朝廷就不是太后的了。

既然朝廷在本质上仍是太后的,于是婉儿就不能对圣上滥用神器不闻不问。有一天,她最终还是把她看到的那一切禀告了武曌,她觉得那是她对太后的一种永生永世的责任。当然婉儿在说着这些的时候显得很和缓。她远不像当初密报章怀太子李贤私匿武器时那么态度坚决,义正词严。因为那时的太后还大权在握,至高无上;而今天的太后无论如何也是大权旁落,有点日薄西山的气象了。所以谁也看不出未来的权力究竟会掌握在谁的手中,所以婉儿在告着圣上的状时才会如此的小心翼翼。这是婉儿在用心智于皇室的成员之间角逐。

太后问,你是说还是那个韦氏?

是的。婉儿委婉平和,她说,圣上为了提高韦皇后的地位,已经不顾众臣的反对,将皇后的父亲韦玄贞从七品参军的官位上,提拔为豫州刺史了。

太后说,那也没什么,否则圣上的面子也不好看。

奴婢原本也是这样想的。只是皇后仍不满足,她奏请皇上,希望能将她父亲以及兄弟的官位再提高。圣上已经要奴婢起草诰命,决定将韦玄贞右迁为侍中宰相。

他要让那个小小的参军做侍中,这不叫天下笑话吗?太后也不再能平静。

当然这也无可厚非,只是婉儿想,倘若这样一而再、再而三地下去,怕是难逃外戚专权的厄运了。

这个韦氏也过于贪心了,圣上怎么竟能容许韦氏一族如此地飞扬跋扈呢?

婉儿以为那不是圣上的过错。圣上只是受制于韦氏,倘没有皇后的贪心,圣上也不会做出如此令满朝文武失望的决定。

这怎么能说不是圣上的过错?他太纵容她了。一个堂堂天子,竟屈从于一个女人的裙帷之下,这让天下怎样看待他?

奴婢以为,那是圣上无意识的。

等到有一天他明白了,怕是天下早就是韦家的了。他不明白就是他的过错,就凭着有一天他会断送掉李唐江山,我就完全可以定他的罪。他怎么可以这样地亵渎皇权。他是我的儿子。我可以叫他做天子,也可以叫他做庶民。

武太后咬牙切齿。有了显在皇位上如此目空一切的表演,武太后才第一次体会到了什么叫得意忘形,忘乎所以。

史书上说,武皇后之所以敢于放心大胆地把临朝的权力交给中宗李显,是因为那时候在朝中辅弼李显的是她非常信任的宰相裴炎。与其说武曌是信任她这个儿子,还不如说是因为她信任裴炎。婉儿的闪烁其词旁敲侧击无疑提醒了太后。但是她并没有立刻就向李显发难,是因为她当时还依然沉浸在对高宗的无限哀思中,她不想在为高宗服丧的日子里,让朝廷发生不愉快;再就是她还没得到裴炎的有关显的任何微词,她不想轻易对显的举动评判质疑;可能还有一点是最重要的,那就是她其实一直在显和她另外的一个儿子相王李旦之间权衡着,她还不知道这两个儿子哪一个最适合她,她直到找出了那个最适合她的,她才会动手。

于是第一次,太后在对显的盛怒中提到了相王。她仅仅是说,比起显,相王就显得本分多了。他生性懦弱善良,这一点极像他的父亲。

仅仅是凭着这轻描淡写的提示,婉儿就即刻揣摩到了皇太后心灵的轨迹。

婉儿知道,那也许才是皇太后的真意。她更看重的也许真是相王李旦,是他类似高宗的那生性懦弱,与世无争。唯有当权男人的懦弱无能,才能有珠帘背后武太后的叱咤风云。她要的就是这样的男人为她做傀儡,做幌子。她必得依靠这样的一层屏障,一层看不见的且不称其为屏障的屏障,才能在她所热衷迷恋的政治舞台上施展才华。高宗是这样的男人。而旦也是。高宗的死逼她无奈交出了皇权,而她如若想再夺回皇权,那就唯有再依靠旦了。这就是皇太后武曌的真意。她其实并不真想把她的权杖拱手交给她的儿子,特别是交给那个不学无术而又总是跃跃欲试的李显。她最终不会那样做的。她不放心并且也不甘心。她要最后试一试旦。她要看看旦是不是心甘情愿做他父皇那样的玩偶，任武曌拿捏。

那即是说，皇太后不肯放权了。那么婉儿也就明白了，只要是太后不想放权，那么权力就一定能回到太后的手中，朝中唯一可以和她争权的两个儿子显和旦，显然都不是太后的对手。当目标已经确定，当婉儿已经了然太后的真实想法，她也就不再彷徨。何况她本来就是皇太后的侍女；她本来就只有一个主子，那就是太后。于是她别无选择也无须选择。她的立场也变得坚定，她已经十分清楚了她未来要走的是一条什么样的路，而她从此的所作所为，也就只能是沿着这条路，朝着那个既定的目标。

于是聪明绝顶的婉儿随即附和太后，她说相王虽然胆小懦弱，但他才是最最明智的。

何以见得？

太后您看，相王的三个哥哥相继走进东宫，而相王从未有过一丝的不平衡。他总是能适时适势地为自己找到一种自得其乐的生存方式，他也总是能远离矛盾冲突和那种权力的争夺。相王不仅虚怀若谷，而且洒脱。那是隐藏在他的木讷和懦弱背后的一种非常聪明的人生态度。相王也许并不是做天子的材料，但是他却是最适合坐在皇位上的那个人。即便是坐在皇位上，他也能时刻保持他清醒的头脑和难得的明智。那是相王的天性使然。他将永远不会飞扬跋扈，而总是能非常及时准确地找到他在不同环境中的位置，总是能审时度势，有着常人所没有的自知之明，这一点甚至胜于他的父皇。他永远能知道什么是危险，又知道他该怎样避开危险。总之，婉儿以为相王无论身处怎样的位置，他都会顾全大局的。

你如此地为相王游说是为了他吗？

太后，婉儿同相王素无来往。婉儿才能客观公正地看待他。

好吧，太后说，我知道你的意思了。我们的目标是共同的。婉儿,你才是最最聪明的。

然后那天裴炎终于气急败坏地来见太后。裴宰相满脸的痛惜之色,他说太后,太后请您千万过问一下朝政吧。

裴大人有什么要紧的事吗?太后的脸上异常平静。她说先皇行前留下遗诏,除非重大国事要我参议,平时一切政务均由圣上处置。

裴宰相听罢就扑通一声跪在了太后面前,他说如今国家已是生死存亡之际。

裴大人你先起来,有话慢慢说。这朝堂之中究竟发生了什么了不得的大事,非要我来过问。

是朝中任免事宜。

我以为是什么呢?区区任免之事也要我参与决策吗?裴大人,请起来吧。

倘太后一天不过问朝事,臣就一天不起来。

朝官任免的那一类事情,我确实不想过问。

如果太后真的不肯过问朝政,那臣下也就只能请辞回乡了。微臣实在没有能力辅弼皇帝,未来大唐倘若断送,那也是微臣力所不能及的了。

真有那么严重吗?连大唐王朝都要断送,看来我就不得不过问一下了。说吧,什么?

圣上已放言要把整个天下都送给那个小小的参军韦玄贞,臣以为不可,满朝文武也不能接受,而圣上执意,请太后参决。

就因为他是韦皇后的父亲?鸡犬都可以升天啦?圣上要给他个什么官?

侍中。

侍中?不过是个宰相。

太后，倘若圣上真让韦玄贞做了侍中宰相，那岂不是要整个朝野贻笑大方，更不知天下会怎样看待圣上。臣屡屡上谏，希望圣上能有所反思改变决定，但臣的奏折每每被驳了回来，圣上甚至对婉儿说，朕身为天子，就是把天下都给了韦玄贞又有什么不可以，何况一个小小的侍中。

是婉儿说的？

是臣亲身听到圣上对婉儿大喊大叫的。

一个小小的侍中，那么什么是大大的呢？是他的皇位？还是那个韦皇后的野心？圣上竟敢如此忘乎所以，为了一个小小的女人，置社稷江山于不顾，看来，我是要过问一下朝政了。

一旦决定了下来，皇太后就绝不迟疑。很快，皇太后有一天突然宣布，早朝要在乾元殿的正殿举行，而且她要亲自前来，与满朝文武共商国是。文武百官上朝之后，见正殿的四周站满了全副武装的御林兵士，一派壁垒森严。于是大家都紧张了起来，不知道朝中究竟发生了什么。

太后与中宗李显先后来到殿前。显坐在他的龙椅上，而太后依然坐在帘后。显不知太后为什么突然会来，殿堂里又为什么剑拔弩张。但是显对此并没有警觉，大概是他以为他身为圣上已经大权在握，他不信那个后宫的老太婆能把他大唐王朝的帝王怎么样。

皇太后正襟危坐，沉默不语。皇太后的沉默不语使朝堂中的空气更加紧张了起来。大概这样沉默了有一个时辰，皇太后才微言大义，她说她今天有话要说。

然后她就要婉儿宣读她的旨令。那旨令说，从即日起，废显为庐陵王，并即刻将他幽于别所。

顿时满堂哗然。

随即便有殿前的左右卫士，不由分说地便把依旧茫然的李显从皇位上拽了下来,并五花大绑。可能是直到此刻,显才真正意识到他究竟失去了什么,意识到了他自己究竟是谁,而那个正在登堂入室的皇太后又是谁。显奋力挣扎着,但是他被左右卫兵狠狠地压着动转不能。然后他扭转头看见了武曌那严厉的目光。他是透过珠帘看到那目光的。那目光凶狠恶毒咄咄逼人。突然显变得不怕那目光了。他也一点也不怕那凶恶的母亲了。他对着武曌大声喊着,你凭什么?我才是皇帝。我才握有天下的生杀大权,你有什么权力废掉朕?

那是因为你不能好好对待这权力。武曌威严而冷酷地说。

那也要有理由。我究竟犯了什么罪?

你要把整个天下都送给那个小小的参军,这难道不是罪吗?可这天下又是谁的?你怎么可以把这本不是你的东西随便送人呢?你难道还不认罪吗?

好啊,又是你!又是你这条毒蛇!这时候显才把他愤怒的目光朝向婉儿,他甚至想冲过去撕碎这个母亲身边的走狗。显挣扎着,他高声喊着,我们李唐的弟兄们怎么得罪你了,你非要置我们于死地。几年前你出卖了二哥还不够,现在又要来出卖朕……

你已经不是朕了。把他押下去。武曌恶狠狠地说。

显被向外拉扯着,但是他却奋力地挣扎着。那一刻显就像是一个疯子,在士兵的押解下歇斯底里地吼叫着。他说婉儿你怎么能相信她呢?你怎么能跟着她一道来杀我们兄弟呢?你就那么心甘情愿做她的狗吗?你就那么下贱那么卑鄙那么没良心吗?你难道就看不出她杀人如麻吗?她已经杀了我的两个哥哥,现在又来杀我了。你就看不见她满身是别人的血污吗?你问问经她手上死掉的人究竟有多少?你再问问她你的祖父你的父亲又是谁杀的?是谁下令将你们上官一族满门抄斩,又是谁把你和你可怜的母亲送进那地狱一般的掖庭宫的?去问呀,她就在你身边。你难道不相信吗?这皇宫里只有你一人被蒙在鼓里。你的亲人全被她杀了,而你竟然还要死心塌地地做她的帮凶。你以为有一天她不会杀你?这世上没有她不敢杀不能杀的人。这样的刽子手竟然是我的母亲。天下有如此残忍的杀害自己儿子的母亲吗?这是我们李家的奇耻大辱,是我们李唐王朝的奇耻大辱。你们这些愚蠢的朝臣都是站在她一边的吗?你们但凡有一点良心就该冲上去杀了她。你们拿着我们李唐的俸禄做着我们李唐的官却要委身于这个武姓女人。你们不反抗不造反迟早有一天大唐的天下就会断送在这个女人的手中。来呀,来救朕。朕才是大唐的皇上。父皇,父皇你在哪里,来救我呀,婉儿,你也见死不救吗?看在杀父之仇的分儿上,裴大人,裴大人救我……

李显绝望的喊叫声一直在乾元殿的大殿里回荡着。

满朝文武目瞪口呆地看着大殿前母子之间的权力之战就这样结束了。太后受到了前所未有的羞辱,而李显从此远离了权力。

权力终于又回到了太后的手中。太后毕竟是太后,是谁也打不倒的。危机已经过去。一切又恢复到高宗辞世之前。朝政重新又归于珠帘背后的那个女人。是那个女人平息了一切。

很快,庐陵王李显被贬至房州。那个野心勃勃的韦氏自然也随显去了房州。其实她不过是想为卑微的父亲争得一点荣誉,只可惜她操之过急,反误了前程。还因为,她太笨了,她根本就不是婉儿的对手,更不用说太后。

废黜中宗李显的第二天,相王李旦继位。这是太后事先就安排好的,当然也是顺理成章的。整个权力转移的过程完成得很顺利,武太后非常满意。毕竟天下又重新回到了她的手中。而唯有一点是太后一直不能释怀的,那就是,关于婉儿。

也许婉儿对武曌来说太重要了。自从她把这个小女孩从后宫的内文学馆中接出来,她就再也离不开她了。她从来就没有把婉儿当作一般的侍女看待,她把她当作了女儿,甚至比女儿还重要。婉儿为她所做的那一切,是她的儿女们都不曾为她做的。她喜欢婉儿的聪慧优雅。她希望她自己的孩子们身边,能有婉儿这样一个姐妹。她不仅在婉儿身上看到了自己的当年,不仅由衷地钦佩婉儿在身处逆境时的那种顽强的进取精神,她还特别欣赏婉儿身上的那种单纯的气质。婉儿不是那种被选进宫中时刻等待着天子甘露的宫女,所以婉儿没有那种被恩赐的惨痛记忆,也不曾体验被天子冷落的凄怆。婉儿就是婉儿。天真烂漫地长大。婉儿只是因家族的不幸而被打进冷宫的无辜的女孩子。所以婉儿是单纯的。是同后宫所有的宫女们不同的,甚至是和武曌不同的。

武曌真的喜欢婉儿。用一种非常复杂的感情欣赏这个年轻的、气质优雅而又才华横溢的女人。她要她在她的身边。她要能时时刻刻看到她。她不管婉儿对她是不是怀有仇恨。她对于婉儿的欣赏是超越了仇恨甚至是超越了地位的。那是女人之间的一种欣赏。那是唯有武曌和婉儿这种高智商的女人之间才会有的那种欣赏。武曌欣赏婉儿。她怕婉儿被伤害。更怕婉儿有一天会离开她。

武曌没有想到废黜李显竟会给婉儿带来不幸。她当然更不会想到,婉儿在听到显的那绝望的关于她身世的吼叫之后,她竟能如此地镇定自若,仿佛她所听到的是别人的故事。婉儿如此的心平气和让武曌震惊。她简直无法想象这个女孩子的胸怀究竟有多宽多广,她又有着怎样的忍性和怎样波澜不惊的能力。

待将李显押出大殿。待婉儿与太后一道处理完朝中大事。婉儿默默陪武曌返回了后宫并安排了太后休息。第二天,她又早早来接太后,随太后一道再度抵达乾元殿的正殿,在那里向天下宣告相王李旦的继位。

婉儿很平静。她细心周到地侍奉着太后。那样的一种默契仿佛又回到了从前，回到了太后垂帘听政的那个美好的时代。就像是在这段时间里，高宗并没有死，显也并没有登基，武曌并没有被冷落在后宫尊为太后，婉儿也并没有听到显在被废黜的绝望中，当着满朝文武告诉她，太后是她的仇敌。不，就像这一切都没有发生。武曌还是皇后，而婉儿还是那个对皇后忠心耿耿的小侍女。

婉儿的表现确实使武曌震惊。她不仅震惊而且心中很虚。她不知道婉儿的平静后面究竟在孕育并集结着什么。她也不知道已经在她身边多年的婉儿知不知道上官一家与她的那一段血腥恩怨。她想婉儿可能知道但也可能不知道。但到了今天，她觉得无论婉儿知不知道那段往事都已经不再重要了。因为无论婉儿是否怀有仇恨，她都再也离不开这个女孩子了。她是那么地怜爱她。武曌想，可能就是因为婉儿是上官仪的孙女，她才决心把她接到身边来。她不知自己这样做是不是很明智。她不知这样的一个对她深怀着仇恨的女孩子有一天是不是会杀死她。她接来婉儿在某种意义上就是接来了一把隐藏在她身边、日夜悬在她头顶的复仇的长剑，是接来了一重时刻包笼着她的危险。她何苦要把一颗仇恨的种子种在自己身边？又何苦要让恐惧永不停止地困扰着并折磨着自己呢？

但是武曌就是这样做了。

把婉儿接来，接到她身边，让婉儿成为她最最贴近的人。

她要婉儿侍奉她陪伴她，但她同时又交给了婉儿许多。她并且知道唯有婉儿是可以造就的，是会成为一个像她一样的了不起的女人的。

婉儿就是因了武曌，才彻底摆脱了后宫那冷酷的生活。武曌甚至给了婉儿一所小小的但却温馨的宅院，让婉儿把母亲也接出来，让她们母女的生活从此平静、富足、祥和。

婉儿便是因了武曌而彻底改变了她的人生和命运。婉儿又会怎样看待武曌所给予她的这一切呢?

武曌知道她是婉儿一家的仇人，但同时武曌也是婉儿母女的恩人。但是武曌不知道在这恩与仇之间,慢慢长大的婉儿究竟会做出怎样的选择。然而婉儿沉默。婉儿为什么要沉默呢?婉儿的沉默甚至让武曌觉得在她与婉儿之间已经是危机四伏，随时会爆发什么。但是婉儿沉默。绝口不提显所说的那些。婉儿是那样地讳莫如深。武曌觉得她简直看不透这个女孩子了。她觉得婉儿实在是太深不可测了,她怎么能把她的喜怒哀乐埋得如此之深呢?

所以最终还是武太后有点沉不住气了。她再也不能忍受这沉默,也不愿再这样僵持下去了。正因为她不愿意失去婉儿,所以她才决定了要认真地同婉儿谈一谈。她做出这样的决定甚至是很艰难的,就是决定罢黜她自己的儿子,也从没有这样费力过。她想她和婉儿已经朝夕相处六年。她们已经彼此熟悉了解,而且几乎无话不谈,那么她们为什么还要总躲着那个敏感的话题?她们为什么就不能开诚布公地谈一谈那段已经过去了二十多年的恩怨往事呢?

于是武曌就选择了一个夜晚。在她的灯火阑珊的寝殿中。那时候武曌已经是一个五十六岁的老妇人了，而婉儿正灿烂着她的青春年华。

武曌有点悲凉地问着婉儿,我是不是已经很老了?

婉儿毫不犹豫地就说不。婉儿不是有意取悦于太后。那是婉儿非常真实的想法。

不,我是老了。常常觉得力不从心。我甚至都举不起一把剑了。

.婉儿有点惊愕地看着武曌。她不知太后是什么意思。但是婉儿依然是不假思索地就对太后说,婉儿会帮助太后的,不论太后的剑要刺向谁。婉儿这样说同样不是为了表现她的忠诚,婉儿确实是这样想的，她甚至不在乎那把剑是不是会刺向她。婉儿这样说着的时候甚至满怀深情，因为她真的不希望看到太后的苍老，不希望有一天太后真的力不从心。

这一回轮到武曌惊异了。但是当她看到婉儿的眼睛，她便不再怀疑婉儿的忠诚了。婉儿可以把她自己的悲伤与仇恨隐藏得很深，但婉儿对武曌的爱和崇拜却是写在她的每一寸肌肤每一个神情中的。那是深入骨髓又是渗透在每一个细胞中的一种忠诚的精神。那精神不容怀疑，这一点武曌也是清楚的。

然后武曌就开始了她与婉儿的那次长谈。她上来就说，我本不愿意让你成为射向章怀太子和庐陵王的箭，不想让本来喜欢你的那些男人恨你。但那也是出于无奈。我没有别的办法。也没有别人能替我把这两个男人赶出皇宫了。他们是我的儿子。可他们又是那么的不堪造就。大唐的王朝怎么能容忍如此胡闹、昏庸的君王去糟蹋呢？所以，我只有利用你。我只有利用你去毁灭他们。那不是你的过错，是他们做了王朝的家族的败类，是他们背叛了我，也背叛了他们李家的祖宗。我没别的亲近的人了。在我的身边，我只信任一个人，那就是你。我知道无论什么事只要你去办，就一定马到成功，而且万无一失。这不仅仅是因为你聪明，有能力，最关键的，我知道，还因为你有着对我的满腔忠诚。所以，我选了你去做射向我自己儿子的箭。你果然射穿了他们，让他们流血倒下。你看见了他们的血和他们怨恨的目光。你为此而自责而不能原谅自己，但却也不愿指责我。对吗，婉儿？看着我，告诉我你为什么要流泪？是不是我让你的心里很难过？

太后，奴婢从来就没想过要指责您。奴婢知道那些怨恨婉儿的人是怎样深深地伤害了太后，并危及了王朝。婉儿难过是因为太后是那么能理解奴婢。太后总是能懂得奴婢的心，懂得奴婢心中那种种的苦和难……

这也是我几十年来所一直在体验的一种心境。多少年来，我一直在爱与恨、在亲人与原则、在人性与权力这种种的困惑中矛盾着徘徊着并且选择着。所以我此生所做出的那许多的决定都是灵魂挣扎的结果。在你的亲人和你的权力之间做出选择并不是一件轻松的事，你能懂吗婉儿？我也总是心里很苦，但却已别无选择。要想在这皇宫里立足，有时候就是要狠一点，恶一点；否则，便是别人狠一点恶一点地来伤害你，置你于死地。这是我们这些宫中的女人所不得不面对的残酷的现实。婉儿，有一个话题是我们一直不曾涉及过的。但是它存在，我们不能总是绕过它。婉儿正因为我是真心喜欢你的，所以我不想总有那段往事阻挡在我们中间，让我们总是心存仇嫌，不能彼此肝胆相照。那就是你的祖父上官仪，那是二十年前的事了，那时候你还……

太后请不要再提那段往事了。那是早已翻过去的一页，婉儿从不曾放在心上。

你早就知道？

奴婢三年之前就听说了。

三年了。而三年之间你却从来不曾对我提起？你怎么会知道？是你母亲告诉你的？

母亲怎么会对婉儿说这些？知道后我也从未问起过母亲。我知道那是因为她疼爱我。她只想让我安安静静地长大，并尽心竭力地服侍太后。

那么又是谁告诉你的呢？显然不会是庐陵王，那么是谁呢？

是章怀太子。

是贤儿？在他废黜之前？他为什么要对你说这些？是为了让你也恨我、反对我？

不，不是。太后，章怀太子曾真心地喜欢奴婢。他不愿意奴婢总是被蒙在鼓里，以至于不能好好地保护自己。那时候贤已经身处绝境，他已经不再关心他自己，而只是担心奴婢日后的生死存亡。他说唯有婉儿能生存得明亮，他才能坦然面对他的死亡。今天连这些都已成为往事，奴婢又怎么会去在意那些更久的往事呢？奴婢之所以没把这些告诉太后，那是因为奴婢从来不觉得那些会影响奴婢对太后的热爱和忠诚。奴婢没见过祖父和父亲，但是奴婢却铭记是太后把奴婢从掖庭带出来的。所以奴婢不管曾有着怎样的家世，奴婢只想着能以生命报答太后。

那么，为了贤，你是不是嫉恨我？

不，没有，真的没有。奴婢亲眼目睹那是他自己在毁自己，是他自己走火入魔，太后已经仁至义尽。太后已不可能有别的选择了。

婉儿如果你真能这样看我，如果你刚才说的都是真心话，那我也就没有白疼你一场了。但是我还是要告诉你，我并不是有意要伤害你祖父的。是圣上要废掉我。婉儿你应该已经知道废掉我意味了什么，那就等于是要我死。而我那时候已经有了纯真可爱的四个儿子和正在蹒跚学步的太平公主。我死了不要紧，那他们还能活下来吗？我的孩子们他们是无辜的，他们还那么小。同样的，没有别的选择。当时只有给上官仪定罪，而且是定叛逆的重罪，才能止住圣上的荒唐。我当然知道上官仪是无辜的。他只不过是为圣上拟写了一份废后的诏书。上官仪怎么能废掉我呢？他只是不能违抗圣上的旨令罢了。而圣上又是如此地脆弱，把所有的罪责全部推卸到上官仪的身上。我至今不能忘记上官仪那鄙夷的目光。他看不起圣上，但是却决心为圣上而死。结果是用上官仪的血拯救了我们母子六人。在某种意义上，上官仪才是我们救命的恩人。婉儿，这就是我为什么要从小把你接过来，让你和我的孩子们一道长大。可惜我的孩子们一个个弃我而去。我失去了弘，失去了贤，如今又要失去显了。太平公主也嫁到了薛家，这偌大的宫城就剩下旦一个儿子了，而旦又总是那么冷漠。婉儿，我真的老了。总有一种苍凉的心境纠缠着我。正因为苍凉，婉儿我才特别地在意你。我不想让你和我的儿子们一样恨我，我甚至反复明令，不许任何人把你的身世告诉你。我要你爱我崇拜我服从我。我要让你成为整个宫廷忠诚的楷模。但是我知道我不能。那是我的一厢情愿。我知道你会恨我。我可能也真的值得你去恨。你看我抢走了你的祖父、父亲，抢走了你的家。我让你从一出生就生活在那个昏暗无望的冷宫中。而即或是你来到了我的身边，我还是让你失去了贤，我知道贤对你是多么地重要，而你失去了贤又是怎样地绝望。可是婉儿你为什么不恨我呢？你为什么还要一心一意地跟随我呢？你本可以恨我的，你也可以随时随地杀了我。而我就在你的面前。我对你毫无戒备。而且我已经是一个不再能掌管天下的手无寸铁又衰弱不堪的老女人，你干吗不来杀了我？干吗不为你失去的那一切报仇呢？婉儿来吧，摘下墙上的那把剑，剜去我的心吧。你会看到我的心上早已是伤痕累累。我已经孤身一人，一无所有。所有的爱和恨和所有的灿烂辉煌都已不复存在。婉儿你为什么不动手呢？来，给你剑。就在此刻。就在此刻你杀了我吧。我欠你的。我爱你却又不能再还给你你的家庭。来吧婉儿，把那仇恨的剑刺向我，婉儿，婉儿你为什么要扔掉那把利剑呢？

婉儿跪在了太后的面前。

婉儿流着泪。

婉儿说，之于婉儿，太后才是最最重要的。

那个夜晚，婉儿就睡在了太后的寝殿里。婉儿不再彷徨。她觉得她离那个伟大的女人很近。她还觉得她是此世间最最幸运的人，她被那个伟大女人的光环照耀着。

婉儿的名垂千古并不是因为她是个纯洁美好的女人。而即将到来的婉儿的时代也依然不是因了她的纯真无邪，而是，她正在慢慢地变成一个成熟的女人。不是性的成熟。婉儿还几乎没有同男人的性的经验。她的所有与男人的亲密接触都是浅尝辄止的。是因为那些渴望与她亲密的男人都太看重她了，把她当作了纯洁乃至于圣洁的化身，不忍玷污了如此天使一般的女人。婉儿的逐渐成熟是她的生存方式的成熟。是她年纪轻轻，就过早地在朝廷中学会了趋炎附势，见风使舵。

这怎么能是婉儿的天性？但是婉儿就成了这样的一个女人。那是她不得不学会的一种在宫廷中生存的手段。就像是动物的妈妈们要首先教会它们的幼仔怎样抵御自然界各种敌人的侵袭。然而婉儿没有妈妈。婉儿的妈妈是进入不到婉儿所置身的那个那么庞大而复杂的朝廷关系中的。那是个深不可测的宦海。到处是看不见的急流和旋涡。在宦海中沉浮随时都会有被淹没的危险。那是婉儿的母亲所无法涉足的，她更没有能力去帮助她的女儿，尽管，她是那么深爱着婉儿。

所以为了生存，就必得婉儿自己学会游泳。她这样学着，以她自己对事物的判断和选择。慢慢地婉儿变得成熟变得让人难以接近。在皇室上下满朝文武的心目中，婉儿无疑是个绝顶聪明有智有谋的女人，但她同样是个心怀叵测道德败坏的女人。因为人们亲眼看到几年之中，她竟然先后出卖了章怀太子贤和庐陵王李显这两个身居要津的皇子。人们看不到贤和显的不堪为人君，也看不到婉儿对太后的那少有的忠诚，而是一致地认定婉儿这个女孩子实在是太卑鄙了。她全然没有她的祖父上官仪当年那样的气节和风骨。她为了巴结太后，而不惜出卖他人的品性确实太恶劣了，被差不多所有能接近她的人所不齿。他们对婉儿所采取的态度竟然是敬而远之。他们承认这个年轻女人的出类拔萃，但是他们远离她。他们很怕和婉儿太近了，说不定哪一天自己也会被罗织上莫须有的罪名告到太后那里。总之在那些人的眼中，婉儿是危险的，是不可以轻易与之亲近的。

于是婉儿很孤单。

她清醒地知道她为什么会孤单，而这孤单又会带给她什么。婉儿学会了孤单其实也就是学会了生存。而她学会生存的过程，在某种意义上也就是一天天变得卑鄙的过程，这一点婉儿也很清楚。婉儿还清楚，这是她的那个时代所有伟大的女人所必然要经历的一个人生的过程。而榜样就是那个将永垂青史的太后。太后十四岁时从四川广元被选进皇宫时，未必就是个凶恶狠毒的女孩。是后宫激烈而残酷的相互绞杀的恶劣环境，把太后培养成为这样一个冷酷凶残的女人，甚至是杀人不眨眼的女人。而只有太后的杀人不眨眼,太后也才能有今天。不是太后踩着别人的尸骨蹚着别人的血河往上爬,很可能太后自己就是那累累白骨、血色浪花。而能够捡起他人的尸骨为自己修筑阶梯，也绝不是常人所能做的。这需要能力,更需要勇敢。有哪个女人敢拿起他人带血的尸骨去修筑通向皇位的阶梯?又有谁能不在乎自己的手上沾满了他人的鲜血?而世间唯有武曌。

当然婉儿和武曌不同。婉儿是在后宫的平静而温暖的小屋中长大的。婉儿最大的苦痛,可能就是后宫的昏暗清冷和家中的贫穷了。也许幼小的婉儿连这样的痛苦也没有,因为她从小就没见过宫廷的浮华与喧闹。婉儿以为生活就该是这样的。所以她认同了这种生活，甚至其乐无穷。她学习是因为学习能够使她的童年少年充实。她喜欢学习,并热衷于明晰史事,全是因为她对这一类学问有着一种天然的亲和。婉儿这样做并不是为了要改变自己的命运,她只是在内文学馆中听多了老学士的教诲，才知道原来她的学养和才华是可以为朝廷效力的。

如果不是武曌让婉儿接近朝廷，婉儿可能依然在过着掖庭的那种尽管灰暗贫穷但却平静的生活。婉儿也会继续纯真,继续是那个天下最美也最好的女孩。但是婉儿不可能再美好再纯真了。因为武曌为她改变的环境是不美好不纯真的。婉儿就像一粒小小的透明的沙砾，转瞬之间就被卷进了那架飞速旋转的不断倾轧出血浆的国家机器中。她随着那机器转动。她不能停下脚步,她知道她只要停下脚步,就立刻会被那机器碾压得粉身碎骨。而她不想就那样无辜而且无为地死去。婉儿确实曾以一种纯真的目光看人、善良的方式办事。婉儿也确实惶惑过懵懂过,她可能会把从纯真到卑鄙的这个转变过程拖得很长，但是天生的颖悟使婉儿很快就弄懂了朝廷中皇室里的那一切。是婉儿的聪明让她很迅速地就走上了卑鄙的路。

而让婉儿将纯真损伤得最深的，是她对章怀太子李贤的那一片赤诚。她是那么深爱着那个男人,而最终又是她出卖了他。这一份以爱和纯真为代价的赌注实在是太残酷了。她换来了什么呢?无非是安稳的生活和卑鄙的成熟。婉儿知道那是天下最大的骗局。而从此她将为太后背负罪名。在那样的爱和那样的生死存亡中,以婉儿的心性她是宁可和她所爱的贤一道去死的。但是太后要贤死而不要婉儿死。在太后的心目中,婉儿比贤更重要。所以婉儿只能活着,活着成为众矢之的,成为朝野上下轻蔑鄙视的那个道德沦丧的人。而婉儿又不能有丝毫为自己辩解的可能,她不能说她也是受害者,太后早就知道了东宫有藏匿的武器,就是没有婉儿的告发,太后也会下手的。不,婉儿当然不能说这些。她不仅不能说,反而要继续充当太后监视她儿子们的那个美丽而凶恶的鹰隼。婉儿就是以这样一种屈辱的方式忠诚于太后并换取生存的可能的。因为屈辱，还因为婉儿本来是一个有着强烈自尊的女人,所以有时候,特别是在那些寂静的夜晚婉儿独自一人,她便会非常非常恨自己。她不仅恨,她甚至觉得自己很恶心。

婉儿不知道太后是怎样洞察她的。但是有一天太后突然对婉儿说,这种嫌恶自己恶心不舒服的感觉你会慢慢适应的。这当然也要一个过程。而克服这种困惑的唯一办法就是,你不要总是想着你在伤害谁毁灭谁,而要想,他就要来伤害你毁灭你了,所以你必须赶在他前面。那是个千钧一发的时刻是个危在旦夕的瞬间,你怎么能不抢先消灭掉你的对手呢?婉儿你要想活下去,就不要怕手上心上会沾上他人的血,也不要怕你的纯真会被玷污。你已经来到这宫里很多年了,你难道看不出这里本来就是污秽肮脏、血雨腥风吗?

婉儿就是在这浊水污流中成长。她被这污水浊流培养着造就着，成长为一个没有灵魂的人。婉儿可以对这污秽的一切安之若素,然而她此生唯一放不下的,还是她对贤的那一片斑驳而复杂的心情。

如果说婉儿的纯真不再,那也是始于她对贤的出卖。当贤踏上那漫漫蜀道,婉儿的纯真便也彻底地崩溃了。所以婉儿恨贤。她认为是贤毁了她的真诚,又夺去了她的永远的心。她从此不能真的再爱别的男人。她从此也不能再把自己看作是一个好的女人。

从此她牵挂着贤的灵魂。她知道贤的灵魂是不肯安息的。他将永远在巴蜀的穷山恶水中游走,却无法找到那条回家的路。从此婉儿永远是一身缟素。她再也没有如其他的女孩子们般穿艳丽的衣裙。她也从来不佩戴各种头钗衣佩。她知道那些再也不会属于她了。她变得淡泊朴素。那是一种真正的凄怆之美。她说她在此世间唯一对不起的人就是李贤。她说她在她的生命中毕生要做的一件事就是要努力找到贤的迷失的灵魂,并为那灵魂引路。她说她不要贤总是在那片暗不见天日的大山里哭泣，她不要他总是在远离家园的地方漂泊流浪。

婉儿从来就不相信丘神勣是错误地理解了太后的意思将李贤逼死的。当然婉儿也不太相信太后就那么明目张胆地指示丘神勣将李贤赐死。那么遥远的被囚禁的贤已无任何还手之力,他怎么能再回来抢他的母亲的权杖呢?所以一切是暧昧的。暧昧的并且模棱两可,在贤与负着太后使命的丘神勣相见时,什么样的结局都将是可能的。

贤没有被母亲所杀,也没有被丘神勣错杀。婉儿是了解贤那种男人的,她知道贤既然能毫不犹豫地将自己的前程断送,他就也能够英勇无畏地将自己的生命毁灭。她知道贤早就不能忍受那流放幽禁的生活了。漫长的四年几近把他逼疯。但是他隐忍着。他隐忍着可能是因为他心里还有着最后的一份期待。那就是对他的父亲。他期待着他的父亲高宗李治有一天能坚强起来。他坚信他的父皇是爱他的，也坚信迟早有一天父皇会来救他，赦免他。他便是这样心存期待地在巴山蜀水中苦熬。而直到有一天，突然地，他在遥远而闭塞的大山里，听到了父皇已乘鹤西去的噩耗，他的所有的期望便也随之破碎了，连他的苦涩的心。那是全线的崩溃，片甲不留的。父皇的辞世使李贤再一次看清了自己的处境。他想与其日后让母后赐死，还不如先就自己处决自己，结束了这早已形同虚设的生命。贤想到这些的时候就不再绝望。他甚至很兴奋，甚至盼望着能早早结束。也许真的丘神勣并没有逼迫他，也许真的太后并没有要他死，是贤自己。是贤这个被废的太子被罢的储君自己想结果了自己。贤不想说他的绝望他的苦痛，也不想说他活着却等于死了，贤不说这些内心的真实，他只是干干脆脆就死了，他从此远离他已不再期望的人间。

贤是死给世人也是死给母亲的。于是母亲只好为她的儿子举行隆重的葬礼，并把雍王的称号在他死后赐予他。而葬礼当然也是做给世人、做给儿子的亡灵的。因为她知道她如果不做一做这个葬礼的姿态，世人是不会放过她的。

这就是贤以他三十二岁的血性男儿的生命，为当朝民众乃至后人留下了武曌永生永世也无法洗清的罪名。她杀了自己的儿子。她是世间最凶残的母亲。

婉儿便时常这样想着贤。想着贤的时候，她才能清理自己并忏悔自己。想着贤的时候，婉儿也才能真实地面对自己的丑恶和悲哀。她觉得贤之于她，就如同是一场洗礼，或者是她纯真和她不再纯真之间的那道分水岭。

贤使婉儿愧疚。

贤使婉儿思想。

而同样的思想和愧疚，是婉儿偶尔想到庐陵王李显时所不曾有的。婉儿不认为她需要对庐陵王的被贬谪负责。那完全是显咎由自取,是显的行为证明了他是根本不配坐在这皇位上的。

所以婉儿只想贤。后来,哪怕是很多年过去,她依然还是时常将自己龟缩于对贤的那种无尽无休也是虚无缥缈的想念中。对贤的想念后来干脆成了婉儿的一个精神的避难所。她觉得有这种思念真好。在此她不仅能感觉真诚,有时候她还能找到那久违了的纯洁。

婉儿想,她幸好还能拥有这个能使自己干净的时刻。像滤掉了所有尘世的污浊,因为贤的灵魂是干净的。婉儿很怕在日后的某一天,她会真的成为太后那样丧尽天良的人,并且在出卖着道德和良知的时候也不自知。婉儿想，以她今天这样的向着卑鄙滑落的速度,她很难想象自己的明天会变成什么样子。而后人会不会也像看待太后那样,把她也当作是颠覆大唐王朝的千古罪人呢？婉儿一想到这些就不禁毛骨悚然。因为她清醒地知道她确实在坠落着,并且正在坠入人性的谷底。那坠落的速度之快已经令她目眩。她绝望恐惧。但是没有人拦截她,更不会有人伸出手来,救救她。

使婉儿迅速成熟的第二种心灵的经历,那就是在那一天,她终于得知了她是谁,从哪里来,又将会到哪里去。

还是贤。婉儿心灵的所有最强烈的震撼都是贤带给她的。那时候贤还住在东宫。他还有能力保护这个他喜欢的姑娘。他就是那样在拥抱着婉儿的时候在婉儿的耳边诉说了那个骇人听闻的事件。贤紧紧地抱住婉儿,不让她愤怒挣扎,甚至都不许她大声哭。他紧紧地抱着她轻轻地拍着她抽搐不已的肩背。他说都过去了都过去了,你痛苦愤怒又能怎样呢?难道你的祖父能从坟墓中活过来,你在掖庭的那十四年悲惨的生活能一笔抹销?贤说我告诉你这些是不想让你至死都蒙在鼓里。贤说亲人的死在皇室里太司空见惯了。贤还说因为他知道,他再也不能保护婉儿了。他已经看到了这一步,所以他必须让婉儿清楚她所处的究竟是一种怎样的险境。贤还说他把婉儿的身世告诉她并不是要她去复仇。他说婉儿根本就不具备复仇的能力,即使复仇,也不是现在,而要等到她羽翼丰满的那一天。他要婉儿发誓绝不能用自己脆弱美丽的生命去撞击那个强大而丑恶的女人。他告诉婉儿这一切的唯一目的,就是希望婉儿在没有了他的保护之后自己保护自己,并且要好好地活下去。

贤在行前就是这样劝慰婉儿的。而他自己却在那个强大的女人面前被撞击得粉身碎骨。这才是让婉儿最最伤痛的。

贤破解了婉儿心中的那个永远的谜团。贤让婉儿经受了一次血腥的冲击,又帮助婉儿度过了那个最危机的时刻。婉儿不能想象如果不是贤要她发誓不复仇而只把仇恨的种子埋在心里,她是不是当即就会拿起剑去杀了那个杀害自己亲人的皇后。她恨武曌,恨那个将她和母亲囚禁在暗无天日的永巷,而又总是假惺惺地关切着婉儿的两面三刀的女人。她当然想杀了武曌。她可以不顾忌自己的青春不顾忌自己的生命哪怕赴汤蹈火但是她却不能不顾忌她向太子许诺的誓言。她是因了对太子的忠诚才放弃了她刚烈的人格和尊严的,然而婉儿想不到,她竟然从此就错过了这个复仇的机会,并且从此就成为一个不再刚烈的女人,甚至连家族的血海深仇都被淹没在她对武曌的越来越深刻的热爱中。

东宫的被清洗吓坏了婉儿。而出卖太子李贤的罪名又压倒了婉儿。当然还有那坚如磐石的誓言。那求生的愿望。婉儿便是在这多重的压力下慢慢消解了自己的仇恨。她不但消解了仇恨,而且为了取悦于武曌，她干脆连人格和尊严这些生命中最紧要的东西也全都不要了。

因为婉儿是置身在政治的旋涡中。在政治的旋涡中无论君臣，有哪一个是干净的呢？首先权力本身就是最最残酷也是最最肮脏的。那么抢夺着权力的那些急功近利的手呢？婉儿终日穿梭于武曌的政治阴谋中。所谓近朱者赤。又所谓爱屋及乌。慢慢地婉儿觉得人就是应当这样活。人就是活在阴谋诡计或者说是活在权术和谋略中才是有意思的。武曌就是这样把她皇后、太后、幕后天子的生活过得有滋有味，惊心动魄。她一会儿怀疑这个，一会儿屠戮那个。在政治的旋涡中挣扎拼杀的武曌没有虚度她的年华，而有着足够的政治才华辅弼武曌政治家生涯的婉儿，又何苦要虚度她的心智呢？

婉儿就是在这样的耳濡目染中，开始疯狂地追随和崇拜武曌的。她爱这个女人，她迷恋她，便也就不知不觉地接受了她的影响，并被她有意识地培养和塑造。尽管武曌对她还是深怀了一重戒备，尽管武曌还是把她当作了一个下贱的奴婢，但婉儿还是无条件地把武曌当作了她的再生父母，当作了她精神的寄托和依靠。

如此婉儿不再纠缠她的家族的仇恨。她的盲目崇拜使婉儿再也不能看到武曌手上所沾染的她祖父和父亲的血，看不见武曌脚下踩着的亲人的白骨。那些迷迷蒙蒙带着咸腥气息的鲜红的雾霭早已在婉儿的意识中散去。那一切都已经不再重要，重要的是，婉儿的生命中终于出现了这个值得婉儿崇拜的伟大的女人。她可以叫万民臣服叫乾坤倒转，她可以想怎样就怎样想杀谁就杀谁，她可以……天下没有她不可以的，这是怎样的江河日月，气吞山河！婉儿又怎么能不仰慕这样的女人不死心塌地地追随她呢？

所以当被废黜的中宗李显在乾元殿上高喊着，你的全家也是被这个狠毒的女人杀了时,婉儿才能够不动声色,静如止水。之于婉儿,这已经是一个早就解决了的问题了。她早就走出了这个家族仇恨的阴影。如果说,当初贤对她说起这些时她还悲愤还冲动还有血性想报仇,那么到了今天,她还有什么理由要向这个她崇拜的女人复仇呢?她早已经懂得了太后当年为什么要那样做。她甚至觉得太后是有充分的理由那样做的,不过是她的祖父不幸撞在了太后剑戟上。这就等于是一个人不小心从悬崖上跌落,又被湍急的河流卷走一样,谁的过错也不是。因为婉儿知道政治就是这样的。婉儿甚至认为幸好有祖父的牺牲才成全了武曌这个卓越的女人。否则,如若皇后真的被圣上废掉,还能有皇后垂帘听政这一空前的景观,还会有婉儿自己在这政治的舞台上迎风搏击、挥洒自如且游刃有余的表演吗?所以婉儿真诚地感谢她的祖父,感谢她的家人以生命为代价为她换来的今天的生活。是她的在政治中不幸落败的家族成全了她,使她走上了政治的舞台,让她在其中淋漓尽致地表演。婉儿那时候当然还不会知道她会青史留名的,甚至比她的祖父更出名。她没有过这样的奢望,她只是在武曌的陶冶下,在对祖先的背叛中,一步步走向这个令她迷恋的政治的境界的。当婉儿日后终于也非命于这个政坛的角逐中,不知道她是不是会有些失悔。

婉儿便是这样在充满了凶险的政治道路上越走越远。后来政治几乎成了她的唯一,她不仅投进去她的心智她的生命,甚至把她的女人的身体也搅和了进去。婉儿以她的这种全方位的投入,使得她总是能够在身陷绝境的时候拯救自己,化险为夷。也是因了她对政治的孜孜不倦,潜心钻研,使得她越来越具有政治家的风范,她的官也做得越来越高。后来到了她专秉内政、位高盖后的时候,那个婉儿的时代就真的到来了。她不仅能将帝王将相掌握于股掌之中,还能叫后宫的大小女人们都乖乖地听从她的调遣。那时候婉儿在她的高位上叱咤风云，其实就已经忘了她脚下踩着的也是她亲人的尸骨，甚至是她深爱的男人的尸骨。婉儿只有在特别不得志或是特别孤独忧郁的时候，她才偶尔会想起她的一世清白的祖父上官仪。但是她马上就意识到，她已经不配怀念她这个无辜的祖父了，因为她已经不是祖父那一类清白无辜的人了。她已经很坏。或者被逼得很坏。那坏已经是不能改变的了，她也不想改变了。

尽管两任太子的败落，使百官对婉儿的品格颇有微词，但是几乎同婉儿一块儿长大的睿宗李旦和太平公主，却始终对婉儿抱有着一种信任和依赖，甚至，手足之亲。无论是已继承了皇位的相王李旦，还是下嫁姑表兄弟薛绍的太平公主，他们在严酷的现实中都看穿了，他们这两个留在母亲身边的兄妹要想存活下去，就只能在母亲面前俯首帖耳。没有别的路。而既然婉儿是母亲最信任的人，他们便也谁都不敢轻视婉儿。他们相信在二哥、三哥被废黜的事件中，婉儿是无辜的，是为母亲承担着罪名的。但是他们心里其实也明白，母亲的很多谋略，是出自婉儿的大脑。或者英明或者歹毒，总之母亲的所作所为，婉儿是难以摆脱干系的。

太平公主对婉儿怀有着一种姐妹般的感情。她不仅信赖婉儿，她甚至像崇拜母亲那样，对婉儿也怀了一种难以言说的敬佩。她永远不能理解婉儿小小年纪，竟能在宦海中如此如鱼得水，将政治的权术玩得如此高妙。而太平公主在本质上其实也是对朝廷上的争权夺势感兴趣的。特别是当她看到母亲一个女人，竟能如此将大唐王朝的大权握在手中，她于是就更加羡慕母亲的人生，她想女人就是该像母亲那样波澜壮阔。而太平公主自从嫁给薛绍，远离父皇和母后，她的生活就黯然失色。而她作为女人的唯一作为，就是不停地为薛家生儿育女。她和薛绍之间的婚姻是纯粹的皇室联姻。她了解薛绍,从小就了解他,因为薛绍毕竟是她的亲姑母城阳公主的儿子。他们可谓青梅竹马,两小无猜。说不上爱也说不上不爱,只是他们在一起待得久了,生活就变得越来越无聊。于是太平公主更愿意回后宫来,更愿意打听朝廷里的事,并总是积极参与她的意见。武曌则喜欢女儿能像她一样关心朝政,她认为女人不能只是养育儿女,天地很大,为什么就容不得女人问政呢?武太后不仅鼓励女儿参政,她还很愿意听女儿的意见,就像她喜欢听婉儿的意见一样,她觉得太平和婉儿的意见,甚至比那些平庸臣相们的意见还要高妙很多。如果有时候武曌太忙或太累,她就让婉儿陪着公主说话。有时候她在她们身边闭目养神,听太平和婉儿在那里你来我往地聊着天儿,她觉得那真是一种母亲的享受,而关键是,她会觉得她们的谈话有意思,她觉得这是两个智力相当的年轻女人的对话。她曾经不止一次地对女儿说,一定要和婉儿好好相处。她说一旦母亲没有了,婉儿是一定会帮助你的,婉儿是一个忠诚的人。她说她对太平公主和婉儿的这种情同姐妹的关系很欣慰。

而相王李旦继位后,他果然不负母亲,拿出了一副异常超脱的姿态。他虽然身为一国之君,却异常小心谨慎,事事请母亲做决定。旦是以他独有的那一份看似无能的精明,迅速为自己选择了一种在险恶中求生的方式。那就是他可以是天子,但这天子一定要纯粹地徒有其名。那是因为他亲眼目睹了三个哥哥与母亲合作后所遭遇的悲惨结局。他深知要想留在京城,保住性命,就绝不能真的参与朝中任何大事。他知道唯有这样,才不会和大权独揽的母亲发生冲突,如此他的生命也才是安全的。所以旦决心做一个天子傀儡。旦觉得他的这种选择才是最最明智的。

在一次为太后草拟文件时,婉儿与旦不期而遇,他们见面后都迟疑了一下,但婉儿立刻施礼,向圣上请安。然后他们便有了一次意味深长的谈话。他们的这次谈话距他们相识差不多已有十年的光景。即是说他们在十年中很少讲话,无论是旦还是婉儿,好像都不想使他们的关系亲近起来。他们彼此了解对方。但是旦对婉儿这个女人,从未像他的两个哥哥那样产生过那么强烈的感情。当然他是钦佩婉儿的，他觉得婉儿这种有智慧有谋略的女人在某种意义上更像是他的姐姐，是他所不能驾驭的。尽管他还要年长婉儿两岁,但因为他在四个皇子中最小,所以,他就像是兄弟姊妹中所有人的小弟弟了。因为彼此的疏远,旦很少同婉儿讲话。他更多地是在一个客观的立场上,远远观望着这个卓越的女人。他知道婉儿非常了不起,也知道她日夜待在母亲身边有多么不容易。应当说他对婉儿是始终抱着一种敬而远之的态度的,就像是他对母亲。他天生喜欢自闭。走不进任何人的世界,当然,也不让任何人走进他。

婉儿说,圣上很辛苦。

旦说,朕必得做出这一份辛苦。

婉儿说,太后很欣赏圣上。

旦说,我猜太后是欣赏朕根本就不是做天子的材料。

但至少陛下有清醒的头脑和难得的明智。奴婢以为这才是最最重要的,唯有如此,才能把握住自己的人生。

婉儿便是如此把握人生的吗?

奴婢觉得恰恰是在这一点上,奴婢和陛下很接近。俗话说大丈夫能伸能屈,可惜庐陵王就缺少这一份通达。他总是那么容易就被冲昏头脑,就得意忘形,张扬失态。

婉儿这些话是说给朕的吗?

奴婢只是更了解太后，知道她所喜欢的是一种怎样的合作方式。

你是说朕的方式还不够好吗?

陛下已经做得很好了。奴婢只是希望圣上能在皇位上坐得更长久。

你以为朕能坐得长久吗?

奴婢认为唯有陛下最聪明。因为陛下从来就知道怎么做才合适才得体。陛下既像是在尽心竭力履行着天子的使命,又事事处处让太后感受到大权在握……

你是说朕很卑鄙了?

这朝廷上又有哪个不是卑鄙的?陛下的三个哥哥不卑鄙,可他们所抱的全是不切实际的幻想。他们总是不能审时度势,他们太看不清朝中的局势也太不了解他们的母亲了。所以奴婢万望陛下不要效仿陛下的那三个哥哥。为了一时的冲动而丢弃了生命不值得。所以婉儿希望陛下能深谋远虑。毕竟陛下还年轻,对陛下来说,才是真正的来日方长哩!

朕记住婉儿的话了。一向冷漠的李旦在听到婉儿的这一番肺腑之言后,竟也一反常态地动了感情。他说朕知道婉儿的好意。朕也知道母亲是朕所见过的最勇敢坚强的女人。朕也和婉儿一样崇拜她。朕知道在我们的这个家族中,应当坐在这皇椅上的,不该是父亲,不该是三个哥哥,也不该是朕,而唯一应该的是母亲。母亲是如此伟大。是如此具有君临天下的风范。只是世世代代王朝的规矩阻碍了她。所以朕只好坐在这里。朕是多么想看到是母亲坐在这里啊!你能理解朕吗?

陛下才是最明智的。婉儿愿帮助陛下。

婉儿同旦的这段对话，事实上就定下了他们之间在未来的日子里的某种联盟、某种默契、某种基调。从此他们将共同遵守着某种不曾说出的诺言,各自以不同的方式侍奉在武曌的身边。这大概是武太后身边的两个看似最忠诚最温顺，但却是最清醒最明智的人了。唯有他们才知道太后真正想要的是什么,也知道他们在这场权力争夺中所应当扮演的究竟是什么样的角色。所以在太后在世的时候,他们都能善始善终地好好地活着。即或是婉儿最终死于非命,也不是死在武曌的剑下。而李旦也是沉沉浮浮,当武曌有一天真的登基,他便又不温不火地回到了东宫。明智的李旦只有一个愿望,那就是和婉儿一样地活下去。其实他们对生活的要求并不高,那就是他们的全部所作所为只为了能拥有生命。好在李旦天生柔韧。他无论是贵为天子,还是被贬为相王,都恪守着一种随遇而安的原则。只是在母亲的身边他从来就没有伸展过。只要母亲在,他就永远是一种屈辱的状态,以至于到了后来,这卑微屈辱竟成了他的常态,一种生命的状态。于是到了日后的某一天,他真的可以做天子,真的能统帅天下了,他反而惧怕了。他已经没有了天子高昂的气象。他已经被他的母亲扭曲成侏儒,他已经委琐得不足以承载天赋神权了。于是他只能继续以他的清醒和明智,早早将王位禅让,退居到上皇的位置上。在彻底的超脱中,了此残生。

终于在则天门下，六十二岁已步履蹒跚的武太后在经历过重重险阻艰辛之后，走完了她向权力的最高峰攀登的路。她抵达了那个无限风光的顶峰。那是怎样的一番景象。

那是空前绝后的公元六九〇年。

那是一个九月的艳阳天。

那一天秋高气爽，人民聚集在则天门外，期待着那个如此令人振奋而又如此陌生的时刻。

伟大的太后终于气宇轩昂地登临了则天门，在万众的欢呼声中开始了她女皇的霸业。一项多么辉煌的伟业。一个女人。唯一的。几十年来她是怎样冲破一道道重围，她是怎样冲决了那自古以来坚如磐石的世袭制度，她又是怎样地超越了她的丈夫和她一个又一个儿子的限制，直到她最小的也是最后最明智的儿子李旦无比真诚地连续三次请奏将皇位禅让于太后，武曌才终于能够以弥勒转世的神话或者谎言，将她梦寐以求的那顶女王的皇冠戴在了自己的头上，成了那个真正前无古人后无来者的名副其实的女皇帝,那个真正的唯一。

当然,在这充满了艰难险阻的向权力的巅峰攀登的路上,则天大帝也曾经历过很多爱戴她的人对她的鼎力帮助,她每每想到他们,就总是会感慨万分。其中之于她最最重要也是最最刻骨铭心的,就是那个曾经是街头卖艺人的强壮英武的冯小宝。后来这个男人爬上了当时还是太后的武曌的床榻,他便改随了武曌女婿薛绍贵族的薛姓,并从此成了白马寺中一个可以随意出入太后寝宫的和尚。便是这个僧人薛怀义给暮年的太后注入了无穷激素,使一个老态龙钟的女人不再美人迟暮。床上的缱绻柔情使太后的生命中青春再现,而身体中的这种生气勃勃使武曌终于萌生了一定要亲自荣登皇帝宝座而不再垂帘听政的愿望。亦是这个男人为女皇修建了气势如此浩大的明堂和天堂,使女皇未来的王朝有了一个隆重而恢宏的依托。还是这个男人为伟大的太后想出了这个弥勒转世的绝招以蛊惑人心欺骗世人,使女皇的登基变得愈加地神秘也愈加地顺理成章。所以这个男人很重要。他不仅是女皇后宫午夜的真正的君王,还是前台为女皇真刀真枪地杀出那条血路的真正的勇士。

而与这个男人几乎同时出现在为女皇登基扫清障碍、铺平道路的队伍中的,还有另一个男人,这就是十多年前被姑母接回都城的侄子武三思。谁也不知道武三思怎么就突然成了武曌组阁中的一个炙手可热的重要人物。总之他开始频繁地出现在他姑母的身边,极尽阿谀之能事。他几乎时刻不离武曌的身边,他不遗余力地向他的姑母摇尾乞怜,就像是一条狗在搔首弄姿地舔着他主人的脚。他是忠诚的。忠诚得有点奴颜婢膝。他不仅呕心沥血竭尽全力地为他的姑母效尽犬马之劳,而且心甘情愿不厌其烦地为他姑母的情人牵马执鞭。武三思的每每为姑母屈尊折节,时常引来朝臣们的侧目，但是他全不在乎。一时间，朝中似乎只有武三思才知道太后武曌想听和想要的是什么。后来直到武氏的子嗣们和薛怀义联手接连不断地组织民众吁请太后登基，又献上所谓的洛河宝图，提出所谓的弥勒转世，经过这种种的宣传造势，才终于使司马昭之心路人皆知。满朝文武亦才恍然大悟，哦！原来太后并不能满足于她垂帘听政的现状。她还想再向前迈一步。她与她的理想其实才只有一步之遥，她只要掀开她面前的那一卷珠帘。

她原来是真的要做皇帝。

她原来是要做一个真的皇帝。

她要做一个堂堂正正的武姓的皇帝。

是太后对皇权的欲望使武三思他们这些武姓的子嗣们突然变得无比重要了起来。而事实上，因为他们也姓武，他们才会对武姓的事业格外地有兴趣起来。当时的武三思已官至右卫将军，在朝中有了举足轻重的位置，他对他的姑母当然是感谢的。且三思又是在苦难之中被姑母接进皇宫豢养，使他彻底脱离了随父流放的苦海，他对这位母亲一般而又贵为皇后的女人自然是从少年时代起就怀了一种感恩戴德的感情。他始终不渝，忠实可靠，事事处处站在姑母的立场上，唯姑母之命是从。加之三思天生聪明，乖觉伶俐，于是他总是能将他的姑母伺候得很舒服，让她在阿谀奉承和溜须拍马中感受到她的伟大和尊贵。于是，一向很讲义气的武曌便也对她的侄子们投桃报李，不断为他们升官晋爵，提高俸禄，对武姓的后代们格外关照。特别是武曌登基以后，天下便仿佛是武姓的了，因此武姓的子嗣们也就更加抢眼了。武皇帝信任他们也欣赏他们。当然她不仅仅是欣赏他们的忠实，也还欣赏他们的聪明才智。特别是她让三思他们从小所接受的也是皇室中最好的教育，所以当三思到了得以承担大业的年龄便也能略涉文史，辞采风流。这便是武曌为什么要屡屡诏令武三思监修国史，特别是修撰她大周王朝的周史。在武曌的朝廷中，比武三思有学问有才华的文官可谓是不胜枚举，一抓一大把，可她为什么偏偏让一个只是略涉文史的人去监修国书呢？这便是因为她只相信武三思，只相信武三思一个人，而大周的国书又是武则天非常非常重视的，那就等于是她武曌能青史留名的传记。

当女皇开始了她辉煌的帝业，婉儿便也就开始了她作为女皇最重要的侍女的生涯。武曌的成为女皇无疑给婉儿增加了很多政务的负担，她不仅要为女皇起草各类诏文，还要帮助女皇裁决处置百司奏表。那时候婉儿已经成了女皇越来越离不开的一架日夜旋转的工作机器。婉儿很累。没有轻松的时候。她在不停地出卖着她的智慧和能力。无论朝政中的什么事最终都要通过婉儿。因为婉儿就在女皇的身边。因为女皇只信任婉儿。只是婉儿坐到了如此高位，甚至她在女皇身边的那种举足轻重都超过了朝中宰相，朝廷的所有大事，女皇也都要婉儿参决，但是女皇在位的十几年间，却没有给过她身边的这个高级秘书任何的职位。仿佛婉儿天生就是只能供她使唤的奴婢，仿佛婉儿只能不计名分不计得失地为她服务，鞠躬尽瘁，死而后已。

女皇六十二岁的时候婉儿刚好二十六岁。

这时候女皇的生命中已经历了无数男人，而被沉重的政务拴在女皇身边的婉儿，却在经历着一个年轻女人如花似玉的寂寞。当然政务的繁忙占去了婉儿每天几乎所有的时间，但是那些独守空房的漫长的夜晚呢？

没有人能如婉儿般耐得住这无边的寂寞。单单是每日婉儿要见到圣上与薛怀义的卿卿我我，就足够一个成熟女人心旌摇荡的了。何况,每日在婉儿身边出没的,都是那些风流潇洒的王孙贵族,朝廷精英,所以婉儿要以怎样坚强的毅力,才能克制住她那一份蠢蠢欲动的春心呢?更何况,二十六岁的婉儿还有着倾城倾国的美貌,有着一份先天贵族血液中的优雅气质和后天朝廷陶冶出来的雍容华贵,使得婉儿对她身边的那些男人就更是具有了一种吸引力,而她又必得拒他们于千里万里之外。婉儿便是在这种无奈的自我封闭中冷眼静观着后宫的骄奢淫逸,静观着女皇身体上的欲望怎样不露痕迹地转化成了她的一种政治的取向。于是婉儿在欲望的煎熬中奋力为女皇工作。她没有别的选择。她只能在绝望中苦熬。因为她是在女皇身边。因为她和女皇的距离太近了,她没有属于自己的感情和空间。

婉儿当然不能对女皇的男人发生兴趣,哪怕是那些被女皇丢弃的男人。她尽管和他们很接近,她甚至有着很多能和他们独处的机会。但是她必须疏远他们,并且在他们追求她并且骚扰她的时候拒绝他们并保持沉默。婉儿可能就曾经拒绝过女皇的那个花和尚薛怀义。她当然不否认这个男人的英武强壮,但是在婉儿高傲的心目中,她是看不起这个只会用性器取悦于女皇的男人的。婉儿甚至自觉她在对男人的趣味上,是要比圣上高出一格的。

于是当有一天,这个正忙于为女皇修建天堂的薛怀义星夜来到后宫求见女皇,而女皇在那一刻正躺在她的新欢御医沈南璆的怀中,婉儿就曾经同这个男人有过一场默默的灵与性的搏斗。是女皇非常冷酷地要婉儿把这个她已经嫌弃的不速之客带走的。圣上不能见你。请大人回去吧。然后婉儿就只能沿着那条专门为薛怀义修建的巷道把这个已经失宠的午夜的君王送走。巷道里一片黑暗。婉儿举着灯,在寂静的夜晚,婉儿听着她身后那男人沉重的脚步声,和他的粗重的喘息声,她突然觉得这个被抛弃的男人很可怜,也很令人同情。婉儿这样想着，当然她什么也不能说。她甚至有点不解，她不知道这个一向暴躁的男人怎么竟会如此顺从，甚至对女皇的冷落不挣扎也不反抗。他们这样向前走着。因为无话可说也无话能说而显得巷道更黑更长。大概是婉儿有了种莫名的紧张，大概巷道里的青石板确实不平，婉儿不知道怎么被绊了一下。她手里的灯掉在了地上并且熄灭。然而婉儿依然沉默着。她摸着墙上的砖石。她想借着伸手不见五指的天光去找到不知道滚落到什么地方的那盏已经熄灭的灯……

然后那个被欲望煎熬的男人就从身后拦腰抱住了婉儿。他把婉儿扔到了那个高高的石墙上，就开始拼命地挤压她。婉儿真的不知道她该怎样了。她被眼前的这个男人紧紧地挤压着动转不能。而在这个黑暗的后宫的巷道里，婉儿也知道她不能喊叫。喊叫只能是为她自己惹来杀身之祸。于是婉儿在那个男人的强暴中默默挣扎着。她拼命地躲避着这个力大无穷的男人。她想摆脱掉他的逼迫。婉儿奋力这样做着，而这个男人竟然更紧地拥抱着她，并用他的手拼力揉搓着婉儿那丰满的乳房。那是怎样的一种久违了的身体的感觉。婉儿正在变得迷乱，婉儿的身体中正在膨胀着一种连她自己也不能理解的感觉。那是种怎样的难耐。巷道里异常凄冷黑暗。不会有任何人来这里救婉儿。这是一条早已被冷落，甚至被废弃的秘密的巷道。婉儿奋力地推着薛怀义，但是同时又有着一种想奋力迎上前去的感觉。那是一种怎样复杂的心情，拒绝着而又渴望着，将身体顶上去而又想立刻跑掉。婉儿被折磨着，但她又发不出声音。由她被揉搓着的乳房所发出的那种冲动，早已经传遍了她的全身。她觉得她正被一种什么东西所窒息。那发自身体中的。而婉儿越是挣扎，那个男人就越是被她的拒绝所鼓荡。她已经发出了那种近乎绝望的呻吟。那种欲望的呻吟。她想她恨这个男人。她想挣脱他，也就是挣脱那欲望的感觉。她想喊叫，而她的嘴又被那个男人的嘴堵住了。婉儿怎么办？她的整个躯体里都充满了年轻女人的渴望……

薛怀义在黑暗中已经脱掉衣服，露出了他坚硬的身体。他绝望地在婉儿身体上到处施暴，他不管此时此刻他所欲望的这个女人是谁。他可能觉得作为女人婉儿比女皇更好，尽管婉儿这样的女人是不能给他带来任何利益的，但却能在这样的时刻满足他报复女皇的欲望。何况，这又是一个如此高贵美丽的年轻女人。.

婉儿忘记了她最终是怎样挣脱那个男人的，忘记了那个男人是怎样得意地走出那个黑暗的巷道，而那扇神秘的木门又是怎样在他的身后永远关闭的。婉儿抚摸着自己。那么零乱的身体。不仅她的衣裙被撕破，她的衣裙上还沾满了那种黏糊糊的让婉儿恶心的液体。她无力地靠在冰冷的墙砖上。她知道自己已经被那个男人弄得很肮脏了，而她竟然又满怀激情地回味着那个男人。那是种怎样的难堪，怎样的欲哭无泪的悲哀。

从此婉儿再不接近薛怀义。就是她再度与他不期而遇的时候，她也尽快回避他，不让她自己看到那个男人英俊的脸和他的魁梧强壮的身体。她强迫自己忘掉那个夜晚，忘掉那个男人在她的身上所做的那一切。

那时候女皇尽管已经很厌恶薛怀义，但是却并没有彻底与他了断。她与这个男人之间，毕竟有千丝万缕的剪不断的关系，也毕竟，女皇登基全仰仗了这个和尚弥勒转世的异端邪说，她又怎么能轻易就结果掉这个为她服务多年的男人呢？那时薛怀义的处境就仿佛弃之可惜的鸡肋，让女皇颇费踌躇。

而女皇暧昧的态度让婉儿也异常难受，因为她毕竟经历了那样的夜晚，她甚至从此欲望着那样的夜晚再度到达，而她又深知那样的夜对她来说就意味着危险和毁灭。她知道倘若女皇不彻底消灭薛怀义她这边就总会危机重重。她宁可从此再不见这个男人,特别是再也不见到这个男人投过来的那色迷迷的目光，她知道那目光就等于是陷阱,是他们谁也逃不掉的灭顶之灾。而与其她被薛怀义这种男人拖着沉没,她何不挺身拯救自己呢？她为什么不能试一试呢？

然后就在女皇很彷徨的那一天。女皇有时候也会很犹豫很举棋不定。婉儿就先发制人地眼泪汪汪地向圣上禀报了黑暗巷道中发生的故事。婉儿如此大胆地揭露薛怀义的时候,她其实并不知道女皇会选择谁。在某种意义上她和薛怀义可谓是女皇的左膀右臂，女皇可能谁也不愿意舍弃，所以她在听到了婉儿所说的令她齿寒的那一切后,沉默了好久。

她沉默的时候低着头。她抬起头的时候脸上的表情已经很平静。她说,朕对他已经仁至义尽了。你们自行处置吧。

婉儿说,圣上,那或许不是奴婢的意思。

那么你的意思是什么呢？

奴婢并不想陷陛下于不义之地。

你不用思前顾后了,就算是朕的意思好啦。

于是婉儿知道,薛怀义已是死路一条。即是说,女皇的这个男人的历史使命已经完成了。

然后就有了薛怀义因叩不开女皇后宫的大门就烧了他为女皇亲手建造的明堂、天堂的那把惊天动地的大火。那火熊熊燃烧。烧尽了长夜。清晨到来的时候,那两座雄伟的建筑已燃化为灰烬。那是女皇和婉儿亲眼看到的。那火就断了女皇通向上天的桥,也断了纵火者薛怀义自己的后路。但是他觉得很痛快很酣畅淋漓,因为他毕竟烧毁了武曌的心肝肺,烧毁了她虚幻的信念。

那个夜晚婉儿本来是可以打开那个秘密通道让薛怀义进宫

的。他就是见不到女皇也完全可以在黑暗的巷道里在婉儿的身上发泄他的兽欲。那个晚上也许薛怀义就是冲着婉儿来的。那个粗鄙野蛮的街头艺人其实是喜欢强暴那种琴棋书画无所不能的优雅女人的。所以怀义反倒庆幸圣上有了新相好,那么他就可以名正言顺地在黑暗的巷道里践踏那个自视清高的女人了。那也将给怀义带来巨大的满足感。

但是薛怀义并不知道他已经被出卖了。其实那个晚上女皇并不知道他来,女皇的床前也并没有那个御医为她揉胸捶背。是婉儿故意把薛怀义挡在门外的,她也并没有向圣上禀报他的到来。她任凭那个欲望中的男人凶狠地高声拍击着那扇秘密通道的木门,任凭他在宫墙外大喊大叫,声嘶力竭。其实婉儿同那个薛怀义只有一门之隔。她已经被他的叫骂震疼了耳朵。但是她就是站在黑黑的巷道里沉默不语。她不打开门,也不去通报圣上,而只是在心里狠狠地说,你的死期到了。

也许那个晚上薛怀义见到了女皇或是见到了婉儿，他不论见到了这两个女人中间的哪一个，他也许就不会烧掉女皇所无比珍爱的那座建筑了。是婉儿自行决定把薛怀义挡在门外的。也就是婉儿挤对得薛怀义去烧毁女皇的心肝,又把剑捅进他自己的心窝的。薛怀义死前的这一把火烧得倒是很有血性,很有男人的风骨,也很有英雄豪杰的气度。他是在用自己的性命报复女皇,当然也就报复了婉儿。

婉儿在看到暗夜中骤然升起的那熊熊大火时，不知道为什么她的心里竟有种莫名其妙的欢乐。她知道那熊熊燃烧的是女皇的圣殿,她还知道那火已经阻挡了那个男人再来强暴她。尽管婉儿一直轻蔑薛怀义那样的男人,但是那通红的火焰却照亮了他,把他照得周身明亮,且伟岸高大。就仿佛永远悬挂在了那烈焰之上。

婉儿没有参加太平公主为母亲棒杀薛怀义的行动。但是婉儿知道这是那个享尽人间欢乐的男人难逃的下场。怀义终于如愿以偿。

其实给予婉儿更深刻的生命体验的并不是薛怀义。这个男人在婉儿的生命中所留下的,不过是一道匆匆的浅浅的印痕。婉儿目睹了自薛怀义走进女皇的寝殿到女皇最终把他赶出人世的整个过程。婉儿觉得这个过程太惊心动魄了,既造就了一位伟大的女皇,也造就了一个末路英雄。不,婉儿所真正在意的确实不是这个薛怀义,她一直想要弄清的是,女皇的那个巴儿狗一样的侄子武三思究竟是怎样走进她的视野,又是怎样介入她的生命中的。

很久了,婉儿一直没有注意过那些蝇营狗苟的武氏子嗣们。她一直认为他们都是些令人不齿的势利小人,所以,她也一直像蔑视薛怀义那样蔑视着武三思他们。也许是婉儿天生的贵族血统,使她对那些皇家子弟们有着一种天然的亲和力。从太子李贤到李显,再到李旦,无论他们有怎样的毛病,她对他们还是深怀着那种由衷的热爱和敬意的,她觉得他们才是值得她交往的人。

说起来,婉儿自从认识了那些李姓的皇子们,她就已经认识武三思了。她认识武三思是一回事,而他真正走进她的视野又是一回事。十几年过去,不是说武三思这个人有什么变化,而是武曌变了,从皇后变成太后,又从太后变成了女皇。而女皇要她的大周王朝日月江河,她自然就更需要那些总是投其所好的武氏子嗣为她鸣锣开道。

婉儿还清楚地记得武三思第一次为薛怀义牵马时,她是怎样地嫌恶。她脸上的表情自然也是冷漠而不屑地。她远远地站着,冷眼旁观。但就在同时,婉儿也记得她所看到的女皇脸上的表情。那印象真是太深了。婉儿从此铭记。那一刻女皇脸上的微笑是那么明媚灿烂。那时候女皇和她的情人还彼此相爱。在那一刻女皇是那么由衷地感谢那个能屈尊取悦于她情人的武三思。她当即就赏赐了武三思很多的绢匹。女皇如此慷慨的赏赐甚至是婉儿从未见过的。直到那一刻,婉儿才意识到女皇是多么希望有人能对薛怀义好,能尊重和她睡觉的这个男人。因为在当时,无论是朝中官吏,还是女皇自己的后代们,都对女皇与薛怀义的关系心怀嫌恶。他们不能接受女皇有男人,更不能接受这个和女皇同床共枕的男人卑微的社会地位,所以他们全都想方设法地冷落他轻视他,弄得女皇非常痛苦,觉得她和薛怀义之间的那种所谓的爱情很孤单也很无助,这也就是女皇何以对三思为怀义牵马如此感激涕零了。

武三思其实就是这样走进婉儿视野的,以他卑微的行为。婉儿才开始注意到了武三思这个人,才开始想,这个相貌堂堂的男人干吗要如此屈尊如此低三下四地去做只有马夫才会做的事情呢?其实过去婉儿对武三思的印象说不上好,但却也不是很坏。相反,武三思对文史学习的热情和兴趣,反而让婉儿觉得他可能是武氏兄弟中最有出息的。婉儿一直觉得毕竟读书和不读书是不一样的。但是武三思为薛怀义牵马这件事让婉儿反感透了。婉儿从此对武三思印象深刻是因为她从武三思那里受到了恶性刺激。她想一个读书人怎么能做出如此下贱的事情来呢?

大概是武三思在奴颜婢膝地伺候着薛怀义骑马时,他也注意到了站在一边的婉儿轻蔑的目光。他怎么可以忍受姑母的一个婢女的轻视呢?但是武三思还是忍了下去。他是个什么都能忍下去的男人,他可以忍为姑母的情人牵马,可以忍李家兄妹对他的不屑,当然也就可以忍姑母身边的那个奴婢对他轻蔑的目光。但是,当骑马的游戏结束,当女皇和她的情人双双步入寝殿,当婉儿也准备回她自己的房子，骤然地，一个怒目而视的男人就横在了婉儿的面前,劈头就问,你以为你是谁?

婉儿被吓了一跳。她定睛才看出站在黑暗中的那个男人原来是武三思。一个武三思有什么权力来责问她?他不过是女皇脚下的一条武姓的狗。婉儿很愤怒。但是她这么多年来已经形成了她所独有的那种愤怒的方式,那就是沉默不语,转身就走。多年的被女皇所信任所重用使婉儿拥有了那种沉默不语、转身就走的资格。然而武三思不让婉儿就这样转身就走。他走过去一把拉住了婉儿,然后就开始在婉儿的耳边用最难听的语言羞辱了她。

是的你以为你是谁?你难道不是女皇的奴才吗?你不是也在死心塌地地为她工作,你不是也在千方百计地巴结她讨好她吗?怎么只允许你在她的面前趋炎附势,就不准别人在她面前奴颜媚骨?别把自己装得那么高洁。你以为你是谁?不就是上官仪家的那个女公子吗?你若是有气节,你若是但凡还有一点点家族的尊严,也不至于没日没夜地给你的仇人干,还跟着她一道去杀那些无辜的人。算了吧。收起你的那一套。你首先就是个奴才,怎么还敢蔑视别人呢?你真想既当婊子又立牌坊吗?告诉你,鱼和熊掌是不可以兼得的。你要真是婊子就收起虚伪的清高吧。你不配清高,老子也不买你清高的账。你这种婊子什么也不是。就是给了老子老子还嫌脏呢。

这一次婉儿真的怒不可遏。她竟然举起手将一记耳光打在了武三思的脸上。这是婉儿平生第一次打人。连她自己都不知道她是怎么举起的手。她说我和你才不是一类人呢。我心甘情愿侍奉女皇，但是我不会低三下四为圣上的情人牵马；不错我是卑贱的奴婢,但绝不像你这么下作。薛怀义是什么东西。圣上与这等无赖搅在一起,这是圣上的不幸。

上官婉儿你听着,你的这记耳光我可以忍下,但是我不得不怀疑你对圣上的忠诚。你就不怕我把你刚才说的那些话禀告圣上吗？

你真卑鄙！你爱干吗就干吗吧。当然你们这些势利小人是什么都干得出来的。

婉儿说过之后果然转身就走了。她想不到她竟然对武三思说了那些真心话。她想可能是武三思的羞辱激怒了她。她不管武三思会不会到女皇那里出卖她。她一点也不真正了解武三思，但是她想她就是被出卖了也无悔无怨。人到了被逼上绝路的时候当然什么也不会顾及。她说了真心话，还打了女皇最宠爱的侄子，那么她还有什么可怕的呢？

婉儿知道当时女皇同薛怀义的爱情正如火如荼。置身在疯狂变态的身体关系中的女皇当然视一切对她的情人冷漠的人为敌人。她那时的心灵很脆弱也很敏感。她紧张焦虑，又为此而到处树敌，她不允许任何人当面或是背后诋毁她这昏天黑地的爱情。为了她的爱的权利和尊严，她是不惜杀人的，哪怕是杀掉她的那些亲人。当然婉儿也像她的亲人一般。她最最害怕的就是她的亲人看不起她，害怕那些她一向看重的人在她的身后指责她。

婉儿知道她指责了女皇的爱情意味了什么。既然婉儿已经说了，她也就无须再怕，她等着武三思揭发她的那一天。

想不到这一等就是好几年。几年中武三思竟忍下了那个耳光的奇耻大辱。在那场冲突之后，他们更加疏离，女皇竟也没有因此而指责过婉儿。

后来就有了薛怀义惨遭棒杀的事。

事过之后的某一天，婉儿与武三思在女皇的寝宫里不期而遇。那时候女皇的心情很不好。不是因了薛怀义的死，而是她毕竟心疼明堂、天堂那两座象征着她的大周王朝的宏伟建筑。尽管在表面上，武曌对她的这两座建筑的毁于一旦好像并不太介意，而实际上她还是非常痛心的，她迷信地认为那场大火不仅让她的殿堂化为灰烬,而且是断了她上天的路,是一种非常不祥的先兆。她一开始并不知道是婉儿有意将薛怀义拒之门外,也不向她禀告。她把所有的罪责都推在了那个薛怀义的身上,她想薛怀义烧了她的圣殿,她就只能要薛怀义死了。

便是在女皇的无比沮丧的心境中，婉儿同武三思在女皇的寝宫内相遇。武三思是来探望和安慰他的姑母的,他非常同情他姑母此时此刻那种一无所有的心情。武三思并没有以为他会见到婉儿。但是在女皇寝宫的回廊里他偏偏遇到了婉儿。于是武三思不知道为什么突然爆发了积压了好几年的那满腔怒火。他蛮横地挡住了婉儿的路,他问她,这下你如愿以偿了吧？你终于杀了他。

婉儿一脸的平静,她说我没有杀任何人。

你没有杀他？你竟然敢如此冷酷地说你没有杀他？那晚不是你把那和尚挡在门外的吗？你逼他,是你逼他去烧了圣上的明堂和天堂。你以为杀了薛怀义你就能逃脱罪责了吗？你真歹毒呀。记得我刚刚见到你的时候你还没有这么坏呀！如果你这样的女人总是在圣上的身边造谣惑众的话，不知道哪一天我们就全都会死在你这个女人的手下了。

武大人还记着那一记耳光的仇恨吗？

婉儿你真是越来越恶毒了,你的手腕也越来越高明,你是个令人恐惧的女人。

我也曾有真情。武大人你相信吗？我的真情也是永生永世、镂骨铭心的,那是武大人所永远不能理解的。如果圣上的周围总是被你们这些武姓的势利小人包围着，那圣上辛辛苦苦创建的大周帝国就没有前途了。

你是说,接下来你要杀我们武氏一族？你这个凶恶的女人究竟安的什么心？你莫不是要将圣上所信任的臣相们全都杀尽，然后抢走她的权力？

怕是武大人才有这样的野心吧？

好吧，咱们走着瞧吧。武三思说过之后就愤然而去。他恨婉儿。他觉得他和这个故作清高的女人不共戴天。他想他一定要报几年前的那一掌之仇。他还知道以他和这个女人之间的那种敌对立场，不是婉儿死就一定只能是他死了。

武三思气冲冲地来到了女皇的龙床前。他看见他的姑母在经历了这次大火的事件后，仿佛立刻又老了许多。她变得羸弱、苍白，她的内心很苦痛，好像对大周王朝的未来也不再抱希望。武三思看见女皇的样子几乎落下泪来。他是真的心疼他的姑母，也真的对大周的武姓王朝寄予了厚望。他跪在女皇脚下。他说陛下，你怎么能那么信任她？

谁？女皇缓缓地问。

不知道那个盛怒中的武三思对他年近七十的姑母都说了些什么。但总之当天晚上，武三思一走，女皇就把婉儿叫到了她的寝殿。武皇帝的脸色很难看，但她却故作镇定地问着婉儿，烧了明堂的那个晚上，那个薛怀义来求见过朕？

是的。婉儿平静地说。她知道女皇的问话是什么意思。她其实也知道武三思所要达到的究竟是什么目的。

朕不管你和那个薛怀义是怎么回事，朕只想问你知不知道那明堂、天堂是朕的命根？

奴婢知道。

那你为什么要逼那和尚去放了那把火？你难道不知道那就是烧了朕的命根吗？

奴婢并没有逼那和尚……

你还敢顶嘴？太放肆了！你何德何能，敢在朕面前如此张狂？来人哪，把她拿下！看看这个朕的王朝没有了你，究竟能出什么鬼！你们还站着干吗？把她给我绑起来！朕倒要看看一个奴才敢造什么反。是你和他合谋来要朕的命。你们吃朕的喝朕的不知报恩报德反倒来坑害朕。你以为那个和尚死了你就能逃脱罪责了吗？你知道你烧掉的是什么吗？是朕的大周王朝啊！

武皇帝捶胸顿足。她身边的所有侍从们都惊呆了。他们还从来没有见过武曌如此地大动肝火，撕心裂肺。这是武曌自那场大火后一直被她自己压抑着的绝望心情的总爆发。她喊叫着。像一个歇斯底里的疯婆子。以她当时的心情，她把婉儿亲手撕成碎片嚼烂的心都有。但是她已年老体衰有心无力了。最后她只是厉声说，你们还站在那儿干吗？还不快把她绑起来。你们怕她？怕她什么？怕她有一天坐到我的皇位上来吗？那是她痴心妄想！

婉儿当即被五花大绑了起来。在那一刻她骤然想起的，是当年庐陵王李显做皇帝时突然被他的母亲五花大绑的那一幕。一个皇帝尚可被武曌捆绑，何况她一个区区奴婢呢。但是婉儿没有像当年被绑起的李显那样反弹，大骂他的凶恶的母亲。婉儿没有这样也无心这样，她只是骤然觉得轻松了起来。从头至脚，每一块肌肤每一段神经，从血到肉，婉儿轻松了起来，那是她从不曾体验过的一种感觉。一种解脱感，她想她在这宫中苦熬的日子终于有了尽头，她甚至为此而感到欢欣。她可能还意识到，其实她很多年来一直所期盼的就是这一天，这一天的这一个时刻。她所等待着，也是她最终难逃的，也就是女皇如此的宣判。婉儿没有愤怒，也没有悲哀。她的内心只涌动着一种发自肺腑的同情，那是因为她真的知道烧毁了明堂、天堂对那个苍老的拥有着最后权力的女人意味了什么。婉儿知道武曌为了她的权力都失去了什么。她失去的太多了,失去了她的亲人骨肉也失去了她的人性。所以她才更爱她的朝堂她的江山。她所以才不容有人毁了她的朝堂江山。她如若连这最后的权力也失去,那么她还有什么呢?她将一无所有,她将从此孤独。婉儿知道这就是她为什么会不问青红皂白就把她绑起来的真正原因。她理解她。理解她并且同情她。但是婉儿真的不恨女皇。婉儿只是不再惧怕她也不想再解释什么。所以婉儿站在那个绝望的疯狂的女皇面前反而显得很镇静,很大义凛然视死如归。她被麻绳捆绑着。那绳索在婉儿身上勒出了很多道深深的印痕。婉儿很疼,那也是她从来不曾经历过的,仿佛血流被阻隔,呼吸被窒息。但是婉儿挺着胸并且高昂着头。她想她就是死也要死得英雄豪杰。她不管是谁把她逼上这条绝路的,她也不在乎那个出卖她诬陷她的人是不是那个卑鄙下流的武三思。此时此刻这一切对于婉儿来说已经都不再重要了。她觉得此时此刻她已经进入了一个崭新的境界自由的境界,她从此不必再被这个为权力而生而死的女人折磨,不必再被她敲骨吸髓,榨干血汗了。婉儿想到此便无比兴奋激动。这一次她放任自己,不再抑制,她就是这样任凭着自己沉浸在这种极度欢乐明亮的心情中。那是怎样的一种豁然开朗,又是怎样的一番柳暗花明。婉儿微笑着。柔和而明媚的。毕竟婉儿还是那么年轻。她觉得她做这种辛苦的奴婢的日子已经够久了。她要离开宫城。她要张开双臂去迎接一种新的生活。她不管那新的地方是天堂还是地狱,但对于婉儿来说都将是美好的。

婉儿你如此地忤逆了朕,如此地耍弄了大周王朝,你知道你该当何罪吗?

那时候婉儿已不知那冷酷的声音是从哪传来的。她仿佛是被那个声音从一个很远的地方唤回。婉儿睁开了眼睛才知道她依然是站在女皇的寝殿中。她对她身处的险境有点迷惑不解。她睁大眼睛迷惘地凝视着苍老的女皇。她的目光是只有女皇才懂的询问的神情。

你装什么糊涂？你真的没听到吗？朕在问你，忤逆了朕该当何罪？

是的，奴婢知道。

你知道什么？

奴婢……婉儿说过了奴婢这两个字后突然停住了。她听到了奴婢两个字后才突然意识到她连奴婢这两个字也不愿再说了。十多年来她说得已经太多了。她不想再说了也不愿再做奴婢了。所以婉儿改口，婉儿说，婉儿知道，忤旨当诛。婉儿是死罪。

你知道了就好。是你背叛了朕。那就只能是告别了。朕知道会有这一天的，这一天是迟早的。自从朕把你从那个内文学馆中接出来，就知道一定会有你我告别的这一天。只是朕没有想到杀你的这一天会拖得那么久，会一拖就是十多年。朕也知道不是朕杀了你，就是你来杀了朕。你看你已经在杀朕了。朕知道当你看到那个和尚替你烧了朕的庙堂时，你是怎样的喜悦。那是复仇之后的狂喜，所以朕要杀了你。反正都是一样的。朕收养了你，为什么？可能连你也不知道。那就是朕要把你培养成一个和朕一样的女人，一个能和朕势均力敌的女人，否则朕在这个男人的世界中就太孤单了。你果然没有辜负朕。你是那么聪明那么可堪造就，想不到你那么快就成长为一个朕身边的举足轻重的人物。十多年来，你始终忠心耿耿地陪伴朕、辅弼朕，朕的生命也正在一天天地依赖于你，离不开你，朕正在陷入你为朕布下的圈套中。朕无论怎样地糊涂，但有一点朕是清醒的，那就是朕知道迟早会有这一天的。其实朕更期望看到的，也许并不是今天的这一幕。是你在逼朕。不，朕想看到的不是朕首先杀了你，而是有一天，当朕行将就木，当朕动转不能，你来杀了朕。杀了朕并且取代朕。这偌大的朝廷，其实真正能与朕旗鼓相当的，只有你。可是你为什么就不能再等等呢？你干吗要那么急于复仇呢？你不愿向朕再多学点什么吗？你干吗要那么早就跳出来那么急于要结束自己的生命呢？像李贤。那个你最难忘的男人。现在好了。你随了他去吧。朕知道很多年来你尽管对此沉默，但贤是你的至爱，为了他你一直不能原谅我。你一直认为是我杀了贤。朕这一生的确杀了很多的人，但唯有贤不是朕杀的，是他在朕的心上泼脏水。当然这并不妨碍你恨朕。朕知道即或是没有贤阻挡在你我之间，也还有你的祖父和父亲。你是决意要为你爱的这些人复仇的。所以，这一天是必然的。我们终于等到了。只是，朕有点可惜，朕也真的难过。当朕听说是你故意将薛怀义拒之门外，将他逼到了那个不得不放火的绝境上，朕说不清心里是一种怎样的感觉。你为什么不来禀报朕？你怎么就能任凭他毁了朕的庙堂？这么说来那个被朕下令棒杀的薛怀义是白死了。他是无辜的，而真正的纵火犯是你。十多年来朕是怎样待你的？你干吗要毁了朕的念想？朕已经想了很久。朕迟迟下不了这个决断。朕不能想象从此与你长别离长相思念是怎样的一种景象。朕也不知道从此身边没有你朕是不是能承受。但是，就在刚才，朕下定了决心。因为，你确实是一直横在朕头顶的一把剑。朕知道你随时随地都会来索要朕的命，你要用朕的头去祭你的心爱的那些人。但朕就是把你悬在了那里，为的是让朕永远是清醒的紧张的。现在你要走了。朕还真有点舍不得。你就是走也要折磨朕，婉儿，朕失去你甚至比失去朕的亲生儿女们还要痛心……但是，晚了。去吧，婉儿。到那个地方去见你爱的那些人吧，与他们永远相伴。但是有一点你要记住，那就是在这十多年中，朕是爱你的。在这个世界上，再不会有像朕这样爱你的人了，来人啊，送婉儿上路。

于是早就埋伏在屏风后面的几个御林兵士跑了出来，又将手铐铁镣披挂在已经被五花大绑的婉儿的身上。在那沉重冰冷的刑具下面，婉儿显得那么柔弱渺小，但是这个年轻女人的脸上却毫无惧色。她没有像中宗李显被拉下王位时那样大喊大叫。婉儿是有教养的，甚至在临死之前也是优雅的平静的。她在镣铐的压迫之下，却依然没忘去施那个跪拜的礼节，并且用一种非常凝重的声音说，圣上，婉儿告辞了，望圣上保重。

说过之后婉儿抬起头去看武曌的脸。她竟然看到了一向冷酷的武皇帝已是泪流满面。武曌不敢去迎接婉儿的目光。她掩面转头。是武曌的眼泪让婉儿的眼睛也顿时潮湿了起来。毕竟十多年。毕竟十多年来婉儿一直和这个已经苍老的女人生活在一起，尽管她们彼此戒备彼此仇恨，但她们依然是这世间最亲近的人，她们确乎是有着很深的感情的。倘若她们的分离这么轻易，那么她们之间这十多年来胜似母女的感情还有价值吗？

婉儿长跪不起，她说请圣上不要难过。婉儿能有十多年与圣上相伴的日子就足矣了。婉儿没有更多的奢求，只希望圣上能照管好自己。婉儿不论生死，都是圣上的奴婢。就是到了那边，婉儿也会想念圣上的。如果有来世，婉儿定然会继续……婉儿这样说着的时候已经泣不成声。婉儿所说的也全都是肺腑之言，在临行的时刻，她不想再控制自己也不想再掩饰自己了。也是直到此刻，婉儿才真正意识到她是爱武曌的。不是爱女皇，而是爱武曌这个做了女皇的女人。她是怎样地依恋她。她是怎样地不想离开她。她本来以为是要她为女皇送终的，但想不到却是她要先行一步了。无论谁先走，人生终有一别。婉儿站起身，随御林兵士缓缓走出女皇的寝殿，那铁镣的沉重响声在女皇的寝室中绕梁三日，经久不息。

武曌闭上眼睛。

她突然很惶惑，不知道就为了两座没有任何实际意义的宫殿而失去有着实际意义的婉儿是不是值得。但是敕令已下,她只能闭上眼睛。她是闭着眼睛向御林兵士们摆手的,意思是,去吧。

她不想看婉儿离别的那一幕。她不想让婉儿赴死的那景象从此永无休止地折磨她。所以她闭着眼睛。她摆过手之后又想,婉儿的性命就在她如此轻易的摆一摆手之间,公平吗?

但是,去吧！去吧！

在熬过了那个漫长的牢狱之夜后，是清脆婉转的鸟鸣将婉儿唤醒。她想不到在这个阴暗潮湿的牢房她还能睡着。抬起头她便看见了牢狱顶端的那个小窗里射进的那一缕美妙的阳光。

阳光使婉儿的心情也美妙了起来,因为她并不惧怕死,她甚至是深怀了必死的决心的。所以她无悔无怨,慷慨赴死。那种赴死的热情和欢乐鼓舞着她。婉儿想不到她竟能如此坦然地面对死亡,她想那可能是因为赐她于死的不是别人，而是她敬爱并且崇拜的女人。所以当那个女人要她死,她便在所不辞。就像是当年女皇要她去监视她喜爱的太子李贤,她也不曾有过丝毫的犹豫。这就是她和女皇十几年的关系。她对女皇的旨令总是不由分说,严格执行。包括在这一刻,她执行她自己的死刑。

当铁门打开,婉儿便走出了那间阴暗的牢房。强烈的阳光照耀着她。她赶紧遮挡住眼睛,她想这阳光真刺眼。

婉儿就这样心平气和、坦荡从容地走向了后宫的一个小小的刑场。

她是那么柔弱那么美丽，在宽阔的宫中石板路上显得那么孤单。那是一种异常凄美的赴死的感觉。一个年轻美好的生命就这样殒灭了,甚至都没有人知道没有人来为她送行。

婉儿款款地向前走着。她竟然在走向死亡时还依然保持着那一份优雅。她被一种莫名其妙的幸福感动着。她想原来死竟是如此简单。然后她就走上了那个小小的刑台,就把她的那个美丽而且智慧的头颅放在了铡刀上。婉儿想其实美丽的被毁灭也许并不可惜,因为天下的美丽实在是太多了;而智慧的被毁灭才是值得扼腕叹息的,因为真正的智慧是那么少,那么值得珍惜,所以婉儿多多少少有点为她的这智慧的被泯灭而惋惜。婉儿在这最后的时刻还想到了她的母亲。她想她最大的不孝就是不能为她的母亲送终了。她还想她是对不起母亲的,对不起母亲所给予她的那么美丽而智慧的生命,也对不起母亲是怎样含辛茹苦在昏暗的掖庭中将她带大。而她还没有来得及回报母亲就又把她的生命拿走了。她想她倘不离开掖庭,母亲便不会在失去了她家族的所有亲人之后,又失去她了。他们这些上官家的人怎么能把母亲郑氏一人孤孤单单地留在世间?

婉儿就这样想着静静地趴在铡刀上。

她在等待,不,她甚至是在期待着那个意识飞散的时刻。她觉得那一定也像政治的游戏那样充满了乐趣令人向往。她希望体验所有她未曾体验过的东西,连同死亡。哪怕那是一种不再能复生的体验。

婉儿便平静地面对铡刀等待着。也许是等得太久了,婉儿有点累有点不耐烦了,于是她扭转头,她想让她的眼睛透过天井望见头顶那碧蓝的天空,然而,她却看到了屠夫的头。

于是婉儿知道了她已无须再等待。她知道那一刻在即,那是她光辉灿烂的彼岸。

然而屠夫举起手来并不是要将她斩断,而是像老鹰捉小鸡那样把她从刑台上拎了下来，让她跪在地上，听匆匆赶来的宫廷密使向她宣读圣上的诏书。

婉儿不解地跪在那里。

婉儿不敢相信那诏书上竟说：婉儿忤旨当诛，但圣上惜其才而不杀。

婉儿一下子瘫倒在地，她想，生死莫非也成了一场游戏？

紧接着诏书上又说，圣上惜其才，止黥而不杀也。

于是婉儿惶惑。她明明是已经做好去死的一切准备，她不知道自己是不是能够像对待死亡一样坦然地对待这黥刑。婉儿无法说清楚死亡和黥刑哪一种惩罚对她来说更残酷。死亡，便是将生命彻底结束；而黥其面，则是将生命留住，同时留住与生命同在的耻辱。

婉儿那个时代的黥刑即是远古的墨刑。那样的刑法通常是用于犯了死罪而又不杀的那些人。被施予墨刑的人通常会被关押起来，或是流放或是终身苦役。墨刑不仅是一种疼痛的处罚，而且是要留下羞辱印记的处罚。如此受过墨刑的人就将永生永世难逃罪恶的阴影，即便是哪一天他能摆脱牢狱之灾、苦役之难，世人也一望便知这是个犯过死罪的人。从此这罪恶的印迹伴他一生。而那印迹的丑陋也是令人深恶痛绝甚至恐惧的。黥迹没有任何美丽可言，那是深烙于鬓下颊上的一块晦暗而墨黑的标记，而那标记上所显示的，便是受刑者所犯的罪名。从此，留在脸颊上，那晦暗而墨黑的忤旨，就是年轻而美丽的婉儿所毕生要承受的。

婉儿跪在那里。婉儿才真正地悲伤真正地开始痛惜自己。死不足惜，但是她怎么能毕生承担耻辱呢？婉儿不说自己是年轻而美丽的，但她毕竟是个女人。一个男人在脸颊上留下这样的印迹尚且丑陋，而况，她还是个有着美丽容貌的女人呢？

于是婉儿才恍然大悟了圣上的真正用意。婉儿想圣上才堪称天下最残忍的女人,她不要婉儿死,而要以黥其面来毁了婉儿的尊严。这才是毁了婉儿的本质,是比生命还要重要得多的本质。她要让婉儿永生永世抬不起头来,永生永世做她的奴婢。婉儿本来已经接受了死亡的现实,而圣上为什么还要追来免死而黥其面的敕命呢?在世人看来婉儿真是幸运。她终于可以不死了,而生命对于人来说才是唯一重要的。但是对婉儿来说这其实是更可怕更残忍的刑罚,因为她更看重的已经不是生命而是做人的尊严。而圣上就是屈辱了婉儿的尊严,并要她从此在漫长的生命岁月中,永远佩戴着这个罪恶的印迹,让她永远背负沉重和丑陋。这才是真正的刑罚,是将一个活人永远地踩在烂泥和污水中。

婉儿求死不得。

在女皇的铁腕中。

那万箭穿心一般的火辣辣的疼痛。

仅只是为了让婉儿永远铭记,那是女皇的两座圣殿的代价。

一切在转瞬之间。刺面的疼痛使婉儿麻木。麻木的脸颊和麻木的知觉。但是婉儿的思维并没有麻木,因为就在转瞬之间,她意识到她已经不是婉儿了。原先的那个婉儿已不复存在。过往的岁月已经被狠狠掀过,那么未来的婉儿是谁呢?一个带着晦暗的罪恶标记的女人。她将永远也走不出女皇的控制和阴影了。

婉儿求死不得。这是她在整个被处罚的过程中最深刻的遗憾。甚至是无法补救的。

几乎就在同时,婉儿刚刚从黥面的刑具前站起,她就被即刻带回了女皇的政务殿,她的衣裙上甚至还带着血带着黥刑的墨滴。

那是怎样的屈辱。

婉儿被松了绑,在众目睽睽的大庭广众之下,被带回了女皇的身边。

婉儿求死不得。在穿越百官惊异的目光时,婉儿再度深刻地感受到那种求死不得的悲哀。

婉儿推开政务殿的大门，她看见女皇是怎样艰辛地从皇椅上站起,又是怎样步履蹒跚地一步步向她走来。迎接她。婉儿知道,此时此刻她所享受的,是女皇的最高的礼遇。她知道女皇从没有走下过政务殿的阶梯,就是高宗李治来到政务大殿的时候,她也从没有如此地前来迎候。

而武曌为什么要迎候婉儿？迎候一个罪人？

武曌见到婉儿时的那种痛惜的欣喜的陌生的神情。婉儿知道那不是武曌装出来的,她是真的喜出望外,真的怜惜婉儿,真的庆幸婉儿没有死,真的因婉儿脸上的斑迹而认不出她来,也是真的欢迎她回来,回到她身边。武曌先是用鹰爪一般的干枯冰冷的手抓住了婉儿的手。紧接着她又用她脆弱而衰老的身体拥抱了婉儿。婉儿在武皇帝的怀中觉出了那个老女人由衷的抽泣。那种大难不死之后无比感慨的重逢。然后女皇牵着婉儿的手重新回到她的龙椅上。她不错眼珠地看着这个失而复得的婉儿，然后是无比痛楚地伸出了她的枯瘦的手去摸婉儿脸上的那依然疼痛依然肿胀的伤口。

婉儿一阵钻心的疼。她觉得武曌的五个手指就像五把尖刀直剜进她的伤口。但是婉儿没躲闪。她任那个悲伤的悔恨的老女人在她的脸上摩擦着。婉儿忍着疼。被那个真心难过的女皇感动着。她竟然无怨无恨。婉儿想这可能就是她的命了。她逃不走,也死不成,被烙上罪恶的标记之后又重新回来。婉儿想她可能注定要跟随这个老女人了。无论她对她怎样,无论她杀她还是羞辱她,她都只能是跟定她。她就像武曌的命。武曌的身体之外的另一条命。她们将永远形影相随。今生今世。只要是她们一息尚存。

史书上说,婉儿是因为忤逆了女皇而惨遭黥刑的。然而史书上并没有说婉儿受到黥刑的具体时间,只说是“则天时”,即是说在武曌登基当政以后。那之前,婉儿跟随了皇后、皇太后的武曌已经十四年。而在这十四年中,婉儿为什么从未犯过忤旨的死罪,而偏偏要在武曌当政之后,反而敢于如此明目张胆地反抗女皇呢?

这就是为什么至高无上的武则天要杀婉儿。这就是为什么她即或不杀她也要在她的脸上留下永恒的印迹。女皇这样做完全是为了让那个有点自命不凡的婉儿记住,是她在十多年中让婉儿的羽翼不断丰满起来的,也是她把婉儿培养成一个“百司表奏,多会参决”,“群臣奏仪及天下事皆与之”的在朝廷中举足轻重的人物的。她要让婉儿知道,她可以把婉儿抬到这个百官之上、一言九鼎的位置上,也可以让婉儿成为那个一钱不值的阶下之囚或是被罪恶的印迹缠绕毕生的可怜虫。在朝廷中真正握有生杀大权的唯有女皇。而不论谁都终将难逃女皇的手掌。

武曌将年轻貌美且足智多谋的女人黥面,一方面是想杀杀婉儿的傲气,但更多地是为了警醒自己。很多年来,武曌从未放松过对身边任何人的警惕和戒备心理,哪怕是她的那些亲人,她的兄弟姐妹、她的丈夫和她的儿子们。她戒备他们,提防他们。她告诫自己只有时时刻刻处在这样一种紧张的盯防状态中,她自己才是最最安全的。而唯独对婉儿。唯独是对婉儿,这十几年来她几乎完全缴械,完全放弃了那一重心理的防线。她可能是太爱婉儿了,太离不开她也太娇纵她放任她,给了她太多的权力和太大的能够施展她的才华的空间了。总之是她太在乎婉儿了,让婉儿在她身边的位子太稳也太自由自在自鸣得意了。所以婉儿才能在她的朝廷中而不把她放在眼里,所以婉儿才敢在她的面前自行其是颐指气使。而那个引狼入室的始作俑者又是谁呢?还不是武曌她自己吗?所以武皇帝要在她最信任的婉儿脸上刺上墨迹。她要时时刻刻提醒自己不能对信任、亲近的人掉以轻心。她要自己一看到婉儿就意识到不要对任何人放松警惕。她要用婉儿脸上的墨迹鞭策自己,她要以婉儿为鉴，她毕竟是因了对婉儿的放纵而损失了她的两座最伟大的建筑,那教训难道还不够惨痛吗？这就是武曌对婉儿免死而施黥刑的全部用意。如此，她果然至死都对身边的人保持了一种清醒的认知。她从不轻易相信任何人任何事。她要每一个人都成为她的对手,都感到在她身边的不安全甚至岌岌可危。她要像对婉儿这样，首先控制住他们,然后再利用他们。她知道唯有在所有的人中不断地制衡,她才能永远立于不败之地,而婉儿就是那个最无辜的牺牲者。

如果说出身高贵的上官婉儿年轻时果然既美貌绝伦又颖悟过人,那么就真如她的主子武曌那样,是一个天下难得的才貌双全的奇女子了。武曌终其一生可能都是美丽的,没有人能改变那美丽，只是那美最后被岁月销蚀了。但是在三十岁前后的某一天脸颊被刺上墨迹的女人就很难再说她是美丽的了。想想那块晦暗而可怕的疤痕从此横亘于美丽之上,从此将美丽割断,让美丽破碎,那样的一张女人的脸又将是一副怎样的景象？所以黥刑以后的婉儿就不再美丽了,或者只能说婉儿是一个曾经美丽过的女人,而如今已是美丽不再。所以婉儿的心态也随之发生了很大的变化。

那该是一种世界观的变化。黥刑前婉儿虽然不敢与男人亲近，但是她想得到男人的心还是有的。但是黥刑以后她就只能是带着脸上的那块晦暗的伤疤去看待人和事物了,特别是看待男人。她不再对男人抱哪怕一丝一毫的奢望，她从此封闭了她的那颗女人的心。

于是婉儿在男欢女爱的领域里可谓是哀莫大于心死。她变得冷漠、拒绝，脸上也不再会出现灿烂的神情和明媚的微笑。那时候婉儿并不知在日后的某一天，她即便是带着那晦暗的斑迹依然能赢得很多也是很有权力的男人的爱。婉儿甚至不再照镜子，也不再打扮自己。

后来婉儿的心思就更多地用于为女皇处理朝政了。这也许恰恰是武曌所希望的。尤其是在女皇未来变态地忙于与年轻男人的床笫之欢时，婉儿简直就是在替女皇施政了。她成了那个女皇背后的女皇，成了那个隐身的影子女皇。那是已经力不从心的武曌主动放弃了她的权力，而她在朝廷上下所真正信任的，也还是唯有婉儿。婉儿当然也不会再忤旨了。她脸上的墨迹教会了她凡事要三缄其口，三思而行。何况，女皇所发布的各种旨令其实都是出自婉儿之手，那么，婉儿又何苦要忤逆她自己呢？

然而各类史书上尽管反复提到了婉儿是经历过黥刑的，但是却没有说明婉儿究竟犯了什么"忤旨当诛"的罪恶。"忤旨当诛"即是说婉儿违抗了武皇帝的旨意，而这种违抗的程度已经足以杀头了。那么婉儿所违抗的究竟是圣上怎样的金科玉律呢？史书上没有说。大概撰写大周国史的当朝人也不曾摸清婉儿当诛的真正原因，或是知道也不便于写入史中，那么日后撰写新、旧《唐书》的人就更不清楚婉儿何以被黥了。

于是历史所留给我们的只是婉儿被黥的这个事实，这便留给我们无限的空间，让我们去猜测，去想象。

其实当死的罪也许并不是罪，既然是自古以来，中国的封建朝廷就流行着一种欲加之罪何患无辞的风气。也许正义之言肺腑之声就是罪恶。也许蔑视皇权、批判现实就必得杀头。甚至，那些明相贤臣为爱护社稷而针砭时弊以死相谏就是他们当诛的缘由。历代的统治者，似乎都不能接受另一种忠诚的方式，他们所热衷的，唯有溜须拍马,歌舞升平。而很多的王朝就是在这误国毁君的甜言蜜语中消亡的。

所以婉儿当诛的死罪究竟是什么就很难说了。而且武周的时期又是中国历史上暴政的时期，尤其是武曌所器重的那些酷吏如狼犬般横行霸道,形成了朝野上下的白色恐怖。不要说婉儿敢于直言武皇帝荒淫无度的私生活是祸国殃民，就是武皇帝的亲孙子私下里议论一下祖母令人不齿的私生活,最终都难逃杀身之祸,足见当时朝中的空气是怎样的紧张。

这样说来,婉儿还是幸运的。比起女皇那些无辜地被赐死的孙子孙女们,婉儿的忤旨仅仅是获得了脸皮的一块印迹,而不曾失去性命。婉儿保存了下来,保存了她的生命和智慧。婉儿在这一次忤旨的事件中,只牺牲掉了她的美丽,而在纯粹政治的舞台上,美丽又算是什么呢？对于一个要在宦海中沉浮的女人来说,婉儿有她的智慧和她女人的身体以及女人身体上的性器官就足够了。智慧才是第一性的。有了智慧,缺少美丽的女人的身体也是有价值的,何况,婉儿还有着那与生俱来的同样能吸引男人的优雅气质呢。日后的婉儿,被女皇留住了性命的婉儿,果然将她女人的身体也加入了她用智慧操纵的政治中。并且她利用她的身体做了很高阶位的女官，她甚至一度把天下最有权力的男人和女人们全都掌握在了她的股掌之中。婉儿以她脸上丑陋的墨敕,还成就了如此伟业,足以证明智慧对一个伟大的女人来说,有多么重要。

武皇帝开始频繁造访她的侄子武三思的家。这在当时的朝廷中，实在是一种非常高的礼遇了。一位天子能不停造访一个朝官的家，连女皇的亲儿子住在东宫的太子李旦，也很少能在他的家中接待母亲。当然武三思不是一般的朝臣，无论如何，他是他姑母的亲侄儿，他的血管里同女皇一样都流着武士彟的血。但是武曌有比武三思血缘更近的亲戚，她又何曾如此频繁地造访过他们？武三思和他们不一样。武曌觉得他们武家，唯有武三思是可以造就的，也唯有武三思能理解她的苦衷。

武曌每每前往武三思的宅第，她总会动用很多辆皇家的车辇，浩浩荡荡。她会带上她的各种侍从们，当然她也必得带上婉儿。那时候婉儿刚刚经历了黥刑的苦难。不知道女皇是不是有意要把婉儿带到武三思家的盛大晚宴上，是不是有意让婉儿在世人面前无地自容。

那时候武三思正因为成功地取悦了姑母而

春风得意。武曌临朝之后，便封武三思为夏官尚书。不久，又随着武姓势力的不断扩张，而累迁天官尚书，加封梁王。武曌如此地器重三思，自然是因为欣赏他对文史的精通；但是更直接也是更隐秘的原因是，当满朝文武都对武皇帝的情人不屑一顾时，是武三思给予了薛怀义起码的尊重和承认，这才是武曌为什么要让三思不断升迁，又为了什么要频频造访武三思的家。她一是在三思的家中确实快乐，而同时，她也是做给满朝文武看的，她要让她的朝臣们知道，谁真心对她好，她也会真心对谁好。

武曌便把婉儿带到了武三思的家。她才不管婉儿与武三思之间的仇恨有多深。婉儿当然不敢违抗女皇，她知道她脸上依然肿痛的黥痕，就是她违抗女皇的结果。于是婉儿便在女皇身后，带着她的标记第一次出现在武三思的家中。武三思的家眷们都很熟悉婉儿，当然他们都听说了婉儿被黥刑的事。但是看见婉儿之后他们还是不敢相信自己的眼睛，不敢相信那个半边脸都红肿晦暗的丑女人，就是原来那个不离女皇左右的美丽的婉儿。尽管他们都曾认为婉儿免于一死真是太幸运了，但是当他们看到婉儿那张面目全非的脸，他们都一致认为婉儿不如去死。

连众人的感觉都是如此，婉儿的心情又会是怎样呢？

那一天婉儿回到她自己房间的第一件事就是踩烂了她的铜镜。在此之前，婉儿最后一次在铜镜中看到她自己，看到了她的那张令人恐惧的丑陋的脸。她知道那已经不是她自己了。没有了原来的她，铜镜还有什么意义？婉儿大概就是为了向以往告别，她才踩烂了铜镜。婉儿没有哭。她甚至很平静。她知道她的房间里从此没了铜镜，也就是彻底断绝她作为女人的那一份念想。这样做过之后，婉儿就神奇地不怕再被人看到了。婉儿想我就是丑陋的。我就是要给你们看。我就是要让你们看着恐惧看着不舒服。婉儿甚至觉得丑陋也是一种武器,可以伤害他人洞穿他人。因为婉儿在武曌的眼睛里,就看到了她脸上的那丑陋怎样地震惊了她,并使她恐惧。婉儿看到了这些之后就坦然了,因为她觉得她又获得了一份武器,也就是获得了一份对自己的保护。

婉儿便是怀着这一份坦然出现在武三思面前的。这是婉儿在黥刑之后第一次与武三思碰面。婉儿没有躲闪,而是把她那张武器一般的丑陋的脸直逼着武三思的眼睛。她看到这个正对他的姑母满脸堆笑竭尽巴结之势的武三思突然收敛了他的满脸的虚假,他仿佛看到了一个什么可怕的东西,他的眼睛顿时充满了恐惧。显然这个男人被吓坏了。唯有那恐惧是真实的,切肤的,以至于他对面的那个姑母也不禁随着武三思的目光转头望去……当然他们看到了婉儿。那是连女皇本人都很害怕的。唯有婉儿脸上的神情平静而麻木。她对于这种她所带来的惊恐的目光早已经熟悉。婉儿安之若素。她不远不近不紧不慢地跟随着女皇,直到女皇走得累了,缓缓走进武三思专门为她布置的可供女皇休息的殿堂。那是女皇每次前来都会来休息的房间。在那里,都是武三思为他的姑母精心挑选的美少年,他们是专门伺候女皇帝的。

然后婉儿在夜晚的风中等待。她独自徘徊于人烟稀少的武三思家庭院的长廊里。有时候她会坐在石凳上。眼望着夜空,无所思也无所想, 对远处各种男女的调情卖笑和靡靡的丝竹管弦之声无动于衷。婉儿想便是这样,她从此对万物无动于衷了。从此这世间唯有一件她能做的事,那就是为沉湎于荒淫的女皇打理朝政。

其实以婉儿对女皇的怨恨, 她早就想一剑刺进这个女人的心脏,看看从那颗心中流出来的血,究竟是红的还是黑的。但是如今的婉儿连刺死这个她仇恨的女人的兴致也没有了。她知道女皇已死到临头,她不过是硬撑着她命若悬丝的躯体罢了。既然是她就要死了，那么婉儿又何苦用她的黑心染黑自己的手呢？婉儿觉得那不值得。所以婉儿才能带着她黥刑的疼痛和屈辱继续为女皇服务。她并没有感觉到有什么不舒服或者不愉快。一切如往日般。任凭着那几十年如一日的生存的惯性。其实那是婉儿对女皇的一种很深的也是很复杂的感情。那感情从一滴水，慢慢浸润了她的全身，吞噬了她的仇恨，并泯灭了她的良知。所以她宁可死心塌地地为女皇工作，那是因为她已经雄心勃勃要成为一个女皇那样的女人，甚至要比女皇更伟大。

婉儿便是在女皇被那些美少年伺候的这段时间里来想她和女皇的关系，来想她自己，来想她的现在和未来的。白天繁忙的政务使婉儿很累。她难得有坐在这长廊下独自冥思的空闲。有如水的风吹过来。柔和着婉儿的身与心。婉儿于是忘了她脸颊上的伤痛。她突然觉得心情很好。午夜很好。独自很好。她觉得在这样的夜晚拥有这一切很好。她还能奢求什么呢？只要没有人来打搅她，只要让她的平静的心融进这平静的黑暗。

但是上天不让婉儿安闲。在那一片宁静的黑暗中，远远地便有一个人影顺着花前月下的长廊走来。那是冤家路窄。尽管黑暗尽管遥远，但婉儿还是一眼就认出了朝她走来的那个人影是武三思。

为什么偏偏是武三思？

婉儿要逃到哪里才能逃离这个置她于死地的男人？

婉儿不再平静。她胸中的怒火就那么突然地燃烧了起来。她想她对这个只会仰女皇鼻息的男人已经深恶痛绝恨之入骨。婉儿当然知道究竟是谁在女皇面前出卖了她，又是谁让她差一点命归西天。其实当婉儿被黥面的那一刻，她就已经想好了要怎样报复这个男人，该怎样以血还血以牙还牙了。而当婉儿重新回到政务殿的那一刻，她也就开始为干掉武三思搜寻证据罗织罪名了。婉儿不信以她的心智就不能把那个武三思置于死地。婉儿发誓不达目的，绝不罢休。婉儿是在她的疼痛中耻辱中在她的心里默默地也是狠狠地盟誓的。她想她绝不会轻饶这个男人，她要让他死，而又不得好死。对已经痛不欲生的婉儿来说，要让武三思偿还血债也是她活下来的一个十分重要的原因。她要活下来。活到最后。她要亲自把这个毁了她的男人送上刑台，凌迟而死。

于是婉儿才能隐忍着，观望着，等待着。所以她才能在武三思向她走来的时候，继续保持着她的平静，而不是跳上去与他厮打。那不是婉儿的复仇的方式。她要杀人不见血。她要杀人而还要保持住一种优雅。

婉儿知道，匆匆走来的武三思是来探望他的姑母的。他唯恐他的姑母在他的家中会有什么不舒适。自从薛怀义失宠，武三思就十分厚颜无耻地为他的姑母设置了一个异常淫秽的场所，以迎合女皇变态的性兴趣。女皇休息的那个殿堂中，全都是一色的美少年。据说那些美少年的阳物也是一律地伟岸，给年迈的女皇带来了数不尽的愉悦，哪怕是间接的。武三思忧心忡忡焦虑万分，因为他无法进入姑母休息的殿堂，于是他就永远不知那些美少年们是不是把女皇伺候得很舒服。所以他就只能是守在那个淫殿的门外。女皇在里面待多久，他就要在外面守多久。他在殿门外来回走着。他可能觉得他正在做的也是一件朝廷的要事。

婉儿同样是在等女皇。她和武三思在做着同样的事，但是他们的心情是不同的。

武大人何苦如此费心呢？有奴婢在此伺候就行了。大人请回吧。

婉儿便这样游魂般出现在了武三思的面前。婉儿婉转而低沉的声音环绕着武三思，但是顷刻之间，武三思的神情就如梦初醒般。他又一次被吓坏了。他抱住脑袋，拔腿便跑，但是被婉儿从身后拉住了。

婉儿非常平静地说，武大人，奴婢真有那么可怕吗？以至于大人吓得要逃走？你真的认不出我来了？我这样子就真的让大人如此恐惧吗？

武三思慢慢平静了下来。尽管他的周身还在抖，但是他已经敢于把他的目光投向婉儿了。他不停地说，对不起，对不起婉儿。我真的没想到，你竟会变成这样。

我这样难道不好吗？你看，连一向蔑视我的武大人，都不能不惧怕奴婢几分了。这难道不是大人的功绩吗？

不，不婉儿，我本不是那个意思。

那你是什么意思？你难道真不了解圣上吗？你白白在她身边生活了几十年。

不，我并不了解圣上。圣上刚刚才注意到我。我是牺牲了我的人格和尊严才引起圣上注意的。我也读过书研究过历史。我也知道人要有气节有骨气要活得堂堂正正而不是像狗一样趴在主子的脚下摇尾乞怜。你以为这样的生活就轻松？我是没有别的办法引起圣上的注意，便只能如此低三下四，蝇营狗苟。我没有显赫的出身过人的才智，这宫中所有的人都瞧不起我，甚至连你也瞧不起我。可是我也像你一样有决心有抱负，我也希望有一天能飞黄腾达从此不离圣上左右。我也曾发誓有一天要让那些鄙视过我的人全跪在我的脚下向我乞求，我甚至还想像那些无能的皇子那样赢得你的心，可是你多少年来就从没有正经看过我一眼。与其这样屈辱地活着还不如用奴颜婢膝在圣上那里换回尊严。我这样做了并且成功了，但是我刚刚开始博得圣上的欢心，你就来践踏我。我受不了你那鄙视的目光，受不了你那一记高傲的耳光，更受不了你不动声色就把薛怀义送上黄泉之路。你太可怕了,你所做的这一切就像箭一样直插进我的心。你不仅让我看到了我是多么地卑鄙和可怜,你还让我看到了我的处境是多么地危险。薛怀义的下场也许就是我的明天。我看透了单单是圣上的欣赏和器重并不作数，倘若你不喜欢,那么薛怀义就是下场。这就是我为什么要和你斗。我知道你不喜欢我，所以我可能很快就会在圣上那里失宠。与其等死不如拼搏。我发誓再也不要看到你那冷傲的目光,发誓要把你永远赶出我的视野……

可是你知道我发了什么誓吗?

你当然不会放过我。

岂止是不会放过,我要杀了你。要为我的美丽我的完整报仇。但不是现在。我不会做这样的傻事。我要慢慢地杀你,要剥出你的心,一点一点地把它撕成碎片,然后,踩在脚下……

婉儿你知道吗?你即或是黥刑之后也并没有那么丑,你依然是……

得了吧,武大人,丑不丑对我来说已经不重要了。

真的,请相信我。我没有想到圣上会这样对待你。这么多年来,她一直那么信任你疼爱你,我想,说几句你的不是她又能对你怎样呢?我真真万万没想到圣上竟对你……

你不要把你的罪责推给圣上。

我不是要圣上承担什么,我只是看到你以后,非常难受。特别是当听到圣上要杀你,我真的一夜没睡,非常自责。

就是说,这是你第一次害人啦?

我不是这个意思。

那你是什么意思?

我只是心里很不安。

你还会不安？你有什么道德良知？你的道德良知就是巴结权势，为此你已经不择手段，你怎么还会在乎出卖一个小小的奴婢呢？

我并没有出卖你,我只是……

别担心,武大人,我并没有怪罪你。我只是想让你知道,这朝中的一切慢慢你会适应的。你也会杀人如麻杀人不眨眼的。这是朝中最平常的事了，做得多了你就不会不安了。你看圣上的殿门打开了。你看圣上的神态就知道你的人把她伺候得有多么好。去吧,去迎接你的主子吧。今后武大人一定会引起圣上更多注意的，她老了,她也就更需要你这种武姓的人了。

可是婉儿,我确实不想伤害你。

但是我们已经不共戴天了。婉儿平静地说。

就不能改变吗？

看吧,我的脸就是你的结局。

婉儿便是带了这黥刑的永恒印记开始了她的新生活。慢慢地，婉儿脸颊上的疼痛开始减轻，那骇人的肿胀也开始消退。到了后来,婉儿脸上的皮肤完全平复了下去,几乎恢复了原样,使婉儿远远看去,仿佛又重现了原先的美丽。只是那个被墨刺上去的忤旨的字样,却永远留在了那里,留在了婉儿白皙的皮肤中。那么深嵌着。昭示着。那将是婉儿的一个永远的劫。

公元六九五年的某一天，以为薛怀义牵马而获得女皇赏识的武三思又得到了一次升迁。女皇又一次十分慷慨地将她的这个侄子累进为春官尚书，而她把这个朝中也算是举足轻重的文官职位给了武三思,是因为她同时又颁布了一项新的旨令,那就是,她决定要修撰一部大周帝国的国史。

这时候,武曌在她的女皇帝的位子上已经坐了整整五年。五年之后,她觉得她是该留下一部她武姓的国书了。或许是她觉得自己年事已高,时不我待;或者是她觉得她所创建的这大周帝国是应该青史留名的。毕竟她的王朝有无数值得留给后人评说的东西,特别是她这位在中华民族的历史中空前绝后的女皇。在泱泱华夏的大地上,古往今来,有哪个女人真的能改朝换代,坐在这把只有男人才能坐的皇椅上?难道关于这个女人的历史不该留给后世吗?要完全按照她的思想撰著这部惊天动地的周史,武曌认为,她当然不能依靠朝中那些对她怀有偏见的李唐旧臣们，她甚至不能指望她的儿子李旦。而能够承担起监修国书这一重任的,恐怕只能是她们武姓的后代了。唯有他们,才会精心修撰武姓的国史,才会对女皇的这项工程真正负起责任来。毕竟朝代变了,姓氏变了,而她要书的,又是武姓的历史，而武姓中唯一能够委以重任的，武皇帝思前想后,当然就只有这个略涉文史的武三思了。而三思又恰恰是她近年来最最信任的朝臣,所以监修国史的重任,当然非三思莫属。

于是武皇帝修撰国史的浩瀚工程就这样在春官尚书武三思的监督下开始了。女皇尽管对她的这个侄子无比信任,但是对他在文史方面的造诣却难免有所怀疑。武皇帝当然不能把她自己的历史当儿戏,而这部国史修撰得好坏优劣,对女皇来说是至关重要的。所以她老人家还是对她所信任的三思不够放心，她一方面要三思广招天下精英,文人雅士;一方面,她又委派了上官婉儿参与到修撰国书的工作中。她要婉儿替代她不断过问这件事。她觉得婉儿才是真正叫她放心的人。

武皇帝之所以要婉儿参与其中，是因为婉儿自十四岁进宫以来,就一直侍奉于女皇左右。所以在整个的王朝中,在满朝文武和所有的皇亲国戚中,怕是唯有婉儿才是最熟悉也最了解她的了。二十年来婉儿始终跟随着她。她和她几乎形影不离。婉儿不仅和她一道经历了时代的变迁，而且还目睹甚至参与了她所做出的所有重大的决定。所以婉儿之于这部国书来说才是特别重要的。或者可以说婉儿就是一部活的国史。所以女皇要派婉儿去帮助武三思。女皇想只要他们携起手来，尽心竭力，就一定会书写出历史上最富光彩的国书。

女皇当然不会费心去考虑婉儿同武三思之间曾发生过的那些不愉快。那种生与死的较量和冲突。女皇也不曾在意过，他们之间几乎就从来不说话。女皇甚至都忘了，婉儿脸上的那块晦暗而又触目惊心的斑迹，其实就是武三思造成的。总之女皇对那些过往的恩怨忽略不计。因为在女皇看来，三思和婉儿都是女皇信任的人。她是不允许她营垒中的人彼此仇视和争斗的。而对他们来说，最重要的已不再是他们之间的仇恨，而是她女皇最最伟大的国史。

婉儿自然立刻就了悟了女皇的意图。她便也是肩负着女皇神圣的使命坦然走进文史馆的。她当然也深怀了对武三思的深深的仇恨，她不过是把仇恨压在心底罢了。

此时的婉儿虽然已年过三十，但却依然雍容优雅。显然那已经是婉儿所固有的一种气质了，那是即使将婉儿碎尸万段也不会散的一种贵族的气息。婉儿便是这样落落大方地出现在了武三思的面前。婉儿除了脸颊上那块晦暗的斑迹，她的周身几乎没有任何可以挑剔的地方。她虽然一身缟素，但却放射着那种唯有婉儿才会有的光彩。那么深邃的有着无穷内涵的。她的言谈举止。她的一举手一抬足。乃至于她说话时的那种有点低沉但却柔和的嗓音。

武三思见到婉儿时几乎为之一震。他已经不记得他曾有多久没有这么近地面对过婉儿了。尽管婉儿脸上的印迹已经模糊，但对他来说依然是一种异常强烈的刺激，因为那伤疤毕竟使武三思想到了他自己的不光彩。尽管监修国史的武三思早就不是几年前坑害婉儿的武三思了，而他助纣为虐帮助他姑母伤害过的人也早已经不计其数了，但毕竟，婉儿是他所直接伤害的第一个人，就像，婉儿是他的初恋那样，让他永世不忘。而当他面对婉儿，这个已官至春官尚书的武三思虽然早已学会了颐指气使，飞扬跋扈，乃至于不把女皇以下的任何人放在眼里，但是当仿佛从天而降的婉儿突然出现在他的面前，他还是顿时紧张了起来，他甚至很怕，很紧张。满脸满手的汗水。他显得那么可怜，甚至他的牙齿都在抖。他不敢看婉儿，不敢看那横亘于婉儿美丽的脸上的伤疤。他觉得除了女皇，他再没有见过婉儿这样非凡的女人了。他觉得婉儿之于他，就像是一重巨大的阴影。他害怕婉儿。他不敢相信婉儿在未来的日子里会时常来到他主持的文史馆；更不敢相信婉儿会经常如此之近地站在他的面前，与他商谈国书。他不知道在未来的工作中，他该怎样和婉儿配合。他不知道婉儿是不是依然会像从前那样蔑视他，那才是已经拥有无穷尊严的武三思最最害怕的。尽管婉儿不过是一个女皇身边的奴婢，但就是这个奴婢反而让武三思时时感觉到他自己才是卑微的。

武三思这样想着，但是他却非常蛮横地将他面前的婉儿冷落在一边。他不理睬婉儿。径自做着他自己的事。其实他是在拼命掩饰着他复杂的心情和他的自卑，他其实是非常拙劣地想给婉儿一个下马威。

倒是婉儿并没有被他吓住。她反而主动出击，她走到武三思的面前，她平静地和颜悦色地对着看上去骄横无理的武三思说，武大人，这不是你我之间的事，而是圣上的事。我们是为了圣上的事重新走到一起来的。圣上要求我们齐心协力修好国书，你我怎么能为了个人的恩怨而耽误了圣上的伟业？

武三思猝不及防。他想不到婉儿一上来竟会对他说出这样的一番话,好像是他不能帮助婉儿为女皇修注国书。他不知道婉儿还会说些什么。他实在是太不了解这个女人了,也不知道在未来,他该以怎样的姿态与婉儿合作。

圣上说要我们捐弃前嫌,武大人愿意努力吗?

武三思又是一个想不到。他想不到婉儿一上来就直奔了那个他本来很费踌躇的主题。他想婉儿到底是婉儿。是一个让人无法不佩服的女人。但是他确实不知道该怎样回答这个咄咄逼人的女人,他也确实不知道这会是一个怎样的开始。似乎一切都被这个主动的女人掌握着。似乎是在由婉儿为他们定下未来合作的基调。武三思很惶惑,他在拼命调动能制服这个女人的智慧……

而就在武三思反复筹谋、举棋不定的时刻,又是婉儿先声夺人。她依然异常平静地说,尽管我脸上的墨迹在时时提醒着我,但我想毕竟我们都是圣上信任的人。我们为什么不能修好篱笆呢?在婉儿心中,从来是唯有圣上的,武大人不也是如此吗?那么我们又何苦要势不两立,以致短兵相接呢?何况国书的修撰不是一个简单的工程,是需要我们合力才能做好的。婉儿为了圣上愿意配合武大人工作。也希望武大人能接受奴婢。

又是婉儿。一个怎样的起承转合,就把她一上来所营造的那种短兵相接的紧张氛围给缓和了下来。这便是婉儿的天赋。她既能让空气一下子变得剑拔弩张,又能转瞬之间从冬到夏,让紧张的环境中到处飘动着和煦的微风。

这当然就是婉儿了。她让武三思即刻不再惶惑。她并且让他觉出婉儿是亲切的和善的坦诚的,是乐于和他合作的,甚至是可以与之亲近的。

如此武三思便被轻而易举地掌握在了婉儿的手中。这甚至是武三思自己所意识不到的。就是那么短短的、画龙点睛的几段话。就是那么几种严厉的冷酷的或者亲切的友好的语气，武三思便如瓮中之鳖，落入了诡计多端的婉儿的网中。

后来，婉儿对武三思的这种掌握，就成了他们生命中的一种常态。因为自此以后，武三思就再没有脱离过婉儿的掌握，直到，他死于非命的那一天，死亡才使武三思脱离了婉儿。不是武三思想脱离婉儿，而是这个聪明的女人在那一天，自己也无法掌握自己的命运了。但总之婉儿是了不起的。没有人知道她在想什么，怎么想。她是那么地深不见底。她所呈现给人们的，只是那漂泊游离着的冰山的一角。婉儿便是依靠着她的这深不见底，掌握着和毁灭着所有的人。

修撰国史的事业就这样轰轰烈烈地展开了。不说婉儿对武三思所采取的那种亲切的态度，就单单凭着婉儿在修撰国史的具体过程中为武三思提供的那大量的而且是无私的帮助，就足以让武三思对这个女人感激涕零了。因为说到底，国史修得好，最后的功绩也还是要记在武三思的账上。因为毕竟监修国史的任务，是派在这位春官尚书的头上，而不是派给婉儿。婉儿什么也不是。她没有任何的名分也不曾有哪怕是一官半职。所以婉儿无论怎样努力都将是一种奉献。但婉儿似乎并不在乎这种奉献的无价，她真的很无私，她是无条件地把自己的智慧和才华投注到武三思的政绩中的。她不管武三思是不是会以此而不断向更高的官位上攀登。婉儿便是这样默默地帮助着武三思。武三思当然知道婉儿这样做其实完全是为了女皇，但是他宁可把这看作是婉儿为了他，为了让他能通过修撰国史而功成名就，获取女皇更多的信任和宠爱。

就在婉儿的这一番无私的奉献中，武三思慢慢对这个女人产生了一种莫名其妙的而且是很深的感情。这是由感激之情而引发的一种尊重和倾慕,以至于随着他们合作的默契,这尊重和倾慕就成了武三思心中的一种爱。他常常欣赏着婉儿并且分析她。他想婉儿作为女人所缺少的,其实仅仅是青春和美丽。青春的一去不返是无法改变的;而美丽的被毁灭,在某种意义上则是由他而致。婉儿不向他讨要失去的美丽他就已经千恩万谢了，何况婉儿还有那些年轻貌美的女人所永远不会拥有的那一份智慧的风韵和优雅的风度呢。毕竟武三思已年过不惑。他见过了太多的女人,应当说他在选择女人的眼光和品位上也算是很挑剔了。但是他还是迷恋于婉儿。迷恋于婉儿的成熟和高雅。后来这几乎成了武三思的一个永远的结。卑贱的出身使他这种野心勃勃的男人更想把婉儿这种有着高贵血统和优雅气质的女人弄到手，那是他那种男人的一种变态的毁坏一切的心理。

但是,武三思毕竟是武三思。他并没有把他的想法立刻付诸行动。他没有乘虚而入。他知道婉儿不是那种轻易就可以得到的女人。他十分有效地控制了自己。他让自己和婉儿仅仅是那种十分友好的工作关系。他知道要最终劫获一个梦寐以求的女人是绝不能急于求成的。就如同对权力的觊觎。他知道世间的有些事情就是欲速则不达。而他的目的是得到,而并不在乎迟早。所以武大人以春官尚书的高位而对帮助他的婉儿很淡泊,甚至很疏远。他只是表现出了一种在工作中对婉儿的信任、欣赏和依赖,他想这就足够了,就足以留住婉儿了。他想只要婉儿能长时间地和他在一起,哪怕只是那种纯粹工作的关系,总之只要是假以时日,他就总会有拥有婉儿的这一天。

于是便有了这样的一天。有了这一天的这个美丽的傍晚。为工作所迫为黥痕所累的婉儿连黄昏的美丽也不再注意。她觉得世间一切美的东西都不再能打动她的心。婉儿对黄昏的暮色视而不见。

那时候她正匆忙地将女皇刚刚过目的国史编目送回到文史馆。婉儿走得很快。因为暮色正在浓重。她根本就没想过在文史馆还会遇到什么人,她知道朝官们早已经回他们宫城之外的家中去了。婉儿着急地把编目拿回来，是为了武三思第二天一早就能看到并安排学士们撰写。婉儿真的没有任何别的用意,但是她想不到,在浓浓的暮色中在文史馆长长的甬道上，她竟然不期而遇见了那个正准备回家的武三思。

那是真正的不期而遇。

在如此的黄昏如此的没有准备中，面对面的婉儿和三思都显得有点尴尬,一开始他们都甚至不知该说什么。

他们是狭路相逢。

狭路相逢的无言以对。

他们进也不是退也不是。他们就那样面对面地站着。他们甚至不看对方的眼睛,因为,自从婉儿刚来时与武三思的那一次单独对话后,他们就从没有单独见过面,也更没有单独对过话,所以他们对此时此刻的这种不期而遇都觉得很陌生。

还是婉儿首先打破了这种不伦不类的僵局。她把刚刚从女皇处取回的国史编目交给了武三思。婉儿本来就是要来做这些的。很自然地,她做完了她该做的事便扭身向外走去。

但是武三思叫住了婉儿。他也不知道他为什么会叫住婉儿,更不知婉儿会不会停下。但是他就是叫住了婉儿,他说他想要知道圣上是怎样评价他们的国史编目的。

武三思没有把握婉儿会停下来。但婉儿却真的停了下来,并扭转身顺从地随着武三思回到了大殿。大殿里宁静昏暗,一种淡淡的书香。武三思是借着窗棂外的天光在翻阅被武曌御批过的国史编目的。他看得很仔细很认真以至于忘了婉儿就站在他的身边。

其实武三思的一切都是做出来的。他举着那编目,掀着册页,但其实什么也没看。即或是真的看了他也不会知道他看的是什么。他只是全身心地感觉着身边的婉儿。他生怕她会走。他想留住她。就这样哪怕默默地站在他身边。他可能还想过该怎样利用这个他与她独处的千载难逢的好机会。他不能错过这个机会。他本来是不想急于求成的，但是不知道从什么时候起他就突然变得急不可耐欲望难熬了。他想着婉儿感受着婉儿他真想立刻就把这个他欲望着的女人搂在怀中,而,武三思还是一副道貌岸然的样子,很居高临下地面对了婉儿。

他问她,圣上可好?

婉儿说,只是时时寂寞。

三思说,太平公主不是送了一对童男子给圣上把玩吗?

婉儿说,如果没有别的事,婉儿就告辞了。

别走,婉儿,武三思下意识地去抓住了婉儿的手。但是他马上又放开了。他只是近乎于央求地对婉儿说,别走。你回去后不也是孤单一人,不也是很落寞吗?

我不落寞,有着颊上的印迹时时刻刻陪着婉儿。

就是说你还恨我？我以为你早就原谅我了呢！

大人给婉儿带来的这生命的印迹怎么能随意忘却呢!

可是你为什么还要呕心沥血地帮助我呢?

因为那是圣上要奴婢这样做的。

你难道不觉得我们合作得很好吗？你难道不觉得我们可以做朋友吗?

奴婢怎么能和大人做朋友？尚书大人真以为这朝中能有什么朋友吗？我们的关系无非是一种呼朋引类的关系,而我们的合作说到底也就是狼狈为奸。我们之间没有任何真诚可言,又何谈友情?

大人以为我们今天的默契，就能抵消当年大人把婉儿送上刑台的罪恶吗？大人以为今天的几句甜言蜜语就能泯灭奴婢心中的深仇大恨吗？不,婉儿当然不会忘掉那些。黥刑的伤痛在时刻提醒着婉儿。婉儿会铭记所有该铭记的,那刻骨铭心永志不忘的。

那么,你也不忘圣上将上官一族满门抄斩的那个夜晚吗?

婉儿转身就走。婉儿也想不到她和武三思之间的谈话会这么快就被这个心怀叵测的男人陡然转向了那个十分危险的话题。婉儿当然不想就此说出什么,她知道在这个危险的话题下,她不论说出什么都可能成为武三思陷害她的口实。所以她只能走。她只有离开这个阴险的男人才可能是安全的。

然而这一回武三思一把抓住了她。他仿佛被婉儿的拂袖而去激怒了。他不要婉儿走。他要听婉儿说。他很粗野很蛮横。他不再管婉儿到底怎么想怎么看。他不仅抓住了婉儿,还从身后紧紧地抱住了她,让她紧贴在他的胸前。就在三思粗野的同时,他又用一种异常急切的声音在婉儿的耳边低声说，我该怎样才能让你知道我是喜欢你的呢?

就用我脸上的这斑迹吗？婉儿在武三思的怀中奋力挣脱着。

我已经对你说过无数次了。你就不能相信我吗?我并不是有意要伤害你。

那你干吗要提到我的家世？你还要用怎样的手段再陷婉儿于死地?

不,我真的不是那个意思。

是啊武大人你总说你不是那个意思。那么你又是什么意思呢?让我说我一直铭记那个流血的夜晚吗？要我说我还在襁褓中就看到了亲人的血吗?那么迷迷蒙蒙的漫天的血雾。鲜红的并且是温暖的。要我说我从那时起就发誓要为我的家族报仇吗？不！我什么也没看见，当然也就无从谈起什么家族血恨。我只记得十四岁那年，我是被圣上从掖庭接到这朝堂上来的。这才是我永志不忘的，因为圣上要我走出黑暗，看见光明。武大人又能从我的这些话中探查出怎样的蛛丝马迹呢？又能罗织出怎样的罪名将我再度送上刑台呢？

婉儿你为什么总要这样误解我？你要我怎样剖开我的心给你看呢？好吧，就直说吧，你知道吗，你我本该是惺惺相惜的，是上天要我们遭受同样的命运的，是上天让我们都有一个不幸的童年的。就是你忘了，我也不会忘。我是怎样在龙州那个险恶的地方长大，又是怎样被孤零零地接进皇城。我虽然贵为圣上的侄子，我的这种尊贵的国戚地位又带给了我什么呢？苦难。全是苦难。这就是我少年时代的所有记忆。我们全家待在一个那么荒僻的地方。本来在京城做官的父亲不知怎样得罪了他的妹妹，而被贬龙州，客死他乡。是谁逼死了我的父亲？又是谁让我们兄弟姊妹流落远方，在艰辛中苦熬？婉儿你难道没听说过我的家世吗？你如果听了这些还会怀疑我对你的真心吗？

你父亲能在京城做一个高官，他何德何能还不是因为他是圣上的兄弟？如果没有圣上在后宫艰苦奋斗，又哪儿来的你们武氏家族的荣华富贵？

所以婉儿我知道，你真的就是看不起我，从骨子里就看不起。但是难道圣上也贵为大家闺秀吗？不，连圣上也没有显赫的门第。圣上无论怎样地至尊至上，她也终是难以摆脱那微贱的出身。当年徐敬业叛乱的时候，那个连圣上都十分欣赏的由骆宾王所书《讨武曌檄》不是就以此在攻击圣上吗？而我的血管里流淌的，也是和圣上一样的血。为什么没有人说圣上卑贱的出身，却总是要蔑视我们这些无辜的人呢？而圣上的至尊至上又是怎么得来的？那是圣上杀人如麻，包括她杀了我父亲……

婉儿望着已面露狰狞的武三思。她突然心中一片豁然的明朗，她想这正是她想要的。她知道她就要抓到那个曾经陷她于绝境的仇人武三思的把柄了。那是她一直在苦苦寻求的。她苦于一直不能够握住那罪恶的把柄为自己的屈辱和伤痛复仇。她想如果有一天武三思败露，那也是他自投罗网自找倒霉。为了获得女人的芳心他竟不顾授人以柄。在政治的风云中如此浅薄，婉儿觉得这样的男人更令她鄙薄了。

于是婉儿来了精神。她想自黥刑之后她一直在等的这一天终于到来了。她知道这一天迟早要来的，但是她却想不到，这一天竟是武三思自己拱手送来的。

这么说大人是怨恨圣上的？

我怎么会怨恨圣上呢？婉儿你怎么就是不明白呢？

大人到底要婉儿明白什么呢？大人不是一直在说，是圣上杀了大人的父亲吗？

婉儿你别跟我兜圈子了。你以为我不知道你那颗恨不能现在就杀了我的心。不要。不要这样。不要让我们为敌。我们是本该同病相怜彼此理解的。想想看我们有多少共同的噩梦一样的经历？我们都是从小就失去了父亲；又从小都遭遇生活的磨难；后来我们又都被圣上接进朝堂，又都被圣上宠爱和信任。想想吧婉儿，在我们生命的经历中有过多少类似的心情，那无尽的苦痛，苦尽甜来又悲喜交集。想想吧婉儿在这偌大的皇宫里，还有谁能比你我更了解对方的心吗？我们为什么就不能成为朋友呢？你说呀，婉儿……

大概是武三思的肺腑之言使婉儿不能不感动。婉儿听着她此生最恨的那个男人说出的那些话，她竟然痛哭了起来。她在武三思的怀中不停地抽泣着。她也许真的感受到了那种惺惺相惜的真情，总之她不再反抗不再挣扎也不再唇枪舌剑，她正在被身体中的某种感觉带走，她有点眩晕，她想她也许是被身后的那个男人抱紧了，她正在被窒息，她将因窒息而死，就死在她恨的这个男人的怀中。于是她又开始挣扎。而被窒息所支配的挣扎，在此刻就已经变成欲望的扭动和呻吟了。

武三思不知道婉儿痛苦的扭动和呻吟是不是对他发出的一个信号，但是他怀中的婉儿那越来越柔软的身体使这个早就被激情鼓动的男人再也控制不住自己了。于是他更紧紧地抱住了瘫软的婉儿，他抚摸她亲吻她，那种异常强烈的如愿以偿的感觉。他想此时此刻能如此紧地将他毕生渴望的女人抱在怀中，今生今世就足矣了。他还想这世间不会有任何男人能理解这个女人所带给他的那种激情和冲动。那是武三思在以往的任何女人的身上都不曾体验过的一种强烈的欲望。在急切中在疯狂中在火焰中。武三思就是那么紧紧地抱着婉儿，抱着这个朝思暮想的女人。他说婉儿你还是那么美，你的肌肤如凝脂目光如流水……

奴婢还有脸颊上的墨迹。

可是连这墨迹也是最美的。才使婉儿成了婉儿。那是唯有婉儿才有的美丽的标志。那是你无论走到天涯海角我都能找到你的旗帜。是的连那标记也是我的。是我的杰作。所以你才应该是我的。你是打着标记走进我的生命中来的。那标记就意味着归属，婉儿你干吗还要挣扎呢？你刚才不是说是圣上要我们在一起共修国书心心相印的吗？不，不是她。她怎么有权力安排我们？不，那真的不是她，而是天意……

武三思再也不能推迟那一刻的到来。他很急切也很疯狂，他一边亲着婉儿一边奋力撕扯着婉儿的衣裙，在他们为女皇修撰国史的大殿上。婉儿开始时也努力挣扎过，但是很快，她的两条手臂就垂落了下来，被她身体中的那无比美妙的欲望带走了。后来她就干脆放弃了她自己。她任凭着那种被劫持的激荡。那是不能抵御的一种强力。被吸附着。转瞬之间婉儿的衣裙被弄得到处都是。婉儿的明媚的肉体。那么婉转而柔顺的。被撞击着的。疼痛而且是动荡起伏的。呼喊和乞求。流着血和眼泪的感动。这时候黄昏早已经走远。大殿被不断降落的黑暗所吞噬。大殿中没有床。只有被封存的年深日久的记录着历史的百官奏折。于是急切的武三思把迷乱的婉儿放倒在石砖铺成的冰冷的地上。那砖缝中透出的缕缕凉气就那样渗透进了他们赤裸的身体中。

那是武三思从未体验过的一种欢乐。在这一天的这个夜晚这片凝重的黑暗中这个庄严大殿的青砖上，武三思终于如愿以偿将他的激情给了这个他永生永世的女人。他是那么满足，那么幸福。他觉得他一生都在等这个女人。他等她已经很多年了。他因为很多年得不到这个女人，几乎把她毁掉。而当这个女人如此轻而易举就成了他的，武三思反而又怀疑了。他开始不能理解婉儿了，他想这个如此高贵的女人怎么会情愿把她冰清玉洁的身体给予他？他于是惶惑。他想他身下的这个女人并不高贵。也许她也是个婊子，是一个有奶便是娘的娼妇。如果不是他的势力不断扩张、他越来越得到女皇的重用和提拔，这个号称一尘不染的女人肯以她的柔情响应他吗？如此婉儿也是个势利的女人丑恶的女人肮脏的女人。她是不值得他用一生来等待用一生来思念的。武三思越是这样想着，就越是在婉儿的身上疯狂地施暴。他不管婉儿是不是疼痛是不是呻吟，他只是竭尽全力地放纵着他自己，在他和他身下的那个女人之间掀起一个又一个高潮，让那种性爱的癫狂超越了一切，让他和婉儿都忘掉他们是很卑鄙而且是很肮脏的。他不断地勃起不断地获得快感和满足。他只有在婉儿的身上才能保持这种连续不断的冲动。他想不管婉儿是圣洁的女人还是下贱的婊子,反正他到底拥有了她。他知道唯有这个女人才能带给他这种最激情的时刻。那感觉就像是初恋。初恋还有初夜。

而同样被陷在欲望中的婉儿却始终拥有着某种清醒。尽管她也被身上的那个欲望的男人所感染，尽管她不得不承认武三思是个有着卑鄙的魅力的男人,尽管在这疯狂的做爱中她也跟随他,配合他,让他觉出得到了她,但这毕竟是一种激情不再的感觉了。一切都那么陌生。陌生而艰辛。真的,毕竟十几年过去,自从章怀太子李贤发配巴州,而一直钟情于她的李显又被贬房陵,她就再也没有接触过任何男人的身体，直到此时此刻，武三思把她紧紧抱在怀中。那是种怎样的似曾相识的感觉。仿佛将某种沉睡多年的意识唤回。她觉得她是喜欢那种风暴一般的感觉的,而这么多年来,她却虚度如此渴望男人的年华。所以,在那一刻,她死死抓住了那个能够享受男人的机会。不管给予她机会的那个男人是谁,她都不想再错过了。无论她身体上的那个男人怎样地摆弄她折磨她蹂躏她强暴她,她都听之任之。尽管疼痛。尽管那疼痛是切肤的痛遍全身的是如万箭穿心般的有时候甚至是不能忍受的，但是她还是听之任之。因为她正在被她身体中的那种聚积了十几年的欲望所支配所鼓荡。那是生命中最最强烈的一种感受,那是婉儿不愿再错过的,所以她听之任之。

是的她必须抓住这一切。她绝不能让她身体中的这一切再度流逝,再度随风而去。她当然也不管武三思是个怎样的男人,不管他是不是她的真爱,也不管他是不是很卑劣。而世间又有哪个她真心爱的男人能把她欲望她想要的这一切给她呢？那个早已魂归巴蜀的章怀太子李贤吗？婉儿的确爱过他,但是他却不肯等婉儿,不肯把他的生命给婉儿。他就那么随随便便拿走了他的生命。他把它们从那个神圣的躯体中倒出，就倒走了他本来能给予婉儿的所有的爱。从此那个生命就没有了，贤也再不能伸开双臂把无限的爱意再还给婉儿。从此贤是婉儿永世的疼痛和思念。婉儿甚至不能想，她的身体是被一个贤以外的人带走。

但最终婉儿还是被贤以外的男人带走了。是一个她恨的男人正把她带到一个她未曾到过的地方她未曾涉足的领域她未曾体验过的境界。那是种绝美。在那一刻她灵魂出窍。那一刻很短也很长。是在那如此美妙的飞升之后，婉儿才回到了陆地，回到了文史馆大殿的那一片漆黑中回到那冰冷而坚硬的青砖上。婉儿看不见自己的身体，却能听到那野兽一般的低声吼叫，和那萦绕在她的脖颈上的那炎热的气息……

当婉儿感知到了这一切，她便突然地惊醒了。她马上意识到了她身上的那个精疲力竭的男人是武三思，那个曾将她置于死地的男人。她恨他。她在他给了她无穷美妙之后仍然深深地恨着他。而她在激情的那一刻允许他任凭他其实仅仅是为了她能接近他。她接近他的目的当然不是向他索要激情，她是要千方百计将他的罪证握在手中，然后，哪一天，以血还血。婉儿并没有因为武三思所给她的那绝美的感觉而泯灭了她复仇的愿望。她是个坚定的坚强的女人，她是个最勇敢也是最智慧的复仇者。

文史馆的大殿上一片激情的狼藉。那是一场看不见的搏斗。

武三思看不见婉儿的心。他也无从知道婉儿想的是什么。他只能从婉儿的动作中判断这个欲望中的女人。他知道婉儿是需要他的，他还知道他所给予婉儿的是一种怎样的欢乐和满足。所以他不论怎样精疲力竭，他都无怨无悔。因为他确实是喜欢这个女人的，如果可能，他愿意给予婉儿她想要的一切。

尽管武三思的官已经做得很大，尽管他自认为他是足智多谋胸中有数的，尽管他以为他渗透进了那个欲望中的女人的心，但是，一个靠巴结阿谀女皇而获得女皇信任的庸臣，又怎么能猜透真正狡黠聪慧的婉儿在激情的时刻所想的是什么呢。他以为婉儿和他一样需要那激情；他以为他给了这干渴已久的女人甘露，她从此就离不开他了。他的头脑太简单太功利也太霸权了，他甚至不会拐个弯去想婉儿和一般的女人是不一样的，婉儿和他之间是存在着那一重无法消弭的仇恨的。他只是一厢情愿地揣度他身下的这个呻吟的渴望的女人。他根本就无法理解即或是在这样的时候婉儿依然冷静而清醒，依然不忘他们之间的那宿怨恩仇。他看不出婉儿是在一步一步地引诱着他，而婉儿不是要把他带到辉煌的未来，而是要有一天把他推进那个婉儿所精心设计的陷阱。

那是武三思根本无法理解的。

那是一颗伟大智慧的女人复仇的心。

所以在文史馆宽阔的大殿上所进行的那场肉搏是完全不平等的。所以当那一切完成，他们的感受也是完全不一样的。

武三思不能理解婉儿在穿上衣服之后为什么又突然变得冷漠，变得和两个赤裸的身体纠缠在一起时判若两人。甚至在告别的时候武三思想拥抱一下婉儿都被她拒绝了。她只是系好裙带理好头发就独自一人离开了大殿。她说让我先走。让我独自走。然后她就走了，那长长的甬道上是她如风流云散一般虚幻的背影。

接下来武三思有点落寞地回到了自己的家。这也同样是他从不曾有过的一种感觉，他在如此的喷射之后竟没有那种满足感。他想这可能就是婉儿的奇妙之处，她能让男人总是想着她追求她。武三思在灯下脱去长衫。他发现那长衫上竟有血迹。那长衫是他特意为婉儿铺在身下的。他说不出看到那血迹时是怎样的一种心情。

婉儿同样彻夜难眠。她也在她的身体的下面看到了那斑斑血迹。她很惶惑。她本来不以为这是她的初夜,她一直觉得十几年前她在东宫的马厩里已经流过那疼痛的血了。而她依然疼痛。很疼很疼。甚至比黥面的那一刻还要疼，她觉得她简直是在被撕裂被绞杀。是疼痛使婉儿想起了贤。那个永远的贤,那个任何人都不能替代的贤。因为贤死了。没有人可以替代贤的死,也没有人再能给她那种青春的疼痛。婉儿宁可相信贤是她初夜的男人。而她刚刚被撕裂的,是早已愈合的那个青春的伤口。她讨厌她的身体是被武三思那个她蔑视仇恨的男人撞破的,她甚至讨厌她的血,讨厌她的那火辣辣干涩涩的疼痛,她觉得那所有的一切都很肮脏,都让她觉得很恶心。

婉儿奋力清洗着她自己。她不知能不能将她身体深处的那些污浊全部洗净。她在洗着她自己的时候甚至很狂乱。她不知那个激情的时刻除了带给她这肮脏的疼痛还有什么。

婉儿是在那疼痛缓解了之后才能想傍晚的那一幕的。婉儿想那个晚上所留给她印象最深的，是武三思诋毁他的圣上姑母的那几句话。婉儿想不到这个在圣上面前如摇尾狗一般的卑劣男人,竟始终铭记着他与圣上之间的那杀父之仇。仅仅是这样的几句话,就足以把武三思送上断头台了。婉儿深知,武曌所最最痛恨的,就是那些忘恩负义的人。对那些她给他们恩德、她给他们好处,而他们又反扑过来,攻击圣上的人,武曌是从来不手软,不留情面的。她要灭绝他们。要把他们斩尽杀绝。而婉儿脸颊上晦暗的印迹,就是女皇对付这种人的最好证明。

所以婉儿清楚地知道，就单单是凭着武三思心中的仇恨就足以给他定罪了,而且是死罪。只是婉儿还看不清武曌是不是就肯以此放弃她这个侄子。她太信任也太依靠武三思了,他是她精心豢养的一条狗，而这条狗在她心目中的位置越来越高。婉儿想这可能就是武三思的能耐。他在权势面前的最大的优点就是他不怕失去自己的人格和自尊。他是能视自己的人格和尊严为粪土的那种人，而恰好，至尊至上的女皇所需要的，就是这种没有尊严的走狗。那么好，既然你们是为朕失去了尊严，朕就把更大的尊贵还给你。那就是高官厚禄，和朕的信任。这就是武三思以失去尊严为代价所换取的更大的尊严。这就是婉儿为什么不敢肯定，女皇是不是会轻易相信别人对武三思的指控。婉儿还不知道自己在女皇的心目中究竟占据着怎样的位置，尽管女皇多年来也是百般信赖她疼爱她，而一旦她和武三思这个圣上的亲人圣上的心腹圣上的走狗较量起来，婉儿就难以判断武曌究竟会站在谁一边了。

所以婉儿在没有看清的时候就绝不会轻举妄动。多年来朝政生涯的经验，使婉儿真正做到了事事处处三思而后行。她不会凭着一时的冲动，盲目去打那种无把握之仗的。在武曌这样的铁腕的女人面前，失败就意味着死亡。这一点婉儿是十分清楚的。所以她不会贸然行动。更不能就为了一个武三思而将自己置于死地。真正该死的是武三思而不是婉儿。所以婉儿必须有百分之百的把握才会宣战。她要做到不战则已，战则必胜，这才是婉儿这种智商的女人处事的原则。

于是将人际关系把握得异常圆融的婉儿对武三思采取了一种不战不和的态度。那是婉儿的一种十分高妙冷酷的姿态。她既不欲望着武三思，也不对这个对她满怀了热望的男人过于冷漠。她一如既往地帮助他。继续在武三思监修国史的浩大事业中举足轻重。她本来想掀过那个傍晚惊心动魄的那一页。她说她疼她流血她要忘记。而每每到了傍晚时分，她又总是难逃武三思欲望的罗网。

婉儿通常不是在正课时间到文史馆中来的。如此漫长而繁忙的白天，女皇的政务殿须臾不能离开婉儿。所以婉儿就只能是在那个紧张的政务殿的白天之后，在女皇回到她的寝宫休息的时候，才能到文史馆做她的另一份工作。无论白天还是夜晚，婉儿所做的都是女皇的工作。女皇身边只有一个婉儿，所以她要白天夜晚夜以继日地使用她。

于是便有了无数的文史馆大殿中的夜晚。这一对要为女皇共修国史的男女总是能在这个暮色苍茫的时分相见。他们年龄相当、智力相当，玩弄权术的水平也基本相当，且又有过那昏天黑地的一夜风流。所以他们相处起来很默契。他们勤奋工作，决心将女皇的国史修撰得辉煌无比；但是他们在工作之余，也难免会恩爱一番，因为有时候只要他们一接近，那澎湃的激情就势不可当了。

那确乎是他们所共同需要的。甚至是比修撰国史更重要也更强烈的一种需要。在武三思，这可能更多的是一种虚荣。他见过的女人多了，他并不需要在婉儿的身上发泄他的兽欲。他只是把婉儿当作他的至爱，但其实那不过是为了满足他占有一个贵族女人的虚荣心。而在婉儿，这可能就是一种纯粹肉体的需求了。婉儿与武三思交欢不过是为了一种身体上或者感觉上的满足。那是跟感情无关的，更不要说她的冷酷的心。

然而尽管婉儿和武三思在看待他们之间的这种关系时有很大的差距，但是随着他们这种关系的越来越深，他们也就越来越了解对方了。因为了解，就有了一种近乎亲近的感觉，至少在他们彼此的对话中，特别是当他们单独在一起的时候，就不再总是那么旁敲侧击，火药味儿十足了。

于是当有一次武三思把婉儿紧抱在怀中。那已经是在武三思为他与婉儿的幽会所精心修建的一座庭院中。那是在文史馆深处的一个僻静的小小的院落中。要穿过一条很长很长的甬道才能通抵这里。这是一处被很多苍郁的古树环绕的院落。很隐蔽很幽深也显得很浪漫。武三思之所以要修建这样一个院落,他名正言顺的理由是,因为修撰国史的工程毕竟很浩繁,他必得全力投入,废寝忘食,所以有时候他就干脆不回家了,而是在文史馆中挑灯夜战,通宵达旦。婉儿偶尔留下就是在这里与武三思缱绻柔情的。

史书上对婉儿与武三思这种关系的评价是淫乱。那些伟大的历史学家们不愿解释这关系中诸多复杂的因素，便十分蛮横或是简约地一言以蔽之,淫乱。他们既不考虑他们之间的那种相互利用的利益关系，也不考虑他们之间日久天长的那种身体接触会不会也使他们产生了某种感情。因此他们不能解释这一对男女之间的淫乱的关系为什么能持续得那么久。

但总之那一次当武三思把婉儿紧紧抱在怀中。那时候他们身体之间的那种亲密关系还依然处在巅峰状态。于是武三思就说了很多发自肺腑的取悦婉儿的话。他说他是怎样怎样地喜欢婉儿。他说他真是太爱她了。他说他的生活里从此不能没有婉儿。他说他每天都盼着傍晚,盼着婉儿在那个时刻到文史馆来。他还说他今生今世要好好待婉儿。他要以他的真诚和他的爱洗刷掉此前他给婉儿带来的所有不幸。他说婉儿,何苦呢?我们走到一起不容易,就让我们好好地爱下去吧。好吗？永远也别离开我。

然而婉儿还是挣脱了出去。挣脱了武三思的臂膀和他的温情脉脉、甜言蜜语。婉儿说,武大人你要知道,这不是爱,这和爱没关系。

那这又是什么呢?武三思有点不高兴地重新把婉儿拉回来。没有爱我们怎么会每天盼望到这里来？我们怎么会一见面就脱得精光,急切地欲望着彼此拥有的这一刻?

所以这和爱没关系。这只是你我之间身体与身体的交媾。难道大人不觉得这种交媾像一种交易吗？我们不单单是需要对方的身体，我们在政治上也是彼此需要的。

婉儿你这样看待你我之间的关系未免太冷酷了吧。我从来就没有想在政治上利用你，我深得圣上的恩宠，我的地位也很巩固，我干吗还要利用你呢？

你难道不是在利用我的智慧吗？至少，我能帮助你把国书修得更好，让圣上更加赏识你，这难道不算是利用吗？

不婉儿，这是你心甘情愿的。

可我又为什么要心甘情愿呢？不，我不会情愿帮助你这样的人的。我不讳言我对大人是有利可图的。大人如今权秉国政，如日中天，婉儿在大人光辉的蔽护下，当然能获得又一重安全感的。如今的朝廷危机四伏，尤其婉儿一介女流，自然就更是需要保护。

不是有圣上在保护你吗？

圣上自然是一直在关照着婉儿，但是大人未来的路会更长更远，而武周帝国的路也会更长更远。历史上一朝而亡的短命帝国实属少有，圣上的大周帝国也会千秋万代。

婉儿你的意思是……

大人明白了？

就是说，在日后的某一天，你也会像武才人那样摇身一变成为当朝的皇后？

婉儿不是那个意思更不敢做那样的奢望。婉儿只是想说，我与大人的关系确实是一场利益的交易，这是只有我和大人这样的人才做得出来的。我们用欲望和身体交换着各自稳定的地位。那又有什么不可以的呢？婉儿之所以情愿帮助大人、攀附大人，是因为大人的权势太大了。所以婉儿为了生存，宁可丧失尊严人格乃至于婉儿的身体婉儿的童贞。婉儿是不得已而为之。婉儿是不得已才做了这样卑鄙而肮脏的女人的。但尽管如此有一点婉儿是可以自慰的，那就是婉儿是清醒的，婉儿是清醒地与大人做着这笔出卖身体的肮脏交易的。

婉儿你真的那么恨我？把我当作了一个那么坏的人？

不，我并不恨大人。我恨大人就等于是恨我自己。我知道我和大人是同一类人。我也并不比大人好多少，甚至更坏。

在这样的一番赤裸裸的对话之后，婉儿和武三思之间的肉体关系非但没有受到任何阻碍，他们反而更亲近了。他们穿过皮肉就可以看到对方的心，他们从此在同流合污中就可以无话不说了。而他们这种明明白白作恶的关系，不必虚伪也不必遮遮掩掩的相处方式，其实也都是由婉儿缔造的。

后来他们就一直将这样的关系持续着。后来他们的关系就成了一种公开的秘密。后来女皇也影影绰绰地听说了他们这种暧昧的关系，但是她老人家已经顾不上他们了。因为这时候张易之、张昌宗这对妖冶的精灵一样美艳的年轻男人已经走进了女皇的生活。她几乎把作为一个女人所剩不多的激情全都给了这两个她视为珍宝的男人。她宠爱他们，迷恋他们，夜夜与他们狂欢，须臾也不肯离开，她简直是被这两个妖冶的超级面首弄得神魂颠倒，她又怎么还能顾得上婉儿和武三思那影影绰绰的恋情呢？

连女皇对此都听之任之，那么那些因看不惯而愤怒而不屑而议论纷纷的朝官又何苦对此斤斤计较呢？确有对朝廷无比忠诚的宰相向女皇禀陈了武三思与上官婉儿的淫乱。但是那宰相没有想到的是，女皇听过之后竟然连眼皮也没有抬。她问那宰相，他们影响朝政了吗？宰相说，臣不清楚，只是……女皇说那就去管好你自己的事情吧。朕要管的是天下大事，以后不要用这些偷鸡摸狗的事再来干扰朕。

其实这时候武皇帝所说的偷鸡摸狗的事情在宫廷已比比皆是。淫乱的浪潮由此及彼，此起彼伏。不仅有女皇宠幸张氏兄弟；守寡的太平公主也是硬逼死右卫中郎将武攸暨的妻子，和这位她倾慕的远房表哥成就了一段血淋淋的婚姻。如此，被淹没在后宫淫乱浪潮中的武三思和婉儿的那种明明白白的肉体关系又算什么呢？

只是朝中的一些官吏对武三思迷恋女皇身边的一个丑陋的侍女表示不理解。武三思虽然生性阴毒，但他毕竟略涉文史、颇富文采，看上去也算倜傥风流、仪表堂堂，可谓谦谦君子。朝臣们可以理解武三思的天性风流、拈花惹草，在他的府上，更已经是妻妾成群，美女如云，他干吗偏偏要去追求那个脸上刺有墨迹而又徐娘半老的女人呢？虽说婉儿出身名门，优雅智慧，但是一个三十几岁的女人毕竟已青春不再。而且朝中的那些人每日与婉儿在政事中交道，在他们的眼中婉儿简直就不是个女人。她总是正襟危坐，冷若冰霜，不能给男人以柔媚的启示，这位身为尚书的风流才子怎么会偏偏与这种晦暗而僵硬且一点女人味儿也没有的女人搅在一起呢？他们甚至都很难想象这个不苟言笑的女人是怎样宽衣解带被武三思拥抱亲吻的。

于是人们议论纷纷。他们认为武大人的所爱是畸形的，不可理喻的。

这些议论自然也传到了武三思的耳中。而热恋中的武三思只是淡然一笑。他慨叹此世间恐怕只剩下圣上和他能欣赏婉儿了，尽管他们欣赏婉儿的角度是那样的不同。到了后来，特别是到了武曌乘鹤而去，人们才真正看出婉儿对武三思是何等的重要，而武三思选择婉儿做他的至爱和同僚又是怎样的英明。这就是婉儿，如果不是她一次又一次地为她枕边的这个男人运筹帷幄，那个武三思又怎么可能在李唐的朝廷中依然如日中天呢？直到此刻，人们才恍然觉出这个丑陋女人的伟大和非凡，觉出了她不惜生命地为她的情人拔刀相助的女丈夫气是何等地令人敬佩。

而婉儿在与武三思不间断的身体关系中，竟也在慢慢地变化。如果说婉儿当初同意与武三思亲近仅仅是为了寻找复仇的把柄，那么到了后来，她就不再把他当敌人，甚至放弃了她一直耿耿于怀的那复仇的计划。并不是身体的亲密使婉儿改变了对武三思的看法。不是的，婉儿还没有那么浅薄，还不会那么轻易地就被性的快乐所迷惑。婉儿是清醒的。她更多的是敏锐地看到了武氏一族的势力正因了女皇而迅速发展，势不可当；而武三思又是武姓中最受女皇器重的那个人，倘武周帝国能延续下去，能继承王位的，确乎是非武三思莫属，且女皇已经为三思未来的继位而做着缜密的安排了。如此，婉儿干吗还要费力不讨好地非要和这个真心爱她的男人对抗，非要蚍蜉撼大树呢？她何不背靠大树，何不现实地为自己找到一个有权势有未来的靠山呢？何况，武三思是愿意保护她愿意做她的靠山的。而且，婉儿在武三思那里不仅能找到那种她毕生都需要的安全感，还能够在这个男人那里获得她同样渴求的性的实惠。她何乐不为呢？这又有什么不好呢？

于是，他们的关系便开始一天天地变得美好，变得现实，也变得持久。久而久之，他们都觉得他们的这种关系不单单是美妙而和谐的，而且是最实用也最有力量的。唯有他们两个人齐心协力，唯有将他们两个人的智慧和谋略合在一起，他们才是最最强大的、所向披靡的。后来，他们果然将两个人的这种同生共死的关系始终维系着。他们变得心心相印，变得无论在怎样紧急的关头，都能首先考虑到对方的安危，都能挺身而出，拔刀相助。至少婉儿是这样的。这是她冷酷的政治面孔之后的一副女人的心肠。她在每一次武三思遭遇几近灭顶之灾的时候，都能够竭尽全力地帮助他。她会想出各种各样的计谋,挽狂澜于既倒。她会不遗余力地为这个她引为同类且有着肌肤之亲的男人四处奔走,八方呼号。她不惜做出牺牲,她甚至可以出让床第之欢。只要是能保住武三思的地位和威严。婉儿就是这样的一个重情重义的女人。她一次又一次地挽救着武三思。直到有一天,她再也没有能力将这个男人带出毁灭。那是一个连婉儿都不能预料的夜晚。那么倏忽而至的。婉儿不能再帮助他。只能在不远的地方感应着他的头颅落地。那一次叛乱连婉儿自己的性命都危如累卵。她已经力不从心自身难保,又怎么能去救那个危在旦夕的男人呢?

如此的婉儿终于和武三思同流合污,沆瀣一气。而这一切又都是通过他们之间的那热烈疯狂的身体关系完成的。身体的关系最终变成了那种利益的关系。而利益的关系又使身体的关系变得持久而斑驳。婉儿就是这样十分清醒地做着这种肮脏的交易。她也悔恨痛失人格,也觉得自己是一个卑鄙的女人,甚至对同样卑鄙的武三思都是不公平的。在这样的时候,事实上婉儿已经把自己降到了人性的最底层,她想她本来就是没有人格也没有尊严的。当她彻底舍弃了这些又能怎样呢?竟然是峰回路转,柳暗花明,她反而拥有了一切。这就是婉儿不得不遵守的一种人生游戏的规则。她知道她倘不遵守就会立刻出局。

其实婉儿很可怜。她丧失了人性中的一切美好所交换的又是什么呢?她的人生的追求实在是太卑微了:那就是她希望她能活着。唯有活着。

公元六九七年，这一年武则天已经将近七十岁了。七十岁的女皇在这一年有很多的困惑，而这所有的困惑在某种意义上都来自她年近古稀的年纪。女皇在后宫年轻男人的滋养下，尽管仿佛又获得了一次生命，但是鹤发童颜的圣上毕竟感受到了时不我待，而作为一国之君在这样的年纪上所最受困扰的，当然就是子嗣的问题了。她很为此而困扰。因为她至今没有想好，在她百年之后这大周的帝业到底应该交给谁。

以当下朝中的格局，以东宫太子为储君的规矩，未来要继承王位的，当然就是住在东宫的李旦了。与世无争的李旦尽管已经被武姓的皇帝母亲赐予了武姓，但是作为武周的继承人还是有点不够纯粹，有点名不正、言不顺。因为女皇深知她的这个儿子无论在名义上怎样姓武，他的骨子里也是姓李的。而一旦她的武周王朝被骨子里姓李的子嗣继承，那无疑就意味着李唐的复辟。武曌怎么会把她辛辛苦苦从李唐手中夺下的江山又拱手送回给李唐呢？而她作为空前绝后的女皇帝又有什么意义呢？而况，年迈的女皇对她最小的这个儿子不仅不放心，而且没信心。她怎么能把这偌大的江山交给一个懦弱无能的人呢？

就在女皇为此而困惑不已的时候，朝中以狄仁杰为首的一些臣相们开始在武皇帝的面前不断地提起那个被贬至房陵的庐陵王李显，后来这成了一种很强的朝中势力。显虽然曾忘乎所以，得意忘形，但是比起唯唯诺诺的旦来，毕竟还显得有作为些。特别是随着显的被流放多年，朝野上下就更是怀念起这个已有十三年不能回京都的前太子来。人们满怀热忱地期待着圣上能高抬贵手，网开一面，给显一个报效国家的机会。他们不停地在女皇的耳边吹着接回庐陵王李显的风，他们说唯有显才是真正拥有一代君王的气象的。

与此同时，朝中还有另一股暗流在涌动。那就是主张武姓的王朝当然应当由那些纯正的武姓子嗣来继承。而在这些武姓的后代中，最让武皇帝满意的，自然就是武三思了，且武皇帝同她的这个侄子几乎是朝夕相处，他们之间已经有了一种很深的默契和感情。女皇是欣赏武三思的，而且她越来越需要他。而此时的三思也可谓是蒸蒸日上，政绩斐然。他不仅把他的姑母伺候得舒服自在，在婉儿的鼎力帮助下，他在监修国史上也是功劳卓著。这样的一个杰出人才自然是也在女皇的视野之中，甚至在某种意义上，武曌是更倾向于武三思的，她坚信武三思就是她大周帝国的未来。

于是这三个都具有竞争力的孩子就这样摆在了武曌的面前。她摸摸这个，拍拍那个，思前想后，觉得他们都不错但也都不够好。其实自武曌六十二岁在则天门上登基以来，她就已经把这个继承人的问题摆在了议事日程上。然而整整七年过去，她却仍然被这心病困扰着，找不出一个最合适的人选来。

于是年迈的女皇就干脆不去想这些烦心的事了。她转而朝向了她自己的生活，她的晚年的欢乐。那就是她七十岁时开始的对那美轮美奂仿佛天界尤物的张氏兄弟的宠爱。这是女皇七十八岁仙逝前的一个非常重要的时期。整整八年，她始终和她的这两个妖媚的年轻情人生活在一起。倘若七十岁的武曌是一个男性的皇帝，那么他身边的美姬们就是再年少，人们也能够接受的。但一个七十岁的老眼昏花步履蹒跚的老妪，竟终日将两个豆蔻年华的美少年拥在怀中，那样的一番景象怕就是不堪入目的了。然而老女皇就是这样做了。她就是绝不放过生命的这个最后的机会，就是每日每夜拥着这年轻貌美且又阳具伟岸的男人。与他们无尽无休地荒淫放荡，缱绻柔情。她将他们牢牢地拴在裙带上竟有八年之久，以至于后来她的衰弱的生命就是被他们撑持的。

后来这张氏兄弟就成了女皇退位前很多事件的导火索。他们不仅纠缠于女皇的床帷，还透过枕边之风参与到朝政乃至于继承人的选择中。女皇之所以最终选择了将她远在房陵的儿子李显接回，其实就是因为听了受李唐朝臣之托的张氏兄弟的鼓噪。足见这枕边之风对一个昏聩之君是怎样地厉害。因此一时间巴结张氏兄弟在朝官中蔚然成风，且甚嚣尘上，成为所有想不断升迁的朝臣们削尖脑袋所要挤进的一条捷径。

在巴结张氏兄弟的朝臣中，自然也不会缺少武三思，只不过比起当年巴结薛怀义来，他显得多少有点暧昧和矜持。因为他毕竟已身居高位，因为他毕竟已经拥有了那个号称冰清玉洁的婉儿。当然这些并没有真正影响他为姑母的新情人鞍前马后。既然是他的天性中就拥有那份天才的奴性，他可以为薛怀义牵马，为什么就不能为易之、昌宗折节呢？在某种意义上，武三思就是靠着给这些女皇的情人溜须拍马起家的，他也就是靠了这些而不断博得女皇好感的，否则女皇怎么会那么信任他重用他，让他威权日盛呢？史书在介绍武三思这个人的时候，也总是屡屡提起他为姑母的情人每每折节。仿佛武三思的天职就是侍奉女皇的情人似的,他是通过侍奉女皇的情人而取悦于女皇,这是武三思曲线救自己的技法,他毕生乐此不疲。固然这可能是武三思做人的短处,但是作为女皇的近臣女皇的晚辈,他这样尊老爱幼又有什么可指责的呢?只是这一次武三思的路走得不太顺,因为他尽管千方百计地巴结张氏兄弟,他还是没有能成为那个武周王朝的合法继承人，而是让李唐的朝臣们占了先机。不过武三思并不为此而沮丧,也继续对张氏兄弟一如既往。因为武三思知道朝中永远是风云翻卷,变化多端;他还知道,他唯有继续做张氏兄弟的走狗,才能保住他眼前的来之不易的位子。

面对朝中如此复杂的局面,婉儿的处境自然也就更尴尬了。她当然首先要获得一个自己的态度，而她的态度就是在这纷繁的人物关系中,找出一条她自己的生存的路。应当说自从婉儿来到武则天的身边,她为自己所做的唯一的事情,也是唯一成功的事情,就是在重重险境中找到自己能生存下去的路。她顺从也好，依附也罢;无论她为女皇的帝业鞠躬尽瘁,还是她躺在春官尚书武三思的怀中,其实都是为了能活下去而且尽量能活得好。所以她从不违抗女皇,也不拒绝武三思,因为无论是女皇还是武三思,都是婉儿能活下去的最大的保障和可能。所以婉儿不违抗也不拒绝,那是她不违抗也不拒绝她自己。她可能太爱自己了,或者,她认为她的生命太有价值太不该这样白白毁灭了。慢慢地,这种人生的态度成了婉儿的一种世界观,一种想事做事都不会偏离的原则和尺度。所以婉儿给人的印象才会是如此圆融的,暧昧的,中庸的,晦暗的,莫衷一是的,而又是模棱两可的。于是人们永远也无法探到这个终日跟随在女皇身边的女人究竟有多深，可能直到大唐江山眼看着就要断送在淫乱的武三思和韦后手中，人们才真正意识到武三思和韦后背后的那个女人的能量究竟有多大。

此刻的婉儿在眼前的这复杂的宫廷格局中，就仿佛是来到了一个十字路口。她很踌躇，很拿不定主意，不知道以她目前的状态，她究竟该朝哪条路上走。这是需要婉儿调动智慧、审时度势、反复斟酌才能最后决定的。这将是一盘一着不慎满盘皆输的棋局。而婉儿输的，还不是她的荣辱，而是她的生死。

婉儿此刻就是站在这个如履薄冰的当口上。她想要活下去，首先就要调整自己。她要让自己更深刻地认识到，在这泱泱帝国中，她尽管已经握有了很大的实际的权力，但是她依然只是女皇脚下的一粒最微小的尘土。而她是没有立场的，她的立场就只能是女皇的立场，所以她首先要弄清的，就是她和女皇究竟是怎样的一种关系。

当然婉儿对她已跟随了二十年的女皇是怀有很深的感情的。特别是当这个终于成为帝国之君的伟大女人正在从那个无比热衷的权力的巅峰衰落，正在被岁月的深深印痕掠去美貌和生命的时候，婉儿更是对她本来就非常热爱的女皇平添了一种切肤的怜悯与同情。婉儿知道她和这个做了女皇的女人究竟是一种什么关系：她们是天生的敌人而同时也是天生的朋友。她们两人都能够做到不记旧恶捐弃前嫌，这说明她们都具有超越了性别的一种伟大的胸怀。她们对大周帝国的伟业都满怀了热忱，鞠躬尽瘁，这又说明了在她们女性柔弱的身体里都蕴藏着极大的权力的欲望。她们是互为条件互为依存的，她们是矛盾的两个方面，相互进攻着而又彼此防备着。她们就是这样相辅相成，相生相息，谁也离不开谁。不单是婉儿离不开女皇，事实上女皇也离不开婉儿。因为女皇要做大周的皇帝，她就再也找不到一个如婉儿那样充满了才华智慧又能无条件地服从她的又是同性的心腹了。尽管在她的朝廷上在她的眼前晃来晃去的还有那些拥有着很高官阶的男人，但是她真正信任真正使用起来得心应手的还是婉儿。婉儿才是她的无冕之臣。她是那么需要婉儿,以至于她的这种需要使婉儿坚信,只要有武皇帝一天,就会有婉儿一天。

但终究武皇帝年事已高,来日无多,而婉儿和女皇之间相差了整整三十六岁。难道要年轻的婉儿也去殉那苍老的女皇吗?难道在巨大的乾陵中也要婉儿同女皇长相厮守吗？不,婉儿不愿。婉儿还想活下去,还想在女皇万岁之后依然留在人间。那么留下来的方法又是什么呢？这就是为什么婉儿竟允许了那个她不仅蔑视而且怀有着黥面之恨的男人走进她的生活,甚至走进了她的身体,她以为他能给她新生。

是宫中错综复杂的关系和日益不安定的动荡局面，使婉儿重新审视她和武三思的关系的。她知道身处险境的人就是要学会不停地审视自己,不停地调整自己的位置。婉儿是在女皇雄心勃勃地要把她的大周帝国世代延续下去的前提下,才把她的目光向下,屈尊委身于那个可能继承大周王位的武三思的。其实在婉儿的骨子里,一直是把李唐当作真正的王朝的,她甚至认为就是因为唐高宗李治娶了武曌这样微贱的女人而使李唐皇室的血液中掺进了很多杂质,那皇族的血统也就不那么纯正也不再那么高贵了。特别是在武曌的那个女儿太平公主的身上，几乎看不到一点皇室高贵的影子,婉儿以为那皆是因为她太像她那个平民出身的母亲了。婉儿之所以要这样看待李武两姓,可能是同她自己纯正的贵族血统有关。毕竟婉儿出身于名门望族，不仅她的祖父上官仪是前朝显赫的丞相,就是她的母亲郑氏也贵为名门之后,婉儿的血统自然是纯正而又纯正的了。所以纯正的婉儿当然看不起那些不够纯正的人,哪怕是他们通过努力奋斗做了很高的官,甚至做了皇帝。但是婉儿多少年来一直小心地隐藏着她的那一份轻蔑,因为面对女皇,她就不是高贵的了,因为她仅只是女皇的一个微贱的奴婢,她只能小心翼翼地伺候女皇并依附她。

婉儿想她一直是依了女皇的善恶而善恶的。而今天看来,她当初选择了武三思做靠山,很可能是打错了如意算盘。婉儿想这可能就是盲目服从和人身依附的弊端。难道女皇的好恶不会改变吗?而二十年间,婉儿又目睹了女皇多少的朝令夕改,翻云覆雨。女皇的心如流水。她从来就不肯停留在一个地方,这些婉儿本来都是了解的,而她怎么在选择武三思的时候就不曾把女皇流动的心性考虑进去呢?以致她在武三思的怀中陷得那么深,不仅修撰国史的文人墨客们对他们的关系尽人皆知,就是在满朝文武中也是沸沸扬扬,无人不晓。她让所有的人都看到了她是武三思的人。她已经没有退身之地。她已经无从选择了。这就是婉儿的悲哀。

而如今女皇要把大周帝国世世代代传继下去的决心已经动摇,这就让已经站在大周旗下的婉儿有点措手不及,有点处境尴尬甚至难堪。也就是在此刻,婉儿才第一次意识到,其实女皇就从不曾坚定过,否则她怎么会在异常戒备的情况下,依然把李姓的太子留在东宫;又为什么对李唐的那些旧臣们虽积怨甚深,却又在罢免他们的时候总是犹豫不决。也就是在此刻,婉儿才终于看出了女皇的那种非凡的制衡的本领。她从不曾对谁真正好过,也从没把真正的权力给予过谁。她留住李姓太子就是为了震慑权倾一时的武姓子嗣们;而她亲近她的武姓后代们,给他们以高官实权,自然也是为了恫吓那些李唐的儿孙和旧臣。她就是以她的这种高妙绝顶的制衡术来控制朝中各派势力的。没有绝对的亲信也没有绝对的敌人。而唯有绝对的权威。那就是她。她自己。女皇帝。

能说年近七十的女皇帝老了吗?能说她的思维迟钝了吗?她的

战法不再高妙了吗?

这就是婉儿为什么沮丧为什么自责。她想她可能真的是棋错一着了。所以她必得全力补救,她要把泼出去的水想办法收回来,她要把献出去的那颗心忍痛拿回来,哪怕,要把她的心撕碎。

于是婉儿变得更加地审慎。她想从今以后,她要重新处置她和武三思的关系。当然在究竟由谁来继承皇权的问题还并不明朗的情况下,婉儿不能盲目行事,更不能不计后果地就从武三思的床上抽身而走。不是那么简单的。这是因为,女皇目前只是在继承人的问题上左右摇摆,举棋不定,她还并没有决定究竟由谁来接她的班。而且以女皇的统治风格,她就是确立了她的接班人,稍不如意,也会毫不犹豫地废掉他的,这已经是被她所废掉的一个一个儿子反复证明了的,所以,只能等到最后。那个最后的最后。那时的赢者才是真正的王。而谁又能猜出那个最后的王者究竟是谁呢?如果说不定就是这个武三思呢?尽管武三思野心勃勃,居心叵测,但李姓的那几位皇子有谁能抵得过他的足智多谋,坚不可摧呢?如果说武三思没有帝王气象,那么当初被选妃选进宫来的武皇帝难道就有帝王之气象吗?是女皇称帝的现实,让婉儿看清了在当今天下,没有什么不可能的事。所以武三思称帝,也不是不可能的。所以婉儿也更明确了,她绝不能贸然离开他。

而婉儿不能简单离开武三思的另一个原因,是久而久之,她已经不再能离开这个男人的身体。她不管自己从心眼里怎样地瞧不起武三思,也不管武三思在武皇帝的面前所表现出来的是一种怎样低下的人格。特别是武三思对女皇的新宠张氏兄弟的那一份奴颜媚骨,简直让婉儿厌恶得不想再跟他上床。她曾反复地对武三思说,请大人自重。大人不能这样。大人太过分了。大人就是自己不要尊严,至少也要照顾一点奴婢的面子。是我要和他们一天到晚打交道。请大人在他们面前至少给奴婢留一点尊严。

但是尽管婉儿无数次向武三思发出最后的通牒，武三思却始终不改他的奴才相。而恰恰又是这种弯腰低头，竟赢来了女皇的满堂喝彩。武三思的权力也随之而日盛，这便是武三思为什么能对婉儿的指责每每反唇相讥，还以颜色。他要婉儿知道，任何功名的获得，都不可能只有一种方式。所谓的殊途同归，我就是最典型的范例。他又说我何德何能，就能盖过那些智勇双全的老臣们？弯腰屈节也是一种方式，一道阶梯。而我要达到我的理想，也只有这一条路。

于是婉儿妥协。婉儿妥协不单单是因为武三思不断地在他折节的韬略中获胜，还因为他的身体。婉儿是用她的身体深爱着武三思的身体的。她享有了这个男人的身体，就不再能离开。她无法想象一旦有一天她没有了他的身体会是怎样地苦痛。她想那将是一种灾难。从此她像干涸的土地。她曾经干涸了很多年。是这个欣赏她爱慕她给她以床上的欢乐和幸福的男人滋润了她，让她在三十岁以后的生活中每一天都能看到阳光。他总是塞满着她的渴望。在文史馆深处的那个小小的充满了温馨可能也充满了罪恶的庭院中，他等她。无论傍晚还是黎明，也不论是在黄昏的暮霭中还是在午夜星辰下。他们。在一起。那已经是婉儿能找到男人能获得男人所给予她的满足的唯一场所了。被滋养过的婉儿不能不再被滋养。她的身体已经离不开那个男人的身体的滋养了，后来，她的感情也就离不开那个男人的感情了。

于是她日复一日地与他在一起。他们从不轻言离别和分手。婉儿牵肠挂肚地关心着武三思每一个升迁的脚步和每一个被圣上冷落的时刻。因为婉儿时刻在女皇身边，到了后来，婉儿简直就成了武三思的一只见风使舵的眼。这就是婉儿和武三思的一种同甘共苦荣辱与共的关系。这所有的关切都是切肤的，由身体而生的。

就像此时此刻,当武三思的地位开始有了稍稍的倾斜;当朝中确乎有人提到了那个远方的庐陵王。于是婉儿慌了。她以她所独有的政治嗅觉得知那个危难的时刻到了，她需要为她的身体的男人铤而走险了。

于是当那个女皇心情很好的时候，当那个因武三思对张氏兄弟的阿谀使女皇笑逐颜开的时候，婉儿陪着女皇在后宫里缓缓散步的时候,婉儿不露痕迹地袒露了她的心迹。

婉儿陪着女皇。在女皇所喜欢的那个花园里。在湖畔。那是婉儿常常陪女皇来的地方。她们谈论着女皇的那一对新宠。

婉儿在说到张氏兄弟时，竟然也在举重若轻中流露了一种谄媚。那种不着痕迹的谄媚的腔调当然是女皇所感觉不到的。因为在女皇那样的年龄和以女皇对张氏兄弟所迷恋的那种程度，哪怕是有人把他们捧到天上,把他们说成是仙子下凡,女皇也不会在意,更不会觉得那是言过其实。因为在女皇的心中,他们就是人间的尤物天上的仙子,他们的精美绝伦是怎样形容也不过分的,何况婉儿的言谈话语中并没有怎样使用那些溢美之词。那轻描淡写中的谄媚是婉儿自己听出来的。她不知道那么谄媚的声音怎么就从她的大脑中飘了出来。那声音甚至把婉儿自己都吓了一跳。她才意识到原来她自己也并不是一个高洁的人。她本来一向是蔑视这些的。但是她不知道自己为什么突然会这样。她想她或者真的是对女皇有所求。她也才了悟了为什么人有欲之后就不能刚了。

张氏兄弟当然是上天赐给陛下的宝物。

陛下的容颜真的是健康滋润美丽,仿佛再度青春。

就是陛下苍白的头发也是那么飘逸柔软，特别是被张氏兄弟梳理得尤其超凡脱俗……

她们沿着后花园的湖畔缓慢地向前走着。七十岁的女皇毕竟老态龙钟步履蹒跚,全无了当年的气宇轩昂和闲情逸致。她们只是缓缓地走着。言不及义地谈论着二张。其实她们都知道她们真正想说的并不是这个宫闱的话题,但是她们又谁都不愿首先打破这个无聊而沉闷的话题。

这是两个智慧的女人的心性的较量。

后来女皇累了。她不肯向前走了。她就被婉儿扶着坐在了湖畔的石凳上。她看着湖水,很苍茫的目光,然后她就无限悲凉地说,这是朕最喜欢的水面了。不知道这里今后会是谁的。

婉儿轻轻地为武曌按摩着她形销骨立的肩膀。婉儿当然体察到了武曌的心境,她说,陛下将永远是这里的主人。

今天在朝上,那个狄仁杰又提到了庐陵王,他说该是太子回朝的时候了,还说唯有显才堪以继承这大周的帝业。那么李旦怎么办?手心手背,他们都是我的儿子。叫朕难以取舍。

不过奴婢近日也听说,那些吁请庐陵王返朝的,都是些主张复辟李唐的旧臣,奴婢不知道这些人的真正目的是什么。

他们真想推翻朕的帝国?

奴婢还看不清楚,但至少,他们所拥戴的毕竟是李姓的后代。

可是显也是我的儿子。他血管里流着李姓的血,但也流着我们武姓的血。我把天下交给的是显,而不是交给别的什么人。

只怕国号就会改了。以奴婢的预感,一旦皇权回到了显那样的李姓子嗣的掌握之中,迟早有一天,他们会复辟李唐王朝的。即或是显不愿意,那些老臣们也不会善罢甘休。那圣上辛辛苦苦创建的大周帝国不就付之东流了吗?

怕是朕那时候就什么也看不到了。

但是陛下,婉儿知道任何朝代都不是永恒的,就像斗转星移四季轮回。如此从秦到汉,又从隋唐到了陛下的武周帝国。但是婉儿更知道，这神器的更迭是要经历浴血奋战的。没有和平的改朝换代,就是圣上登基,不是也在金戈铁马中平定了徐敬业声势凶猛的扬州叛乱和剿灭了琅琊王李冲及越王贞的皇室暴乱之后吗？陛下的江山来之不易,如今怎么能如此轻易地就把天下拱手相让呢？那陛下当初又何苦浴血奋战打下这江山呢？

武曌有点疑惑地扭转头看着身后的婉儿。那你的意思就是说朕只能把皇权交给武姓的子嗣们了？

婉儿并不是这个意思。

可是你说说这些武姓的孩子们又有哪个叫朕满意呢？他们一个个不学无术,只知阿谀奉承来讨朕的欢心,你说朕能把皇权社稷交给他们吗？那不是要后世贻笑大方吗？

不过……不过武姓中不全是这种无能之辈吧？

你是想说三思吧？

武三思确乎是武姓子嗣中的佼佼者,且不乏雄才大略。婉儿终于把她想说的说了出来,大有图穷匕首现的味道。

三思确乎是朕最疼爱的,也是待朕最好的。难哪。朕累了。扶朕回去歇息吧。

婉儿将武皇帝送回了她的寝殿。然后她依然回到了刚才同女皇对话的那片湖岸。她既没有回她自己的房子休息,也没有急切地赶到文史馆向在那里等着她的武三思汇报。一种莫名其妙又有点惶恐不安的心情。就像她不知道自己为什么会奉承二张,她也不知道自己为什么会义正词严地反复申述李唐的复辟在即，并反复举荐武三思。她当然知道她的话对武曌是有着影响力的,但是她也当然觉出了这一次武曌没把她的话放在心上。

所以婉儿需要一个冷静的时刻独自梳理自己。

她需要冷静是因为她终于意识到了女皇在提到庐陵王返回时的态度已变得相当和缓。婉儿知道那就意味着李显的返朝已经不是不可能的了。同时也意味着,女皇对她眼前的这两个继承人李旦和武三思都是不满意甚至不抱希望的了。尽管婉儿极力在武曌面前贬李扬武，但是女皇这一次竟没有表现出她平时的那一份热忱来,甚至连起码的应和都没有。婉儿知道,这可能就是一个信号,一种预示着女皇不准备让她的大周帝国传宗接代的暗示，一种武周王朝在女皇百年之后将不复存在的先兆。而武姓的后代们将也随之被毁灭,这无论是对于武三思还是婉儿都将是致命的。

这说明了什么?

婉儿直到此刻才意识到女皇并没有老。也许她的身体衰老容颜憔悴,但是她的思维没有老,甚至比常人还要清晰敏锐许多。她不昏聩。这是历代年迈的君王们都难逃的痼疾。但是女皇不昏聩,她依然拥有着她那特立独行、高瞻远瞩的眼光。她依然有她自己的主意。那是任何人都不能改变的。她不会因为那些低三下四的奉承巴结就改变了她的主张。她是不可改变也不能左右的。她看得清她的王朝究竟该交给谁。她有她的眼光她的谋略和她的一定之规。她不会有一丝一毫的偏差她永远不会偏离她既定的轨道。尽管她至今犹豫徘徊举棋不定，但是她最终会拿出一个有利于社稷国人的决策的,那就是……

婉儿坚信,那就是庐陵王李显的返回。

凭着婉儿对政治的嗅觉和对女皇的了解，她相信庐陵王的返回已成为定局不可更改。

然而婉儿在刚才还在不遗余力地为武三思游说，那她不是就成了那个不识时务的小丑了吗？而且平心而论那个以巴结术见长且诡计多端的武三思就真配做那个武周帝国的天子吗？如果结论是否定的而且婉儿的心里也是清楚的，她又为什么要这样坚定不移地对女皇做这种违心的推荐呢?

当然,是因为婉儿同武三思的那一份身体上的情意,但是还有更重要的,那就是她知道她已经和武三思搅得太深了,她很怕自己会因了武氏的没落而没落。她深知女皇在世时,她或许还能苟全她的性命;但是武皇帝一旦仙逝,她就在劫难逃,谁也不会再保护她。所以她竭尽全力地举荐武三思。唯有三思做了天子,她的性命才能保全。这是最后的挣扎了。与其说这是婉儿在为武三思争取继承权,不如说是婉儿在为她自己争取生存权。

婉儿徘徊在湖畔。被夜晚清冷的风吹着。在如此澄澈的夜空下，婉儿怎么还在做着痴迷的梦呢？婉儿不是从来就清醒冷静的吗？她究竟是被什么迷惑了呢？现实已不再容婉儿白日做梦。她必须认清时局,那就是复辟李唐已大势所趋,民心所向。

婉儿知道,比起性的欲望,当然生存的欲望更重要。仅仅是为了她和武三思的那柔情蜜意就忽略了生命的生存，对于婉儿这样的女人来说实在是太荒唐。生存才是第一的。有了生存才有性。如果连生命都没有了,又何谈生命中的那些欲望呢？这才是婉儿首先要考虑的。她其实已经预感到了她的危在旦夕。她知道就在此刻,武三思就在不远的那个文史馆的庭院中在欲望的沟壑中心急如焚地等着她。但是对于婉儿来说,那些已不再重要了,重要的是她必得尽快找到一条进退两全的路。

婉儿到底是婉儿。

那是谁也想不到的。

就在武三思苦苦等她的那一刻，她却突然出现在了东宫的大殿中。

当婉儿求见皇太子旦的时候，这个已被冷落多年的太子吓坏了。他是诚惶诚恐地来到婉儿面前的。他周身颤抖着。在这样的夜晚。婉儿是不速之客。李旦怕见婉儿,那是因为他知道婉儿是母亲派来的人。他真的害怕极了。他几乎想跪在婉儿脚下。他不知婉儿的突然到来对他意味了什么，更不知又会有什么样的厄运会继续降临在他的头上。

此时的太子李旦已是惊弓之鸟。在短短的十几年中,他就从一个天真烂漫的少年变成了一个历尽苦难和沧桑的老人。他先是顶替被废黜的李显成了大唐又一代傀儡皇帝，紧接着女皇登基他又成为被赐武姓的大周第一任傀儡太子。然而就是这个打定了主意无条件服从母亲并且任由母亲操纵的李旦，却还是难逃母亲的魔掌。他至今不知道他是怎么得罪母亲了,以至于从此母亲再不信任他并且连连降灾难于他。先是两个旦无比心爱的宠妃在给母亲拜年时莫名其妙地失踪了,从此再不曾见到,甚至连尸骨也没有。紧接着他的五个年幼的爱子又被削官降爵，且被女皇劫掠进后宫囚禁。这种家破人亡的苦难已经把旦逼到了绝境,而旦天生的忍性还是让他活了下来,并独自承受着这巨大的苦难和悲伤。但是安于这种劫掠和灾难的李旦竟然还不能得到女皇的宽容。不久之后,一向安分守己苟且偷生的太子竟然又被母亲所豢养的酷吏构陷以谋反的罪名,东宫再度被清洗。直到一个肯用生命捍卫太子的东宫花匠安金藏以剖腹证明了太子的清白,才使李旦免于一死,而从此行尸走肉一般地苟活于清冷的东宫。

所以惊弓之鸟的太子当然对婉儿的到来心存惊悚，不知道婉儿要传达的是什么样的坏消息。他想这已经是他最后的时刻了,他已经被逼到底限。李旦终于觉出他的承受力是有限度的。他也的确想过与其如此苟且偷生,真不如一死了之。为此他甚至开始理解和羡慕他那两个早已命归黄泉的哥哥李弘和李贤了。他觉得在母亲身边,确实求死是比求生更积极的一种人生的态度。他想与其这样每天在恐惧中度日,每时每刻地感受着悬在他头顶的那把母亲的剑,真不如随了他的父亲和两个兄长而去。李旦觉得他十四年来所遭受的磨难不知比瞬间死亡要痛苦多少倍。他恨自己,恨自己为什么就没有勇气去实现那英勇的死呢?李旦想这才是上天对他最大的惩罚。让他活着,活着而历尽天下苦难。旦想终有一天他会获得选择死亡的勇气。他一想到死亡是一种彻底的解脱,他觉得他就不再惧怕了,他甚至一想到那死亡所带来的解脱便满怀了一种由衷的喜悦。只是他还不能死。他还有一份父亲的责任,他还有五个年幼无知的儿子被押在女皇的后宫。他要想方设法救出他们。他要等待。他宁可继续孤单一人忍受苦痛,因为他见不到的那五个儿子才是他心中真正的疼痛。

如此旦垂立在婉儿面前。他甚至都不敢抬起眼睛去看婉儿满怀同情的脸。婉儿看见这个形容枯槁形单影只的旦时岂止是同情,她简直是心疼。不知道怎么婉儿的眼泪就流了下来。那一刻她真想把那个可怜的旦紧紧抱在怀中。

旦当然知道婉儿是个什么样的女人。他知道婉儿是怎样获得女皇信任的,也知道婉儿替女皇背负了怎样沉重的罪名。他还知道婉儿是谁的人,她所代表的又是哪一股势力的利益。但是他却从来不恨婉儿,他知道婉儿能活着走到今天不容易,他的苦难也并不是婉儿造成的。他只是不能理解如此尊贵的婉儿,怎么会就成了武三思帷幄中的人。他觉得婉儿同武三思是完全不同的两类人。以婉儿的优雅清高,以她对章怀太子李贤的那一份执着的迷恋,她又怎么能爱上武三思那种凶险且下作的小人呢?这是旦百思不得其解的。他知道宫廷中的事就是这样的变幻莫测令人费解,何况婉儿又是个那么智慧聪明的女人。他还想婉儿做出这样的选择,一定是有她的原因的。

婉儿问,殿下可好?

婉儿紧接着又说,不是圣上要我来的。

旦惊异地抬起头。他无法理解婉儿在这夜深人静的时候为什么会突然到他这里来。

真的不是圣上要我来。圣上根本就不知道我会来。奴婢只是想看看殿下。不记得奴婢与殿下有多少年不曾好好坐过了。奴婢在这里向殿下赔罪请安了。

婉儿说着竟跪了下去,战战兢兢的李旦赶紧把婉儿扶了起来。

婉儿虽然张口闭口奴婢，但是她知道她和李旦其实一直就是平等的。他们兄妹一般地从小一块儿长大。在婉儿所见过的皇子中,旦是从一见面就视婉儿为平等的。在他们之间一直有着一种很和谐默契甚至是很亲密的关系。那是他们心中都有的一种感觉,是不用说出来的。他们心心相印。知道不论在什么情况下,他们两人都不会伤害对方。后来他们尽管见面很少,甚至几年都不曾见过,但那默契还是在的,那是一种很深很深的友情。

婉儿在李旦扶起她的那一刻真的想流泪。她说殿下真的好吗?奴婢一直很牵挂你。

旦甚至对婉儿的动情都很冷漠,他只是显得很平静地说,我很好。这里很安静。难得很安静。

婉儿只是想让殿下知道,殿下并不孤单。

是的我知道。

奴婢还想让殿下知道,奴婢常去后宫探望那几个小公子。他们真的很好。都长大了。特别是临淄王隆基,一副英雄少年的模样,长得比殿下还要高了。

是吗?隆基走的时候只有九岁,六年过去了,他已经十五岁了吧?

旦只有在婉儿提到他的这五个被幽禁的儿子时，他的眼睛里才会放出活人的光辉。

婉儿说圣上派给他们的，是宫廷里最好的太师。他们真的很好。殿下不必担心。

是啊我不担心，我不担心，只要他们好，只要他们好……

婉儿看着李旦那可怜可悲的样子，她真的不知道该怎样安慰这个顶着太子虚名的最绝望的男人。她不希望太子从此委顿下去，但也知道太子确乎是已没什么别的路可走了。在这么近的地方看受难的李旦，婉儿就更是觉得满心悲伤。她真的不忍再看这东宫的凄凉，于是她只能匆匆告辞。

临出门时婉儿拉住了旦的手。婉儿想不到旦的手竟是那样的骨瘦如柴冰冷僵硬。她不知道自己是怎样地立刻丢下了旦的手，她觉得她刚刚握着的已经不是一个活人的手了。婉儿想旦是如此地未老先衰，年纪轻轻就恍若一具瘦骨嶙峋的僵尸，而他的七十岁的母亲竟然还依然春风拂面地与张氏兄弟纸醉金迷，夜夜狂欢，婉儿不能想象这是怎样的一个颠倒的世界。婉儿这样想着便真的去拥抱了旦。她觉得旦是那么冰冷，那么瑟瑟地抖着，就像是一个已经毫无感觉了的活死人。她想这世道真是不公平。她甚至想何以武三思就能那样盛气凌人春风得意呢？他凭什么？

婉儿轻轻地拍着旦的后背。婉儿把旦抱在怀中的时候就像是她是旦慈爱的母亲或姐姐。她说会好的。孩子们一定会回来的。你真的不用担心他们。毕竟圣上是他们的祖母。只是你要好好保重你自己。只是你这样子让人看了太难受。婉儿和殿下一道长大，婉儿真的不忍殿下再被折磨下去了。婉儿也不能再说什么了，但总之，会好起来的。圣上的心也是肉长的。真的，殿下，会好起来的。

婉儿看见旦的冷漠的眼睛里也闪出了点点温暖的泪光。

婉儿是哭着跑出东宫的。

婉儿靠在东宫的高墙上哭了很久。

她想上天为什么要选择如此老实脆弱的旦来折磨他欺侮他。婉儿为旦而哭泣。她的眼泪很真诚,她的同情也很真诚,以至于真诚得连婉儿自己都忘了她是为什么才来看望太子的。她是哭过了很久之后才记起来,她来东宫仅仅是为了找到一个退身步,为了能在被女皇操纵的那即将到来的新的宫廷布局中找到一个能够避风的港湾。婉儿想她有多卑鄙。甚至比武皇帝、武三思还卑鄙。她不仅自己陷在卑鄙中,还把无辜的李旦也牵进来。她配得到李旦未来对她的保护吗?她是那种值得保护的女人吗?但是她就是来找了旦。她知道以旦对她的那一份情意,今后的宫廷中不论发生了什么,旦都是不会伤害她的。她知道旦的为人,更知道她和旦之间的那秘而不宣的手足之情,然而倘若真的如此,她很多年来为什么就不曾来探望不幸的旦呢?特别是当旦屡遭劫难,特别是旦温暖的家庭被逼迫得转瞬之间妻离子散,特别是,当旦一个人,在伤痛中独守着清冷的东宫,她又为什么不来关切旦呢?她在那样的时刻又在哪儿呢?她在等待那个卑鄙无耻的武姓男人走近她;她在期待他把她带上那张肮脏的床;她甚至在厚颜无耻地向圣上推荐着那个连她自己都难以启齿的男人做皇帝;她在朝廷里争夺继承权的斗争中坚决地把旦挤了出去……

婉儿问着自己是不是疯了。

但那又确确实实是她正在做的。她觉得她很自私,她是一个自私的女人,很多年来她事事处处首先想到的就是她自己。她曾经无数次地骂过武三思,骂他少廉寡耻卑鄙下流,可是她能成为他的女人,难道她不更卑鄙吗?婉儿知道她所做的和正在做的这些事都在证明着她不是一个高尚的女人。特别是她选择了这样的时候来东宫就更是把自己推到了卑鄙的极致。她是在利用着男人。利用着男人对她的爱情和友情。无论是武三思还是旦,她都在利用他们来保全自己。她的所有的举动都在证明着她的坏。她甚至都不再高贵不再优雅,她已经不配做那个不畏权贵的上官仪的孙女了,她已经辱没了她清白的家族了。

同样的夜晚。

婉儿在离开东宫后所拜访的另一个人，就是和婉儿相伴长大的太平公主。这是婉儿一不做二不休的一种选择,她想她今晚必得造访太平公主在宫外的家,她想她必得见到太平公主后,她的心才会踏实。

比起太子李旦,太平公主的处境要好了许多。尽管太平公主同母亲之间也曾有过很多不睦,但是她们最终总是能化干戈为玉帛。以至于相互理解相互帮助,熬过女人的那些最艰难的日子。

譬如太平公主最初所嫁的表兄薛绍，确曾与太平公主有过一段幸福美好的光景。加上薛绍的母亲又是高宗李治的妹妹、大唐的公主,这种亲上加亲的关系就使他们的这个家庭更具皇室的特点。以至于当女皇宠幸那个从街头捡来的卖艺男人冯小宝的时候,就不得不借用女儿贵族的夫姓,以改变那个垃圾一样的男人的出身,使他摇身一变就身价百倍,成了薛绍的一位远房的表亲。这便是她们母女之间的那种交易的开始。

这时候薛绍和太平公主似乎还勉强维持着他们之间的那种淡而无味的关系。太平公主尽管觉得这样的生活已毫无意思,但是为了她的孩子们,她倒也安之若素。倒是薛绍,他总是觉得和颐指气使的太平公主一道生活太压抑也太屈辱，尽管他作为驸马都尉已经在朝廷上拥有了极高的荣誉和地位，他还是觉得作为男人活得不够好,也不够男人。他觉得一个男人就是该靠自己的本事横枪跃马,为国捐躯。他固执地认为能够实现他的理想的地方只有战场。但可惜薛绍的时代又是和平的时代，因为一直掌管朝政的武曌作为女人,她总是不愿征战。而边夷的侵犯她也总是用讲和或是和亲的方式去解决。所以和平时代的贵族生活令薛绍窒息。他无论在朝上还是在家中都是一副不开心的样子。后来,几乎等了一生的那个薛绍终于等来了那个大丈夫战死疆场的时刻。对于薛绍来说,那简直是一个千载难逢的机会,于是他英勇披挂上阵,与兄弟一道参与了李唐王室琅琊王李冲和越王贞的那次叛乱。薛绍不管他所参加的这场叛乱是不是为了反抗岳母，他是作为李唐皇室的成员杀上战场的,他认为那是他作为男人唯一的实现价值的方式。

以太平公主的聪明和她对母亲那深刻的了解，她不会看不出这将是一场必败的战争。但是长年以来夫妻之间冷漠的生活,使太平公主没有阻拦她的丈夫,而是对他采取了一种听之任之的态度。她任凭着薛绍的盲目疯狂,任凭着他在皇室密谋的时候慷慨激昂。她可能想反正我是大唐的公主,是母亲唯一的女儿最亲的亲人。所以她任凭了她的丈夫奔赴沙场,任凭了他去追求人生的目标。她任凭了薛绍丢下了她们妻儿老小，那时候她已经不再留恋他们之间那种形同路人一般的夫妻生活了。

薛绍果然死得英勇。只是他没有像年轻的琅琊王李冲那样真的血洒疆场。薛绍是在叛乱失败后杖刑而死的。仅仅一百下鞭杖，女皇便为女儿解决了她多年以来的心头之患,薛绍从此不复存在。而武曌亦是在杖杀了薛绍他们这些皇室的渣滓之后，才得以荣登宝座的。女儿的男人也成了她爬上皇位的一阶带血的人梯。这是她们母女之间的又一次惨痛而又伟大的交换。

不知道薛绍被母亲杖杀时太平公主是一种怎样的心情。但总之,太平公主在三十岁的时候就开始守寡了。从此那寂寞难耐独守空房的日子一直困扰着她。特别是当太平公主看到她六十多岁的母亲竟然每夜都有各种男人陪伴，她的那种孤独无助的心态就更不平衡了。所以她经常哭。经常发火。她甚至对她的母亲也爱搭不理的,她认为是她的母亲抢去了她床上的那个聊胜于无的男人。

怎样的冰冷和长夜。那种曾经沧海的煎熬对于一个尚且年轻尚且美丽的女人不啻是一场灾难。

谁能帮助这个尽管日渐憔悴但却依然美丽风流的女人?

谁又敢帮助她?

当然武皇帝不能对她这个唯一的女儿撒手不管。既然做了皇帝的武曌连天下都要管,她怎么能不管她的女儿呢?

然而女皇的管就情不自禁地带上一种政治的色彩了。其实在皇室中,哪怕亲人之间的关系也是政治的,而通常朝中政治的关系也就是亲属的关系。既然是女皇已经登基,既然是朝廷已经姓武,尽管女皇已将她身边的这两个李姓的儿女太平公主和旦分别赐以了武姓,但是她在考虑起为女儿解决寂寞的问题时,她还是首先想到了她武姓的男人们。

这已经成为女皇的一个情结。她总是被她的姓氏纠缠着困扰着。她为女儿选择夫婿的第一个人选就是武承嗣。当时武承嗣是所有武姓子嗣中官位最高的,也是女皇所信任的。武承嗣是武皇帝同父异母兄长武元爽的儿子。他在他们这一代中最为年长,所以他一直是武氏家族的首席继承人。武曌之所以为女儿选择了武承嗣,大概也是考虑到未来一旦由武承嗣继承了王位,那皇后不依然是自己的女儿吗?

让李武两姓之间的裙带关系不断发展，后来这简直成了女皇的一种追求。果然从此李武之间不断联姻,不单单是大唐的太平公主嫁给了武姓,中宗李显的女儿安乐公主嫁给了武姓,就是后来睿宗李旦的儿子唐玄宗李隆基在杨贵妃之前最最宠爱的女人，也是他本来最最仇恨的武姓亲戚武攸止美丽的女儿武惠妃。

但是在太平公主的婚嫁上，可惜一厢情愿的女皇打错了如意算盘。因为自负而美丽的太平公主并不喜欢母亲为她挑选的男人，那个未来可能会当皇帝的势利小人。但是太平公主似乎也没有别的选择了，她只能是不情愿地接受母亲给她的那个据说是为她好的现实。幸好在结婚的典礼上,心怀胆怯的武承嗣突然称病不能来出席自己的婚礼。这是天意。结果太平公主得以逃过了这一劫。

后来倒是太平公主自己捕捉到了她的猎物。她所看中的刚好也是一个武姓的男人。这位当时已官拜右卫中郎将的男人武攸暨，是一位既温柔平和又风度翩翩的谦谦君子。武攸暨说起来也是太平公主的一位远房的表哥，他是武皇帝伯父武士让的孙子，那时候,女皇已不顾众臣反对,凡天下武姓都必得委以高官了,于是武姓的朝臣们才能把朝廷挤得水泄不通。

武攸暨就是这样走进了太平公主的视野。但是要武攸暨成为太平公主的驸马却还有一个很大的障碍，那就是这个一表人才的武攸暨早有妻女，他哪里知道还有太平公主这样显赫的女人在眼巴巴地等着他。在这样的时刻当然还是母亲挺身而出帮助了她急急渴渴的女儿。很快武攸暨的那个原配夫人便暴疾而死。于是接下来没有多久，太平公主就大张旗鼓地下嫁了这位她倾慕已久的武姓的表哥。以李武的联姻报答了她的母亲。

而当时太平公主向母亲吐露她对武攸暨的爱慕和她要嫁给他的难处,就是通过婉儿。这些难以启齿的苦衷,以太平公主生性好强的天性，她是绝不肯对母亲说的。而她又是多么想得到这个男人,而能够把她的这种愿望传达给女皇的,太平公主知道,唯有婉儿。她和婉儿一道长大。她们可说是无话不谈。也许太平公主是有意，但也许太平公主只是想找个能倾听她的人来诉说，总之，婉儿了解了这一切。此间太平公主甚至想过放弃，她觉得要得到这个男人对她来说是太难了她说她没有这样的能力，除非她母亲愿意帮助她。于是婉儿穿针引线，让太平公主真的很快就实现了她的愿望，成了武攸暨名正言顺的新嫁娘。

婉儿之所以和太平公主无话不谈，不单单因为她们青梅竹马的友情，还因为她们对朝中政治都充满了兴趣。她们不仅耳濡目染，婉儿甚至很深地陷入其中，于是她们无形中就多了很多关于政治的话题。只是太平公主早早嫁出皇宫，远离朝廷，不能像婉儿那样在政治中实现她的抱负。但太平公主有时候站得远些，反而会对朝中的一些事情看得清些。所以婉儿会常常到太平公主的府上来，听她说一说她对朝中人与事的感觉。

而婉儿此次午夜赶来求见公主，其实就是想和太平探讨一番这王朝的未来和婉儿自己那岌岌可危的处境。她觉得太平公主尽管嫁给了武家的人，但是她说到底是李唐的公主。所以，为防着未来李唐复辟，婉儿必须让自己和太平更亲近些。她觉得除了太子，太平公主也会是她的一个强有力的保护人，她甚至就是为此而来的。

其实婉儿自从得知了女皇对庐陵王返回的松动的态度，她就很本能地首先想到了太平公主，并从心底里羡慕她。她觉得如今在李武之间太平公主的那种能进能退、进退自如的状态是最好的了。进一进，她就是李唐的公主；而退一退，她又是武家的媳妇。这是唯有女皇本人才有的一种优越的位置。她既有李唐的儿女，又有武氏的子嗣，他们都是她的，她可在其中任意选择，所以哪一个支脉上的人，都不能对她有丝毫怠慢。而东宫太子李旦的处境就差了很多，他不能像他的妹妹那样通过婚姻拥有李武两姓。他没有武姓的女人，而他的那个由女皇赐予的武姓也纯粹是个虚空的符号，远没有太平公主和武攸暨的婚姻关系那么实际。他们才是以身体将李武两姓真正地融在了一起，未来连他们的孩子都是名副其实地能拥有李武两重姓氏。这样说起来，婉儿的处境就更糟糕了。她如今可谓是一头扎进了武姓的势力中难以自拔。她曾经以为那便是她的靠山她未来生活的保障。她知道那都是因为她对女皇的错误的判断和对时局的不够清醒的认识。她没有任何李姓的势力可以依靠，特别是当圣上百年之后。

婉儿所以星夜赶来洛河对岸的太平府。

那时候公主府上总是彻夜灯火通明，几乎夜夜有宴，宾客满堂。足见此时太平公主的春风得意。

婉儿的深夜到来，把兴致正浓酒意阑珊的太平公主从酒觞摇动杯盘狼藉中惊动了。太平公主微醉地慵懒着，但是她一见到婉儿两眼就立刻放出惊异的光彩。那目光竟和婉儿刚刚见到的东宫太子很像。她同样不知道后宫出了什么事。她同样非常紧张，她不知母亲那边到底发生了什么，她想母亲到底年事已高。

婉儿被带到公主府一个远离喧闹的安静的房子里。

婉儿坐下来便说，我刚刚从太子那边来。

太子出事了？太平公主一惊。

是我自己想去看太子，圣上不知道。

婉儿，你疯了？你难道不知道宫里到处都是探子吗？你怎么敢做这种事？你真的不想要命了？太平公主把她的声音压得很低但是很严厉。

婉儿不知道为什么，她的眼泪顿时就流了出来。太平公主也一下子慌了，因为她从小就知道婉儿很坚强，她几乎很少看到过婉儿流眼泪。于是她走过去抱住了婉儿，她说你别哭，告诉我你到底怎么啦？都这么些年了你难道还不了解母亲吗？她怎么会容你去看太子呢？她那么恨他，她是把太子当敌人的，你这不是往刀口上撞吗？你现在不是好好的吗？有三思疼你爱你做你的靠山。你干吗还要把你自己往火坑里推呢？你干吗要这样毁自己？三思知道你去东宫吗？

婉儿摇头。

告诉我到底出了什么事？太平公主开始义正词严。

婉儿说，你怎么就知道武三思是个靠得住的人呢？

他至少对你好，又和你志同道合。

难道我就是和武三思一样的人吗？太平，你也这么看我吗？

当然你比他更出色。但是，三思毕竟是武家最才华横溢的男人了。又被母亲如此赏识，给了他那么高的官位和那么大的权力，你还有什么不满意？

可是，你不觉得他是个卑鄙的男人吗？

卑鄙？这宫中又有哪个男人不卑鄙？婉儿你整天在一个卑鄙男人的圈子里，你难道能找得出哪个不卑鄙的男人吗？不卑鄙就来不到朝廷上，因为朝廷本身就是卑鄙的。

就是说，连我也是卑鄙的。

婉儿你到底怎么啦？我并没有想说你什么，你怎么那么敏感呢？

是的，我就是卑鄙的。我甚至就是因为卑鄙才会去看望太子和你的。你知道吗太子实在是太可怜了。他那里的凄冷悲凉和你这里的灯红酒绿简直是不能比的。东宫就是地狱。旦在地狱中受苦。越是看到旦这样，我越是觉得自己很肮脏。

婉儿，告诉我到底是怎么啦。是三思欺侮你啦？

不，没有，他这会儿正在文史馆里等我呢。

要么是母亲。

婉儿沉默了片刻，然后便抬起头对太平公主说，傍晚我陪圣上在湖边散步,后来,圣上就提到了庐陵王。

三哥?她提三哥干吗?她是什么意思?太平公主也变得有点紧张。

说朝中有人奏请庐陵王返朝。

这样的鼓噪一直都有,母亲说过,她是绝不会被那些李唐的旧臣们左右的。

但已是大势所趋。

何以见得?这大周不是姓武吗?

圣上也可以赐庐陵王武姓。

三哥一回来,李唐肯定会复辟。

圣上好像对王朝姓什么已经不太在意了。

这不是太儿戏了吗?母亲怎么能这样?这是政治,不是什么母子情深。一个君王怎么能这样出尔反尔朝秦暮楚的,她是不是老糊涂啦?那我们这些嫁给武姓的人怎么办?那些复辟的老臣们还不把我们斩尽杀绝?这都是母亲。她要是不把她的孩子们一个一个地全都杀死,她是不会归天的,这个老浑蛋!

太平你别着急。不会殃及你的。你骨子里血液中的,是谁也无法改变的李姓。这宫中没有谁如你这般结结实实地脚踩在两只船上,其实这才是圣上最最愿意看到的。以婉儿之见,圣上是不会轻易非此即彼的。她不会抑李也不会贬武,她希望李武两姓在她百年之后也能世世代代交好下去。而且她也不会再杀人了。她老了。她是因为老了才想念庐陵王,才希望他能回来的。她希望她所有活着的孩子都能回到她身边,陪着她,为她送终。

不,婉儿,你还是不了解她。她是我母亲,我知道那把杀人的刀是藏在她整个生命中的,只要她一息尚存,我们所有这些她身边的人就是危险的。

但我敢保证你是没事的。你毕竟是她的女儿,唯一的女儿。我知道的,她爱你。真的,很爱。

那么,你就是为了这些去看太子?

是的。你能理解吗,太平?我不得不这样。我和你不一样。这一切对我来说实在是太困难了。但是我只能如此,我要为自己找到一条活路。其实我也不知道未来会是怎样的。有时候我觉得自己就像没头苍蝇一样,在黑暗中乱撞。我是那么肮脏。一会儿,我可能还要回到武三思的床上去取悦于这个可能会保护我的男人。我鄙薄他,看不起他在圣上面前的那副奴才相,但是我又离不开他。太平你看我过的是一种什么样的生活吧。生活对于我不公平,可我又能怎么办呢?

太平公主再度把悲泣的婉儿抱在怀中。她说婉儿别难过了,我理解你,请相信我,我们永远是姐妹。我爱你。自从你来到母亲身边,自从母亲让你和我在一起,我真的就把你当作亲姐妹了,我甚至比爱母亲还要爱你尊重你。毕竟这宫中能彼此对话的女人太少了,而母亲又常年热衷于她的朝政而不管我被孤零零地丢在后宫是不是很孤单。幸好有你。因为有你我甚至不再怨恨母亲了。别这样作践自己。婉儿我知道你是善良的,你有你自己是非的标准。有些事你去做了,那是因为你不得不去做。你没有选择。因为你只想报答母亲只想对母亲一个人忠诚。这些我都懂,所以我才能始终不渝地把你当作我最亲的姐妹最好的朋友。所以婉儿你不必怕。只要有我在,我们姐妹就绝不会分离。而且就是三哥回来我们也不用怕。十四年的流放生涯够长的了,我就不信他还像离开朝廷之前那么飞扬跋扈。何况我记得三哥还一直喜欢你。你难道忘了吗?那时候即使你喜欢的是二哥,可三哥还是痴心不改地迷恋你,说不定十四年后他还是一如既往呢?

可是你还记得吗？他一直认为是我向圣上出卖了他。其实圣上最后痛下决心废黜他，是因为一直辅弼他处理朝政的宰相裴炎对他已经忍无可忍。但是他恨我。他是不会放过我的，有韦妃，他就不会放过我。

那么，婉儿，你何不也吁请圣上开恩，接回庐陵王，让那些李唐旧臣们都知道，不就等于是让显也知道了吗？

你是要我以攻为守？

有什么难的吗？既然是他回来已不可阻挡。

只是……

只是武三思，对吗？

那我就成了什么人了？

只要能活着，还需要在乎去做什么样的人吗？婉儿，别傻了，看看这朝廷上，看看我们家宴会厅里的那些鸡鸣狗盗之徒不是都活着而且活得上好吗？一个个活得有头有脸的，活成了达官贵人，你我又何必苦苦追求要做个什么样的人呢？算了吧，婉儿，保命要紧。别管什么武三思了，现在你只能靠自己救自己了，你难道还不明白吗？

婉儿若有所思，然后若无其事地，离去。

婉儿回到文史馆的时候，天就要亮了。婉儿很犹豫，她本来想就回自己的家，不去文史馆了。但直到进了宫城的大门，她才突然改变了主意。她还是让她的马车停靠在了文史馆的门外。她不知道在经历了这个如此纷繁的长夜之后，她为什么还是选择了来这里。她可能是想趁午夜寂静，撰写几页女皇的周史吧。

婉儿踏着阑珊的夜色。

尽管晨曦已出现在天边，文史馆长长的甬道还是一片昏暗。婉儿轻手轻脚。一种惴惴不安的心情。她发现大殿里的灯光竟然还那么孤单地亮着。她有点后悔。想离开,想逃走。但是她的手竟已经推开了大殿的那扇沉重的门。那门在清晨的寂静中发出了吱吱嘎嘎的响声。那响声很刺耳,很尖利,不是风,埋在案卷中的武三思抬起头,他就看见了那个正从门缝中挤进来的面色憔悴的婉儿。

武三思好像很愤怒。他走过来一把揪住了婉儿,他问她,你去了哪儿?你知道我一直在这里等你吗?你说好了今晚会来的,你把我骗来自己却不知跑到哪里去了。听说你出了宫城,你到哪儿去会野男人啦?

婉儿奋力挣脱了武三思,说你放尊重点,想知道吗?我去了东宫。

你去了东宫?婉儿你不是在说梦话吧?是圣上要你去的吗?

当然不是。

那么你怎么敢去东宫?

因为我在圣上面前举荐了你。因为圣上从来听我的。因为圣上信任我。但是,圣上说,庐陵王就要回来了。

不。武三思几乎是在咆哮。他吼叫着,他说不,那不可能,白天,圣上还在和我讨论大周帝国的未来。

但是到了傍晚,圣上就说庐陵王返朝是迟早的了。

不,是你在骗我。

我怎么会骗你呢?否则我怎么会去东宫。

那么是圣上在骗我?

圣上也没有骗你,那是圣上在骗她自己。也许连圣上自己也不清楚。她不知道庐陵王的返朝,已经不单单是民心所向,不单单是李唐老臣的愿望,而是她自己的心意了。

圣上真是这样明明白白地对你说了?

难道圣上没有明确对我说,我就看不出她老人家的心思吗?

好了，我这就明白你为什么要去东宫了。你是重新去找靠山了。这我就真的看错你了。我一直以为你不是个婊子,你是个令人敬重的女人。

我是不得不那样做的。你知道吗？只要显回来,你就不能保护我了,可是我还得活着。

所以你就去找新主子？你就和那个东宫的男人上床？

我这样做也是为了你。

算了吧,你少来这一套吧。我真不知道你这个邪恶的身体是用来干吗的？就是为了找主子吗？

在某种意义上,是。就是为了找主子。

那么你的新主子怎么样？他寂寞得太久了吧？你让他满意了吗？你这个卑鄙下贱的女人。

我不许你这样侮辱我。你确实已经不能保护我了。

那么谁能保护你呢？东宫那个病夫一样懦弱的男人？老子还没有倒。圣上还在。圣上还信任我。你就不怕我向圣上告发你？

圣上不会相信你的。圣上现在满脑子里就是她那个远方的儿子。她想念他,希望他回来,因为他毕竟是圣上的骨肉。而你是谁？你不过是圣上为了慈悲而在龙州山沟里捡来的一个可怜的弃儿。圣上不过是怜悯你罢了,你竟然就真的把自己当人了。

浑蛋,你这个臭女人！你怎么就能那么下作那么卑鄙那么不择手段？还口口声声说什么是为了我,你别把我也弄脏了。

我当然是为了你,这是你这种智力的男人永远也不会理解的。

我当然不能理解你。我怎么能理解你这种没有廉耻的女人呢？不错我是很卑鄙,但是我就是再卑鄙也超不过你。人世间还有比你更坏的女人吗？你有了新主子就可以抛弃我了吧？你是不是还要罗织罪名加害于我呢？

是的我还要奏请圣上复立庐陵王为太子。

你可真是坏到顶了,亏你想得出!

只有这样,我才能保住我的性命。而唯有保全我的性命也才能保全你。

你这样脱光了和别的男人上床原来是为了保护我?你可真会为你的风骚找理由啊!我怎么啦?我不能满足你了吗?

仅仅是因为你姓武。

姓武怎么啦?圣上也姓武。

圣上总有驾崩的时候。

那大周帝国不会亡。

那只是你的一厢情愿。大周只女皇一代。一代而亡。这已经是圣上越来越清晰也越来越明确的认识了。而大周一亡,这天下就必定是李家的了。这难道你也看不清吗?你是因武姓而显贵一时权倾一时的。而一旦没有了武姓的王朝,你就一钱不值。而你的武姓使你在李唐的天下没有任何退路,到那时,恐怕就只有奴婢能救大人了。

婉儿你到底是个什么样的女人?连我都不认识你了。你没有权力这样教训我。我可以在圣上面前低三下四,我可以对圣上的情人点头哈腰,我甚至可以跪在他们的脚下任他们踩他们骑,但是,你不行。你是我的。是属于我的,是我的奴婢。是我把你刻上了我的印迹,是我让你流血,是我让你从一个无人理睬的老处女成了今天风姿绰约的女人。你的身体的今天是我给你的,是我向那个干涸的地方注满了生气,可是你竟拿我给你的这个身体去当婊子,去寻找你的新主人,你这个不要脸的臭婊子你这个……

婉儿再一次伸出手狠狠地给了正在一步步向她逼近的武三思一个耳光。

这是婉儿第二次伸手教训武三思。

她也许太愤怒了也太用力了，因为她看见武三思的嘴角立刻流出了鲜红的血。

那是婉儿的尊严婉儿的力量。

武三思抹着他嘴角的血，他看着那血看着婉儿，然后便把他嘴里的那些不断涌出的血全都吐在了婉儿的脸上。

那鲜红的黏糊糊的血就那样横亘于婉儿和武三思中间。那是横亘于他们中间的仇恨和疼痛。

然后转瞬之间强壮的武三思就把婉儿的双臂拧在了她的身后，疼得婉儿几乎晕了过去。然后婉儿就被拖着离开了那座修撰周史的大殿。武三思拖着她，一直朝着文史馆深处的那个曾经浪漫温馨的庭院。

一开始婉儿还勉强走在大步流星的武三思身后。后来婉儿摔倒了，可是武三思也绝不停下脚步，绝不放开婉儿，他在石板路上拖着婉儿。婉儿的衣裙被磨破了，婉儿的皮肤被碰伤了，婉儿经过的地方一片血印。那血是婉儿的也是武三思的，这两个人的血后来就留在了那长长的甬道上，让清晨前来工作的文官雅士们迷惑不解。

直到他们终于遍体鳞伤地来到了盛满他们欲望的那个小屋。

武三思一进去就反锁了小屋的门。他奋力地把趴在地上呻吟的疼痛的婉儿拖起来，他叫她站着。然后他问她，说吧，你想怎么样？

你干吗要把我带到这儿来？你心虚了是吧？你可以就在大殿上把我杀了呀！

我是不想让你弄脏了我们武家的周史。

你也配说你们武家是干净的？婉儿说着又抬起手臂。婉儿的手臂刚抬到半空就被武三思抓住。婉儿于是开始绝望地反抗。她的双手被反扣，她就拼力用她的头去撞他，用她的脚去踢他。婉儿已经在所不惜。她想在这改朝换代斗转星移朝不保夕的时刻，这未必不是一种好的死法。但不论婉儿怎样挣扎，她都无法挣脱武三思的挟制。这个疯狂的被激怒的男人已经不顾一切了。他凶狠地打婉儿，后来当婉儿发出疼痛的喊叫的时候，他又扼住了婉儿的喉咙，让她发不出声来，让她窒息。

这时候文史馆大殿向前伸展的房檐上挂着的玉石风铃在风中发出了圆润的响声。

这时候那些修撰国史的文人雅士们已经陆续走进文史馆的大门。

婉儿已经发不出声音，她已经连呼吸都没有了，她正在窒息中死去。

武三思是在婉儿在他怀中缓缓地瘫软下去时才松开他的手的。他有点害怕，他不知这个他曾经那么爱的女人是不是已经死了。他紧紧地抱住了那正在倒塌的身体。他看见婉儿满是血污的脸已经变得惨白，而她的身体也不再反抗，她的双臂毫无知觉地垂向了她的身后。于是武三思紧紧地抱住了那个倚靠在他身上的婉儿。他抱着她呼唤着她亲吻着她，他几乎哭了。他推开门打开窗让早晨清新的空气涌进来浸入婉儿的身体。他真的绝望真的流下了眼泪，对婉儿的呼唤是来自于他的肺腑的，直到他觉出了那个昏迷的女人正在清醒，她的身体也不再是那么无力。婉儿就像是蔫了的枝叶在雨后支挺起来那样活了过来。她慢慢睁开眼睛，仿佛大梦初醒，死里逃生。

直到此刻武三思才觉出了他是多么离不开这个女人，觉出了这个女人的身体对他来说是何等宝贵，何等地具有诱惑力。于是武三思开始拼力亲吻起这个依然倚靠在他怀中的女人。欲望和疯狂使他撕扯掉了婉儿的所有衣服，让她赤身裸体地横陈在他的面前。然后他开始疯狂地亲吻这个无处躲藏的女人。他吻遍她的全身，他不仅吸吮着婉儿的乳房,还蹲下去啃咬婉儿的下体,那正在变得湿润的私处。是对这个身体的欲望使武三思忘记了他们刚才在盛怒中的厮打。武三思不再记得那些,他只是任凭被欲望带领着。他嘴里的血依然汩汩地流出来,涌满了他的嘴。那么咸腥的热乎乎的。他的吻不论在哪儿,那里都会留下一片血污。后来婉儿的周身就遍布了武三思鲜红的夹带着他的唾液的血迹。婉儿的脸上,乳房上,肚脐里,还有她那湿漉漉的私处。到处都是。到处都是武三思的血。那是看得到的摸得着的,便是那血,那血的色彩和气息,更鼓舞了那个绝望中的武三思。仿佛末日。而武三思在这样的时刻,是可以忘记末日的。

当武三思终于放开了婉儿拼命挣扎的手,他首先感受到的是那双朝他的脑袋和背部砸来的雨点般的拳头。但是欲望立刻主宰了一切,欲望才是凌驾于他们两人之上的那个真正的统治者。当欲望到来,反抗的力量便会被消解,便不会再有雨点一般坠落的拳击,也不再有身体的那奋力的挣脱。一切已尽被欲望攫走。那接下来的又会是什么呢?那正在变得淋漓的女人的下体。那轻轻抚摸紧紧拥抱着男人的女人的手臂。那被越来越多越来越滑腻的液体所支配的身体的扭动。那由乳房而发射出来的那欢乐的呻吟……

一切便是这样。

硝烟散尽,万籁俱寂。

只有被晨风吹响的玉石柔润的撞击声。还有他和她。男人和女人。他们就是这样。只为了一个目标,那就是由身体所传达出来的,那深深的爱和强烈的恨。

进入并且结束。

再进入再结束。

那么这样的男女还能彼此分离吗?

那么他们能不相互提携彼此保护吗?

对于他们来说,身体就是政治。

而政治在有些时候,确实就是由身体来决定的。

后来,婉儿果然在一个有着若干大臣在场的场合,提出了复立庐陵王为太子的建议。满座为之哗然。这的确是婉儿的先发制人,以攻为守。因为那时候,就是那些对李唐充满了感情的老臣们也只能是暗示女皇允许庐陵王返朝,整个朝廷没有任何人敢明确提出复立庐陵王为太子。

婉儿是第一个。

婉儿要的就是这个第一。

婉儿可谓占尽了先机。

政务殿中的所有朝官都惊愕地看着婉儿。其实他们都知道这个女皇身边的女人每夜在和谁睡觉。他们真的不明白了。他们不知道这是女皇的意思,还是这个女人故意施放的烟幕。他们不知婉儿的葫芦里卖的究竟是什么药。

其实女皇对婉儿突然提出的这个请求也觉得很惶惑。她想婉儿真是看透朕了。朕还什么都没说,只是用脑子想了想,这个丫头她怎么就全都知道了。莫非她真是火眼金睛,她一直能看到朕的脑子里?那么把这样的女人留在身边,是不是就太可怕了?武皇帝这样想着,就当场厉声责问婉儿,东宫有太子,你又将太子置于何地呢?

想不到婉儿也是据理力争,她说如果陛下真能允许庐陵王返回,那么以伯仲之后,自然就应当是复立庐陵王为太子,这是古已有之的规矩,想当朝太子也会遵守这长幼有序的法典的。

可是朕并没有同意让庐陵王回来。他是被朕废黜的,他是有罪的。

可是已经十四年了。陛下,以十四年的光阴来折罪,奴婢以为……

算了算了，别说了。朕不愿意再说这件事了。你们都退下去。让朕自己想自己的事。婉儿，你给我留下。

大臣们懵懵懂懂地离去。他们知道这个上官婉儿是在表演，但是他们却不知道她是表演给谁看的。

当殿堂里只剩下了婉儿，女皇突然发起了脾气。她用嘶哑的而且是有气无力的声音对婉儿喊叫着，你这是要干什么？你是不是要气死我？你怎么知道我会让显回来？你又怎么知道我会让显来继承我大周的王位？不！这明明是武周的天下，怎么能让显来篡夺？你到底是怎么想的？竟会在那几个本来就巴望着李显回来抢权的李唐旧臣面前说这些？那朕的尊严呢？朕从来就没有答应过他们。你把朕的计划全都打乱了。继承朕大周王位的，只能是我们武家的后代，这难道还有什么好怀疑的吗？你不是也提到过三思吗？你到底是什么意思呢？你不要再给朕添乱了。退下去吧，朕要自己考虑自己的事。

如此婉儿尽管受到了女皇的一顿指斥，但是她知道她已经完成了。她已经在那些拥戴庐陵王的朝臣中间表明了她的态度。尽管他们都知道她究竟是谁的人，尽管他们都认为她很势利，但是毕竟是她如此勇敢地首先说出了复立庐陵王为太子的话。那是那些号称亲李唐的臣相们谁也不敢说的。

婉儿那掷地有声的对李显复位的吁请就那么存在了，并且深深印在了那些朝臣的脑海中。婉儿知道他们听到了婉儿的吁请，就等于是未来返朝的庐陵王李显也听到了。这就是婉儿为李显的返回为自己做的铺垫。她想她这样做也就是像太平公主那样脚踩在了李武两条船上。她想那是她为自己争取来的。她这样做其实也是要担风险的。不仅担风险而且也是付出了代价的。她甚至为此而遭到武三思的打骂,被他弄得满身血污,甚至差点被他杀死。但是婉儿还是坚持着这样做了。因为那是她审时度势做出来的分析和判断。唯有她。满朝中唯有她一人真正看穿了女皇的心。那是她的直觉。而她的直觉通常是不会错的。是她在日日夜夜感觉着女皇。是她在感觉着女皇的所思所想。那甚至是连女皇也没想清楚的,但是婉儿替女皇想清楚了。就是女皇真的不让庐陵王返回,婉儿也会说服或是逼迫女皇接回庐陵王。婉儿知道那是大势所趋,那是命,是天意,是谁想违抗也违抗不了的。婉儿没有错。婉儿不会错。尽管紧接着女皇在一次朝中的议事中,真的提出了她欲立武三思为太子的事,但是婉儿依然坚信李显返朝是迟早的。仅仅是迟早罢了。那是不可改变的。

如此,婉儿做好了一切迎立新太子的准备。她知道她将斡旋于其中,不单单是为了她自己,也是为了武三思。尽管武三思并不理解她,但是她真的是为武三思去做了。大概武三思直到最后,才相信了婉儿确实是个重情重义的女人。

婉儿所看到的,是女皇最终的选择。而在女皇呵斥婉儿擅自提出复立庐陵王李显的请求时,她确实还没有做出那个最后的选择。于是才有了不久之后女皇在一次朝中的议事中,毫无铺垫地,就突然提出了欲立武三思为太子的意思,让满朝文武着实惊出了一身的冷汗。大家对此都没有任何思想准备,特别是对武皇帝所提出的那个人选武三思,他们更是觉得不可理喻,不知道女皇是不是真的糊涂了。如果是武三思,那么他们宁可觉得女皇还很健康,还能每日临朝参决国家大事,那么继承人的问题,自然也就没有那么急迫了。

朕在问你们哪,你们没听到吗?

宰相们被女皇的追问弄得措手不及,面面相觑,一时间似乎谁也不知是该响应女皇,还是应站出来反对女皇,他们还看不清女皇的心思。

而垂立于女皇侧面的婉儿，倒是很清醒地看出了女皇其实是想借武三思为由头,再度把这个一直困扰她的,而且是她觉得越来越紧迫的继承人问题提出来。当然婉儿从心眼里还是对女皇的这个提议感到很欣慰。她不管女皇真正的目的是什么,也不管满朝文武是不是会心服口服女皇的这个提议,单单是女皇能够提出来,婉儿就非常感谢了。她不知女皇是在给她一个面子,还是真的在给武三思一个机会。婉儿想如果三思真的能被获准立为太子……但是婉儿立刻就不再想了。因为她知道那是根本不可能的,不仅满朝文武会全力抵抗,其实女皇本人也不过是在做做样子,是做给婉儿的一种姿态。

果然大殿里一片沉寂。朝臣中没有一个人站出来响应或是反对女皇的提议。

婉儿屏神静气,期待着,那个结果,尽管她其实早就知道庐陵王的返朝已成定局。

就是说,你们同意朕的提议了?

那是女皇威严的声音,但那威严中所透露的,是女皇自己的怀疑。

朝臣们继续沉默。

你们都不反对朕立武三思为太子了?

朝臣们依然沉默。因为他们确实不知该怎样回答女皇的这个在他们看来近乎荒唐的提议。

女皇面对如此的僵局，突然从她的皇椅上站了起来。她喊叫着,沉默算什么?是默许还是反对?你们听到了吗?朕在等你们。

朝堂上竟然继续鸦雀无声，仿佛那些女皇的命官们在存心以沉默与女皇抵抗到底。其实朝臣们中确实没有几个人同意武三思做太子。武三思算什么？他何德何能竟要取代东宫的太子李旦？李旦尽管懦弱但也是大唐武周的血脉，那个武三思又是从哪个山沟里莫名其妙地蹦出来的呢？不是想让谁当太子谁就能当太子的，这不是儿戏而是整个帝国的大事。尽管这个帝国是武周的，但武周的帝国也是帝国呀，怎么能随随便便就交给一个既没有帝国血统也没有真才实学的势利小人呢？朝臣们大都这样大同小异地在心里默想着。但他们中就是没有人敢站出来说一个不字。

这其实就是为臣者的一种十分恶劣的习性。他们对同类的升迁总是怀抱了一种十分卑劣的嫉妒心理。当武三思被拿出来议论的时候，他们立刻就会想出一千条武三思的罪恶，恨不得千方百计地扼制他的升迁。而这些朝臣们又同时是十分下作的，他们对当权者同样也怀有一种不切实际的谄媚感、服从欲。如果女皇不是把武三思拿出来让人们议论他是否能当太子，而是就把武三思放在了那个太子的位子上，那么又有谁敢再对武三思说三道四呢？其实这也就是婉儿为什么看出了武三思根本就不是女皇心中的太子人选。她要是真的相中了武三思，就不会把他拉出来当靶子，让万箭齐发，射穿他所有的面子和尊严了。

就是说你们同意了？那么好，朕就可以让人起草废立太子的诏书了，婉儿，来……

婉儿并没有匆忙备好笔墨。她觉得女皇的表演有点过火，她甚至为女皇捏了一把汗。如若真的满堂文武中没有一个勇敢者呢？但是婉儿依然在按部就班地准备着，因为既然是女皇在玩儿的把戏，那么就是不受规则限制的，女皇朝令夕改的事情还少吗？婉儿在等。她坚信朝臣中最终会有人站出来的，否则女皇的朝廷就太腐败了。果然不出婉儿所料，大概也是不出女皇所料，就在婉儿研好墨，准备动笔拟写女皇的口谕时，朝臣中终于有人大喝一声，慢！

慢！

那声音勇敢执着，声若洪钟，满座为之一惊。

婉儿知道那就是圣上所等待所期望的，否则她就不会反复地问着她的朝臣们了，她的焦虑的面容竟为之骤然舒展。

武三思不过是一个诱饵！

这是一个人的怎样的悲哀。

同样的不出婉儿所料，跳出来的那位老臣果然就是那个狄仁杰。狄仁杰虽然是李唐的旧臣，却是女皇将他提升为朝中宰相的。女皇对这个狄仁杰可谓是百般信任，甚至在他竭尽全力地为女皇朝廷的服务中，不知不觉地接受了他对未来的看法。婉儿不知道这是不是女皇和狄仁杰事先排练好的一场表演，但是凭着婉儿对狄仁杰刚正不阿的了解，她更相信这是女皇自己所设计的，以武三思为幌子，逼迫那些朝臣们就范。

狄仁杰果然一脸正气，句句铿锵地说出了他反对武三思做太子的意见。他说以老臣的观察，当今之天下并未厌恶李唐之德。譬如不久之前，匈奴犯边，陛下曾使梁王三思招募勇士卫国戍边，然而整整一月，报名者竟千名不足；在臣看来，如果此番招募勇士的不是梁王而是庐陵王，定然会应者如云。所以以臣之见，陛下如欲更换太子，不应是梁王，而应是远在……

朕累了。

武皇帝打断了她的爱卿的话，突然离开了她的皇椅，向屏风后走去，把狄仁杰晾在了半道上，也使大殿里的空气更加紧张压抑，令人费解。

而女皇的突然中止狄仁杰的奏请，倒是婉儿所没想到的了。这一回连她也猜不透女皇到底是什么意思了。这样一而再、再而三地，女皇又一次拒绝了庐陵王。

你们怎么还不走？朕不是说过朕累了吗？

可是陛下，臣等是绝不愿社稷落到那些不足以承担社稷的人手中，臣等是真心为……

朕知道你是真心为朕好。只是皇嗣的事，朕不想再说了。你们可以退下去了。你们还有什么事吗？狄仁杰，你退下去吧。你的意思朕已经知道了，你不要再逼迫朕了。

武曌让婉儿陪着回到了她的后宫。她脸上的神情很忧虑也很焦灼。她稍作休整，就被前来接她的张氏兄弟陪着回到了她的寝殿。她看到他们的时候，眼前才为之一亮，她无限感慨地对他们说，什么时候才能让朕安心地和你们在一起，不再想这些皇嗣的事，朕确实是太累了。

婉儿独自留在女皇的后宫中。她真的很为那个她与之同床共枕的男人悲伤。到底他们是有着肌肤之亲的，她觉得武三思如今的处境更险恶了。他已经被女皇出卖成了那个众矢之的。而女皇也从未真的想让他做太子，而只是想听到狄仁杰的那一番肺腑之言。她想武三思的可悲之处，就是他只能是被女皇任意拿捏的一粒棋子。这粒棋子既可以抵御进攻，又可以诱敌出击，还可以随意放弃。女皇就是这样拿着武三思这粒棋子声东击西的，而武三思却只能被他的姑母这样拿捏着，牺牲着，他甚至还满怀幻想地生活在那种被宠爱的骗局中。

婉儿知道武三思是笃定做不成太子了。而她要做的，就是为武三思重新找到一条生存的路。

后来，女皇为皇嗣的事又有过一次与狄仁杰的单独的会面。那是一次很私人的会面，而就是那次会面使女皇终于痛下决断。

女皇说,朕把你请来就是要听听你对皇嗣的看法,这一次你就尽情地说吧,朕不会打断你了。

于是六十八岁的老臣狄仁杰便按捺不住自己的激动，他甚至是在热泪盈眶地为远在流放之地的庐陵王请求回朝。他说陛下可曾记得这万里江山是先祖太宗李世民浴血奋战打下的，而将帝位传于东宫太子或是庐陵王这些正宗皇室的后代，便可告慰打下江山的太宗及高宗的在天之灵。这原本天经地义，不该有任何的偏移。臣且记得先帝高宗寝疾之时,也曾亲自拟诏,请由陛下监国,辅政皇帝。不料陛下劫取神位十年之久,如今竟欲立武氏三思为后,这就真是大错而特错了。且不说这是何等地辱没了先朝，仅就姑侄、母子谁疏谁亲,也是陛下该反复思忖的。臣提出召回庐陵王是因为他确有治国的能力,又毕竟是陛下亲生的儿子。陛下总将李姓视作不共戴天,殊不知他们的血管里不仅流着李姓的血,也流着陛下及武氏祖先的血。他们才是陛下的亲人是帝国真正的继承人,那么陛下还犹豫什么呢?而诸武终日阿谀陛下,臣以为那是他们有所企图。臣料定他们一旦皇权到手,就不会把陛下这个姑母放在眼中了。那时候,陛下的魂灵又将由谁来供养呢?

你的意思是,朕将死无葬身之地?

臣不是那个意思。

那你想说的又是什么呢?是说朕武姓的后代没有一个好东西?

陛下,老臣一片忠心,以死相谏,还望陛下能三思而后行。

那么你的忠心,是对朕的,还是对先朝的呢?

当然是对陛下的,也是对先朝的。

那朕就不懂了。朕也是浴血奋战才创建了这大周帝国,朕怎么能就将它拱手送出,任它付之流水呢?

由陛下的亲生儿子接替陛下的王位,帝国怎么会付之东流呢?

朕的亲人是朕的敌人。他们朝思暮想着复辟,朕怎么能信任他们呢?

那么陛下就宁可信任武姓的那些乌合之众了?那这大好河山就确实是断送在陛下的手中了。

你竟敢如此说朕?

那是因为老臣真心关切陛下。

好了好了,不再说这些了。朕不想与你不欢而散,毕竟咱们都老了。说到底皇嗣的问题是朕的家事,要朕自己来裁决,卿就不必再费心了。

陛下……

武曌想不到以狄仁杰六十八岁的老迈之躯竟扑通一声跪在了她的面前,大有以死相谏的气势。他义正词严地对女皇说,臣以为,这不是陛下该说的话。

那你说朕该说什么?

王者以四海为家,那么皇嗣的事就不是陛下的私事,而是朝廷兴衰、天下兴亡的国事。既然是国事,臣等受陛下之命辅弼国政的宰相们又怎么能对此不闻不问呢?而太子之事紧系天下安危,倘这天下之本动摇了,陛下的王朝便随时都会有国难当头了。

武曌望着那个长跪不起的狄仁杰,心中有很多感慨。想不到社稷承继的问题,在她武周帝国竟是如此之难。她不怪罪狄仁杰的出言不逊,她也相信狄仁杰所说的,是出于对她以及对朝廷的一片忠心。她知道狄仁杰的为人,知道他没有私欲,他无论说什么或是怂恿她做什么都是为她好,都是站在她的立场上为她的切身利益考虑的。

于是武曌很动感情地对狄仁杰说,你起来吧,朕懂你的意思了。只是你要给朕一些时间,让朕慢慢地考虑。

狄仁杰离开。武曌独自一人坐在空空荡荡的大殿里。她很惶惑，也很茫然。她就那样独自一人坐了很久，直到婉儿走过来，轻声地对她说，陛下，您累了，回去休息吧。

女皇抓着婉儿的手，她问她，你听到狄仁杰的话了吗？

婉儿说，看来陛下只能召回庐陵王了，这是命定的，陛下不该违拗。

那么三思怎么办？他们也是朕的亲人。朕如果没有他们，又怎么能坐在这皇位上呢？他们也是王朝的有功之臣，朕怎么能舍得丢下他们，任那些李唐的奸臣们去宰割？那就是等于在宰割朕。

武曌说着竟老泪纵横。婉儿知道那其实就是武曌的决心，就是武曌决心要抛弃她武姓的后代们了。

婉儿劝着武曌。她说陛下不要再想这些了。大周帝国怕真是唯陛下一代了，这也是天意。但奴婢坚信，只要有陛下在，就没人敢把三思他们怎样。旦天性柔弱与世无争；就是显回来，想他在这十四年的磨难之后，也绝不会如以前那般嚣张了。陛下可以要求他们友好。他们毕竟是亲戚弟兄。如太平公主与武攸暨的联姻，奴婢以为那是能使他们世世代代友好下去的最好方式了。如果他们都能珍重兄弟之间的这手足之情，那么陛下还有什么担忧的呢？

倒是婉儿你很通达。告诉我，这武周帝国真的就唯朕一代了吗？

婉儿只是觉得，陛下能这样想想，可能心里会好受些。

是啊，这也不失为一种说法。

毕竟，陛下做过女皇了，何不让陛下的伟业空前绝后？

就是说，让显回来？

婉儿以为陛下就只能如此了。

那么怎么和三思说？

陛下要得臣心得民心就必得复立庐陵王。陛下已没有别的选择,水可以载舟,亦可以覆舟,我想,尚书大人是能懂这个道理的。

婉儿,有你在朕的身边,真好。你总是事事处处出以公心,不以个人的好恶为好恶。这一点真的是很难得。你总能帮朕做出最明智的选择,还能在朕迟疑的时候帮朕痛下决断。朕真不知道没有你还能不能看清前面的路,更不知道朕会不会被眼前的私欲所迷茫。一个人能跳出自己,能在任何情势下都公平客观,能做到这一点实在是太不容易了,而婉儿你做到了。所以朕有你是幸运的。那庐陵王和三思有你是幸运的。朕总有告别人世的那一天。婉儿,朕就把朕的孩子们交给你了。我知道你和朕想的是一样的,你希望显能回来,稳住社稷;你也希望三思能好,能安居乐业。所以朕才会把朕的孩子们交给你,答应我,婉儿,你一定要想方设法让他们世世代代地交好下去,行吗?他们全是朕的,也全都是你的,你答应朕。

婉儿流着眼泪点了点头。

婉儿说,奴婢将永生永世报答陛下。

想不到张氏兄弟竟成了武三思向东宫进军的路上最大的障碍。他们才是破碎了武三思太子梦的最残酷的凶手。这是武三思所始料不及的,更是婉儿始料不及的。因为毕竟自从这一对妖魔一样的兄弟走进女皇的后宫,武三思就匍匐在他们脚下了。很多年来,他对他们的照应就从未懈怠过,他为他们可谓是效尽了犬马之劳。他一直是把巴结女皇身边的人当作巴结女皇的一个整体工程来做的,所以从薛怀义到张氏兄弟,武三思都是极尽阿谀奉承之事,不惜卑躬屈膝。以武三思越来越高的官阶,竟依然为了圣上的情人屈尊折节。武三思的这种做法,不但让满朝文武鄙视,就是那些受武三思照应的人,也常常对武三思不屑。这使武三思时常感到齿寒,但幸好有姑母圣上能体会到他对她的那一番忠心和苦心,并不断让他升官发财，才让武三思多少感到了些安慰，何况他所要真正巴结的，并不是那些无耻的宫廷男妓。他知道他们离开了女皇的床榻就什么也不是，所以他也就不再计较他们轻蔑他的态度了。只要圣上对他好。

武三思虽略涉文史，监修国书，却从没有认真研究过混迹于后宫的张氏兄弟那一类人的心态，以至于翻在他们的那一道阴沟里。张氏兄弟在刚刚进宫时还懵懵懂懂，看不清朝中的局势。那时候他们只和那些女皇宠爱的近臣接触，所以他们的目光是狭窄的，自然也无法选择他们的立场。后来随着时光的流逝，随着他们所接触的人越来越多，所经历的事件越来越深入，慢慢地，他们终于觉出那些对他们最巴结奉承的人，其实并不是他们立足朝廷所最最需要的人。

张氏兄弟当然是聪明的。他们倘若没有聪明而只有美艳只有伟岸的阳具，女皇也不会把他们留在她身边那么久。于是聪明的张氏兄弟很快就发现李武两姓势力的较量其实并不是势均力敌的。武姓一族尽管表面上气壮如牛，而本质上却是十分虚弱的。他们所能仰仗的，只能是年迈的圣上，而一旦圣上垮台，他们自然也就会随之崩溃瓦解。而李姓的势力就不然了。他们尽管看上去委顿收缩，但背后却是几代李唐江山的强大支撑。他们的抑郁不得志只是暂时的，迟早有一天他们会摧枯拉朽，东山再起。

这便是聪明的张氏兄弟所看到的。他们不仅看清了武三思注定卑微的一生，看清了满朝文武对诸武越来越深刻的不满，看清了武三思最终无法继承王位，还看清了未来的天下必定是李家的。他们同时也看清了，他们兄弟要想在朝中立足，就不仅要精心侍奉女皇，还要取悦于那些拥戴李唐的朝臣们。他们明白，圣上在继承人的问题上是怎样地犹豫徘徊，圣上只是在情感上亲近她的那些无比顺从的武姓亲戚，而她真正器重的，其实还是狄仁杰那样的李唐塑造出来的旧臣。

于是聪明的张氏兄弟开始有目的地去靠近那些朝中的老臣们,因为他们深知,在某种意义上,只有争取到老臣们的认可或是默许,他们的位置才可能是稳定的。而这样的稳定是武三思不能给他们的,因为武三思自己就是不稳定的。他今天可以荣华富贵权倾一时,但转眼就可能成为阶下之囚。女皇可以有这般她可以随时抛弃的走狗,他们却不能信赖如此朝不保夕的靠山。

于是张氏兄弟开始了对那些李唐旧臣软硬兼施的攻势。他们首先钻了狄仁杰在政治上黑白分明而在生活上对女皇放任自流的空子，由张易之反复虔诚地登门拜访求教，向狄仁杰讨得自安之策。女皇最亲近的人求助于他,狄仁杰自然也直言相告,叮嘱他们唯有劝迎庐陵王方可免祸。接下来又是张易之向女皇信任的天官侍郎吉顼请教,而刚好吉顼对诸武怀了很深的成见,他当然也不会说武三思的好话。吉顼说以臣之见,你们兄弟所蒙皇恩浩荡,并不是因你们于天下有多大的贡献,而仅仅是陛下宫闱的需要。而今天下士庶皆思李家,李家的庐陵王却仍被流放,京都的太子亦幽闭于东宫。毕竟陛下年事已高,无论如何是到了有所托付的时候了。可是武氏诸王对年迈的女皇多有企图,他们凭什么继承皇位呢?满朝文武也绝不会接受他们。吉顼在这一番语重心长地对朝中情势加以分析后,又高瞻远瞩地为张氏兄弟指明了安身立命的方向。他说你们兄弟若能说服圣上将庐陵王接回,或许能在朝中建立威信。如此就是圣上百年之后，你们也依然能在李唐的王朝里拥有荣华富贵。切不可只贪图眼前的蝇头小利,要风物长宜放眼量啊。

在狄仁杰和吉顼这两员老臣的点拨之下，张氏兄弟迷茫的眼前果然豁然开朗。他们终于拨开了那重重迷雾,紧紧抓住狄仁杰和吉顼的衣带，开始了他们寻求自安的漫漫旅程。于是他们身体力行，他们凡是和女皇在一起，不论白天还是夜晚，都会大吹只有尽快接回李显，才能收取天下的枕边之风。

也许是因为女皇太喜欢她床上的这一对妖姬一般美艳的男人了，也许是因为女皇最终看清了其实她早就看清的未来，于是在某一天的某个夜晚某个女皇被激情迷惑得难以自抑的时刻，她终于答应了那两个缠绕在她衰老身体上的精光的男人。有时候，这一类无比重要甚至是关乎国家命运前途的大事就是在这样的床帷之间决定下来的。女皇就是这样，就是在她老人家欣赏着把玩着那两个年轻人伟岸的阳物时，说，好吧，就让显回来吧。

多么荒唐。

女皇竟然不知她的武周帝国于是就灭亡了。

而在这种欲望的迷乱中所说的话能够作数吗？

幸好那个被欲望所迷乱的女人不是别人，而是武曌，是那个至高无上、拥有着无限权力和整个王朝的女皇帝。女皇帝又刚好不愿在她宠爱的男人面前反悔。女皇的风度就是，君子一言，一诺千金。

但是尽管如此，张氏兄弟还是怕夜长梦多，怕武三思眼泪涟涟地在他姑母的耳边鼓噪几句，女皇就会改变了主意，毁了他们的前程。于是他们又百般妖娆地逼迫着那个沉醉的女皇将决心变成一纸诏书。甚至张易之不惜当即就蹬上裤子，星夜去找婉儿。

张易之遍寻后宫找不到婉儿。其实张易之稍稍转动脑筋就该知道婉儿此刻正睡在谁的怀中。还是在圣上的提醒下，张易之在文史馆中那个深深的庭院里找到了婉儿。他是把婉儿从武三思的被窝里叫出来的。那时候还是深夜。婉儿挣脱了武三思的温暖。

其实婉儿一看到张易之那张兴致勃勃的脸就知道不是圣上出了什么事。她很鄙夷地看了一眼张易之，便十分不情愿地跟着他往外走。

张易之有点得意忘形地问着婉儿,能猜出陛下召你去干吗?

无非是拟写诏书,你们的目的实现了。婉儿的话语就像是头顶的星星那么冷。

你不是也一直在极力怂恿圣上接回庐陵王吗?

我和你们不一样,我是为了女皇的天下。

你这样说就不对了,我们难道不是为了圣上的天下吗?

你们无非是为了取悦狄仁杰。是他叫你们逼圣上的吗?

那时候张易之已经不怕婉儿了,他立即反唇相讥,你和武大人的好日子也不会太久了吧?

那么你以为你们就会长久吗?圣上的寿数就是你们的寿数,说不定你们还会非命于圣上的百年之前呢。别以为你们就能拿着这一纸诏书到狄仁杰那里去邀功请赏,你难道看不出他们是怎么看不起你们吗?他们不过是利用你们罢了,你们竟相信你们是有未来的。太可笑了。是不是还能在庐陵王那里混个一官半职啊?除非你还能跟庐陵王的妃子睡……

你这个婊子!

这是张易之这种柔媚的男人所能说出来的最解气的话了。

你这个婊子!

婉儿说你不要高兴得太早了,还不知道谁能笑到最后呢。

他们的争吵没有继续下去,那是因为,这时候婉儿已经走进了女皇的寝殿。她在一种污浊的气味中走向了女皇。她看见女皇已经睡眼迷离,但女皇看到婉儿后便为之一振。她什么也没有对婉儿说,只是抬起手臂,指了指已经备好笔墨纸砚的案台。

婉儿没有走到那案台前。婉儿依然站在斜靠在大床上的女皇的身边。她轻声问着武曌,陛下真的决定了?

朕以为没有什么好迟疑的了。

那么诏书上写什么?

就说朕恩准他回来。

陛下就不留一点余地了吗?

什么余地?朕听不懂你的话。

奴婢是说,毕竟十四年来,陛下从不曾见过庐陵王,陛下怎么能知道他变成什么样子了呢?

那你是什么意思?朕不知道他什么样子就不能让他回来吗?武曌这样说着,就从她的床上坐了起来。她原本盖起的衣襟松散开来,露出了那两个耷拉在胸前的干瘪的乳房。婉儿是无意间看到那些的。她突然觉得很难过,她不想再跟女皇做对了。她想显就是应该回来了。武曌这种刚愎自用的女人能做出这种纠正自己错误的选择不容易。婉儿想她或许不该计较女皇是在什么样的情况下,做出这种决定的。

婉儿慢慢走到案台前。她拿起了笔,准备把女皇恩准庐陵王返朝的诏书写出来。就在婉儿准备下笔前,倒是女皇犹豫了。

婉儿也许你说得对,朕是该为自己留一点余地。说吧,你的意思是什么?

奴婢是想这样写,陛下念及庐陵王有病在身,特许他返回神都治疗。奴婢是想待庐陵王返回,陛下与他见面之后,再议复立之事也为时不晚。反正庐陵王也回来了,陛下还怕不能把太子的位子给他吗?

好吧,就依你的意思吧。

待婉儿把诏令写好,女皇便密传兵部职方员外郎徐彦伯。女皇说朕要秘密把显接回来。

于是武则天的秘密使者徐彦伯火速赶来。女皇在那次午夜的秘密会见中几乎一言未发，她只是让婉儿宣读了那份墨迹未干的诏书,徐彦伯的人马就星夜启程了。

一切进行得如此之快。几乎是转瞬之间,显就会从那几千里外回家了。整个的过程之快甚至是连武瞾都很怀疑的。她就是要让那一切在迅雷不及掩耳之间完成，她可能是害怕离开了那个时刻可能连她自己也会动摇。那样,她可能就永远也见不到她的这个儿子了。

如此，张氏兄弟向他们的新朋友狄仁杰和吉顼交上了一份满意的答卷。毕竟,从李唐旧臣们提出要庐陵王返朝,到上官婉儿提出复立庐陵王为太子，还都是只将这个关乎国家社稷命运前程的大事停留在观念上和停留在口头上。唯有张氏兄弟在他们与女皇的荡气回肠之后,真正把人们向往已久的理想落到了实处,变成了现实。所以在庐陵王切实返回朝廷的这个行动中,张氏兄弟确实是功不可没的。

只是张氏兄弟因此就有点飘飘然了。他们以为单单是凭此,他们在未来庐陵王返回并复立为太子的朝廷中就可以恃才傲物。他们想得还是太简单了。他们不论怎样地为政治做出巨大的贡献,他们依然是圣上的面首。那是他们当人头落地时也没有想明白的。

就这样,徐彦伯的人马踏上了遥遥路途。而婉儿,在陪伴女皇完成了那所有秘密接回庐陵王的程序后，还是重新回到了武三思的身边。本来她也可以不回来。但是她思忖再三,最终还是选择了回来，她想在朝廷的这一秘密的事件后，她迟早是要面对武三思的。

婉儿回到文史馆。

她发现果然武三思并没有睡,他还一直等着她。他的询问的目光。那目光说他们彼此是亲密无间的是应该可以无话不说的,武三思甚至又把冰冷的婉儿搂抱在了他温暖的能消融一切的怀抱中，他所期盼的是什么呢？

而多年来凭着婉儿在女皇身边工作的经验，婉儿谙知了她对这一类事情所应当采取的态度。那是女皇的秘密。而女皇的秘密自然也就是婉儿的秘密。很多年来婉儿一直严格恪守着她的这一份在女皇身边工作的原则。后来这甚至成为婉儿的一种生存的状态。所以女皇信任她。所以女皇在知道她可能继续回到武三思床上的情况下，也并没有提醒婉儿要保密。但婉儿如道这是秘密。她是自觉地在为这一份秘密负责任的。她要恪尽职守。或许仅仅是为了她自己。

武三思料定女皇那边有什么事情发生了，否则半夜三更圣上不会派张易之跑到文史馆来找婉儿。而婉儿只是说，是张氏兄弟的一些事情。他们在向女皇索要更大的官位。那么圣上答应他们了吗？武三思轻轻地抚摸着婉儿。他一边问着一边让婉儿感觉到他是怎样地需要她。大人说呢？婉儿也不得不应和着武三思的激情，一种在劫难逃的感觉。他们都强烈地欲望着对方，而那个对武三思来说也至关重要的朝廷秘密，就这样在他们的一番风流云雨中逃之夭夭了。

直到武三思精疲力竭沉睡了过去，婉儿才安静下来，觉得她终于逃过了这一劫。她想她是坚毅的，她不会向权势低头，更不会向温情低头。其实在他们冲动的过程中，武三思一直在旁敲侧击地逼问着她，但是婉儿却也一直闪烁其词，不曾吐露圣上的一丝隐秘。婉儿想她只是把她的身体给了武三思，她的心却始终是她自己的。她想幸好她的心可以把所有的秘密藏起来，又幸好，她的心里是谁也看不见而且参不透的。于是人们可以阳奉阴违，口蜜腹剑。婉儿并不是真的不想让武三思知道那个几乎和政变没有什么本质区别的秘密，但是她怕武三思会愤怒，会觉得他被欺骗了，而歇斯底里地跑到女皇那边去论理。这样就不但出卖了婉儿，而且会把他自己弄得更身败名裂。如果武三思的挣扎能改变朝廷格局，他不枉一搏；而如今朝堂归回李家已是大势所趋，三思又何苦要去做那无谓的挣扎呢？在婉儿看来，武三思既然能够在数十年间屈尊折节地侍奉姑母，甚至将姑母的狗屁情人都奉若神明，那么，他又何以不能继续屈尊侍奉李唐的那些皇子们呢？反正都是为臣。为臣者又怎么能对他的主子挑肥拣瘦呢？

婉儿尽管对接回庐陵王的事情始终严守，但是她又反复地向武三思渗透未来朝廷可能会发生的变化。她抓住一切时机，不停地向他灌输：圣上老了。圣上越来越力不从心了，王朝迟早是大唐的。圣上已经时常提到庐陵王了。一开始武三思对婉儿的这种悲观的论调一点也不能理解。其实在某种意义上，他就是把婉儿当作了一个圣上的晴雨表的，他觉得倘若圣上真的决定把王朝交还李唐，以婉儿的聪明投机，她也就绝不会毫无节制地和他如此亲密了。武三思这样想可能是因为他到底是没有真的了解婉儿。他既看不到婉儿的重情重义，也根本就无法理解婉儿的那一份高妙的韬晦。所以他愤怒。他说王朝只能是武家的，千秋万代。于是婉儿就会再度重申，一个人只有审时度势，明察秋毫，才能找到自己的位置。不能以己之心，度圣上之腹。

你到底是什么意思？我真的不懂了，圣上真的要传位于东宫了吗？

满朝文武都在说是到了决定继承权的时候了。

可她是一直怨恨李旦的。

难道大唐就只剩下李旦这一个儿子了吗？

圣上不会让庐陵王回来的，那就等于是承认她错了，圣上怎么会承认她错了呢?

但是显毕竟是她亲生的儿子,而且是朝野上下都满怀期待的。

不过是李唐的几个老臣罢了，就像是终日在圣上耳边嗡嗡叫的苍蝇。他们怎么能代表朝野呢？我从没听说过。

你怎么会没听说过呢？单单是我就对你说过了无数次,你只是不想听也不愿相信罢了。你只想着要继承大周的霸业,却从来不肯想一旦女皇不把皇权交给你怎么办?那也是圣上为势所迫,在朝野上下的逼迫下，她只能牺牲你而保全她的皇位。那时候你又怎么办?你就一直朝着那个死胡同走到黑,直到碰个头破血流吗?不,大人,那不是你生存的目标,也不是你做人的原则。婉儿苦口婆心,是为了提醒大人知道你我之辈在这朝廷之中,是不具备昂首挺胸、叱咤风云的资格的,甚至,连表现一下人格、尊严的资格也没有。你我不曾与我们的父辈一道被杀就是我们的幸运了，而我们又被圣上接进朝廷，特别是大人声名显赫威权日盛，这简直是幸运中之大幸。但是之于我们,无论怎样地幸运,都是不幸的。我们必得永远夹着尾巴做人,必得任人宰割,必得铭记在我们的背上是印着父辈的罪恶的,那是永远的印迹,永远也不会抹掉,至少是不会从圣上仇恨的记忆中抹去。所以婉儿才时常自省,看清楚婉儿其实是夹缝中求生存的女人。既然身处夹缝,就要能伸能屈。这全是婉儿的肺腑之言,婉儿说出来,是希望能与大人共勉。而我们今天所要做的,首先就是要看清我们在圣上心中的位置,唯有知己知彼,才能找到我们今后生存的那种正确姿态。我们唯有如此想如此做,才不会应付不了风云变幻、朝代更迭,也不用管那个当权者究竟是圣上还是李显了。婉儿会帮助大人。相信我,我会全力以赴的。我们有自知之明,又有谋略智慧。难道凭着我们两个人的智慧和力量,就不能战胜李唐的那股势力吗?干吗非要去坐那个皇位?以奴婢身居朝廷多年之见，深知皇位才是最最危险的居处。高处不胜寒。大人也精通文史，想想历朝历代，有几个皇上是在那个位子上善始善终的？那皇位四周的空地上，总有刀光剑影，总是血流成河，大人就不曾看到？以大人对文史的通略，那历史其实早如一面明镜，照见了大人的未来。所以远离那兵刃，远离那鲜血，大人方能苟且偷安；但如若大人真的登了那皇位，婉儿料想，那只能是加快大人生命的终结。这绝不是婉儿的危言耸听。如今朝廷百官要拥戴的，确实是李朝的天下，所谓天下思李，这甚至是张氏兄弟那种无耻小人都看得很清的。武姓的君王，天下只承认女皇一人，一旦女皇逝去，武姓必将随之消亡。那我们今天何不换一种姿态，换一种活法呢？我们何不退避下来，静观事态，然后从长计议以求生存呢？请大人相信奴婢，奴婢是真心为大人好。退一万步，奴婢的身体还需要大人，需要有大人的夜晚大人的庭院大人的床和大人的抚摸呢。婉儿不希望大人因了义愤而耽搁了性命。对大人来说，活着才是第一性的，婉儿还想与大人长相厮守永生永世呢。

武三思紧紧地把婉儿拥在怀中。在如此的肝胆相照中，三思知道他不再是孤军奋战。他甚至也真的不再怕女皇有一天会抛弃他。不，那绝不可怕，因为他的身边有婉儿。

于是此番他把婉儿拥紧在怀中，他身体中所涌动的不再是那种欲望，而是一种强烈的感动。他知道婉儿才是真正对他好的，亦知道婉儿是在怎样设身处地地为他想，并为他寻找自安的出路和前途。他是多么感谢婉儿。他觉得婉儿简直是他的救世主。他觉得他的生命中能有婉儿实在是太好了。他甚至觉得婉儿是要比他那个女皇的姑母更智慧而且更伟大的。

于是武三思更紧地抱着婉儿，他说，别离开我，答应我，永远也不要离开我。他还说，你才是我真正的女皇真正的圣上，你才是至高无上无与伦比的……

随着武三思在婉儿那里讨得了越来越多安身立命的教诲，他也就越来越将婉儿视若神明。如果说武三思在这宫中对所有人的阿谀奉承都是虚假的违心的，但是他对婉儿的那一份欣赏和钦佩却是异常真实由衷的。他爱婉儿。而且越来越离不开她。在婉儿面前，他的那种男人的自负和男人的刚愎自用，竟然不再有表现的可能。他承认婉儿是一个十分了不起的女人，他甚至承认婉儿对他的那种绝对的权威。他想着他和婉儿之间那几十年的恩恩怨怨，从少年进宫，到他怀着卑微心理迷恋着姑母身边的那个贵族出身的小侍女；再到他的被女皇宠爱使婉儿蒙受黥刑；再到他在文史馆的那个暗夜中的大殿上，他将婉儿据为己有。他敬佩婉儿的不计前嫌，化干戈为玉帛，让他们终于能够彼此拥有，直到今天，婉儿成了他的灵魂他的头脑他生命中唯一的亲人。

他爱婉儿。

他不仅爱这个女人而且崇拜她。

他紧抱着婉儿。

他几乎是跪在了婉儿的脚下。

他几乎是匍匐着仰视着婉儿。

从此武三思和婉儿的关系在莫名其妙中发生了某种变化。一种超越了情人之间那种恩爱的母子的关系，尽管，武三思是一个高高大大、堂堂正正的男人。他真心诚意迷恋和拥有着那个母亲一样的婉儿。因为他觉得婉儿所给予他的那种疼爱那种指点迷津让他所获得的那种身体的满足，都像是一个最慈爱的母亲。武三思或许也将武皇帝当作了他的再生母亲，但是婉儿与他的那一重身体的关系，使婉儿比他的姑母更像母亲，也更无私更慈爱更柔情似水。于是在婉儿这样的母亲一样的女人怀中，他喜欢自己就躺在她的怀抱中，被她抚爱，从此什么也不想。特别是当武三思被圣上冷落抛弃的时候，武三思就更是觉出了婉儿对他那种时时刻刻母亲一样的关照与爱护有多重要。

他想他幸好有婉儿。

他幸好有婉儿是因为婉儿确实是他失落时的支撑，委屈时可以哭泣的怀抱。他知道无论是现在还是未来他都将需要婉儿。他还知道只要他的身边有婉儿，只要婉儿能真心帮助他，能永远与他心心相印，他就一定是安全的。

于是慢慢地武三思开始很依赖婉儿。他也肯于接受婉儿的建议了，因为事实证明，婉儿确实总是对的，并且确实比他技高一筹，比他高瞻远瞩。

就这样，婉儿尽管没有告诉武三思十天之后庐陵王李显就将返朝，而显的返朝就意味着武周帝国将一去不返。婉儿尽管没有对武三思说这些，但十天里，婉儿还是让这个总是跃跃欲试总是不甘心的武三思平和了下来，端正了态度，甚至把他的心态调整到了随时可以接受庐陵王返朝的位置上。他已有足够的心理准备来面对现实，他甚至已经认清了他下一步要做的，已经不是争夺皇位，而是怎样与新太子相处了。不单单是要和平相处，武三思甚至可以再度屈尊为这个未来可能成为帝王的新太子牵马。武三思当然不会在乎丧失人格，他早就没有了人格，他的人格就是巴结那些能给他好处的当权者。

武三思是在毫不知情的状态下，被婉儿调教成一个可以承受一切的坚强的人的。结果，在他一直被蒙在鼓里的漫漫十天之后，当他和满朝文武一道突然看到了那个面容憔悴的庐陵王李显，那一份吃惊是难以言说的。他觉得他简直不敢相信自己的眼睛。他觉得他一点准备都没有。他知道显的回来意味着什么。他知道他全完了,他被击垮了,他已经没有退路了,但是骤然之间,他的晦暗的心仿佛被撕开了一条缝,有明亮的光透射进来,那种豁然开朗的感觉,那是因为他在绝望中想到了婉儿。于是,他便也突然变得很明朗,几乎是同时,他觉得他对未来已经胸有成竹,甚至胜券在握。

武三思不记得在这样的事变之后,他是什么时候又见到婉儿的。他只知道婉儿那时候很忙,在忙着迎立新太子的事。但是他还是抓住了一个匆匆的机会对正准备与他擦肩而过的婉儿说,其实你什么都知道,为什么你不愿告诉我?

奴婢是不想让大人徒生烦恼。

但烦恼依然是有的。你在耍我?

奴婢不敢。奴婢以为大人早就能接受这一切了!

圣上彻底抛弃了我。

她一开始就没有想起用你。

我就是这个可以被她随便利用的棋子吗?

她是觉得你有用才会利用你的,今后你仍然是有用的。

就是说我将继续被她利用。我对她还有什么用?

有你在,庐陵王就不敢太放肆,看不出吗,这就是大人的作用。

她这个女人太恶毒了。那么接下来呢?

不是说过了嘛,就是你和新太子之间的事了。

你也要抛弃我?

奴婢与大人已是天下共知的秘密,奴婢怎么跑得掉呢?何况圣上的国史还没完成,奴婢还要和大人一道共修国史……

难为你还能记得这些。你已经很多天不曾过来了,你也还记得吗?

是吗?奴婢真的不记得了,但只要大人需要……

显的返回对婉儿来说不知道是不是又一个新的时代的开始。但婉儿相信,有了李显的朝廷肯定和没有李显的朝廷不一样。她不知显在十四年后究竟变成了什么样子。她更不知道在未来,以她和武三思的智慧,能否驾驭这个未来的皇帝。

如此婉儿在显到来之前想着她走过来的路。想她是怎样一天天地走近了武三思,看清了他并再也不能离开他。她想她就是因了这武三思使她深陷武姓的囹圄的。她恨他,却又深深地牵念着他。连她自己都无法解释她对武三思这种男人所怀的是一种怎样的感情。大概是她预感到她就要离开武三思了,她才觉得她该想想三思到底是一个什么样的男人。

她想如果远远地看着武三思,远远地看着他的趋炎附势,那么婉儿是恨不能将他如粪土般永远踩在脚下,永远唾弃和鄙夷的。但是婉儿走近了他。婉儿是在和这个男人贴得很近的时候才发现,他内心深处的那一份自卑是多么纯洁,纯洁得让人不得不同情不得不可怜。婉儿可能就是因为可怜他才努力接近他的,而当她走近,她又发现了武三思对那些对他好的人又是怎样地滴水之恩,涌泉相报。婉儿想那可能是因为他遇到的真正对他好的人实在是太少了,所以他才会不停地对婉儿说,我不知道什么是好人,在我看来,唯有对我好的人,才是好人,就像你,婉儿。于是武三思就这样俘获了婉儿。让她深深地陷在了他强壮的身体中。

但是婉儿觉得在显回来以前,她如此地纠缠于武三思也是无可厚非的。因为女皇是武姓。是女皇在宠爱他们,也是女皇把他们这些武姓的后代们一个个提到了不适当的高位上,让他们显赫,让他们尊贵;但同时也是女皇秘密地抛弃了他们,在她生命将尽的时刻,背着他们,悄悄地接纳了她的亲儿子李显。

李显的到来必定是一个新时代的到来。这是婉儿自从女皇决定接回李显的那一刻就意识到的。于是她便也立刻想到,无论她已怎样深陷于三思,她也必得在缱绻柔情中抽身。她尽管还没有让武三思感觉到什么,她的心却早已经朝秦暮楚了。从此,哪怕是睡在武三思的臂膀中,她也在心里紧锣密鼓地计划着,该怎样才能打进东宫新太子李显的圈子,并能让显诚心诚意地接受她。

这就是那个即将到来的李显的时代。婉儿身处这个时代就必须有应付这个时代的章法。于是婉儿首先想到的就是她在选择她的行动时绝不能顾此失彼。因为朝中的事情从来就是风云变幻,不可预测,此刻河东,转瞬即是河西,所以谁也说不清未来的天下究竟是属于谁的。所以婉儿所采取的策略,只能是面面俱到。她必须取悦于所有的人,而她在这样做着的时候还要不露声色。

当然婉儿首先要取悦的,依然是女皇。女皇是各派势力之本,是任何人都难以逾越的。此时的女皇已经命若悬丝,朝不保夕。她与张氏兄弟之间的那种畸形的肉体关系，其实也早已形同虚设，甚至是一种垂死的挣扎了。但是尽管如此，婉儿知道女皇的思维是清醒的。她尽管形容枯槁，步履蹒跚，但是她绝不糊涂。她依然能把王朝的权杖牢牢地掌握在她枯瘦的手中；她依然能仅仅是打个喷嚏就令满朝文武惊悸数日。她的权杖是谁也抢不走的，除非有谁，首先把她从她的皇位上赶走或是杀了她。婉儿当然不能把武曌的衰老虚弱就当成了她的无能为力。不。那不是她，那不是女皇。女皇是至死也不会丧失她的威严的。她是永远的君王，她将永远至高无上。

而女皇不死，婉儿坚信，武三思们就不会被抛弃。因为婉儿了解圣上对她的姓氏的那一份近乎神圣的迷恋。她是在乎她的武姓的，所以她在乎她的武姓的子嗣们。而三思不倒，婉儿自然也就不能贸然地离开他。她为什么要离开一个她与之已经心心相印又狼狈为奸的男人呢？婉儿对武三思的感情确实很复杂，她不仅在心理上需要这个男人，而且在生理上更需要他。武三思是什么？在某种意义上，那就是婉儿为自己预留在那里的一条路。

而另一条路，或者说是另一条康庄大道，就是李氏家族的兄弟姐妹了。很多年来，婉儿尽管沉溺于武三思的情怀，但是她也确实没有得罪过李家。不说她和太平公主是那种无话不说的闺中密友，就是在东宫中被冷落的太子李旦，她也曾冒着风险去探望过他。她还不仅去看望太子，还每每去后宫探望被圣上幽禁的旦的那五个小儿子，看着他们一天天长大。而太子的那五个儿子们对婉儿的偶尔前来，也是深怀感谢，毕生铭记。婉儿关照被女皇无情迫害的旦的一家，是出于对这一家人的深切的同情，但也未必不是她在旦和太平公主那里为自己留下的一条路。

而接下来她唯一要做的，就是要竭尽全力打通未来的太子李显这条路了。婉儿知道，只要她想，天下就没有她做不成的事。而况显对于她的未来又是如此地至关重要。在某种意义上，未来就是李显的，就是要围绕李显展开的，就是一个李显的时代，也是婉儿必得严肃对待并全力投入的时代。

所以婉儿必得从武三思的身边悄悄抽身，必得聚集起足够的注意力和足够的智慧来对付李显。婉儿尽管抽身，但是她并不是真的舍弃武三思。婉儿想她此生可能只能是和武三思绑在一起了，甚至她在构思同李显的关系时，也是把她和武三思作为一个整体来考虑的。

便是这样。婉儿期待着，那个即将到来的新时代。就仿佛是即将打响的那场大战的前夜。婉儿的心里怀了一种很深刻的紧张和恐惧，但同时也怀了某种激情和向往。她渴望这一战。她觉得她被朝中沉闷的空气压抑得太久了，她渴望能撕破那一切。她已经做好了全部的准备，心理上的以及身体上的。她等待着并且伸开双臂迎接着。她是必胜的。她坚信她是必胜的她将无往而不胜。她永远不会放弃在生死场中的奋斗与拼杀。她觉得她倘若不去战斗她就不是婉儿了也枉对她的祖父。尽管她是在用她的心智去搏击去厮杀，她看不见血，但是她确乎是战斗了，她是勇敢的斗士，她在她所期盼的这场战斗中所倾注的，是心，是心血，心的血。

如此，婉儿用心掐算着一天天临近的那个庐陵王返回的时日。

雨过天晴。

中原大地上灿烂的阳光。

而庐陵王李显不相信那中原大地上的灿烂阳光是为了他和他的全家而照耀。他心怀惴惴地坐在徐彦伯秘密部队的马车里。马车摇摇晃晃，山道曲曲弯弯。显根本不敢相信这就是回家，回京都洛阳，回母皇身边。

在漫漫十四年幽禁房陵的生活中，显早已销钝了他的锐气。从一个三十岁的潇洒天子，到一个老气横秋、委顿消极的中年男人，当徐彦伯带着女皇的圣旨星夜兼程地赶到显房陵的居所时，显被吓坏了。他是在睡梦中被惊醒的。他被那不断被撞击的木门声吓得周身大汗。他的心剧烈地跳动着，仿佛震动着他的身体。他在那一刻甚至不能从床上坐起来，他想他完了，这是不祥之兆，他清楚地记得当年被流放到巴州的二哥李贤就是被母亲派去的特使丘神勣在流放地逼迫而死的。显想不到十四年后他会遭到和二哥一样的厄运。他本来以为过了那么久,母亲也已经登基做了皇帝,他就逃过了这一劫了呢。而门外马蹄哒哒,刀光剑影。显终于知道那时的二哥是怎样的心情了,那是一种死期临近的绝望。

显终于周身颤抖地打开大门，率领他一家大小跪在地上等待着徐大人宣读圣旨。当显得知他将被押解京都的时候,他几乎瘫倒在地。他想他连这十四年偏安的生活都将不复存在。他又想十四年来他从未轻举妄动过,他究竟又怎样惹恼了母亲,以至于她要把他全家人都押赴京城问罪呢?

一家之长的怯懦软弱,自然是带给了一家老小恐惧和绝望。幸好有与李显共患难同生死的王妃韦氏在这关键时刻硬撑住了她这个已如丧家之犬的男人。那时的韦妃大概是已怀了必死的信念。她想既然死都死定了,还怕什么呢?而她要撑住丈夫,其实也是为了在徐彦伯面前向那个置他们一家于死地的女皇示威。她想如果她面前的不是徐彦伯而是女皇，她会不顾一切地咬破舌头把满口的血吐到那个武曌的脸上的。她还要冲过去抓破那个女人的脸撕烂她的衣衫,反正是一个死,她也不能让那个凶恶的女人安生。

然而李显一家不能违旨。他们只能在简单地打点行装之后,就一家人随着徐彦伯战战兢兢地上路了。他们不知道此一去是祸是福。显偷偷地问韦妃,母亲为什么要我们到洛阳去死?也许不是死呢?韦妃说她不知道为什么会觉得他们一家从此有希望了。于是,在漫漫的返京途中,显和韦氏一直在此问题上争论不已。对未来已不抱任何希望的李显坚持认为他们是全家人都回京赴死,他说,难道有谁比我更了解我的母亲吗?如若她是个心慈手软的母亲,就不会让两个儿子那么匆匆死去了,如今又轮到了我,轮到了我们。而韦妃却拿出武三思和婉儿举例。说他们的父亲也都是死在武曌的刀下，而武曌为什么不杀他们，反而把他们接到宫中并委以高官呢？显说是因为他们并不能真正对母亲构成威胁。她真正怕的是我们这些能继承大唐王业的儿子。她恨我们李家。恨祖父，恨父亲，恨我们这些儿子们。否则我有什么过错？无非是给你父亲一个小小的侍中，就要被贬至偏远的房陵。你不要对母亲那种人抱任何希望了。她可以杀了大哥二哥，就可以杀了你我。好在我们是一家人死在一道。我们能同生共死我就知足了。与其这样终日担惊受怕地活着，还真不如快点死了呢。

在被死亡笼罩的漫漫旅程之后，李显一家竟安然无恙地返回了京都洛阳，并按照原先的安排，由北门悄悄进入后宫，暂住在女皇事先为他们一家准备好的庭院中。因为进城时是傍晚时分，李显已经看不清洛阳的景象，更看不清那宫城是不是别来无恙。其实显已经无心去看这些，他满脑子里转的只有一个念头，那就是死亡。他不知他所走进的这个豪华舒适的庭院，是否就是他将被赐死的别所。

徐彦伯将李显一家安顿下来以后，就通知李显赶紧梳洗，圣上马上要召见他。

想不到一个圣上召见的指令竟也会把李显吓得半死。他几乎瘫倒在韦妃的怀中，他说不，不要只杀我一个人，让我们一道去死吧。

显倒在韦妃的怀中哆嗦着。那永远也抹不去的死亡的阴影几乎让显崩溃。直到徐彦伯反复保证是圣上要见他而不是要杀他，显才勉强站了起来。然后他便开始在木箱中慌乱地翻找他的朝服。他一边翻找还在一边自言自语地说，是的是的，要穿朝服，要穿朝服，既然是死在洛阳，死在皇宫，就要死得体面。

李显身为皇子，又做过太子、天子，他当然是有朝服的。而在房陵的十四年中，他却从不曾穿过一次朝服，那些朝服便被越来越深地压在了箱底。直到此刻，他要拜见圣上，那些十四年不曾见过天日的朝服们才被翻找了出来,结果不是破旧不堪,满是皱褶,就是暗淡无光,不再合适。李显在慌乱中在急迫中在无奈中试了一件又一件,结果他的朝服被扔了一地,竟没有一件是合适的。最后李显沮丧地坐在了椅子上,竟然落下泪来。他说连朝服也来欺侮我,让我死也死得不痛快。

倒是韦妃真心地疼爱他。她轻轻地拍着显的后背要他能放松下来。她说又不是去见别的什么人而是见你的母亲。就穿你现在的衣服好了,让圣上也看看你这十四年是怎么过的。

而同时为找不到合适的衣服陷入慌乱和沮丧中的,竟然是使李显陷入深度恐惧之中的那个武曌。毕竟是母亲,也毕竟要见的是她已阔别了十四年的儿子。十四年中,她是想念她这个儿子的。她只是为了她的威严,才不能把她远方的这个儿子接回来,而任凭着思念李显的梦夜夜来折磨她。女皇虽然是女皇,但是她那母亲的心情还是有的。她让侍女拿过来一套一套的衣服来选择,她又让她们把她的发型变了好几种。但是她不满意。她全都不满意。她呵斥那些侍女,她说你们把朕弄得越来越难看了,我怎么能这样,我怎么能这样去见儿子?后来女皇摔掉了铜镜。因为她在铜镜中看到了一张又老又憔悴的脸。她想她怎么就没在意过她怎么会这么又老又丑了?她问着身边的侍女,你还记得十四年前朕是什么样的吗?陛下现在比当年还美丽。武皇帝抬起手臂就打了那个恭维她美貌的侍女。她说你们全都下去吧,朕怎么会相信你们的这些谎言。她在她寝殿中往来徘徊着。她甚至遣开了张氏兄弟,整个的傍晚,整个的听说李显已住进后宫的傍晚,整个的知道了她的儿子已近在咫尺的傍晚,武皇帝独自一人待在她的寝殿里。她要在这样的时刻自己面对自己,自己面对一个母亲的心情。任凭徐彦伯们在门外焦急地守候着。

后来女皇叫来了婉儿。

那是因为后来焦虑紧张中的女皇终于做出了决定。那是她反复思忖考虑再三之后才做出的决定,她决定,在这个傍晚,她不见她这个远道而来的儿子了。她觉得此时此刻她并没有做好面见李显的准备。她觉得就是匆促间见了李显她也不知道该对她的这个儿子说什么。所以她要再想想。所以她要叫来婉儿。她知道在这样的时刻,唯有婉儿能帮助她。

她问婉儿,你看朕的衣服合适吗?

就是说庐陵王回来了?

你怎么知道?

奴婢看见陛下的衣服就知道陛下要召见庐陵王了。

这身衣服有什么特殊的吗?

一眼便知它来自陛下精心的选择,亲切而又威严。奴婢不知道这身服饰是不是能让庐陵王感觉到,陛下是母亲,但更是大周的女皇帝。

但是,朕取消今晚的会见了。

奴婢不懂。

朕以为这样的会见太匆忙也太随意了。而且这种会见被安排在朕的后宫也不合适,毕竟朕是天子,而他是朝臣。

可陛下也是母亲呀!

朕的皇位才是高于一切的。所以,朕只能以大周天子的身份召见显。明天早朝之前,带他来政务殿。去通知他吧。

陛下要奴婢去?

是的,朕要你去。朕要知道十四年后显究竟变成什么样了。朕要知道。朕要知道他的全部。只有你能看透他的心。去吧。别怕。

你是朕的使者。朕会在这里等你……

于是婉儿秉烛,走过后宫深深的长夜。就这样她又一次负着女皇的使命,开始了又一次走向李显的历程。

在长长的通向李显的甬道上。婉儿走着。独自一人。很复杂的心情。女皇委她以重任。她当然不能辜负女皇。只是她真的不知道该怎样面对显。她不知道显是不是还在怨恨她还以为是她向女皇告发了他。她想至少韦氏会记得,因为最终是韦氏的父亲没有得到侍中那个肥缺,而那恰恰是韦氏觊觎已久的。如此在婉儿看来她与李显和韦氏之间是深隔着一重嫉恨的,她正是想到了这些往事,才越发地不知该以怎样的姿态出现在显的面前。

婉儿秉烛。

很缓慢地走着。

夜晚很深。有如水的风。

婉儿终于来到了李显一家临时下榻的庭院。庭院里是冷漠的凄凉,毫无声息。婉儿很低调。但是,传婉儿前来拜见庐陵王的时候,她又明明是代表着那个尊贵的女皇。

婉儿走进正堂。看见了满屋散落的朝服。那是婉儿不期然看到的一地景象,那斑驳的被岁月所锈蚀的旧日辉煌。单单是那一片残败的景象,就足以证明了显在十四年中是怎样的艰辛。然后婉儿就看见了垂立于墙角的那个灰头土脸的男人。婉儿简直不敢相信。如果不是明确说她见到的这个男人就是李显。婉儿根本就认不出她眼前的这个憔悴苍老而且唯唯诺诺猥猥琐琐的男人就是当年那个风流倜傥、年轻气盛、骄矜无比的天子。

婉儿看着李显。她心里很难过。

而李显竟不能够抬起头来看婉儿。

就这样他们缄默着。在那一份残败的心情中。

最后，还是婉儿首先说，大人这些年来可好？奴婢是婉儿。

显依然低着头。显说我知道是你。你是代表圣上来的。你是要接我去见圣上吗？

是圣上要奴婢通知大人，今晚的觐见取消了。

取消了？为什么？直到此刻依然如惊弓之鸟的李显才抬起头，他惊异于母亲突然取消的会见，他不知道在这取消的背后，又会包藏着怎样的祸心。李显很怕。他是因为怕才抬起头的。他抬起头就看见了婉儿。而婉儿所带给他的惊异比女皇不再见他了还要令他震惊。他久久地盯着婉儿。他不敢相信自己的眼睛。他不能想象站在他面前的这个女人，就是他曾经那么熟悉那么喜欢的婉儿。

大人不认识我啦？

是显的惊异的目光才使婉儿突然意识到了她脸上的那片晦暗的铭刻着她的罪恶的印迹。婉儿下意识地用手去捂她的脸。很多年来，她甚至已经忘了她脸上的墨迹了。她在后宫里朝廷上出出进进，她与那些熟悉的陌生的人们打头碰脸，似乎已经没有人再在意她脸上的这疤痕了。人们似乎以为婉儿就该是这样的，唯有这样带着那个忤旨标记的女人才是婉儿。但是李显不一样。整整十四年李显从没有见到过她。在显的印象中，婉儿应该依然是十四年前的那个天真明媚的女孩子，婉儿的脸也不该是如此晦暗而丑陋的。只有李显的眼睛才能真正反映出那墨迹使婉儿的变化有多么大，她是怎样的面目全非，让人恐惧，甚至是令人厌恶的。婉儿怕显那真实的目光。她拼命地捂住她被黥的脸颊。她退着。她问着李显，奴婢就那么可怕？

不。不不。婉儿。千万别。真的。不是。李显请求着婉儿。

是婉儿脸颊上所经历的刑罚，使同样遭受了十四年磨难的李显顿时勇敢坚强了起来。他仿佛又骤然找到了那个他当年曾那么深深喜爱的小姑娘,他想保护她,他不想让她再受那么大的苦。

显几乎是跑着追上了那个向外走的婉儿。他拉住了婉儿,那时候他真想把那个无助的备受摧残的女人紧抱在怀中。他拿掉婉儿蒙在脸颊上的手,把那张印着墨迹而且已满是泪水的脸扭向了他。他就那样目不转睛地看着婉儿。他甚至伸出手去轻轻抚摸着婉儿的脸。他在心里说,这墨迹无足轻重,你依然是最美的。他甚至觉得在婉儿这张印满羞辱和苦难的脸上,他的生死都无足轻重了。

显就那样坚定地看着婉儿。婉儿的近在眼前使他觉得他仿佛又回到很多年前,那一天他和他的两个兄弟李贤和李旦,就那样不期然地面对了那个美丽清纯的小姑娘。那就是婉儿。那时候婉儿刚刚来到母亲的身边。

婉儿这是为什么?

不,不,这无关紧要。

怎么会无关紧要呢?究竟是为什么?又是她?她到底要怎样?

不,大人你放开我。是奴婢忤逆了圣上,是奴婢罪有应得。

李显放开了婉儿。他扭转头。不知道为什么那热泪便夺眶而出。显不知道他堂堂七尺男儿为什么会落泪。但是有一点是异常重要的,那就是婉儿的苦难让他不再害怕了。显变得坚强了。在婉儿的身上,他仿佛突然就找回了那京城朝野宫内的感觉。漫漫十四年远离宫城,他原以为他对这朝中的一切全都陌生了疏远了,但是,当婉儿一出现,仅仅是因为婉儿一出现,婉儿脸上的那墨迹一刺进他的双眼,他就知道他回来了。洛阳不再陌生,这宫中的一切也变得如此熟悉。

婉儿看到了显的眼泪。

但是她不再哭。难道这黥刑就值得哭吗?那婉儿值得哭的事情就太多了。婉儿已变得成熟。成熟而圆融而冷漠而狡猾。婉儿太了解这宫中的一切了,所以她面对李显的眼泪,只能说,圣上是体恤大人旅途劳苦,会见改在明早上朝之前。望大人早早安歇,明早婉儿来接大人。

婉儿说过之后,便转身离去。她心中尽管有很多的苦涩,但是她依然很欣喜。因为她毕竟获知了在她未来走向显的路上已不再有障碍。而仅仅是她脸上的那个墨痕,便使她和显之间的那可能会存在的嫌隙转瞬之间化为乌有。不再有隔膜。仿佛一切都被跳跃了过去。时间被直接切割到了那个最欢乐也是最两小无猜的时代。他们是好朋友。他们彼此相亲相爱。

婉儿,请留步。

大人还有什么事?

我是说母亲。圣上她身体可好?

是的圣上很好。依然很美,精力充沛。

是圣上要我回来的吗?我一家真没有抄斩之忧吗?

大人,您误解圣上了。

就是说,我真的可以高枕无忧了?

圣上是秘密接你回来的。十几年间她一直牵念着你。

圣上是伟大的。

奴婢告辞了。

婉儿……

什么?

婉儿,日后还望你能帮助我。毕竟我离开得太久了。这宫中朝上,怕是满眼都是陌生的面孔了。如此物是人非,我怕没有婉儿的帮助,会寸步难行。

婉儿将尽力而为。

婉儿离开了李显，她又匆匆赶回了女皇的寝殿。婉儿想不到，女皇竟依然站在寝殿门口的石阶上，在很冷的夜风中，在等着婉儿。远远地看到婉儿，她竟然不顾一切地走下石阶去迎婉儿。她抓住婉儿的手。问她，怎样？显看上去怎样？他还那么高大伟岸英姿勃勃吗？他问到我了吗？他都说了些什么……

婉儿这才落下了眼泪。

婉儿是在离开女皇之后，才回了文史馆。她努力在为自己找着理由，她想国史中确实有一些部分在等着她去修改。她想她如果今晚不去做，明天就没有时间了。她已经非常喜欢修撰国史这一项事业，特别是在她整理女皇的那一段段大事记时，简直是一种痛快淋漓的写作。就仿佛她自己就是女皇。就仿佛是她自己在治理着国家。就仿佛是她自己正在一步一步地登上了女皇的王位。

婉儿确乎是回到了文史馆。

婉儿也确乎是决定挑灯夜战，在为圣上修书中体验圣上。

但是，那也许并不是婉儿真正的所思所想。那不过是一个借口。不过是一个婉儿用以欺骗自己的谎言。婉儿还不至于在记录女皇那惊心动魄的经历中去体验女皇的霸业。不，婉儿对权力没有兴趣，她弄权绝不是因为她喜欢权，而是她要活着就必得学会弄权。是的，痴迷于整理女皇的历史不过是个幌子，她是要让住在庭院深处的那个可能依然在等她的男人看到她案台上的灯光，知道她来了。

果然，当婉儿刚刚研好墨，那殿堂的门就被推开了。那种婉儿那么熟悉的门的响声和来人的脚步声。婉儿当然知道那是谁。她也许就正期待着他渴望着他切盼着他。婉儿永远也无法解释她为什么不能离开那个男人。她曾经一千次想离开他，但又一千次回到了他的身边。她就那样等待着期盼着。任那个男人走近她，拉起了她的手,并且吹灭了那盏温暖而明亮的灯。然后一切就陷入了那个被黑暗充满的窒息中。在那里,欲望是主宰一切的真正的帝王。婉儿被那个男人牵着,穿过那个她熟悉的甬道,来到了那张床上。那是她和他的床。没有任何别的男人和女人睡过的床。就在他们的事业的边上,在他们智慧的谋略的同舟共济的愿望的边上。他们做爱。在无言中。直到午夜。当那个男人睡去,当完结,婉儿便起身离去。她必须在早朝之前赶到后宫李显暂居的庭院。她必得将李显带到他阔别十四年的母亲的面前。她必得目睹他们母子之间的那悲喜交集。她必得离去。她这就要穿上她的衣裙,梳好她的头发,离开那个精疲力竭的男人。她留恋那个给她以温情的男人的身体,她知道那身体对她来说有多么重要,但是她必须离开他。她离开他是为了去亲近另一个男人。取悦他,让他也给予她那满身心的热望和感情。她必得这样,从一个男人走向另一个男人。她要利用他们。她要利用他们对她的那浓浓的爱意和他们对她的那由衷的崇拜。她相信她会从他们那里得到她所需要的一切。她相信他们,不如说她更相信她自己。相信她对他们的那种深刻的诱惑力,相信她才会是他们的那个唯一。她要让他们的彼此需要成为一种生命的状态。她要让他们需要她就像是她需要他们一样。婉儿这样做着,在犹豫间在忧伤间从一个男人走向了另一个男人。她没有对他们说她从哪里来,又要到哪里去。她让他们蒙在了鼓里,而唯有她,清醒着。

就这样。婉儿等候在李显的庭院中。李显匆匆走出。他意味深长地看着婉儿。经过了那个短暂而又漫长的孤单的长夜,他知道此时此刻婉儿对他来说有多重要。他觉得婉儿是他重新回到这陌生的而且是险恶的世界中唯一的亲人和朋友了。他视婉儿为亲人朋友。他知道他的选择不会错。他坚信婉儿从此将支撑着他。他觉得他已经从婉儿的眼睛中看出了她的在所不辞。他这样想着这样坚定着他对婉儿的信念，他便在走向婉儿的时候在那个无人能看到的暗处抓住了婉儿的手，他甚至躲过了那个出门送他的韦王妃犀利的目光。

显抓住婉儿的手并低声对她说，婉儿，帮助我，给我勇气。

婉儿看着李显，她并没有从显的手中抽出她的手。她显然给了李显她的默许，其实那就是她做给李显看的她的姿态。她就那样让李显握着她的手。然后她就被李显牵着一道坐上了那辆赶往政务殿的马车。

婉儿坐在显的身边。在那个天色依然昏暗的清晨，婉儿有点冷，显也有点冷。他们的身体都是冰凉的，而唯有他们一直紧握的那两只手在彼此传递着他们最后的温暖。他们就那样沉默着。仿佛不敢再多说一句话或是不敢有更多的举动。他们就那样保持着他们所默契的那样一种姿态，只有马车的晃动偶尔会使他们的身体相互撞碰在一起。他们就那样默默无语。不知道此时此刻他们企望的究竟是什么。

随着长夜将尽，显突然说，我很怕见到她。

婉儿便轻轻按了按显不停抖动的腿，轻声对他说，干吗要怕见圣上呢？她一直在思念你。

显说我一夜没睡。

婉儿说，奴婢也是一夜没睡。

那你为什么不来陪我？夜太长了，令人胆寒。

奴婢也是身不由己。这朝廷很大。

真的。我很害怕。

大人真的不必怕。如今天下思李，满朝文武都会拥戴大人的。

我是怕母亲。

圣上也是站在大人一边的，否则她怎么会力排众议，坚持要把大人全家秘密接回来？

那么你呢婉儿？你会站在我一边吗？

奴婢自然也会。

婉儿告诉我，这些年来你究竟受了多少苦？

奴婢在圣上身边，怎么会受苦呢？

可是，看看你这张脸……

那是随风而去的往事，大人不必在意。

我怎么能不在意？如果受这惩罚的不是你……

大人，还是想想在见到圣上时，你究竟该说些什么吧。

然后又是沉默。马蹄声踏碎了心情。

突然的，一粒石子。仅仅是一粒石子，便使得马车剧烈地摇晃，在那摇晃之间，那么不期然地，将婉儿的身体狠狠地撞在了马车的木杆上又狠狠地撞回到显的身上。那也是天意。让那粒石子就横亘于前往政务殿的石板路上，让显就紧紧地把被马车的木杆撞疼的婉儿搂在了怀中。

那是怎样的一种激情。显紧紧地抱着婉儿，并抚摸着她的脸。他问婉儿是不是撞疼了，来，让我看看。

婉儿摇头。婉儿说马车上太黑，大人看不见。

不，让我看看。我就是要看看你。回来以后，让我最最伤心的就是看见你这样。你怎么能这样呢？她怎么能忍心让你受到这样的伤害呢？这就等于是在用刀剜我的心。婉儿，知道吗？我喜欢你。我一直都喜欢你，从你很小的时候，我甚至是在爱着你。不，你不要阻止我，让我说，这是十四年来我一直久积心底的感情。真的，我爱你，想念你，在房陵我曾多少次梦见你。但我知道那可能永远只是梦了，我想我今生今世是再也见不到你了。可是，上天要我再度见到了你，可是，你怎么会是这样的？这样带着这耻辱的疤痕。他们怎么能这样对待你？怎么能这样对待我最最心爱的女人？当年就是我最最想得到你的时候，我也不曾敢碰过你，我觉得哪怕是丝毫的轻慢都会伤害你的心，而我是不愿伤害你的心的。可是，他们却在我不在的时候如此残酷地伤害了你，这是我永远不能原谅他们的，无论是谁，我迟早要为你的伤痛去报仇。现在好了，婉儿我终于回来了。我回来就是为了保护你的，今后谁也再不能欺侮你，你是我的，你将永远是我的……

李显在摇晃的马车中紧抱着婉儿。他甚至亲吻着婉儿脸上的墨迹亲吻着婉儿冰凉的嘴唇。

显不知道他这样说这样做也许仅仅是为了能在婉儿的身体上获得勇气和坚强。因为他实在是太怕见他的女皇母亲了，他要在一个女人的身上找到那原本属于他的胆量。

没有海誓山盟，也没有忠诚。婉儿在接受着显的浓浓爱意时，身体中存留的却是武三思的精液。这就是婉儿。她知道她已经左右逢源，四通八达了。她逢迎所有喜欢她需要她的男人。她把她自己给予他们。那所有能给予的。她将倾其所有。她已经麻木。她已经不知道何为感情，何为廉耻了。

随着那辆马车在政务殿的门外停下。婉儿和庐陵王李显一前一后走出了马车。他们似乎都有了很大的变化。显变得镇定自若，沉着坚定；而婉儿则是胸有成竹，仿佛胜券已经在握。他们就这样一前一后地跳下了马车。那是他们自见面以后就迅速形成的那种默契。从此他们一个手势一个眼神便将能决定他们共同的立场和行为。这便是他们不用订立就已经存在了的那个联盟，那个联盟的条约便是，显对婉儿的喜爱，和婉儿对显的利用。

就这样婉儿带着李显走进了政务殿的大门。就这样因为有婉儿，即或是置身于政务殿壁垒森严的压抑中，显都不再惧怕。他们满怀信心地垂立于屏风之后，在那里等待着那个至尊至圣的女皇，等待着那个突生恻隐的母亲。

就这样新的时代真的开始了。

与李显同时彻夜不眠的，是武曌。

在这个令武曌心慌意乱的夜晚，女皇特意召来了张氏兄弟陪伴。她要他们为她抚琴。在那袅袅的乐曲声中，她躺在那里，思前想后。女皇的寝殿在那个晚上彻夜响着古琴凄切悠远的乐曲声。

女皇在长夜将尽的时候便开始在烛光下梳妆。她要她的侍女们格外精心地打扮她，要在她往日的威严中再添上几缕柔情。拂晓，天色依然灰暗，而女皇的心情早已亮如白昼。她满怀着激情和感动等待着那一刻，那个她为自己精心安排的时刻。然后，她便在后宫浩荡的前呼后拥中离开了她的寝殿。

女皇走在通往政务殿的长廊上。她甚至不要别人来搀扶她。早春的清晨依然冷，而女皇枯瘦的双手更冷。她竟不知到了这把年纪，经历了无数惊心动魄，又身为至高无上的皇帝，她还会有如此紧张的时刻。她甚至不知道自己是不是能应付那个就要到来的母子相见的场面。

李显是什么？

李显又不是洪水猛兽他无非是他阔别多年的儿子。

女皇缓缓地走着。步履有点蹒跚有点零乱但是她坚持着。

这时的女皇已经七十一岁了。七十一岁的女皇怀着她从未经历过的心情。直到她终于坐到了她政务殿的皇椅上。她气喘吁吁地坐在那里的时候，心依然在怦怦地跳。她闭上眼睛想象着那个很短的会面。她有意把这次无法逃避而又令她无比尴尬的会面安排在她上朝之前的那个短暂的瞬间。她还不想让这次亲人的会面带上亲人之间的感情的色彩。不是母亲与儿子阔别多年的那种会见,而是君臣之间的那种礼节性的召见，就仿佛是地方的刺使被右迁到了京都。女皇就是女皇。权力永远高于一切。而这一次召回庐陵王也的确不是为了修补母子之间情感的裂痕,而是为了天下。

女皇这样想着。她睁开眼睛竟然就看见了那个站在屏风前的婉儿。她看见婉儿就知道她的儿子已经到了,就在婉儿身后在那屏风的背后。然后,她就让政务殿中的所有人全都退下,一个不留的。她不想让任何人看到他们母子相见的这最初的时刻。这个时刻是只属于她和她的儿子的。那将成为一个永远的秘密,只存留于她和显的记忆中。当然除了婉儿。婉儿是一个唯一。是一个能够被她和她的儿子接受的唯一的见证人。

然后,她一直在默默等待着那个时候到来。

终于，那个留着胡须的看上去依然显得苍老的男人从婉儿身后走出。那是朕的儿子吗?那个高大而疲惫的男人几乎没敢抬头看一眼眼前的女皇,就屈膝跪在了地上,他呜咽着,他说,圣上……

武曌不敢相信她的眼睛。她的眼睛已经被她纵横的老泪所迷蒙。她不愿相信这个眼睛里充满了恐惧的可怜男人就是四十多年前她把他带到人间的那个可爱的男孩子。她还记得她膝下的那天真欢乐的笑声,记得他骑着马在禁苑中狩猎的那英姿勃勃。还有什么?女皇还记得显的什么?他身为天子的狂傲轻浮?他要把整个江山拱手送给他的岳父?还有,他是怎样在被废黜时高声诅咒他的母亲?他垂死地抗争着,愤怒地吼叫着,他说杀了我吧。你杀吧。把你所有的儿子全都杀掉吧……

不!

不——

女皇帝竟然能将那就要涌出眼眶的酸楚的泪水收回。她脸上的那殷切慈爱的神情也骤然恢复了往日的平静甚至冷酷。天色依然灰暗。鸟雀在伸展着的房檐上跳着。武曌不是母亲。母亲不是她生命的角色。她的生命中唯有一种她可以扮演的角色，那就是，她只是那个至尊至上的女皇帝。

于是，女皇帝对跪在那里连头也不敢抬的李显只说了一句话。

你回来了就好。

这就是郁积了十四年的千言万语。

这就是思念就是企盼，也就是和解和修正。

所有人间的情感就被挤压在了这么几个坚硬而冰冷的词汇中。可能这其中也包含了女人的柔情，母亲的慈爱，或是别的什么难以言说的心情。

然后女皇就离开儿子临朝去了。留下显。让显在无限的感慨和震惊中，看着那个头戴皇冠的女人缓缓离去。显不敢相信他刚刚看到的就是他已年逾七十的年迈母亲。他不能想象一个如此高龄的女人能依然如此雍容华贵、充满自信，并继续拥有着那美丽非凡的永恒气势。显在回到京都洛阳之后的短短几个时辰，就看到了他曾经那么熟悉那么亲近而又是那么多年不曾看到的两个女人，母亲和婉儿。两个女人都使他无比震惊，都使他感慨万端。如此见到了这两个女人，才使显对他所见到的一切有了感觉有了思维。他想这就是朝廷。这就是家。尽管他依然梦中一般，但是他知道他回来了，一切也都将重新开始了。

女皇与百官的觐见匆匆结束。当朝官们退去，女皇把狄仁杰又带来了政务殿。女皇再度提到了皇嗣问题，并说起她对庐陵王是否返朝举棋不定。于是对此一直耿耿于怀的狄仁杰即刻慷慨陈词。如入无人之境一般地也不管女皇是不是爱听，就大谈天下怎样思李唐久矣，万民百官又是怎样吁请圣上尽早召回庐陵王以遂天下之望。狄仁杰说到动情之处,不禁又是潸然泪下……

好了,女皇突然截断了狄仁杰,说,还你太子。然后便呼出了已在屏风后等待良久且长泣不止的庐陵王。

还你太子!

老泪纵横的狄仁杰被女皇的这几个字震惊了。他猛然抬起泪眼,竟然就真的看见了真真切切站在他面前的李显。狄仁杰惊愕地看着女皇。他想不到这个一向自负的女人竟能如此勇敢地一笔勾销了她和儿子之间十几年的恩怨，更想不到女皇已经派人将庐陵王秘密接回，让他所一直期盼的那个王位继承人此时此刻就站在了他的面前,站在了朝廷之上。于是激动万分的狄仁杰以他的年迈之躯再度跪到女皇的脚下,并连连顿首,说不出话来,那是狄仁杰对女皇由衷的钦佩和心悦诚服。

如此戏剧性的相见场面激动人心,青史留存,成为千古的一段佳话。

婉儿将这一切看在眼中。婉儿当然看得出这是一幕女皇亲自导演精心排练的戏剧,当然婉儿也知道女皇为什么要这样做,她是要让幕后的李显听到狄仁杰对他的赤胆忠心，而狄仁杰又是女皇所最最信任和依赖的朝臣。

接下来便是狄仁杰奏谏女皇。他说庐陵王如此秘密返回似乎不合礼仪,莫如陛下亲自向天下宣布召回李显……

既然李显已经返回,武皇帝自然也愿意告知天下,以示她的大慈大悲。于是她立刻交由婉儿亲自安排,结果当天李显一家就被秘密送出北门,在洛阳城外的龙门客居一夜,等待第二天清晨朝廷的仪仗和文武百官将他隆重迎回国都。

婉儿按照女皇的旨意所安排的一切都在秘密中。不仅满朝文武不知，就连女皇的爱女太平公主与女皇接近的武姓子弟们也全然不知。甚至那些被通知第二天清晨赶往龙门的朝官们,都不知道他们为什么要去龙门。直到他们列队欢迎,在浩浩荡荡声势浩大的仪仗队伍的吹吹打打中,才骤然看到,原来那个流放在外多年的庐陵王李显已经从天而降般地,来到了他们面前。

在前往龙门迎接李显的队列中,当然也有武三思。要三思作为朝中重臣去迎接李显,是女皇的主意。女皇不知道为什么要让武三思去接李显，她也不知道这样做是想伤害武三思还是想说明她对她的这个侄子很重视。毕竟显的返回是朝廷中的一件大事。大事情就必得要举足轻重的大人物去主持。

其实显的返回是让女皇觉得她有点对不住武三思的。很多年来,王位继承人的人选迟迟定不下来,其实也是女皇在李显和武三思之间左右摇摆,举棋不定。她总是不想顾此失彼,但又总是找不到一个万全之策,所以她很苦恼,皇嗣的事也就这样拖了下来。她总是舍不得这个,又放不下那个。直到她最后下决心接回李显,她才意识到事实上她已经抛弃三思了。所以女皇才更加困惑,这种最后的抉择总让她有一种断臂的疼痛。

所以女皇迟迟不肯亲自对她所同样器重的武三思说出她的决定,甚至也不想让婉儿告诉他。这样直到李显已经返回,已经住进了后宫,武曌才突然想到她该怎样面对她这个侄子。

后来女皇就断然铁了心。她想就干脆把武三思直接派往龙门,让他自己去看,自己去了悟,自己疼痛,自己调整。她想接下来的生死存亡,就要武三思自己来判断,自己来选择了。或者他要和显一决雌雄;或者他会从此抑郁消沉;再或者,他能够成为显的最好的幕僚，就像是当年长孙无忌是太宗李世民最好的朋友和最信任的宰相。当然这最后的一种景象,是女皇最想看到的。她希望她李武两姓的后代们世世代代友好下去,无论朝廷和天下姓什么,他们都永远是亲人。但是女皇当然也知道,百年之后她不能再指望她的子孙们,一切只能任由时光带走,她已长眠地下。

便是如此,武三思被他的姑母推向了那个他生命中最壮怀激烈的舞台。当他看到倏然站在他眼前的那庐陵王李显时,他真不知是怎样的百感交集,痛彻心肺。在拱手迎接李显的时候,他恨不能一刀宰了他。在看到那隆重的仪仗队伍时,他在心里痛骂的,也是李显最感慨的那同样的两个女人。

但是,武三思却以惊人的忍性,把他所面对的所必得接受的这一切全都忍了下来。他是将打碎的牙咽进了肚子里,是在百般逢迎中口蜜腹剑。他还真的愤怨真的仇恨。他觉得他才是那个被装在浑蛋姑母满是谎言的袋子里的傻子。他年深日久地被捂在那甜蜜的谎言中。扎紧。如此还不够,那个狠毒的撒谎的女人竟还要拎起那袋子狠狠地往龙门石窟上撞,撞得他头破血流,而又有口难言,他该怎么办?

武三思已经好久不曾单独见到婉儿了。婉儿不再来文史馆,就仿佛她已经退出了修撰国史的工作。她也不管武三思是不是每个夜晚都在文史馆的庭院里心急如焚地等待着她,并且简直是在期盼着,他有千言万语要对这个他无比信赖亲爱的女人说,难道,圣上也要夺走他向婉儿倾诉的权利吗?

自李显返京以后,武三思也曾见到过婉儿几次。或是在政务殿上,或是在圣上为她的这个久别的儿子举办的那些盛大的欢迎宴会上。只是武三思始终没有能单独和婉儿接触的机会,他甚至不能单独地和她说上几句话。她好像故意在躲着他。她好像不愿给三思那个他们能够单独对话的机会。

武三思如热锅上的蚂蚁。他并不是非要婉儿的身体。他有家。他的家中也是妻妾成群,美女如云。只是近来李显的返朝使他的心里太难过了。倒不是因为显夺走了他可能会得到的王位,而是,他不能忍受他一向信任的那两个在朝廷中举足轻重的女人为什么突然一道抛弃了他。他不能理解,以他同圣上的亲近,迎回庐陵王李显这个如此重大的事情,圣上竟不曾向他吐露过半点消息,而让他在毫无准备的情况下,像所有被蒙在鼓里的朝官一样,被庐陵王的骤然返回弄得措手不及。他想这不是圣上在耍他吗?幸好多年的官场经验,让他做到了随机应变,波澜不惊。他并且及时调整了他的态度,才让他不至于在那个欢迎的仪式上锋芒毕露、破釜沉舟。如果依着他的心性,他不接受那两个女人强加给他的这个现实,说不定他的脑袋此刻早已悬挂在城门楼子上了。接着是欢迎庐陵王的左一个右一个盛大的宴会。依然是没有人告诉他为什么要如此隆重地欢迎显,更不要说和他商量了。就等于是朝中改朝换代这样的决策,根本就没有他的事。就等于是他以为自己是朝中的重臣,其实他在任何当权者的眼中都微不足道。那是种怎样的屈辱。武三思几乎无法忍受了。再加上他近日来满眼所见,都是圣上和李家的兄弟姐妹们,甚至那些本来被武曌所不耻的李唐旧臣们笑逐颜开、春风得意的样子,他就更是心存愤恨,火冒三丈。尤其是他看到婉儿夹在其间,如鱼得水地前后应酬着,女皇又在酒意阑珊之中,对婉儿如此精心的安排大加赞赏,他就更是怒不可遏,恨不能把这个势利的女人杀死。既然是如女皇所说,是婉儿从头到尾策划了这一切,那么这个和他一道上床的婊子怎么就一点也不告知他呢?甚至,在庐陵王返回的那个晚上,这个婊子还特意跑过来让他干了,并且说她爱他,竟然依旧对那个重大的秘密守口如瓶,那么,她又把他武三思当作什么人了呢？难道他仅仅是她欲望的工具吗？

这个婊子！

武三思恨恨地骂着。在那一刻，他真的想杀了那个抛弃了他的婊子一样的女人。

武三思恨透了婉儿，或者说婉儿伤透了武三思的心。特别是从此婉儿再不来文史馆，也不愿和他单独讲话，简直是把武三思逼到了绝路上。武三思知道，显的归来，就意味着他梦想的破碎，他并不对他姑母的这种选择耿耿于怀，因为他太了解那个凶残的女皇了。她连杀死她的亲儿子们都不会眨眼，更何况抛弃个把子侄。所以武三思不在意。比起武皇帝杀死的那些亲人们，同样作为亲人的武三思显然要幸运得多。但是武三思在乎婉儿，他不能忍受婉儿对他如此明目张胆的背叛。她怎么也变得如此下贱无耻，变得如此冷酷无情了？是不是有了新主子，她就只能去做婊子？婊子在这宫廷里有的是，而婉儿只有她一个。假如婉儿真的也去做了婊子，那么武三思为什么不能杀了她？杀个把婊子又算什么呢？武皇帝不会因为他杀了个婊子就给他定罪吧？

于是，在万般无奈在痛苦不堪在被疏远被冷落被挤对，在女人的背叛中，武三思决定要杀了婉儿，他想他已经忍无可忍。

武三思在做出了这个痛苦的但又令他痛快的决定之后，有一天，在他和婉儿擦肩而过的时候，他曾经非常认真负责地并且是仁至义尽地警告过她。就在女皇为她儿子举行的那个欢歌笑语的宴会中，就在武三思强装笑脸、勉强逢迎的时候，他和婉儿擦肩而过。于是他收起了伪装的那一切，他等待着，就在婉儿走过他的时候，他在她的耳边低声说，我要杀了你，婊子。而正在穿过他的婉儿竟然无动于衷。她既没有停住脚步，也没有看一眼这个威胁着她的武三思。她只是按照她既定的路线继续向前走去，她好像并没有听到有人要杀她，也并不害怕她的生命已岌岌可危，她只是不停地向前走着，决意和武三思失之交臂。而她在离开武三思的时候，脸上竟是如此的平静。这无疑更加激怒了武三思。他觉得他在此世间还从未见到过如此冷漠薄情的与他有肌肤之亲的女人。他于是更坚定了要报复婉儿的决心。他当然不会当众杀她，但是他至少要当众羞辱她。

于是武三思在众人面前，突然大声向姑母请求，他说陛下，臣也要为庐陵王接风洗尘，共叙我们兄弟之间多年的友情。只是臣没有得力的助手安排这等辉煌的宴会，臣曾与婉儿朝夕相处，共修国史，深知她是铺排这种场面的行家里手，故臣启禀陛下，能否将婉儿借臣一用？

武三思的一番如此表演，果然引得在场的朝臣们都顿时回忆起这个在李氏家族中穿梭往返的女人，原来确实是武三思的帷幄中人。武三思的提醒，没有引出他们的一片唏嘘，但也确实是让他们面面相觑了一阵。给了婉儿一个很令她难堪的打击。

幸好武皇帝正酒酣耳热，又有张氏兄弟在她身边劝酒行乐，所以武皇帝听不出那是武三思在向婉儿叫板。她只是听出了三思主动要和李显交好，她觉得这对她来说才是至关重要的。她觉得三思真好。她没有白疼这个侄子一场。他总是事事处处为她着想，他并且从不忤逆她的想法，哪怕是他自己受到了伤害，那么，她何不把婉儿借给武三思几天呢？于是她慷慨允诺。她甚至还说，到时候，朕也要出席你的宴会。婉儿，你就跟了三思去吧，朕这里有他们……

武三思满怀感激地叩谢皇恩，然后就在众目睽睽之下，在那一片杯盘狼藉中，把婉儿带出了国宴的大厅。

那一番无以言说的尴尬和羞辱。婉儿知道这就是武三思已经决定破釜沉舟。

这一次武三思并没有去他的文史馆，他确乎是把婉儿带回了家。他也确乎要举办一个盛大的迎接李显的宴会，确实要和这位新太子好好地拉拉关系。但是他其实并不需要婉儿为他张罗什么，他自己就有足够的能力让这个家宴皆大欢喜了。他当众带走婉儿也不仅仅是要羞辱她，他是真心想杀了她的，不能让这个女人再如此祸国殃民。

此时武三思的酒已经喝得很多。那种浇愁的酒让他坐在马车上依然迷离恍惚。婉儿是在极不情愿中几乎是被押解着推进武三思的马车的。她一上去就被武三思紧紧抱住，被武三思的那满嘴酒气弄得几乎呕吐。

武三思的马车开始晃晃悠悠地上路。婉儿在那晃晃悠悠中奋力地挣扎。婉儿的挣扎反而使那个醉醺醺的男人亢奋了起来，他更紧地搂住了婉儿，他几乎是把婉儿捆绑在他臂弯中。

你挣扎什么？你怎么就不能给大人取取暖？你是什么东西？是金枝玉叶？还是烈妇贞女？算了吧，别来这一套了，你不过是个婊子。怎么啦？嫌我妨碍你了？别以为你还能和别的什么有权势的男人上床，死了这条心吧，你是我的，这朝上朝下都知道你是我的，连圣上也知道。你就不怕你的这丑事会传到你的新主子庐陵王那里去吗？这宫里没有不透风的墙。要不要我亲自去告诉他？我们兄弟之间男人之间是有这一份议论婊子的交情的。你说你不想告诉他？你说我是卑鄙的？可我就是再卑鄙也从来没有背叛过你。可你是我的，你明明是我的，有你脸上这标记证明你是我的，可你却这么轻易地就背叛了我，告诉我，你也像所有的婊子们那样水性杨花吗？

婉儿便在武三思的羞辱中来到了他在长安市中的家。婉儿是来过这里的，她甚至熟悉这里，是因为女皇时常会来，而且每一次都一定会带上婉儿。

武三思踉踉跄跄。回到了他的寝室。他要他的家奴们把婉儿也带到他的寝室,然后又说他要喝茶,他还特意点明了要他府上那个最美的小妾亲自把茶给他送来。他说着这些的时候就仿佛婉儿并不在他的寝室。他说过之后便倒头躺在了他的床上,也仿佛婉儿不在他的身边。然后果然那个漂亮的女孩就端着茶走进来。她先是看到了那个满脸冷漠的婉儿,然后就怯怯地把茶送给武三思,然后转身就要退出去,但是却被武三思一把就抓住了。

武三思抓住这个漂亮的女孩就像是老鹰俯冲下来抓住了一头美丽的小鹿。女孩束手就擒,她甚至睁大了那双受宠若惊的眼睛。武三思让那个女孩满怀欣喜地坐在了他的腿上，然后就把他的手伸进了女孩的衣服,在她的胸前不停地揉搓着。武三思就这样在这个心甘情愿任他蹂躏的女孩身上猥亵过一阵之后，他突然推开了那个女孩,而把他的目光转向了婉儿。他问婉儿,今晚你该住在哪儿呢?

如果大人的府上没有住的地方,那我就回宫去。

宫门早就关了,你难道想露宿街头?

就是露宿街头,我也心甘情愿。

你还心甘情愿什么？去伺候那个新主子吗?

我想怎么做就不必大人管了。

可是你管得住你自己吗?你不仅是个天生的婊子,还是个政治的娼妓。

婉儿是圣上派来为大人准备迎接庐陵王的宴会的，而不是让大人在这淫荡中羞辱的。如果大人不需要婉儿,我这就告辞了。

我怎么能不需要你呢？你我在文史馆中的那夜夜风流难道不是需要吗?只是你不再需要我了。只是你已经看出这武周的王朝已经姓李了。于是你也就跟着姓李了。你不仅要姓李，还要登李家的堂，上李家的床，你以为我看不出你这狼子野心吗？

大人错了。

我怎么会错？如果说我错了，那就是我武三思瞎了眼，看错了你这个婊子，把你当作天下最纯正的女人了。

武三思这样说着，便扭转身去脱那个年轻女孩的衣服。那女孩转眼之间赤身裸体。那么令人目眩的青春的身体，那刚刚发育的莲花一般的乳房，还有那溢着馨香的丝绸一般光滑的肌肤。她就那样被武三思抚摸着，并开始不停地扭动着不停地发出那种邀宠的呻吟。于是武三思便也随之动情。他便也脱去长衫，在那女孩赤裸的身上野兽一般地啃咬着，并发出野兽一般的声音。

婉儿终于忍无可忍。她转身朝大门走去，但是她没想到那门竟然被从外面反锁了。她很愤怒。一种绝望的歇斯底里的感觉。就看着武三思和那个年轻的女孩在她的眼前淫乱，她受不了。不是婉儿没有承受力。这样的场面她在女皇的寝殿中见得太多了。她不仅看到过薛怀义或是张氏兄弟裸露的身体，那种一丝不挂的裸露，她甚至还看到过女皇床上不断晃动的那些正在勃起的阳物。但是婉儿已经见多不怪，已经麻木和冷漠。但是此刻不同。此刻婉儿无论怎样地抑制自己，她都不能够不愤怒，不激动，她甚至很伤心，因为武三思毕竟不是别人，那是个和她上过床，和她有过肉体关系的男人。

于是婉儿疯狂拍打着那扇被反锁的门。她不仅拍打，不仅喊叫着让我出去，甚至还用尽平生的气力去撞击那扇门。那门在婉儿的撞击下竟然摇晃，竟然在摇晃中发出摇摇欲坠的响声。

后来武三思终于从床上起来。他一把将婉儿从那撞击中抓了过来并推倒在地上。然后他就抽出了墙壁上挂着的那把长剑，并用那剑刃对准了婉儿的喉咙。

他厉声呵斥着婉儿,问她,干吗要走?你不想看我为你表演了吗?

婉儿怒目而视武三思,她真想冲过去和这个男人拼命。

圣上是要你来帮我的,你跑不了。

是的,但不是要我来看你淫荡的。

那圣上为什么要你连夜就跟我走?

是因为圣上还不知道你的府上有多脏。

我的家再脏也不如你脏,难道你我在一起时就干净吗?

你这个浑蛋!让我走!

别动!小心这刀刃不留情。武三思的长剑继续逼着婉儿,那剑锋已经刺在了婉儿的皮肤上。就是说你不肯帮助我了?这可是圣上的旨令,你不肯留下来帮助我就等于是违抗了圣上的旨令。

如果是要我这样在这里帮助你,那我宁可违抗圣上的旨令。

你忘了你脸上的黥刑了?那不也是因为你忤逆了圣上?

婉儿宁可再受一次黥刑,把剑拿开,让我走。

那就不仅仅是黥刑了。我也不会再把你交给圣上。这一次我要亲自杀了你。我能够找出无数个在这里杀了你的理由。你的罪名将是死有余辜的。陛下不会怪罪我的。陛下最多是为你落下几滴老泪而已。你记得吗婉儿我曾警告你。我对你说过我要杀了你。你以为那是我说着玩儿的吗?你以为我不是认真的吗?不。我是真的要杀了你。我已经忍无可忍,哪怕杀了你我也要去死……

好吧那你就杀了我吧。反正你的末日已经不远了。与其看着你灭亡,那么好吧,你就来吧,来杀了我吧,拿去吧……

婉儿说着便奋力向前。

那是武三思没想到的。

他只觉得他举着那把长剑的手一震。

婉儿的脖子上就立刻流出了殷红的血。

这确实是武三思没想到的。他被吓坏了,他立刻扔下了手中那把已经滴着婉儿的血的长剑。

他又一次把婉儿送给了死亡。

那确实是他所没想到的。他被这流血的一幕几乎逼得发疯。他不顾一切地抱起婉儿,他真的害怕极了。他知道他尽管很坏尽管用计谋坑害过很多人,但是他却从没有亲自动手杀过人。这是第一次他终于亲自动手杀人了,而他亲手杀的这第一个人竟然是他那么喜欢那么迷恋那么需要那么不愿意离开的女人。

武三思使劲抱着婉儿。他拼命地用手去堵婉儿脖子上不断涌出鲜血的伤口。他把婉儿抱在胸前。他摇着她亲着她,他说不,我不是这个意思我绝不是这个意思,别,婉儿,别再流血了……

其实婉儿也被她自己的血吓坏了。她看见她的衣裙即刻被洇红了。她甚至闻到她自己的血的那咸腥的味道。婉儿脸色惨白,周身瘫软,她想,这可能就是她的命数已经尽了。她无力地躺在武三思的怀中。任这个绝望的男人向她忏悔。她觉得她已经奄奄一息,她的呼吸正在变得急促。她想死原来是如此轻易。她这样想着便对着武三思的耳朵说,好吧,就这样死在你的剑下,你我今生今世就扯平了。

婉儿说过之后便昏厥了过去,她的意识正在慢慢消散,任凭武三思怎样呼唤她,她都听不到了。

武三思更紧地抱着婉儿,并要那个吓得发抖的小女孩赶快去找医生。武三思把他的衣服按在了婉儿的伤口上。他要按住那血,他不要那血再流出来。武三思在做着这些的时候竟然哭了。那样的生命的伤痛是他从来没经历过的。他不停地呼唤着昏迷的婉儿,他说婉儿,我不想这样,我真的不想这样。我只是不能忍受你冷落我。

我差不多每个晚上都在文史馆中咱们的房子里等你，每个晚上都彻夜不眠。而你不再来。你为什么从此不再来？我只是想能单独和你谈谈。只是显的返回让我心慌意乱。我很害怕，觉得生命不再安全，那一刻我是多么需要你，想和你谈谈，想让你告诉我今后该怎么办。真的婉儿我已经离不开你了。我想既然是我的生命已经没有了，你干吗还要活着？婉儿你就是我。我们已经是一个人。我们同呼吸共命运，真的我太需要你了，婉儿你不能死，你不能把我丢下，你不能死在我前面，不能我活着，而这世间已经没有了你……

医生赶来。血不再流了。婉儿清醒了过来。幸好那剑所刺破的，只是皮肉。在医生为婉儿的伤口包扎之后，那场虚惊就过去了。

那个夜晚，武三思无限柔情地把婉儿抱在了他的床上，并整夜在她的身边守候着她。后来他脱光了婉儿的衣服。后来他自己也脱光了。那是一个男人多少天的渴望。他知道那才是他真正想要真正想抚摸也是真正想进入的女人。

当得知婉儿的生命不再危险，武三思就再也不能控制他的欲望。他开始疯狂地亲吻婉儿，他开始不顾一切地爬到了婉儿的身上。就这样，在婉儿的疼痛中在婉儿的动转不能中，他拥有她。他的拥有的力量让婉儿几乎无法拒绝他。于是伤痛的婉儿便也不能不扭动身体不能不低声呻吟，不能不伸开柔软的双臂去抱住了她身上的那个男人。让他。让他在她的身上做所有的事情。尽他所能的。那所有……

还有什么仇恨？

武三思说，想死我了。婉儿，我今生今世只爱你。

而婉儿说，此刻，就是死，我也死而无憾。

在床上。

床上泯恩仇。

他们或许是因为彼此相爱才彼此仇恨的。

后来，当那一切完结，他们就又成了世间最好的情人，最好的朋友，最志同道合、狼狈为奸的战略的伙伴。

婉儿说我怎么会丢下你呢？不会。自从婉儿奏请圣上复立庐陵王为太子，事实上我就开始了为我们未来能站稳脚跟的努力。显不是别人，显是未来的天子。婉儿就是在看清了这一步后，才努力想成为显的朋友的。婉儿不仅如此，也劝大人如此。我们趋炎附势，无非是为了能活下来。婉儿看到，大人在龙门迎接庐陵王时，已经表现得非常大度和热情了。尽管那不是大人的真意，但是大人做得已经非常好了。而获得显的信任和友谊，之于大人也是非常重要的，由此也才能获得大人安身立命的可能。婉儿想说，我们都是不能选择自己命运的人，更不是能计较人格尊严的人。我们唯有依靠自己的聪明和才智，只有审时度势看清未来，或者才可以立于不败，并在不同程度上掌握自己的命运。婉儿是真心爱大人的。婉儿希望大人能知道。那么今后无论发生了什么，都希望大人能理解并宽容婉儿。因为无论我做什么，都不会伤害大人的，甚至是为了保护大人。也许大人会一时看不清，但是大人迟早会在那表面的后面，看到婉儿的真意。而刚才婉儿以血明证，难道还不能证明婉儿对大人的那一片真心吗？

武三思无言以对，他只能是把他心爱的女人更紧地搂在怀中。他不知道他们为什么要通过血，才能看到彼此的忠诚。

婉儿为三思的家宴竭尽全力。她完全是把那当作她自己的事情来做的。

这真是一次盛大的宴会。甚至比圣上的国宴更灿烂。当然女皇的驾临使这个家庭的宴会更辉煌。当一切就绪，婉儿才若有所思地问着武三思，知道圣上为什么要来吗？

三思说，圣上对我的邀请从来是有求必应。

婉儿说，但这一次绝不同于以往，圣上的驾临其实仅仅是想让李显们知道，她是永远不会抛弃武姓的子嗣们的，他们也是她的亲人。

圣上能有那么英明吗？

圣上并不是想证明她的英明。我了解她那是她真正的心意。她只想看到李武两姓世世代代友好下去。那便是她的全部遗愿。如此她才能死而无憾。

如果不如此呢？

不如此她将死不瞑目，但是，会如此的。

武皇帝在前呼后拥中如期抵达。她凤冠霞帔，锦衣绣裙，周身放射着那种唯她才会有的夺目的光彩。她被武三思搀扶着向里去。她刚刚坐定就看见了武三思的儿子武崇训来向她问好请安。她说你起来吧，你都这么大了，过来，让朕看看你。于是武皇帝就赫然看见了她眼前的这个英俊潇洒的男孩，她觉得她的眼前为之一亮。她于是立刻大呼小叫，她说你们看看，我们武家竟然有如此漂亮的男孩，真是太好了。然后她便像突然丢失了什么似的，开始四处寻找。她说，婉儿呢？婉儿在哪儿？去把婉儿给我找来，我有话对她说……

于是一直在忙碌着的婉儿赶来。于是武皇帝问，庐陵王一家都来了吗？

是的，他们刚到，就过来参见圣上了。

用不着这么繁琐的礼仪了，这又不是在朝廷。朕是想问，他的孩子们都来了吗？

婉儿说，没有。

那为什么不让他们来？这又不是国宴，是在三思的府上，是家人们在一起。

是，奴婢这就派人去把他们接来。婉儿说过之后便转身去落实。

等等，朕记得，他们好像有个叫裹儿的女儿，那天我见过那个小丫头。

是的，安乐公主。

一定要把裹儿接来，朕要让她和这儿的孩子们一道玩儿。

武曌指了指一直垂立于她身边的那个英俊少年武崇训。婉儿立刻心领神会。那是她们之间的默契。

于是安乐公主很快被接到了女皇身边。她是那么晶莹剔透，忽闪着纯真的大眼睛，毫无惧色地站在她祖母的对面。

女皇说，过来，裹儿，让朕看看你。朕果然没有记错，你果然倾国倾城。告诉我回到京城来好吗？

安乐公主使劲地点头。

那就永远不走了。就在朕的身边，好吗？

安乐公主依然使劲地点头。

那好吧，去玩儿吧。记住，以后这府上的孩子们就都是你的朋友了。他们也是你的亲戚，是你的表兄弟表姊妹。从此你们要在一起好好地玩儿，听懂祖母的话了吗？

安乐公主还是很起劲地点着头，而且她又大又黑的眼睛，已经开始咕噜噜地四处转着，去寻找她的新伙伴了。

去玩儿吧。婉儿，带她去玩儿吧。

于是婉儿很会意地带着花季的安乐公主。她不费吹灰之力就找到了正和一群武家公子玩乐的那个英俊的武崇训。她把安乐公主交给了武崇训。她说这是你表妹，安乐公主，带她去玩儿吧。让她去认识认识你们的那些兄弟姊妹。

武崇训当即被安乐公主那羞花闭月的美貌惊呆了。他不错眼珠地看着他的这个小表妹,他想不到婉儿会给他带来一个如此美轮美奂的女孩。而那时的安乐公主除了绝代的美貌,还没有后来的那种飞扬跋扈、颐指气使的坏毛病。她有点紧张地站在武崇训的对面。她满脸的纯真满目的羞涩。她不懂京城王府里的孩子们是怎样生活的。就单单是这家宴的盛大豪华就已经使这个外省来的小女孩异常震惊了,更不要说她在这里还看到了她如此英俊潇洒的表哥。于是安乐公主的脸立刻红了。而且忸怩半天终是说不出半句话来。

紧接着那些武姓的公子哥们纷纷前来，他们全都瞠目结舌地望着安乐公主,目光中是怯懦还有无尽的贪婪。

婉儿看着安乐公主那被男人欣赏倾慕的样子。她知道像安乐公主这样的女孩子,必得趁着她还不曾明白早早将她俘获。否则她在这皇宫里混得久了，还不知道她的心会有多高气焰会怎样嚣张呢。于是婉儿暗示武崇训,说是陛下要你好好陪公主玩儿的。她刚刚回来,还很荒疏这宫里宫外的事情。你该帮助她。要好好带她玩儿,带着她四处看看。懂了吗?

武崇训向安乐公主伸出手来，安乐公主也欣然把她的手伸向了武崇训。他们便从此青梅竹马,婉儿知道,女皇关于这一对金童玉女的愿望马上就要实现了。那其实也是婉儿的愿望。婉儿知道唯有如此,她的情人武三思才是安全的。

婉儿离开人群。她想她该回到女皇的身边。她那样一路走着，她想不到迎头便看见了那个已很久不曾走出东宫的太子李旦。婉儿一时间有点惶惑，一时间想不明白长年被幽禁的太子怎么会突然出现在如此公开的场合上。婉儿是想了很久才想起来,邀请旦来参加这次宴会其实也是她的苦心谋略,也出自她的大脑。是婉儿怂恿武三思请求陛下放太子出东宫的。婉儿之所以这样做,是因为她相信女皇会放了旦，因为毕竟李显已回来了。婉儿知道其实女皇早就想解除对太子的幽禁了，她只是苦于一直找不到一个合适的能让她名正言顺地走下来的台阶。于是婉儿给了她这个台阶。她要武三思无比诚恳地请求女皇应允旦来参加他的宴会。于是女皇顺水推舟地，就把这个第一次放旦出来参加皇室活动的面子，给了她的这个侄子武三思。而女皇这样做的目的也是很明确的，她就是要李武两家相安无事。

于是婉儿才能在这个幽暗的远离人群的地方看见旦。婉儿看见旦孤身一人，形单影只，心中便顿时涌出了很多感伤。她很真诚地拜见太子。她说，太子的苦难就要结束了。

婉儿的话怎么讲？

太子可曾见过庐陵王吗？

我已经拜见过三哥了。

也曾听说百官奏请陛下复立庐陵王为太子的事吗？

不，我不曾听说。

莫不是大人还留恋东宫？

不不不，我怎么会留恋那样的地方？

那么以伯仲之规，太子就可以请求逊位了。这对于太子来说不是什么为难的事吧？

怎么会为难呢？这实在是我多少年来所热切盼望的。不管三哥在哪儿，也不管三哥多么遥远，只要三哥活着一天，我就一天没有停止过这样的期盼。

婉儿理解大人的心情。

得知圣上终于让三哥回朝，我真的出了一口长气，放下了一颗提了十几年的心。这样的日子我真的够了，我不想再每天提心吊胆，也不愿再枉担这个太子的虚名了。婉儿是说，我可以提出逊位的请求了？

是的，你可以请奏了。

圣上她会很快放我走吗？

只要你真心想走。

只是，我的那五个儿子……

大人请放心，你们就会团聚了。

你怎么知道？

圣上囚禁他们还有什么意义呢？何况他们已经长大了。

那我就真的谢天谢地了，只要能看见我的儿子。

我还会常常去看望他们。也会奏请圣上。让你们父子尽快在相王府会面。

婉儿这些年来我真不知该怎样感谢你。

太子别这么说，也难得我们兄妹一场，手足情深。婉儿只是希望太子在今后的日子里能够真的理解婉儿。这是婉儿对大人唯一的请求了。如果有一天，你真的觉得我很坏，很堕落，我希望你也能谅解我。我要你记住我所做的一切不好的事都是出于不得已。我是知道我不好的，但是我也没有别的选择了，你能懂吗？

我懂了。然后旦就重新消失在了黑暗中。

婉儿不再能看见旦的背影。她独自站在那里，站在有点黯然神伤的心情中。她很感慨。她这样感慨的时候就被身后的一个什么男人抱住了。

是武三思。

你不是已经解脱了吗？显然武三思看到了旦。他说，你对他确实已经仁至义尽了。

武三思一边说着一边紧抱着婉儿。他亲着她的脖子，他说，我想要你，就这会儿。

你疯了。婉儿奋力地挣脱了武三思。她说你怎么只会想这种事呢？都什么时候了？

你说是什么时候了？圣上有那两个黄口小儿陪着，席上的人们全都醉生梦死，你说什么时候？

别这样，你听我说。

有什么那么重要？

婉儿对武三思说了武崇训和安乐公主的事。她说这难道还不重要吗？而且，关键是，这就更加证明了圣上的意愿。对你来说，这也是一种安全的保证。一定要利用这次联姻。一定要让这次联姻成功。去对崇训说。他是你的儿子。要对他晓以利害。要他知道你们全家人的性命，事实上已系于他一身。要他抓住一切机会。要他一定要把安乐公主搞到手。要他立竿见影。否则以安乐公主的心性，她很快就会目空一切。趁她现在还是个小地方出来的土丫头。抓住她。三思。这一切对你太重要了。

你干吗说得那么严重？莫不是要我把那个乡下来的土丫头按在我的床上？

你还开什么玩笑。这是圣上给你的机会，你绝不能错过。

是的，我会让崇训搞到那个小妞的。而现在关键是你，过来，让我抱抱你。

你是不是又喝多了？这是你的宴会，你不该喝得那么多。

听到了吗？过来，让我抱抱你。

不行。现在不行。

那什么时候行呢？

我现在也说不好。

今晚你会走吗？

帮你做的事做完了，今晚我一定得跟圣上回去。

圣上有二张就足够了。

你们这些男人总是误解她。

有张氏兄弟陪她还不够吗？她还要天下阳器伟岸的少年全都陪她吗？

朝廷上的大事都是由圣上决定的，你们难道看不见吗？

我看见的只有你，过来，婉儿，我怕你这一走我又再也摸不到你了。

不，大人，别这样，别……有人来了……

当婉儿气喘吁吁地从树影中跑出来的时候，她果然看见李显带着他的太子妃正远远地朝这边走来。于是，她对那个依旧在急切地纠缠着她的武三思说，真的，李显他们过来了，你别这样，你要好好地招呼他们。然后，婉儿就将话锋一转，和武三思高声谈论起即将为圣上表演的歌舞的事。

显走过来和武三思相互寒暄。显很激动。毕竟是武三思让显在他的家中感受到了那无限的暖意和亲情。也毕竟十四年艰苦卓绝的流放生涯使显至今心有余悸，所以他对武三思感激涕零，尤其是三思在朝中已经做了很高的官并深得女皇重用，还能如此礼遇落难的李显，就更是让显由衷地感动。

男人们的话似乎并不多。他们不过是一个拱手一个作揖就尽在不言中了。倒是韦王妃在见到武三思的那一刻，她好像浑身的细胞突然都被调动了起来。她的双眼也为之一亮，好像她是第一次见到武三思这个人似的。

其实十四年前，韦王妃不是没见过武三思。她只是站在她太子妃或是皇后的高位上，不屑于武家的那些徒子徒孙们罢了。也许是因为韦王妃在她的那个荒凉偏远的王府里待得太久了，也许是十四年后，武三思真成了那风流倜傥、挥洒自如的皇亲贵胄，总之武三思那种成熟男人的魅力，那种纠缠在女皇身边的皇家气派，简直让韦王妃难以抵御，心旌动摇。十四年来，韦王妃在遥远房陵终日所见的，就只有那个一蹶不振、逆来顺受的懦弱男人了。当然被废黜的皇上又怎么敢有作为呢？这一点韦妃也是知道的。但是从皇后落魄到流放王妃的韦氏，很快就厌倦了她的男人。她除了不得已要为李显生儿育女，这十四年间，她对李显可说是没有任何感情了，她当然也就不再爱他，更不可能欣赏他了。因为她太熟悉这个男人了，也太容易就能把他握在手心了。幸好显的被贬不是因了别人，而是因了韦妃。是因了韦妃自己。恐怕只有这一点，是能够支撑她和李显艰苦度日的理由了。所以韦妃也没有别的选择。她只能嫁鸡随鸡嫁狗随狗。而恰恰又是这鸡狗，使韦妃又重新回到了京都回到了皇宫回到了纸醉金迷的皇室生活中。所以韦妃尽管早已经嫌弃李显，但是生活中这一新的转机，又让她不得不重新依靠在这个她不得不依靠的男人胸前。

但是韦妃对显是有着她深刻的认识的。她认为颓废和潦倒在十四年中已经深深腐蚀了显的肌体和灵魂。她相信生活无论发生了怎样的变化，显都再不会有什么变化了。他永远都将是懦弱的，无能的，与世无争的，不堪一击的。就如同一具僵尸。不再会激动，也不再会搏击天下。她已经不对她的男人再抱任何的希望。她只是任由他，并且无奈地跟随着他。

但是恰恰是这个令韦王妃失望甚至绝望的男人，又还给了她洛阳城中的新生活和她得以在其中发现和发展的无限空间。而她所享受到的最早也是最美好的生活，就是在这个春风沉醉的夜晚，她突然看到了武三思这样的令她迷惑令她心动的男人。她确实是在用一种异常新奇异常欣喜的目光，在欣赏着武三思的。

所以她即刻被武三思所吸引。她的那种爱慕的心情是溢于言表的。她说武大人真是一表人才。她又说武大人的盛情真是令我们无比感动。武大人的宴会真是好极了，武大人的心意也是这么美好，让我们这些久居外边的人恍若来到了天堂。

面对韦王妃如潮般的赞美，武三思只得连连作揖，说哪里，哪里……

而韦王妃容不得别人打断她。就仿佛是十四年中她从未说过话。她的话如流水，滔滔滚滚；她如入无人之境一般，进入了那种喋喋不休的状态。她说她刚刚在圣上身边看到了大人的公子武崇训。她说崇训真是年轻有为一表人才。韦王妃不惜用一表人才这几个字先后恭维武家的父与子。因为她到底仅仅是一个小小的参军的女儿，她不曾读书习史，当然也就很难辞采风流了。她又说贵公子是和我家的裹儿在一起。裹儿是我生的女儿，安乐公主，漂亮极了。连圣上都把她当作是掌上明珠，圣上还说贵公子和我家裹儿是一对金童玉女呢，是天造地设的一双。武大人见过我家裹儿吗？若是没见过，我愿带大人去见见。

韦王妃容不得武三思推辞，她也不问李显她这样做是否合适，就一阵风似的把武三思给卷走了。

婉儿默默地站在一边。但是她知道韦王妃并没有把她放在眼中。她对婉儿视而不见。她可能就是把婉儿当作了一个奴婢，她干吗要理睬这个贱为奴婢的女人呢？婉儿知道其实这就是韦王妃的浅薄之处。她才刚刚回来，刚刚走进这声色犬马，那种恶性膨胀的老毛病就又犯了。这才真正可谓江山易改，本性难移。婉儿想这个浅薄的女人，迟早会受到她的浅薄的报复。

当武三思被韦王妃旋风一般地卷走，婉儿便一个人独自安静了下来。她长出了一口气，才觉出她真的很累了。她想她该回到女皇那儿去了。她想女皇年纪大了，她一定也累了。天色已晚，她要送女皇回后宫了。

婉儿这样想着便扭转了身。

她被紧挨在她身后的那个男人吓了一跳。

在黑暗中婉儿还没有看清那个人是谁，就被那个人紧紧抱在了怀中。

婉儿没有喊叫。她只是轻轻地挣扎着。她不能不在乎在同一个地方同一个夜晚，只相隔一个时辰，就被两个男人先后拥抱。

婉儿低声说大人请别这样。奴婢以为大人也随了王妃一道去看公主了呢！放开我吧，让奴婢走，圣上正等着奴婢呢。

婉儿，你别动，我可以放开你。不过你要告诉我，我可以也像武大人那样向陛下请求你的帮助吗？

大人要奴婢做什么？

我也想在我的王府举行一个大型的答谢宴会，我也要请陛下来，你会帮我吗？

你真的那么糊涂吗？婉儿终于挣脱了那个男人。她整理着自己的头发和衣服，她说，大人怎么这么快就忘了疼了呢？

感谢一下亲朋好友有什么不对吗？

奴婢以为，大人还是收敛为好。而且恕奴婢直言，请大人奉劝夫人千万不要如此张扬。你们好不容易才回来。而且，圣上最不喜欢的，就是张扬的人和事了。

可是武大人如此铺排张扬地设宴招待我们，甚至超过了国宴的规格，她就能允许吗？

那是因为他是武三思，是陛下至今最信任的人。陛下一定是以为，你回来本身就是对武三思最致命的打击了，因为陛下确曾提到过要立武大人为太子。所以她觉得三思很疼。陛下不愿意失去他们。没有他们也就不会有陛下的今天。所以陛下想补偿一下。她觉得她欠了武三思的,而不欠你的了。你又何苦还要炫耀你的衣锦还乡呢?

婉儿我要是能拥有你就好了,哪怕是仅仅拥有你的头脑。但是我知道你从来就没有喜欢过我,你甚至不愿意正眼看我……

不,大人,不是这样的。奴婢一直是尊重并爱戴大人的。大人不必如此悲观。你就要做太子了。旦已经准备奏请逊位。按照朝廷的规定,旦奏请逊位三次之后,大人就可以做太子了,大人最终会拥有整个王朝,这难道不是令大人欢欣鼓舞的事情吗?

而拥有整个王朝又有什么用呢?我宁可用整个王朝去换你的心。

大人怎么还是这么随心所欲呢?难道十四年的磨难还不能改变你?

对我来说,获得王朝江山如此容易,而得到一个知己就那么难吗?

奴婢并没有说不做大人的知己。只是大人要记得,大人是身怀使命的。

怎样的使命?

大人所要拥有的江山不是武周的江山,而是大唐的江山。太宗、高宗所创建的江山,如今就背负在大人的肩上了。大人又怎么能为区区儿女情长,而耽误了匡时济世的大业呢?大人如若真视奴婢为知己,就请大人视社稷安危为己任,早日光复大唐帝国。

婉儿你当真认为我能匡复大唐。

能负起重任者,非大人莫属。

那么在这项伟业中你愿意帮助我吗?

奴婢愿意。但必得等到圣上百年之后。有圣上在,王朝永远是武周的。而婉儿,也只能是武周的。

果然庐陵王返回洛阳半年之后,在太子李旦连续三次提出逊位禅让的请求后，女皇终于恩准了旦的最后一次请求，移他为相王,而将庐陵王李显复立为太子。

如此的反反复复,上上下下,浮浮沉沉。让李显和李旦都经历了母亲这无情的蹂躏。他们都不敢回首他们所走过的生命的路,他们也都不忍回头看那沾满了他们的血和泪的皇帝和太子的位子。显从太子到皇帝到贬黜为王到又重新成为储君。旦从做皇帝到做母亲的太子又到被贬黜为相王。他们就是这样来来回回地走着。从王到太子到皇帝,这每一个位子上都留下过他们或深或浅的印痕。他们就是这样在循环往复中走完了他们生命的大半。他们被揉搓着被践踏着被期望着被拥戴着，而到头来他们发现那个真正坐在皇位上的，还是他们的那个伟大的母亲。他们的位子是可以改变的,而他们伟大的母亲是不可改变的;所以无论他们坐在哪个位子上,统治着他们的,无论幕前还是幕后,也全都是他们那个伟大的不可改变的母亲。

这一次,李旦终于又逃脱了出来。他一分一秒也不肯在东宫里多待了。

他匆匆忙忙地就回到了他洛河对岸的相王府。他不管他的相王府中是怎样的衰微破败残垣断壁，他只要能尽快离开那个险象丛生的东宫。

接下来旦就是朝思暮想他的儿子们了。其实这也是女皇身边的婉儿极力在做的。婉儿知道那五个生龙活虎的男孩子对孤单的旦有多重要。尤其是原来的那个人丁兴旺、其乐融融的相王府,如今早已是凄寂荒寒的所在了。

婉儿是因为同情旦才想方设法帮助他与他的儿子们团聚的。她曾经几次提议,放后宫的五王出阁,女皇不置可否,既不驳回,也不将释放五王付诸实施。后来婉儿又把这提议交给了武三思,她要三思积极劝谏女皇放了五王，要三思由此成为李氏家族所有受害者的恩人。

但是怎么可能呢？

女皇好像看穿了婉儿的阴谋。她就是不肯吐口放了五王。倒不是她不给婉儿和武三思面子，也不是她不让李旦他们父子团圆，而是那时候女皇自己就离不开那五个生龙活虎的孙子了。

在后宫被幽禁了整整六年的旦的五个儿子，如今都已经成为堂堂的男子汉或是翩翩少年。长子成器此时已年满二十一岁，就是进宫时还不到十岁的临淄王李隆基，如今也已成为了十五岁的英雄少年。其实被收养在后宫的五个男孩并没有他们的父亲想象的那么悲惨，那么失去了人身自由。在某种意义上，他们甚至是比他们的太子父亲更自由也更无忧无虑的。他们所不准见的，其实唯有他们的父亲。这是女皇对这个想象中可能谋反的太子李旦的一种精神的惩罚，但是女皇是绝不会惩罚她的孙子的，她甚至对他们恩宠有加。在他们成长的这六个年头里，她不仅给了他们最好的老师，还让他们在禁苑中学会了骑马狩猎和带兵打仗的本事。让他们在长大以后不仅有很深的学养，还有健康的体魄。所以由女皇调教出来的这五个皇孙个个英雄豪杰，甚至比和他们懦弱的父亲待在一起时还要有出息得多。女皇不仅常常派婉儿去看望他们，就是圣上自己，也常常会把那几个绕膝的孙儿接到她身边，告诉他们该怎样成为一个坚强的男人。女皇放任着他们的天性。她希望在他们中有一天能诞生出一个像唐太宗李世民那样的伟大君王。

所以久而久之，成长中的小王子们就不觉得见不到他们的父亲有什么痛苦的了。他们跟随他们的祖母长大。他们爱他们至高无上的祖母，并且崇拜她。他们觉得祖母才是堪称英雄的伟大者，而唯有祖母，才是他们人生中真正的楷模。

自然他们对婉儿也不陌生。因为六年中,他们所见到最多的人恐怕就是婉儿了。婉儿尽管是受命于女皇,但事实上她自己也是非常关切那几个男孩子的。特别是他们刚来后宫的时候,最小的皇子只有五岁。她不知五岁就离开父母的孩子会是怎样的,她就更是经常来探望他们,并尽力照料他们的生活。所以他们并不反感婉儿。他们甚至亲近她,佩服她。他们这样看待婉儿不单单是因为祖母信任她赏识她,而是他们自己也觉得婉儿非常了不起,他们觉得婉儿的才能是兼济天下的,只不过她生为祖母的奴婢罢了。

便是在与这些小皇子们的接触中，婉儿很早就看出了临淄王李隆基的帝王气象。婉儿不止一次地禀告圣上,隆基是真正的可堪造就之材,是未来可为李唐王朝撑持天下的真龙天子。从此,女皇对李隆基果然格外关照，她甚至为他们这个皇室家族能有这样的孩子而无比骄傲。所以,李隆基几乎是在祖母的宠爱中长大的,他不仅对他的祖母怀有很深的感情,对婉儿,他也是深怀着一种近乎迷恋的敬意的。

也许婉儿是李隆基最早迷恋的女人。也许是因为他从小失去了母亲,所以他才会把婉儿当作那个母亲一样的女人。他觉得婉儿不单像母亲,她还有比母亲更多的智慧、才华和优雅。那是李隆基在他很窄的关于女人的视野中，从未看到过的一种非凡的卓越的女人。他觉得这个女人哪怕是一举手一抬足都是那么感人。他更喜欢听她低沉的圆润的声音，喜欢那声音所传达出来的她的那么深邃的思维。他甚至还喜欢婉儿那张印着墨迹却依然美丽的脸,他甚至还喜欢在婉儿探望他们的时候接近她，去闻她身上那种质朴的自然的女人的味道。

后来,这样一个温婉柔顺、才华横溢的女人就成为少年李隆基的一个梦想。

也许正因为少年李隆基把婉儿当作了梦；也许正因为一个梦对于一个青春期的少年来说是那么的重要，以至成为他生命的全部,所以当有一天这个少年的梦想破碎的时候,那样的一种对心灵的毁坏就是无比重要的了,甚至会影响他的一生。他将万劫不复。他将抱恨终天。他将永远不能原谅让他的梦破碎了的那个女人。他将永远恨她。永远远离她。

那就是为什么婉儿专门来看李隆基，专门为他送来她认为隆基应当研习的史书，而那个愤怒的男孩子当着面把那史书撕成了碎片,然后就在大雨滂沱之中跑了出去。婉儿不知道究竟发生了什么。她知道隆基是敬慕她喜欢她也肯读她送来的那些史书的。婉儿追了出去。天空是电闪雷鸣黑云压顶。她看到隆基跑到马厩牵出了一匹马。他跨上那匹马就开始在祖母的禁苑中狂奔了起来。大雨浇着他,闪电跟随着他。禁苑里已经是一片黑暗。而黑暗中唯有李隆基骑着那风驰电掣一般的黑马。那是一道黑色的闪电。追逐着滚滚雷声。隆基在暴风雨中跑着。他并且不停地加快着速度。他还高声喊叫着。一种歇斯底里的绝望。天空的闪电一道一道就仿佛是劈在这个疯狂少年的头顶上。婉儿被吓坏了。她也在雨中。她也被这个疯狂的少年逼迫得疯了。她甚至几次冲到马的前面。她不顾一切。她想拦住那马想救下那孩子。然而马不停。马好像也疯了。马把婉儿撞翻在泥泞的雨水中。婉儿只能高喊着,临淄王,你回来,到底是为什么？看这雷有多低,会劈死你的,孩子快回来呀……

然而婉儿喊不回李隆基。

隆基在雨中。追着闪电。婉儿永远也喊不回来他了。那是婉儿所不知道的。

李隆基就那样在马背上在风雨中跑啊跑啊，他再也不想见到那个呼唤着他的女人。他第一次懂得心疼的滋味。他因为心疼才发誓从此只要江山。他坚信唯有江山是他自己的,不会欺他。他就这样在痛苦中在绝望中奋力地向前跑着。后来他干脆连马的缰绳也不拉了,就那样任由暴风雨中的疯狂的烈马带着疯狂的他。他不管他将要被带到什么样的地方了。他不管是生是死,但只要不再见到婉儿。就这样李隆基被他的黑色的战马漫无目的地带着。那马仿佛在期待着一场暴风雨中的厮杀。它跑的速度越来越快，它横冲直撞,有时候高高地抬起前腿高声地嘶鸣着,直到,它终于把它背上的那个小主人甩了下来。

那么沉重的一个坠落。

李隆基趴在地上大声哭了起来。

婉儿赶紧跑了过去,她想抱起隆基,但是这个男孩子奋力挣脱了出来,他说你别碰我。你是那么地脏。

婉儿还是跑过去抓住了隆基的手。她轻轻地往回拉他。她说脏了我们可以洗。可是你不要这样。这样你会伤了圣上的心。

伤了她的心又怎么样?

也伤了我的心。隆基,告诉我这到底是为什么?

是你伤了我的心。

我怎么会伤你?我是那么疼爱你。这六年来,我……

李隆基奋力挣脱了婉儿,他说,你从此不要再来看我们了,你是个坏女人。

我是个坏女人?

是的。后宫里的人都说你是个婊子。可是我不信。我一直在为你辩解。我觉得你好。我觉得你是天下最最了不起的女人,甚至比圣上还伟大。我不信他们说的那些话,可是我今天在祖母寝宫的花园里看到了。你该知道我看到了什么,你竟让武三思抱住了你,你竟然还主动去亲他……你让我还怎么相信你?那个武三思他算个什么东西？所有的人都鄙视他，都知道他不过是祖母的一条看家狗。你怎么能和这种人在一起，你也要世人鄙视你吗？你走吧。我曾经那么尊敬你，把你当作我的亲人。不，你不是我的亲人。你就是人们说的那个婊子。你哭吧。让雷劈了你吧。雨水也洗不清你的丑恶。我恨你。我要是有剑，我现在就杀了你，不让你脏了我的心……

李隆基跑走了。

把婉儿一个人丢在了暴风雨中。

婉儿跪倒在大雨中，心像被刀割一样的疼。她求着苍天劈了我吧。而即或是苍天有情，也无法再拉回隆基的心。一切全都毁了。是婉儿毁了一个少年的梦想。其实也是这个少年毁了婉儿，她从此连正人君子良家妇女也不愿做了。她觉得她无须再伪装。既然是希望看到她纯正美好的那个男孩已经走了。

从此隆基沉默。那是毁了的关于女人的信念。他是那么艰辛地才找到了这个母亲一般的圣洁的女人。但是这个女人毁了她自己。

婉儿死了。婉儿再不来探望五王。直到有一天他们终于得到圣上恩准，走出后宫，和已是相王的他们的父亲李旦团聚。他们就更是见不到婉儿了。

后来隆基一天天长大。

后来隆基也有了他自己的女人。

但是他一天没忘过他生命中的那个最初的女人。不忘他曾经是那么爱她，亲近她，迷恋她。但是他再没有让自己接近过她。他只是远远近近地看她在朝廷上皇宫里是怎样地表演。他承认她的表演是成功的。承认她从一个男人走向另一个男人是不得已的。但是他恨她。他心上的那个深深的被伤害的印痕是不会消失的。那是他生命中一个永远的痛。他发誓他一定要杀了她。杀了这个曾带给他无穷悲伤的女人。

武皇帝对张氏兄弟的宠爱日盛。

她日复一日地迷恋于他们,并将这迷恋持之以恒。她的这迷恋使她的生命变得很长,这是朝廷中的百官们和武皇帝的后代们所始料不及的。

女皇帝毕竟已年逾七十。以她的衰弱之躯又怎么能应付得了那两个如此青春的美少年呢?人们看不到女皇在她的龙床上是怎样同那两个美艳的男宠缱绻柔情的。所以人们猜测大概就像是一个年迈的皇帝在把玩或是欣赏他身边的那些貌美的少女吧,因为那时候他早已经力不从心。总之女皇是爱那两个年轻的男人的。到了后来,特别是到了女皇已经日薄西山、气息奄奄的时候,她就更视这一对张氏兄弟为生命的至宝。其实,年迈的女皇早已经丧失了她性的能力,但是她却比生命中的任何时候都更迷恋于她与他们的床第之欢。她要牢牢地抓住他们,以为这就是抓住了她自己正在悄然逝去的生命。而恰恰女皇又是个知恩必报的女人,更何况她手中握有着无穷珍宝。她恨不能把她的无穷珍宝都送给那一对妖姬一样的男人。她觉得她已经无须给她自己的后代留什么了。她甚至觉得连她的大周王朝也不重要了，如果需要，她也可以用她的王朝去交换她弥留之际的那么宝贵的欢愉。

当然，她首先把她的财富给他们。于是几乎是转瞬之间，原本贫穷的张氏兄弟，摇身一变就成为天下少有的腰缠万贯的富翁。他们置田买地，又在宫外修建了豪华的宅邸，且从此门户生光彩，兄弟姊妹皆列土。女皇其次给他们官阶。女皇认为官阶对他们来说也很重要。她先是给了她最最宠爱的张昌宗云麾将军行左千牛中郎将的官位，而后又一而再、再而三地不断为他加封，将散骑常侍、银青光禄大夫等各种官衔，全都一股脑地加在了这个面色白皙傅粉涂朱的年轻人身上，并特许他与众多资深朝官一道朔望朝觐。对那个稍有才能，且已做了朝中小官的张易之，女皇帝更是赐他司卫少卿的高官。如此张氏兄弟一路攀升的势头锐不可当，直到朝廷终于没有了适合这对男宠的更高的官位，女皇才又别出心裁地为他们设立了一个叫作控鹤府的机构，由略通诗律的张易之任控鹤监，专门负责招揽文人学士，假装做学问，并不断组织创作诗词歌赋，为女皇的大周帝国歌功颂德。

这显然是女皇想用文化来造就这两个无知的男人。后来女皇又心血来潮，将控鹤府更名为奉宸府，由张易之任奉宸令。而更名后的奉宸府——这个女皇私人的文化部门——所做的第一件事，就是要为女皇编撰一部伟大的、能使女皇再一次青史留名的大书《三教珠英》。这是一部语录式的经典大全式的大书，即是将儒、道、佛这三种学说中的名篇佳句精选出来，重新编辑，成为武周帝国留下的一部经典著作。

关于编纂《三教珠英》的动议也许并不是来自于女皇，更是张氏兄弟哪怕使出吃奶的劲也想不出来的。那时候他们正疯狂地陷在那种变态的性的迷乱中。而朝廷对女皇如此宠幸二张的非议也越来越多,后来,那简直成了一种声讨的浪潮。来自朝廷和来自皇室的。一浪接着一浪,几乎把女皇淹没。

于是女皇很沮丧。她甚至连愤怒的力量也没有了。她只是异常沮丧,情绪低落,而至于绝望悲伤,坐卧不宁,寝食不安。这些在困扰了女皇很久之后,有一天,在寝殿,她终于憋不住了,她几乎流着泪问婉儿,这天下是朕的。朕在朕的天下可以为所欲为,他们为什么就容不下这两个孩子呢?

奴婢听说,朝官们是认为这张氏兄弟无德无才,只会吃喝玩乐,而圣上却给了他们那么高的官。而把官位给了无能的人,那官职不也就成虚名了吗?

那朕该怎么办?

叫他们做事。

他们又会做什么事?

譬如编书。

还编什么书?你和三思不是一直在修朕的国书吗?有国书就够了,朕不想再留给后人别的什么书,那会磨灭了国书的光焰。

不知道陛下是否记得,您一直想编纂一本将儒、道、佛三教精粹汇集起来的大书,成为后世垂范的经典。何不让张氏兄弟的奉宸府来试着做做,以解陛下之忧。

他们哪里懂这些?

不懂不等于就不能去做。天下有那么多文人学士,招募进奉宸府不就是了。只要奉宸令亲自监督,这本垂范千秋万代的大书就一定能编好。如此还能为易之、昌宗兄弟正名。

照你这么一说,这倒真不失为一个好主意。只是这事朕要你亲自参与。朕如若真要留下一部经典，就不能马马虎虎，真把这当作是送给他们两个的玩具。不，朕不能把自己的事情当儿戏。这部大书说起来是为他们正名，而实际上，朕是把这能够青史留名的大事委托给你了。你一定要为朕认认真真地去做，朕不喜欢朕名下的那些东西是垃圾。

奴婢懂了。奴婢一定全力以赴。

女皇旷日持久的忧郁，竟然随着一部大书的制作启动而烟消云散。女皇多日以来一直阴沉的脸竟然也在宣读由奉宸府编纂《三教珠英》的诏令时明朗了起来，甚至露出了笑容。女皇笑是因为她觉得她身边有婉儿真是太好了。她也愈发地赏识婉儿，赏识婉儿总是能在她最困难的时候，为她出谋献策，解她燃眉之急。

如此，在内殿编纂《三教珠英》的工程便启动了。很快，朝中由二十六位文人组成的编书班子成立，这些文人雅士们也纷纷前来张易之的奉宸府报到。这二十六位文人中包括以诗文名垂青史的张说和宋之问等。他们可谓个个都是博学多才博古通今的精英之辈，是同那两个只靠青春貌美和壮伟的阳物取悦于女皇的张氏兄弟不可同日而语的。而如此儒雅清高的文人们却就是要被统帅在张易之的麾下，用他们的聪明才智为圣上的男宠改变形象，这真是诡计多端的上官婉儿对他们开的一个大玩笑，让他们疼着却还要做着，有苦也说不出。

幸好文人一向是好支使的。文人中如写出《讨武曌檄》的骆宾王那样有气节的汉子实在是太少了。他们中的很多人总是投权势者所好，有奶便是娘。所以当权者通常是不看好文人的，因为他们太好拿捏，也太好利用了。无论你有多大的学问和才华，变节者也总是在文人中最多。因为文人激情。激情就一定脆弱。不像政治家冷静，而冷静背后是他们的坚强。

总之尽管婉儿陷那些著名的文人们于尴尬之地，但是她还是保存了她自己的气节。婉儿的气节就是她对女皇的无条件忠诚,除此她将在任何的人群和事件中,不在乎她自己的人格的丧失。

婉儿出此一招确实是完全为了她的主子。她实在不忍看圣上被那倒张的浪潮冲击的可怜而无助的样子了。毕竟女皇已经是个老人了,她已经不像年轻时那样经得起他人的攻击了。女皇需要婉儿来救助她。没有婉儿她必将会被那浪潮所吞没。

婉儿使女皇获得了解脱,而她自己在繁忙的政务之外,却被深深地陷在了编辑《三教珠英》的无穷无尽的事务中。前来编书的文人雅士们其实都知道,真正主持操纵这项浩繁工程的,其实就是婉儿,所以出现了什么问题,他们自然也是同婉儿商量。就是张说、宋之问他们这些朝中的重臣,对婉儿也是敬佩加上尊重。倒不单单是因为这个无冕的女人在某种意义上是在操纵着女皇，而是因为婉儿毕竟是上官仪之后,毕竟是出身于名门世家。特别是他们这些晚辈的朝中官员,对前辈上官仪的辞采风流更是佩服之极,加之他们也常常效仿那五言的绮错华丽、诗意高雅的“上官体”,他们对婉儿就更高看一筹。他们信服婉儿,崇敬婉儿,心甘情愿在婉儿的领导下工作。婉儿为了这部大书,自然也是呕心沥血鞠躬尽瘁。结果在他们的默契和他们的共同努力下,这部总共一千三百卷的《三教珠英》果然很快问世,世人也果然对奉宸府刮目相看。

然而这些对婉儿来说都不是重要的。

重要的是,由此而引发出来的那一段迷离的情感。

那是婉儿并不曾注意的,在这个二十六人的编书班子中,一匹才华横溢风流倜傥的黑马突然跳了出来，就那么咄咄逼人地站在了婉儿的面前,让她不得不震惊。

就像是,婉儿意识中的一道迷人的闪亮。

此人不仅诗好、文笔好而且年轻有为。连张说那样德高望重的大文豪对这般少年才子都感慨唏嘘，称自己的地位可以和他相比，而学识却只能是望其项背了。

这匹黑马就是崔湜。因诗文而刚刚累进为左补阙。

崔湜之所以能成为婉儿意识中那道迷人的闪亮，那其实还是因为他的刚正不阿。这个年轻人大概是被那个奉宸令张易之的一次瞎指挥激怒了。他突然地暴跳如雷，甚至顶撞了那个在他看来是白痴的奉宸令。他初生牛犊，大义直言，大概都不会想到他顶撞了张易之，其实就等于是顶撞了女皇。他不管这些，他要和张易之奋战到底，他被他的同僚们拉开之后，又愤怒地跑到婉儿那里，大声为自己申辩。他说他所坚持的仅仅是一种学术的观点。他说他所选出的那些经典文章的辞句，是经过他深思熟虑的选择。他有他的标准和尺度。他懂那些。他是在工作。他不能忍受那些什么都不懂的人在那里指手画脚，干扰他的工作。

婉儿坐在那里。她抬起头。她不允许这个连门也不敲的男人就这么大喊大叫地闯进了她的房间。她本来很生气。她本来打算狠狠地教训这个男人。但是她抬起头，她立刻就被这个英俊的男人吸引了。她想她在这世间还没有看到过这么美的男人。那是真正堪称美的一种美。一种男人的美。婉儿是不由自主地将她的目光停留在那个男人的脸上的。她的这停留将所有的反感厌恶全都驱除殆尽。

她就那样身不由己地看着崔湜。

她的神情竟然使崔湜也平息了下来。

是崔湜的突然安静下来才使婉儿突然意识到了她的目光是怎样地可笑。她垂下眼睛，用一种连自己都听不大清的声音问，你是谁？你要干什么？

崔湜。崔湜冷酷地说。

是崔湜崔大人？婉儿想这难道真是张说反复提起的那个风流才子吗？她读过他的诗。她真的喜欢那些诗。她认为崔湜的诗很儒雅，想不到他的人竟是如此的狂放，甚至粗野。婉儿这样想着便脱口而出，想不到那么好的诗句竟会是崔大人写的。

在我看来，做诗与做人是完全不同的两回事。此时的崔湜似乎把婉儿都不放在眼中。他好像什么也不怕了。他就那么铮铮铁骨地站在那儿，他说我不干了。

婉儿突然冷静了下来。她想这个崔湜真是太不知天高地厚了。这朝廷中根本就没有人敢轻言辞职，而他所辞的竟然还是圣上的奉宸府的职。而婉儿就不怕这种胆大妄为的人。她想这种年轻气盛又没有根底的人迟早要倒霉的。

婉儿冷冷地看着崔湜。她用十分冷漠的声调问他，就是说，崔大人要退出奉宸府了？

我只是不愿任人宰割。

就是说你连朝官也不愿做了？你不是刚刚被圣上累进左补阙吗？如果你不是意气用事的话，那么能告诉我你想怎么毁自己吗？

那么请问，你是怎么看待自己的尊严的？

你是说尊严？为朝官者能提到尊严吗？想要尊严就别走仕途这条路。崔大人的父亲和兄弟不是都在朝中做官吗？他们是怎么教给你做官的尊严的？

他简直是在凌辱我。

你是说张大人？他不过是在替代圣上监修这本圣上无比看重的书。他管管你怎么啦？你知道他是谁吗？你得罪了他就等于是得罪了圣上，而得罪了圣上是要杀头的。

我不管我得罪了谁。我就是要坚持我的观点，我也是为了能把圣上的这本书编好。

你以为这就是你对圣上的忠诚了？你这叫恃才傲物，这朝中最容不得的就是你这样的人了。

就听凭那些无知的小人胡乱指挥？

你必须忍。这是朝中做人的原则。

这恐怕只是你的原则吧。

你说什么？

我是说倘若我是你，也许早就自杀了。

崔大人，你怕是也太自负了吧。你以为自杀就高尚，就有了人的尊严了吗？那是逃避。还有比逃避更轻松的吗？在艰难中而依然顽强地活着的，才是真正的勇敢者。朝中的英雄有朝中的标准，你不愿意忍，当然可以走。想想吧，这朝廷大着呢，人才多着呢，能被招募进奉宸府也不是人人能享的殊荣。何况编撰《三教珠英》这样的经典之作，对大人这样的才子也并不是苦役。何去何从，大人自己选择了。我这里要工作了。

崔湜退下。

崔湜不知道为什么没有离开。他忍下了张易之对他的侮辱。他留下来。或许是他觉得婉儿的话，确实有几分道理吧。

后来，崔湜同张易之之间的那些忤恶，果然还是传到了女皇那里。张易之可能是气急败坏，结果，圣上便也气急败坏地叫来婉儿，当头就问，你听说过叫崔湜的那个年轻人吗？朕听说这个人很狂妄。他真是无法无天啦！这是朕的内殿。他要干什么？

女皇在问着婉儿的时候，张易之就委屈地站在女皇身边。其实从女皇一提到崔湜，婉儿就知道这个张易之实在是个小人，甚至不是个男人。婉儿这样想着，便也就突然有了一种非要替崔湜辩护的心理，她到底要看看是她的正义能胜，还是张易之背后的小动作能胜。于是婉儿义正词严，她说崔湜确实是在奴婢和张说张大人一道拟定的编辑原则下工作。我们都是为了陛下的这本书在努力。崔湜或许有些急躁，那是他的少不更事。但崔湜确实是个不可多得的人才，会为陛下的王朝尽职尽忠的。如若真是有了问题，那也是奴婢的问题，与下边的人无关。

武曌看了张易之一眼。武皇帝的意思可能是，你看，事情并不像你说的。但是她还是对婉儿正言厉色，她说，那你今后要好好管他们，否则朕就真要给他们定罪了。现在朝中的年轻人，真是越来越自以为是了。

奴婢以为，那正说明着陛下的王朝欣欣向荣。

你不要再说。朕当然要杀杀他们的威风。让他们时刻铭记这朝廷是朕的，而不是他们的。连他们也是朕的。只有朕才能君临天下，为所欲为。好了，易之，我们回去。今后你也不必费心去管那么具体的事了。朕做事情，就从来不是事必躬亲。那不是大将风度。真正的大将，是只需在帷幄中运筹，就可决胜于千里之外的。你要向朕学会这些……

如此，婉儿在圣上那里救下了崔湜。她也不知道那一刻她为什么会那么冲动，那么挺身而出，她不知道她为什么非要救下那个年轻人。

但是婉儿并没有对崔湜提起过她在女皇面前为他据理力争的事。后来，随着《三教珠英》的完成，崔湜他们那些文人们也离开奉宸府，回到了朝中。从此婉儿就几乎再也没见到过这个年轻人。

但是当然崔湜在婉儿心中还是留下了很深的印象的。就像是，婉儿意识中的一道迷人的闪亮。那闪亮从此就停留在了婉儿的意识中。那是婉儿无法说清的感觉。婉儿从此难忘。

自李显复归之后，武周帝国又迎来了一个无比喜庆的日子。那就是新太子李显倾城倾国、美艳动天下的女儿安乐公主，嫁给了朝中重臣天官尚书武三思英俊但却平庸的儿子武崇训。这是武周帝国、特别是武皇帝的一件大事，因为李武两姓又缔结了一次伟大的婚姻。

当然这并不是李武的第一次联姻，也不是第二次。真正的第一次，应当是十四岁的武曌爬上了那个真正伟大英明的一代君王唐太宗李世民的龙床。然后名正言顺的第一次，才是她做了高宗李治的新娘，成了那个李唐帝国尊贵的皇后。而第二次，是那个李唐唯一的太平公主，嫁给了武家风度翩翩的公子武攸暨。那虽然也是一场政治的联姻，但其中更多的是情感的结合。而到了这第三次，这样的一种联姻就几乎纯粹是为了政治的目的和利益。从此将睡在一张床上的两个年轻人还是那么小，他们甚至还不懂他们这样睡在一起，对他们的两个家庭，乃至于这两个家庭背后的两个家族、两个姓氏有多重要。这当然首先是武皇帝的心愿，但同时也是武三思和李显都非常需要的。他们需要这样的一场婚姻。他们需要靠这场婚姻来平息他们李武两姓对皇位继承权的争夺。哪怕仅仅是暂时的。

李显的归来，无疑使武三思感到了危机和不安；同样的，流放十数年每日挣扎在死亡线上的李显，对代表着朝中极强大的武姓势力的武三思，也是心怀恐惧和敬畏。于是他们不约而同地都处在了心有余悸的位置上。他们都需要有个什么定心丸一样的东西，来缓解他们内心的紧张，那么好，联姻来了。联姻就是女皇给这两个姓氏两种势力的定心丸。他们两家都心甘情愿且急急渴渴地促成了这桩婚事，其实不单单是为了顺从圣上的旨意，那简直是他们自己求之不得的。

于是，这对年轻人的婚礼，就被当作了朝廷中一件非常非常重要的大事，因为，这是女皇要看到的最最隆重也是最最盛大的婚礼。加之不论是李显还是武三思，都是代表两个姓氏的最重要的也是级别最高的人物，可以说他们是女皇之下，朝廷中官位最高，或者是最举足轻重、炙手可热的人物了，这样的两个人物联姻，那婚礼也应当是最气势恢宏的。而能将这一切安排好的，似乎就只有这个如大内管家一般的上官婉儿了。由婉儿去操持，是不论圣上，不论李显还是武三思，大家都能放心的。

其实连婉儿自己都不知道，她从什么时候起，就成了这皇室中谁也离不开的人。她觉得她不曾用过很多心力，就非常自然而且自如地把这李武两姓的众多人物握在了手中。那真是婉儿始料所不及的，她竟然被皇室中老老小小的那么多人信任着，依赖着，并且请求着。当然她总是无条件地帮助他们。她的帮助又总是让他们十分的满意。他们不论谁遇到了什么样的难题，首先想到的就一定是婉儿。他们总相信的，是婉儿那过人的智力。他们知道无论什么难事，只要到了婉儿那里，就一定能迎刃而解。

这就是婉儿。

大家的婉儿。

朝廷中百官在不断地更换着，甚至东宫的太子也在不停地进出着，而婉儿不换。几十年。婉儿始终在女皇身边，在皇室的成员们身边，所以唯有婉儿，是永远的。

其实，对李武两姓的这一次无比重要的联姻，婉儿很早就周旋于其间了。此间，婉儿同武三思还继续保持着那种若即若离的身体的关系。大概就是因为这身体的关系，婉儿才极力促成这场婚姻。她甚至每每将安乐公主带到武三思的家中，让她背着父母和武崇训幽会，而她只坐在门外寒冷的马车上等着那个正慢慢变得像公主的安乐。她有时候甚至一等就是大半夜，但是她也毫无怨言。安乐公主玩儿得美了，自然就把婉儿当作了天下第一大好人，并在未来的日子里，始终把婉儿当作了一个她依赖并且依靠的保护人。

婉儿所以任劳任怨，说到底还是为了武三思。她知道只有武三思成了李显的亲家，当未来李唐王朝复辟时，三思才可能因这一层亲家的关系而得到显的庇护。所以，对于武三思来说，这场婚姻才是更为重要的，婚姻就是他的自安之策，他又有什么理由不对这场婚姻满怀热忱呢？但是武三思所表现出来的，恰恰就是那种有点冷漠的态度。至少是他对这场婚姻的进展程度不闻不问，令婉儿非常诧异。她想武三思可能依然在为显的归来耿耿于怀，或是他故意在显的面前端着架子。婉儿想以武三思屈尊折节侍奉权贵的能力，他何以偏偏要对这场婚姻自视清高呢？所以婉儿反复劝诫武三思，不能对他的未来盲目乐观。她要他一定要对显和韦太子妃表现出足够的热情来，而武三思说，我最最厌恶的就是那个太子妃了，她让人恶心。但是婉儿反唇相讥，那么张氏兄弟还有那个薛怀义就不让你恶心吗？

婉儿在不断告诫武三思的同时，还要时常出入东宫，特别是要常与韦太子妃和安乐公主商议婚礼的各种细节。这时已摇身再度成为太子妃的韦氏尽管依然跋扈，但是毕竟十四年流放地糟糠之妻生活的苦难，使她认识到了重新成为太子妃的生活是怎样地来之不易。当然也还有已变得谨小慎微的显对她的时时提醒。韦妃是在返回都城之后，才慢慢看清了朝中形势，看清了他们虽返回皇宫，显虽然被复立太子，但很难说显就真的能成为未来王朝的那个统治者。首先是女皇依然安康，她尽管已满脸皱纹，步履蹒跚，但是却一点放权的意思也没有；而且朝中武氏一族的势力也并不像有些朝臣们说的那样岌岌可危，不堪一击。且不说武三思是朝野上下公认的女皇最信任的人，就是太平公主与武攸暨的那场难舍难离的婚姻，也使李武两姓之间的关系变得愈加的复杂迷离，你中有我，我中有你。今后的天下究竟是谁的，是谁也看不清的，所以聪明的韦氏对女儿的这桩婚事才格外地上心。

韦妃对这场婚姻所表现出来的，是一种莫名其妙的热情。她甚至不管她漂亮的女儿安乐公主是怎么想的，而独断专行地决定着那场婚礼的每一个细节，仿佛要结婚的那个人并不是她如花似玉的女儿，而是她自己。她令人难以理喻地亢奋。她对婚礼中每一件细小事务都无比热衷，她甚至不顾失去太子妃的尊严，而很多次跑到武三思的梁王府上，去和武家的人讨论婚礼的程序，弄得显和安乐公主都很不高兴，认为韦妃太过分了，其实她完全用不着这么下作。

而韦妃对此为什么会如此热衷，也许只有同为女人尤其是同为与武三思有着关系的女人婉儿才能看得清楚。那是她在韦太子妃第一次见到武三思时的那目光中就看清了的。她知道那是一种疯狂的迷恋。她懂得那个女人的目光。也懂得那个女人为什么一提到武三思时就眉飞色舞，眼睛发光，那是一种无法掩饰的一厢情愿的女人的激情。

大概是韦太子妃也耳闻了一些武三思与上官婉儿之间的风流，至少是她知道婉儿同武三思的关系很近，而只有通过婉儿，她才能和武三思的关系也很近，所以她很快对婉儿转变了那种颐指气使的态度。也大概是韦太子妃在每每觐见女皇时，才慢慢看清了她原本视为奴婢的婉儿在女皇的身边是何等重要，连女皇都从不曾将婉儿当作奴仆，她甚至每每参与朝政大事的决议，她韦妃怎么能轻看这个女人呢？如此她才觉出了婉儿在朝廷上乃至在皇室中是怎样的一言九鼎。她才是女皇背后的那个真正的无冕女皇，而女皇每每做出的决定，其实都是通过婉儿的大脑做出的，而她刚刚返宫的时候，怎么能对这个如此举足轻重的女人如此轻慢呢？她这样不是自己往火坑里跳吗？她一个太子妃又算是什么，握着整个天下实权的婉儿不是想把她怎样就怎样吗？她怎么那么傻，以为婉儿口口声声称着自己奴婢，她就真把人家当作奴婢了呢？

幸亏韦太子妃还算是个聪明的女人。幸亏她的聪明让她醒悟得早，而没有更深地得罪那个无冕的婉儿。总之韦太子妃迅速改变了对婉儿不恭的态度，从此，她甚至在婉儿的面前变得有点谦卑，有点自惭形秽。她已经完全被婉儿那天生的雍容气度和婉儿在多年朝廷的权势争斗中所训练出来的政治家的风范所震慑了。她诚惶诚恐。她知道在圣上，在武三思，甚至在她的男人李显的心目中，她其实什么也不是，而婉儿却是至高无上的。所以她惧怕婉儿。她甚至巴结婉儿。她知道同婉儿搞好关系，无论是对她的生死存亡，还是对她内心的那种情感的扩张，都是百利而无一害的。于是韦妃对婉儿的态度越来越好。她甚至和婉儿称姐道妹。在筹备女儿婚礼的时候，她对婉儿的安排也是言听计从，恭敬友好。有时候，她还会送给婉儿一些丝绸和饰物，希望用这些小家子气的小恩小惠来博取婉儿的欢心。

面对太子妃的如此转变，婉儿并没有表现出她的不屑一顾，尽管，她对于韦妃势利小人的这一套是非常反感而且非常深恶痛绝的。但是她想韦妃尽管浅薄但她到底是个聪明的女人，她知道该怎样转变自己，尽管这转变很拙劣，但是她毕竟转变了。况且韦妃到底是太子妃，说不定哪一天她也就真的会成为皇后。而身为奴婢的婉儿是需要韦妃的那一份友谊的，她要和所有未来可能会获取权力的人做朋友，她需要所有可能保护她的人保护她，她需要在所有掌权的人那里为自己讨到一条活路。于是婉儿便也真心应和着韦妃的友好。尽量让这个女人觉出她是对她好的，她愿意帮助她，她甚至真的在女皇面前夸赞过韦妃，慨叹十四年中她对显的那一份支撑和爱护。

当然为了坚固这一份友情，婉儿也非常精心地为韦妃和武三思安排了几次私人的会面。婉儿知道这样的会面,其实仅仅是为了满足太子妃想见到武三思的愿望，但是婉儿还是把这种会面尽量安排成是十分必要的,是出以公心的,是为了女儿那盛大婚礼的。

婉儿如此竟驾驭了韦妃。因为韦妃只有通过婉儿才能名正言顺地见到武三思,否则一个太子妃,怎么能随随便便和一个朝中臣相见面呢?

于是很多次,婉儿把太子妃带到了武三思在皇宫外的家。一开始,武三思对这个徐娘半老又搔首弄姿的女人十分反感。他当然看得出这个女人在诱惑他,但是,以武三思对女人的品位,他怎么能对这样的女人感兴趣呢？如果说武三思对显这一家还有一个女人感兴趣的话,那就该是那个他未来的儿媳安乐公主,而不是她那个风骚庸俗的母亲。安乐公主尽管也像她的母亲那样乡下气,那样浅薄庸俗,但是她毕竟年轻,毕竟美丽,又有哪一个男人不愿家中有这样一个让人赏心悦目的玩物一般的年轻女人在他身边走来走去呢？看看也是享受,哪怕她不是自己的,哪怕她上不了自己的床,然而武三思对太子妃确实没有感觉。他几次想推掉这种毫无意义的会面。

他不知道该怎样拒绝婉儿，他说难道你连显的那个讨厌的老婆也要巴结?

然而婉儿不愠不躁，她反问武三思，你怎么也学会意气用事了?

武三思说,我讨厌那个又老又丑的女人。

那我就不老不丑吗?

你干吗把自己跟她比呢？根本是不能比的。你有你的脑子,可她有什么？她如果不是住在东宫，就和乡野的村妇没有任何区别。真不知道显怎么会拴在这种女人的裙带上的。

她自有拴住显的办法。她初为王妃时也是个年轻漂亮的女人。她还给显生了个可以继承王位的儿子重润。十四年风风雨雨她始终和显同甘共苦。你说她浅薄庸俗，可她就是用这浅薄庸俗在艰辛中支撑了显的生命。还有什么比这些更能拴住一个脆弱的男人的心呢？正因为这些，你才必须和这个女人周旋，哪怕是虚与周旋。你不能忽略她，更不能得罪她，因为显听她的，而显又是太子，是天经地义的王位继承人。显是你最大的竞争对手也是你最大的威胁，你怎么能对你的危险也视而不见呢？

那我和李显真刀实剑地较量便是了。

可惜显早就没有了思维，这一点你难道看不出吗？显唯一的思维就是那个太子妃的了。你和显较量其实就是和那个太子妃较量，那你还干吗非要绕开那个女人和她身后的那个傀儡周旋呢？你这不是舍近求远吗？还得罪了那个能决定你命运的女人。

她能决定我的命运？你别开玩笑了。这个女人我看都不愿看一眼，她让我恶心。

真有那么恶心吗？如果你今天不同意见她，那就不单单是恶心的问题了，而是你的性命。

我不信这个女人能有这么大的能耐，她能杀了我？

当然现在她还不能杀了你。她还刚刚回来，还没有站稳脚跟。但迟早有一天，等她的羽翼丰满了，她是一定会杀人的。她会向一切伤害她的人复仇。她甚至也会很凶恶很狠毒，会杀人不眨眼。她受的苦太多了。所以她要补偿，难道你真的愿意成为她刀下的鬼吗？

行了行了，你说吧，你到底想让我干什么？

本来她可以杀你，但同样也可以救你。她就是这样的一个女人。幸运的是她喜欢你,如果你现在拒绝了她,那你对她的伤害将是致命的。她将咬碎牙根地恨你,将来只要她有了还手之力,她第一个要杀的人肯定就是你。

行了,什么杀不杀的,说吧,你想要我怎么办?

迎合她。利用她。让她觉得你也是喜欢她的。

你的意思不是叫我和她睡觉吧?

如果需要,那也不是不可以的。

有那么严重吗?

我们必须从长计议。

用我的身体?

你的身体有什么金贵的，身体对我们来说也是一种斗争的武器。

婉儿你到底是个什么样的人,我真是越来越不能理解你了。我可以侍奉圣上,奴颜婢膝,我甚至可以对圣上的情人曲意逢迎,可是你怎么能让我去取悦这样的女人?我武三思再没有尊严,也从来没有这么下作过。你把我当成什么人啦?如果是她,那么就什么母猪母狗也能干了。那会是怎样的屈辱?婉儿你在欺侮我。

难道你的身体的感觉会比你的生命还重要吗?

有的时候,是。

哈,原来你的感觉这么重要。你宁可不要生命也绝不取悦她,对吗?

对。

对?你难道看不出她正在与你眉目传情吗?

正因为看到了,所以我更加厌恶她。

好啊,这个武三思竟然谈起他的人格来啦?这世上一定是有什么东西颠倒了。想想看吧，如果你知道了你已经危在旦夕，你难道真的看不出你已经危在旦夕了吗？而这世间能救你的，就只有这个让你恶心的太子妃了。你会怎么做呢？会抓住她伸向你的手臂吗？或者就干脆心甘情愿地坠入谷底……

婉儿你为什么非要把我给她呢？难道我就这么让你厌烦吗？

相信我。我怎么会害你呢？我又怎么愿意把我的男人让给别的女人呢？我是真心在为你想……

然后武三思就抱住了婉儿。他当然相信这是婉儿在为他想。但是他同时也更加钦佩婉儿了。他觉得他怀中的这个女人实在是太厉害也太不可思议了：她所送给她的敌人的，竟然是她自己最最珍爱的东西。

便是这样，婉儿不停地把太子妃带来。他们在一起时，一开始总是很煞有介事地讨论婚礼上那些根本就无须讨论的问题，而一旦谈话的气氛变得热烈而和谐，婉儿就会借故圣上在等着她去做什么而提前退席，将三思和韦妃单独留在那空无一人的大殿中。婉儿的这一番苦心自然太子妃和武大人都心领神会。太子妃自然十分满意，因为那正是她昼思夜想、梦寐以求的。而对武三思来说就有点勉为其难了。因为他知道他是为了婉儿而和这个女人纠缠的。仅仅是为了婉儿，他根本就不会知道在未来的某一天他的生死存亡竟然就真的握在了这个女人的手中。直到那个时候，他才真正知道婉儿有多英明，并且有多爱他。

这样一来二去，武三思和太子妃的关系竟然真的有了改观。至少是，他们好像已经成了熟人，见面时也不再那么紧张了，而且，他们竟已经做到了相互理解，甚至无话不谈。当然他们是不会谈论儿女的婚事的。他们知道那其实根本就不是他们的事情。婚姻本身是由女皇既定的，而婚礼也有婉儿精心筹备，那么他们没完没了要谈的，又都是些什么呢？

婉儿在离开越来越熟稔的武三思和韦妃的时候，她心里的那种不是滋味的感觉是唯有她自己才知道的。尽管她更知道唯有做出这种情感上的牺牲，才能保住自己和武三思，但是毕竟看到三思和韦妃那亲昵的样子，她还是非常不舒服。但是她必须如此。她已经没有别的选择。因为她和武三思的关系，就像是树立在满朝文武面前的靶子，随时随地都会被他们射来的乱箭杀死。特别是显的复立为太子，就更是把他们推向了死亡的边缘，与其这样被乱箭射杀，莫如牺牲了那个男人的身体，把他推到那个敌人的营垒中，让性的关系来消解战争。婉儿就是这样想的。她还想，既然黥刑这样的耻辱她都能忍受，她又怎么不能忍受自己的男人和别的女人上床呢？婉儿还想，既然是，她什么样的苦难都经历了，并在那苦难中活了这么多年，那么，她有什么理由不继续活下去呢？如果她放弃，她不再为她的生存而努力，那不是就等于放弃了她将近四十年为她的生命所做的所有努力了吗？她怎么能轻言放弃呢？

婉儿就这样把武三思拱手送给了韦太子妃。通过后宫女人的淫乱而为自己找到生存下去的路。婉儿敏锐地预感到，她此时此刻所做的一切将是决定命运的。所以婉儿无悔无怨。她不仅保住了武三思，而且获得了韦妃对她的信任和依赖，这样，她就不仅仅是掌握了武三思，同时也掌握了韦太子妃。她不仅掌握了韦太子妃这个女人，还掌握了这个女人在宫中淫乱的罪证。婉儿知道，在这个每日都在相互倾轧、残酷杀戮的宫廷里，掌握了对手的秘密和罪证有多重要。这就等于是掌握了那个人的命运，掌握了那个人的生死。朝廷里从来都是欲加之罪，何患无辞，何况掌握了罪证，那就会更加所向披靡了。这就是韦妃这种女人的愚蠢。也许是武三思对她的诱惑太强烈了，以至她才会如此不顾一切，如此地宁可授婉儿以柄,不知这将后患无穷。

婉儿无法知道武三思和韦太子妃的关系是怎样一步步向前发展的。她原本以为太子妃只有通过她才能接近武三思,那么在某种意义上,武三思就依然是她的。但是婉儿没想到,就在安乐公主和武崇训结婚大典的前夕,她为了一些最后的事情来和太子妃商量,那时候圣上正在临朝,满朝文武正在聆听她老人家的神圣教诲,婉儿来到东宫,她简直不敢相信,武三思此时此刻竟非常随意地和韦妃一道坐在太子的大殿中。

竟然是在东宫?

竟然是在圣上临朝的时候?

他们到底要干什么?

婉儿有点惊异地站在那里。她虽然什么也没说,她甚至做出很欣喜的样子,但是婉儿眼睛中的那愠怒大概武三思是看得出来的。只是韦妃正因为武三思的来访而激动不已,她根本就顾及不到婉儿会怎么想,她更不会因了婉儿的到来就不再向武三思暗送秋波。

婉儿很平静地寒暄了两句就退了出来。她说她要来找安乐公主,要她最后试穿那套结婚的礼服。婉儿真的就退了出来,朝公主的院子里走去。但是她心里油然而生的妒恨难以平息。她想不到武三思竟如此背叛她,在本该上朝的时候,在知道太子此时正在与圣上一道临朝时,却偷偷摸摸地跑到东宫来和那个风骚的太子妃幽会。这是婉儿所始料不及的。她不知道他们之间还发生了什么。但是她知道无论发生了什么那个罪魁祸首都只能是她自己,不是她要求武三思取悦这个女人吗?不是她逼迫武三思献上他的身体吗?那么她还有什么可指责武三思的?她又还有什么不平衡的呢?

但是毕竟武三思是她的男人,但是毕竟很多年来她和武三思夜夜在一起。婉儿真的大度到她面对自己的男人与别的女人调情时也心静如水吗？不，婉儿不能。婉儿也是女人。她退出来是因为她实在不能再忍受与她有着肌肤之亲的男人在主动取悦别的女人。那个风骚的愚蠢的白痴一样的乡下女人。婉儿恨她。恨不能跑回去把她撕成碎片。婉儿是直到这时才真正意识到她是在引狼入室。她想她为了武三思，为了自己，为了他们能活下去而做的这种选择可能错了。她或许不该这样把武三思真的送给韦妃，她为此所付出的代价将是惨痛的。

婉儿真的去看了安乐公主。

婉儿在去看安乐公主的时候，心情很不好。

但是她还是要去看看安乐公主，因为她已经开始喜欢这个可怜的从远方回来的小姑娘了。她想不管安乐公主自己是不是觉得，但是她是在为整个天下结婚，她是在背负着整个朝廷对她这次婚姻的寄托。所以婉儿要去看她。她要最后叮嘱她婚典中所需注意的事项，她要最后检查一下公主明早要穿戴的那结婚的礼服和各种佩饰。她觉得这个可怜的女孩是需要去关心去爱护的，所以她要来看她，她要帮助她在明天的那个婚礼上能从容自如。

婉儿在走进安乐公主的房间前本来很难过，但是她推开门就赫然看见了那个质朴自然的女孩正独自站在窗前流泪。她仿佛是在被婚前的最后一抹斜阳照着。她不停地流着眼泪。她流泪时也是那么美丽动人的。

安乐公主的眼泪让婉儿顿时忘却了自己的苦痛。连婉儿自己都不能解释这是为什么，她怎么会突然就觉得自己的感情微不足道了。她马上走过去，不由自主地将安乐公主搂在了怀中，她用手轻轻拍着安乐公主的背，轻轻地哄着她，说，孩子，怎么啦？别哭，真的别哭……

安乐公主便靠在了婉儿怀中,她哭得反而更厉害了。那种抽泣就仿佛是遭遇了人生的什么大灾难,直到她终于不再哭了,才委屈地对婉儿说,为什么偏要让我结婚?为什么?

那时候婉儿和安乐公主已很熟悉了。就是为了这场婚姻,她们会时常在一起。安乐公主尽管是韦妃所生,她也很爱她的母亲,但是自从返回都城,她就越来越看不起母亲了。她觉得母亲粗俗无知,那么没有教养,甚至不能和婉儿这样的宫中侍女相比,更不要说和她的姑母太平公主平起平坐了。于是聪明的安乐公主选择了婉儿做她的朋友。她当然看出了婉儿在这宫中的地位,但同时这个在穷乡僻壤的王府中长大的女孩也真的崇拜婉儿,甚至视婉儿为她的楷模。她觉得婉儿太智慧了,也太优雅了。她觉得在她的人生的开始,婉儿的出现之于她实在是太重要了。她还从来没有在她的生活中看到过如此令她惊异令她迷惑令她崇拜的女人。当然她也崇拜她的女皇祖母。但祖母离她太远了,祖母太高高在上难以接近了,而婉儿就在她的身边,就在她的近前实实在在地关心着她并且帮助着她。她已经向婉儿学到了很多。她觉得婉儿是她所能接触到的最优秀的女人了。她差不多是从一见到婉儿,从第一眼,她就对这个充满了神秘色彩的女人产生了一种难以言说的迷恋,她觉得婉儿身上的每一个地方都在吸引着她。

而婉儿没有女儿。婉儿到了有女儿的年龄她却没有女儿。但是那母亲的情怀婉儿是有的。特别是在她不断探望李旦的那五个小皇子时,她就开始对那些正在成长的男孩子们有了一种母性的依恋。所以她才会常常地去看他们。所以在她和他们分别时才会有那种难舍难分又牵肠挂肚的感觉。而如今安乐公主向她走来。她不仅把她迷恋的目光朝向她,并且把她渴望友爱的手臂伸向她。她是那么真诚那么纯洁,她对婉儿的那种感情简直让婉儿受宠若惊。就仿佛是最初被男人爱着。那是她从未体验过的一种感觉,她简直不敢相信自己竟会被一个小姑娘那么真实地爱着,迷恋着。一开始婉儿甚至以为这是那个美丽的小女孩的恶作剧。但是久而久之她才发现,安乐公主对她的感情是认真的,很让她感动,而如今朝中让她感动的事情实在是太少了,几乎没有,于是她便也相应地有距离地认真对待这个女孩子了。

所以,安乐公主的痛苦,就能让婉儿把她自己的痛苦置之度外了。有什么能比一个纯洁的小姑娘的痛苦更令人痛心的吗?

婉儿说,裹儿,你别再哭了,你当然应该结婚,因为你已经到了结婚的年龄,这是喜事,干吗还要哭呢?

可是我并不喜欢武崇训,干吗非要我嫁他呢?

崇训有什么不好吗?他是我们看着长大的。不论他的家庭怎么样,但崇训是老实厚道的,结婚后他一定会对你好。

但是我就是不喜欢他。我不想和他结婚了。我知道那婚姻不是我的,而是祖母的,朝廷的,干吗非要我和一个我不喜欢的人在一起。

裹儿,看着我,告诉我是不是因为武延秀?

你怎么知道?

我怎么会不知道。他到默啜和亲已经很久了,你难道还没忘记他?

婉儿,记得你第一次把我带到崇训身边的情形吗?就在认识崇训的那一刻,我也就认识了他的那个堂兄武延秀。在黑暗中延秀的目光就像针一样刺穿了我的心,从此我就再也忘不了他。我每每要求你把我带到崇训家,其实都是和延秀约好了一块儿玩儿的。有好几次,他在桌子下面抓住了我的手,后来,他就总是趁我身边没有人的时候走过来对我说他爱我。记得吗,有一次我要你不要等我了，崇训也说他会送我回宫的。那一次聚会就是为了给延秀送别。他们喝酒。喝了好多。延秀哭了，崇训也哭了。他们告别，延秀说此去突厥，远在天边，咱们兄弟就生死两茫茫了。后来崇训喝多了，是延秀把我送回宫的。

你们在宫墙外站了很久。

你全都看见啦？

我怎么能放心让你自己回家呢？

你看见他亲我了吗？

婉儿点头。

那你为什么不来阻止他？

我想，那该是你们自己的秘密。

是的，他哭着，拉着我的手。他说他爱我，说他真舍不得离开我。他还说朝命不能违。他本来是怀着为国捐躯的神圣使命和雄心壮志准备上路的。他不怕离开家。也不怕面对突厥的默啜可汗。他想他总得为圣上做点什么，哪怕遥远，哪怕从此独自流落在那大漠孤烟的漫漫戈壁，只要突厥再不犯边。他说他是抱定了去国的决心的。那是因为那时候生活中没有你。他说你来了我就不想走了。我甚至害怕了，怕从今以后再也见不到你。延秀就那样哭着，抓着我的手。他要我等着他，说我是他这一生一世的唯一的爱。他就是这辈子不能娶我，做了鬼也要把我抓走。后来，他就抱住了我，亲了我。他说他亲了我，我就是他的人了，我就等于是和他结婚了。他还说我要是不等他也要记着他。他说他无论在哪儿，无论生死，都将和我在一起，哪怕他变成了沙漠中的阴魂，也会穿过千山万水来到我身边，日日夜夜地纠缠我。延秀说着这些的时候是那么可怜，我也就答应了他一定会等着他。可是，为什么我偏要结婚呢？那么延秀怎么办？

不，裹儿，你并没有答应他，你只是答应了圣上，就像是他答应了圣上一样。他最终不还是走了吗？

是的，他是走了。我以为我已经忘了他了。而且我就要接受崇训了。可是昨晚我又梦见了他，他还是在说着这些话，他说我答应了他要等着他。婉儿，我可能是真的爱上了这个武延秀。他走时我其实并不怎么悲伤，但是从此就再也不能忘记他。有时候我就快忘记他了，他就会突然来到我的梦中让我想念他。我想着他的时候就睡不着觉。现在我要结婚了，他要是发现了我没有等他怎么办？他要是真变成幽魂日夜追着我怎么办？

不，不会的，孩子。这么久了，延秀一直被默啜可汗囚禁着，他们不会放他回来的。

可是我真的很想他。

是的裹儿我理解你。我知道想念一个人是怎样的。你可能会想一辈子，但是你却不能为了这想念而什么也不做。人生还有很多的事情。崇训也是好孩子。毕竟，这对你的祖母、对你的父母都是一场非常重要的婚姻。

可是我为什么要为他们而结婚？为什么要为他们而嫁给一个我不喜欢的人？不，这不是我的婚姻而是他们的。

裹儿，这怎么不是你的婚姻呢？裹儿你还小，还不知道这婚姻给你带来的将会是什么，更不知道这宫廷里朝廷上又是怎样的险恶。真的很重要。迟早你会明白的。

所有的人都认为这婚姻很重要。所有的人都要求我去替他们做这件事。他们要我做出牺牲，又好像是天经地义的。他们都希望从我的牺牲中获得好处，却没有一个人来问问我的感觉是怎样的。

裹儿我知道你很委屈。

婉儿你知道从此和一个你不爱的男人日夜生活在一起会怎样

吗？我很怕。真的很怕……

好了好孩子别哭了。也许未来并没有你想的那么可怕呢？

婉儿重新抱紧了倒在她怀中尽情哭泣的安乐公主。她安慰她，告诉她这人世间本来就是残破的，没有尽善尽美。而更多的是苦痛，是不能和自己相爱的人在一起。是的，是不能和自己相爱的人在一起。婉儿这样为安乐公主讲着这永恒的道理，但是她突然意识到的是她自己，她不知道自己从什么时候起竟变得如此麻木了。是安乐公主的悲伤才让她陡然想起那早已经逝去了的章怀太子李贤。她也不知道从什么时候起，贤在她的意识中竟也变得遥远。她曾经发誓将永远不忘他的。可是她为什么直到裹儿悲伤的时候才想到了她自己的悲伤？无论如何贤是她生命中的男人。也是她唯一深爱的男人，唯一终生不应该忘怀的。然而她竟然忘了贤，竟然让贤在她的生活中灰飞烟灭？她真的就变成了一个冷酷麻木的女人了吗？真的就不肯在心中为那个已经逝去的贤留下一个永恒的空间吗？

婉儿安慰着安乐公主。却知道自己正在变成一个冷若冰霜的人。她对安乐公主讲的那些道理其实也是讲给她自己的。但是婉儿深知她既救不了安乐，也救不了她自己。她们这些女人就是在这人生的轨道上不断地下滑着，一直滑到人性的谷底。那时候她们可能才能成为那种真正坚强的女人。她们不再会哭，也不再心痛，而投向人世的，只有硬的心，只有冷的眼了。

婉儿从安乐公主的庭院出来已经是很深的黄昏了。她一直在陪着她，陪着那个可怜的小姑娘。她想安乐公主正在变成另一个女人，就像她自己。她还想大概人生就是这样，永远不可能有真正的完美，而她们就是在这不完美中改变着。

婉儿这样想着路过了太子妃的庭院。她想她该向太子妃告别，否则会失礼。然而更让她想不到的是，武三思竟依然坐在那里和韦妃谈笑风生，他们甚至都没注意到婉儿的到来。直到婉儿说她要告辞了，武三思才站起身，说他也要告辞了。

于是武三思和婉儿一道离开了东宫。他们一前一后地走在两面是青砖高墙的长长的甬道上。婉儿沉默不语，独自向前走着。

你到底要去哪儿？武三思挡住了婉儿。

回政务殿。婉儿冷淡地说。

这么晚了，去那儿干吗？

去见太子。

晚上去见太子？

你不是连陛下也不觐见，就为了白天能来东宫吗？

不是你要我和她勾搭的吗？

可我也没叫你连陛下也不见呀。

她要我来我能不来吗？你不是不让我得罪她吗？

然后她就把她那个流泪的女儿扔在一边，她根本就不管安乐公主是怎样地害怕这场婚姻。她只顾和新情人调情，她甚至不愿意去看一眼明天就要出嫁的女儿。你们，你们到底在干什么？

得了吧，婉儿，那真的不过是逢场作戏。又是在你的亲自指挥下。你不是说这关系到我们的生死存亡吗？来吧，别回什么政务殿，跟我回我们的文史馆吧，那才是我们真正该去的地方。

武三思说着来抓婉儿的手。

婉儿躲过了武三思，她说你还要干什么，你难道真不知道你儿子明天要结婚吗？我真的要去政务殿，让我去。我陪了安乐公主一天，陛下那边还有好多事等着我去做呢。

你就真的那么忙？你把你自己当成谁了？王朝姓李还是姓武都

和你没关系。

但和陛下有关系,我是在为陛下工作。

可是据我所知现在政务殿处理朝政的已经不是陛下了，你是帮助太子工作吧？太子和太子妃都是一样的。你我殊途同归,你走吧。

武大人,我自己的事会自己处置的。

婉儿果然径自回到了政务殿。她知道她确实有一些奏折需要整理。她并没有想去见太子。但是她在路过太子房间时,却看见里边的灯还亮着。婉儿在太子虚掩的门前稍稍迟疑了一下。但是她还是立刻离开了。然而她没有走上几步,就听到了显在喊她,显说,婉儿,我一直在等你。

殿下,这么晚了,你怎么还不回去?

我一直在等你。

你怎么知道我会来?

我知道为了明天的事,你是一定会和我谈谈的。

哦,是啊,我今天整整一天在东宫。

她们都在忙明天的事。

可是殿下为什么不回去呢?

裹儿出嫁,我觉得心里很难过。

裹儿其实也很难过。她觉得没有人关心她。殿下为什么不去和裹儿谈谈呢？她很爱殿下。

不,你不知道,她不过是在可怜我。

不会,是殿下给她带来了皇宫的生活。她只是,有点害怕这婚姻。

我知道你会陪她的。连我都不知道这个婚姻对我来说是祸还是福。告诉我,你为什么要不遗余力地撮合这婚姻？是为了那个武三思吗?

殿下你知道这是圣上的意思。如果殿下没有别的事,婉儿就告辞了,明天还有他们的婚礼呢!

你能陪裹儿为什么就不能陪陪我?

显走向婉儿。他的影子压过来,他把婉儿逼到了墙角,他问她,为什么要跟那个武三思在一起?你的事我全都听说了。那个武三思不配你,你怎么能和那种人上床?婉儿我一直都敬佩你。如果你是二哥的,那我将毕生尊重你的选择。可那个武三思是什么人?你怎么会弄到和那种男人在一起?你不知道他卑鄙吗?听到这些让我很伤心。答应我离开他吧,否则满朝文武都会看不起你,也辱没了你自己和你的家族。

婉儿看着满脸伤痛的李显。

后来她终于摆脱了他,她大声说,干吗还要提李贤?你不知道吗,贤死了,永远死了,他什么都不能再给我。

可是我能给你。我会比那个武三思给你的更多,我会给你一切的。

可是十四年来你又在哪儿?你也才刚刚回来,你怎么知道这朝中是怎样的动荡和险恶?圣上的心瞬息万变,你就能保证你能继承王位吗?还是先管好你自己的事吧。怎样生存或者跟谁在一起是我自己的选择。我会对我自己的选择负责的。谢谢殿下的提醒,婉儿告辞了。

婉儿离开了太子显。

婉儿离开的时候心里很快慰。因为她从显的妒恨中,知道了显对她的态度。她知道显依然非常喜欢她。她甚至相信,显是为了她才从流放之地回来的。她知道她就是显的信念和梦想。显是不会轻易放弃他少年时对婉儿的梦想的。如若有一天显真的做了皇帝,婉儿相信他会恪守今天的诺言,给予婉儿一切的。那么婉儿还企望什么呢?

婉儿这样想着的时候,她真的很得意。她想她是幸运的,因为她是女人。她拥有着女人的身体和她曾经的美貌,就比那些朝中的男人们凭空多了一重生存与战斗的手段。或许不在宦海中游泳的女人永远也无法理解女人的身体对政治有多重要。她们身为女人,而她们又身处政治的急流中,唯此女人的身体的优势才能充分显现出来。将身体加入进去,那所有的争权夺势和所有的阴谋诡计中。女人的身体在其中搅动着,世界便被改变了。那是那些男性的政客们所没有的,但是婉儿有。她可以用她女性的身体牵制住显和武三思,她可以用他们对她的爱去换取她生存的稳定,和政治上的地位。她的身体是除了她的智慧之外的另一重武器。她可以用来袭击别人,也可以用来保护她自己不受到伤害。也许在女皇那里,婉儿的身体并不重要,她是用她的智谋和忠诚同女皇交易的;但是在武三思,乃至于显这里,身体便成了第一性的。

婉儿要利用她的身体,就像圣上一样,当年武曌不就是在用她的身体和那些有权势的男人的交换中,才最终走上这至高无上的皇位吗?身体多重要。特别是对于那些贪婪的有着政治野心的女人。而婉儿也许远没有武皇帝那样的野心和对权力的无限欲望,但是她要生存,她也就一定要学会利用她的身体。婉儿正在慢慢学会这一点。而恰好她的身体又是那么美,那么被男人所欣赏所需要。于是婉儿便一不做、二不休地把她的身体也加入了进去,加入到了男人们的争权夺势中,加入到了她为自身的生存而进行的不懈的努力中。

安乐公主与武崇训的婚礼灿烂华丽。

婚礼因为女皇帝的驾临而显得更加神圣而庄严。

婚礼就像誓言一般从此镌刻在李武两姓所有人的心中。

从此世世代代。

从此,那将是他们共同的王朝。

李武之间的一次次神圣联姻无疑使女皇帝一直悬着的心终于放了下来。她很庆幸在她还活着的时候就看到了李武两个家族之间几乎家家是亲戚,户户都有交汇的血脉。于是女皇帝在这个问题上终于可以高枕无忧了。于是她便可以腾出更多的精力去宠爱她的张氏兄弟了。也许是女皇帝越来越衰弱的缘故,慢慢地她依赖张氏兄弟已经到了一种无以复加的地步。她不上朝,不理政,夜以继日地和那两个狐媚的年轻男人在一起。这样长此以往,也难免会招来满朝文武的非议,甚至连武皇帝自己的后代子孙们都对老祖母的这种变态的昏聩和淫荡议论纷纷。

这种非议的浪潮无疑给女皇所宠爱的张氏兄弟造成了极大的压力。于是他们开始不停地在他们行将就木的主人面前哭诉和鼓噪,要求女皇严惩那些竟敢对女皇的私生活说三道四的不法之徒。

女皇尽管奄奄待毙,但是她的思维始终是清

醒的，对于那些对她私生活的攻击，她听的和见的都太多了。差不多是伴随着她十四岁走进后宫，那样的鼓噪之声就不绝于耳。说她和上皇李世民，和先皇李治，和薛怀义、沈南璆，再加上这一对美轮美奂的张氏兄弟，她老人家被伤害过一根毫毛吗？她不是还按部就班、一步一个脚印地登基了吗？不过是几个嗡嗡叫的苍蝇，掀不起大浪，更何况女皇还理解他们，这世间又有谁不对他人的私事感兴趣呢？否则，那饭后茶余还干什么呢？

所以女皇对此淡然一笑。特别是朝廷上对女皇私生活质疑的那些男性朝臣们，她更是宽宏大度，她把那看作是他们的一种误区。她认为这并没有什么了不起的，任他们说就是了，她坚信反正他们不敢对她宠爱的男人怎么样。

而真正的敌人来自营垒的内部，这才是女皇所不能忍受的。那些个孙子辈的小儿女们竟也敢议论起圣上的私生活来了，这王宫还有王法吗？多少年来，女皇最容不得的就是那些仰她鼻息而又背叛她的亲人了。她对他们从不手软，毫不留情，不管他们是兄弟姊妹，还是她亲生的儿子。她对亲人的宽容从来就是有限度的，她从不姑息他们，这是她的家庭中的原则。多少年来她始终信守着，因为她知道来自于内部的反抗力量究竟有多么可怕，历史中几乎所有王朝的毁灭都来自那些内部的势力。

所以武皇帝的家中绝不姑息养奸。

所以武皇帝把她所有的亲人都当作最首要也是最重要的敌人。

而不幸的是，这一次被张氏兄弟告发的，恰恰就是女皇的亲儿子李显的那些孩子们。在后宫里窃窃私语他们的老祖母的，竟然是两年前被她封为邵王的皇太孙李重润、永泰公主蕙仙和她的丈夫魏王武延基。全是圣上的亲人。无论是李姓还是武姓，他们全部都是女皇的亲人,他们的血管里也全都流淌着女皇的血。那个年方十八的李重润是太子妃韦氏所生,太子显的长子,无疑是显的法定的继承人。重润清秀俊美,书生意气,且生性善良,以孝爱被世人称道。而重润十七岁的同父异母的妹妹蕙仙,则是年轻美丽,风姿绰约,且在祖母李武联姻思想的指导下,下嫁了曾经是武姓继承人的已故的武承嗣的长子武延基,又刚刚怀有身孕。便是如此的三个纯真无知的年轻人,将要为他们的少不更事或者是轻举妄动而付出惨痛的代价。他们可能是实在不能忍受祖母与男宠之间的那种荒唐而淫荡的关系,于是他们可能议论了些什么,可能是认为他们祖母的行为是有损于皇室尊严的,是使家族的荣誉蒙羞蒙辱的。他们可能尤其议论了那张氏兄弟是怎样地卑鄙无耻,他们在皇室中所占据的,竟是比他们这些皇室的子嗣们重要得多并且显赫得多的位置。然而孩子们在宫墙之外的议论,不知道怎么就传到了张氏兄弟的耳中。可见这后宫上下是怎样的白色恐怖。张氏兄弟当然不会善罢甘休。他们使出了浑身解数,或委屈,或抽泣,或扬言离去,或寻死觅活,让那个迷乱中的女皇痛彻心扉,又怒火万丈。

至尊至上的圣上怎么能忍受小孩子议论她,并且议论的是她的私生活呢?

这本来就是她的一个痛处。

而那些议论她的孩子们,又怎么能是她自己的孙子孙女呢?他们不是因了她才荣华富贵的吗?他们怎么能非但不感激她,反而恶毒攻击她呢?谁给他们如此胆大妄为的权利的呢?

于是女皇拍案而起。她先是止住了她翅膀底下的那两个年轻男人的眼泪和抽噎,然后就即刻派人把太子李显传到了她的寝宫。这是她的家事。她当然无须到朝廷中去兴师问罪,她只是把那个能替她掌管宫中诏命的婉儿叫来就行了。

于是，就在女皇的淫靡的寝殿中，女皇当着她的宝贝张氏兄弟的面，向太子李显和婉儿冷漠而又平静地描述了皇太孙重润和永泰公主夫妇诬蔑女皇的罪行。然后，她更加冷酷无情地问显，那么，朕是谁呢？朕可以这样被你的儿女们随意羞辱吗？那朕成了什么？

显扑通一声跪在了地上。他说儿臣罪该万死，请圣上开恩。显知道他的家已经又一次大祸临头。这一次，他们可能终于难逃一死了。

他们不是你的儿女吗？

是的，他们不孝……

他们不孝又是谁之过呢？

是儿臣之过，请圣上千万息怒，儿臣心甘情愿听圣上处置。

你是太子，朕不想处置你，但是他们太无法无天了。朕不能原谅他们。你懂朕的意思吗？

儿臣知道，只是……

只是什么？你知道欺君是什么罪吗？

圣上，圣上……

好了。既然他们是你的儿女，朕就委托你去处置吧。朕之所以能多少年来一直牢牢地坐在这皇位上，就是因为朕知道大义灭亲对朕的王朝意味了什么。有时候你不得不这样做。否则天下乱了，朕还怎么称其为朕呢？好了，你们下去吧。婉儿，你现在就和太子一道去为朕起草一份处置这几个逆子的诏令来。明早上朝之前，朕要看到。

可是，圣上，儿臣……

你怎么还不起来呀？朕累了。朕要休息了。你们退下去吧。

炎热的夏夜。显却周身颤抖，手脚冰凉。他绝望而悲伤地向政务殿走去，此刻他不敢回到东宫，不敢面对他的亲人，更不敢在亲人们的身边做出那个可怕的决定。显踉跄蹒跚，一路走一路哭泣着。婉儿远远地跟着他。婉儿也很惊异。事前她也是一点消息也不曾知道，否则，她一定会想方设法救那几个孩子的。但是他们全都束手无策了，因为女皇一开口，就已经把他们逼上了绝路，或者说，就已经定了那几个孩子的死罪了。

婉儿也很悲痛愤恨，她想不到张氏兄弟竟是如此的狠毒，而圣上又是如此的绝情。他们又一次把显挤对到死角上。让显在他的死和他的孩子们的死中做选择。这是何等的残酷。

婉儿远远地跟着显。直到他们来到政务殿，婉儿在那个闷热的大殿中点起了幽暗的灯。

要他们在这个夜晚做出怎样的选择？

夜太短了，也太长了。

显一走进大殿就趴在案台上哭了起来。他幸好还能哭出声来，他说他们这些不孝的子孙，他们的胆子怎么这么大，他们就没听说过这皇室里的惨剧吗？他们干吗要这样逼我？他们怎么能……

婉儿站在远远的灯光所照不见的阴影中。在黑暗中看着显悲痛欲绝。婉儿原本以为随着显的返回，随着李武两姓的不断联姻，这宫里就再不会发生杀戮的事件了。但是想不到还会有性命断送在圣上的或者是圣上情人的手中。而且是那么年轻的生命，那么残酷的代价。而圣上这一次又是无辜地将她也卷携了进来，要万世铭记起草这一份绞杀年轻生命的诏令的，又是她上官婉儿。圣上干吗又逼她呢？难道她对圣上的忠诚还需要检验吗？

显在那边进退维谷。显说不，我做不出这样的决定来。显说为什么要我去杀我自己的孩子？不！那莫不如让我先去死……

显这样说着竟开始拼命捶打起自己的脑袋。显真的很用力地打自己，直到这时，一直默默垂立于阴暗中的婉儿才走过去，抓住显的两只手，不让他这样伤残自己。

不，殿下，不要这样。这样无济于事的。

那我该怎么办？杀了他们？那我成了什么啦？他们是我的孩子，是我的骨肉，我怎么能亲手杀了他们呢？那我将枉为人父，还会被后世责骂。婉儿，你告诉我，这样触犯了圣上究竟该定什么罪？死罪吗？除此就没有别的路了吗？就不能救救他们吗？你是说只能是死罪？是啊是啊，当然是死罪。大哥二哥仅仅是因为不满意她的为人，她尚且能将他们处死，何况我的孩子们还是指名道姓地骂了他们的祖母。而她哪里是他们的祖母，而是将他们的性命握在手中的那个君王，他们怎么就看不明白呢？婉儿，帮助我，我知道你是最智慧也是计谋最多的，告诉我，有没有一个既能使圣上满意又能使我的孩子们免于杀身之祸的两全之策？你摇头？说没有？说晚了？不，重润他才刚刚十八岁。他是那么好的一个孩子。他从小跟着我颠沛流离，吃尽了苦头。他才刚刚回到这本来就应该属于他的生活中。他还不懂这宫中的规矩。他是那么天然而率真。如果十四年来他一直是生活在这壁垒森严的皇宫里，他一定就不会这么胡言乱语了。他是那么崇拜圣上。他可能是因为太崇拜圣上了，才不能容忍圣上的私生活中有污点。重润是我最爱的儿子。也是他母亲最爱的。他本来是大唐王朝最好的继承人，他怎么能接受这死罪呢？还有，蕙仙已经怀孕。那武延基不也是她武姓的嫡孙吗？他的父亲死了，兄弟延秀又被送往突厥和亲至今生死不知，圣上干吗也要他们死呢？她是不是疯了？她何以为了那张氏兄弟就让她自己的那两个家庭断子绝孙呢？她究竟要干什么？她莫不是要将王朝交给那两个姓张的小子？那她干吗还要我们回来？房陵虽然遥远，生活虽然艰苦，但那里至少是安全的，也不会有人轻易把我的孩子们的生命拿走。我干吗要回来？她这是要逼死我呀。我该怎么办？我该怎么面对太子妃？重润是她唯一的儿子，唯一的希望。杀死了重润就等于是杀死了她。那我的家不是就全毁了吗？没有了家，我活着还有什么意思呢？

但是殿下必须活着。

婉儿，就是说他们只有死路一条了？

殿下，真的，哭也没有用。这是圣上要你做千古罪人。

她做了千古罪人还不够？还要拉来我陪她被万世指骂，她真是太坏了。

殿下，别说了。皇太孙们就是这样倒霉的。你必须做出选择。

那，你就去选择吧。

殿下，你不能如此卸罪于奴婢。那是你的责任。你要敢为敢当。

那么好，大丈夫当然要敢为敢当。显说着便朝案台的角上撞过去，待婉儿抱住了李显，显早已经是血流满面。

婉儿把血流满面的李显的头紧紧抱在怀中。她说，别，别这样，殿下千万别这样。婉儿理解殿下。婉儿也不忍做出那个可怕的选择。圣上也是要婉儿做这个罪人。奴婢知道做这个罪人的滋味不好受。可是奴婢已经做了几十年。奴婢一直觉得手上有洗不掉的章怀太子贤的血。奴婢怎么会成为最心爱的人的罪人呢？是圣上。是圣上要我这样做。是圣上要奴婢忠诚。圣上也是要殿下忠诚。圣上是因为相信殿下，才把这生杀大权交给殿下的。这是多么伟大的权力，几十年来，圣上就是因为拥有了这权力，才能够一路过关斩将登上皇位的。殿下不是也要继承皇位吗？那个向上攀登的石阶上难免就会有亲人的血。圣上就这样蹚过来，而殿下是圣上的儿子，又是圣上选定的王位继承人，殿下怎么能随便就放弃这个握有权力的机会呢？

婉儿你不要说了。显疯狂地挣脱了婉儿。他说你已经如此残酷,可我的心还是肉长的。与其让我亲手杀了我的孩子,还不如让我现在就死。就像贤那样,让母亲成为凶手,让她永遭世人的唾骂。

没有用的！婉儿突然变得冷酷，她的目光也仿佛是冰雪做成的。婉儿说没有用的。既然李弘和李贤都已经成了阶梯,那么再多你一阶又有什么不同的?后世的骂名已然悬在了那里,而你的死又能为那骂名增加多少分量呢?何况即使你死了,也根本改变不了那些自以为是的孩子们的命运。你救不了他们。来吧,让我帮你包扎好头上的伤。来吧,过来,让我把你脸上的血迹擦干净,好吗?

显竟然乖乖地走到了婉儿的身边。这一次是他抱住了婉儿,是他扎在婉儿的怀中呜呜地哭了起来。

第二天清晨。早朝之前,由婉儿起草的那一份诏书果然被准时送达女皇的寝殿。

女皇昏昏欲睡。谁也不知道圣上是不是真的看到了那份赐重润、永泰公主、武延基死的诏书。但是,当婉儿在朝廷上宣读那赐死的诏令时,圣上确实是坐在她的皇椅上的。她无动于衷,或许正在昏睡,或许,她在享受着这个她真正想要的结果。她的脸上甚至有了一丝看不出的快意。她知道她不仅又一次杀了人,同时她还又一次折磨了人。后来,特别是在她老了的时候她生命垂危的时候,她就特别喜欢折磨人了。她时常会想出一些折磨人的方法,然后以折磨了他人为乐。她就是这样带着残酷的快意用眼角斜着看那受尽了折磨的太子和婉儿的。她也用昏花的老眼看见了太子头上被捆扎的创伤,她可能想活该,这就是你教子无方的报应。女皇还很得意,因为她到底还是为她的张氏兄弟申冤雪耻了。她根本就不在乎那几个黄口小儿,她甚至都没有见过他们几次,而昌宗、易之是与她长相厮守的。对女皇来说,死个把儿孙早已不算什么。她要让天下知道,她依然是大周的皇帝。她依然是至高无上的。是谁也碰不得的。而她的那两个宝贝,也是谁也碰不得的。

婉儿低声宣读着那份诏书。大殿里一片肃然,仿佛空气也不再流动。满朝文武也像是被一闷棍打蒙在那里,一时不知该做出什么样的反应。但是他们还是被震惊了。在沉默的寂静之后,开始了一声一声的叹息,而至一片唏嘘。人群中甚至传来了时隐时现的抽泣之声,但是,终于没有任何人站出来,为挽救那几个年轻的生命而同女皇一搏。孩子们的父亲尚且如此无奈,百官们又能怎样呢?诏令不能违。

无论大殿上怎样慨叹惋惜,女皇都已经听不见了。她已经耳聋眼花,并且时常被瞌睡带走。她累了。她毕竟是为那个决定消耗了许多。

婉儿是在宣读了那份赐死的诏书当晚,来到文史馆中和武三思见面的。她是特意来见武三思的。她一见到三思就靠在他的胸前哭了起来。她说她被这可怕的生灵涂炭的罪恶吓坏了。她说就那么轻易地,张氏兄弟在女皇枕边鼓捣几句,几个年轻的生命就结束了。蕙仙的肚子里甚至还有一个无辜的小宝宝。婉儿对武三思说了整个事件的过程。那个可怕的晚上。她不知道自己为什么要对武三思说这些,她不知道她是不是想找个人来证明自己是清白的,但总之她要找个人说一说,因为她永远无法解释那个死亡的诏书是怎样从她的手里出来的。

婉儿说她曾经那么想救出那几个可怜的孩子。她甚至想出很多种逃脱死亡的方式。她也曾告诫显不要做出斩尽杀绝的决定来。但是显太害怕他母亲了。他唯恐他的孩子们不死就会得罪了他的母亲。她说她想不到显竟然真的能做出杀害自己儿女的事。当亲生骨肉遭遇母亲的伤害时,身为人父的李显不仅不能站出来保护自己的儿女,反而亲自将他们推进火坑,这真是奇耻大辱。这样的男人又怎么能做帝王呢?

婉儿蜷缩在武三思的怀中,她问他,知道下令杀人是一种什么样的感觉吗?

其实那时候武三思的心情也很不好。因为女皇下令杀掉的,不单单是李家的后代,也有他们武家的人。尽管他的堂兄武承嗣已经去世,但是他作为武姓家族的首席继承人,对堂兄的两个儿子还是多有关照的。圣上提出将承嗣的次子武延秀送去突厥和亲,武三思本来就非常不满,只是圣旨难违。一想起年轻的延秀至今被突厥扣押,生死未卜,三思就每每觉得对不起早逝的堂兄。后来,他的儿子崇训和武承嗣的长子延基纷纷和李家公主通婚,让三思觉得他们武家的未来多少有了些可靠的保证,也多少可以告慰堂兄的魂灵了。可是没想到,延基竟也在被赐死的诏书上。这厄运竟然不是来自彼此争权夺势的李家,而是来自那卑鄙无耻的张氏兄弟。

武三思用怀疑的目光看着婉儿,他问她,那最后的命令究竟是谁下的?

圣上,或者是显。

你不是说圣上只是暗示吗?

那么就是显了。

可是你不是说你起草诏令时,显已经回东宫去了吗?

是的,他是回去了,他要在宣读诏令之前对太子妃去说。

那么就是你独自写成的那份诏令。

那也是显的意思。

显那么懦弱,他怎么敢下令杀人呢?

武三思你什么意思?

真的不是你吗?

你到底想说什么？婉儿从武三思的身边跳了起来。你是说，是我杀了那三个不懂事的孩子？

难道不是你吗？武三思突然警觉了起来。他说我听得出来那诏令明明是你写的。那文字那措辞不单单是出自你的手，还出自你的心。这一次我终于看清你了。是你在把圣上和显说不出的那些想法活生生地变成了现实。由此倒让我觉得，当年圣上将你们上官一家满门抄斩不冤枉了。你祖父上官仪是应该被杀死。当年想休了圣上的也许并不是高宗而就是你祖父。皇后专恣，海内失望，宜废之以顺人心。这些话怎么能出自高宗之口呢？只有你祖父想得出这样的辞句，就像是只有你写得出杀了那几个孩子的诏书一样。你和你的祖父是一脉相承，一丘之貉。是的，是你，不是圣上，更不是太子。是你想杀了他们。是你把你的想法强加于他们。你不仅要杀了这几个孩子，你还要一个一个地把我们李武两家所有的人全都斩尽杀绝。

武三思你到底在说什么？你是不是疯了？

是你疯了，上官婉儿，为了报仇，你不择手段，你才是个疯了的杀人狂。我知道你是为了报仇才忍下来的。你不会亲手杀人，但你会发布杀人的命令。你还会怂恿我们相互残杀。而你站得远远的，远离血腥和死亡而坐收渔人之利。婉儿你真是太恶毒了。我甚至不得不想，给张氏兄弟通风报信的说不定就是你。你干吗要这样凶残？那几个孩子他们怎么得罪你了？我知道你真正的仇人就是圣上。我知道你恨她，可是你却把你的仇恨隐藏得那么深。因为圣上杀了你全家，你怎么会真的忠诚于她呢？你迟早是要杀她的。但是你又不肯就那样一刀结果了她。你嫌那样痛快的死法太便宜她了。你不甘心，你要她一点一点一块一块地在煎熬中死。你先是杀了她的儿子。你出卖他们，先是李贤，紧接着又是李显。显没有被你杀死，你又千方百计地怂恿圣上接回李显，目的是借显的刀又来杀我们。反正我们都是圣上的亲人，我们也就全都是你的敌人。你是那么歹毒。武承嗣抑郁而死，难道不是因为你提出庐陵王返朝并复立为太子吗？现在又轮到显的儿女们了，还有我们武家的孩子们。议论几句圣上，就值得赐死吗？他们既没有阴谋叛乱，也没有加害于圣上。不过是几个孩子，说了几句不中听的话，你怎么就能这样对待他们呢？你太残酷了。我知道你就是要把我们全杀光。这就等于是在杀她。杀圣上。你把我们全都杀光，也就是把她也杀死了。你要她独自一人站在那个空落落的朝堂。你要她独自一人的时候已衰弱不堪，无反手之力。你要这整个王朝只剩下她一个空荡荡的骨架，就像是你的家族只剩下了你自己。你要让她体验什么是孤独，什么是无助。你还要让她感受到她是怎样的苍老，而你年轻，你从此可以操纵她了。你胜利了，而她死了。你已经把她一块块杀尽。你借她的刀杀我们，而我们也在相互残杀中灭绝。你可以骄傲了，因为你终于如愿以偿。显杀了他的儿女，就等于是杀了他自己。显也已经死了，那么，你什么时候再来杀我呢？还有我的孩子们。你杀我的计划是怎么安排的？你已经完成了第一步，那就是让显彻底粉碎了我的太子梦。那么好吧，我就不再做梦了，我退出来，但是我知道你依然不会善罢甘休的。你干吗不现在就杀了我？就这样，在床上。你当然不会这样杀我的，你要让我迷恋你，让我在痛苦中一天天地消耗。你要我们所有的人全都慢慢地死。只有看着我们这样慢慢地死去你才会快乐。你要一生都活在这种复仇的快感中。你要每分每秒都看到我们李武两家有人在死去，圣上在死去。那么，来吧，来杀我。如果不来杀我，那么我就要杀你了……

当三个可怜的孩子被赐死之后，他们的尸体被掩埋在洛阳城郊那荒凉的邙山上。至高无上的女皇突然又一道旨令，说她要离开洛阳。说她要穿越八百里秦川。说她要回西都长安。

女皇仿佛是在匆匆忙忙地逃跑。就仿佛当年，她杖杀了王皇后和萧淑妃后，要匆匆忙忙地从长安逃到洛阳一样。她怕她的孙子孙女们的幽灵。她可能是已经觉出那些年轻的幽魂在追逐着她，缠绕着她了。

女皇的朝廷跟随她倾巢而动。连同她的东宫太子李显，她执意要把显带走，她绝不留下太子监国。她的心很虚。因为她已经觉出了显如果继续留在洛阳，迟早有一天，他会积蓄力量反对她。她不愿意显和他儿女们的阴魂离得太近。她知道那是显受不了的，也是太子妃受不了的，甚至是武三思也受不了的。她知道如果有一天他们全都受不了了，他们一定会联合起来造反的。推翻她。并杀了她的张氏兄弟。

不知道这个迁徙长安的主意是不是婉儿的。在满朝文武看来，通常女皇晚年的主意都是婉儿的。因为后来能真正接近衰弱不堪的女皇的，除了张氏兄弟就只有婉儿了。张氏兄弟没有那么高的智力，所以朝官们宁可相信，女皇晚年的仍然不失政治家风范的所作所为，其实都是婉儿一手策划的。婉儿才是那个真正的女皇。而女皇在垂暮之年反而成了婉儿的傀儡。

女皇从洛阳移驾长安一待就是三年。

女皇的长安三年果然使她的权力得到了某种稳固，也使张氏兄弟得以在她身边苟延残喘。这时候女皇已经七十六岁了。但是她既不想交出她的权力，也不想离开她的二张。这就使朝中的氛围变得异常紧张了起来。

张氏兄弟尽管恃宠挟势，身居要津，但是那种反对二张的势力却始终如暗流般在朝廷中涌动。不仅仅是李家乃至于武家的那些亲属们，就是朝臣们也对不断扩张的张氏兄弟的势力非常不满。于是，他们在倒张的问题上同仇敌忾。他们几乎不用商量就不约而同地站在了同一条阵线上。尽管他们之间还有着很深的芥蒂，甚至是那种不可调和的、你死我活的，但是，这所有的一切都被掩盖在了反对张氏兄弟的统一战线下。人世间的事情往往就是这样的，不同的利益便会产生不同的利益关系，而任何的阵线都不是一成不变的。而阵线的变动在某种意义上也是利益的驱动。

长安三年使李武两家果然远离了那几缕青春的幽魂。但那心中深刻的印痕却是永远不能抹去了，而且让那个创伤的后遗症永远像阴影一般地笼罩在这个幽怨的家庭中。

显在这次亲自下令杀死自己儿女的事件之后，那种打击的沉重使他像变了一个人似的。他变得更加畏缩怯懦不堪重负。他不仅在朝廷上不敢再轻举妄动，就是在家里也变得愈加地沉默寡言，仿佛他就是这个家庭的罪人和凶手,而不是太子,更不会是未来的皇帝,总之不再有任何的权威。

而韦太子妃在这一深刻的打击后变成了一个歇斯底里的女人。因为被女皇和她的丈夫所夺走的,毕竟是她的亲儿子,是她寄予无限希望的儿子。倘若他们一家仍在房陵流放,韦妃或许还不会对她唯一的儿子抱有那么大的期望。然而毕竟,他们回来了,显也被复立为太子了。而太子和天子仅只一步之遥。以女皇的老迈年高,显终有一天荣登王位就仅只是个时间的问题了。于是太子妃的野心也就随着显的地位的变化而变得越来越大,从此她不仅寄希望于显,因为显可以让她再度做皇后;她对儿子重润也寄予了厚望。因为显毕竟有过世的那一天,而一旦显过世,继承王位的就自然是长子重润。而有了重润做皇上,她就依然可作威作福,做那个能够安度晚年的皇太后。

然而她的美梦被打碎了。

因为,就是这个承载着韦妃未来希望的儿子被杀死了。被他的祖母和父亲,被王朝中最高高在上的皇帝和太子杀死了。她的唯一的儿子。从此她不再有儿子了。就是显当了皇帝,继承王位的也不再是她生的儿子,而是别的什么嫔妃所生的重俊和重茂了。这是多么深邃的恐惧和悲哀。这是一个母亲的多么无望的伤痛。杀了她的儿子就等于是断了她的后路,毁了她的所有的未来。于是韦妃哭。后来她欲哭无泪。一开始韦妃还抱怨李显,她骂他打他撕扯他,她说李显不是人,说人世间还没有见过如此狼心狗肺的父亲。甚至连禽兽也不如,禽兽还知道保护它们的幼仔,而显却亲自把他的儿女们送上了断头台。后来当韦妃欲哭无泪,她也就不再理睬显了。她蔑视显。她认为显根本就不是男人。她视这个软弱窝囊的男人为粪土。她可以对显直呼其名,吆五喝六。如此疯狂的韦妃在东宫里也就更加地颐指气使，飞扬跋扈，不仅显在她的面前心虚气短，显的那些另外的嫔妃和她们所生的孩子们也是头不敢抬，话不敢说。总之重润的死使显变成了一个罪人，使韦妃变成了一个悍妇。她可以随意辱骂显奚落显，她甚至可以当着显的面任意同偶尔来访的武三思调情，总之，她从此控制了显。

是武延基的被杀使武三思和显在原先亲家的关系中又亲近了一层。本来他们是可以迅速结成统一联盟的，但是在张氏兄弟势力的严密监视下，他们交往起来也是小心翼翼，如履薄冰。武三思当然是恨着张氏兄弟的。因为他们对女皇的垄断使得他都很难再见到女皇。但是他的巴结的天性又使他不愿得罪他们。何况圣上还活着，还视他们为宝物，更何况，在重润事件中被杀的毕竟不是他的亲儿子，所以他除了对他堂兄那一支血脉的衰亡而惋惜之外，也并不想因此而和那一对气焰嚣张的兄弟针锋相对。而对显家的不幸，他则是除了同情，还多少有一点幸灾乐祸。毕竟，说到底显还是他的敌人。是显的归来彻底破灭了他做太子的梦想，所以，从本质上，他对显及显的一家是怀有仇恨的。而重润的死在某种意义上就等于是显的断子绝孙，因为武三思看清了韦妃的专横跋扈，她身为太子妃，是绝不会让别的女人的儿子继承王位的。所以重润死了，就等于是显家不再后继有人了。这对于武三思来说，无论如何是一件好事，因为，他又少了一个李姓的竞争者，或是少了一个李姓的敌人。他或者觉得，他正在占据李武之争的那个优势。他知道那场争权夺势的战斗还远没有结束。

总之，这个赐死重润、蕙仙和武延基的震惊朝野的事件，多少还是打击了女皇的不孝子孙们那日益嚣张的气焰。女皇自然也是要惩一儆百，她要让天下所有的人都知道，张氏兄弟是碰不得的。她的私生活是碰不得的。从此，朝上宫中的气氛果然变得紧张了起来，仿佛骤然之间什么都被张氏兄弟控制了起来。他们那种得意的样子，好像也大有抢班夺权的野心。

如此，能接近女皇的婉儿就变得无比重要了。特别是对李、武两家的那些后代们，婉儿是他们能与圣上沟通的唯一桥梁了。他们需要她。

于是，朝廷中的这种特殊的局势，将婉儿推到了一个至关重要的位置上。这便也成了婉儿生命中的又一个非常重要的阶段。在政治的舞台上，她恰好可以表演。她能够寻找伙伴，她也能够操纵万事万物。而婉儿所做的这一切，尤其是这一切的那左右天下的作用，其实皆因为撑持着婉儿表演的那个巨大的背景是女皇。毕竟女皇还活着。毕竟那个婉儿可以支配的傀儡还一息尚存。所以她还可以拉大旗作虎皮。她还可以利用那些向女皇邀宠的心理，将女皇的朝臣和子孙后代们牢牢地握在手中。她可以驾驭他们统治他们，她可以是他们的朋友也可以是他们的敌人。总之她可以随心所欲，只要圣上还活着。哪怕她已经动转不能神志不清，但只要她活着，她还是女皇，那天下就是婉儿的。

于是婉儿非常郑重地面对她的这个新时代。她想在这样的局势中，她首先要做的，就是选择她的立场。她知道立场很重要。它将决定她的荣辱兴衰。她还知道一个在政治的风云变幻中不能找到自己合适的进退有据的立场的人，是一定不能永远立于不败之地的。于是婉儿寻找。她当然很快就看清李、武两家正在暗自秘密联合以抵抗张氏兄弟的征候。凭着婉儿的直觉，她相信占着上风的张氏力量尽管控制了朝廷，但只能是暂时的。因为他们的势力完全是建筑在女皇的命若悬丝的奄奄一息的生命之上的。而一旦那生命的弦束断了，他们就不再有所附丽，接下来的，便是他们即刻的土崩瓦解。婉儿当然不能如此短视地与十分脆弱的张氏兄弟沆瀣一气。那也不是婉儿的风格。而在李、武之间，尽管他们已暗中结成同盟，其实也是暂时的，不牢固的。但是婉儿看得很清，王朝早晚是李家的。这还不单单是女皇下决心把显接回来，而是因为复兴李唐是天下的意愿，是众望所归。婉儿便是在对这朝中局势缜密地分析之后，才获得了她的立场的。她知道她首先需要选择的战略伙伴，就该是那个李显。因为在这个偌大的皇室中，最有可能握有未来的王朝的，就是这个懦弱无能的显了。她当然不能因一时的短见而抛弃显。特别是当他痛苦、当他被圣上抛弃、当他被韦妃羞辱的时刻。她似乎更应当关心显，更应当给他一个朋友的安慰，甚至是一个女人的柔情。因为她坚信，迟早天下是李显的。

如此，婉儿便常常到政务殿中显执事的地方去看望他。他们有时默默无语，就那么枯坐着，良久。那是他们日久天长的默契，特别是因为下令拟诏诛杀重润他们的那个夜晚是他们共同度过的。所以他们是共同的凶手，他们是需要共同承担罪责的。他们从不相互推诿，因为他们有着共同的关于罪恶的心灵经历。他们谁都知道那个赐死的决定是怎样做出的，他们只记得在那一晚，他们痛哭，然后到了清晨，就有了婉儿当着圣上，当着满朝文武宣读的那道太子的旨令。那被圣上敕许的死亡。他们在那个夜晚手足无措。他们就仿佛是处在刀锋之上，那个夜晚从四壁刺进来的都是尖利的长剑，直刺他们的心窝。那是他们不得不做出的残酷的灭绝人性道德沦丧的决定。怎么都是死。那是圣上交给他们两个的难题。是圣上把他们两个捆绑在悬崖边或是烈火前。圣上就是这样考验他们的忠心的。用他们亲人的生命和他们自己的生死存亡。怎样残酷的尺度。不，没有尺度，有的只是残暴。不论他们中间的哪一个都将在劫难逃。或者婉儿，或者李显，他们中的无论谁做出了违抗圣上的选择，都将遭遇灭顶之灾，而顺从者也终将被千古罪人的重负所累，永世不得翻身。所以在那一刻他们只能是一个人。他们一道犯罪，一道承受，他们知道在犯罪的时候只有相伴才会获得勇气。他们紧抱着。他们彼此安慰。他们说我们已别无选择，不是那些已经必死无疑的孩子们死，就是我们死；而我们的死，又不能挽救那些孩子们不知深浅的生命。于是他们相互鼓舞着做出了选择。他们找出了成千上万个他们不得不做出这种选择的理由，他们说，我们已仁至义尽无能为力了。然后他们两个人共同做出了那个被世人、亲人和历史所不耻的决定，并由此，他们相互领略了对方灵魂中的那一份丑恶和肮脏。他们从此便也窥到了对方的破碎和不安。就这样，他们共同走过一段罪恶路。是这一段路使他们倏然亲近了起来，因为他们都知道那个最终的决定是怎样地来之不易。要经过怎样的灵魂的挣扎和鞭笞。他们共同经历了那些，于是他们才有了眼下的这种共同的罪恶感，以及关于罪恶感的默契。

他们从此缄默不语。他们不论在一起待多久，都不再提那天晚上的情景。他们一直在小心回避着那个话题。他们不愿再想起他们所犯的罪恶。他们知道在他们的心中是一番怎样肮脏卑鄙的景象。那不堪回首的，他们从来讳莫如深，那是他们生命中的一个污迹是他们心上的一个永难愈合的伤口。

所以婉儿会常常来看太子。他们就是那样相对无言地坐着，各自沉思着。他们确实已无须再说什么。以往的，是他们所共同经历的；而未来的，又是他们难以预料的。如果说婉儿的所思所想，是李显所不能真正了解的；那么显的心灵与生活，则是婉儿无所不知的了。那是因为婉儿天生锐敏的洞察力，和她对显的以及对韦太子妃的深刻的了解。婉儿当然知道显是怎样地痛苦，她更能从显的言谈举止中看出太子妃是在怎样地折磨他并且虐待他。婉儿便是为此才会常常来看望这个坐在太子位上但已形同虚设心如死灰的李显的。因为她坚信显的未来,她知道只有在显落难的时候关切他,显才会真心感谢她并永志不忘。所以,她就坚持着坐在显的对面看着他。她觉得她这样望着他就是对他无言的支撑和安慰。她想这就是力量。她给予显的。她要他坚持下去。活着。她要他知道只要坚持住,这王朝的皇位就一定是他的。而他一旦成为圣上,这天下就再也没有人敢欺侮他折磨他或者羞辱他了。他也就能在他的后宫抬起头来了,可以对太子妃发号施令了。婉儿还想让他知道,用几个不知天高地厚的孩子的生命去交换整个王朝是值得的。在某种意义上,他们的死是天意,是在为最终光复李唐王朝做出牺牲。而倘若牺牲了儿女的太子从此一蹶不振,那儿女们的性命不是就白白牺牲了吗?所以婉儿要求李显一定要挺住。她要显看到希望。她告诉他毕竟后宫的那位年近八十的女皇已经朝不保夕,而外强中干的张氏兄弟也必将随着女皇最后的岁月而去,那时候天下拥戴的只能是他这个李唐的真龙天子。无论他犯过怎样的错误也无论他手上沾了多少亲人的血,只要他活着,他就一定会是那个至高无上的真正的王。

婉儿就那样坐在那里。让悲伤而颓丧的显在默默无语中谙知了这一切。那是他们灵魂的暗示,精神的交往,无形的,不用语言的,甚至也不用表情的。而显就真的了然了这一切。他慢慢变得坚强变得刚毅。他不再像一株被霜打了的草。他正在一天天地挺拔起来,因为他终于意识到了,他的生命中还有婉儿。

这就是婉儿的能力。她一言不发就能使一个行尸走肉一般的男人死灰复燃。她就坐在那里。默默无语。看着显。告诉显他并不孤单,婉儿将永远和他在一起。

就这样婉儿成为显的生死之交患难之友。她不仅给显关怀,给显友情，让显看到那个尽管渺茫但却依然还在的那个遥远的希望；她自己也在她给予显的那一切中获得了支撑和未来。

婉儿这样的一番穷于心计的表演，无疑使显镂骨铭心。婉儿当然也知道，她从此在显的心中充当的将会是一个怎样重要的角色；她更知道她的表演给世人留下的又会是怎样的印象。

婉儿知道她每每来看望太子都是在张氏兄弟耳目的监视下。但是她的一言不发又让对她恨之入骨的张氏兄弟不知该如何下手，才能把她从他们所挟制的女皇身边赶走。而婉儿的频繁探望太子，也让那些一直想拥立太子的臣相们很纳闷。他们不知道这个和武三思私通的诡计多端的女人要的又是什么阴谋。但尽管如此，婉儿还是慢慢获得了李唐势力的信任。而他们也确实需要这个能接近女皇的人能左右女皇，不要让她老人家在宠幸二张的斜路上走得太远了。

婉儿就是这样。常常地端坐在太子对面。她看着他哭，或者看着他痛苦，看着他自责。告别的时候，她会走近太子，拍拍他的手，或者抚摸一下他的肩。婉儿在做着这些的时候也是一言不发。她知道那是太子能意会的。婉儿不怕她的这种有点过分亲昵的举动会被人看见。她或许就是为了要人看见的，因为太子明明在流泪，明明需要来自朋友、亲人的安慰和温暖。而婉儿是谁？婉儿就是显此时此刻最最需要的那个亲人和朋友。他们是从小一道长大的，他们没有理由在这样艰难的时刻不相互关心，肝胆相照。

有时候显也会拉住婉儿的手对她说，别离开我。今生今世，我不能再失去你了。你才是唯一真正关心我的人，你才是我的至爱。听到显的这誓言，婉儿能不感动吗？她想也许显的誓言就是她的未来和希望。圣上老了，但圣上当年不就是从太子的怀抱中起步腾飞的吗？她凭什么就不能步圣上的后尘呢？她知道显是真心爱她的。

尽管她不能也爱显,但是她绝不能拒绝显。她知道这爱对她有多重要。

婉儿的第二个重要的战略伙伴依然是武三思。婉儿同武三思的关系曾经是一如既往地若即若离。但是在那个武三思看穿了婉儿用心的夜晚之后,他们突然不再来往了。

那是一个疯狂的夜晚。武三思恍然悟出了婉儿毕生的复仇阴谋。他开始害怕这个女人了,特别是当他知道婉儿也参与了那个屠戮年轻生命的行动。但是那个晚上武三思还是要了婉儿。他也要如婉儿一般,在她的身上发泄他复仇的兽欲。那一刻他很凶猛。他已经不是为了交欢而是为了报复。他是在残暴中在撕裂中在殴打中在啃咬中疯狂地进入婉儿身体的。那一刻他恨婉儿,恨这个凶恶的女人,所以他根本不管这个女人是不是很疼是不是很痛苦。他把婉儿的脸颊舌头乳房和四肢全都咬破了。他让这个罪恶的女人声嘶力竭遍体鳞伤。他听着她呻吟她喊叫看着她扭动她躲藏然后就进入了她。然后就猛烈地撞击着她让她疼让她觉得不是在被爱抚而是在被强暴。她忍着那疼,她求着她身上的那个男人,她呼喊她流泪,然后,突然的,一切完结,当婉儿以为这个狂暴的男人依然会留在她身边,武三思竟穿上衣服,踏着星月,扬长而去,把婉儿独自一人留在文史馆内,这是从来也没有过的。

婉儿被浑身是伤满心是痛地丢在漫漫长夜中。她当时赤身裸体地追出去,那一刻她杀了这个男人的心都有。她看着武三思的背影看着他坐上马车看着他回洛河对岸的那个梁王府去。而婉儿的伤口在流着血。她摔倒在冰凉的满是露水的石板路上。她绝望极了。也疼痛极了。她甚至都不记得这个男人都对她做了什么。她独自一人。她想啊想啊。她躺在那张只属于他们俩的淫荡的床上,想着这个男人所带给她的那无穷无尽的苦难。

后来她想起这个夜晚这个男人对她做的那两件事。一件是把她当作了那个彻头彻尾的复仇者,另一件是他强暴了她。同样的这两件事都是婉儿所不曾经历的。首先她想不到武三思竟把她看得那么透,真的把她当作了那个要杀掉女皇的复仇者。武三思所强加给她的那些确实是她不曾想过的,她怎么会是为了报复女皇而去杀显的那些孩子呢?而且她也从没有想过杀女皇。就是女皇在她的脸颊黥上忤旨的墨迹时,她也只想着该怎样报答她。但是,就在刚才,武三思说的那一席话提醒了她。她觉得武三思所说的那个复仇的女人真像她呀,那一步一步的计划,那借刀杀人,那要把女皇一家斩尽杀绝的雄才大略,还能有谁比她更卓越吗?她想武三思实在是太了解她了。他总是冷眼旁观地看着她。他总是想着她分析着她总结着她并且结论着她。那是唯有武三思那样的和她若即若离的男人才能看到的她。看见她的所思所想,又看见她的所作所为。他甚至比婉儿自己更了解婉儿。他甚至看到了婉儿自己都看不到的那个意识的深处。她说她没有做那些,并不等于她没有想那些;她说她没有想那些,也并不等于她的潜意识中没有流动过那些。

便是因了武三思对她如此入木三分的精辟分析,使她对这个男人刮目相看。她并没有因了他的诽谤而仇视他,她反而更欣赏这个男人了,她觉得武三思除了巴结权贵,也极有聪明可爱的地方,只要他愿意,他是能够把一个人研究得很深很透的,他具有这方面的资质,这也是一个称职的臣相所应该具有的能力。然而婉儿知道,朝臣中拥有武三思这种能力的人实在是太少了,就是位高至太子的李显,也永远不会把她这个深不可测的女人参得如此深透。

然而,还没有等到婉儿把她的这惊喜之情告诉三思,这个男人就在愤恨中强暴了她。婉儿知道,那绝不是因为爱,而是为了报复的报复，他是要把婉儿的身体当作复仇的载体。在这报仇的过程中，没有任何爱意可言，但是，婉儿竟也在其中感受到了她从未体验过的那种陌生的但却疯狂的快感。她太喜欢那种被强暴的感觉了。她希望武三思再来，再来。但就在她殷殷地盼望着这个男人的身体时，她没有想到的是，这个男人竟然抽身就走了。

她是那么依恋。

但是这一次，武三思仿佛真的走了。自从那一次他离开了婉儿，他就再也没有回来过。

后来他们所有的人，又和女皇一道去了长安。长安当然就没有文史馆深处的那个深深的庭院了，也不再有他们的那张温情的床。而那一切对婉儿来说又是如此的重要。为此她甚至不喜欢长安，因为长安让她永远失去了她的那个男人。

到了长安的武三思因为是太子的亲家，便能够明目张胆地拜访太子的家。他做出一副安慰太子妃的样子，而多数是在和那个歇斯底里的女人调情。太子妃也多亏了这位武大人能时常造访，否则她可能真会为失去了儿子而变成了疯子。

东宫里的这影影绰绰的绯闻自然也传到了婉儿耳中。那时候婉儿正寂寞难熬，她毕竟有过和武三思的夜夜风流，而这个男人竟然去取悦于别的女人，婉儿那心里的妒忌可想而知。婉儿不知道武三思为什么要这样做。她不知道武三思到底想干什么。她不知道武三思是故意做给她看的，还是他真的看上了那个庸俗浅薄的女人。

这一次是武三思不给婉儿他们单独见面的机会了。他不想听婉儿对他说的任何话。他以为他和太子妃搅在一块儿就万无一失了，婉儿想不到武三思口口声声说他爱她，而原本他竟是如此的见利忘义。婉儿很悲伤。婉儿又欲火难挨。她觉得是武三思在逼她。她觉得武三思已经把她逼到了死角上。结果，在有一次和武三思擦肩而过的当口，她终于恶狠狠地低声对他说，圣上是容不得东宫的淫乱和阴谋的。

婉儿说过之后，便流水般走过。

婉儿把这话甩给武三思后，便就再也不理睬也不再祈求这个男人了。因为她知道她这话的分量。武三思自然也知道这话的分量。毕竟太子妃还不是皇后。也毕竟，圣上是婉儿的。

就是这句话，果然把武三思顿时就置于了惶惶不安的境地中。他知道这就意味着，婉儿将会随时随地地向圣上告发他。而他已经很难接近圣上，而一旦被定罪，他便就有口难辩。单单是淫乱，就足以将他罢黜；而假若婉儿诬告他谋反，他就只能是死路一条。如此将性命断送在这个狠毒的复仇女人手中，那不是刚好就遂了那个女人的心愿？不。武三思还不想死。他这是何苦呢？被圣上太子和婉儿杀的，又不是他自己的儿子；而那个他与之纠缠的女人，也不过是在逢场作戏，也许就是故意做给婉儿看的。他以为他如此便能降住婉儿，想不到她要比他凶狠歹毒一万倍，她不仅仅是要降服他，她是要让他去死，他又怎么能不向婉儿跪下呢？

其实自重润事件之后，武三思对婉儿的感情很复杂。他一方面是真的害怕这个心狠手辣的女人，担心有一天他真的会掉进这个女人为他所设的陷阱；一方面又觉得还有点舍不得这个女人，尤其舍不得她的智慧和能力，他知道如果他给予她，婉儿会尽力帮助他的。武三思便是在这种复杂的心态中徘徊着。他并没有下定决心与婉儿一刀两断。他只是试着远离她，他觉得他已经对婉儿无穷无尽的索要力不从心。而刚好他们又迁徙到了长安。

但是这一次真的武三思不得不对婉儿跪下了。而他们之间的那种僵局也马上被打破，而婉儿是占了上风的。仅仅是流水一般游过的那一句话，就让武三思主动减少了去东宫的次数；他并且屡次三番地找到婉儿,说他要和婉儿好好谈谈。

反过来是婉儿端起了架子。

那是因为婉儿手中切切实实地攥着武三思的性命，她可以随时随地叫他死于非命。

所以武三思诚惶诚恐地跪了下来。他甚至干脆就不去东宫了,他拒绝了太子妃一次又一次的邀请，他宁可让那个迷恋他的女人饥渴,他跪了下来,向婉儿求饶。

但是婉儿端着。

那当然是婉儿的欲擒故纵。

后来武三思实在不能说动婉儿,于是他只得奏请圣上,说在长安也应该继续修撰国书,那将是大周留给后世的唯一记录,他并且再度请求圣上让婉儿和他一道继续监修国书。

于是圣上敕许。

于是武三思终于把婉儿带出了皇宫。

可是偌大的长安城却没有一处他们可以安安稳稳谈一谈的场所。

后来武三思就把婉儿带到了长安郊外的一片高高的荒原上。

然后他们就在那个星光灿烂的午夜在荒凉的土地上。武三思终于把婉儿的身体抱在了怀中,然后他进入她。是婉儿的那急切那渴望让他无比冲动。他们什么也顾不上了,他们甚至都没能脱光衣服。然后他们媾和着。两个都已经不再年轻的身体。在荒郊野岭,在大自然中。这样用身体拥有着婉儿,武三思才又重新觉出婉儿是最好的,婉儿才是他最想要的女人,也才是他生命中不可或缺的女人。

事完之后,婉儿和武三思在依恋中各奔东西。在这一次意义重大的交媾中,婉儿获得了她渴望已久的身体的满足,而武三思从中得到的,却是那种对他来说至关重要的生存的安全感。总之他们都很满足。他们就是这样交换了。他们也真的重归于好了。不断有荒原之上的疯狂。马在一边静静地吃着草。他们则忙着分手,又忙着约定下一次。

这种身体的交换几乎是立刻就给武三思带来了好处。譬如在婉儿的斡旋下,他可以更多地到后宫去探望姑母了,他和张氏兄弟的关系好像也得到了某种改善。因为毕竟女皇还活着,所以婉儿为武三思所做的这种努力就显得无比重要了。不知道从什么时候起,武三思好像又成了女皇身边的那个大红人。他因此也遭到了那些拥戴李唐、敌视二张的朝臣们的憎恨。但是有得就必定会有失,这世间永远没有两全的事。

当然这也并不是婉儿把武三思引向绝路。因为这天下的真正权威者依然是女皇。婉儿同时也经常安排武三思同太子李显的会面。这样的会面通常是安排在政务殿。她觉得唯有在这里,这才像两个男人之间的会面。她要让显觉得,在他绝望的时候武三思是同情他的,也是和他同在一个阵线的。显一度甚至引三思为知己。他不在乎武三思与太子妃的眉来眼去。他觉得太子妃确实是需要安慰的。她到底失去了儿子。他想三思反正是自己人。自己人就应该相互安慰和帮助。他知道在这危难的时刻,彼此的宽容和理解有多重要。

当然婉儿也并没有阻止武三思去东宫。其实她并不知道武三思和太子妃的关系究竟有多深了。不论多深婉儿都知道这关系对三思来说是重要的。她只是不愿意让他们太张扬,太子妃还并没有站住脚,而如若有一天真的让二张抓住把柄,婉儿的努力也就前功尽弃了。

婉儿便是如此地帮助和提携着武三思。那么武三思还能理解婉儿这样的女人吗？仅仅是几次肉体的关系，婉儿就不能不对这个男人的处境坐视不救，袖手旁观。也许并不是婉儿内心想帮助武三思，而是她的身体她的欲望。她对这个她本来鄙视的男人可谓呕心沥血，费尽心机。她总想能为他找到一条无论在什么样的情况下，都能救他于危难的道路。自从他们在一起。十几年。婉儿就一直为他寻找着这条能使他自安的路。她一直在努力这样做。她处处为武三思着想，甚至不惜牺牲她自己。有很长时间，婉儿为武三思所设计的这条生存之路是成功的。武三思也在这条路上走得很好，很气宇轩昂。婉儿本来是想和武三思长相守，共存亡的。但是有一天，她再也救不了武三思了。因为他走得太远了，他脱离了她。而武三思脱离了婉儿的掌握和控制，就等于是脱离了他自己的生命。

没有人会像婉儿那样珍爱武三思的生命。婉儿是将那个男人的生命当作她自己的生命来呵护的。

三年之后，女皇从长安返回洛阳。

女皇大概是以为，她殇逝的儿孙们的冤魂已经散尽，不再会像梦魇一样地总是纠缠她。她大概还想要落叶归根。而她的根不在长安而在这中原的洛阳。她的命就悬在洛阳城那高高的则天门楼上。她如若要死，也要死在自己的福祉中，那才是她魂牵梦绕的地方。

于是风烛残年的女皇，又再度踏上了八百里漫漫古道。从长安，到洛阳，那是圣上最终的归路。那时的女皇已在弥留之际。她已经无从知道哪里是她真正的归所。女皇生前没有为她自己修建陵墓，而她此次前往长安，或许也是为了能和她与高宗共同拥有的那个浩大的乾陵更亲近些。但是三年之后，她又突然决定要返回洛阳。她或许以为唯有洛阳才是她灵魂真正的栖息之地吧。于是女皇回家。而她在回家之后，竟然又敢于在整整的一个夏季，将她的生命中所余不多的时光，销蚀在万安山的凉爽中，销蚀在她与张氏兄弟的最后的缠绵中。那是武三思为他的姑母在洛阳东南的避暑胜地万安山上刚刚修建的兴泰宫。那里风光秀丽，景色迷人，又凉爽舒适，沁人心脾。年迈的女皇在这恍若人间仙境之地，自然乐而忘返。结果，也就是在这个夏季，在女皇和张氏兄弟远离朝廷的时刻，李、武两姓的皇室成员们以及朝臣们开始了一场轰轰烈烈的倒张运动。一个浪潮紧接着一个浪潮。圣上怎么能如此掉以轻心呢？圣上似乎从来不曾如此放松过她的警惕。待女皇带着她的张氏兄弟从万安山上仓皇返回，好像朝廷已经不再是圣上的了。

张氏兄弟罪恶累累，铁证如山。他们不仅贪赃枉法，收受贿赂，还企图推翻大周帝国，以天子自居。

朝臣们送来一道道奏折，全都是揭发张氏兄弟的。其中的一些证据是只有和张氏兄弟很接近的人才可能知道的。

盛怒中的女皇叫来婉儿。她很生气，但是她却十分费力才能勉强睁开那昏花的老眼。她用微弱的但却严厉的声音问着婉儿，又是你吗？又是你在出卖他们？告诉朕，你这一生已经出卖过多少人啦？

那是他们咎由自取，自作自受。

那你也是要朕自作自受了？

陛下，那不是奴婢想怎样就怎样，甚至不是陛下想怎样就怎样的。那是天意。是上天不再能容忍他们……

那么你以为朕是什么？朕难道不是上天吗？这是朝臣们在谋反。还有那些居心不良的子孙们。朕虽然已经走不动，朕虽然已经走不出这个酷热难当的寝宫，但是朕依然可以看到，是你，是你们，是显，是旦，是太平，还有三思，是你们联合起来要杀掉这两个孩子。他们招惹你们谁啦？不是他们在尽心竭力地照料朕吗？而你们又有谁能如他们一般地陪着朕，伺候朕呢？你们要杀了他们就等于是杀了朕。你们竟然敢谋杀朕，这又该当何罪呢？去，传朕的旨令，要他们赶快偃旗息鼓，否则，朕就不客气了。朕还是朕，这大周的王朝也还是朕的。如果必要，朕依然可以披挂上阵，和你们这些逆子较量，来人哪，拿来朕的剑……

终于老女皇以她孱弱的躯体，挺身而出，让她的张氏兄弟在排山倒海的弹劾中，逃过了一劫又一劫。圣上是那么疼爱她的那一对宝贝。有人要从她的身边夺走他们，就等于是摘走了她的心肝。

再后来，当朝臣们意识到再不能以这种和平的方式清除二张了，于是，一场由张柬之、桓彦范、敬晖、崔玄玮和袁恕己这五位朝臣发动的一场神龙年间的"革命"就爆发了。

这就是青史留名的"五王政变"。

其实就是一场非常简单而轻易就获取了胜利的政变。其实张氏兄弟本来就是不堪一击的，仅仅是因为他们是攀附在圣上的身上。其实这只需要一个观念的转变，仅仅是需要一个共识，那就是女皇老了，该让位了。总之，起兵的人不费吹灰之力就拿下了毫无战斗力的张氏兄弟的人头，并将这人头悬于女皇的眼前，让她在那血淋淋的昭示下退位。这场午夜的战斗比起朝官们想用弹劾的方式干掉二张不知道要轻松、简便多少。只是需要一个决心。而弹劾的久攻不下逼得朝臣们终于下了这个决心。这个决心的内容不仅仅是要清除二张，还要逼迫女皇退位。这尽管很残酷，但是他们也不得不如此。他们并不是恨圣上，而是不能够忍受她在如此的弥留之际，她的意识正在混乱思维正在停止，竟还要死死抓住那把已残破不堪的龙椅……

这样的一场政变"五王"当然也是知会了皇太子李显的。那时候显虽然已是惊弓之鸟，但面对这最后的机会，特别是在婉儿的鼓动下，他还是决心最后一搏的。当张柬之起兵的那一刻，他尽管几次退缩，还是被那些勇士们拥戴着上了马。所以，当婉儿在女皇的寝殿中赫然看见那两颗血淋淋的人头时，她也在正逼迫女皇退位的张柬之身后看到了那个全身铠甲但神色依然怯懦惊慌的李显。

婉儿穿过人群对李显莞尔一笑。

那微笑很灿烂很由衷也很会意。

婉儿就此知道从此显的时代又重新到来了。她知道她的选择没有错。她是不会错的。她甚至知道,显的时代的到来,其实也就是婉儿的时代的再度来临。

“神龙革命”当然绝不仅仅是为了清除二张。

“神龙革命”更伟大的使命是逼迫大周帝国的女皇退位,结束她这个越来越衰败的王朝。

爆发“神龙革命”的这一天,刚好是神龙元年元月二十二日,这是女皇刚刚为自己改过的年号。只不过她苦思冥想出的那个“神龙”已经不能代表她了。或许,她就是为了儿子的登基才将年号改为神龙的。她或许不是有意要这样改的,那只是冥冥中的一种神示。

二十三日，张氏兄弟的首级被悬挂于洛阳市中的天津桥上示众。早朝时女皇亲下敕令,令太子监国,大赦天下。谁也不知这是否就真是女皇的意思。那时候,张氏兄弟的尸骨还未寒,女皇可能还沉浸在肝胆欲裂之中,她还顾不上呜呼,大势已去。但是那诏令确实是由婉儿起草的,所以国人欢呼圣上的英明。

二十四日，女皇又是一道由婉儿撰写的敕令，隆重向天下宣布,从即日起,她将皇位让给太子,而她大度退位,即为上皇。

二十五日,李显在通天宫正式继位。在山重水复之中,显终于又再度坐上了那把他早就不敢再奢望的皇椅。

二十六日，统治了周帝国整整十五年的女皇帝武则天终于被无情地赶出了皇宫。在皇家禁卫军的护送下,年老体衰的上皇徙居洛阳西南的上阳宫仙居殿。那是种怎样的悲哀和悲壮。是所有送行的人都不能不潸然泪下的。这里毕竟是这个女人的家，而当她老了，她却要离开她亲手创建的家，她该是怎样的心境？显率领百官垂立于宫门两侧送上皇离去。百官们全都看到了皇家车辇中的女皇是怎样挣扎着坐起，回看她那巍峨的宫城。那是新皇帝李显要婉儿为母亲安排的一个盛大而威严的送别仪式。显也很悲恸，他说他实在不想赶母亲走，而婉儿说，长痛不如短痛。如今只有如此，才能重新开始。最后显抓着婉儿的手说，留下来吧，我需要你。而婉儿说，她更需要我。然后婉儿就上了武曌的马车，她要生生死死和这个伟大的女人在一起。

二十七日，新皇帝李显率百官浩浩荡荡来到上阳宫探望上皇。他并且为他昏睡不醒的母亲加封"则天大圣皇帝"的尊号，也是为了缓解他抢班夺权之后那沉重的心理负担。在这一次探望中，显再度要求陪伴母亲的婉儿跟他返回洛阳。他知道他如果愿意，一纸诏令，就可以把婉儿从母亲的身边带走。但是他不愿意用这种强迫的方式带走婉儿，于是他在母亲的上阳宫单独召见了婉儿，他求她，他说他太需要婉儿在朝中为他掌管诏命了。他说他身边就是没有婉儿这样得心应手的命官，所以几天来每每起草诏令或是处理百司奏表，他都会觉得力不从心，捉襟见肘。他为此而很是焦虑，仿佛失了左膀右臂。他希望婉儿能理解他的苦衷，能为社稷着想。他说你不是说过日后一定会帮助我吗？而这一天已经来到了呀。

在仙居殿的回廊上，婉儿又一次挣脱了李显。她说陛下，就让婉儿陪陪上皇吧，上皇的日子已经不多了。三十年前，是上皇把婉儿接到了宫中，让婉儿从此拥有了有意义的人生。三十年来，婉儿与上皇朝夕相处，患难与共。在上皇如此艰辛的时刻，婉儿怎么忍心离开她呢？所以婉儿也请陛下能理解奴婢的苦衷。奴婢是爱上皇的，奴婢要永远和上皇在一起。

婉儿说着流下了眼泪。显便也情不自禁地流下了眼泪。

冬天的很冷的北风。

最后显说,母亲有你,是她的福分。

然后李显黯然离去。但他已在心里默默发誓,一旦婉儿回来,他就要把他所能给的所有女人的官阶都给她。

二月一日,李显再度带领文武百官赴上阳宫探望上皇母亲。自此,显每十天探望母亲一次,直到武曌在又一个寒冷的冬天到来的时候,在雨雪纷飞、天地晦暗的那一天怆然告别了这个她苦心撑持了一生的世界。

显每每前来是为了表示他的忠孝,他也许还是为了能见到那个陪伴着母亲最后岁月的婉儿。他甚至还会带来他需要婉儿帮助他处理的百司奏折,他是要婉儿知道,他是离不开她的,他的朝廷也是离不开她的,他迟早要把婉儿接回去。这一切当然也被一会儿清醒一会儿迷糊的女皇看在心中。结果在某一天女皇睡不着觉的时候,她就对陪伴着她的婉儿说了,不然,你就和他回去吧。

婉儿说,不,陛下,婉儿怎么会离开陛下呢?

陛下早就没有了。也没有朕了。但是我知道,显那里确实需要你,就像是朕也始终需要你一样。知道吗?婉儿,在朕与你相伴的这几十年中,我也无数次想过杀死你。但是,只要我一想到杀了你我就会失去你,我从此就会动转不能,寸步难行,我就不能杀你。有时候朕已经磨刀霍霍,有时候那剑已架在了你的脖子上。那时候杀了你只是举手之劳。那一刻杀了你就解了朕的心头之恨……但是,朕还是不能杀你。朕知道杀了你就是杀了我自己,就是毁了我的大周帝国。朕是离不开你的。你就是朕。婉儿,告诉我,你是怎样让你自己成为那个朕永生永世也离不开的人的。你是怎样驾驭朕控制朕,让顶在你胸前的那把剑永远也刺不进你的心窝的?告诉朕,你是怎样成为一个这样的人的，不但朕离不开你，就是显，就是三思也全都离不开你？

好了，去吧，跟他回朝廷去吧。也许真是朝廷更需要你。何况，我还是放心不下那个韦氏，不知道这个女人会怎样糟蹋我的儿子呢！去吧，陪着显。其实我是一直希望我的儿子们身边有你这样的聪明女人的。不记得了？那时候我多么想把你给了……

女皇便又昏昏欲睡。后来她的神志就越来越不清醒了。有时候她甚至不知道是婉儿陪在她身边，她对这个世界的认识已经变得模糊了，她正在慢慢地离开着这个已经开始拒绝她的世界。

但是婉儿还是没有走。婉儿说她已经没有别的选择，她只能在这里陪女皇。

后来，越来越衰弱的女皇也就不让婉儿走了。她要有一个亲人在身边，而这个跟了她一辈子的女儿一般的婉儿就是她的亲人。身边有了婉儿，女皇就会很安心。她会安心地醒着，也会安心地睡去。在女皇最后的这段时间里，到后来，女皇要做的就只有两件事了。一件是要婉儿不断地为她朗读国书，她要在婉儿的慷慨激昂中欣赏她自己；而另一件是她要让婉儿靠在她身边，听她有气无力地低吟她不曾写进国书的那委婉曲折的女人的人生。

她说那一年，太宗，驾崩。朕，朕被赶到长安郊外，的感业寺，落发，为尼。然后，先皇李治，刚刚继位，就每每前来，看朕。就在感、业寺的，床上，先皇就、和，他父亲的，武才人，同床共枕，就，有了弘。后来，他，先皇，就把朕，接进了后，宫。他是，那么爱，朕，他给了朕，才人，昭仪，最后是，皇后。显，是的显，就像他的，父亲。显来看你，就，就让朕，想到，当年，治来看我。显会给你，给你一切，的。去吧。跟显。帮助他。显毕竟是，我的，儿子。朕，朕爱朕的，儿子们，婉儿，你信吗？朕怕，有一天，那韦氏，会害了显。去救，他。他的帝国……

二月四日，中宗李显终于登上城门，向天下宣布正式恢复大唐国号。至此，旁落了十五年的王朝，终于又回到了李家手中。

显在他的母亲依然活着、依然是至尊至上的“则天大圣皇帝”的时候，就英勇地实施了复辟，而且复辟得坚决而彻底。他不仅将旗帜的颜色从母亲大周帝国的红色恢复到李唐时代的黄色，而且将长安又恢复为国都，而只把母亲的神都洛阳当作陪都。大刀阔斧的李显还废除了由母亲亲自创立的“则天文字”，废除了大周帝国那各种繁复的别出心裁的制度。在这一系列风卷残云一般的复辟中，显唯一没有改变的就是母亲刚刚创立的那个“神龙”的年号。他觉得这“神龙”与其说是母亲的年号，还不如说是他自己的年号。他怎么能就预想到在这“神龙”年间，他就能在朝臣们的辅弼下游出水面了呢？他才是那个真正的神龙天子。那是母亲赐他的吉祥。所以，他当然不能废黜母亲的这个带给他好运、带给他光辉、带给他未来的年号。神龙赐予他王朝。所以他一直持续着这个年号。持续了整整三年。直到他再一次遭遇不幸的时候，他才把“神龙”改为了“景龙”。因为那时候他已经不再以为他自己是神了。

总之，显改革的力度很大，复辟的措施也很及时。至此，那个自天授元年以来持续了十五年之久的大周帝国就彻底结束了。

新的纪元开始。

这一年是公元七〇五年。

婉儿继续留在上阳宫。她留在那里差不多有一年之久。她很心甘情愿地留在那个寂寞的地方。她觉得她必须坚守在那里，她不愿意错过女皇生命中的那最后的也是最惨痛最悲壮的时光。毕竟，女皇是一个真正伟大的女人。所以女皇的死也是伟大的。

其间，不断有朝中臣相和女皇的亲戚们来上阳宫看望她。也让上阳宫中常是热热闹闹，送往迎来。但是过去了很久，却唯独不曾有武三思前来探望。这便让婉儿焦虑了起来。特别是女皇也会常常问起三思。她说，三思怎么不来看我？三思为什么不来？

婉儿无从解释。因为她并不知道朝廷上究竟发生了什么。但是她知道李唐王朝的光复，对武三思这些武周王朝的旧臣意味了什么。武三思从此在朝中失去了权势是在所难免，但是，他竟然都不能来探望他的姑母，就是出乎婉儿意料的了，婉儿想不到显的王朝竟也会如此残酷。

这样过了很久，婉儿才听说，在“五王政变”之后，曾有洛州长史薛季昶对张柬之说，二张虽除，但诸武尚存。除草不去根，终当复生。而朝邑尉刘幽求也曾对桓彦范说，你们只诛二张，不杀三思，公等便无葬身之地了。若不早早计划，定会有灭顶之灾。薛季昶、刘幽求的如此忠告，足见武三思这个人对政变的五位功臣是怎样的威胁。但是“五王”却并没有乘胜追击，将武氏的继承人武三思也当作他们此次行动的诛杀对象。他们或许是因为改朝换代的目标已经实现，或许是认为武三思毕竟是老女皇的亲侄子，当今圣上的亲家。不单单是老女皇还活着，且诸武和李家又通过联姻有着千丝万缕的关系。如若真的碰了武家，特别是碰了那个诡计多端的武三思，那天下不知会怎样地大乱呢。单单是嫁与武三思儿子武崇训的安乐公主就不会善罢甘休，而无比疼爱安乐公主的皇帝李显自然也不会放了“五王”。于是，张柬之们在政变成功、将李显送上皇位之后，就偃旗息鼓，见好就收了。张柬之甚至说，李唐的大事已定，诸武还能兴风作浪吗？剩下的事，还是留给天子去处置吧。如此，“五王”放过了武三思。当然他们对武三思还是有所戒备的，譬如，他们就将那位风流才子崔湜作为耳目派到了武三思的身边，要他时刻通报武三思的动向。他们当然想不到文人通常是没有风骨的，不论在他们的诗中有着怎样高洁的志向和追求。

总之，三思从张柬之们的那张网中逃离了出来。他被免于一死，但是他的处境也依然是艰危且暗淡了许多。再加上刚刚荣登皇帝宝座的李显根本无暇眷顾他那位被弃置冷落的亲家，武三思就自然是如被软禁起来了一般。他虽未被免官，依然是朝中的春官尚书，太子宾客，但是他已不再能探望他的亲家，甚至也不再能过问朝中的事。如今的朝廷已经是李家的了，那么，显怎么还能继续使用那些武姓的朝臣呢？特别是李唐光复之初，就尤其要矫枉过正。

这就是住在上阳宫的女皇和婉儿为什么总是见不到那个过去几乎每天都会见到的武三思。

于是她们为他而担忧。

于是,女皇愤愤地对婉儿说,朕要见三思。告诉他,朕还活着。如果他不叫三思来看朕，那他也就别再来了。朕没有他这个儿子了。

于是当显再一次探望女皇时，婉儿便转弯抹角地提到了武三思。婉儿出言很策略,她先是问到韦皇后,又提起安乐公主,进而提到驸马武崇训,然后才是武三思。婉儿在说到武三思的时候也还是躲躲闪闪,她说是上皇想念武三思了,这些年,也一直是三思在照料上皇,不知道圣上能否让三思来看看他已经垂危的姑母。

婉儿没有说她是怎样地为处境艰危的武三思而忧心忡忡。

而显也没有问婉儿为什么到了今天仍不能忘记那个已经被朝廷抛弃、被世人唾弃的武三思。

他们在提到这个话题后,竟相对无言。一种莫名其妙的尴尬。显有点沮丧,而婉儿也生怕李显不能答应她的请求。

婉儿的心情很复杂。在李唐的王朝,她当然知道第一性的是要取悦于李显。所以自从她和武曌徙居上阳宫,她就一直非常在意李显对她的态度。她感谢显就是做了皇帝依然对她的一如既往。于是她便也就十分珍惜她在新王朝中的这一份友谊。但是,婉儿毕竟是同武三思有着那种身体的关系的。而那身体的关系对婉儿来说也毕竟是刻骨铭心的。所以她做不到像王朝抛弃一个臣相那样冷酷无情。她不仅不能抛弃武三思,她甚至想念他,需要他。她知道武三思所给予她的那一份身体的慰藉和满足，是任何别的男人所无法替代的。所以,当武三思身陷囹圄,她当然不能袖手旁观。但是她又不愿因了武三思，而破坏了她在新王朝中所无比需要的那份和新皇帝的友谊。那是怎样的两难。婉儿要小心翼翼,旁敲侧击,闪烁其词。但是,她真的太想武三思了。这些话说出来不论怎样的难,但是她还是要说出来。

显很沮丧。

显直到临走的时候脸色都很不好看。

但是不久,武三思还是被敕许来看他的姑母了。这是显的旨令。他想他绝不是为了婉儿的请求,而仅仅是为了满足那个已经很悲惨了的母亲的愿望。他知道无论如何武三思是母亲的亲人。朝廷可以不任用他,但母亲不该见不到她的亲人。显不知道他的如此大度竟会被他深爱的女人所利用,他更想不到就是因为武三思的这一来,从此王朝就又被扭转了过来。

当传报武三思前来拜见上皇的时候,婉儿几乎是一路小跑迎出去的。在此之前,她换了自己的裙子,又匆忙梳理了自己的头发。她按捺不住自己激动的心情。她听得见自己心跳的那怦怦的响声。她几乎是当着其他侍女的面投进武三思的怀抱的。她已经不顾一切。她太想这个男人了。她和他曾经沧海。所以在这久别之后,她才能感觉到那种惊心动魄的战栗。

然后是她带着三思去见武曌。

然后是武曌紧抓着三思的手热泪盈眶。

再然后是女皇很快又昏睡了过去。婉儿就又把她心爱的这个男人带到了上阳宫的后花园中。

无论是他们怎样地亲爱,都不能改变武三思一筹莫展的心情。他甚至很绝望,他说我们武家再没有大树可靠,不知道哪天就会被那些李唐的朝臣们斩尽杀绝。他说如今朝廷对武姓控制得很严。他不仅不能上朝,甚至连自己的儿子也不能探望。而那个被突厥默啜囚禁了整整六年的武延秀,返回洛阳后也不准来探望他病重的姑祖母。他说显也太绝情了。他已经完全被那些李唐的旧臣们控制了起来，他对他们可谓是言听计从。他甚至不顾亲情，不讲道义，而那些政变的朝臣们，个个被加官封王，好像那些人才是他的亲人。我们已经日暮途穷，末日已经不远了。

婉儿看着痛苦绝望的武三思。她的心仿佛是被撕成了碎片。她不知道该怎样救她眼前的这个危在旦夕的男人。而她此时此刻又远离朝廷，不能直接在朝臣中为他斡旋。

婉儿的肌肤上依然有武三思留下的那激情的抚摸。那感觉犹在。如流水一般的。在那空旷的山野中。婉儿要救她的男人。哪怕已经是死局哪怕是枉费心机但是她也要最后一搏。她想啊想啊。最后，她终于挣脱了武三思绝望的拥抱，她对着他的眼睛说，看来，能救你的，怕是只有韦皇后了。

又是那个女人。武三思从婉儿的脸颊上抽回了他的手。

如今偌大的王朝，唯一能接受你的，恐怕就只有那个女人了。她是真的爱慕你，欣赏你，你干吗不利用这些呢？

可我爱的是你。再说，也是你不让我和她亲近的。

但是现在不同了。现在你必须去亲近那个皇后，不仅要亲近，你还要想方设法和她上床。

又是这样。这就是你救我的灵丹妙药吗？你太无耻了。你以为我和她上了床就能不死吗？我不愿意了。我是圣上的人。这一点我太清醒了。我是因圣上而荣而枯的人。我无悔无怨。

你已经死到临头了，还如此意气用事。快低下你那颗头吧，答应我，去取悦那个女人。就算是为我。

你保证她能接纳我吗？

我保证，她会为你神魂颠倒的。我太了解你了。特别是，在床上。相信我，你一定能征服她的。你棒极了。你是个棒极了的男人。

带她上床。唯此她才会迷恋你并且再也离不开你。而唯有她才能控制显。而如果你真的能控制了皇后，不就等于是控制了皇帝吗？

婉儿你想得那么得意，可你想的这一切都是空的。你不知道现在皇宫里的空气有多紧张，我甚至连见到那个女人的机会都没有，又怎么能勾引她上床呢？我……

别，别说话，让我想。

婉儿煞费苦心地想着想着，便灵机一动，眼前豁然开朗，那就是武三思的希望。

她问着武三思，你是说武延秀从突厥回来了？他想要探望上皇？好吧，这就是那个机会，延秀当然该来看望上皇，这是情理之中的，我们就以此为借口，要上皇在上阳宫举行一个盛大的家宴，只让家人参加。女皇不会反对，她一天到晚巴望着有人来看她，显也不敢反对，毕竟是他把女皇从她自己的家中赶了出来，是他夺了他母亲的权，难道他连他母亲想见亲人的权利也要剥夺吗？不，他不会。我了解他。他已经对女皇怀了很深的歉疚，尽管他没说，但是他面对母亲时的那一番愧悔是我能看得出的。所以他现在对女皇的请求可谓有求必应。那时候皇后也会来。我会为你们安排一个秘密的地方单独会面的。那时候，怎么让那个女人离不开你，就是你的事了。好吗？三思。你说这主意好吗？虽然我远离朝廷，但是我坚信，你的命运一定会改变的。

你真的想把我再一次推给那个女人吗？

我也不想。但已经别无选择。我也需要你。但你的性命比我的需要更重要。

婉儿，你真的是天下对我最好的女人。

武三思紧紧地抱住了婉儿。那是他由衷的感激和感动。他觉得他认识婉儿已经几十年，他就是和她上床也已经十几年了，但是他至今还是无法参透这个深不可测的女人。他不知道她为什么爱或者为什么恨。他不知道她那所有的谋略背后的那个真正的动机是什么。他不知道她为什么恨着女皇而又无比忠诚地陪伴她一生。他更不知道在他如此倒霉落魄的时候，她为什么要站出来鼎力帮助他；不知道在她帮他的后面还隐藏着什么样的用心。他想他的姑母就已经够深不可测的了。但是她的所有的内心和思想还是通过她手中的权力传达了出来。而婉儿手中没有权力。她的心思将永远是无形的。她才是一个真正深奥的女人。而武三思也将毕生不能理解她。

但是，武三思干吗要看得那么透彻呢？就凭着婉儿在表面上对他的救助，他就千恩万谢了。婉儿甚至不惜牺牲自己的欲望，而怂恿武三思去和韦皇后上床，这是怎样的精神。而婉儿如此做的目的是什么？无非是要武三思能安全，能活着。为此她将不懈地努力，武三思想，这是天下任何女人都不会做到的。

和婉儿分手的时候武三思竟满怀了敬意。他觉得他在吻别婉儿的时候，已经没有冲动了。代之的是一种非常纯正的感觉。这是第一次。他觉得婉儿是一个值得敬仰值得膜拜的女人。他觉得这个女人很神圣，很崇高，是容不得他再用猥亵的念头去想念的。他很热烈很纯正地亲吻了婉儿。他再没有一点想和婉儿交欢的愿望，他甚至都没注意到，婉儿为了他的到来去换的那套崭新的衣裙，和她为了见他而在脸上略施的粉黛。

那场上阳宫中的家宴果然如期举行。

那是一席很隆重很盛大的晚宴，弥漫着很浓烈的家庭的气息。亲人们酒杯晃动，百感交集，仿佛他们全都躲过了一劫，死里逃生。

筹备这样的聚会和营造这样的氛围，对婉儿来说，一点也不困难。她果然就把李、武姓的几乎全部亲属都邀请到了女皇的身边，让他们重新意识到他们仍是亲人。

与其说这样的一次盛大聚会是婉儿专门为武三思筹办的，倒不如说是为了刚刚登上王位的新皇帝李显。

这样的一次亲人的团聚对显来说实在是太重要了。因为毕竟显是通过政变改朝换代的，也毕竟，是显把母亲赶出了她的皇宫。尽管这是大势所趋，是政治的需要，是“五王”的胁迫，但是显总是对此耿耿于怀，心有不安，心头压着挥不去的阴影。加之李唐复兴之后，他终日忙于政务，而荒疏了他与家人亲戚的交往。就连他自己的亲妹妹太平公主，也因他对诸武的冷漠态度，而不再与他来往，好像他就真成了那个众叛亲离的孤家寡人。显也确乎是经常听到朝臣们乘胜诛杀诸武的吁请。但是他思前想后，特别是鉴于他对李、武两家的那千丝万缕的关系的分析，他知道，一旦他动了武家的人，他的江山很可能就坐不稳了。且不说他的女儿要跟他闹，他的妹妹不饶他，就是冲着他武姓的母亲依然健在，他也不能就听了那些臣相的劝谏而在武氏家族中大开杀戒。那他就成了什么人了？如果说将昏聩的母亲赶出皇宫还算是为国家为天下的话，那么他如若真的诛伐诸武，那他就真的是大逆不道、千夫所指的罪人。在后宫中他将从此无地自容。

所以，显觉得婉儿的这个关于亲人团聚的提议真是太好了，也太及时了。关键是，他爱他的亲人，他与他们有着很深的感情。政变使他疏远的这些亲属的关系，需要通过这样的聚会修补和弥合。也正如婉儿所说，一个由家人组成的后宫对一个执政者来说非常重要。一旦后宫起火，那他的王朝也一定会随之毁灭，所以，显才对这样的一种联络家人感情的方式十分推崇也格外重视。他想，这样一来可以安慰病中的母亲，让她看到她的孩子们是怎样团结和睦，冲淡政变所带给她的沉重的打击；二来也可以在家族中树立起一个美好和善的形象，家和才能万事兴嘛；三来，显也可以向前来的诸武们表明他的一种亲善的态度，让他们知道在这个问题上他是不会跟着那些李唐的旧臣们跑的，毕竟大家是亲戚。

宴会的女主人是老女皇。

而如今的女皇早已全没了当年的那风采，她甚至只能斜靠在那龙榻之上，一会儿清醒，一会儿迷糊地观望着她的后代子孙了。

既然是依然至尊至上的家长举办的宴会，那她的子嗣们就自然是不论多远，都会准时地赶到上阳宫。一时之间，上阳宫的大门外，一改往日门前冷落车马稀的衰败景象，顿时排满了一辆一辆皇室的或者王府的马车，尽显皇家风流。

那是个春风吹拂的夜晚。

有很清澈的郊外的星光和月色。

很多张满面春风的脸，和春风拂面的心情。

那时候，唯有气息奄奄的女皇不知门外的春天。她的仙居殿总是很冷。所以她总是很害怕，因为她想大概仙境也很冷吧。在那个晚上，女皇大概只有两次清醒的时候。一次是她见到前来请安的新皇帝李显和如今已鸟枪换炮的韦皇后。女皇颤颤巍巍地伸出手去抓住了儿子的手。紧接着她在俯下身来的儿子的耳边说，好好看护着你的王朝和你的性命吧。老女皇说得惊心动魄，意味深长。她说过之后就即刻昏睡了过去，没有看一眼站在儿子身边的那个得意非凡的韦皇后，好像女皇并不承认她就是那个当今的皇后。

女皇第二次清醒是在儿孙们不断的呼唤中，她好不容易抬起了满是皱褶的眼皮，好像从一个非常遥远的地方回来，又面对了众多如此陌生的脸庞。女皇惊异地看到了那个刚刚被突厥默啜可汗放回来的侄孙子。她想了半天才想起来这就是六年前被她送去和亲的武延秀。她用枯瘦的手指去抚摸延秀白皙而细腻的脸颊，说，宝贝，你回来了。然后她就仿佛听到了安乐公主的笑声响在一个她根本就看不到的地方。其实她早已耳聋眼花，听不到也看不到。她只是影影绰绰含含糊糊地感觉到了坐在她身边的那个天真活泼的安乐公主。于是她指着那个有点异国情调的武延秀对她的意识中的安乐公主说，裹儿，你看，他是不是有点像那个突厥的可汗了？女皇这样说过之后，就消耗光了她好不容易才聚集起来的心力，立刻又昏睡了过去。直到宴会结束，她再没有清醒过来。她就斜靠在那里。昏睡着。脸上是她一生都没有过的平静与祥和。她已经不需要说得太多或是看得太多了。对她来说，她知道她的孩子们都来了，都聚集在她的身边，就足够了。

倒是祖母老眼昏花的提示，深深地触动了安乐公主的心。如今已成少妇的安乐公主，更加地楚楚动人，光艳照天下。她也确乎是在祖母的指点下，才抬起头看到了那个仿佛惊鸿一瞥的武延秀的。她果然被这个美艳的男人惊呆了。她以为她早已经忘了这个赴西域和亲的男人。她以为她早已经习惯了和驸马武崇训的夫妻生活。但是表哥武延秀就这样从天而降，降落在她的眼前她的心中她奔腾的血液里。如果不是在祖母的上阳宫，她也许根本就见不到这个延秀，也许从此就错过了他。是这场家族的聚会改变了安乐公主。她只觉得眼前一亮，便即刻被这个比原先更美的美少年迷住了。

于是天性率真的安乐公主根本就不管武崇训在哪儿，她拉起了武延秀的手就向外跑，跑出了大殿，跑进了大殿背后的那一片春天的树丛中。那显然是一种青春的私奔。是不管不顾一切的。但是婉儿看见了。那一刻，她正守候在女皇的身边，她想又是圣上在乱点鸳鸯谱。她记得当年就是她把武崇训硬塞给了那个当时乡里乡气的安乐公主的。而这一次，又是她把武延秀送到了安乐公主的怀中。她也许已经忘了安乐已嫁给崇训了。但也还有另一种可能,那就是她希望她身后的那个后宫从此充满血腥和淫乱，她要以此向抢走了她的情人和权杖的儿子复仇。

婉儿是无意间回头无意间看到安乐公主和武延秀钻进春天的暮色中的丛林的。婉儿也当然知道那树丛的背后紧接着会发生什么。安乐公主已为人妇,她当然懂得该怎样释放欲望,而历经突厥和亲坎坷的武延秀大概对男女的私事也不会陌生。像这样的事只能是任由他们。特别是婉儿记得,安乐公主在结婚前就曾为这个武延秀伤心哭泣过,如今延秀果然履行诺言,活着回来,来抓安乐公主的心了。婉儿想这也是这个宴会所玉成的一桩不知未来是好是坏的事。她依然站在昏睡不醒的女皇身边,仿佛听到了那远处树丛中的欢爱之声。那树被折断,鸟被惊飞,云被驱散。是宽衣解带。是动荡起伏。是黑地昏天。其实婉儿是无比欣赏安乐公主这种敢想敢做、敢爱敢恨的态度的。她活得那么好,那么率真,那么没有负担,婉儿知道那其实才是真正的女人的状态。一个自在而自由的女人。多么好。婉儿只是不知道这个可说是当众羞辱了武崇训的裹儿,又能怎样牵着武延秀重新面对她自己的男人呢?

婉儿只是无意间看到这对年轻人的私情的。其实她真正关心的并不是他们，而是那个依然风流的武三思是不是和那个装出气度非凡样子的韦皇后走到了一起。婉儿远远地看着。她很快就在人群中找到了这场家宴中的那两个最重要的人物。她看到武三思总是不能和韦皇后很接近,尽管他们走来走去,有时候擦肩而过,有时候眉目传情,但就是不能单独在一起。韦皇后总是和她的新皇帝形影不离。不论是拜见女皇,还是和相王寒暄和太平公主聊天,他们总是紧紧相随,从不分离。也许韦皇后就是为了以此来炫耀她如今皇后的身份，她一定以为在这样的时刻与她的皇帝丈夫相伴很重要也很风光。于是她忽略着武三思。尽管她对这个远远近近若即若离的男人依然充满了满心的迷恋，她也只是撑着皇后高高在上的架子，对武三思不理不睬。

婉儿看在眼里。

婉儿焦虑万分。

她想宴会就要结束了。她不能眼看着生的希望从武三思的身边滑走，她一定要帮助他。

于是婉儿离开了那个昏睡不醒的女皇，勇敢地穿过人群向显和韦后走去。途经武三思的时候，她低声对他说，我会带走圣上，你要抓紧。就在上皇右侧的影壁后面，有一个密室。你们可以去那里……

然后婉儿就落落大方地来到了李显和韦妃的面前，拜过之后，便说有几个紧要奏折和诏书，想请圣上过目。

显有点模棱两可，韦后一脸不悦的神情，说什么要紧的事呀，还要陛下在这家宴中处理政务？

殿下，确实都是些很紧急的朝务，事关重大，请陛下拨冗处置。婉儿固执地请求着。她是铁了心一定要把李显调走的。

显望着他的皇后，好像是在征求她的同意。

好了好了你们去吧。真是扫兴。看来只能我自己玩儿了。裹儿呢？看见我的女儿了吗？噢，武大人，好久不见了。武大人近来好吗？

拜见殿下。殿下真是越来越年轻了，真是太美了。武三思乘虚而入。

哪里呀。看武大人说的。我都做外婆了，还年轻什么呀！

于是韦皇后脸上的那不悦一扫而尽。她见到武三思时的那神情是欣喜若狂的，她甚至是庆幸婉儿把她的男人带走了。

婉儿把圣上带到了她的书房,也是她平时处置朝政的地方。婉儿不知道这是不是也是她企盼的，也许她为武三思安排了这场宴会其实是为了自己能在这里和圣上幽会。其实每隔十天婉儿就能看到李显,只是那时的李显总是被朝臣们簇拥着。她不知道自己是不是希望能单独和显在一起。她很惶惑。一种说不清的心情。但总之婉儿把皇帝带到了她的书房。她是在大庭广众之下堂而皇之地把皇帝带走的。毕竟这里是家庭的聚会,没有君臣,只有老少。所以即便是皇帝不在也不会影响亲戚间的说短道长。

婉儿把显带进了她的房间。她其实并没有什么非要让李显审阅的文件。那些文件早一天晚一天交给显都没关系,她仅仅是为了武三思,为了武三思能和那个能救他的女人在一起。她并不是要和圣上单独在一起。她是不得不如此。但既然是圣上真的来到了这里,于是她就把那份她刚刚起草的诏令交给了显,她说,这就是陛下要奴婢起草的迎回章怀太子李贤灵柩的诏令；还有陛下要奴婢为贤所作的诔文,请陛下过目。

显说,朕以为还有什么更重要的呢!

婉儿说，这难道还不重要吗？让天下知道陛下是最贤明的君王。

上皇知道了吗?

奴婢对她说起过,但是她一直在昏睡。

那就是她默许了。贤毕竟也是她亲生的儿子,她怎么能不愿意让她的儿子陪葬于乾陵呢?

陛下先看吧。奴婢要去看一眼上皇。陛下要不要一点酒?奴婢会顺便为陛下带来。

好吧,去拿酒来。

于是婉儿回到大殿。她怎么会是去看女皇呢?她知道如果不去叫醒她，她也许就会躺在那里，永远永远地睡下去。她只是想看看韦皇后和武三思。她不知道她拱手相送的这个武三思韦皇后会不会接受。她在人群中寻找着。果然不见了那一对欲望中的男女。婉儿说不出自己是一种什么样的心情。她看见大殿中晃来晃去的武则天的子嗣后代、皇亲国戚们实在是太多了。所以在人丁兴旺人声鼎沸人影晃动中，少个把韦皇后武三思，少个把安乐公主和武延秀，甚至少个把大唐的皇帝，人们都不会觉得什么。足见这是个怎样庞大昌盛的家族。人们都只是在那雕塑一般的老女皇不动的光焰照耀下，说着笑着。他们看不出在这欢乐而热烈的场面的背后，还有着什么别的企图和阴谋。

婉儿拿了酒。

婉儿轻轻的脚步。

婉儿是故意从影壁背后的那间密室前走过的。她走过密室门前的时候放慢了脚步。她果然听到了那密室中传来的呻吟和喘息声。她说不清在听到那男欢女爱的声音时是一种什么样的感觉。她有点兴奋，又有点恶心。那声音毕竟是从她的男人的身体中发出的。于是婉儿像逃离瘟疫一般地逃离了那扇密室的门。她几乎是在跑着，并不知不觉地流下了眼泪。她不知道那是不是就是她所期望的，但是她却知道那是要保住武三思这个男人的性命所必需的。她没有看见密室中那疯狂急切的场面，但是她却可以想见武三思是怎样掀开了那个淫荡的韦皇后的裙子拼命地撞击着她。那声音婉儿听到了。也许他们自己也曾发出过那种声音，但是他们听不到。她只有在别的女人那里听到了那声音才觉得那一切是怎样地触目惊心。

婉儿逃离。

婉儿匆匆忙忙慌慌张张，那几乎是她毕生都没有过的失态，是她面对死亡面对黥刑时都没有过的一种失态。

她跑进自己的房间时，那金爵中的酒几乎洒了一半。她想多么可怕。这就是牺牲。如果武三思真的大功告成，他会在意她的这一份伤痛吗？

婉儿有点惊异地望着李显。她甚至忘了此时此刻大唐的皇帝就在她的书房中。她的心依旧在不停地跳着，她的眼泪甚至在不停地流着。她匆匆忙忙地把手中的酒杯递给了显，她甚至都忘了叫圣上。

显将杯中的酒一饮而尽。然后他便很无望地问婉儿，你是不是还想他？

婉儿更加恐慌了。她甚至不知道圣上的那个“他”究竟是指的谁？谁呢？是武三思？还是别的什么人？

婉儿有点惶惑地站在那里。她不知道该怎样回答圣上的责问。后来，直到显走过来，显并且抱紧了她，显在她的耳边拼命地问着，为什么？都这么久了，你还在不停地想念着他。告诉我，他究竟都给了你什么？

婉儿被李显摇晃着。她真的不知显是在说谁。于是她只能任凭着显。她只能求救一般地为自己辩解着，她说，不，圣上，没有，奴婢真的没有……

婉儿被吓坏了。她不知一旦她为武三思所做的那一切败露，她会为自己和三思惹来怎样的杀身之祸。

诔文写得那么好。那么深的感情。二哥在天之灵如若有知，他便也能安息了。告诉我，你真的还在想他吗？

婉儿如释重负。她深深地出了一口长气。她便也不再挣扎，任凭显在她的身上倾压着。

那么假如有一天朕死了，你也会为朕写一篇如此动人的悼文吗？

不，陛下怎么会死呢？陛下会万岁，会与这大唐社稷同在的。

就是说，你不会像怀念二哥那样怀念朕了。

奴婢不是那个意思。奴婢是说，如果真有死亡，也是奴婢先死……

好了我们不谈这些了。外面的人玩儿得好吗？母亲好吗？皇后好吗？皇后没有朕也同样会春风得意的。可是朕真的累了，婉儿你这里可以有让朕休息的地方吗？

在后边，有奴婢的寝室。

能送朕去吗？

是的，奴婢愿意。

把大门关上。就说朕在批阅奏表，什么人也不见。

然后显便躺在了婉儿的床上。显说婉儿的床上有一种清洁女人的清香。显说婉儿你不要离开。显说朕有权力要朕喜欢的女人陪着。然后显说，婉儿我们已经认识多少年了？我们为什么只能是兄妹呢？显伸出了他的手。显说，婉儿，你过来，为什么你总是不能成为朕的女人呢？朕会给你才人，给你昭仪，甚至给你皇后。一切朕所能给你的朕都不会吝惜。但只要你把你的心给朕。朕只有知道你在朕的身边，朕的心里才会是踏实的。就像是母亲一直离不开你那样。答应朕，别离开。过来，让朕安睡，就睡在你身边，行吗？

于是在那深邃的寂静中，婉儿走过来，走向显，她果然斜靠在了显的身边，让显把头靠在了她的胸前。婉儿不知道自己为什么会这样做，这样任凭着显在她的身上抚摸着。她说不上是怎样地爱这个男人，但是她同情他，她觉得这几十年来她对显是不公平的。她根本就不配接受李显对她的这一如既往的爱。她先是把她的心给了李贤，又将她的身体给了武三思。她将她所有的一切都给了那两个死了或者活着的男人,却不曾将哪怕一丝一毫的她留给显。婉儿大概是意识到了自己的残酷。于是她此时此刻躺在显的身边并且任凭他抚摸任凭他撕开她的衣裙在她的身上寻找着。婉儿紧闭着双眼。她知道此时此刻她正在成为着当今圣上的女人。这对于别的女人来说将会是一种怎样的欢乐与喜悦,婉儿却只是紧闭着双眼,想着显以外的那两个她生命中的真正的男人。

显所奋力寻找的其实就是婉儿的乳房。显这样寻找的时候就像是一个初生的婴儿。他寻找着吸吮着并发出了那种野兽一样的低沉而欢乐的吼叫。婉儿的身体便也随着那吼叫那侵略而扭动了起来。那是一种不知来自何方的音乐和舞蹈。第一次和这个她既熟悉又无比陌生的男人。婉儿任凭着她自己的不再能控制的身体投入那美妙而新奇的欢乐中。慢慢地，她终于在那欢乐的旋律中得知,从此,她将获得一切。

婉儿再度深刻地体会到了她的身体就是她的财富。她的身体不仅能交换她的生存与安全，还能带给她荣华富贵以及她所热衷的那无限的权力。她也才知道,几十年来,那个昏睡的女皇为什么会那么热衷她的身体,那么深谋远虑地利用她的身体。因为,对于她们，对于她们这些优秀的有着大智慧大才华大理想大欲望的女人来说,身体就等于是权力;而权力,将会使她们拥有一切,包括拥有男人和王朝。

便是这样,婉儿在显的婴儿一般的吸吮中慢慢地清醒。她知道李显需要她,女皇老了,所以他要找到另一个母亲一样的女人来统治他。那么婉儿何不俘获那个男人呢?她何不把自己也全身心地投入进去呢?既然是贤早已经在大巴山中化为啼血的杜鹃,既然是武三思此时此刻也正在向韦皇后的深处挺进，既然是她生命中的那两个男人对她来说早已经化为了乌有,那么,她为什么就不能让那已经到来的激情将她点燃呢?

于是婉儿急切地脱光了自己。把她的那个如凝脂一般的身体给予了显。她已经不再犹豫也不再观望和彷徨。她想既然如此。她向显展开了她的一切。她的臂膀她的胸怀和她的双腿。她拥抱着显并主动亲吻着他。她想谁让她是这样的一个欲望着的女人。她还想她不再拒绝也不再持守，她就是要通过这个男人去获取她本来就应该拥有的那一切。那曾经显赫的门第,和她本来就应该拥有的那些女官的官衔。婉儿这样想着,她便更彻底地投入了进去。她竭尽全力地诱惑着显迷乱着显,她要显在她的身体上永不停歇。她一次又一次地要显。要这个当今天下的那个君王。她要着并且也给予着鼓荡着,她要给显留下最强烈的印象,要让显从此一闭上眼睛就会看到她，看到这身心交瘁神魂颠倒的这一刻。她要显从此忘不掉她。她要成为显今生今世不能离开的女人。婉儿只要这样想了,这世间就不会有婉儿做不到的事。婉儿是做出来的,婉儿要把自己做成那个能勾走显的魂魄的淫荡的女人。婉儿便这样征服了显。那么轻而易举地,她就让这个做了皇帝的男人从此成了她的奴仆。

在所有的淫荡的人们中,婉儿是第一个回到大庭广众之中的。那时候显依然留在她的床上喘息,而她却来到了仙居殿,重新垂立于昏睡不醒的老女皇的身边。她依然冷漠地站在女皇的床榻边,看大殿中的歌舞升平,并等待着那一个个激情的男女从淫荡中返回。她想不出上阳宫此刻究竟有多少个秘密的角落在承载着激情,在为了他们各自不同的利益肮脏地交易着。婉儿想这就是皇室这就是那些王孙贵族们。当他们完成了肮脏卑鄙的交易后返回人前时竟然一个个全都道貌岸然衣冠楚楚。那些罪恶的精液流向了哪里?那浓妆艳抹又消失在了谁的亲吻中？它们将永远如最污浊的空气般在这当权者的殿堂中秘密行走着。连同她自己。他们的已如腐尸一般恶臭的灵魂。

婉儿想幸好女皇长睡不醒。幸好女皇不知宫外是春风沉醉，是不断传来叫春的吠叫的野猫和野狗。婉儿想，幸好女皇看不到，看不到她的孩子们是怎样在她的眼皮底下不顾廉耻地淫荡地交易着。看不到。多好。那个韦皇后正心怀惴惴地匆匆地从那个屏风后闪出来。她只是还勉强保持着她的发髻，她脸上的那霜粉胭脂也早已荡然无存，但那事后的心满意足却使她苍老的脸上放射着浅薄的光彩。然后是紧随那个女人从屏风后走出的武三思。他事成之后的那一份踌躇满志，仿佛江山又重新回到了他的手中。他毫不隐讳他的急功近利。他是大摇大摆走向女皇的，他知道圣上是看不到他是怎样用精液换取他的生命的。婉儿想幸好女皇看不到。她还看不到从山林中跑回来的那个光艳动天下的孙女安乐公主是怎么样地披头散发，裙子上又是怎样地沾满了林间的草叶和露水。那是怎样的一种清香。与大自然连在一起的。那是安乐公主发自内心的欢愉，那才是她的真爱，而她也是真的拥有了。她不会在乎那个被她冷落一边的驸马。她才是堂堂正正的大唐的公主，所以她敢爱也敢恨。敢跑进山林，去做她想做的事情。有这样的女儿。有这样的女儿这样的妻子，那么大唐的帝王又怎么不能拥有自己的爱呢？那也是昏睡的老女皇看不见的了，她看不见她的儿子是怎样从婉儿的书斋中走出，仿佛工作之后的疲劳，并当即向亲人们宣读了他将要接回章怀太子李贤的诏书，向世人证明他是个怎样重兄弟情义的君王。

这一切是怎样的虚伪。那个王朝中最尊贵的家庭。那样的家庭能支撑王朝吗？婉儿不知道。

未来难以预测。婉儿只是想，幸好女皇看不到这些了。多么好。

在很深的深秋。很寒冷。

女皇帝武则天在寂寞的上阳宫中挨过了她最后的十个月后，终于以她伟大的波澜壮阔的一生告别了人世，告别了她的那些子嗣们。从此把她的那个政治的舞台，留给了她的儿孙们去表演。留给他们去叱咤风云，相互残杀。则天大帝的驾崩，朝野为之动容。毕竟是一代女皇。毕竟在这阔大的王朝的殿宇中，有过女皇和没有她是不一样的。

她就这样呜呼而去。被她的儿子十分体面地送回到高宗李治的那个地下的王朝中。她终于在那个巨大的乾陵之中找到了她最后的归所，并树起了那座被祥云环绕着的伸向苍穹的高高的无字碑，任后人评说。

在武皇帝的葬礼之后，婉儿果然被李显接回了朝廷。就像是当年武才人被高宗李治从长安郊外的感业寺中接回。连婉儿都想不到，她和女皇的经历竟然有那么多的地方相同。她们都是十四岁开始真正的后宫生活，也都是先后侍候了两代君王，也都是在先皇辞世之后，被继任的皇帝重新接回皇宫。但不同的是，婉儿被再度接回皇宫辅弼中宗李显的时候已经是一个四十多岁的女人了。她尽管依然优雅雍容，依然被当今的圣上宠爱，但是她到底不再年轻了。婉儿回到了皇宫就是回到了政治。她不是依靠姿色而走上政治的道路的，而是一开始就被规定在了政治的轨道中。她的身边唯有女皇，所以婉儿无需利用她的姿色。女皇不需要她的姿色而只要她的智慧和才能。她的姿色是用来和那些未来可能会替代女皇的男人纠缠的。她也这样去做了，所以她也才如女皇一般的终于得以回朝。

婉儿这一次返回朝廷可谓是衣锦还乡。她不仅仅回到了那个专掌诏命的重要位置上，她还获得了一个非常高的女官的官阶。这是中宗李显为迎接婉儿特地赐予她的。昭容。从此的上官昭容。这是皇帝的嫔妃中名列第六的高位。对于一个女人来说，无疑这是非常高的官位了。昭容就意味着婉儿今后所享受的是位同宰相、爵同诸王的待遇了。

中宗李显果然信守诺言。足见他是多么需要婉儿并且对婉儿有着多么深切的感情。

这是婉儿出生以来所获的最高的官位。而多少年来，婉儿在女皇的身边参决朝政，处置百司奏表，实际权力可谓并不低于朝中宰相，她却不曾有过任何的官职，而仅仅是女皇的一个贴身贴心的侍女。当然多少年来婉儿也不曾在意过这些，毕竟婉儿是一个讲求实际的女人，她从不在乎那些表面的东西，甚至不在乎她脸上的墨迹，只要是，她活着，她实实在在拥有着生命，也拥有着那些她挥洒智慧、参与朝政的权力。所以婉儿对她的昭容头衔也并不十分的在意。她只是非常感谢显的赐予，她把这看作是显的心意，也看作是显在战胜着他自己的懦弱。因为到底把如此高的这个女官的官位给了婉儿,显是要同韦皇后抗争的,而显最终战胜了韦后。

而李显终于能战胜韦后,是因为婉儿首先战胜了韦后。要治服韦皇后这样的女人,婉儿的思路其实很清晰,那就是让她看到,婉儿正在与太平公主结成一种牢固的联盟。而恰好太平公主也是一向看不上韦皇后的,加上她与婉儿的那种由来已久的姐妹一般的友情,她们自然很快就联合了起来,使做了皇后自以为是的韦氏感到了很孤立。

除了太平公主,婉儿还把皇上最最钟爱的安乐公主也掌握在了她的手中。这对于婉儿来说也是易如反掌的。因为她掌握了安乐公主同武延秀的那种身体的关系。安乐公主对婉儿一直很依赖,于是当她的感情出现了问题的时候,她便很自然地会求助于婉儿。而婉儿对安乐公主的请求也是有求必应。她就曾在女皇的上阳宫以探望弥留的女皇为由,为这两个爱得如火如荼的年轻人安排过很多次秘密的会见。随着他们的越来越热烈的幽会,他们便不得不把婉儿当作他们的大恩人,后来就是女皇仙逝,婉儿回到了后宫,她的家也常是那两个爱着的年轻人频频光顾的地方,婉儿甚至专门为他们在自己的家中准备了一间房子,一个很幽暗的小屋。显然婉儿不道德。婉儿这样怂恿安乐公主的外遇甚至是对不住武三思的,但是她权衡利弊,她知道能掌握住安乐公主才是第一性的。因为毕竟这个女孩也是一道通向大唐皇帝的桥梁。而她要想生存下去,在李唐的天下,依赖李唐的权势才是最重要的。

如此韦皇后就真的觉出了她的孤立了。其实一开始她并没有把她的这孤立放在眼里。那时候她正为她的又重新成为国母而得意非凡,甚而得意忘形。她不把任何女人放在眼里,特别是不把太平公主和上官昭容那样的女人放在眼里,于是她就变得日益地孤家寡人。她的颐指气使、凡人不理所遭遇的是更加激烈的以其人之道还治其人之身。太平公主是谁?婉儿又是谁?尽管韦妃做了皇后,她都不能改变她的那小小参军家庭的出身,她都依然是被人看不起甚至是被人耻笑的。后来,慢慢地,不知是得了谁的点拨,韦皇后突然变得对婉儿和蔼亲切了起来,她甚至千方百计地讨好巴结婉儿,时常向婉儿赔着笑,并常常和武三思不约而同地一道拜访婉儿的家,婉儿这才意识到韦皇后已经离不开那个武三思了,而她身为皇后,又不能明目张胆地在她的后宫和武三思淫乱,所以,她便也只能像她的女儿一样向婉儿求助。她不单单要在婉儿的家中与武三思幽会,她还要用婉儿和武三思的那种众所周知的关系,来掩盖她和那个男人的风流。

又一次,婉儿接受了韦皇后。这便是婉儿一贯的风格,她不论怎样恨着那人,但绝不主动与那人为敌。尤其,韦后又是已经屈尊折节地踏破了她的门槛了,她何以非要把她推出去,让她成为自己的敌人呢?于是婉儿雍容大度。她时常退出自己的家,让韦皇后和武三思在那里缱绻柔情,共商自安之策。李唐的光复,特别是在李唐王朝正式迁都长安之后,武氏的力量就更是大大地被削弱,他们不仅被削官降爵,甚至连朝拜觐见皇帝都已经被取缔。而武三思不但不能上朝,也不能在后宫拜见圣上和皇后。那一番难受的滋味就别提了。如此,这给皇后与他的私通就更是增加了难度。于是,婉儿就变得尤为重要了。

很多次韦皇后不顾羞耻地找到婉儿,她问着婉儿,我该怎么办?她说,王朝虽然是李家的,但武家也是亲戚呀。

既然韦皇后如此直言不讳,婉儿也就不再躲闪。婉儿想有一个女人主动站出来和她一道来挽救那个武三思,她们为什么就不能团结起来,协同作战呢?于是婉儿不计前嫌,她并且挖空心思地为韦皇后找出能和武三思接近的理由。幸好有婉儿为韦皇后出谋划策,结果不久之后,皇后就向皇帝提出,天下可以是大唐的,但是大唐的天下不能灭绝人情和人性。为什么武三思武大人不能随便出入后宫?武三思不是别人,而是他们李家的亲戚。他不仅是当朝皇帝的表兄弟,还是当朝皇帝的亲家,与兄弟或是亲家来往,难道也有违大唐的法令吗?

婉儿如此地帮助韦后,其实也就是帮助她自己。她们有着一个共同的目标,那就是竭尽全力地保举武三思。这两个女人本该是不共戴天的仇敌,但是在对一个她们所共同爱的男人的问题上,却成了一个战壕的战友。

在两个女人的夹击下,显终于力排众议,敕许了武三思从此能够随意出入后宫,拜望皇帝皇后。显之所以做出了这样的许诺,完全是为了他要赐婉儿昭容的官位所做的让步。当显提出他要给婉儿昭容的职位,韦皇后就曾非常厚颜无耻地说,你若不允许武大人来看望我,婉儿就别想做成那个昭容娘娘。

你不同意,不给她就是了,反正她也从不在意这些。

可是你既然答应了人家,又怎么能收回去呢?一个堂堂天子,怎么也能如此出尔反尔?

这宫里的事情不是你说了算吗?

就是我说了算,可是那个婉儿一天到晚为你服务,你连个昭容也不肯给人家?

这朕就不懂了,你到底要怎样?

韦后一看中宗在退却,她便又匆匆找到婉儿。她说你要是不逼他要那个官位,武三思就不会被获准进宫。韦后甚至说我知道你从来淡泊名利,但这并不是为了你,而是为了他。

为了他当然就另当别论了。后来婉儿果然就变得面目全非了。

在一次与中宗李显的交谈中，婉儿转弯抹角地暗示了中宗，她并非对那个昭容的位子不感兴趣。婉儿的请求果然奏效，不久，圣上的两道旨令同时颁发，一项是，圣上赐婉儿昭容的封号；而另一项则是，武三思从即日起可以进宫觐见皇帝皇后。这就等于是引狼入室。而引狼入室的后果是圣上自己不知道的。

只是显对婉儿的感情越来越深，他想不到婉儿其实是为了别的男人而取悦于他的。他只是觉得抱着婉儿的时候总是很冷。他不知道婉儿的身体是不是属于他的。当然也就更不知道婉儿的心了。

婉儿的心其实也是伤痛的，因为她不知道就为了救活一个武三思，将自己双倍地牺牲出去是不是值得。她既要忍痛将自己的男人送进别的女人的宫闱；又要用自己的身体去取悦圣上，要圣上给武三思一条生路。

婉儿便是这样牺牲着，努力着。果然显的阵线被一层层地突破，以至于最终土崩瓦解。一旦武三思走进后宫，走进韦皇后的帷幄，武姓的势力的发展就势不可当了。显面对武姓势力的强劲攻势可谓是节节败退。几乎是转瞬之间，沧海桑田。武三思从几乎被李家王朝彻底摒弃，到摇身一变，就成为堂堂李唐王朝的司空，为三公之一，正一品，是名副其实的大唐帝国首席宰相。甚至在某种意义上，成为掌握朝廷实际大权的那个幕后的天子。

便是这样，武三思通过有权势的女人们而获取了权势。而他的本钱仅仅是他的男性的身体。那么，这同被诛杀的张氏兄弟向武则天邀宠又有什么不同呢？三思奸乱窃国，始作俑者是婉儿。而"神龙革命"的果实也就是这样通过皇室女人的淫乱而重新落入武氏一族的掌握之中。是中宗拱手将他的王朝送给婉儿进而送给韦后的，他送给了这两个他无法离开的女人，也就是送给了武三思。

武三思的迅速升迁自然使武氏一族蠢蠢欲动。首当其冲的就是大唐名正言顺的太平公主。和李家没有任何直系关系的武三思尚可进拜司空，那么大唐公主的驸马为什么就不能寻拜三公呢？武三思就像是一个突破口。中宗李显挡不住婉儿和韦皇后的武三思，自然就更挡不住自己亲妹妹的丈夫武攸暨。于是三思升迁不久，在太平公主的又哭又闹的纠缠下，武攸暨便也进拜司徒，正一品，亦为三公之一。至此，除太尉之外，三公中便有两席被武家强占了去，而且都是实实在在的权位。事实上，此时的中宗已经被皇室的女人们架空了起来。说起来依然是李家的王朝，显也依然是大唐的皇帝，而决定朝政大事任免国家大臣的，已经不是中宗，更不是那些拥戴中宗的李唐忠心耿耿的朝臣了。江山不知道什么时候又改变了颜色。不仅三思、攸暨飞黄腾达，就是那些小字辈的武崇训、武延秀，甚至武氏更远一层的亲戚宗楚客、宗晋卿等，也都不断右迁，且都身居要津，实权在握。

早知今日，"五王"还何苦要发动政变，何苦要冒着生命危险把显扶到那个李唐王朝的皇位上？

就让武姓的女皇直接传位于那个武姓的继承人武三思得了，还何苦绕那个政变的圈子？

既然朝廷最终要听武姓调遣，显又何苦要枉担那个大唐天子的名义呢？又何不像他的兄弟李旦当年那样，提出逊位把王朝交还，而他也就一了百了，干脆彻底地将王朝禅让于武三思得了。

既然他的后宫他的女人们连同他最最珍爱的女儿都已经归武三思所有了，那么他孤零零一个人撑持在朝堂，又有什么意思呢？

武三思还从来没有像今天这样志得意满过。他想不到在大唐的王朝他竟能如此地大权在握。李唐的神器就如此又落到了武氏家族的手中，他们甚至比女皇在世的时候更嚣张，也更肆无忌惮。太轻而易举了。这或许是因为显太软弱，太在乎那个韦皇后和上官昭容了。这就是那种典型的女人祸国,所以史书上便毫不犹豫地把李唐王朝的这一次大权旁落归结为以淫荡操纵政治的韦皇后和婉儿。而在这两个干预朝政的女人中,最关键的那一个还是婉儿。因为是婉儿有计划有谋略地安排武三思接近韦皇后，武三思才得以保全性命,又不断升迁的。婉儿是清醒的,也是狡猾的,而那个韦皇后充其量仅只是个风骚淫荡的女人，她甚至不清楚婉儿为什么会把自己的男人拱手让给她。

如此说来,婉儿当然就是这场宫闱之乱的罪魁祸首了。这也是为什么历史永远不能够原谅她的原因。

而当初,婉儿把武三思送给韦皇后仅仅是为了救武三思一命,她并不想就架空李显，更不想李唐王朝就这样不明不白地落入武三思的手中。问题是,当赌盘一般的局势转动了起来,一切就由不得婉儿了。后来武三思和韦皇后真正彻底地搅在了一起,这也是婉儿所始料不及的。那或许是他们真正的臭味相投一丘之貉,他们又是那样地利欲熏心,贪得无厌。武三思当然不能只满足于活命。韦皇后给了他野心的土壤。而他俘获了韦后,当然就意味着他要俘获整个王朝。

这就是朝中为什么会有人将武三思类比曹孟德。他们看出了那个武三思甚至比曹操还要狠毒。他一朝大权在手,就急不可耐地将李唐的斥黜者纷纷引复旧职,甚至责令百官修复则天大法,一派复辟武周的猖狂气象。

三思掌制,距“神龙革命”不到一年。倏忽之间,这权力就由周到唐,又由李复武。如此将社稷儿戏般扔来扔去的责任,又该由谁去负呢？武三思？韦皇后？上官婉儿？亦或是那个没有主见的中宗李显？

总之武三思便在这辗转腾挪中几乎荣登了皇帝的宝座。他尽管不曾坐上那真正的龙椅，但是他却是那个连垂帘也不用的真正的幕后天子。他从此威权日盛，如日中天，连真正的真龙天子都奈何他不得。武三思如此起死回生且劫取天下说到底还是女人相助。而他征服了女人的唯一武器也就是他的阳器。武三思先是用他的阳具刺穿了婉儿寂寞的心，然后又将王朝中位置最高权力最大的女人伺候得舒舒服服。这样说来，在有女子参与朝政的朝廷中，一个男人拥有伟岸的阳具多么重要。他侍奉的是女人，而他得到的却是权力。可谓无本万利。

武三思之能够类比曹孟德，是因为他确实具有曹孟德那样的凶狠和毒辣。三思在不曾握有大权的时候，他人性中的这种恶劣的品质还不能尽情尽性地表现出来。但是一旦有一天他握有了生杀大权，那些曾反对过他的人就不会有好果子吃了。他必欲置他们于死地而后快，那政变的"五王"就是他首先要报复的。

眼见李唐王朝的大权这么快就落入了武三思手中，当时还勉强留在朝中做宰相的张柬之就多次劝谏中宗诛杀诸武，否则后患无穷。而早已被韦皇后和婉儿挟持的李显根本就听不进张柬之的提醒，他甚至觉得张柬之是杞人之忧，是庸人自扰，逼得张柬之只能大声疾呼，陛下，请千万警觉。当年武周建立之际，李氏宗室几乎被诛杀殆尽。现陛下仰赖天地之灵，重返皇位，而武氏诸人却依然官爵如故，甚而继续右迁，这能使天下心悦诚服吗？望陛下能将诸武稍加裁抑，以安天下之心。

圣上依然我行我素。

而张柬之等劝谏中宗贬杀诸武的消息一经传到武三思耳中，他便首先找到了婉儿。

张柬之的劝谏几乎话音未落，婉儿便翩然出现在显的面前。她也忧心忡忡地直言皇上，如今柬之诸人恃功专权，恐怕会对社稷不利吧。

于是显被夹在了中间。每日被那两股相互敌对的势力挤对着。一开始显还十分尊重那些将他拥上王位的臣相们，但是久而久之，当然英雄难过美人关。到了后来，被婉儿蒙住了眼睛的李显竟然自己也觉得张柬之们太居功自傲，以势压人，甚至对朕不恭了。

于是，此时已身为司空要职的武三思便乘势而上，更是对中宗李显献上了一味诛杀"五王"的灵丹妙药，他提出为将王朝的隐患消灭在萌芽之中，就必得当机立断，将张柬之等人封为郡王，看似加封晋爵，实为削夺其执政之权，唯有如此，才可能外不失尊宠功臣，内可固社稷之安。

如此狡诈阴毒的计谋，虽出自武三思之口，但百官皆知以武三思的粗莽愚钝，他是万万想不出如此精妙的万全之策的。

还是婉儿。

不知道婉儿为什么要如此死心塌地地把自己捆绑在武三思的那条战船上，在惊涛骇浪中，随那条大船起伏颠簸。她或许是太忠于那个已经仙逝的女皇了。她是因忠于女皇而忠于女皇的后代们，她不忍心武家的后代从此被斩尽杀绝，而从此不再有人能在武家的嗣庙中为女皇进香供奉。不知道为什么婉儿跟定了武三思。她不仅把她的身体给予了武三思，还把她的智慧也无条件地送给了他。进而让迷惑中的李显觉出武三思确实是一个智勇双全不可多得的人物。所以他宁可讨伐张柬之等为他打下江山的诸大臣宰相，也要死死留住武三思。他宁可相信皇后和婉儿，因为她们才是他的亲人，他的亲人怎么会加害于他呢？

中宗李显最终决定将"五王"赶出朝廷，其实还因为他知道唯有这种选择，他的后宫才能合家欢乐，皆大欢喜。不但皇后、女儿不再和他纠缠，就是婉儿也会对他笑逐颜开。十多年来，他所受的苦难太多了，他深知一个祥和美好的家庭对他来说意味了什么。他太看重他身后的那个家庭了，也太看重那些令他赏心悦目、怡然自得的嫔妃了。他何苦要为了那几个恃才傲物的朝官，而得罪了他要朝夕相处长相厮守的那些女人呢？

于是，果然，“五王”均罢其政事，被封予了郡王的远离朝廷的闲差。然而，就是如此地贬黜了张柬之等功臣，武三思还是不肯善罢甘休。他曾大言不惭地宣称，我不知世间何为好人，何为恶人，凡巴结我的就是好人，而反对我的就是恶人。依照这个原则，张柬之们自然就是坏人了。于是武三思对反对他的人就绝不手软。结果不久之后他就一不做、二不休地又罗织出了一个关于张柬之们的罪名，说洛阳的天津桥上有揭露韦皇后淫荡行为的字条，上面吁请皇上将这个污秽的女人罢废。

这个伪做的字条是武三思拿给圣上的。而韦皇后当时正煞有介事地坐在圣上的身边。韦皇后听到那字条上的污言秽语之后就哭哭啼啼了起来，她抽泣着说，这天下真是不太平了，今天他们能废了我，明天他们就一定敢杀了圣上。武三思便也趁火打劫，说一定是张柬之等人所为。他们被废黜之后心有不甘，便来指斥皇后的所为。以臣之见，圣上必将这些人贬谪岭南，或许方可保证圣上、殿下的平安。

韦皇后坐在一旁独自垂泪，她说我招谁惹谁了，他们要把对圣上的不满发泄在我身上。我清清白白，十几年跟随陛下颠沛流离，历尽艰辛，才度过了那苦难的岁月。如今好不容易坐在这皇后的位子上享几天清福，还要被那些恶人说三道四，攻击谩骂，那让我在这朝廷之上后宫之中怎样做人？莫不如陛下就废了我吧，不然我就死在这里，用我的头去供奉那些无耻之徒，用我的血去封住那些小人的嘴……

韦皇后说着就去抽李显侍卫腰中的刀。她一边歇斯底里地喊叫着,一边拿着刀就要砍自己。韦皇后的表演显然很到位,以至于连中宗李显都坐不住了，和武三思一道费了很大的力气才把韦后手里的刀夺过来。

韦皇后依然大呼小叫、不依不饶、寻死觅活。弄得显一点办法也没有了。加上武三思又在一边旁敲侧击,显只好带上他们亲自去找婉儿,要婉儿起草将张柬之们流放岭南的诏书。张柬之们可能直到此刻才意识到他们是多么地大度和大意。他们后悔当初在诛杀二张的时候没有将诸武一道干掉。如今的武三思如恶狼反扑,他们才不会像张柬之们那般手软呢。而中宗李显也绝不会站出来救他们,于是张柬之们只能慨叹大势已去,无可奈何了。

婉儿睁大眼睛惊异地看着李显。显然如此的一出要清君之侧的闹剧不是婉儿导演的。婉儿为了武三思,可以想方设法竭尽全力地将张柬之们赶出朝廷,甚至赶出都城,但是婉儿导演不出如此下作的表演,为了将仇人陷于死地,竟然不惜将自己的私事丑事抖搂出来将罪名嫁祸于人。婉儿不相信这世间还有如此没有廉耻的人。但是她一听就知道这一定是韦皇后拙劣的苦肉计。一个出身于小小参军家庭的庸俗女人所想出的最无聊无耻的主意。而圣上怎么能就屈就了那个女人和那女人背后的武三思呢?

婉儿拿起笔,但马上又放在了案台上。她摇头。她说她不能下笔。她看着显时的固执的目光。她说陛下,就凭着这一纸肮脏污秽的字条,就要把郡王们发配岭南?奴婢实在不懂。

你要懂什么?这是朕的意思。

陛下真的这样决定?

朕决定了。

那么，陛下也知道岭南意味了什么吗？

那是他们罪有应得。

就是说，陛下要张柬之死？

显被婉儿大胆的责问逼得有点无地自容。他说不，朕也不知道。显有点犹豫了起来。甚至惶惑，甚至想收回他的旨令，想偃旗息鼓，不再追究。

而就在显的身后，很快追来了武三思和韦皇后。韦皇后一副搔首弄姿的样子，和武三思当着圣上和婉儿的面就卿卿我我，轻薄放肆，令婉儿无比厌恶。韦后走近案台，就发现诏纸上还一片空白，她于是勃然大怒，转身对着李显大喊大叫：怎么回事？为什么诏令还不发出？莫非陛下改变了主意？

显支吾着。婉儿不知道显为什么会如此惧怕韦后。她真的都不愿再看一个帝国的君主竟会被皇后如此欺压。

韦皇后于是变本加厉，更加恶毒地问着显，难道对我的侮辱不是对朝廷的侮辱吗？

殿下怎么能等同于朝廷呢？婉儿不得不站了出来，义正词严地反驳韦后。

但至少也是对圣上的侮辱。

奴婢懂，你们是想将张柬之诛杀，但是这方法实在是太拙劣了。皇后殿下这是在羞辱自己，是在授天下以柄，也是在将圣上推向受世人取笑的境地，难道殿下不觉得？

婉儿你到底是站在哪一边？你到底是什么意思？谁羞辱圣上了？怕是你在使圣上蒙羞吧？一个小小的昭容，竟敢顶撞起我来了。你知道我是谁吗？陛下，三思，你们看她……

行了行了，朕不管了。你们爱怎样就怎样吧。

陛下不能不管。武三思终于挺身而出。他走过去，站在婉儿的面前。他拿起笔，递给婉儿。

武大人这是在逼我？

“五王”不除，必为后患。还请昭容娘娘以大局为重。倘若昭容娘娘这般心慈手软，姑息养奸，最后，怕是连你也在劫难逃。你难道还看不清朝中的局势吗？

武大人真的要斩尽杀绝？

看来只能如此了，不是他们死，就是我们死。

大人是在挟天子以令诸侯？

谁又不是挟天子以令诸侯呢？

大人主意已定？

写吧，这明明也是陛下的意思。

武三思斩钉截铁。婉儿便也不再犹豫。她接过笔，转瞬之间就写好了那份将张柬之等贬黜岭南的诏令。然后婉儿扭转身离开了。她知道她已经做完了他们所需要她做的一切。她不知在诛杀“五王”的罪恶中，是不是也将她的那一份罪恶加了进去。她想从此她也是这惨案中的罪魁祸首了。她也将被天下和后世所不耻了。但是她别无选择。她唯一的选择就是离开，离开这一桩她已深深陷入其中的罪恶。

婉儿所拟制的诏书是将张柬之等“神龙革命”的功臣贬至岭南。一旦陷入岭南那瘴湿之地，通常是很少有人能活着回来的。所以贬黜岭南其实就等于是死刑。是要让那些被放逐的官吏，在那个可怕的地方慢慢地死。但是就是这慢慢地死，似乎也不能使武三思们满足。不久便传来消息，说那五位朝中要官，刚刚抵达流放之地，就被广州刺史周利贞一个一个地逼迫身亡了。这是婉儿又不曾想到的。她从此就看到了末日。

婉儿很愤怒。这是她不想也不愿接受的现实。就仿佛是她亲自杀了“五王”。就仿佛是她的手上沾满了五位“神龙革命”功臣的血。满朝文武都已经把斥责的目光投向了她。甚至天下都在议论着她的歹毒。但是婉儿确实不知他们为什么会那么残酷地被毒杀于流所，为什么会一个不剩地被贬杀殆尽。是武三思陷婉儿于不义之地。婉儿知道她是在为武三思,为韦皇后,甚至是在为懦弱的皇上承担着罪名。不,凭什么？凭什么要让她代他人受过？她当然知道她自己也很坏很恶毒,但是,她无论怎样险恶却不曾去追杀那五个无辜的朝臣。

婉儿是气冲冲地来到武三思的司空殿的。她只想问问清楚,究竟是谁下令追杀“五王”的,她要他洗净她手上的血,她绝不枉担这个莫须有的罪名。她真的很生气。她一走进大殿就开始大声喊叫。她觉得她有这个权力。她要武三思出来。她想不出那个被她叫出来的年轻人是谁。

他为什么不出来。

这会儿他不在。

是不是又去皇后那儿了？

请昭容娘娘息怒。这里是政务殿,不是圣上的后院。

你是谁？你在指责我？

微臣不敢指责娘娘。只是,娘娘出言如此不慎,不像娘娘一向的风格。

你还是在指责我,那么你到底是谁？

娘娘真的不认识我了？

你是……婉儿直到此刻才睁大眼睛认真地看着眼前的这个年轻人。她不期地与那炽热的目光相遇。一种似曾相识的感觉从婉儿的心中油然而生。是谁呢？那么遥远的记忆。她拼命搜寻着那已经被丑恶和阴谋挤满了的大脑。她觉得在这个年轻人的面前，拥塞的记忆正在裂开一道明亮的缝隙。她想啊想啊。你是……婉儿觉得她就要想起来了。她确实见到过这个优雅英俊的年轻人，是啊，谁呢？

微臣崔湜，娘娘真的不记得我了。

是崔湜，崔湜……婉儿当然是记得崔湜的。只是她不敢想那个依然留在武三思身边的年轻人会是崔湜。她记得女皇还活着的时候，武三思曾对她说起过，他的处境之所以艰难，就是因为有张柬之派来的崔湜，每天盯着他，伺其动静，以在他不轨的时候对他动手。记得婉儿那时候对崔湜的作为还很不解，因为婉儿毕竟是读过崔湜的诗作，婉儿不敢相信一个诗写得如此之好的人会做盯梢之类无聊下作的事。就像是婉儿当初不能理解崔湜这样的年轻诗人为什么要参与政治，投靠“五王”；婉儿更不能理解这个崔湜为什么依然能继续待在武三思的身边。如今“五王”不仅被流配，而且早已匆匆殒命，照理说身为“五王”耳目的崔湜也早该被武三思诛戮，他怎么竟然还能如此悠闲地滞留于敌手的营垒中呢？

于是婉儿惊愕地站在那里。她看着那个对她满怀了崇敬和仰慕的年轻人，问他，你怎么至今还在武大人的身边？

崔湜为什么不能和司空大人在一起呢？

你究竟是什么人？

我是武大人手下的中书舍人。

我不记得你什么时候被晋升了。你不是那个小小的考工员外郎吗？

娘娘真的不知？微臣全凭了武大人的栽培。

他怎么会栽培你？听说，他并不是你真心的主子呀！

昭容娘娘大概忘了，当年为武皇帝修撰国书和《三教珠英》时，司空大人的班子中一直都有我，而且他也是一直欣赏我的。

你值得他欣赏吗？在他欣赏你的时候陷他于死地？

听说昭容娘娘也曾非常欣赏微臣的诗。

那倒是真的，只是你为什么不去做诗了？而要做这种被人不耻的贰臣。如此在两个主子之间奔来走去，你还有做诗的心情吗？

就是说，娘娘也鄙视我？

我只是可惜了你的才华。多一个走狗对朝廷微不足道，而少一个诗人却令人扼腕叹息。

我有那么重要？

不，我不知道。

但是我知道。我知道一个人有时候不能为了某种莫须有的虚名，就将自己的才华乃至于性命搭上。那不值得。而我们生活在现实中。在现实中就要很实际。就要最大限度地实现自己人生的价值，不管是要通过怎样的渠道。

婉儿看着崔湜。她不愿相信这种话是从一个很性情的诗人嘴里说出。她进而慨叹人心的莫测，她说，尽管崔大人说得很含蓄，但是我懂你的意思了。人各有志么。

娘娘真懂了微臣的意思？

我只是觉得崔大人出身书香门第，又辞采风流，本来是可以引为知己的，想不到做卑劣势利的人竟会有那么大的吸引力。而改换门庭又能够如此轻而易举。武大人不在，我走了。

娘娘有什么要留下来的话吗？

好吧，既然你们是实际的人，那我就问问他，究竟是谁下令要将张柬之、桓彦范他们杀死的？是谁这么穷追不舍，非要让自己的身上溅上他们的血？张柬之已经八十二岁了，把这样的一个老人贬黜岭南还不够吗？用不了多久他们就会客死他乡，干吗要追着去杀他们，真有那么必要吗？那不是我做的。我不曾指派过任何人去追杀他们,是谁让我枉担了这千古的骂名?

崔湜看着婉儿,听着她发泄对武三思的不满。他思前想后,竟然扑通一声跪在了婉儿脚下,吓得婉儿向后退了好几步,她说你……你要干什么?

崔湜满脸的懊悔。他说娘娘千万不要怪罪武大人,是崔湜陷娘娘于困境之中,是崔湜让娘娘枉担了那不义的罪名,也是崔湜不曾体谅娘娘的苦衷……

你到底在说什么?

听了娘娘对武大人的责难,微臣才知道娘娘的心里有多苦。是我建议司空大人对张柬之们穷追不舍的。这朝中风云变幻,所以微臣担心一旦桓彦范、敬晖他们这些年富力强的朝官有一天获得赦免,返回京都,势必对司空大人造成威胁。所以我建议一定要将"五王"尽杀之,以绝其归望。娘娘在朝多年,想能理解微臣的忧虑。朝中你死我活,如此处置该也在情理之中。做一个不恰当的比喻,当年"五王政变"之时,不就是因为不能将诸武同时干掉,而遭致今日杀身之祸的吗?有前车之覆,武大人自然应当引为后车之鉴。而微臣既然侍主,就必得对主子的安危负责。所以出此下策,要司空大人乘胜追击,想不到连累了娘娘,微臣真……

不要说了。想不到你的心也如毒虫一般。原以为你一个风流才子,是只知吟诗做学问的,没想到你的主意更恶毒,不知道后世会不会把你的这笔血债也记下来。

可是娘娘,这朝中的宰相又哪个不是文人出身。之所以能成为文人,最要紧的便是他拥有智慧的大脑。文人用智慧的大脑和狂放的天性去参与政治,自然整起同僚来就更是丧心病狂。崔湜从不讳言这点。如果说是崔湜的建议使娘娘蒙受了不白之冤,那是崔湜罪该万死。但是,谁能保证"五王"不会有翻身昭雪的那一天。而如若真有了那一天,怕是连娘娘也性命难保。所以崔湜至今不悔。崔湜这样做,也是为了娘娘。

你这样毒如蛇蝎竟然是为我?你竟想得出这样的理由为你自己开脱。我看你还是为你自己吧。你曾是“五王”派在司空身边的耳目。你那时候是他们的走狗。是因为他们“革命”成功,拥立了圣上,又做了朝中的大官。然而你慢慢看出了他们的前途渺茫,而武三思恩宠渐厚,且升任了司空。而在三思和皇后的影响下,圣上也开始渐渐疏忌“五王”。于是你便见风转舵,投靠三思。你用对“五王”落井下石穷追不舍作为你转投新主子的见面礼,这朝中还有比你更卑鄙的文人吗?

微臣从不曾知道卑鄙为何物,那不过是一种做人的技巧罢了。微臣以文翰居要官,是因为微臣知道,大丈夫必得要先据要路以制人,岂能默默受制于人哉?

这就是你的人生哲学吗?

娘娘这些年来,不是也这样生存的吗?微臣亲眼所见,娘娘在李、武之间的左右摇摆。大臣中也不是没有人议论娘娘的左右逢源,诡计多端。但是微臣从来对那些对娘娘的攻讦都嗤之以鼻。微臣一直以为人格在政治中是一钱不值的。所以微臣一直敬佩娘娘。认为娘娘才是天下第一聪明智慧的女人。而况娘娘生而不幸。仅仅是因为生存就要付出人格的代价。这对娘娘来说是怎样的艰辛。而娘娘还能用智慧为自己杀出一条生存的血路,这是怎样的伟大。

你真是这样看我?

崔湜敢说,微臣是此世间最能理解娘娘的人了,也是最倾慕娘娘的。

好了,我了解你了。看到你我才知道做诗与做人是怎样的差之千里。你的诗写得那么好,那么愁肠百结,感慨系之,让人不能不为之动心动容，而做起人来，却又是如此地无毒不丈夫。你这种人真是太令人难以理喻了。好了，你起来吧。其实我也知道你说得有道理。但有些道理是不能说的，一说出来就令人毛骨悚然。好了我们不说这些了，说说咱们有多久不曾见过了。就是为武皇编纂《三教珠英》也有七八年了吧。还记得你跑来找我声讨张氏兄弟吗？你那时是年轻气盛，一身的傲骨。你可能根本就不会知道那时候女皇是怎样为你恼火的。不过这一切全都过去了。不仅张氏兄弟烟消云散，就是女皇也已经魂归乾陵。那一切就像是上辈子做过的事情。人间的事情就是这样，改朝换代，沧海桑田。轮盘来回转，让你我在今天又能彼此相见。

这是崔湜毕生的梦想。

你也做梦？你不是一个很实际的人吗？

但唯有娘娘。唯有娘娘是崔湜毕生的梦想。

是因为你太美化我了。

微臣知道，如若继续做诗，就必得要在心中为自己留一块梦想的地方。

但以我之见，既然崔大人要做官，就不要再做诗了。

我会继续做诗的，哪怕单单是为了娘娘。

不，别这样。不值得。我真的要走了。

娘娘能将微臣引为知已吗？

谁知道呢？也许我们又会是七八年不能相见，知己不知己又有什么意义呢？

婉儿离开司空府。她周身有一种倏然的狂喜，一种想飞的欲望骤然之间包笼了她。她抬起头便看到了那长安城上碧蓝的天空。她忘了她已经有多久不曾抬起头看这让她身心愉悦的蓝天了。她觉得她真的被压抑得太久了，她需要让她那铁板一样的心裂开一个能看见蓝天的缝隙。她要看见蓝天看见白云看见房檐上坠着的那一串串玉石的风铃。她要听到那风铃清脆柔和的声音要听到鸟儿的鸣唱。她不记得有多久了她一直荒疏着那美妙的大自然。她只是被不停地纠缠在政治中。那是怎样地枯燥和无聊,又是怎样地在灭绝着她的灵性。终于,一道清新的风吹过来。仿佛万事万物都在复苏。那是一种从未有过的心情。那么崭新的。那种婉儿所预感到了的新生活。

婉儿想着,那些她曾与之亲近乃至于做爱的男人。那所有的。以往的和眼下的。她知道在她与他们做爱的时候,就不曾有过一丝的轻松。总是在政治的夹缝中,总是在朝不保夕的寻求与交换中,总是在谋略与策划中。那是种怎样的无奈。那是种怎样不堪忍受的身体的重负。她把她的身体给予别人,却总是要千方百计地从她所给予的那个男人那里拿回些什么。什么呢?生的保证,抑或是更高的权力。除此她还要什么?不,她什么也不想要了,只想要那种真正纯净的爱情,不夹杂任何野心任何目的任何利益的。

便是这个崔湜。

婉儿意识中的那道迷人的闪亮。

他让婉儿疲惫的心灵骤然裂开了一道清新的缝隙。那么明媚的。婉儿想,这个才华横溢的年轻人竟是如此地理解她,竟是她遍寻天下也不曾找到的那个真正的知己。婉儿想他是那么年轻那么英俊那么风流潇洒。婉儿从此便对这崔湜昼思夜想,她想她对这个年轻的贵族公子唯一不满意的地方就是他那么昭然若揭的势利之心。但是婉儿马上又会想到,那么难道她就不势利吗?她甚至更势利更丑恶更阴毒,那么她又有什么权力指责那个崔湜呢?既然大家都是在朝廷里混的人。而崔湜如若不狠毒,他又怎么能以文翰而居要官?而如若崔湜不能混迹于朝中,她这个紧锁深宫中的女人,又怎么能见到他呢？他如若不背叛“五王”，婉儿也就无从与他有刚才的这一番对话了。如此这般，婉儿想来想去，她竟然要感谢崔湜那恶劣的品格了。便是那恶劣，才成全了他们这两心相与。这是婉儿梦寐以求的。她喜欢这个年轻的诗人。她曾经忘记他。她曾经不知道这世间还有这个男人在精心地等着她。但是，那迷人的闪亮的感觉犹在。就照耀在她的期待中，直到，崔湜再度出现在她的眼前。

总之婉儿很欣悦。一种莫名的激动始终在困扰着她。她几乎每个时辰都期待着与这个年轻人不期而遇。她想再度见到他。想和他说话。尽管她并不奢望和这个年轻的男人亲近，但是她只要一想到他，她的身体都会充满了欲望和期待。

不久，又有武三思的一纸奏文摆在婉儿的案台上。竟然是武三思要将崔湜右迁为兵部侍郎。婉儿不知道这个崔湜是怎样劫获武三思的心的，婉儿也不知道武三思何以会如此轻信这个狡猾阴毒的年轻人。大概就是因了崔湜帮助他彻底灭掉了那些处处与他作对的神龙英雄们。他从此高枕无忧。他可以尽情与他的韦皇后交欢了。于是，他当然不能亏待他的属下。他提拔他们。让他们死心塌地，成为他的党羽。武三思可能是真的欣赏崔湜的。他想他控制天下是离不开崔湜这种足智多谋的智囊人物的。于是他笼络他。诱他以高官厚禄。这时候武三思还并不知道婉儿在想什么。也不会知道她的那种潮湿的愿望是怎样地强烈。

婉儿当然绝不迟疑。

她一挥而就，转瞬就写好了右迁崔湜那份诏书。

以后的日子变得越来越激烈。

在淫乱中。朝上和后宫的男人和女人们都变得宽宏、大度，平和相处，其乐融融。那是李显时代的一段空前的淫乱与奢靡。后宫的几乎所有的女人都有情人，而朝中的男人们也差不多个个都有本不该属于他们的女人。在淫乱中，男人和女人们尽情享受着性的欢愉和刺激；还是在淫乱中，大家心平气和，相安无事，足见淫乱还是有凝聚力的。

在这段时光里的崔湜，可谓平步青云，一路攀升。在很短的时间里，他就从中书舍人到兵部侍郎，不久，又寻拜中书侍郎、检校吏部侍郎同中书门下平章事。崔湜的一路右迁，简直就像是一个神话。谁也说不清这个曾经是“五王”爪牙的年轻人，怎么会一跃就成为武三思最红的大红人。如果说崔湜最初的升迁是因为他曾为之屈节的那个武三思；但是到了后来，他的飞黄腾达就不能说和婉儿没关系了。

婉儿便是怀着某种欣赏的心情在圣上李显的面前为崔湜这种才华横溢的年轻人游说的。婉儿毫不遮掩她对崔湜的欣赏,她说崔湜的才华在朝野确实是有目共睹、有口皆碑的。就连被中宗显所起用的兵部侍郎张说都对崔湜的年轻有为自叹弗如，而朝中所需要的,就是崔湜这样年轻而又有魄力的朝臣。婉儿进而把对崔湜一类官吏的任用,提高到了朝官整体素质的高度。那时候婉儿为崔湜的游说,也许确实是没有什么私心的。她只是真心觉得显该重用崔湜这样优秀的出类拔萃的年轻人，而不要轻信韦皇后所推荐的那些与韦氏家族相关联的势利小人们。如果这种无知且无能的昏官遍布朝廷,那就不但辱没了大唐的名声,如若真的遇到了国难,圣上也将捉襟见肘,无能为力。

如此中宗不再认为崔湜升迁得太快。于是崔湜的升迁令便每每获得圣上的敕许，结果崔湜这个曾经的无名之辈莫名其妙地就被右迁进了宰相的行列，成为朝中最年轻气盛也算是最博学多才的宰相。大概唯有崔湜最清楚他是怎样获得圣上如此赏识的。他知道那其实是武三思力所不能及的，而他又不曾有机会当面向婉儿表达谢意。于是他只能悄悄地写下了几首赞美诗托人转交给婉儿。那是他的由衷的赞美。他并不奢望昭容娘娘能应答他,他只想让婉儿知道他的心意。他是知恩报恩的。

后来,就有了婉儿召见崔湜的那个夜晚。那个他们的第一个夜晚。

其实婉儿并没有想她会和崔湜怎样。她是在政务殿她办公的那个房间里召见崔湜的。那时候,她和武三思还有着那种若即若离的性关系。而在极其偶然的情况下,她也会同圣上度过一个十分晦暗的良宵。所以她确实没想过会和崔湜怎样。那也是她的处境所不允许的。在这个夜晚她只想和那个年轻人谈谈他的诗。他的那些感情深邃而又热烈的诗，确实让她非常感动。读着那些诗，她就仿佛触碰到了那个年轻诗人的心。多么美好。那是婉儿在四十岁之前，从未享受过的一种来自年轻男人的精神的爱慕。那是怎样的震撼人心，让她从此情牵魂绕。那诗的力量实在是太大了。单单是凭了那真情数行，婉儿就爱上了那个年轻人。而那种精神的诉说，又恰恰是婉儿所最最看重的。因为她已经很久不曾找到那种能够用精神对话的挚友了，也许，她一生都不曾找到过。所以，婉儿才更加珍惜崔湜的那一份精神的友情。于是，她便也写了几首和诗，作为精神的礼尚往来。一种似是而非的又是万般无奈的心情，被婉儿的律诗写尽。她的闺中的愁苦，人生的困惑，情感的伤痛，以及她近来的那种无以言说的激情和想念。

于是在暮色中。

崔湜走来。

婉儿远远地看见那个风流倜傥的年轻人，她竟然惊慌。她简直不知道该怎样形容她当时的心情。就在崔湜向她走来的那个瞬间，她想了很多。很多很多。她想到了中宗李显，想到了武三思，甚至想到了那个早已逝去的章怀太子李贤，但是她马上就得出了结论：崔湜是最好的，最漂亮的，也是最浪漫的。

崔湜拜见婉儿，也显得有点紧张。他说昭容娘娘的大恩大德，他将永世不忘。

婉儿反而平静了下来。是崔湜的紧张平息了她的紧张。她知道她已经拥有了这个男人。她绝不再放过这个机会了。于是她亲切地对崔湜说，不要谢我，那是圣上爱才，朝廷也确实需要你这样的年轻人来打破平庸。好了我们不说朝中的那些事了。我是想说，崔大人的诗是怎样地打动了我。

娘娘真的喜欢？

是的，我被深深地感动。

那实在是微臣的幸运。

听张说大人说，他常见你暮出端门，缓辔赋诗，那是种怎样动人的景象。可惜婉儿不曾见过，那诗中所言尽是崔大人的梦想吗？

世间总有些得不到的东西，这就是为什么会有诗。

如果有一天你得到了，大人的梦是不是就破灭了呢？

臣不知道。但那也许是另一重更加完美的世界。毕竟你得到的是最美好的也是你最最想得到的。

我这里也有几首写给你的诗，就算是个应答吧。那诗中所写也是我的梦。而我深知我的梦是永远不能实现的。这朝堂中到处是腐败的乏味，我又何尝不愿冲决这窒息呢？但腐败就像是我的呼吸，我已经无处可逃，我可能至死都不会有一个清新的归所了。

娘娘何必如此悲观。你无论怎样都将是天下最优秀的女人。

你怎么能这样恭维我呢？我此生最不喜欢的就是那些不切实际的恭维了。不论是后宫还是市井，都有无数漂亮的女人。听说大人的妻子就很美，是长安城里有名的美人。

但微臣深知那是一种浮泛的仅可供人欣赏的美。美的种类繁多，而我最欣赏的是那种深邃的动人心魄的能将人灵魂穿透的美。那样的美才是美中之绝美。那样的美才能感召一切，摄人心魄。那是崔湜梦寐以求而又可遇不可求的一种绝美。那美使我心怀恐惧，娘娘能理解那是怎样的一种美吗？能知道那美又是在怎样地诱惑着我吗？

崔大人你看，这暮色正渐渐逝去，长夜也将被黑暗吞噬，也是大人该步出端门，赋诗回家的时候了。

那么娘娘呢？再回到那寂寞的后宫？

叫我婉儿。我还从没有离开过后宫。从长安到洛阳，又从洛阳到长安。婉儿总是独自一人,看那后宫无声的杀戮。后宫就是我的归处。唯有暮色中的那一缕亮丽的金红。

请娘娘不要辜负了这良辰美景。

不,崔大人,你要干吗?

要这梦,我不想你永远在寂寞中受苦。

谁告诉你我是苦的?我有男人。武三思。那是朝野上下尽人皆知的,大人难道没听说过吗?

朝野也尽知武大人早已上了皇后的床。还知道你早已经被他抛弃了。

不,他并没有抛弃我。那么有人知道是我怂恿他走进皇后的宫闱的吗?

抛弃也好,怂恿也罢,总之你已经不是他的了。

崔湜你怎么能这样对我讲话?我是圣上的昭容,这也是朝野尽人皆知的吧。你该知道昭容意味了什么。我是后宫的嫔妃。是圣上的女人。圣上的女人怎么会苦呢?那是天下所有女人的梦想。

婉儿你不要再自欺欺人了。我知道你不是对我不在乎。

是的崔湜我在乎你,可是你看不出我已经老了吗?我比你要整整大六岁。离开我吧。谁会喜欢一个老女人呢?

那么张易之和张昌宗呢?他们已经可以给女皇做孙子了。他们固然是女皇的男宠,但是女皇老了之后,不也是他们兄弟在尽心竭力地照顾她吗?你能说他们没有感情吗?你能说年龄是他们之间的阻碍吗?

你是这样看待张氏兄弟的?这样的看法我还是第一次听说。

是的,这是张易之亲口说的。那时候他们兄弟已经岌岌可危。他说世人总是误解他,说他照料女皇是有所企图。他说他是真的爱女皇。那是一种发自肺腑的爱。他的这爱是没有人能够理解的。那是他和女皇之间的事。只要他们相互能理解对方就可以了。我相信他说的话,就像是今天,此刻,我相信我自己。

崔湜,告诉我,你敢保证这不是你一时的迷乱吗?

我从来就没有怀疑过。

你敢保证你取悦于我,不是为了更快地往上爬吗?

如果是那样,我相信我完全可以击败武三思,踏进皇后的宫闱取悦于她。她早就对我另眼相看了,但我没有那么下作,我也还并不想通过女人在这个世界上招摇撞骗。

可是崔湜,不,你别过来,我还没有想好,我还不知道今后我们该怎样相处,我还……

崔湜逼着婉儿。他一直把婉儿逼到了墙角,婉儿已经没有退路。于是她只能伸出双臂,顶住崔湜不断地逼近的身体。她说不,你真的不要过来。别这样。这是一时的冲动。今后怎么办?你想过没有?今后……

我不管今后。只管现实。婉儿,答应我,婉儿,告诉我真的是你吗?真的是我朝思暮想的女人吗?

终于,崔湜脱光了婉儿的所有衣服,他就让这个四十多岁的女人将她已经开始衰落的身体暴露在政务大殿的这个隐秘的小屋中。婉儿是那样地无地自容。她用双手抱住了她的裸露的胸膛。但是崔湜拿开了婉儿的手。他用婉儿的裙带将婉儿的双手捆在了她的身后。崔湜就让婉儿那样裸露着。站在他的面前。他甚至不去碰她。而只是远远地看着。他嗫嚅着说,这是最完美最圣洁的。他说这是上天的赐予是不容亵渎的。他说这是大自然的造物是无与伦比的珍宝,我怎么敢碰她呢?他说婉儿救救我吧,我怕我承受不了这梦中的完美。告诉我,我能够拥有这天下的绝美吗?它能够是我的吗?我能够进去吗?

崔湜慢慢地靠近了婉儿。他把他的手放在了婉儿的肌肤上。然后他就开始在那身体上不停地抚摸，当他触碰到婉儿的乳房时，他突然跪了下来。跪在了婉儿赤裸被捆绑的身体的下面，把他的头埋在了婉儿乳房中间的那个温暖的峡谷中。

他说不，我不能。他说我已经受不了了。娘娘，你到底要我怎样？你感觉到我这世俗的欲望了吗？行吗？让我碰吗？

婉儿被反绑着，任崔湜在她的身体上抚摸着亲吻着。在她的身体上，到处遍布着那个男人轻声的吟唱和那诗一般的颂歌。她被吮着揉搓着，而她却动转不能。依然是身体中的那种渴望。她不能不动，而她又逃不出那个年轻男人所给予她的冲动。一开始婉儿拼命地躲闪着拒绝着。她紧闭双眼不看眼前折磨着她的这个疯狂的男人。但是她已经不能不扭动。她正在被那个她喜欢的男人带走。她奋力拉扯着自己，她想崔湜是个典型的风流才子兼势利小人。她想他是利用他的美姿仪表和稀世才情在攫取皇室女人的宠爱。她想她是个明智的经过风雨的女人。她想她绝不能上了这个伪君子的当，她想她要挣脱他，她要……但是婉儿终于……她大声喘息着，她求着崔湜，她说来吧，进来吧，快点，来吧孩子，你不要再问了，来呀，我的身体就是你未来成长的沃土……

然后崔湜官拜中书侍郎。

然后崔湜累迁检校吏部侍郎同中书门下平章事。

再然后，崔湜就大摇大摆地走进了圣上的嫔妃上官昭容的家。

崔湜通过给予婉儿无尽抚爱而获取了高官厚禄是不难理解的。而圣上李显竟然允许他的嫔妃们有情人，这就实在令人难以理喻了。不知道李显作为圣上是怎样处置他和后宫的关系的。或者他不愿意他的后宫一片恐怖，或者他没有能力驾驭他的女人们。总之后宫一片混乱。女人们各行其是，各得其所。而后宫的唯一男人心甘情愿为她们服务,让她们拥有一切。

武三思和韦皇后一唱一和,他们基本上控制了朝中的大局。他们之所以能够这样自由自在,如鱼得水,得益于韦皇后流放时所得到的一个中宗李显的许诺。

史书上说,韦皇后曾在中宗李显被废黜流放的那十四年间与之同甘共苦,披肝沥胆,相濡以沫。所以显在当时就感激涕零地许下诺言,一旦日后我能重见天日,我将不会对你有任何的限制,即所谓的“一朝见天日,不相制”。所以对皇后和武三思的种种暧昧,显就只能是睁一眼闭一眼假装看不见。他不仅要恪守诺言,还要讨皇后的欢心,以至于将他这个皇帝以下的最大的官,都给了皇后的情人。他也是出于无奈。他又能怎么样呢?而为了反抗这一不正常也是不平等的局面,中宗便自己也放浪淫荡。他不仅自己胡来,也不管朝臣们胡来。他对于任何朝官的放浪行为都不闻不问,于是在中宗任上,男女之间的性生活就显得很是开放。如此,原本是后宫的那股淫靡之气,很快就浸润到了朝廷,又因这些朝官,而洇蚀到了民间。

既然父皇和母后都如此荒淫无度,那么住在宫外有着属于自己的豪华庄园的安乐公主,又何必要恪守那令人压抑的为妇之道呢?何况她又是那么美,那么年轻呢。而她所无比眷恋的那个武延秀,又是她从小就深深爱着的男人。如果说一开始,安乐公主还要借助于婉儿的帮助与武延秀躲躲藏藏、遮遮掩掩地去幽会,那么到了后来,她就可以在自己的家中和每每来拜访的武延秀公开地眉来眼去了。甚至为了讨公主欢心,驸马武崇训也经常将他的这位从突厥归来的堂兄请到家中。在酒酣耳热之时,那个被突厥囚禁六年之久,已大有胡人之风的武延秀便会引吭高唱突厥的歌,并疯狂表演胡旋舞，那舞姿优美得叫人不能不欣赏。于是席间榻上，花前月下，安乐公主便会与武延秀勾肩搭背地风流狎昵，有时候干脆把他们自己锁在一间谁也找不到的房间里，做着他们想做要做的那些事。一开始武崇训对此很愤怒，但是安乐公主痛斥他的父亲勾引她母亲，便把武崇训打击得无言以对。到了后来，当他自己也被安乐公主专门为他安排的歌女舞伎们弄得神魂颠倒，他就不再去管武延秀和安乐的事了。他听之任之，他尤其知道唯有听之任之，才能保住这驸马的位子。而这位子显然比他头顶上的那个绿帽子重要得多。

于是安乐公主与武延秀公开地私通。后来这几乎成为长安街头的一个肮脏的秘密。其实，这曾经是安乐公主自少女时代就有的一个十分美好的秘密。在武延秀被掳西域的整整六年中，她一直小心地守护着这个尽管渺茫尽管悲伤但却异常凄美的秘密。如果武延秀最终不能回来，或者被茫茫戈壁所掩埋，那么安乐公主这美丽的秘密就会伴她一生，让她始终拥有那一份美丽的忧伤，她也许就不会变成这样一个那么风流放荡、被长安街头巷尾的长舌妇们嚼着的风骚女人了。可是武延秀回来了。当然如果不是宫中淫靡成风，武延秀即使回来，武延秀即使爱着安乐公主，安乐公主即使也爱着武延秀，他们的这种暧昧也只能深深地藏在心里。而唯其不能随心所欲，才能使心里的那一份深邃的爱以凄美的方式保存下来，伴他们终生，那又会是一番怎样的境界。

但是武延秀回来了。而宫中又是一片淫靡。似乎后宫中的女人安分守己就不是一个正常的女人。情人几乎变成了中宗时代后宫的一种时髦。当然寻根的话，首先就是那个淫荡的武皇帝。是她为后宫的女人们树立了一个肮脏的楷模。于是太平公主、上官婉儿争相效仿。接下来又是韦皇后、安乐公主急起直追。一时间后宫的女人们似乎再没有别的什么事情好做，所有的人几乎都在那里急急渴渴地寻找着情人，如此又怎么能要求那个美丽的安乐公主呢？

从此后宫的女人们忙于在她们身边寻找男人。而这时女人们要找的，已经不单单是只为了解决她们性饥渴的那种薛怀义或是张氏兄弟那样的男宠，而是要寻找到那些能够和她们志同道合并彼此提携的战友。即是说，她们要找的是那些和她们身份地位相当、智力水平相当、有着共同语言和共同利益的，又能满足她们情感和身体需要的男人。这无疑对男人的要求是很高的。但是这样的男人还是被找到了。譬如，婉儿的欣赏崔湜。韦皇后的取悦于武三思。安乐公主的迷恋于武延秀。太平公主的私通胡僧惠范。无疑这已经是很乌烟瘴气了，然而到了后来，只找到一个情人，似乎也已经不再能满足这些聪明美丽的皇室女人多方面的需求。于是婉儿在与武三思藕断丝连的同时，又是中宗李显名正言顺的嫔妃；而当婉儿做了昭容之后，她也绝不放过对那个风流潇洒的年轻诗人崔湜的追求。而韦皇后亦是身为大唐的皇后，却要屡屡与司空武三思在宫中升御床，来羞辱大唐的尊严。至三思殁后，这个荒淫无度的韦后竟然又复私武延秀。而武延秀那时早已是安乐公主的囊中之物了，不知道她们母女是怎样共享这个异域情调的男人的。

总之，这就是中宗李显时代的后宫。无耻之尤，混乱不堪。而在这场风靡一时的放浪之中，最清醒的那个女人恐怕还是婉儿。她尽管已经深深地陷入其中，但是她的头脑是清醒的。婉儿尽管失了三思，但那是为了保全三思，所以武三思清楚他是欠了婉儿的。而婉儿在中宗李显的心目中，始终拥有着那个举足轻重的位置，这也是无论怎样都不会改变的。而在表面上，韦皇后和武三思看似已经脱离了婉儿，但是他们到底是惧怕婉儿的智慧和她在朝中一言九鼎的地位的，所以他们实际上也很难跳出婉儿的手掌心。

于是婉儿便是这样，在清醒中不动声色地将朝中最有势力的三个人：皇帝、皇后和武三思，控制在了她的掌握中。与此同时，婉儿也继续在李、武两姓的势力中，进退自如，左右逢源。无论她想靠近谁，都会有足够的理由和进退的余地。她的武器就是，她手中几乎握着她身边每一个人罪恶的把柄。她了解他们的一切，包括他们的隐私。她握着它们，并随时准备以此为武器还击对方。她于是便能立于不败之地，将所有企图伤害她的人首先打倒。她是以子之矛，攻子之盾；她是以眼还眼，以牙还牙。

婉儿就是这样，在宦海中沉浮着。她始终清醒地知道自己所处的位置，并在这位置上尽最大努力地发挥自己的智慧和才能。她知道在什么时候该取悦于谁，或是该对谁冷淡疏离。她就是这样不卑不亢，而又合适得体地将他人握在了自己的手中而又让他们心悦诚服。她就是这样不动声色地驾驭着他们指挥着他们调动着他们，让他们为她所用，而又浑然不觉。

婉儿就是拥有这样的天赋和能力。她尽管生存得很低调，但是她的骨子里其实是极富进攻精神的，而且也是很激越的。特别是当那个伟大的女皇谢世，那朝廷中女人的光彩就几乎被婉儿占尽。她不仅威严凝重，让所有的人不得不敬重；也还风情万种，能将朝中那些举足轻重的男人通通拴在自己的裙下；她同时还是个平和亲切、乐于助人的女人，特别是对她知道日后会用上的那些人，她几乎有求必应。她的眼光很远很长，她绝不会为眼前的利益而与他人争一时之短长；她还会对那些暂时失势的人体恤帮助，获得他们的信任和好感。这样，她在一方受到冷落的时候，就立刻会得到另一方的支持和援助。于是她便总是可以用一些人打击另一些人，或者用一种势力挟制另一种势力。反正所有的人都在她的手中。白棋黑棋，任她自由摆布。结果是所有的人都惧怕她。因为惧怕，所有的人又都千方百计地巴结她。婉儿便是在这样的夹缝中实现了她自己。她当然从不主动出击,从不主动招惹别人,但是她手中的那些把柄便是她防身和出击的王牌。婉儿做到了,那所有她所能做到的一切。她甚至利用她手中的这一张张王牌,营造了一种她自己真心喜欢的那种宫廷的氛围。

婉儿究竟是个怎样的女人?

这个女人实在是太深不可测了。

婉儿将武三思送入韦皇后帐中,果然使武三思以及诸武的势力重新抬头,进而诸武几乎垄断了整个朝廷。而此间婉儿对武三思最大的帮助,就是在武氏如日中天的时候,急流勇进地提出将武氏降爵,将他们由国王降为郡王或者县公。如此看上去是削弱了武氏的力量,而实际上是退一步,进两步,以避天下耳目。使武氏不再那么惹人嫉恨,从而使武三思在朝中更加如鱼得水,步步为营。

而后随着武三思与韦皇后打得火热,他就更是得意非凡。一度,他几乎已无须通过婉儿扩大他的势力了,他只需在某个夜晚在韦皇后的枕边稍有暗示,转过天来,这个被武三思侍候得神魂颠倒心满意足的女人就会立刻跑到显的身边,向他提出各种非分的要求来。而中宗李显以他的懦弱和他对韦皇后流放十四年间所形成的那种依靠,大概也还是害怕后院起火,所以他明知韦后的要求是过分的,他也尽量一一敕许。因为韦后毕竟是皇后。而皇后又毕竟是和那个握有朝廷实权的男人搅在一起。显甚至觉得他自己的傀儡位置都已经岌岌可危,说不定哪一天逼得急了,韦皇后会和武三思联合起来推翻他。所以他只能对韦后听之任之,尽可能地满足她的所有要求。

于是在某一天,韦皇后又向中宗提出了一个十分出格的要求,那就是请求圣上允许包括婉儿在内的那些被圣上宠爱的近嬖们，和公主们一样通通在宫外营建宅第。中宗被这个实在离谱的请求弄得手足无措。他思忖再三，因为古往今来，圣上的嫔妃们跑到宫外去住，去购筑庄园的事情实在是前所未有，闻所未闻的。中宗不知道皇后的这一番请求包含着怎样的祸心，于是他只好去向婉儿讨教，他该如何拒绝韦皇后这不着边际的请求。

中宗不知其实这就是婉儿的请求。婉儿当然不能也不会对中宗直接提出她的这愿望。这愿望强烈极了，而且是越来越强烈。自从她与崔湜有了那种莫名其妙的使她兴奋激烈的关系后，她就越来越想离开后宫，到宫城以外的什么地方与她的这个新情人幽会。尽管婉儿在宫内的宅第已经十分奢华，但是在这里毕竟根本不可能与崔湜会面。崔湜不可能像武三思那样随便出入后宫，因为武三思和韦皇后毕竟是有一层亲家的关系为他们遮掩。于是婉儿如热锅上的蚂蚁。她能够见到崔湜的机会实在是太少了。而她又太想太想见到这个年轻的男人了。于是他们在煎熬中，只能通过那往来唱和的诗文来寄托他们无望的思念与爱情。

婉儿既然有足够的智慧和才能对付政事，她当然也能想出拯救他们的爱情的计策来。于是婉儿找到韦后，劝导她既然做皇后就要效仿武则天。而武则天最大的特点就是为天下姐妹鸣冤叫屈，并努力提高女人的地位。于是婉儿怂恿韦后上表，要求天下士民百姓为母亲也要服丧三年。婉儿还投其所好地要求韦后提出要提高公主的地位。视公主与皇子平等，也要分别设府并置署官。婉儿如此建议是因为自重润被杀之后韦皇后就没有亲生儿子了。而只有将公主的地位提升到和皇子一样，韦皇后的日后才可能是有保证的。

在婉儿如此这般的点拨之后，韦皇后果然豁然开朗。她觉得婉儿的建议确实是为她着想，婉儿是真心在帮助她。何况韦皇后也不是一个没有权力欲的女人，她也有日后的某一天称帝的野心。所以她做皇后时就应该有所建树，为登基的那天铺平道路。于是韦皇后对婉儿的建议言听计从，她觉得如若真有她能称帝的那一天，她也是需要婉儿的。

婉儿便是在劝诫韦后追随武则天的时候，很委婉地有点闪烁其词地提出了后宫的女官们也应到宫外去购置宅邸的请求。那时候，大唐的几代公主们在长安城中大兴土木，修建豪华住房的举动正蔚成风气。从太平长公主到韦皇后所生的安乐公主、长宁公主，她们个个争相建造浩大的宫殿、庄园，以显示她们尊贵的身份。她们彼此攀比，争奇斗艳。她们的每一座豪宅都是极尽奢华。她们并且在豪华的宅邸中，不断举行各种宴会，一时间能出席公主府中的宴会，也成了朝中官吏们的一种荣誉。宫外的如此灿烂的生活，当然让那些皇上的近嬖们不得不动心。而她们虽然得到了圣上的恩宠且腰缠万贯，但深锁深宫的生活却让她们的钱不如一张纸。何不让她们走出宫门去开辟她们作为女人的新生活呢？

婉儿的请求全部是站在后宫女官们的立场上。她不说她自己是怎样渴望走出去，怎样渴望到宫外去扩展自己的势力，怎样渴望在宫外与那个崔湜长相厮守。婉儿不说这些。她代表的是更多女人的利益。所以在提出请求的时候才能显得很理直气壮，很没有商量，她甚至还笑里藏刀地暗示韦皇后，当年还是她将武三思引荐给韦皇后的，而她同武三思的关系已经由来已久，或者，武三思至今也还不是皇后一人的所有，如果她愿意的话……

于是婉儿的请求出宫修建宅邸就自然带了一种要挟的味道了。但是她很快又话锋一转，暗示韦后其实她又有了新的情人了。她是为新的情人才想远离宫闱，远离圣上，甚至远离武三思的。婉儿说着这些的时候显得异常真诚，仿佛她同韦皇后也是那种无话不谈的闺中密友。仿佛她们是能够肝胆相照的。

韦皇后本来根本就不想让婉儿这一类嫔妃走出后宫，享受和公主们一样的无忧无虑、逍遥自在的生活。但是也许她太需要武三思,也实在不情愿再任由中宗李显继续被婉儿控制了。于是,她宁可婉儿早早离开,宁可她远离后宫这权力的中心。于是韦皇后极为热衷地为婉儿争取这个离开后宫的机会。她后来果然获得了圣上的恩准。其实韦后并不知道,圣上之所以同意了婉儿离开,是因为婉儿告诉了圣上,她只有离开,才能够摆脱掉韦后的监视,更多地和圣上在一起。

唯有当武三思得知婉儿要搬出后宫时，一股无名的怒火油然而生。他莫名其妙地在韦后面前大骂婉儿无耻。他说谁知道这个女人又在搞什么鬼。

你这可是头一次骂她。韦皇后有点悻悻地说,她又能有什么鬼呢,无非是想在宫外建一座房子罢了。

可是谁听说过皇帝的嫔妃不住在宫里等着侍候皇上，而跑到宫外去风骚的呢?

你怎么知道她跑到宫外就是风骚去了呢?

我不管她是不是风骚,只是这有失你们大唐皇室的体统。

圣上都恩准了,又有你什么事?如果要说有失体统,那么武大人每每不辞劳苦地跑到当朝皇后的寝宫里就成体统了?有什么了不起的,不过是跑了几个奴婢,于你于我又有什么妨碍呢?你何苦要发那么大的火?值得吗?

她一定是又有了什么野男人。

她有没有男人关你什么事,圣上都不吃醋,你来什么劲?莫不是你还在想着她?你不是说你和她已经彻底断了吗?你若是还在想着她,那就去找她好了,以后不准你再来我的寝宫。

我不是这个意思。

你当然就是这个意思,你以为我看不出来?

这根本不是我个人的恩怨,而是有关皇室的荣誉。身为当朝宰相,我怎么能容忍如此礼崩乐坏,无法无天呢?

你还是先管好你自己吧。你身为公卿,与皇后私通,难道就没给皇室抹黑吗?为什么皇后就可以有情人,而嫔妃们就不能有相好呢?这实在是不公平吧?

我没法和你说了。你该知道我们是离不开婉儿的。我们需要她的智慧她的计谋,可她一走,我们就没法控制她了,谁知道她又会成为哪股势力的幕后主谋呢?

算了吧,武大人,别去想那么多了。毕竟皇后是我,不是她上官婉儿。未来究竟怎样处置她,还不是你我一句话。再说是我为她争取到这个机会的,她怎么会知恩不报呢?

后来韦皇后就添油加醋地把武三思的百般阻挠告诉了婉儿。她可能是想挑拨婉儿和武三思的关系，进而让婉儿彻底离开武三思。韦后的意图婉儿当然一目了然。同时她自然也了悟了武三思对她的那深情厚谊。于是,婉儿在为朝廷所做的制敕中,更加推崇武氏对朝廷所做的贡献,使三思在朝中的位置得到了进一步的稳固。当然婉儿这样做,是无须向武三思表白的。那是有目共睹,昭然若揭的。他们尽管已经很疏远很冷淡,甚至路人不如,但是他们其实都知道他们的心是相通的，是有着一种常人所难以理解的深刻的默契的。

不久，婉儿果然如愿以偿地搬出了几乎窒息了她一生的那个壁垒森严的后宫，在长安市区群贤坊的东南侧修建了一座异常典雅漂亮的住宅。住宅的设计全依了婉儿的心愿,充满了书卷气。厅堂中可谓卷帙浩繁,那才是婉儿真正喜欢的境界。

与婉儿一道搬出后宫的，是与女儿一道在晦暗中囚禁了几十年的母亲郑氏。郑氏终于因女儿的扶摇直上而脱离了苦难，这是何等的感慨。可能唯有到了此时，才相信了当年她怀着婉儿时，那个梦中占卜者的预言是怎样地准确：当生贵子，而秉国权衡。婉儿虽然是女儿，但她终究还是专秉内政，位极人臣了。无论其中经历了怎样的磨难，但那就是婉儿的命。郑氏是战战兢兢地离开后宫的。她不敢往回看，更不敢往回想。当年她经历了满门抄斩后带着不满周岁的婉儿被配进掖庭宫做奴婢时，又怎么会想到日后的某一天，她会因为女儿而重新显贵起来呢？甚至比原先更显贵。此时位同宰相、爵同诸王的上官昭容已经是朝廷炙手可热的人物，而她在宫中的位置也已经举足轻重，于是，辛苦了一生的郑氏便也被圣上封为了沛国夫人，与女儿同显同贵了。她是怎样的欣慰，这是唯有苦尽甜来的她自己才最清楚的。

自从婉儿同母亲搬进她们的新家，这座极尽风雅的宅邸就立刻成为各种皇亲国戚、达官贵人们争相拜访的地方。特别是在婉儿迁居的那一天，竟然是皇上皇后双双前来恭贺，如此，便更是为这座房舍增添了一层皇室的光辉。从此中宗李显每每带着朝中的公卿大臣们，来婉儿的宅邸游宴其中。后来这简直就成了圣上的一个放肆奢靡的文化游乐场所，他时常带人在婉儿这里吃喝玩乐，吟诗作赋，当然也免不了放纵淫乱，狎侮秽亵。有时候显在醉生梦死之后，干脆就留在了婉儿家中过夜。大概就是因为圣上的常常赐幸，圣上才觉出婉儿的宅邸还不够气派。于是他又派人扩建婉儿的居所，穿池筑岩，修建庭院，穷极雕饰，使婉儿的豪宅俨然成为圣上的一个长安市区的行宫。

中宗李显对婉儿可谓是倾其所有了。那是中宗对婉儿这个女人的一种少年梦想。他要将所有的梦想变成现实，他要给予婉儿他所能给予的一切,他还要尽可能地满足婉儿的所有需求。他对婉儿从来是不遗余力,不计代价的。只要是婉儿想要的,婉儿最终都能够得到。

而婉儿对于显的慷慨,则采取了一种乐而受之的态度。这是她精心为自己选择的一种立场,即是说,她接受圣上。虽然她从来就没有真正爱过李显，但是她知道显只要在位一天，她就需要他一天。婉儿是很理性地选择显的,当然他们之间还有着一种从少年时代就开始的很深的友情。这友情确乎是存在的,所以婉儿也就能够接受她偶尔会和这个皇帝同床共枕的现实。尽管性和爱之间隔着心,但是为了某种友情甚或某种利益和一个不爱的男人睡觉,又有什么不可以呢?而婉儿如今拥有的这一切,又全都是这个一如既往地爱她的男人给她的,她为什么就不能把她的身体给他呢?哪怕仅仅是为了报答。

婉儿这座典雅住宅的真正的意义和真正的本质显现，就是那个崔湜。那说法是婉儿觉得她终于获取了真爱。

婉儿怎么能不快活?

从此崔湜就能够频繁造访婉儿的家了。

那时的崔湜在朝廷已经身居要津,所以,他才能成为圣上每次带来婉儿家中赋诗唱和的大臣中间的一员。他总是积极地参加到由圣上主持的诗歌竞赛中,而婉儿在评定这些诗词的优劣时,又常常是推举崔大人的诗,总是让他在众大臣的诗中拔得头筹,进而获得圣上的赏识和由圣上赏赐的绢帛、金爵一类。那时候,朝廷上下的吟诗作赋已蔚然成风，这和婉儿对诗词歌赋的喜爱和提倡是分不开的。而婉儿所以提倡诗文,在某种意义上也是因为崔湜的才华横溢,辞采风流。而她要举荐崔湜,自然就要提倡崔湜的所长。崔湜无所长，唯有诗词歌赋。于是婉儿便每每谏奏圣上，广置昭文学士，盛引词学之臣，为的就是要崔湜这种文人在朝中有用武之地。婉儿以一己之爱好，使朝廷上下辞赋盛行；而崔湜于这样的文学滥觞中，自然就成为那个非常抢眼的人物了。

当然婉儿劝谏皇上重视文化文人，也许并不单单是为了文人崔湜。她可能是觉得朝中的臣相们实在是太粗鄙了，没有任何文化的修养，如此下去，将不会给中宗的王朝留下任何踪迹。

不论婉儿是出于私欲还是出以公心地提倡这种文化的氛围，毕竟她所倡导的是一种很精神的生活。圣上和朝臣们之间用诗辞的方式往来唱和，传递心意，不管怎么说这是一种很美好的追求。至少比韦皇后和武三思那种帷幄之中的肮脏交易要高尚了许多。当然崔湜也是在这场造文的风气中应运而生，因为很快他就大红大紫，不仅仅是圣上的红人，而且以他的美姿和诗才，成了婉儿的文学沙龙中贵妇小姐们迷恋的男人。他成了她们大家的漂亮朋友，不论是太平公主还是安乐公主都对他另眼相看。她们也都很喜欢他。只是她们知道他已经是婉儿的情人了，所以只能是扼腕叹息，相见恨晚。

当那些由圣上赐予的游宴结束，圣上或者留下，或者起驾回他的甘露殿。婉儿自然要按照圣上的去留来安排自己的生活。有时候，哪怕是她和崔湜已经约好曲终人散之后的幽会，但如果显突然决定留下，婉儿也只能恋恋不舍地看着崔湜悻悻地离开她的家。有时候崔湜竟然会非常固执地不肯离去，他就彻夜守候在婉儿的庭院中，只要婉儿回来，他就会从山石的背后跳出来，像强盗一样地将婉儿劫走。他吻她，强迫她在花前月下和他做爱。不管圣上是否在等待着婉儿，他就是不肯放她回去。他总是问着婉儿为什么为什么。婉儿说你明明知道为什么干吗还要问。但是，为什么？崔湜还是不停地问。后来婉儿生气了,她说,就为了他能给我这个宫殿,能让我的生活裂开一道缝隙能让我喘一口气，能让我有一个属于我自己的地方,能让我和你在一起。懂了吗?这就是为什么你现在必须走,而我必须立刻回到他身边。他在等我。我不能让他等我。他是圣上。没有他就没有我的一切也就不会有你。走吧,崔湜,我们来日方长。但是崔湜还是狠狠地钳住婉儿。他说告诉我,他在你的床上能让你满意吗?婉儿奋力挣脱了崔湜,她说是的,他不能让我满意，他已经很老很虚弱他已经力不从心而我的快乐和满足都是你给我带来的,但是,你能给我这美丽的宫殿吗?你能让我远离后宫的窒息吗?当然你已经是朝中的大宰相是圣上身边炙手可热的人物,但是你对我来说也还是一无所有。你不能给我半点自由,也不能丝毫改变我的生活。甚至连你的一步步升迁,也都是要靠我,靠我在圣上那里为你美言。是的我爱你,我当然愿意和你在一起。我只有和你在一起时才能真正地感受到那种爱和被爱，也才能享受到你的诗情和才情所带给我的精神的慰藉。但是,说到底你我还都是他的臣民他的奴仆。我们不敢也不能在他的面前有丝毫的造次。否则稍有不慎,就会毁了我们历尽艰辛、费尽心思才争取来的这个我们能相见的机会。崔湜,别固执了,也别再问为什么了,走吧。圣上不会总是住在这里的,因为今晚他高兴。他高兴的时候已经太少了。他也很不幸。他也是值得同情值得安慰的,而我是他的昭容。走吧,别毁了这一切,如果你真的爱我也真的爱你自己……

崔湜怅然而去。

然后,婉儿和圣上纠缠在那勉为其难的欲望中。无论在这样的关系中婉儿是怎样地不舒服不愉快,有时甚至觉得恶心,婉儿还都是尽力而为。因为她知道和任何其他的男人比起来,显对她来说都是第一重要的。她一定要把显紧紧地拴在她的裙带上,她要显无论在朝廷上还是在床上都离不开她。她要因此而能够掌握显控制显乃至于指挥显。因为她知道她一旦放弃了她对显的这一份权力,显就会再度滑落到韦皇后的控制中,那么她将危在旦夕。所以婉儿宁可舍弃那一份爱情而来呵护显。其实那也是战斗,是她在和韦皇后争夺着她们对当朝天子的控制权。她怎么能为了奢侈的爱情而从保卫生命的战斗中退下阵来呢?

从此便是,婉儿不断地在她的家中举行盛大的游宴。有圣上行幸的时候,婉儿就尽力侍奉圣上;而当圣上起驾,崔湜便自然会乘虚而入。为了崔湜,婉儿在庭院的深处在一片枞树林中,专门为自己修建了一个读书的房间。那里很幽静。有蜿蜒的池水。那是婉儿不会让任何人去的地方。但那里当然是属于崔湜的。有他们两人的独自的床。婉儿彻夜在那里等候着崔湜的到来。崔湜不来,她便在《缲书怨》中写道:叶下洞庭初,思君万里余,露浓香被冷,月落锦屏虚。欲奏江南曲,贪封蓟北书,书中无别意,惟怅久离居。

这就是婉儿的心情。

从此婉儿住在了宫外。宫官居于宫外,自古以来,婉儿是第一人,也算是开了先河。而婉儿敢于提出她要离开后宫,其实也是在当时皇室女人权力日盛的大背景下。始作俑者当然是那个天下第一的武则天。一个女人连皇帝都可以做,那么女人还有什么事不能做呢?女人可以做女官。公主可以和皇子平等。公主进而可以和皇子一样要求继承权,可以在宫中置府。于是,如婉儿般的圣上的嫔妃当然也就可以挣脱后宫的锁链搬到城里来住了。总之女人的权力变得越来越大,她们甚至可以统治男人可以超越性别的界限,在皇宫里为所欲为。

譬如武三思虽然可类比曹孟德,但事实上他的这种在朝廷中大权独揽的局面，也是通过婉儿的引荐和通过与韦皇后睡觉得来的。而中宗李显也是因为他在困难时期的一句“不相制”的诺言，和他对婉儿的少年梦想，而乖乖地将他手中的权力拱手送给了婉儿和韦皇后以及她的情人。这便是女人的作用。从此朝廷竟是在她们的发号施令之下，被她们摆布着，她们甚至根本就不把大唐的那些朝官们甚至不把皇帝放在眼中。

总之女人们对权力的欲望越来越强烈，而她们中的最伟大者，在武皇帝仙逝之后，应当说就是上官婉儿了。唯有婉儿，能充分地运用她的智慧和才能，成功地将天下所有最重要的男人和女人握在手中，特别是女人。婉儿一方面努力提高这些女人的地位，一方面又牢牢将她们控制在自己手中。这才是婉儿的雄才大略，她是通过提高女性地位的阶梯，使自己不断向权力的顶峰攀登。

婉儿其实就是这样对待韦皇后的。她不断向韦后进言提高妇女在社会和政治中的地位，她告诉韦后唯有如此，才能为她未来也成为女皇铺平道路。如此，婉儿将韦皇后称霸的野心点燃。婉儿当然知道韦皇后和武则天是不能比的。韦后的梦想成为女皇就仿佛是痴人说梦。但是婉儿更加知道，如韦后这样的愚蠢的女人，只能是野心越大，她的末日也就到来得越早。

婉儿还不断请求提高公主们的地位，这一方面是为了取悦于韦后，投其所好；一方面是为了笼络住公主们的心。如今的韦后虽贵为皇后，但她已经没有了可以继承王位的儿子，而公主们如若不能像婉儿提倡的那样与皇子平等，她们就无论怎样显贵，也无法拥有未来。既然是女人能做天下的皇帝，那么女人为什么就不能做王位的继承人呢？婉儿的如此引导无疑使安乐公主那样的女人跃跃欲试，希望由公主继承王位也开天辟地，成为现实。从此安乐公主坚信她是能够继承皇位的。尽管在她的父亲中宗李显的名下，还相继有重俊、重茂两个皇子,但他们毕竟不是当朝皇后所生,所以,这就给皇后所生的安乐公主成为皇太女提供了一个无限可能的空间。

始作俑者仍是婉儿。于是婉儿就更加成为安乐公主的知已。这还不单单是为她开辟了成为皇位继承人的道路，而是在安乐公主在她与武延秀的关系中,就曾因婉儿的帮助而将她视为知己了。随着皇室中女人地位的提高，安乐公主在她的家中也变得越发地飞扬跋扈不可一世。她的那个平庸的丈夫武崇训,虽贵为朝中大宰相的公子,但因为安乐公主从骨子里就看不起武三思,崇训便也跟着被安乐嫌弃。在安乐公主的心目中,一个男人无论怎样位卑,但他只要堂堂正正,就是值得尊重的。但是如若一个男人是通过他的性器去取悦于女人并换取权力和地位,那么这个男人无论是谁,都是安乐公主所不耻的。而尤其让安乐公主不能忍受的是,这个武三思不但是个男宠一样的男人,他竟然还是母亲的情人。这就让安乐公主双倍地蒙羞了。

她所以很久以来恨母亲,恨武三思,当然也恨父亲的无能和懦弱。于是父亲的可耻也牵连了儿子。武崇训在安乐公主的心中越来越丑恶。在这种淫乱的家庭还有什么妇道可言。是武三思彻底破碎了安乐公主关于纯洁的梦想。后来发展到安乐公主一看见武三思就恶心。她想她反抗这个无耻男人和她无耻的母亲的唯一方式,就是也像他们一样地无耻。她想唯有如此,她才能狠狠地报复公公和母亲。她就是要伤害武崇训,就是要在众人面前公开地和武延秀狎昵放浪。她想这就是以毒攻毒之策。你们乱来,那么我也就乱来。一报还一报,其实其间最倒霉最无辜的还是武崇训,他就是当面看着武延秀和他的老婆调情卖俏,也只能是听之任之,不敢有半句微词。

安乐公主在生活上堕落,在政治上却开始抱有野心。她毕竟是当朝天子最心爱的女儿,这是众所周知的,所以当时安乐公主的地位可谓是权倾朝野,整日里门前车水马龙。朝拜的人们都希望能通过结交安乐公主而巴结当今圣上。这种众星捧月的状态就更让安乐公主觉得她做王位继承人不是不可能的:因为她是父皇母后的最爱,又是握有实权的武三思的儿媳,从种种不同的层面中,她都会获得朝野的拥戴。安乐公主野心勃勃,她所以才会请婉儿为她的未来论证。婉儿对安乐公主所怀的,是一种异常残忍的喜爱。她知道她实在是不能不喜欢这个女孩子,就像那些王公大臣们不能不喜欢安乐公主一样。因为她实在是太美了,是那种光艳动天下的美,也是一种人世间罕见的美,一种无法拒绝的美。所以婉儿喜欢这个年轻的女人。一种想将她占为己有想呵护她同时又想毁灭她的喜爱。正因为喜爱,婉儿才没有极力怂恿安乐公主关于皇太女的野心。她对她说,这当然不是不可以的,但需要时间,需要从长计议。毕竟圣上还在。要给他时间考虑。你万万不可过于急切,那样也许会把一切弄糟。婉儿可能是真心地为这个涉世太浅的女人着想,她确实不希望安乐公主早早就被她不恰当的政治野心所毁灭。

婉儿之所以没有鼓励安乐公主去奋力争夺那个王位继承权,事实上是,婉儿所提出的公主与皇子应同等待遇,是适合于所有公主的。偌大一个李唐皇室,不仅安乐一个公主,还有同为韦皇后所生的长宁公主,和那些非韦后所生的显的其他女儿们。然而,婉儿真正希望由此而得到权力的一个人,其实还不是显的这些气焰万丈的女儿们,而是那个如今已成为长公主的太平公主。婉儿最希望的就是太平公主的家中能设府并置署官,使公主的待遇如亲王一般。婉儿之所以这样做,其实也是有着一番良苦的用心的。她希望由此而保持住与太平公主之间那几十年来尽在不言中的默契和友情,而更为重要的,则是要在笼络太平公主的同时,笼络住所有李姓的子嗣们,特别是笼络住已成为相王的李旦,因为婉儿看见了旦的那五个英姿勃勃的儿子都已经长大。他们对朝廷的一切冷漠而疏离，但是婉儿感觉到他们其实已经在磨刀霍霍，虎视眈眈了，他们迟早有一天会起事。

所以婉儿要紧紧拉住太平公主做她的盾牌。为了这一层保护，婉儿在她为皇室所制定的任何一项策略中，都不曾伤害过太平公主的利益。就是说，在制定政策之前，她总是要反复掂量太平公主在其间的位置。就是在那些推崇武氏而排抑李唐的诏令中，婉儿也没有损害过太平公主，因为太平公主的丈夫就姓武，且在婉儿的精心运作中，在武三思荣任三公之一的司空后不久，武攸暨就当上了比武三思的官位还要靠前的司徒，位于宰相第二，仅次于首席宰相的太尉。尽管朝中的大权在武三思手中，但至少在名声上，武攸暨是优武三思一等的。所以太平公主对婉儿贬抑李家的策略并没有太大反感。而婉儿提出的提高公主地位，同样使太平府的位置大大提高。而且在所有的公主中，获利最大的恰恰就是太平公主。不仅她的驸马是当朝的宰相，而且她也同她的哥哥相王李旦享有了同等权力，这是前所未有的，太平公主当然感激婉儿。而如果公主能拥有皇位继承权，太平公主自然也会当仁不让。其实这也是太平公主早有的野心。从母亲在世时，而女皇对她所剩的两个儿子又都不满意，太平公主就怀有了那种对皇权的欲望。既然母亲能做皇帝，她为什么就不能做皇位的继承人呢？从此太平公主便积极参与朝政。她不仅自己亲自参与，还让她已经长大成人的儿子们也积极参与。特别是在诛杀二张的"神龙革命"中，她也曾表现出极大的热情，并积极参与策划。于是当"革命"成功之后，她作为有功之臣，被封为"镇国太平公主"，这无疑是对她参与政治斗争的一种奖掖、肯定和鼓励。于是对未来的朝政，太平公主就更有了一种要参与进去的信心和斗志了。她不能做旁观者，她也要做母亲那样的伟大的女皇。特别是，当韦后通过武三思开始参决朝政之后，太平公主就更是跃跃欲试，决心与韦皇后一决高低了。因为她坚信，那个粗俗愚蠢的韦皇后根本不是她的对手。与其让这个野心勃勃的女人做女皇，那当然还不如她首先把那个皇位抢到手。于是，太平公主与韦皇后觊觎皇位的明争暗斗开始。她们以为皇权可以是武曌的，也就能够是她们的。她们根本就不管那些男人们，不管李显依然坐在皇位上，不管李显还有两个能够继承王位的儿子，不管相王李旦和他的五个英姿勃发的儿子也拥有继承李唐天下的可能。她们不管。她们对皇室中的男人们视而不见。她们以为风水来回转，天下就该是女人的了。

所以婉儿提高公主地位的策略对太平公主来说就等于是及时雨。如此，她们之间的那种姐妹一般的友情自然就更深厚了。特别是当婉儿也搬出了后宫，她们之间的交往就更多了。她们彼此之间频繁地相互拜会。除了游宴作乐，丝竹之声，她们自然也会时常谈论起朝中的政务，以及韦皇后的种种动向。她们的关系极为密切而复杂，她们甚至是相互利用相互牵制的。婉儿所需要的，是同李家千丝万缕的联系；而太平公主所羡慕的，是婉儿能将皇帝皇后以及武三思全都牢牢控制在她的手中。婉儿服务于圣上以及圣上的家人，但是婉儿同时也真心实意地为太平公主出谋划策。她总是不厌其烦地为太平公主筹划各种宴会，她告诫太平公主，这是招揽朝中人士，拉拢党徒的最好方式。日后，太平公主确实因此而罗织了一大批对她忠心耿耿的党羽，为她日后争权奠定了坚实的基础。

婉儿便是这样尽其所能地帮助她身边的那些有权势的女人们。无论韦后，无论安乐公主，也无论是太平公主。而这所有的女人，在婉儿的帮助下，都拉拢了一批朝官并形成了她们自己的势力。她们每个人的山头都越来越高，每个人都各自为政，势不两立，修筑城池,整装待发。也许这恰恰就是婉儿想看到的。她知道她不用再亲自动手,那些女人自己就消解了自己,自己就形成对自己的牵制了。太平公主作为女皇的女儿,她当然瞧不起韦氏母女也不能容忍她们如此嚣张的气焰;而韦皇后与安乐公主在对太平公主的惧怕之余,也视她为最凶恶的敌人,并不遗余力地在中宗李显的耳边唠叨太平公主的坏话,伺机将这个压在她们头上的不可一世的女人打倒。而就是在韦皇后和她号称最爱的女儿安乐公主之间,那隐隐的看不见的争权夺势也是存在的。她们彼此蔑视,彼此仇恨,并在这无形的战斗中争夺着中宗李显的爱。韦后用她与中宗长久以来一直恪守的“不相制”的诺言,而安乐公主则以父皇对她的那近乎情人一般的父爱。

然而,就在这三个彼此争斗互不相让的女人的心目中,一个非常奇妙的现象是,她们竟然每一个人都把婉儿当作了她们最好的朋友最好的同僚最好的参谋,甚至,唯一的支撑。她们不约而同地依赖婉儿,她们甚至觉得没有婉儿就活不了,就动转不能,就不知下一步该怎么走,该怎样进攻才能彻底削弱对方的势力。婉儿怎么会就成了这样一个女人,这样一个操纵着全局的军师?她可以任意地把棋子摆来摆去。她可以想叫谁败就叫谁败,想叫谁出局,谁就在劫难逃。

这就是婉儿。

这就是婉儿的智慧。

她在她所从事的这一套智能游戏中,可谓是出神入化,游刃有余。她玩得太好了,太娴熟了,也太天衣无缝了。就仿佛鬼斧神工,不留丝毫人工的痕迹。一切的天然自然。一切的流水落花。

婉儿不仅能在争权夺势的女人们中间鱼儿一般地游弋,她还能在有权势的男人们中间穿梭往来,进退自如,且获得他们的尊重和爱戴。不说她和圣上、和武三思那唇齿相依的关系，就是朝中那些举足轻重的文官武将们，对昭容娘娘也钦佩得五体投地。他们不仅佩服她的才学，而且佩服她的谋略。那时候其实谁都知道，无论是朝廷还是后宫，其实都是上官昭容一手遮天的。事实上，是这个女人在总揽着天下大权，是这个女人在指挥着天下的一切。

而就是这样一个本质上统治天下的女人，在感情上也还是有着她的很执着的追求的。这就是婉儿在四十岁之后，为什么还会如此钟情于那个比她小六岁而又才华横溢的崔湜的。这已经是一个成熟女人的爱情了。这爱情中不单单有她对感情对肉体的追求，同时，这也是一份镶嵌在政治中的爱情，是唯有通过政治才能长久的爱情。

显然婉儿是十分看重她中年以后的这段爱情的。她觉得此生中能有此爱是命运所给予她的最伟大的赐予。她与崔湜的关系是从诗词歌赋开始的，这就让婉儿觉得这爱情很像爱情了。这样的爱情不同于以往她同任何别的男人的关系，以往她同他们总是被政治缠绕，总是建立在各种各样的利益上。因为那些男人不是争夺继承权的太子，就是角逐于李、武两姓势力争斗中的子嗣。唯有这一次不同。唯有这一次。崔湜不是皇室中的人，一开始，甚至也不是朝中的宰相。婉儿认识崔湜时，他不过是一个参与修编《三教珠英》的无名小辈。婉儿纯粹是因为读了崔湜的诗，纯粹是因为他的才情而欣赏他，进而倾慕他的。婉儿对崔湜无所求。崔湜不能带给她任何利益。崔湜唯一能改变她的，就是她正在变得麻木的精神世界。那个诗的世界。生命中那所有最美好的世界。

也许婉儿初见崔湜时，并没有想要和这个年轻的诗人上床。她只是欣赏和喜欢他的诗，为他诗中所表现出来的那一份愁苦和浪漫所倾倒。这就是诗的力量。大概唯有诗才能把婉儿打倒。因为婉儿太现实了,而朝廷中的一切也太现实了,所以婉儿才会被那浪漫的虚幻所迷惑。被那张崔湜撒出的诗情画意的网所俘虏。婉儿便是这样走进崔湜的怀抱中，她完全忽略了崔湜对她可能是有所企图的,她甚至视而不见崔湜在她的身边是怎样平步青云的。

然后崔湜回到了现实中。

现实中的崔湜很卑劣。不能说诗中的崔湜不真实,无论是诗的浪漫还是人的丑陋都是真实的。这就是这个真实的崔湜。所以历史中总是有人在说,崔湜的文与人实在是相差太远。崔湜的文辞声名昭著,而崔湜的为人却狠毒诡险,虽毒虫不若也。而婉儿所看到的就是那多情的诗文,她已经不愿去顾及崔湜是怎样毒如蛇蝎,陷害他人了。可能这也是婉儿为了欺骗自己,因为她只想生活在诗的境界里。

于是,便坚持着这一份诗的爱情。依然的往来唱和,依然的歌赋传情。婉儿每每将那个暗夜中偷偷潜入她书房的崔湜迎进芙蓉帐里,在浪漫的想象中和这个年轻人尽情欢愉。

崔湜不是那种勇武的男人,因而他也没有强健的体魄。他是消瘦的修长的精敏的轻飘的，如水如云如雾般的，所以他没有冲击力,不能长驱直入,甚至不会疯狂不会拼死地突进。他是那么柔弱那么纤细那么隐隐约约若有若无,但是婉儿全都应允了他,因为婉儿所要求他的,不是那种疯狂的欲望的满足,而是,他的诗所给予她的那种前所未有的精神的慰藉心灵的富有。婉儿觉得,那才是她这种女人的真正的所要。那种精神的饱满之于婉儿,是远远胜于那精液的喷涌的。那才是婉儿真正的幸福真正的欢乐。是婉儿的至爱真爱是为了永远的拥有而不惜牺牲自己的爱的。这仿佛成了婉儿一贯的伎俩,她总是把她最珍贵的东西交给别人去保藏。

便是在一次轻柔的完成之后，婉儿轻轻摇着昏昏欲睡的崔湜，对他说，明晚，我要把你送给太平公主。

太平公主？崔湜顿时困意全无，他睁大眼睛看着婉儿，看着婉儿在灯下的那柔和的脸庞和那若隐若现的墨迹。你这是什么意思？是要抛弃我？就像你当年抛弃武三思？

婉儿抚摸着崔湜瘦弱的胸膛，她说你看你这如纸一般的胸膛能抵得住怎样的毒箭？我当初把武三思送给韦皇后，是为了救他一命。事实证明我不仅救活了他，而且让他如此权及人主，如日中天。你说，难道我不该抛弃他吗？

是因为你爱他？

和爱没关系。我想那是政治。他那时已经危在旦夕。

可是，为什么要把我送给太平公主呢？难道我也将遭遇什么灭顶之灾吗？

你难道还不觉得吗？你在武、韦的势力中已经耽搁得太久了。满朝皆知你是因武三思的权势日盛而背叛"五王"倒戈于他的，所以人人都知道你是武三思最忠实的爪牙。但是，凭着直觉，我仿佛已经闻到了那种血腥的气息。这种终日喝酒吟诗、醉生梦死的生活已经不会太久了。我也隐隐觉出了来自旦和太平公主那道联盟的反抗势力正在枕戈待旦，他们不久就会发兵叛乱了，推翻显……

你也是要我做密探？

不。我不是张柬之们那样的蠢人。有什么用呢？你不还是投靠了三思？我是为了你。为了你这个人。为了你的生存，去靠拢他们接近他们。因为迟早有一天，当今的圣上会不得善终，韦后也将遭到杀戮，大唐必然要回到真正的名副其实的李家手中。我希望你早早去依附太平公主，成为她的党徒，日后对你一定没有坏处。这样，就是有一天我死于非命……

婉儿,你千万不要这样说……

但这是事实。我看得很清。我在这武、韦势力之中已经陷得太深了,难以自拔了,但是你不同。他们会接受你。特别是你的兄弟崔澄是临淄王李隆基的挚友,这对你来说,就是你走进那条阵线的通行证。而隆基是旦的五个儿子中最有出息的，他自幼便有帝王之相,一旦他发动政变,就一定会成功,你何不为自己找到一个未来的位子呢?

可是婉儿,那太平公主一向盛气凌人……

这已经是你自安的唯一捷径了。湜,别再犹豫。相信我,她会喜欢你的。我了解她,尽管她盛气凌人,但是她最喜欢的就是你这种风流潇洒的文弱书生了。特别是在她如今处于劣势的情势下,她就更会无条件地接受你。

婉儿你真的要我离开你?

我又何尝不愿与你长相厮守。崔湜,相信我,正因为我是那么爱你，视你为我意识中的闪亮生命中的珍宝我才会如此忍痛离开你。唯其珍贵,才会是易损易碎的。我就是害怕失去你,才会把你送给那些能保护你的人。我之所以这样做,是为了更加珍爱你,是怕有一天我不再能保护你，是怕你跟我在一起，会与我一道随风而散。我不想牵累你。你还那么年轻,你的才华不该过早地殒灭。抛弃你是为了拯救你,我已经这样救过一些男人了。这一次,让我试着来救你。答应我,尽力去取悦于那个女人,如果她需要,去满足她,她的所有的需要。湜,我也不愿这样做,我只想让你知道我有多爱你。去吧,我的宝贝。如果真的有一天,我没有了,如烟如缕,我只希望你记得我,记得这个晚上,记住我对你的爱。

崔湜泪如雨下,满心悲伤。他紧紧地抱住了婉儿,抱住了那个依然美丽的女人。他抱紧她亲吻她。那千种风流,万般感慨,将那恩重如山的不眠之夜度过。

第二天晚上，婉儿果然把崔湜带到了太平公主的府邸中。太平公主虽然早已听说过崔湜的诗名，甚而知道崔湜是婉儿的情人，但是她却从未在家中接待这位风流才子。太平公主初见崔湜，就有了一种相见恨晚、一见如故的感觉。她也立刻意识到，如若有一天她真能从政，那崔湜就一定是她最得力的辅政大臣，她的左膀右臂。不过此刻太平公主对崔湜的那种感觉，不过就是停留在了这个政治的层面上。那时候，她并没有想崔湜能成为她的情人。因为毕竟，她知道崔湜是婉儿的，她可能还无意去争夺婉儿的情人。或者，她对婉儿还有着几分惧怕。因为天下毕竟还是中宗的，而婉儿又是中宗最信任最依赖的女人，婉儿还在强有力地控制着整个朝廷。

只是后来，在婉儿的怂恿下，崔湜开始越来越频繁地独自前往太平府去求见太平公主，并每每送上他为太平公主所写的那些近乎情诗的颂诗。那离愁别绪。那相思之苦。崔湜尽管遮遮掩掩，闪烁其词，但是那私附之意却跃然纸上。于是太平公主直言不讳地对崔湜说，是婉儿叫你来的吧？她又看到下一步了？她真是爱人爱到底呀，连后事都为你考虑好了。你怎么征服了她的心？你真有那么厉害吗？婉儿干吗总是以牺牲自己来保护你们这些男人呢？她这样太委屈自己了吧。不过既然是婉儿的诚意，我就收留你了。但我们的联盟是秘密的，你也用不着总是往我这里跑。告诉婉儿放宽心，局势还没有那么危机，她有点太煞有介事了吧，仿佛惊弓之鸟。真有人要造反吗？

婉儿便是以她最后的智慧，游弋于朝中的各派势力间。她成了朝中最炙手可热的人物，她不仅能代人出谋划策，还能代人吟诗作赋。每每在圣上所赐的游宴中，在宴席间的诗词唱和中，婉儿每每要代圣上、皇后以及安乐公主等做诗赋辞，有时候甚至数首并作，且首首诗句优美，被时人所传诵。婉儿的诗便是这样被流传了下来。她的诗名和才华也透过她的诗句被后人所称颂。但可惜婉儿所遗文集二十卷到《全唐诗》中只剩下了三十二首。这些诗且多为应制之作，虽词采华丽，但却少有性情。而诗若没了性情，就很难被千古流传，这就是婉儿的三十二首诗中，为什么没有一首是真正不朽的。这或许就如同婉儿这个人。她留下的只有她在历史中的存在，却没有能留下她的内心。

因为婉儿的心很斑驳。

还因为婉儿的心更多的是用在了朝廷和皇室中。淫靡的生活和吟诗作赋不能代替残酷的政治。婉儿尽管脚踩数只船，取悦于所有权势之人，但是她的算计也不是天衣无缝的，只是，她没有想到她竟然会在一条小河沟中翻了船。

朝廷不能一天无太子，于是在“神龙革命”之后的第二年夏天，李唐的朝臣们在与韦皇后的殊死搏斗后，终于将皇子重俊立为了太子。重俊虽然天性颖悟，但因不是韦后所生便多年来不受重视，加之又无良师指导，结果显的这个儿子便活得浑浑噩噩，不思进取，行事从不遵法度，是那种出身于皇室的典型的纨绔子弟，终日只知道和一群皇室的狐朋狗友以蹴鞠、游乐为戏，且声色犬马、多行不义，所以就常常被一些朝官们上疏谏止。或用《孝经义》《养德传》等每每对太子重俊进行教育，但重俊皆不能接受，他已经成了那种真正不堪造就的太子。他不能好好爱护他的神位，且屡教不改，只能让那些原本对他寄予厚望的朝臣们心生悲凉。

中宗李显对他的这个声名狼藉的儿子也十分不满，他也曾每每训导他，警告他不要自毁前程，否则他将把他赶出东宫。而韦皇后看着重俊如此堕落则是心中窃喜。她希望李重俊越堕落越好，她甚至每每为这个不是她亲生的太子提供各种堕落的机会。其实韦后心里的小九九很清楚，那就是只有重俊令圣上和满朝文武彻底失望,她才有可能重演武则天登基的那一幕,她是一直渴望着做女皇的。

所以韦皇后从不在圣上面前抱怨或指责太子的为非作歹不务正业。她只是在冷眼旁观着太子的迅速滑落,并由此做着她女皇的美梦。而从来吹毛求疵、容不得其他皇子公主的韦皇后怎么能对太子如此宽容大度呢?婉儿当然早就看清了韦后的狼子野心。因为婉儿从骨子里就看不起这个韦皇后,所以,她当然不能容许日后有韦皇后称帝的那一天。于是婉儿在这个问题上,便站在了同样想抢班夺权的安乐公主一边。安乐公主面对哥哥重俊的堕落和死不悔改,她也曾多次向婉儿提出,她要奏请父皇废掉重俊,立她为皇太女。那时候婉儿总是劝她三思而后行。直到重俊如此地一路堕落下去，韦皇后又在武三思的鼓励下蠢蠢欲动，婉儿才觉得她必须阻止一下那个韦皇后了。于是婉儿找到安乐公主,告诉她可以在显的面前指责重俊的自暴自弃了。但是婉儿同时又说,以重俊如今的所作所为,还不足以请废太子,所以我们还需齐心协力逼迫他自行退出历史的舞台。婉儿并没有点明就是挤掉了太子重俊,还会有你的母亲在王位继承权上与你一争。婉儿想她们母女在请废太子的问题上至少是站在同一条战线的,她不能消解掉她们一致对外的力量。婉儿只是悄悄地找到了武三思，和她的这个旧情人进行了一番很私下的会晤。她对三思晓以利害。她要求他不要总是怂恿韦后登基了。她说韦皇后和武则天不能同日而语。你可以帮助武则天登基，因为她是天下最伟大的女人；然而你却不能帮助这个庸俗浅薄的韦皇后。你觉得她真能坐在那把龙椅上吗?你这样做会被贻笑大方的。即或是想推举一个与你亲近的能听你调度指挥的人做太子,也该推举那个不谙世事的安乐公主。毕竟你的亲儿子是公主的驸马，唯有安乐公主继承了王位，你的儿子才有出头之日。而他们又是如此无知如此不懂政治，你不是正可以躲在他们背后做那个操纵天下的帝王吗？不管大人和韦皇后如今的关系怎样，但以我的观察，被皇后起用和信任的都是她韦姓的亲戚们。一旦韦氏当政，用不着李家后代，就是韦后的亲戚们就足可以把你下到十八层地狱了，大人难道还看不到这一步吗？但，我希望你能相信我。我的预言不会错。

武三思到底还是相信婉儿的。于是他便也悄悄暗转，倒戈于安乐公主了。从此他们沆瀣一气，恨不能即刻就把太子重俊赶出东宫。为了尽早地实现这一步，婉儿在她所起草的文诰诏令中，每每推崇武氏而排抑皇家，特别是对太子的行为颇有微词，使李重俊气愤不已。而控制朝廷大权的司空武三思，也对重俊贬抑排斥，甚至不给他一个太子所应当拥有的权力。在皇族的各种聚会中，以皇太女自居的安乐公主就更是不把她这个当太子的哥哥放在眼里。不要说在她和重俊的血管里，还共同流淌着圣上的血；就是对一般的宫廷侍从，安乐公主也不曾每每以奴唤之。安乐公主在李重俊的面前，却骄横跋扈，气势汹汹。她时常当众羞辱重俊是奴婢所生的奴才，是野种，她甚至又哭又闹地请求父皇将太子废掉，她说她实在不能忍受重俊继续辱没我们大唐皇室的荣誉了。

这样一来二去，加之重俊自己不识时务，一时间，朝廷中竟真的刮起了一阵请废太子的风潮。这当然是武三思、韦皇后、安乐公主和阴毒的上官昭容所为。大约就是因了这吁请废黜太子的浪潮波涛汹涌，铺天盖地，使那个年轻的太子终于从声色犬马之中惊醒了过来。他于是恍然记起了他的伯祖父承乾和他的伯父章怀太子李贤是怎样在恣意妄为中自毁前程而落得出师未捷身先死的。于是重俊警醒。于是重俊振奋。他当然不能步这等先辈的后尘，更不能再任武氏、韦氏那群势利小人宰割，更不能再听凭他的亲姊妹如此地凌辱他了。他也再不能忍受那个心怀叵测的上官昭容对他的贬抑排斥了。他知道真正的罪魁祸首就是这个女人，无论是在父皇的耳边吹风，还是在他们原本亲爱的兄弟姊妹之间挑拨，他知道就是这个祸水一般的女人，他与她将不共戴天。

任何人的忍耐都是有限度的。何况已经被挤对到绝路上的李重俊。于是重俊找来了那些平时陪他打马球、陪他嫖娼喝酒的小哥们儿弟兄们，满怀悲愤地倾诉他多年来的压抑和苦闷，并表示了他决心起兵造反的心意。于是，重俊的决定立刻获得了那些小哥们儿的拥护和赞同。因为和重俊在一起的，也多是李唐皇室的飘零子弟，在韦、武把持的李唐的天下，他们也全都感到了压抑和忿闷，他们当然想学习他们的父辈们，以造反来改变他们这种被排挤被冷落甚至被监视的被动处境。他们大概还想一鸣惊人，青史留名，只要重俊成功，不仅王朝能归还李家，他们也能在重俊的王朝捞一个显赫的官位，何乐而不为呢？

于是这些没落家族的子弟们很快聚集了起来，他们以他们些微的能力和正义的招牌也即刻拥有了羽林军三百多骑。他们知道夜长会梦多，于是他们当夜便发兵突袭了武三思的王府。这是他们的第一站。这也是他们最恨的最想干掉的一个人。他们在神不知鬼不觉中就冲进了梁王府。而重俊的突然发兵，当然是以为可以高枕无忧的武三思所想不到的。所以骤然之间面对高头大马上那些英姿勃发的李氏子嗣们，武三思毫无准备。他甚至还没有来得及想应战的方式，就已经被刀砍于重俊的马下，一命呜呼。紧接着他们又斩杀了武三思的儿子武崇训。他们想不到首战竟会如此神速地告捷，那么继续杀掉韦后、上官昭容，要求昏庸的李显交权想必也不是什么难事。

于是这些被胜利鼓舞的公子哥们乘胜追击。他们过关斩将首先杀进了肃章门,并将所有的宫门封锁了起来。然后重俊就带着羽林兵士直抵宫内婉儿的官邸。想来李重俊是恨透了婉儿。他觉得他所有的不幸都是来自这个女人。所以当他的飞骑一突进肃章门后,他就高声喊叫着索要婉儿,他发誓要把这个女人碎尸万段。

而此时的婉儿恰好正在显的大殿中与韦后、安乐公主一道陪着圣上博戏。自从听到那遥远的李重俊的吼声,婉儿便立刻知道,她所预感的那一幕终于拉开了。她只是没有想到这叛乱会来得这么快,这么突然。她也想不到首先发兵的这个人竟会是李重俊。她觉得她错误地估计了这个年轻人。她竟然没有想到狗急了还要跳墙呢,何况被逼的是一个皇太子。

肃章门外叛军的吼声一浪高过一浪，且马蹄嗒嗒地逼近了圣上的后宫。顿时之间,李显和他的妻女们已经抱成一团,不知道门外究竟发生了什么。紧接着李重俊高声叫道,他们已经杀掉了逆臣武三思和武崇训,为李唐皇室除了祸患,他们现在便是索要婉儿,唯有杀了这个祸国殃民的女人,才能真正光复我李唐天下……

那一阵接着一阵的吼声和敲门声。

三思父子的被杀就像是晴天霹雳，炸响在已经抖成一团的人们的头顶。韦皇后和安乐公主立刻瘫倒在地上。因为假如真如叛军所说三思父子已惨遭杀戮,那么她们便也在劫难逃了。于是她们又哭又叫。她们紧紧地抱住了李显,请求着,陛下救我。圣上救我。父皇救我。

面对如此的急风暴雨，特别是看到韦后和安乐公主抖得像一片风中的叶子,显的脸上一片绝望,此刻,内心同样充满了恐惧,甚至已经到了崩溃边缘的婉儿反倒镇定自若了下来。她知道重俊是在索她。她便不再害怕。她想反正是一个死,她又何不死得智慧、死得英勇呢。当获得了死的勇气,婉儿反而急中生智。那是因为武三思的死。当然在那种千钧一发的危急时刻,她是顾不得痛悼她从前的情人的。她只是由三思父子的死,推想到重俊是定然不会放过韦皇后和安乐公主的。她不知道重俊是不是也会逼他的父亲交出皇位,但是至少,在此刻,她和圣上、和皇后、和安乐公主是站在同一战壕中的,他们全都危在旦夕,他们必得团结起来对付叛军。

于是镇定的婉儿微言大义,她说如此看来,太子是先要我死,然后再依次弑杀皇后和陛下,要让我们同死于他的刀下。

于是李显大怒。

他当然不肯依着重俊的索要而交出婉儿。

这是显的第一次男人气概。当然,这也是婉儿将她的生死与李显捆到了一起之后所获得的一种来自君王的保护。

在重俊叛军的穷追猛打中，显带上婉儿和他的妻女们匆匆登上了玄武门,以避兵锋。在玄武门城楼上,显大概是有生以来第一次挺起了他的胸膛,庇护了他身后的那些女人们,显示了一代君王的临危不惧。他首先派右羽林军大将刘景仁速调两千羽林兵士,屯于太极殿前,闭门自守。当叛军来到玄武门了,他便依照婉儿情急之中不顾尊卑的指令，向门下的叛军高声喊道：你们都是朕的卫兵,为何要胁从叛逆来讨伐朕？如果你们能立刻归顺朕,杀死那些叛军的首领,朕不仅不会追究你们,还要赏赐你们荣华富贵……

站在玄武门楼上的,毕竟是“朕”。

“朕”毕竟是李唐王朝的真正天子。

而重俊发兵所要讨伐的,也毕竟不是他的父皇。他要杀的,只是那些羞辱他欺侮他的仇人。他不想杀他的父亲。但是他不知道他的父亲是怎样和他的仇人们搅在一起的。杀了他仇人就等于杀了他父亲。重俊捶胸顿足。他真的不知道他是不是该弑君了。

然而就在重俊犹豫的片刻,那些终于不敢背叛"朕"的羽林兵士们突然纷纷倒戈。毕竟,那个大唐天子就在玄武门上。毕竟,他们也确曾宣誓要效忠于他。而李重俊又算是个什么人呢?于是羽林军们反身杀掉了叛军的首领,将李多祚、李承况、李千里等李唐宗室们斩于玄武门下,斩于圣上的眼皮下。一时间玄武门下血流成河。永远血流成河的玄武门,多少兵变都是发生在这血色的城门下。当孤军奋战的李重俊见大势已去,便只好带领那所剩不多的百余骑兵从肃章门杀出了一条血路,落荒而逃。

一场虚惊之后,仍有余悸的李显疲惫地从玄武门下来回到了他的寝殿。他累极了,也害怕极了,他不知道为什么他自己的这个亲儿子会起兵反对他。他明明已经力排众议,说服了韦皇后和武三思,把太子的位子给了重俊,他已经是大唐王朝最合法的继承人了,他干吗还要起兵造反呢?究竟谁在逼他走上这毁灭的道路呢?李显只有仰天长叹。

三个被显保护过的女人也跟随他一道回到了显的寝殿。她们厮守在一起,一夜未眠,焦虑地等着追兵捉拿重俊的消息。她们很怕不能拿到逆子的首级。她们知道只要重俊东山再起,卷土重来,她们就再也逃不掉杀戮之难了。

女人们哀哀地哭着。只有一切平静了下来,她们才能回头去想刚刚发生过的那场灾难。她们庆幸她们的死里逃生,但同时她们也开始去想梁王府所遭遇的血腥洗劫。安乐公主很害怕,她不敢再回梁王府。而韦皇后则几次派人去梁王府探听虚实,当得知三思父子确实已被叛军斩杀的消息后,韦后母女就全都禁不住大哭了起来。安乐公主虽与武崇训已经疏淡,但是她毕竟和他生活了好几年,没有了爱情还有亲情,他还是她孩子的父亲呢。像一种惯性,安乐公主已经不适应没有武崇训的生活了。是因为崇训死了,安乐公主才开始怀念他，觉得他其实是一个那么好的男人。她为他的死而悲伤。那悲伤中甚至有了很多的自责。

安乐公主的悲伤是能够控制的。而大难不死的韦皇后在确知武三思永远离开了她后,那悲痛便是难以控制的了。她开始大哭大闹。她不再想遮掩什么。她哭武三思。三思毕竟是一个与她有着肌肤之亲的男人。她是那么爱他。那么离不开他。她本来是要三思和她们一道博戏的,但是武三思推说很累就没有来。韦后想倘若武三思来了就能逃过这一劫。她边哭边骂着三思,你为什么就不来,你是要在家里等着让那个逆贼去杀你呀。韦皇后哭着哭着便晕厥了过去。醒过来后就立刻会问,抓没抓到那个李重俊,她要千刀万剐了那个逆贼,她要割下他的头来祭梁王。

在哭声骂声和唉声叹气中,只有婉儿远远地坐在一边,满脸的冷漠和麻木。在经历了那场叛乱之后,她已经欲哭无泪。她想若不是她挟持了圣上,若不是圣上这一次的勇敢,而是把她交给了李重俊,她可能早就和武三思一道成为李重俊的刀下之鬼了。重俊诛杀三思之后,反身即要索她,婉儿始才知道她已经被李唐宗室们仇恨到什么份儿上。婉儿睁大着枯涩的眼睛。不知道此刻依然活着依然坐在这里等候着捉拿重俊的消息究竟是祸是福。但是有一点她是知道的,那就是她清醒地知道那是迟早的。迟早有人要起来结束由中宗统治的这一切。不是太平公主,就是相王李旦,或是旦那些生龙活虎的儿子们。但是婉儿没想到,首先起兵的这个人竟是一向骄奢淫逸被家族和满朝文武所不耻的这个李重俊。她没有想到重俊竟然有如此的勇气和风骨,竟然有如此的号召力。她想不是重俊,也还会有别人来推翻这一切的。这一切已经烂到了底。没有人愿意看着这个王朝烂下去。所以这是迟早的。即或是暂时平息了这场兵变,也不能够保证未来不会有人再度揭竿而起。同时婉儿也清楚地知道,她不是死于这场叛乱,就将死于另一场叛乱。总之她已经朝不保夕。她只能平静等待着那个她早已看到的终局。

婉儿就那样冷漠地坐在那里。听圣上的长叹和皇后母女那绝望的哭喊。看他们一家人紧抱在一起的样子,就仿佛又回到了那被废黜之后漂泊如转蓬的日子。婉儿想他们至少还可以相依为命,而她已孑然一身,世间已没什么她可以留恋的了。她唯一的亲人母亲郑氏已经仙逝。那么她如若辞离人世还有什么难舍的呢。如果说还有什么是她心中的难舍,婉儿想也就是那个住在宫城之外对这里的事变可能一无所知的崔湜。崔湜是她唯一的怀念,而她已经将他托付给了能保护他的太平公主,所以她就是死也无憾了。命运将怎样安排她,她都将听之任之。她听天由命,任由命运把她带到哪儿。上天如果要她死,她就陪着武三思一道去做鬼。好在两个恶鬼在一起不会寂寞,他们说不定在地狱之中,还能燃烧出一团恶的火焰。所以她对武三思的死,说不上悲伤也说不上淡然。她只觉得那是个必然就像她迟早要死去也是个必然一样。她想以她的品性,死去后恐怕也只有和武三思那样的人长相守了。她不配和她真心爱的那些男人在一起,不能和章怀太子李贤在一起,那只能是她下辈子的修炼了。但是如若老天留下她呢?婉儿想,那就说明她和崔湜的缘分还没有尽。那么她就活着,和她深爱的男人尽欢。远离这皇室的祸端,远离朝廷的残暴。他们走。私奔。往山林中。去过那最爱的,最宁静的,也是最后的生活。永远不再回来。哪怕长眠于荒郊野岭。

清晨,丢盔弃甲的李重俊逃至长安与终南山之间鄠西的山林中。他的兵马一路散失,来到这荒林中的时候已所剩无几。重俊本来想由此逃往突厥。但毕竟从午夜就开始的叛乱已经使他们人困马乏。重俊便只得在这密林的深处停了下来,他躺在了草丛中。他想稍作休息就立刻前进,但转瞬之间,他的头颅就被跟随他的士卒砍了下来。如此重俊的青春和生命就消逝在了这茫茫的荒林中。他不知道他的随从们为什么要杀了他,更不知道他的头颅是被悬赏缉拿的,而那紧闭着双眼的头颅正被后悔了的叛军带回长安,将功折罪。

这就是太子重俊的狐朋好友们。足见他们的友谊是建立在怎样脆弱的基础上。本来重俊发兵就有些意气用事。尽管有着清除韦、武的大背景,但重俊毕竟是为了泄私愤,就如同恶少的街头斗殴,所以既缺少计划谋略,又没有理想目标。仅凭着一时冲动就大打出手,到头来似乎也只能溃不成军,以失败结局。以重俊的游戏人生,怎么能堪此重整李唐山河的大业?而追随于他的,又多是投机的势利小人和酒肉场中的朋友。在重俊的叛军中,没有忠诚可言。所以才会有如此迅速的倒戈发生,而起事者重俊的头颅被自己的党羽割下,自然也就不足为奇了。

当重俊的手下提着重俊的首级回到朝廷邀功请赏,依然在惊恐之中的中宗李显竟然掩面不敢看他亲儿子的那张已变得乌青的脸。他只是摆摆手,说传朕的旨令,将这逆子的头供于太庙之前,让他自己向先祖忏悔吧。于是这颗不安分的青春的头颅,又流转于太庙祖宗们的灵位前谢罪。

而在太子重俊兵败被杀的当日,中宗李显便携皇后亲临梁王府为他的爱卿武三思吊唁。此前安乐公主已在姐妹的陪伴下回到了梁王府,为三思父子服丧。梁王府被黑色的阴魂缠绕着。那一份凄惨是可想而知的。谁也想不到位及人主的武三思竟会在不经意之间死于一个小小的太子之手。他是从未将这个重俊放在眼中的,而他就在这大意和疏忽中命归了西天。其实说起来武三思能活到今日已经是他赚的了。早在“神龙革命”的时代他就本该与张氏兄弟一道遭到诛杀的。是“五王”的心慈手软让武三思从此耀武扬威。“五王”是以性命为代价为后世留下了惨痛的经验。如此,才使这作恶多端的武三思在人世间又滞留了三年。三年的光阴说起来不长,而武三思在三年中竟爬到了权力的巅峰。武三思是在那巅峰上跌下来死于非命的,所以也算得上死得其所了。

这是武氏家门中的大不幸，所以前来吊唁的朝中百官和各方人士络绎不绝。但是真正悲哀的倒是没有几个,就是韦皇后见到那棺椁中已经断了气息的武三思也控制住了她的悲伤。她只是远远地看着。默默地流泪。毕竟圣上还在,她当然要维护圣上的尊严和面子,而况,三思死了,她今后只有靠显了。

人们列着队来瞻仰当朝大宰相的遗容。他们做出很严肃很沉痛的样子,其实在他们心中所涌动的是一重庆幸。他们觉得反正重俊也不是个合格的太子，用他来交换一个误国毁国的大奸臣的生命实在是两全其美。

大概是韦皇后和安乐公主感觉到了人们的幸灾乐祸。于是她们愤怒、疯狂,以至于逼迫圣上敕许,从太庙取来李重俊的首级祭于武三思父子的灵柩之前,俄而,又悬于朝堂示众,直至腐烂,被鸟鹊叼啄,朝野上下,竟无一人敢去为重俊收尸。如此解了韦皇后母女的心头大恨,但是她们却还不满足。在她们的强烈逼迫下,中宗迫不得已,终于向天下宣告废朝五日以祭悼武爱卿。并追赠武司空为武太尉,追封已被婉儿以退为进降为郡王的武三思为梁王,谥曰宣。

至此,中宗李显已经不知道他所做的都是些什么了。他只是盲目地听从着韦后母女的指挥。当然这样也算为他的妻子女儿申了冤,昭了雪。但是他将自己儿子的头悬于朝堂之上示众的现实,从此便让他寝食不安。无论如何,这一次又是通过他自己的手杀了自己的儿子。不管韦后和安乐公主怎样地逼迫,最后还是由他签署了剿灭重俊的旨令。无论重俊是否造反,但重俊到底是他的亲儿子。他尽管在韦后面前要千方百计做出对他的这个亲儿子不闻不问的样子,但是重俊到底是他的骨肉,是他不能不在乎的。所以重俊的死对显的打击很大很沉重。打击是比当年重润的死还要致命的。从此，他便只有唯一的儿子年幼的重茂了。而重茂依然不是韦后所生,这就让李显对重茂的未来怀了更深的忧虑。显在重俊死后悲痛欲绝。他这才更深地体验到中年丧子是怎样的一种人生的悲哀。他不能够接受他的儿子们一个个死去的现实，更不堪忍受他的亲爱的儿子们竟都是死于他手。他想他是在被母亲逼着,在被韦皇后乃至于在被他最爱的女儿逼着,去杀他自己的儿女的。他已经枉为人父,他甚至都不是人,全然灭绝了人性。是女人把他逼到这罪恶的绝境的，所以他从此恨这些女人，也恨这个冷酷残暴的宫廷和朝廷。

这时的中宗已经心灰意冷,顿生去意。他已经无心再管那些朝中的事了,他也再不想在那残酷无情的夹缝中寻找正义和良心了。因为他自己就不是正义的,就没有道德和良心,就是个杀死自己亲人的刽子手。他已经被那些他爱着的女人们逼上绝境,他已经无路可退,他还有什么权力谈论正义和良心呢?他甚至都不配用他肮脏的布满亲人血污的大脑去想这两个纯洁和神圣的字眼。

在废朝五日的长长的寂寞中，显把自己关在他的寝宫中谁也不见。其实他此刻还是想见一个人的,那就是婉儿。但是侍从说,昭容娘娘当天就回她宫外的宅邸去了。她说她病了。她的头在剧烈地疼。中宗知道那是婉儿不愿见他。婉儿已经两度目睹了他是怎样杀儿子。但这一次在某种意义上他也是为了保护婉儿。他怎么能把婉儿交给重俊去屠戮呢？不，他宁可用儿子的头去交换婉儿的生命，那是他的誓言，他答应过婉儿也答应过自己，要好好地保护婉儿。今生今世。除非有一天他魂归西天。不允许任何人伤害婉儿，当然也包括不准他的儿子。所以当他的儿子想冒天下之大不韪，伤害自己最心爱的女人时，他当然要，杀无赦。婉儿的病让中宗李显很不安。他很怕这场劫掠会让婉儿从此一病不起，毕竟他们已经都不再年轻了。

中宗本来很想拖着他疲惫的身与心去探望婉儿。但无奈举国哀悼梁宣公的时候，那个疯子一般的韦皇后紧紧地看守着他，让他动转不能。于是他便打消了去看婉儿的念头。他不仅仅是打消了去看婉儿的念头，而且打消了人生一切积极的念头。让一切随风而去，就连他自己，就连他头顶上的那帝王的皇冠。他已经无所谓。他已经心如死灰。他想他才是一个真正的傀儡，一个女人的傀儡，他的生死冤家韦皇后的傀儡。他初为天子时，就是被这个女人逼迫着，为她的参军父亲讨天下，结果失了王位而在荒凉之地流放了十四年。如今，他重新登基，再度成为天子，竟依然是在被这个贪得无厌的女人摆布着。是她要让她的情人武三思位及人主，那么他就顺从地离开，把王朝交给诸武。他想就是因为这个女人才导致了这场重俊的叛乱。结果是两败俱伤，他不仅失了儿子，也失了那个宰相，显不知道时至今日，那韦皇后们是不是满足了，他也不知道她们是不是还有更高的目标。更高的还有什么呢？那就是他的王朝，他的皇位。显于是想，不就是要王朝要天下吗？那么就拿去吧。朕给你们。连朕的这顶皇冠，连“朕”的这称呼，通通拿去吧，朕都给你们。

唯一没有前去为武三思哀悼的，是婉儿。

婉儿真的病了。她知道了她已危在旦夕。当婉儿得知圣上要见她，她还是拖着病弱之躯，来到了显的床榻前。显拉住了婉儿的手。

还没开口,他们便已经热泪纵横。这时距他们共同草拟将太子重润和永泰公主赐死的诏令已经整整七年。中宗拉着婉儿的手。他问她，为什么总是要你和我一道承担罪恶？是谁在逼我去杀我的儿子？是你吗？婉儿？不,不是你。可是你的两鬓怎么一下子全白了？朕可能已经很久没有认真看过你了。婉儿流着眼泪说,不是陛下没看过,而是重俊发兵的那一夜,奴婢的头发就突然全白了。如此,婉儿始知忧惧,始知奴婢的命数已尽,不会有多久了。

婉儿你不要说这些。朕经历过多少苦难、多少血腥的杀戮,不是还苟延残喘、委曲求全地活着吗？

陛下,只是奴婢预感到,重俊起兵不过是一个前奏,真正的兵变还没正式开始呢。只是在等候着一个契机。但奴婢也不知那是个怎样的契机。但这是迟早的。是最终逃不掉的。而我们已经老了。我们已无招架之力,只能承受,只能听之任之。

那一次婉儿同显的会面很短暂。显本来是想从婉儿那里获得生存的勇气的,但是他没想到婉儿的心竟然要比他还晦暗。连一向进取的婉儿都如此颓败,那么王朝还有什么可留恋的,他从此去意已定。他决定放弃。这一回是他自己决定的。从此,他将在这个傀儡的位子上当一天和尚撞一天钟。等待着婉儿所预言的那场风暴的来临,他将在那场风暴中告别。

婉儿在举国哀悼武三思的那段日子里真的病了。她发烧,她昏迷,她时常被血腥的噩梦惊醒,她想,可能唯有死亡才是人生最宁静最平和也是最安全的境界。婉儿在病着的时候,在她依然活在人世间的时候,她最想见到的那个人就是崔湜了。

婉儿是劫后余生。她不敢想象她还活着,但是她确实还活着。当活着成为现实,婉儿当然就特别想念现实中的崔湜了。她坚信崔湜在得知那场午夜的叛乱后,一定也非常惦念着她,于是她便让她的家奴赶快到崔湜的府上去传信，就说她已经回家了，她希望崔湜能来看望她。或者说，婉儿就是为尽快见到崔湜而回到市区家中称病的。按理说，宫廷发生了这么大的事变，婉儿是应该留在后宫，应该陪伴在圣上身边的。但是婉儿逃了出来，在这死里逃生中只想见到她最最心爱的男人。她只想让他抱着她，只想向他诉说，在重俊索要她的时候，她是怎样地绝望和恐惧，她以为她今生今世再也看不到崔湜了。

于是婉儿等候。

每一个白天和夜晚。每一个等待的时辰。

然而令婉儿伤心的是，一连几天过去，崔湜却从不曾未探望过她。躺在病榻上的婉儿辗转反侧。她不知道崔湜那里究竟发生了什么。她就是那样一个时辰一个时辰地盼望着。她对未来的每一个时辰都充满了希望和期待。然而时间被一天一天地穿越。每一个时辰也从开始时的希望转化成终结时的失望，甚而绝望。

终于，废朝的五日过去。无论婉儿怎样思念，崔湜终是没有来。

如此，婉儿才意识到了人情的冷暖。她不知道崔湜为什么要逃避她，但是她却看清了，这原本就是虚幻的爱，其实也就是那即将到来的那个彻底毁灭的一部分。她只是想不到这爱的终结的到来是这么早，这么绝情和干脆。就是说，这几年来她给予崔湜的爱和她给予他的一步步向上的官阶事实上都已经付诸流水。那本来就不堪一击的情感的纽带，想不到在一场动乱中就破碎了。婉儿孤苦一人地面对这人情冷暖，世态炎凉，她想她还能说什么呢？

但是婉儿不怨恨崔湜。她想那是她自己的问题，怎么能迁怒于别人呢？何况她已经死之将至。当她已经能够平静地面对死亡，她还有什么不能接受的。她并不会为崔湜的背叛而做出什么有失大家风范和优雅气度的事。不，婉儿不会。婉儿的痛苦和绝望是深藏于心的是连她自己都看不到的。她不是那种疯狂的不管不顾的女人。婉儿是中庸的是和谐的是包容的是内敛的是圆融的。婉儿干吗要指责别人。成败生死都将是婉儿自己的,与他人无关。

婉儿在这样的对自己深切的关照中。

她开始平静地收拾行装。废朝的五天已过,她作为朝中女官,准备明早进宫上朝,在如常的日子中等待着那个死期。就像是婉儿已经病入膏肓,而她的死去的心就是她的绝症。

婉儿平静异常。她不再对任何人和任何事抱有奢望。到了很深的夜晚,窗外是很萧瑟的冷风。终于有人来叩响婉儿的大门。婉儿不知是谁。但不论是谁婉儿都已经坐怀不乱。她异常冷静地走过去打开门。她还是想不到,在这半夜三更来探望她的竟是太平公主。

太平公主开门见山,她一上来就说是我让他避避风头的。你不是要我保护他吗?他如果为你而遭到株连,你觉得值得吗?他是个可以有大作为的男人。在未来的争斗中,他是个可以派上大用场的人。

你是说崔湜?婉儿冷淡地问着太平公主,你真的觉得他会那么有用吗?

起码我需要这样的人。太平公主直言不讳,而恰好你又给了他那么高的官。

就是说他已经向你表过忠心了?

放心吧婉儿,我知道他是你的人,我也并没有和他上床。我只是告诉他我是信任他的。我要让人们看到他已经私附了我,已经是太平府的党羽了。这样一旦发生了政变,他便能安然过渡。我是在为你而收留他。你难道真想拉他殉葬吗?你想想一旦你死了,而他依然很好地活在人间,纪念你,这难道不好吗?

好啊。当然好。我只是觉得所有这一切不该毁灭得这么快。

那也是你们把重俊逼得太急了。否则,我们完全能谋略得更漂亮。彻底清除韦氏一族。而崔湜也不至于这么快就不得不离开你。

倒不是因为他。

那么是因为我啦?

我只是觉得显已经危在旦夕。这是我越来越不放心的。韦皇后和安乐公主为了抢班夺权丧心病狂，显怕是已经等不到寿终正寝的那一天了。

那么显的死期刚好就是我们诛伐诸韦的日子。这一天我们实在是已经等得太久了。

但毕竟显是你的哥哥,他已经受尽磨难。

但是他纵容武、韦,也是他罪有应得。

那也是我罪有应得了?

这和你有什么关系?我们是姐妹,相信我,婉儿,无论发生什么,我永远不会出卖你。

好了,把他拿去吧。

你是说谁?

他。他是你的了。但你要好好待他。他是这世间唯一给了我精神之爱的男人。我是那么爱他,看重他。只是这一切结束得太快了。不过我无悔无怨。今后,我不会再要他到我这里来了。

在朝廷上,你也要尽量远离他。否则一旦事发,他就只能陪你一道去死了。

好了。你不用威胁我。他是你的了。你走吧。你还要怎样剜我的心呢?你回去就可以和他睡在一起。他值得你睡。

就是那么简单。在和太平公主的几句你言我语中,婉儿就中断了她和崔湜的那段深入灵魂而又深入骨髓的至爱。在提早到来的她与崔湜的诀别中,婉儿只和崔湜有过一段轻描淡写的对话。那是在政务殿婉儿办公的房间里。那时候婉儿和太平公主已经有过了那段关于崔湜的讨论。那天是崔湜给婉儿送来需要她整理的奏折。崔湜将公事处理完之后却依然不肯离去。

于是婉儿问他，崔大人有什么事吗？

婉儿，我……

别叫我婉儿。这是朝廷，叫我昭容娘娘。

是的昭容娘娘，我确是身不由己……

这些我都知道。你不用解释什么了。

只是……

崔大人还有什么事吗？如果没有，就退下去吧，我要做事了。

不，你要让我说，我是爱你的。你说我还能有什么选择？

你不要说这些。我知道你我该以大局为重，我也并没有苛求你什么呀？走吧。

不，我要让你知道，今生今世，我只要常常能在这朝堂上看到你就不枉今生了。

你退下去吧。我知道你的心意了。你还要我怎么说？说我很快乐很……婉儿哽咽了。她不再说。她紧锁在眼眶中的泪水马上就要流出来了，她赶紧低下了头。

崔湜转身向外走。他也早已是热泪盈眶。他已经走到了门口，才听到身后婉儿那再也抑制不住的哭泣声。于是崔湜停住了脚步。他想返回来。在这政务殿。就抱住婉儿。告诉她，他再也不能离开她了。没有婉儿的生活不是生活。他宁可为她而死，宁可……

不，不崔湜，你别转过身来。听到了吗？别回来。求你了。向前走。推开门。我们这就算告别了。行吗？

直到那冷酷的关门声传来。婉儿才抬起头。她的肩头一直在抽动着，但是她擦干了眼泪。婉儿想这样的告别很好。她没有在意那个诗人不枉今生的表白。她欣赏崔湜走得很坚决。她知道崔湜其实是嫌弃她的。他不能忍受叛军高声索要着她并且要杀掉她。难道叛军恨我你崔湜就要离开我吗？那世间还有所谓真诚的爱情吗？

婉儿才知道她是真的不能够拥有那种所谓真诚的爱情。她的任何爱情都是被镶嵌在变幻的政治风云中的。她将永远被政治所左右。

但是婉儿没有对崔湜说这些。往事如风流云散，而婉儿的心从重俊在肃章门高声索要她的那一刻就已经变得麻木而冷酷。她不再关心他人，她甚至不再关心她自己。因为她知道她的命运已经不再掌握在自己手中。剩下的，就是苟延残喘，逃过一劫算一劫，直到千回百转，万劫不复。

重俊事变后，崔湜倒真是不枉了今生。因为婉儿帮助他获得的宰相身份，已足以让他时常在政务殿中见到婉儿了。他们之间，有着很多无法避免的政务的往来。但是从此，婉儿恪守了她对太平公主的诺言，对崔湜永远是一副公事公办的样子。就是他们偶尔单独在一起，婉儿也是只谈政务，不言其他。其实并没有人在监视他们。那是婉儿自己在约束自己。她知道一切都已经完结。她不再想要那些不再属于她自己的东西。

后来不久，朝中就风言风语，说崔宰相已改换门庭，他已经不是上官昭容府上的常客，而成为太平公主的党徒。传言者还指责崔湜是势利小人，忘恩负义。人们都还记得崔湜的宰相是上官昭容举荐提拔的结果，曾几何时，他就把那个倒霉的女人抛至九霄云外了，真是个背信弃义的男人。

婉儿听之任之。

后来又听说，每每太平府中有游园歌会，都会有崔湜为太平公主赋诗填词。于是太平公主总是赏赐丰厚。崔湜已经成为太平府的座上宾了。

婉儿依然听之任之。

再后来,那传言就变得有点污秽不堪了。说太平公主和崔湜总是过从甚密,狎昵亲热。每每与太平公主私通于太平府上。那淫荡放浪已令人不耻。

婉儿还是听之任之。

婉儿当然知道失去心爱的人是怎样的一种悲苦。但是此时婉儿的心已经遥远,她甚至自己都已听不到自己的心跳声。那心已乘鹤而去。到一个婉儿看不见也找不到的地方。但婉儿知道那远去的心迟早要带上她,把她带到那个她一定要去的地方。

公元七〇八年的深秋,美丽动人的安乐公主在为她的亡夫武崇训服丧一年之后,就急不可耐地再度穿上新娘的嫁袍,嫁给了她曾经朝思暮想的武延秀。这也算是一段至爱至美的天赐良缘。安乐公主从未想到她真有如愿以偿的这一天。严格说来,安乐公主对她丈夫武崇训的死并没有真的难过。她只是觉得自己的亲兄弟竟敢杀了她的丈夫和公公,实在是对她名誉的侵害和羞辱。然而安乐公主对重俊在百般仇恨之外,也还是心存了一丝感激的。因为毕竟是重俊杀了武崇训,才玉成了她与武延秀这天长地久的好事。

安乐公主在亡夫的丧期未尽就匆忙结婚,是因为那时候她已经身怀有孕。倘再不快快喜结连理,她腹中武延秀的孩子就将会是个野种了。即是说,自崇训死后,安乐公主在守寡的闺中就从没有寂寞过。崇训的祭日一过,武延秀就开始频繁出入安乐府的大门,他当然也可以随意爬上安乐公主的大床,只是,在丧期之中名不正,言不顺。如果不是一个婴儿已孕育在安乐公主的腹中,她可能是会为她的亡夫和公公将丧期服完的。但是,那个婴儿终于等不及了，于是，她的母亲便欢天喜地地脱去那一身晦色的丧服，代之以凤冠霞帔和大喜大庆的婚袍。这是安乐公主的第二次婚姻。安乐唯一遗憾的，是她那早已仙逝的老祖母看不到了。安乐公主与武延秀结婚时，尽管她的身体已经非常不便，但是她还是将她的婚礼铺排得很惊天动地，气势磅礴。她并且在婚前就请求她的父皇，将她的新驸马迁升为太常卿兼右卫将军，她以为她从此的生活就是永生永世的了。

为了美好新生活的开始，安乐公主开始大兴土木，修建庄园。她的庄园方圆五十里，处处皆水池，最南端竟一直延伸到终南山的脚下。那是怎样的气魄。自然皇室的其他公主们也不甘示弱，急起直追，争相翻修她们还不够大不够皇室气派的宅邸。紧跟在安乐公主身后的，就是她一母同胞的姐姐长宁公主。她便也不惜巨资，比照着安乐山庄的蓝本，用地三百亩扩建了她的庄园，并别出心裁地在她的家中修建了一个巨大的马球场，供那些骄奢淫逸的公子王孙们来此游乐消遣。而与安乐公主的家仅一街之隔的太平公主，当然也不能落在她侄女们的后面。于是太平公主也殚精竭虑挖空心思地重建她原本就无比富丽堂皇的宫殿，使她的家就更是典雅壮丽，且夜夜聚集起朝中的要官和文人墨客们在此穷奢极欲，醉生梦死，每日门前车水马龙，那是任何别的公主们所根本不能比的。

公主们竞相大兴土木，在殿宇的规模上相互攀比，一争高低。房子自然是盖得越来越恢宏，但是如此的耗资巨大便也使她们囊中羞涩，有时候甚至捉襟见肘，入不敷出。于是，公主府中为补充这种巨大的建筑开支的另一种营生便应运而生，那就是“卖官”。从安乐公主起，到太平公主、长宁公主，甚至韦皇后、上官婉儿，凡是能从皇帝那里讨得封官敕令的女人们，便全都行动了起来，靠卖官赚钱。如此的皇室是怎样的一种腐败。她们这些女人们几乎是有求必应，不论送钱来买官的是什么人，不管他们是屠夫还是商贩，但只要有钱，有足够的钱，她们就能想方设法地从昏聩的圣上那里搞到一张封官的敕令。特别是安乐公主因了显对她的格外宠爱，对她的请求就更是有求必应，他后来干脆连封官给谁都不再过问，只要安乐的任命书一拿来，他看也不看就欣然御批。而既然显毫无原则地给了他女儿这封官的墨敕，那么他当然就不能不给自己的妹妹，不能不给自己的其他女儿，不能不给婉儿那一类宫嬖们。于是，一时间这种皇室女人卖官的风气甚嚣尘上。既然卖官这种方式有了堂堂帝国皇帝的支持，和繁荣的交易的市场，求官者便如蝗虫般铺天盖地，踢破了皇室女人们家中的门槛。女人们赚了多少钱就卖了多少官。而她们卖了多少官就将有多少官遍布于朝野。而大唐帝国的精英毕竟是少数，于是乌合之众就拥塞了朝廷和大小衙门，这就是历史上中宗时代的赫赫有名的“斜封官”。公主们的贪得无厌自然该遭到斥责，但真正祸国殃民的不是别人，而是大唐的皇帝，是皇帝在自毁他的天下。

从皇室女人们的这种荒唐堕落，就可以看出显的朝廷是怎样地不可救药了。整个王朝就仿佛是坐在了火山口上，随时都会被毁灭。那是种江河日下的颓败。是王朝覆灭之前的挣扎。其实人人都知道好日子不会长久了，显也知道，他便彻底放弃了。自从重俊事件，显就像变了一个人。如果说，此前他还有一点想振兴王朝的心思，在重俊兵败后，他就彻底放弃了他作为一国之君的所有责任和权力。

此后的李显，彻底成为一个与世无争的和事天子。特别是对来自韦皇后那边的要求，他几乎无一不允诺。他已经不想和那个女人争了。既然是，他已经被那个女人逼到了今天。他甚至不在乎韦皇后的亲戚们被不断地封以高官，掌握权力。在他看来，反正大权早已旁落。那么那实权究竟交给谁，是交给武三思还是交给韦皇后的哥哥韦温，那就全都是她自己的事了。

显之所以如此颓废，如此放弃，最重要的可能还是因为婉儿从此消极的态度。显之所以当年意气风发，励精图治，其实也是因为有婉儿与他相伴左右，为他指点航线。而一旦婉儿退出，再没体己的人辅弼他，显当然知道他是没有能力战胜韦后的。于是婉儿一人出局，便即刻全线崩溃了。连婉儿都放弃了，他还有什么可留恋的呢？

当然到了那种境地，显也已经觉出了命数将尽，来日不多。所以，他也可能有了一种关于生命的觉悟，一种人生得意须尽欢的了然。尽管他丢了王朝，却依然拥有着最高享乐的权力。所以显从此尽情沉湎于各种各样的吃喝玩乐。他想朕凭什么不能这样？朕已经在流放中失去了十四年美好时光，朕凭什么就不能用生命中所余不多的时间把过去的那些补回来？

从此，显的后宫不仅终日丝竹之声不断，夜夜有游宴，他自己还亲自设计出可供他游乐欣赏的各种荒唐的游戏。譬如，他盛邀亲近大臣们陪他一道登玄武门观看由他组织的后宫宫女们的拔河；又譬如，他令宫女们假作开设店肆，而大臣公卿们扮作商旅，相互进行买卖交易，讨价还价，以至纷争不已，大打出手，而中宗韦后则坐在一边，亲临观看这假戏真做，并以此为乐；再譬如，中宗在长安光化门以北的黎园球场，命朝中三品以上文官武将分两列拔河，三品以上的拔河者自然尽是年迈的宰相，他们年老体弱，不堪其负，便会随绳倒地，长久爬不起来，如此残忍的游戏，竟能引得中宗韦后手舞足蹈，仰笑不止；还譬如，元宵节中，他与韦后乔装改扮，行至长安街市观看花灯，特别是又放宫女数千人出游，致使众多不堪后宫之苦的宫女们一去不返，使后宫空前地陷入了混乱和空虚。

显便是如此荒淫无度地消费着他所余不多的生命。婉儿看在眼中。婉儿尽管对当今王朝已不抱任何希望,但她还是不忍中宗如此糟蹋自己。她也曾婉转地谏止过中宗,她说,倘章怀太子李贤的荒淫无度是可以原谅的,那么陛下的穷奢极欲就是不可以原谅的了。

显于是诘问婉儿,为什么同是作乐,偏偏他可以原谅?

章怀太子自暴自弃,是因为他的母亲在逼迫他。他已经没有退路。他既然不愿直接与母后对抗,便只能选择自毁前程。而陛下呢?有谁在逼迫你放弃天子的权杖和责任吗?

在盛世太平中,唯有及时行乐,朕这样没有错。

那么陛下就可以和那个荒淫无度的隋炀帝类比了。

我怎么会是隋炀帝?隋朝因他而亡……

以陛下今日之状态,唐朝就不会亡吗?如今的天下,绝非盛世太平,陛下难道看不见外戚的势力正在迅速膨胀吗?这是王朝之大忌,陛下必欲明察秋毫。

你是说皇后?朕已经管不了那么多了。朕的命数已尽。这天下自重俊起兵的那一日起,就已经不是朕的了。朕不知道这未来的天下会是谁的,但反正不是朕的了。皇后的?或是相王的?抑或是太平公主的?朕不知道。但不管是谁的,朕都听之任之。朕的心已经死了。留在这朝中的不过是个空壳。你又能要求一个空壳有什么作为呢?

就是说,陛下已经心甘情愿将王朝拱手交给皇后了?

你怎么知道未来的天下会是皇后的?不一定吧?但是,婉儿你难道就没有责任吗?为什么要远离我?回来吧。你如果真的回来或许我们能挽救这王朝。你以为我眼看着这王朝在我的手下一天天衰落,我就不痛心吗?回来吧,婉儿,答应我,我会给你更大的权力,我会让你做贵妃，仅次于皇后，唯有你能战胜她，你有智慧才华，你是无往而不胜的，婉儿……

不，陛下，已经晚了，晚了，婉儿只有死路一条了。婉儿不能。婉儿……

那么你就走吧。朕的事，你今后也就不要管了。

显拂袖而去。

显依然坚持着他生命中的最后的也是最淫靡的挣扎。他紧闭双眼，不看身边发生的一切。

李显每每游乐，身边虽然都有韦后陪伴，但韦后却从没有和显一样真的及时行乐，醉生梦死。韦后是真的怀有野心的。她从来就没有放弃过一旦李显过世，她就效仿武则天登基的梦想。她并且一直在为她的这个梦想积极准备着。特别是武三思死后，她便急不可耐地粉墨登场。她开始搜罗党羽，排除异己，特别是在很短的时间里，就把她韦氏的兄弟子侄们，全都安插在了朝中的各个部门中，甚至将她的哥哥韦温任命为太子少保，同中书门下三品，可谓身居要津。而一旦政变，韦氏的力量就能即刻控制朝廷各部，将权力牢牢掌握在他们的手中。

与此同时，韦皇后还开始效仿武则天，明目张胆地为她的登基造势。她先是要她的党徒带领百官吁请皇上，为皇后加封“顺天翊圣皇后”的尊号。紧接着，又装神弄鬼地要宫人谎称看见了韦皇后的衣裙上竟然有五色云起。于是中宗即刻诏令，将这象征着皇权的五色祥云绘成图形，颁发百官。如此，韦后还觉得她登基前的舆论准备还不够充分，于是又指使她的党羽们奏请圣上，希望能将他们炮制的那首歌颂韦后的《桑韦歌》十二篇编进乐府。

韦后的这一切都在暗暗地、有条不紊地进行着。韦后的用心已经极为明显，朝中稍有政治常识的人都知道这是皇后在准备抢班夺权了。不错,历史中确实已有了女人登基的前例,但则天登基,也是在李治仙逝七年之后。朝中还不曾有人见过,当朝的皇帝还健在,皇后就开始紧锣密鼓地准备继位了,而当朝皇帝竟听之任之,这真是天下奇闻,令人发指。

没有人知道显真正的心思。他或者糊涂到已不辨是非,或者,他根本就是想把他身后的王朝送给韦皇后的,因为无论皇后怎样遭世人攻击,他都坚信,唯有皇后才是他的亲人。

婉儿静观着朝中风云。她知道无论是韦皇后还是太平公主,都已经开始集结她们各自的兵力。战斗就要打响了。而只有这个临战的前夜,才是最寂静的。是那种黎明前的黑暗和沉寂。婉儿静观着等待着。她知道她必将和覆灭者一道毁灭。她知道这是一场将决定历史的战斗。她只是还不知道这场战斗的时间,导火索是什么,她在其中充当什么样的角色,她还能逃过这一劫吗,或者,她会怎样地死。

婉儿面对这一切。

婉儿的心情很平静。

但是后来婉儿平静的心情被一个突发的事件搅乱了。

在一个无比宁静的夜晚。那时候婉儿已经睡下。她是被一阵她非常熟悉的有节奏的敲门声惊醒的。她以为那是梦。她的心怦怦跳着,周身是汗。她披散着已经开始变得灰白的头发,她穿上衣服,点上灯,听着门外那么熟悉的她不敢相信的声音在呼唤着她。

那么急切地。

那早春的寒冷。

在午夜。婉儿不能不去打开门。那呼唤太殷切了,一直穿透她的心。

崔湜？

是崔湜。崔湜一走进婉儿的寝室就跪在了她的脚下，婉儿赶紧去扶他，说崔大人午夜来访，一定出了什么事？

于是崔湜流着眼泪，他说，是他做国子监司业的父亲崔挹因收受贿赂，刚刚被御史押往监狱。

是要我救你父亲？

不，不是。

那么要救谁？

是我。

你怕被株连？

不，是臣下不法，在朝中主持铨选时，我也多有违失……

就是说，你也受贿啦？

微臣罪该万死。

你怎么能这样？

御史李尚隐正在劾奏我，恐怕明早就会下狱，望昭容娘娘救我。

救你？让我怎么救你？你怎么能如此目无法纪？

微臣已知罪。但如果下狱，就将生死未卜。就算是侥幸不死，也会贬黜流放，离开京城……

崔大人，你怎么会如此不洁？你私附太平，趾高气扬，我都可以原谅你；但是你怎么能因此就如此放肆了呢？以至于让御史台抓住了把柄。你活该。是你自己授人以柄，是……

不是告诉你我已经知罪了吗？但事已如此，我只想让你帮助我。婉儿。崔湜说着便把那个瘦弱单薄周身发抖的婉儿抱在了怀中。然后他就不顾一切地亲吻着她，他说婉儿，太好了，又抱住你了。我们又在一起了。如果是和你在一起，我怎么会做出那等蠢事呢？

婉儿拼命挣扎着。很久以来,她一直那么渴望这个男人这一刻的拥抱和亲吻,但是她还是奋力推开了崔湜,她喊着,都什么时候了,你怎么还这样?婉儿的心里是一种说不出来的疼痛和愤怒。她一时竟也不知道该怎样去帮这个让她又怨又气又恨又爱的男人。

干吗不这样。婉儿,过来,让我抱住你。这才是我梦寐以求的。即或是我明早就要被下狱,就要被砍头,我也不能错过这一刻。你才是我毕生的最爱。婉儿。别挣扎。你是我的。你本来就是我的。不管你救我还是看着我死,我都要把你紧紧抱在怀中。原谅我在你最无助最悲伤的时候没能来陪你。我知道你病着,我也曾无数次来到你的门前在你的院墙外徘徊着直到午夜。如果这一次我真的死了,你从此不要恨我。我真心爱你,有这些诗歌为证。我都带来了。但是那时候我只能远离你。我知道,是你要我这样做的,是你要我活下来,要我活着而心里永远想着你,纪念你。我知道那确实是你要我这样做的。要我忍下身与心对你的万般欲望,而去和别的女人睡觉,甚至去上太平公主的床。但是我的心死了。没有你,也就再不会有快乐了。那种和你在一起时才会有的快乐。别推我。也别挣扎。我和你说的都是真心话。我就是要和你说这些。否则我就不会半夜跑来了。我只是没有想到我会死在你的前面。尽管不够光彩,但能在死前和你在一起,我便无悔无怨。来吧,婉儿我要你记住我。把我永远铭刻在你的心上。直到你带着心上的我去死。来吧。最后一次。我们将永远彼此属于。来吧婉儿脱掉你的衣服露出你的身体。让我进去让我进去,知道吗?这里才是我最后的归宿。来呀,抱紧我,感觉到了吗?我们彼此的冲动。我终于知道了你是想念我也需要我的,就像我日日夜夜想着你怀念你。来呀,这么柔软的身体这肌肤的芬芳。今生今世。这一刻如此美好,这一刻将与世长存……

崔湜瘫倒在婉儿的身体上。

在这寂静的午夜。

然后他站起。

离开。

他最后说。我也许并不是想要你救我的。我也许只是想要这一刻。

然后崔湜便消失在午夜的黑暗中。

婉儿追出去。只追上了一片黑暗。她不知道崔湜的牢狱之灾，是不是也是她无法逃避的一劫。

第二天婉儿上朝。果然有专门负责监察朝官的御史台御史李尚隐弹劾崔湜父子。他们双双身为朝中重臣,却无视朝廷圣上,贪赃枉法，辱没了大唐的尊严，故圣上敕令将崔湜父子下狱等候发落。紧接着这发落便有了结果,第二纸诏令下达。崔湜终于免去一死,但被贬黜流配到千里之外做一介小小的江州司马。

婉儿得知这结果后,几乎当时就瘫软在地。她是蹒跚着走回政务殿的。她知道江州司马意味了什么。那偏远的江州对朝官来说，是一个怎样令他们绝望感伤的近乎致命的打击。贬谪的敕令一经发出,崔湜就要立刻上路。显然崔湜已无力挽回他自己的命运。而他也根本就见不到婉儿了。从监狱出来他就被士兵押解着,直到他彻底离开了长安城。

婉儿知道崔湜从监狱出来到他离开长安已经没有多少时间了。她还知道一旦崔湜上路,一切就再也不能挽回了。她必得在这瞬间的停留中想办法救崔湜。她不能对崔湜的苦难坐视不管。不，她要救崔湜。毕竟那千里万里之外的江州实在是太远了。

于是婉儿像热锅上的蚂蚁。她调动起了她的全部思维,拼命地想着该通过什么样的渠道救崔湜,或者什么人肯去救崔湜。

显然,她自己亲自去为这个忤逆了圣颜的崔湜求情,是不合适的。显会觉得，婉儿一个堂堂圣上的嫔妃，怎么能为一个有罪的朝官去向自己的主子求情呢？这样，也许显会更愤怒，以至于会使崔湜的处境更糟糕。

婉儿知道事情到了现在的这个样子，去找太平公主也无济于事了。也许圣上就是因为崔湜与太平公主交往过甚才故意将他的罪定得很重，且将他流配到最偏远瘴湿的地方的。

那么去找韦皇后，当然更没有可能。如果说韦皇后在武三思活着时，对崔湜还有几分情意，那么当崔湜投奔了太平府后，她对这个年轻人就咬牙切齿了。是因为韦皇后已将太平公主恨之入骨，她怎么可能为太平的党羽而向陛下求情呢？她是唯恐不能把太平的党羽斩尽杀绝。幸好崔湜送来把柄。说不定还是韦后怂恿圣上将崔湜流配江州的呢。说不定韦后还想将崔湜定下死罪呢。

那么谁还能帮助她救崔湜？婉儿想来想去。她算着时辰。眼看着崔湜就要上路了。而一旦崔湜到任，便是谁也不能救他了。婉儿难道就眼看着崔湜被送上死亡之旅吗？婉儿越来越焦虑。眼看着时辰已尽。婉儿是在绝望中想到安乐公主的。她甚至都难以理解她怎么会想到了安乐公主。仿佛是一道希望的光。她知道安乐公主是显最亲爱的女儿，而显唯有对安乐公主的请求，才是真正有求必应的。于是婉儿立刻决定去见安乐公主。她想，她对安乐公主和武延秀之间的那一份婚外之情还是帮过很大的忙的。多少年来她处处帮助照顾安乐，而从未求过她什么。她想安乐公主也许会给她这个面子的，而且婉儿记得，安乐公主对崔湜的容貌和才情一直是很欣赏的，她也一直喜欢和崔湜交往，只是因为崔湜一头扎进了太平府，她才不再理他了。

婉儿急如星火地找到了安乐公主。安乐公主尽管越来越盛气凌人，甚至不把她的母后放在眼中，但是对婉儿，却始终是尊重的。

那也是源于她少女时代的梦想。那时候她还刚刚从流放之地返回。她觉得婉儿对她来说太重要了。她觉得身边能有婉儿是上天赐予她的幸运。所以就是婉儿老了,被冷落了,她还是对这个女人怀了一种很深的敬佩。

婉儿开门见山说了崔湜的事。

安乐公主也是毫不犹豫地一口回绝，说太平府的事干吗要我帮忙？我才不管呢。那是他活该。谁让他贪呢？都是太平教的。

可是,安乐,这一回你一定要帮崔湜,奴婢求你了。婉儿说着,便扑通一声跪在了安乐公主面前,眼泪便也淌了下来,婉儿说,求你帮帮崔湜吧。你帮他就等于是帮了奴婢。

昭容娘娘,你怎么啦?不就是一个崔湜吗?竟至如此?不,这不值得。你快起来。

公主,你该知道这天下有君臣之爱,手足之爱,也还有男女之爱。崔湜便是奴婢毕生的至爱。其实奴婢也知道他是个劣迹斑斑的男人,但又有哪个男人不是贪得无厌,劣迹斑斑?然而崔湜爱我。是那种最最真诚的深刻的爱。他写诗给我。他的诗是那么好,那么感天动地,沁人心脾。就在事发的前夜,他还专门来到我家,我的床上……安乐你能理解吗？多少年来我是那么孤单,我是那么需要……

他爱你怎么还会上太平的床?

他绝不是太平的党羽。那其实是我要他去的。他是不得已。如果那边一旦有了什么动静,他一定会来通报我。我们需要有崔湜这样的人接近太平公主的势力。你难道看不出太平公主也是在和他逢场作戏,虚与周旋吗?说不定这一次崔湜不幸,就是太平公主在有意陷害他呢。救他吧,我了解他。我知道他此生真爱的女人只有我。来看看这些诗吧。从来就没有间断过。他就是在太平的床上,脑子里也在给我写诗。你拿去看看吧。我全都带来了。去求圣上。

求圣上手下留情，至少别将他流配得那么远。知道江州意味了什么？那就是死亡。崔湜多少年来对朝廷还是有贡献的。去求求你的父皇，就算是为了奴婢。

婉儿你真的那么爱他？

昨天的那个夜晚将成为永恒。没有他，奴婢可能早就无意在这虚伪的人间驻足了。

那么你能保证他是真爱你吗？他是不是又是在利用你，包括昨天的那个晚上。

崔湜并不知道我到你这里来。昨天的那个永恒的夜晚仅仅是为了告别。那是种生离死别，我们都知道可能只有在那边才能相见了。安乐，看看这些诗你就会明白了，那是他的心。

好了婉儿，你起来吧。我不要看这些诗，那是你自己的事。我可以替你去求父皇。完完全全是为了你，而不是为了那个崔湜。我不知道父皇是不是会答应我，但我会尽力为你去争取的。只是，我不知道你为了这个男人跪在这里是不是值得……

终于，在崔湜启程之前，圣上的又一道圣旨追到了崔湜的家中。圣上念及崔湜一家多年来对朝廷的贡献，崔湜由江州司马改判为襄州刺史。这圣上追赐的敕令，无疑改变了崔湜的命运。襄州与京都长安之间就仅有几百里路了，而崔湜便也是可望可及的了。刺史的官位自然也比小小的司马高了许多。崔湜当然知道是谁帮助了他。

从此，崔湜在流配期间与婉儿鱼雁传书。他也曾写过很多忧伤的哀怨诗，那声声慢慢，为了他和婉儿之间的那深切的思念。崔湜也许是真的爱婉儿，但在这爱中，也难说他是不是还在利用婉儿。因为他知道要想离开襄州返回京都，也只有依赖于婉儿。

在婉儿不遗余力的不懈的努力下，崔湜终于获得了那个机会。

六个月后，中宗祭天，大赦天下，崔湜便被顺理成章地赦返长安，不久，竟然又回到朝中升任了尚书左丞。崔湜当然知道是谁在背后为他呕心沥血，设计谋划。崔湜当然也是感恩戴德，痛改前非。从此对婉儿的指令言听计从。

此时的崔湜，因了安乐公主在危难之中对他的救助，而又成了安乐府中的常客，甚而他和韦皇后的关系也都有所改善。而同时，他也并没有因此就疏离太平公主，他只是不再像过去那么张扬罢了。由此，崔湜的面目慢慢变得模糊不清。他变得中庸，变得圆滑，和谁都接近，又和谁都不过分亲近。于是后来崔湜成了一个谁都能接受，甚至谁都想拉拢的人物。特别是那些皇室的女人们，都不约而同地被崔湜所吸引。尽管她们知道崔湜很坏，崔湜是在利用她们，但是她们还都希望能成为崔湜的情人。足见崔湜作为男人的魅力。他是所有女人的漂亮朋友，又是所有势力争夺的对象。崔湜如此驾轻就熟如鱼得水，其实谁都知道崔湜是被谁调教出来的。

那个导火索一般的事件终于爆发。

那是谁也没有想到的。

史书上说，公元七一〇年五月的某一天，一位名叫燕钦融的许州人声色俱厉地奏禀圣上，说皇后淫乱，干预国政；而安乐公主、武延秀夫妇及当朝宰相宗楚客等人亦图谋不轨，企图夺取李显的天下。

如平地惊雷。显遂即刻召见燕钦融，当面向他质问，如此担忧，来自何方。燕毫无惧色。列出种种迹象。显只得沉默不语，暗自神伤。想不到燕钦融刚刚走出宫门，便被提前埋伏的羽林兵士杀死。中宗闻听，便更是心有郁结，闷闷不乐，甚而相信了燕钦融的预言。

从此中宗忧郁沉闷，对韦皇后和安乐公主也开始有所疏离。

这就是婉儿所预感到的那场战争的前奏，那个真正危急的时刻。

中宗是圣上。

圣上为什么就不可以不高兴?

然而圣上的不高兴便引来了韦皇后和安乐公主的忧惧和不安。她们不知道谁将杀了谁。她们没有杀过谁,但圣上却已经杀了韦皇后的儿子和安乐公主的兄弟。所以她们不能保证有一天圣上愤怒了不会也杀了她们。她们认为圣上为了他自己,是什么样的至爱亲朋、骨肉同胞都能够杀掉的,何况,她们又是如此势单力薄的女人们。

谁也不曾知道谁将杀了谁。

更没有人知道谁会先下手为强。

大概总是虚弱的一方、罪恶的一方首先举起屠刀,来掩盖他们的狼子野心。

结果就在公元七一〇年的六月一日，一向懦弱的中宗突然暴毙。史书上说,那是由忧惧的韦皇后和安乐公主鸩杀而死。而在中宗的信念中,皇后和安乐是他在此世间最最亲爱的人了。亲爱的两个女人。那一年中宗李显刚刚五十五岁,便不幸被毒死于自己最亲爱的女人之手，那当然也是他自己所没有想到的，他是那么爱她们。中宗当然也就不知道他便是这样以死成为那场未来战争的导火索。没有多久便有人英勇站了出来，还是用他最心爱的女人的血,祭了他不能安息的灵魂。

其实中宗又何尝不知道他的皇后和女儿是怎样时不我待地觊觎着他的皇位。

其实中宗又何尝不愿将他的皇位传给他的女人和女儿呢?

只是中宗,他还活着。他还没有寿终正寝,没有想出一个传位于她们的万全之策，一个能让同样拥有继承权的相王李旦和太平公主说不出话来的无懈可击的理由，一个能被满朝文武和天下百姓接受和认可的时机。然而他的女人和女儿却等不及了。特别是又刚好有了燕钦融的敢于直言，敢于捅破了那层薄如蝉翼的窗户纸，敢于参透了圣上的心。这便是中宗为什么闷闷不乐。那是因为他的妻子、女儿的心意被别人看破。其实那个被别人看破的所谓图谋不轨所谓大逆不道所谓阴谋窃国本来就是中宗自己的愿望。如果是窃国，那也是当朝天子自己窃国，而一个天子的愿望，又怎么能被一个凡人识破呢？那不是就识破了天机、识破了天下了吗？

中宗李显作为丈夫和父亲对他的妻子和女儿可谓披肝沥胆，仁至义尽。否则自重俊死后的三年之中，他干吗让那个太子的位子始终空着？他李显不是没有儿子。他还有重茂。重茂虽小，但也是他名正言顺的儿子，他凭什么就不能住进东宫呢？显只是更珍爱他那倾国倾城美丽光焰的安乐公主罢了。他也知道他这稀世的珍宝一般的女儿想要的，其实就是东宫的那个位子。他怎么忍心不给她呢？只是碍于他的兄弟姊妹还都在世，他们不会允许他这样做，而他如若一意孤行，他知道，那就不单单是安乐公主能否做成皇太女，而是将会爆发一场宫廷的政变，那样谁输谁赢就很难说了。所以要等待。所以显什么也不说，因为他觉得在亲人中间有些事是无须说的，仅仅是默契就足够了。然而他的女人们却不肯和他默契。她们无法理解显的沉默和等待，她们甚至以为显是站在他李氏家族的立场上，来和他的亲人们真心作对呢。而燕钦融的到来无疑加剧了她们的恐慌和疑虑。于是她们错误地判断了她们的亲人，她们铤而走险，她们先下手为强。她们就这样把她们最最亲爱的这个男人毒死了。不知道他是心甘情愿为她们做那个至高无上的傀儡的。她们眼看着她们的亲人剧烈地疼痛和抽搐然后七窍出血归于平静。她们不知显的末日其实也就是她们自己的末日。

中宗的暴死使后宫一片混乱。

婉儿被通知赶往圣上的寝宫,她站在中宗的尸体前泪眼蒙眬,她简直不敢相信第一个成为牺牲品的竟是圣上自己。

中宗脸上的那黑色斑迹使婉儿一望便知显是死于毒杀。显的血管在鸩酒的强烈侵袭下瞬间便破裂了开来,将他的血溢尽。婉儿太了解这种杀人的方式了,多少年来,皇室里死于这种毒杀的当权者或是继承人实在是太多了,可是一向和事宽容的李显又得罪谁了呢,竟也要残酷地被毒酒杀死?婉儿抬起泪眼便看见了韦皇后看着显时那惊恐而躲闪的目光。显已经死了,她干吗还要如此惊慌和恐惧?婉儿立刻就明白了事情的原委。如此婉儿不再想知道什么了。她只想问问韦后,显给你的难道还不够吗?显对你们难道还不宽容吗?显究竟怎样妨碍你了?你何以要如此卑劣地置他于死地呢?

婉儿缓步离开了显的寝宫。婉儿想这可能是她最后一搏的时刻了。她知道战斗就要打响了。显的死已足以引发那场政变了。她的最后的一搏绝不是为了拯救她自己的性命,而是她不能让韦皇后这个阴毒浅薄的女人轻易篡权。尽管显死了,但大唐的江山也轮不到落在她的手中。显还有正宗的李家兄弟和姊妹,还有重茂,甚至还有安乐公主。她的登基的美梦将永远不能成真。

婉儿将永远不能够原谅韦后杀了显。显已经够可怜够不幸的了,韦皇后怎么还能让他死于非命。看到显满脸痛苦地静静地躺在那里再也不会起来,再也不会赐宴百官,赋诗填词,婉儿一想到这些就不禁悲痛欲绝。本来婉儿已经很麻木。本来婉儿已只等着她姗姗逼近的死期。婉儿想不到显竟然会死在她的前面。只有当显这样永远地长睡不起，婉儿好像才第一次觉出显其实是一个多么好的人。这样的好人本来是不适宜做君王的。他太胆小，太懦弱，太没有尊严感和威望，以至于连他的妻子儿女都看不起他，甚至伤害他，欺侮他，以至于最终如此这般地杀了他。

但是显是个好人。是个有良知重情意的男人。那是唯有婉儿这种与显有着几十年友情的人才能真正体会到的。她想她唯一对不起显的地方，就是她从来没有真正地爱过他。但是显却几十年如一日地始终不渝地爱着她，并把她当作最好的朋友和最信任的女人，这能说显的意志不坚定吗？又有哪个男人能如显一般几十年如一日地深爱着一个女人并不要任何的报答。她记得几十年前她用她的心深爱着章怀太子李贤的时候，显总是远远地观望着，为了他的兄长，而把对自己心爱女人的爱深藏心底。十几年后，当显从流放之地返回再一次面对他心爱的女人，而婉儿又悔之不及地早已成为了武三思肉体的情人。在后来的日子里，她仍然是不停地与显失之交臂。她就是离开了武三思，竟然也没有能去爱显，而是又选择了那个年轻的风流诗人。她为什么又一次错过了显？是显不够好吗？是显不够情深意切，尽善尽美吗？婉儿就是这样不断更换着她的情人，更换着她的所爱。但是她就是没有能拿出哪怕是一点点的真爱去报答显。她本来是应当报答显的。几十年来她总是付出总是付出，而唯有显才让她懂得了什么是得到。是显给了她真正意义上的荣华富贵，也是显给了她名分和官阶。上官昭容，这个显给予她的从此名垂千古的封号，才使她真正拥有了她本该拥有的那一切。显还赐她田地房产，在她的庭院中堆山造池，让她从此有了一处堪称豪华典雅的真正的家。而婉儿更应当感激显的，是她的受尽苦难的母亲被显册封为沛国夫人后，终于搬出了阴暗的后宫，在长安灿烂的阳光下安度晚年并寿终正寝。显为她做了那么多那么多。她本该是报答显的,但是她却为什么总是没有报答,总是为别的男人的生死存亡费尽心力,甚至,鞠躬尽瘁,死而后已。为什么会是这样的?为什么总是要显给予她?为什么她可以不停地爱上别的男人而不能够给显哪怕是一点点的爱?而又为什么显却总是毫无条件地爱着她并且没有过一丝一毫的计较和动摇?为什么他们相互对待的态度是这样的不平等?婉儿想这可能就是他们之间的距离。而这个距离竟然只有当显永远永远地离开她后才会如此地拉近。

显死了,婉儿始才知道她其实是爱显的。那爱是存在的,以它固有的方式,只是她不觉得,她爱着,却不以为那是爱罢了。

只是显死得太突然也太匆忙太急切了,以至于婉儿都不能让显知道她的爱了,而且永远不能。

显的骤然离去使婉儿的心骤然失落。那种空空荡荡,从此漂泊无依的感觉。深入骨髓的。显的位置从此空了,无人替代。

婉儿这样想着,便不禁失声痛哭。她知道这世间最疼她爱她给予她宽容她的那个男人这一次真的走了。她就是想报答他也无以报答,无从报答了。

显就躺在那里。从此什么也听不到看不到了。

而显脸颊上的黑斑,蓦然地就激怒了婉儿,她想她唯有诛灭杀害显的罪人,才会是对显的最好的报答。她绝不放过那些凶手。显如此善良无能尚逃不过他们的毒手,更不要说那些鄙视他们、励精图治、侥幸还留在人间的李唐的幸存者了。婉儿当然要保护他们。这就是婉儿在显死后,她为自己选择的那个立场。

于是婉儿苦思冥想。以她的非凡的智慧。后来她终于想出了一个缓兵之计,她便立即挥笔草拟了一份中宗李显的遗诏:立温王重茂为太子。韦后知政事。相王参决政务。

这当然是一个八面玲珑的立场。是婉儿在那一刻所能做出的最好的选择了。是迁就了韦氏的势力,也讨好了李氏家族。毕竟是中宗刚殁。婉儿还不想做出单方面的决断来。婉儿坚信她假托的这份中宗的遗诏,也一定是符合中宗的心意的。

婉儿假托这份遗诏不知道是不是在为她自己找退路。有史书说,是因为重俊发兵诛武三思并索婉儿,使这个一向优雅而清高的女人始知忧惧,待中宗暴毙,她才不得不草拟遗诏,引相王辅政,以讨好李家。

但婉儿不是这样的。因为自重俊发兵,婉儿就已经预感了她的死期。她并不惧怕死期在即,她只是不想在他们这一类人死后,社稷会落到韦皇后那类乌合之众的手中。那是婉儿所了解并亲历的大唐帝国堪称辉煌的历史。从金戈铁马打下江山的一代英王李世民,到日后的高宗李治以及更加伟大英明的女皇武则天,才有了偌大的帝国偌大的江山。应当说这百年王朝一直是掌握在伟大帝王的手中的。接下来的李显也许平庸无能,但他也是武则天的儿子是大唐宗室的血亲。他的身上流淌的,也全都是最伟大的帝王的血。而韦后算什么?掺杂了韦氏血脉的安乐公主又算什么?安乐不过是拥有那倾城倾国的美貌罢了。美貌也许对英雄有用,而英雄从此就不再英雄;而美貌对国家社稷来说,却是一钱不值的,甚至是祸国殃民的。

婉儿决心不让这堪称辉煌的帝国伟业最终落入诸韦的手中,于是她才能英勇假托了显的遗诏,至少能暂时抑制住诸韦篡权,或者,至少是能够延缓他们篡权的进程,而给李家一个反攻的机会。

立温王重茂为太子。韦后知政事。相王参决政务。

这恐怕是唯有聪明的婉儿才想得出的一个最好的策略了。立不是韦后所生但确是李显之子的十六岁的少年重茂为太子，可谓天经地义;而圣上驾崩,太子年少,由皇后垂帘听政,似乎也在情理之中。而对此真正起到制约作用的,是相王的参决政务,这就为李唐皇室的东山再起提供了一个绝好的机会。如果他们能不失时机地抓住这个机会,那么夺回天下该不是什么困难的事了。

这便是婉儿的智慧。还有她多年来在政坛的沉浮中所积累的经验。这是婉儿在当时那种情况下所能够做出的最好的选择和决定了。她自己或许也能够从这一纸伪造的遗诏中赢得某种能继续活下来的机会。可以让满朝文武觉得这个每日和昏庸无能的李显和韦皇后、安乐公主们混在一起,并为他们出谋划策的上官昭容其实并不是他们的党羽。她的真心所向还是李家,是李氏的那些公子王孙们。但是婉儿真的不是要逃脱。她早已视生命为多余。她只是想能在死前再抵挡一阵。把韦氏一族彻底挡在王朝之外。她深知如果政权真被韦氏篡夺了去,那无论对李唐皇室,对李世民浴血奋战创建的这大唐帝国,还是对历史、对未来,都将是不公平的。而她婉儿面对如此危机而坐视不救,她本来能做而又不去做,那她不是就成了千古罪人了?也是她的道德良心所不允许的。

婉儿这样想着将那伪托的遗诏做好。如此她的心便立刻平静了下来,她觉得她这样做至少就对得起显了。她甚至觉得她这样做是在为显报仇。她发誓一定要将韦氏一族阻挡在朝廷之外。她甚至发誓要杀了韦后,要用她的头来祭显无辜的灵魂。婉儿这样想着便不再悲伤。她擦干眼泪并重新整理好头发、衣裳。她显得更加庄重、典雅、肃穆、威严。她知道她将要参加的是怎样的一场战斗。她手里握着那武器一般的遗诏,缓步向显的灵堂走去。

在政务殿宁静的回廊上。

婉儿手握着遗诏。离开。她突然听到了远处的气急败坏的脚步声。她停下来。抬起头,很快就在回廊的转弯处看到了满脸悲愤和伤痛的太平公主正匆匆朝她走来。那一番讨伐的气势。她一定是认为婉儿也参与了那个毒杀天子的阴谋。她甚至更加仇恨婉儿。她一直觉得婉儿应当是他们李家的人，就像她的姐妹一样，她们确实是从小一道长大的，她怎么能和外人一道合谋杀害自己的兄弟呢？

婉儿便迎着太平公主。

她是那么镇定自若。直到走到太平公主的面前，她才停了下来。停下来面对着那个准备对她兴师问罪的女人。

你竟然能如此平静？太平公主果然义愤填膺。她质问着婉儿，她说显给你的还少吗？他是那么爱你。几十年了。我一直看在眼里。而你对他又怎样呢？不是武三思就是一个崔湜。你不停地换着男人，显不仅容忍了你，还让你做了昭容。天下有这样纵容一个背叛他反抗他的女人的男人吗？你不仅自己羞辱显，还怂恿武三思和韦后淫乱，把更深重的屈辱压在显的心上。如此还不够，你竟然还要和那一对丧尽天良的母女合谋毒杀了显。你们到底想干什么？显怎么惹着你们了？显对你们还不够好还不够宽容吗？婉儿你该扪心自问。你怎么能对显如此残酷？婉儿我看不透你。我从小就看不透你，不知道你脑子里每天转的都是些什么。全是那些坑害别人的阴谋诡计吗？你的心究竟是什么做的？那里面是不是灌满了毒汁？你真是太可怕太令人恐惧了。还要怎样？接下来还要怎样？要讨伐我们吗？我们李家的这些后代。还有旦。还有我们的那些孩子们。要把我们所有的人斩尽杀绝。要将我们的子孙斩草除根。但是我要告诉你，没有那么容易。你听到了吗？没有那么容易，我们是斩不尽杀不绝的。就算是你们杀了我，杀了相王，但你们杀不尽李家的子孙。他们遍布天下，个个骁勇善战，早晚有一天他们会杀回来，杀了你们，要用你们的头去祭我们李唐的宗庙。真的，终会有一天……

婉儿站在那里。平静地听着太平公主的责难。她真的心静如水。婉儿。就那样大度平和地站在那里。听着,并等待着。

婉儿其实知道太平公主之所以来这里其实就是为了来找她。婉儿也知道在这千钧一发的危急时刻太平公主需要她。太平所以气势汹汹,甚至危言耸听,其实都是因为她内心的极度的虚弱和恐慌。显的骤然离去,使得她立刻没了主张。她很害怕,也很慌乱。而凡是在太平如此手足无措的时候,她要找的唯有一个人,那就是婉儿。婉儿太了解这个从小和她一道长大的傲慢女人了。了解她们之间的那种几十年来情同手足的关系。她从没有忽略过她同太平公主的这一层关系。她也一直在任何可能的时候努力帮助她。因为婉儿知道太平公主是武则天最钟爱的女儿。她也曾答应那个年迈的女皇要照顾和保护好她的女儿。当然婉儿自己对这个总是狂傲自负的公主也确是怀了一份姐妹一般的情意。所以,她等着太平公主发泄她心中的怨恨和恐惧。她知道这个愤怒的、歇斯底里的女人是来向她求救的。因为显的突然死亡而且是死于非命使太平公主看到了她的危在旦夕,而一旦韦后篡权,他们所有李唐家族便将死无葬身之地。这就是政权斗争的残酷和惨烈。于是在这个生死攸关的时刻,太平公主便只能来找婉儿。她知道唯有来找婉儿,或许才能获得一条生路。但是当然,堂堂的太平公主就是来求救,也不能低下她大唐公主、女皇女儿的那高贵而美丽的头颅。这是她的方式。当然这也是婉儿永远不会去计较的方式,她实在是太了解她了。

于是婉儿心平气和地等着。

她承受着太平公主的羞辱和诅咒,而就在这一刻,不知道为什么婉儿突然觉得周身充满了力量。是的还有人需要她。还有人比她更恐惧更惊慌,更需要她的保护。那么她就是有用的了。她就有责任有义务有勇气站出来,去保护那些需要她保护的人们。

终于太平公主停了下来。她突然眼泪涟涟,泣不成声,最后她说，婉儿，这到底是怎么回事？为什么？为什么显就突然死了？今后会怎么样？今后还有谁来保护我们兄妹？这一切真的是太可怕了，我该怎么办？

然后婉儿才把她刚刚写好的李显的遗诏拿给太平公主看。婉儿说，一会儿，我便会在朝中众臣和所有皇室成员的面前，宣读这份遗诏。而你此刻要做的，就是尽快去和相王商议。要想方设法利用这个机会，夺回李唐的天下。

否则一俟韦氏执掌了朝政，要夺回政权就不那么容易了。事不宜迟，你一定要和相王早做安排。去吧。快去。

可是相王早已闲云野鹤，不食人间烟火，他又能有什么主意？婉儿还是你说吧，你说我们该怎么办？

好吧，让我想想。听说临淄王李隆基刚刚回长安。叫你的儿子薛崇简赶快去找他。要他尽快在暗中聚结才勇之士，并在圣上亲军之骁勇者中发展势力。因为圣上的亲军是不会心甘情愿地听韦氏调遣的。去吧。让那些年轻人赶快行动起来，看来今天这大唐的社稷，就只能托付于他们这些少年英雄了。这是个机会。失而将不再复得。让相王参决政事只是缓兵之计。举兵宜早不宜迟。这只能是婉儿为李家所做的唯一的努力了。你要相信，我没有杀显。我虽然不爱他，但我绝不会去杀他。更何况，我和显是有着深深的兄妹一般的友情的。死亡，是显为他的懦弱和对妻女的纵容所付出的必然的代价。他可能至死也不会相信，杀他的竟是他的最亲的人。最狠莫过女人心，譬如韦后。显其实早就知道他的命数已尽。他早已心如死灰，在放纵淫乱中等待着这个最后的时刻。也许显是对的。也许不是韦皇后毒杀他，早晚有一天他也会自尽的。而我的心也早已和显一样，那心中已是万籁俱寂，与世无争。不要说我不在乎显的死。我当然在乎他，他死了我才知道，其实我是爱他的，只是我从没有对他说起过。现在说这些也已经晚了。因为我无论怎样说,他也不会听到了。显的死令我伤痛。那是种万劫不复的悲哀。不久我或许真的也要随他而去。显死了,作为他的近嬖嫔妃我也就没有理由活下去了。就随了圣上而去也许才是我最好的选择。记得后宫曾有个叫徐惠的女人吗?一个温文尔雅的才女。后来太宗李世民特别宠爱她,让她做了婕妤。整个后宫唯有她是最最忠诚的。自从太宗驾崩,她便不吃不喝,决心死于节,结果很快就用她年轻的生命,去殉了那个伟大的君王……

可是婉儿,为显去死,不值得。要知道我和相王还需要你,未来大唐的朝政还需要你,你怎么能就这样丢下我们,撒手而去了呢?答应我,留下来。

婉儿摇头。婉儿说,临淄王隆基他们全都长大了,他们有他们的想法,他们的是非,你怎么会知道他们也需要我呢?

但至少我和相王需要你。特别是在这个关键的时刻。你一定要和我们站在一起。我们势单力薄,如今朝廷各个部门已经被诸韦把持,就算是你不为我们想,也要为大唐社稷想。为死去了的母亲想。母亲怎么会希望她经营了几十年的政权落到韦皇后的手中呢?婉儿,留下来。至少留到我们最终夺取了政权。到那个时候我就不再拦你了。任你随谁而去。行吗?

婉儿说,让我试试。我会尽力而为的。

公元七一〇年六月一日,中宗李显在后宫中毒而死。韦后秘不发丧,决意自专政柄。

六月二日,韦后火速征发五万府兵屯驻京城,各路统领皆为韦姓。

六月三日,韦后将各路宰相及皇室成员召至宫中,知会中宗晏驾。

婉儿宣读中宗遗诏，立温王重茂为皇太子。皇后临朝执政。相王参决政事。

次日，宰相宗楚客及韦后兄韦温等率诸宰相上表，请奏由韦皇后专决政事，遂罢去相王参政之权。致使婉儿假托之遗诏失效，李唐王朝眼看着大势已去。

又次日，中宗灵柩迁至太极殿，集百官发丧。少年太子李重茂在灵柩前传承帝位，是为殇帝，从此韦后临朝称制。

此后，诸韦势力迅速膨胀。韦后党羽皆劝韦后效仿则天，将南北卫军及尚书省各部通通交韦氏一族统领，且广泛组织朝野内外势力归顺韦氏。宗楚客等韦后党羽又秘密上书，授引图谶，奏请韦后尽早登基称帝，并密谋害死殇帝，诛杀相王李旦及太平公主。

韦后的篡权运动紧锣密鼓，只争朝夕。结果仅仅十几天中，韦后一族势力就遍及朝野，大有一呼百应之势。眼看着韦氏所发动的这场宫廷政变不费一枪一弹就要大功告成。万事俱备，只欠东风。而这东风就是剿灭最后的李唐皇室及余党。风雨飘摇中的李唐王朝已经危如累卵，倘李氏家族再没有人挺身而出，举起义旗，先发制人，那百年来的李唐王朝就真要断送一尽了。

婉儿心急如焚。

当相王也被诸韦罢去政事，婉儿就更是肝胆俱裂，不知道还有谁能来拯救唐朝了。

这时的婉儿孤身一人。她不知道她的未来会是怎样的。未来很近也很远。是第一次，她竟然已经无法预测未来，无法找到她能走的路。她只能静观朝中的局势。但有一点是肯定的，那就是今后的王朝无论是姓李还是姓韦，她都笃定不会参与其中了。她的使命已尽。她知道她辅弼女皇武则天的使命已经完成。尽管她在女皇仙逝之后又辉煌了五年,但那只是女皇王朝的延续,是她不得不在这延续中帮助女皇所钦定的儿子。婉儿知道她的政治生命确实已经逝去。早已结束的女皇的政治才堪称政治。那样的政治结束了,婉儿也就结束了。她怎么能在那种浅薄而又腐败的政治中继续苟延残喘呢?

举国为显的早逝而悲伤。在国丧期间,外府的官吏们也纷纷前来京都长安为皇上吊唁。于是,那个刚刚派出为李显开凿商山新路的崔湜,便也在修路工程进行了一半的时候被召回京城为中宗服丧。其实婉儿早就在前来吊唁的朝官中看到了崔湜。而此时此刻,即或是对崔湜,婉儿也已经淡心无肠了。也许是显的暴毙让婉儿太伤心太满怀了歉疚,所以她对所有的人事都冷落麻木,她甚至在显的吊唁大殿中与崔湜擦肩而过,都没和他讲话,她甚至都没有抬起头看他一眼。

作为昭容,婉儿自然要在宫中为李显服丧。每每到夜晚,婉儿总是辗转反侧,夜不成眠。她独自醒着。挨着独自的寂寞。她在想现在的生活同显活着时有什么不同。

不再有锦瑟之声。更不会有欢歌笑语。显死了便带走了所有的喧嚣和享乐。连诗词歌赋也已成往日云烟。婉儿才知道,那歌舞升平的一切是怎样地脆弱。就像是显的脆弱的生命。当显的呼吸一停止,那热闹的一切便从此一去不返了,这就是今天这寂寞的现实。

在夜不成寐的时候,婉儿偶尔会想到崔湜。她不记得她已经有多久没有和这个男人在一起了,自从崔湜被贬至襄州,她就开始独自一人承受着那相思之苦。然而后来中宗祭天大赦,让崔湜返回长安,他也不曾再来拜访过婉儿,而是一头又扎进了安乐公主的府上,不再来看她。

婉儿不知道崔湜究竟是个怎样的男人。她不知道他是怎样利用他的英俊和才华穿梭往来于那些女人之间。他很势利,很忘恩负义,或者说很识时务,所以即使是崔湜从此冷落她,婉儿也从不曾怪罪过他,婉儿甚至觉得他唯有如此,才能在朝中站稳脚跟。

于是崔湜成了安乐公主的红人,进而又成了韦皇后的红人。以至于韦后临朝之后,竟任命崔湜为中书侍郎,如此的被韦后提拔重用,人们自然就又把崔湜当成了韦皇后的党羽。

面对崔湜的迁升,本来婉儿已经心灰意冷,但是她却骤然觉得非常不安。虽然崔湜早已不是她的情人,她却依然对这个男人的安危怀有着很深的牵念。她觉得她有责任提醒崔湜。她要让他知道他目前的这种选择未必就是明智的。尽管韦皇后看上去已经大权在握,甚至登基似乎也是迟早的事,但是,这也并不意味着未来的天下就是韦后的了。她要提醒崔湜千万不要目光短浅,她要告诫崔湜狡兔必须三窟,不要在李韦两派势力中进退失据,以至于把自己逼到绝境。

婉儿是真心关心崔湜。

婉儿说不清自己为什么非要帮助这个负心的男人。

婉儿对崔湜的感情很执着。她不在乎自己是不是能获得回报,她只是一如既往地为他着想。在他迷失的时候,把他从死亡的边缘拉回来,尽管她自己已经朝不保夕。

于是婉儿在一次与崔湜擦肩而过的时候叫住了他。婉儿说,崔大人能来一下吗?奴婢有话要对你说。然而婉儿看到的竟然是崔湜不耐烦的甚至是嫌弃的目光。崔湜说,娘娘有什么要吩咐的?就不能在这大殿中说吗?

婉儿怔在那里。

她想到了崔湜会拒绝她,但是却想不到他竟然会如此嫌恶她。

婉儿的心立刻像冰川融化，一泻到底。她没有眼泪，也不再委屈。如果说她这个企图关照崔湜的愿望使她失去了自尊，那么她接下来的义正词严，又使她找回了自尊。

婉儿说，当然没有不可以在大殿中说的话。奴婢只是想告诉大人，从此不再来这政务殿做事了。圣上驾崩，奴婢便也顿生去意，只是希望大人能尽快找个人来接替奴婢，我这就去向皇后请辞。

这一回轮到崔湜怔怔地看着婉儿了。崔湜还没有讲话，便有韦皇后从崔湜的身后闪了出来，她假惺惺地看着婉儿，甚至冷笑着，然后当即就恩准了婉儿，圣上丧期一过，婉儿就可以回家了。

说到底韦皇后是恨着婉儿的。她怎么能容忍婉儿这个身份不明阵线不清的女人继续待在她的朝廷中呢。当然她也可能是被她那虚假的泡沫一般的胜利冲昏了头脑。她不再需要婉儿。她以为她的那些无知也无能的韦氏兄弟子嗣们就足以能撑持她坐天下了。

于是婉儿回到了她长安城里群贤坊的房子里收拾衣物。然后回到后宫为李显守丧，等到出殡后，她将永远离开长安。婉儿在冥冥中知道她是要离开的。她只是不知道她怎样离开，她又会到什么地方去漂泊流浪。

婉儿回到了自己的家中，突然觉得这里真好，真安静。她想恐怕唯有在这里，她才能远离政治，远离争斗，她的心才能是清净的。她已经太累了。什么也不想听也不想看了。她只求一死，只求能像当年太宗的婕妤徐惠那样，不吃不喝，陪中宗上路。

婉儿在即将告别她的这个家时，一种依稀的留恋和伤感。因为婉儿在冥冥中觉出，她可能再也不会回到这里来了。婉儿想，显的丧期结束的时候也就是她的死期。再说显已经死了，她也就不该再拥有这房子这庭院了。这里的一切都是显给她的，那么当显已经离开，她还有什么理由继续拥有显的这座房子呢？

婉儿在离开这里的时候依依走过这座豪华宅邸的每一个庭院,每一个房间。婉儿停留的时间最长的是母亲住过的那个庭院。尽管母亲早已经离开人世,但很久以来,婉儿只要一走进来,就会觉得母亲还在,母亲的温暖还在,就不禁会热泪盈眶。后来婉儿想幸好母亲是走在这即将到来的劫难之前, 幸好母亲看不到她这万劫不复的下场了。婉儿想到此便很欣慰。她想母亲尽管一生受尽磨难,但至少母亲的晚年是安宁的,富有的,尊贵的。于是婉儿就更加安心了,她想她对母亲就也算是无愧无悔了,她尽了一份女儿的孝心,她报答她的养育之恩了。

婉儿最后走进的那个最深处的庭院是她专为崔湜留下的一处幽静。那个虽然夏季灿烂,但却依然显得寂寞荒凉的庭院。婉儿已经很久不来这里了。她不愿意让这里的物是人非弄伤她自己的心。久已不来的庭院已经是芳草萋萋。但是却依然掩盖不住那屋檐、廊柱下的凋敝。婉儿想她真的老了。老了便有了一种苍凉的心境。这里再没有爱的气息。那庭院中所发生过的一切也仿佛已经遥远。往事哪堪回首。婉儿只想能尽快逃离这一片如歌般的衰败。

婉儿扭转身。

在她自己已经不再属于这里的最后的黄昏中。

婉儿扭转头。那么神秘的,她竟然就和她此刻所思所想的那目光不期而遇。那么熟悉的。她曾经无数次在这里面对那目光。那是婉儿所不敢相信的。她扭转头就看见了他。崔湜,他竟然就在婉儿的面前。

我看见娘娘的马车就停在门外。门开着,我就进来了,我想我终于能见到娘娘了。

不,不……

每天离开政务殿我都会从娘娘的门前走过。但每天这大门都紧锁着。我知道娘娘是在为圣上服丧,娘娘不会回来,但是我就是忍不住每天来这里等待,我想终会有一天……

这一次婉儿的眼睛浸上来泪水。

崔湜走过来抚摸着婉儿的脸。崔湜说,我一直想问,为什么,娘娘的头发全白了?

婉儿低下头用她的脸颊温柔地蹭着崔湜的手，她无法说出她在那个最后的黄昏时的感觉，她觉得能在告别的时刻见到崔湜简直是上天的赐予。

婉儿说,崔湜,叫我婉儿。

崔湜便说,婉儿,你依然还是我的吗?

婉儿说,你能来,真好。

然后,婉儿便被崔湜抱了起来。把她抱进了他们曾有过无数风流的那个昏暗的有些潮湿闷热的小屋。他们像所有的以往那样,彼此抚摸着亲吻着。在那张吱嘎作响的木床上。全不管木梁上早已经悬挂了一张张密不透风的蛛网。他们什么也不说。他们只全力做着他们此刻所应当做的事。他们很投入。很投入的很多次。他们不知道门外的太阳已经落山,而漫长的午夜正悄悄向他们逼近。

崔湜终于不得不离开。他已经精疲力竭,他可能也知道他们这是在为最后的爱情送别。他们是相互依偎着离开这个凋败的庭院的。他们手拉着手。离开。将那凋败关闭在身后。当他们再也看不见那凋败之后,才真正地意识到,那不是砖瓦的凋敝,庭院的凋敝,而是爱情和生命的凋敝。

婉儿在崔湜的怀抱中说过的最后一段话是，你要知道我是怎样地爱你。所以不要迟疑了,尽快去拜望太平公主和相王李旦。你要知道这朝中的风云瞬息万变，迟早临淄王李隆基会起兵讨伐诸韦。而你的兄弟崔澄又一向是隆基的密友,而隆基的心腹刘幽求也一直将你引为知己，这是何等地水到渠成。听我的，去投奔他们吧。你必须去，要想活下来，这恐怕是你唯一的选择了。告诉他们韦后就要起兵诛杀相王和太平公主了。他们正在密谋，他们已经枕戈待旦。让崔澄带你去见隆基。劝他及早起兵，赶在韦氏动手之前，方可赢得天下。这是你唯一的自安之策。有什么难的吗？别怕丧失人格，政治本身就是没有人格的。也不要对韦皇后寄予什么希望。相信我，他们是一群乌合之众，一群鸡鸣狗盗之徒，又怎么能把江山坐长久呢？任何伟大的朝代都必得有伟大的帝王统治。在声名狼藉的政权中做事，才是真正辱没了人格。崔湜这是我对你最后的请求了。想想你我在这险恶的官场中走到今日，沉沉浮浮但却依然活了下来，实在是太不容易了。马上就要到来的那场争斗，对我来说已是最后一劫。无论是隆基的兵变，还是韦氏的清剿，我都在劫难逃。这些我已经都看得很清楚，我的命数已尽，盛衰荣辱也只能留待别人去评说了。但是崔湜你要活下去。我要你活下去。答应我，活着。活着想念我。好了，时间不多了。走吧走吧……

可是婉儿，我会想你的。

崔湜紧紧地抱着婉儿。崔湜也已经泣不成声。崔湜说，你为什么总是帮助我？你为什么总是替我想？我不知道今后的生活中如果没有了你，我该怎么办？不，婉儿，我不能离开你。是你塑造了我，没有你也就没有我，更不会有我的今天。别离开我，婉儿。我也要你答应我，别死。别死行吗？哪怕仅仅是为我活着……

崔湜你以为我不愿意和你长相厮守吗？如今我的命已经不在我手中了，自从重俊在肃章门外索要我的头，我就知道一切已经全都完结了。去吧，崔湜，我真的要回后宫为圣上守灵去了。咱们分手吧。

我还能再见到你吗？

我不知道。未来之于我已是生死两茫茫。我不知道以后的任何事。让我们就此告别吧，如若今后真的还能见到，那就是苍天的恩赐了。让我们祈祷吧。

婉儿……

宫门就要关了。崔大人。让我走。

婉儿，记住，无论是什么样的结局，无论生死，我都会永远怀念你。

我会铭记的。

还有，如果真的天有不测风云，你要等我。等我好吗？过不了多久，我就会去找你，从此永不分离。答应我，等着……

好。我等你。

他们难舍难分。告别得很艰难。反复地说着同样的话。分开了，又会情不自禁地返回来紧紧拥抱在一起。而拥抱过后，又必得分开。分开的疼痛，是永远不会消失的。

远远近近的长安街头的打更声。

寂静午夜中值更人沉重而缓慢的脚步。

怎样的难舍难分。他们死死地纠缠着，执手相看泪眼。

莫不如我们此时此刻就这样死在一道。就这样永远在一起，永远不分离。

这是崔湜在最后一次拥抱婉儿时的誓言。他还说，反正我们最终都难逃一死。我们干吗不死在一道？我们干吗还要如此痛苦地分别？不，我们不再分别，也不再痛苦。让那些人为权力去争杀吧，而我们在一起，我们的幸福对于我们来说才是最最重要的。

离开朝廷，谈何幸福？除非我们离开。

那么就离开。我带上你，我们逃走……

崔大人，让我走吧。已经晚了。放开我，让我们告别吧。

最终是婉儿逃脱了崔湜。她跳上了她自己的那辆马车并让车夫立刻启程。她流着眼泪。不敢回头去看那个寂静长街上孤单的男人。但是很快,迷蒙的晨雾升起,婉儿就什么都看不见了。

崔湜果然听从婉儿的劝告,回到家中就找到了他的兄弟崔澄,共商他们兄弟未来之大计。而临政的韦皇后随时准备对李家兄妹及宗室剿杀的阴谋,也由崔澄星夜赶往临淄王李隆基的王府中通报。到了第二天清晨,崔湜又双管齐下地前往太平公主的府上参拜,要太平公主再去敦促李隆基尽早发兵,先发制人。唯有如此才能扼住诸韦咽喉,将他们的阴谋扼杀在萌芽中。

崔湜的如此反戈一击果然即刻获得了李唐宗室的好感和信任。特别是太平公主对崔湜的回归更是满怀欣喜,并许诺崔湜一旦兵变成功,一定会委以重任。崔湜如墙头随风飘舞的蓬草,朝秦暮楚,四处讨好,竟然能被所有的人接受,这也算是当朝的一大奇迹了。他不仅是婉儿、是武三思的红人,是韦皇后、安乐公主的红人,也还是太平公主和李隆基的红人。何以崔湜便能在这各派势力间进退有据,出入自由?他凭什么能获得那所有势不两立的人们对他的共同好感?这个崔湜究竟是由什么做成的?他究竟有什么样的本事,让他在历朝历代中不倒?当然崔湜能做成这样的人也非常的不容易。这需要一个人的天生的资质和颖悟。他不仅要有聪明智慧,还要有见风使舵的能力和能够获取他人信任的技巧。

在崔湜及时向李唐宗室投诚的同时,大概是韦后的一些党羽们也慢慢觉出这诸韦终究成不了什么大气候,于是弃韦而投李的倒戈者也越来越多。譬如皇宫禁苑总监钟绍京就背弃主子秘密参与了李隆基起兵的策划。这位韦皇后的重臣在李隆基起兵前虽然突然反悔,拒绝参加政变,但最后还是被他的妻子逼着,跳上了李隆基的战车。再譬如韦皇后的兵部侍郎崔日用原本是韦后的死党。但是当得知韦氏将对李唐宗室斩尽杀绝的阴谋时，怕未来殃及自己，便即刻暗中派人向李隆基告密，要求他立即起兵，推翻韦氏王朝。

在如此紧急的情况下，李隆基与他的姑母太平公主以及太平公主的儿子薛崇简等便开始紧锣密鼓地策划。他们歃血盟誓，决意兵变，彻底推翻韦氏王朝，拥相王为帝，以还大唐本来面目。兵变在即，也曾有人提出，要向相王禀告。隆基却一口回绝，说，我等起兵是为社稷天下，如若成功，这成果将归于父亲；但若是失败，我隆基便一马当先，以死殉国，绝不牵累相王。如若现在报告，相王赞成，就是参与了兵变；而相王不赞成，我们又如何起兵呢？于是，李隆基便决定背着父亲李旦，秘密起兵，以他的热血和生命，与韦氏一族一决生死。

于是在公元七一〇年六月二十日，也就是在中宗李显暴毙十九天之后的那个夜晚，李隆基等人便身着便服，潜入禁苑埋伏。二更时分，全副武装的李隆基就带领他在皇家亲军万骑中的亲信，横枪跃马，出奇兵，杀进了韦皇后的羽林营，以迅雷不及掩耳之势，斩杀了掌管皇家军队的所有韦氏党羽，并当众宣告：韦氏毒死先帝，谋危社稷，今夕当共诛诸韦，身高有马鞭长者皆杀之。立相王为帝以安天下。敢有反对者将罪及三族。

于是一声号令，羽林将士们便都欣然从命。其实他们原本就是李唐的军队，不过是被韦氏统治了十几天，他们的心依然是属于李唐的。有了军队，李隆基便如虎添翼，风驰电掣般率领羽林大军出禁苑南门，开始进攻宫城。他们兵分几路，分头攻打玄德门、白兽门和玄武门。李隆基的骑兵杀入玄武门后便长驱直入进逼韦皇后所在的后宫。毕竟韦皇后的天下只有十九天，而宫城内的人心所向依然是大唐的李家。于是宫城的防卫,不攻自破。如坍塌的断墙,顷刻瓦解。转瞬之间,后宫里便马蹄嗒嗒,火光四起,杀声一片。

后宫中的韦皇后依然沉浸在她的王朝的梦想中。她可能是过于忘乎所以了，以至于她根本就想不到已被逼到绝境的李家竟然还有反手之力。韦皇后可谓是在自鸣得意中大意失荆州的。她当然没有忘记要将李氏家族一个不剩地斩尽杀绝，她也开始时不我待地准备这场清剿的战斗了,但是她就是稍稍地晚了那么一小步,以至于她才终于没有做成那个韦姓的女皇帝。当然那也是她的命中注定。可能还因为她没有像武则天那样起用婉儿。婉儿倘若成了她的谋臣她可能不会如今天般那么匆匆地收场。她太信任她们韦氏宗族的那些兄弟和子侄了。她以为唯有他们才能为她的登基保驾护航。于是在中宗刚刚死去,她就近乎歇斯底里地让那些出身微贱的穷亲戚乡巴佬们一个一个地光着脚走进了皇宫走进了李唐的朝堂，并委任他们那些单单是一听到就已经把他们吓得直哆嗦的高官,一副受宠若惊的样子。而他们这些没见过世面更不懂得政治的乌合之众,又能给韦皇后什么像样的帮助呢?他们无非是对韦皇后山呼万岁,希望她能早早坐在那把龙椅上,于是韦后也得意忘形地应和他们,说,对,朕就是要做女皇。从此,女皇的梦想便终日纠缠着韦皇后,不论白天还是夜晚,那登基的五色祥云始终在她的梦中翻卷着……

韦皇后便是在这五色祥云丝丝缕缕的缠绕中被一片响声惊醒的。她并不熟悉那不断向她逼近的声响。那已是三更时分。午夜的寂静被骤然划破。韦皇后乍醒来,在迷迷糊糊中以为那铺天盖地的响声是民众的欢呼。于是她真的很激动，她甚至激动得流下了眼泪。她于是清醒。清醒便是梦醒。梦醒之后她才非常现实地想,她还等什么？她为什么还不尽快登基？她已经等不及了，她太渴望看到城门下万众向她欢呼的那场面了。韦皇后和衣坐起，睁大眼睛，然而她却并没有看到万众，也没有听到欢呼。眼前只是一片长长的黑暗。她突然害怕了。她醒过盹来才透过窗棂看到了远处有火把在游动。而且那急如星火的马蹄声正逼近她的寝宫，那喊声也变得越来越清晰，那就是要抓住她这个毒杀先帝谋危社稷的逆贼，要将她千刀万剐，要将她的头拿下，以祭奠显那不幸的在天之灵。

韦皇后终于知道那并不是她的五色祥云更没有万众的欢呼。她吓坏了，她立刻就意识到她做不成女皇了，她已经危在旦夕。于是她便慌乱地逃出她的寝宫，那时候她只有一个念头，那就是逃跑。她甚至连鞋子都没有穿，便飞快地不顾一切地往外跑。她披头散发。满脸的惊恐。她身上的睡袍向后飘着。踉踉跄跄的步履。她跑着。向着来兵相反的方向。她只想逃命。那是她唯一的意识。逃命。被身后的骑兵围追堵截。她不知该向哪里逃。她更不知能在哪里躲藏。她真的被吓坏了。她只是在身后的一片喊杀声中拼命地跑呀跑呀。在这万分危急的时刻，她身边竟没有一个人。没有一个人能来帮助她救救她保护她。她的脚被石板路磨破，身体跌跌撞撞，脸上是血是泪。但是她却依然不顾一切地拼命地跑着。后来，这个被逼得几近疯狂几近绝望的女人终于跑进了一个很空旷的院子。她冲进去。那里一片寂静。她不知道那里是什么地方。她太累了。她已经跑不动了。她只想停下来。坐在什么地方。她再也不跑了。她宁可死。韦皇后是一屁股坐在那片寂静的空地上的。但几乎转瞬之间，便有几十匹高头大马一拥而上，将韦后团团围住。那马的凶猛的鼻息，在韦后的耳边奋力响着。马并不知道韦后是什么东西。它们大概很好奇，于是便逼近她，并抬起马蹄去蹬踏她。韦后再度想跑。但她左奔右突，却似乎已经冲不出那马的重围。她的头不断碰到那些长长的马脸。她害怕极了。她高声喊叫着,不,这是哪儿?

这里是飞骑营。你就是那毒杀了吾皇的毒妇吧,我们找的就是你。

不,你们要干什么?飞骑营有什么了不起的,飞骑营也是朕的。这里的什么都是朕的。朕就要登基了。连天下都是朕的了,你们走开,走开,让朕……

你这个淫毒的女人竟还在做女皇梦?看刀,让你的女皇梦见鬼去吧!

韦皇后的首级被斩于飞骑营的马下,实现了李隆基兵变的第一个目标。随即飞骑营的将士们便提着这个弑君罪人的首级,向政变领袖李隆基邀功请赏去了。

韦皇后失了头颅的尸体孤单地躺在飞骑营的空地上,被午夜明媚如流水的月光照着。她脖腔中的血依然泉涌般汩汩地流着。流着罪恶。那是黑血。是偶尔飞来的专门吸食腐尸的秃鹫也不愿沾的。它们大概也嫌那是罪大恶极的血肉,难以下咽。

李隆基此次兵变要诛杀的第二个重要目标,就是一心想做皇太女的安乐公主。他的那个美如蛇蝎的只有二十六岁的堂妹。又是一个女人。

其实安乐公主在韦皇后临制的十几天中并不高兴。因为在那十几天中,韦皇后一心想的只是她怎样尽快登基,她甚至不想见安乐公主,视安乐公主为潜在的对手。她说只有她登基做了女皇,而后才能考虑安乐公主做皇太女的事。所以安乐公主不开心。她不开心便不再理母亲。她想幸好还有她的丈夫武延秀终日陪伴她,但自从母亲临制,那个被韦皇后任命为太常卿的武延秀留在家中的时间也越来越少了。

她为此而和武延秀争吵。她问他，你怎么总是半夜才回来？

你难道不知道这是什么样的非常时期吗？朝中的事情这么多，我又是母后的重臣。

难道朝廷半夜还点灯吗？我去找过你，政务殿的大门早就关闭了。

我们是在母后的寝宫共商国策。

母后的寝宫？社稷的安危竟要到皇后的寝宫去商讨，你们是不是还要升御帐呀？

安乐你不要胡说，那可是你母亲，不是武则天。

我母亲又怎么样？她们都是一样淫荡的女人。她是不是已经离不开你这个年轻英俊的驸马了？她从不会放弃那些漂亮的男人。我太了解她了。你干吗要那么取悦于她？就像是她的一条狗。

安乐你说话不要那么难听。就算是一条狗我也是为了你。没有她你能当上皇太女吗？

她那种无知的女人都能当皇帝，我又凭什么当不成皇太女呢？

总之我们的未来全靠她。单靠你我也当不上这个太常卿。

所以你才千方百计巴结她。用什么？是用你的脸蛋，还是你的身体？你们这些肮脏的东西。天下没有像韦氏这么无耻的女人了。她毒杀了我父皇，如今又要抢她女儿的男人上她的床，而你竟然……

武延秀拂袖而去。他不再理睬安乐公主，因为他无法说清他和这一对母女究竟是一种什么样的关系。作为男人，爱美人但更爱功名。安乐公主可以给他美，但他爱的功名就不是这个美的女人所能给他的了。武延秀生气地住到了另一个房间里。他当然知道无论母亲还是女儿都是不好伺候的。所以，他常常是一走了之，把那些愤怒中的女人独自丢在那里。

安乐公主在这一番争吵之后难以入睡。她独守空床，挨着长夜，于是也就难免想入非非。她辗转反侧地想着武延秀在母亲的寝宫中究竟会做些什么。她又想以武延秀的风流倜傥，他怎么会对母亲那种丑陋的女人感兴趣？她知道无非是因为韦皇后的手中有权力，而武延秀恰恰又想要那权力。那么，韦皇后又凭什么要把那权力给延秀，而不给别的男人呢？母亲寝宫里的男人难道还少吗？自从武三思走了之后，便有了国子祭酒叶静能、常侍高医马秦客，以及那个厨子出身的光禄少卿杨均轮流伺候在她的帷幄之中，难道这么多的男人还不够，母亲还偏偏要她的延秀吗？而伴随着武延秀对她一天一天的冷落，安乐公主就坚信了延秀一定是也和那些御医厨子们一道上了那个权倾天下的女人的床。太无耻了，也太令安乐公主伤痛了，他们怎么能这样……安乐公主越想越不能忍受。如果和武延秀上床的不是韦皇后而是另外的一个什么女人，她肯定星夜就会不顾一切地派人去杀了她。但是要了延秀的那个人，又恰恰不是别人而是她的母亲，而她的母亲又不是一般的母亲，而是那个握有天下生杀大权甚至是握着她的性命的皇后。

于是安乐公主只能暂时忍下这口气。至少是在这个特殊的时期，她还要利用母亲冲在前面做那个开路的先锋，为她日后的皇太女梦想铺平道路，替她将李唐宗室的那些绊脚石诛杀殆尽。安乐公主当然知道谁走在最前面谁就将成为靶子，腹背受敌。而这种冲锋陷阵的活儿，安乐当然不想去做。她要渔翁得利，坐享其成。她想，日后早晚有收拾母亲的那一天，哪怕是那个女人已经坐在了女皇的位子上。她可以匡复李唐的王朝。她有李姓。她还握有母后鸩杀父皇的证据。她发誓要把这个杀夫弑君的罪人钉上历史的耻辱柱。要她永远也不要再想去抢别人的男人。

所以安乐公主只能是枕戈待旦。她不再愤怒，不再委屈，也不再吵闹，而是在夏季的午夜中走进了武延秀睡觉的那个房间。她推门而入。见武延秀早已在疲惫中睡熟。于是那个睡着的如浮雕一般美丽的男人自然就动了安乐公主的芳心。于是安乐公主才会在这温热的午夜,点起了蜡烛,对着铜镜为自己施朱敷粉,梳妆打扮。她想她要以她的美艳唤回她丈夫的心。安乐公主当然知道自己是这宫城里最美的女人,美若天仙。她就不信她的美不能帮助她,就不能打动那些男人的心。她就是要比试比试,到底是她的美艳还是母亲的权力最终能俘获那些卑鄙的男人。

也是在三更时分,在安乐公主精心地打扮自己时,她听到了门外的喧哗。安乐公主虽然一向远离政治,但是她的聪明使她立刻就意识到了,有人起兵叛乱!安乐公主没有做梦,她知道这兵变是迟早的,以母亲的为人和能力,她凭什么那么轻易地就能登上王位,她比起安乐公主的那个伟大的祖母武则天,简直是草芥不如。安乐公主这样想着甚至还有种幸灾乐祸。她想这下好了,用不着她了,叛军就能代她结果了母亲的性命了。她不怕有人起义不怕有人夺走了母亲的政权。比起这义军举旗叛乱,她更怕的还是母亲抢走了她的男人。

于是安乐公主面对远处的剑拔弩张反而很镇定。她轻轻推醒了武延秀,她想告诉他窗外的事,想说这场兵变也许是不会殃及他们的。然而她被武延秀看着她时的那迷茫的目光惊呆了。梦中方醒的花花公子武延秀并不知安乐公主的用意。他只是觉得此时此刻,这个午夜中烛光下的年轻女人实在是太美了,恍若天仙,他还从来不曾发现安乐公主是如此之美。于是他想他爱这个女人,他不能没有她。而他和那个丑陋的有着权力的老女人上床,不过是逢场作戏,他怎么能因此而舍弃了他的这个如此让他心旌摇荡的女人呢?他于是扑向他的女人。他亲吻她拥抱她不由分说就脱光了安乐公主的衣裙。他说你真是太美了。你是我的。我将永远也不离开你。

于是安乐公主便顺势问他，是权力重要还是我重要？当然是你重要。那么为了我就可以不要权力了？当然只要你,只要能和你今生今世在一起,我将万死不辞。

武延秀的海誓山盟使被冷落日久的安乐公主感慨万端。她于是决定不把那远远近近的马蹄声告诉武延秀,如果在劫难逃,他们又何不在死期到来之前,无比投入地风流一回呢?

然后安乐公主就顺从地躺在了武延秀的身下，任凭着她的这个回心转意的丈夫拥有她。安乐公主怕武延秀听到兵变的骚动后会落荒而逃,她便拼命地扭动着,疯狂地呻吟着,她要用她激情的身体遮掩住那窗外咄咄逼人的一切,在这样的时刻,她不想让武延秀听到叛军逼近的脚步声。她大声喊叫着。在这个生命的最后时刻。她不管叛军,也不管未来的政权会是谁的。她讨厌政治。讨厌各派势力之间的角逐和杀戮。她的敌人将只有一个,那就是她的情敌,就是任何企图夺走她男人的女人。无论这个女人是谁,无论她的位置有多高权力有多大,但只要抢走了她的男人,她都将视她为仇敌,也都将与之不共戴天。

所以,安乐公主不在乎叛军。她甚至不以叛军为敌。此时此刻。在床上。她只享受她的男人所带给她的那天堂的快乐。她也让自己属于他。属于他们所共同拥有的激情。她低声呻吟着高声喊叫着。后来她终于在她自己的声音中听到了有人在撞击着他们的大门,并高声喊着要索要他们的头颅,就在那一刻,她知道他们完了,他们将在劫难逃。但是她不管那些。不管门外的那些叛军她只要她的男人,只要这一刻。这一刻,这一刻的喷涌。安乐公主耐心地等待着,直到,终于,那冲击着的一切到来,武延秀把他毕生的激情全都给予了她。

然后,安乐公主才彻底安静了下来。她轻轻摇着那个正昏昏欲睡的武延秀,在他的耳边轻声说,听,有人在拍门。是叛军。叛军来了。

什么叛军?武延秀立刻清醒了,并立刻从他女人的身上跳了下来。

你不用着急。是他们起兵了。我早就听到了那马蹄声。

你早就听到了为什么不告诉我?

我叫醒你了,我……

你叫醒我是为了要我们在一起。

你不是说过我比权力更重要吗?

可是我并不是说做爱比活着更重要。

有了这样的夜晚你难道还在乎死吗?

等等,你听,他们冲进来了,快……

李隆基的羽林将士们夺门而入。他们一冲进来就用剑戟逼着几近赤身裸体的安乐公主和武延秀。是羽林军的骤然出现使武延秀顿时有了精神。他转身抽出身边的长剑便同那些来兵格斗了起来。他边杀边砍边大声喊着,安乐,快跑,快从侧门出去。而安乐公主却站在武延秀的身后一动不动。她说,延秀,我等你,我们一块儿跑。武延秀奋力抵挡着对面砍杀过来的刀剑,保护着他身后的安乐公主。他且战且退,毕竟势单力薄,后来他愤怒地吼着,他说听到了吗?安乐,快跑,你不要管我。我这就来。跑到肃章门去,在那里,等我。快点呀。可是延秀,我等你,我……还啰嗦什么。快跑呀。看我来为你杀出一条血路。看我怎么把这些叛军全杀光。你们过来呀?居然欺侮到大唐公主的家中来了,看剑……

安乐公主在武延秀的催促下,在他为她杀出的那条血路中,终于穿过了那刀光剑影,逃了出去。她一边哭一边跑。她牵念着她的丈夫。那是种几近绝望的牵念。在黑暗的午夜,她什么也看不见。她只是盲目地向前跑着,向着矗立在夜晚的黑暗中的肃章门楼。安乐公主踉踉跄跄。好几次摔倒又爬起来。又好几次想跑回去,想既然死,他们又何苦不死在一起呢?她眼前晃动着的,是武延秀赤身裸体孤身一人去拼杀着那几十个全副武装的羽林兵士。他孤军奋战。他当然不是众多叛军的对手,但是他始终抵挡着搏击着,他绝不投降也绝不言败。慢慢地他的周身布满了刀痕,鲜血淋淋。最后他终于摔倒在地上。他是战死的。他死时嘴里所呼唤的,也是安乐公主的名字,他说,安乐,快跑吧,别等我了,别……

也许,如果安乐公主不那么信守等待的诺言,趁着黑暗,她是能逃过死亡的劫难的。她既然已经逃出重围,偌大的皇宫,难道就找不到一个她可以藏身的地方吗?但是,她就是那么傻傻地站在肃章门前,站在那个月光如水的空地上。她把她自己明明白白地暴露在所有人的视线之中,就仿佛她是个靶子。她在对追兵们说,来呀,我就在这儿,来杀我吧。

那时候安乐公主的心里只有武延秀。她是那么牵念他,以至于她都忘了恐惧,忘了该怎样保护她自己。武延秀英勇护卫她的那一幕让她无比感动。而这样的感动,安乐多少年都没有过了,因为她每天所看到的,全是人与人之间残酷的相互挤压,尔虞我诈,甚至是亲人之间的彼此欺骗、伤害乃至于杀戮。而武延秀在这个生死存亡的时刻站出来无私地保护了她。他是那么英勇无畏,那么奋不顾身,他宁可舍弃生命,也要救出安乐公主,这种献身的精神,怎么能让安乐不长歌当哭呢。延秀才是那个真正的男人,真正的丈夫,真正的勇士。安乐将永远不忘延秀那手拿长剑、一丝不挂、周身是伤是血的勇士的形象。她为她有如此勇敢的丈夫而骄傲。

所以安乐公主站在肃章门下不走。她要在那里等延秀,等她的浴血的勇士。其实安乐又何尝不知孤军奋战的武延秀是敌不过那成百上千的叛军的。但是她就是要等他。那是她的许诺。她不能把舍身救她的延秀一个人丢下。

然后,那些闯进她家的羽林将士们就开始向肃章门挺进。结束家中的那场力量悬殊的搏斗,对他们来说当然是举手之劳。他们也听到了武延秀要安乐公主在肃章门等他的那个公开的秘密。他们当然就急起直追,因为毕竟逃走的那个女人,才是他们年轻的统帅李隆基真正的目标。

一个女人。

在这场兵变中为什么只杀女人呢?

那些女人真有那么大的能量,真能扭转乾坤吗?

义军们远远地就在肃章门前的空地上看到了那个女人。如此空旷的长夜。那美丽的公主就站在月光下,身上只披着一件蝉翼一般的透明的丝衣。她就那么执着地站在空旷的广场的中央。她并不躲闪。她当然也看到了那些正逼近她把她包围的那些兵士们。

她不惧怕。

她的目光中只是充满了焦虑,她等待着那些手持长剑骑在马上的将士们,等待着他们一点一点地靠近她。

他们终于靠近了她。他们并且逼迫着她。他们当然知道这个女人的头颅在这场兵变中究竟值多高的官衔和厚禄,他们也当然知道无论谁抢了这一功谁就将从此是新王朝中的英雄。因为他们知道李隆基第二想要的,就是这颗美丽的头。他们是义军。他们曾在李隆基的麾下盟誓。事关社稷天下,怎么能在乎这颗女人的头颅是不是美丽呢?所以他们只能使命在肩地不断缩小着包围圈,把那个美丽的女人逼到绝境。然而,当安乐公主的那颗娇小的头颅就在他们的刀下,他们不用费哪怕吹灰之力,便能完成使命,但是很久很久,却没有一个人敢于举起他们手中的那把已是鲜血淋淋的战刀。对他们来说,这个午夜里月光中的女人实在是太美了。美到一种尊严,美到一种力量,美,就是一道防线,一种兵器,就足能抵御那些杀气腾腾的男人了。没有人敢对着那美举起邪恶而丑陋的武器。他们不敢,并且不忍,这就是英雄在美人面前为什么总是气短。

安乐公主就这样在羽林将士们的重重包围中站着。她不跑也不躲闪。任夜风吹起她薄薄的裙子。任她的裙子飞扬。任她那美丽的身体在裙子的飘扬中裸露在那些刚刚杀过人的将士们面前。那就是她。大唐的公主。那是羽林兵士几乎从不曾见过的。而她此刻就这样手无寸铁且愁肠百结地站在他们中间,令他们怜爱。

安乐公主在夜色中抬起头环视着那些马上的勇士们。后来,她终于抓到了一个满身是血的兵士,问他,延秀呢?你们把他怎样了?你们杀了他吗?

那个满身是血的兵士退着。其他的兵士也退着。包围圈也不断扩大着。甚至闪出了一条可让安乐公主逃跑的路。

但是安乐公主不逃跑。

她只是不停地问着那个兵士,延秀呢?你们杀了他了?他怎么不来?他要我在这里等他的呀?他在哪儿呢?告诉我。

骑兵中不知是谁突然义正词严,他说,是的,我们把那个逆臣杀了。我们还要杀你。你身为大唐公主,竟密谋杀了自己的父亲,如此弑君弑父之罪,还罪不当诛吗?你们是李唐王朝的败类,你的死期也已经到了,你还有什么好说的吗?

当安乐公主终于得到了武延秀的死讯,她便顿时安静了下来。兵士中也是鸦雀无声,就仿佛肃章门前的广场上,并没有聚集着浩浩荡荡的兵马。

当安乐公主确知武延秀已殁,她真的就安静了下来。她仰头环视着那所有高头大马上的勇士,然后平静地说,王朝的事我不管,我只要得到我丈夫生死的消息。好了,谢谢你,我知道了。然后安乐公主就走到了一个看上去异常勇猛的兵士前。因为她看见他的战刀上的血还一滴一滴地流下来。她走过去,用手去抚摸那战刀上的血,她说,我知道了,这就是他的血。这血还是热的。是他的。他就这样用他的血和我在这肃章门下会合了。我终于等到他了。多么好。从此我们就能安安静静地在一起了,远离朝廷,远离那冷酷无情的争斗。我们本来就不该被卷到这政治的旋涡中。我们如果是平民百姓也就不会受这么多的苦,也不会这么年纪轻轻就死于战乱。现在好了。苦难到头了。我们就可以长相厮守,永不分离了。那么,来吧,就用这把有他的鲜血的刀,带我走吧。拿去我的头吧,我不管你们把它献给谁,也不要告诉我你们起兵的首领究竟是谁。这些对我已经毫无意义了。只要我能和延秀在一起。来呀,干吗还不动手?拿走吧。那是我的头。可换取功名利禄,来呀,你们不都是勇士吗?你们为什么还不动手?求你们,让我走吧。

安乐公主就那样伸着她的头,等着那些兵士们来杀她。她想她在这世间确实已没有什么可留恋的了,既然是,她最爱的男人已死,她便也只求一死了。

安乐公主在死前是幸福的。在生命的最后时刻,她不仅在身体上拥有了她的男人,她还看到了这个男人是怎样用鲜血和生命保护了她。她便双重地占有了这个男人。彻头彻尾地。她拥有了他的全部。那么接下来,到了此刻,只要再加上她的死,这个他与她的夜晚就是真正完整而又完美的了。一个死前的完整而完美的夜晚。多么好。不是谁都能拥有死前的这样的夜晚的。那么就让她死吧。她已经不在乎她的美丽的头颅会让哪个兵士拿去邀功请赏了。她只要那把刀。那把曾杀过武延秀的刀。她要和那刀亲吻,她要死在那把刀下。来吧。拿去吧,懦夫们!

安乐公主的头颅自然很快就被献到了义军首领李隆基的面

前。那是安乐公主的堂兄。他仅仅比他这个美丽的堂妹大一岁。不知道他为什么一定要杀了安乐。更不知道在他和美艳动人的堂妹之间究竟发生过什么。李隆基调转头。他大概也不敢看安乐可能依旧美丽的头颅。他只是摆摆手，意思是放在那里吧，他就带着他的士兵去杀别的人了。他所要诛杀的第三个目标又是谁呢？难道还是个女人吗？

安乐公主失了头颅的身体就横陈于肃章门前的广场上。没有人忍心去看，更没有人敢去碰，就仿佛是圣物。安乐公主的姿态就是死后也是那么美，那么惊心动魄。那沾着斑斑血迹的蝉翼一般的丝裙依然在她妩媚光滑的身体上飘啊飘啊，那依然的美艳绝伦，盖世无双。那唯有安乐才有的身体。

那是世间从未曾见过的失了头颅但却依然完整的美。

那是令见过的人终生不忘的美。

在长安城中崔湜的府邸。

在这个金戈铁马、刀光闪闪的夜晚，崔湜彻夜不眠。他的家尽管远离宫城，他尽管根本就听不到兵器的声音也看不到束束火光，但是崔湜躺在床上，他的耳朵里却充斥着兵器声和喊杀声，他闭上眼睛，眼前还是不断闪过那阵阵刀光和血影。

崔湜知道政变就在今夜。他的兄弟崔澄特意提早通知了他。要他待在家中。还要他做好贬官流配的准备。因为相王李旦称帝以后，必得将韦后临朝时期的重要臣相贬出长安，当然崔湜也在所难免，但临淄王已向崔澄保证，不久后一定会将崔湜召回长安朝廷，而太平公主也在召回崔湜的问题上，与她的侄子李隆基达成了共识。总之他们都认为崔湜是个不可多得的人才，他们未来的王朝是需要这个风流才子的。

如此崔湜辗转反侧，忧心忡忡。他并不是因为自己要被赶出长安而焦虑不安，而是，在这个兵变的夜晚，他不知婉儿在哪儿，更不知她会遭遇怎样的命运，他也曾几次托崔澄探询临淄王对婉儿的态度。而每每崔澄带回的信息，都是李隆基对婉儿的深恶痛绝。认为好好的大唐王朝，就是败在了那几个女人的手里。而几个女人中最坏的，就是婉儿。因为唯有婉儿是聪明绝顶的。所以，擒贼就必得先擒王。如此，崔湜又怎么能去保护婉儿呢？他爱这个女人。但是他也只有听凭命运对这个女人的安排了。

崔湜彻夜想着婉儿。却可惜他一个堂堂男子汉，竟想不出任何能救心爱的女人于危难的办法。崔澄通知他今夜兵变的消息时，李隆基早已潜入了皇家禁苑，并把所有的宫门看守得严严实实，任何宫城之内的人都插翅难逃。崔湜眼看着心爱的人将遭屠戮，而爱莫能助。那是种怎样的悲哀。他只能是坐以待旦。只能是焦虑不安地任凭起兵的人去杀去砍。他唯有在心里为婉儿默默祈祷，希望她最终能逃过这最后的一劫。

崔湜便这样熬到了天明。

直到天明，没有一点关于政变成败和婉儿生死的消息。

他心怀惴惴。有一丝莫名其妙的侥幸。然后他便只能强打精神，和所有朝官一样，和每天一样去早朝。

太极殿中似乎没有任何政变的迹象。大多数不知情者依旧相互寒暄，谈笑风生，说昨晚的天气如何如何炎热，潮湿的空气中一夜飘忽着一股腥乎乎的味道。仿佛是血腥。崔湜抬起头在朝臣们中间一扫，他便即刻意识到，政变成功了，因为大殿中已经没有了任何韦姓的朝官，他的心情顿时黯然。

政变成功了，是不是就意味着婉儿也被诛杀了呢？或者婉儿还没死，她只是被囚禁关押在了大狱中，崔湜想只要婉儿活着，他就一定要想方设法地去看她，哪怕去看婉儿的代价是死亡，崔湜也将在所不辞。

果然如崔湜的猜测。当早朝的时辰一到，相王李旦和太平公主就相携一道走上大殿。他们兄妹的骤然出现使满朝文武着实地震惊了一回。他们看着满面春风的这一对兄妹目瞪口呆，但随之爆发的就是一阵热烈的欢呼声。因为他们终于看到，随着中宗李显的谢世而大权旁落的大唐王朝终于又回到了真正意义上的李家。

太平公主和相王手牵着手向百官宣布，殇帝重茂已让位于相王李旦。李旦于是在数年之后又莫名其妙地再度被推上王位。甚至连他自己都不知道，清晨一睁开眼睛，他的儿子和妹妹就通知他，从即刻起，你就又是天子了，又可以称“朕”了。他们不管旦是不是喜欢这个天子的位子。但是旦必须坐在那把龙椅上，唯有他坐在那里，才能天下太平。旦这一次做天子不再有身后的母亲了。但是旦显然依然是傀儡的皇帝，因为太平公主参与了这次成功的政变。她和她的儿子们都是积极的策划者和起义者，所以必然的，她今后就必然要和她的皇帝哥哥平分天下了。

接下来就是向文武百官宣布政变的过程，任免的名单和被诛杀者的名单。在被流贬者的名单中，自然有被贬出长安、充任华州刺史的崔湜。这是崔湜事前就知道的，所以他没有像其他被贬黜者那样如丧考妣，而保持住了那种安之若素的君子的尊严。

崔湜是竖着耳朵去听被诛杀的那些皇室和朝廷要人的名单的。因为韦氏在兵变前已经大权在握，所以被诛杀者多为三公六卿，文武政要。在一片唏嘘之中，崔湜听到了韦后，听到了韦温，听到了韦后的那些子侄们，当然崔湜还听到了武延秀，听到了安乐公主，凭着政治的直觉，崔湜觉得临淄王起事是坚决的彻底的不留后患的斩尽杀绝的。他觉得临淄王很狠。而且无疑，这个年轻人已经为他日后的登基铺平了道路。他已经剿灭了所有可能会成为敌对势力的党羽，他事实上已经大权在握，他已经成了那个未来的天子。

在被诛杀者的名单中，崔湜竟然一直没听到上官婉儿的名字。他于是很庆幸，但又有点怀疑。他不知临淄王是不是突然良心发现，或是太平公主求情，她们之间，毕竟是有着姐妹一般的友情，因而婉儿能幸免于难？被诛杀者的官位越来越低，及至最后小小的兵士……崔湜终于长出了一口气，他想他要感谢上苍，让婉儿终于逃过了这一切，让他的心里从此又有了依托。

所有被诛杀的名单宣布完毕。

所有在场的人都如释重负。

而骤然之间，满身铁铠的临淄王突然出现在太极大殿上。于是紧接着百官欢呼。这就是英雄。就是力挽狂澜的那个救世者。他全副武装地站在那里。

他是那么坚毅、果敢，有王者气象。他是谁？他就是王朝的希望。

他于是压住了百官的欢呼。一字一字地铿锵地向大家宣布，被诛杀者还有上官婉儿。这个卑鄙的女人罪大恶极，她与武三思淫乱，使后宫从此染上了糜乱之风，她鼓励韦庶人效仿武则天，图谋我李唐社稷，她还每每唆使安乐公主欺凌太子重俊，致使重俊在起兵失败后惨死。皇室的所有阴谋都同这个女人有关；我李唐社稷能有十九天落入韦氏手中，也是这个女人怂恿的结果。这个上官昭容虽为先帝的嫔妃，但是她实在恶贯满盈，我等不杀她就不足以为惨遭毒手的中宗报仇雪恨，就无法证明我们此次起兵的成功，望天下和百官能认清这个女人的真面目。杀一个婉儿不足为惜，关键是……

崔湜的眼泪不停地流下来。

他不停地用手去擦用手去擦，他已经不管是不是有人会看见。

他想就是此刻把他拉出太极大殿去斩首,他也不能不为婉儿哭泣。

其实婉儿最终难逃一死,本来已是意料之中的。但是当确确实实地知道婉儿已经死了,这个世界上永远没有她了,崔湜再也见不到她了,崔湜就禁不住热泪盈眶,满心绝望和悲伤,毕竟,婉儿是崔湜此生的至爱。

崔湜好不容易挨到了退朝。

他一边流着眼泪一边走出了太极大殿。

他不管是不是有人看他,是不是有人向新皇帝告发他。他觉得他一向迷恋的这个太极殿对他来说已经毫无意义,甚至,连他的生命也已经变得毫无意义了。

崔湜无法接受这个严酷的事实,婉儿死了,而他却活了下来。对他来说,这个失去了婉儿的世界还完整吗?

崔湜回到家中。叫家奴立刻为他收拾行装。他决定明早就上路，他已经不愿在京城再多待一天了。然后他就把自己锁在房子里。他用枕头盖住脑袋狠狠地大哭了一场。那是男人的眼泪。那也是男人的爱。

直到午夜。

午夜时分,突然有人前来拜见。那是因政变有功而被授予中书舍人的刘幽求。对于刘幽求的突然来访,崔湜很惶惑。他不知道他的这个朋友这时候来看他,究竟是为什么。

刘幽求说他是来送行的。

他还说是临淄王让他来的,临淄王保证不久将会召回崔湜。

崔湜麻木地面对着刘幽求,面对着临淄王的许诺。他已经不知道他是不是还想回京都来了。这里还有意思吗?

刘幽求告别。

刘幽求一副欲言又止的样子。

刘幽求惴惴地。后来他实在憋不住了，就流着眼泪说到了昭容娘娘。

崔湜说，刘大人，不提她了。

刘幽求说，早朝时不单单是崔大人，有一半的朝官在为昭容娘娘流泪。

崔湜说，婉儿大势已去，我知道，那是谁也救不了她的。

我只是想告诉崔大人，诛杀昭容娘娘时，微臣在场。娘娘虽携宫人秉烛相迎，且诏示遗诏，但，临淄王终是不许……

崔湜打断了刘幽求。

崔湜说，其实婉儿早就知道她难逃这最后的一劫。她是做好了死的准备的。她也曾反复说起要学太宗的婕妤徐惠，以生命去殉圣上的恩德。只是婉儿不是一般的女人。她的才华和智慧甚至是我们这些男人所不能比的。只是她生不逢时。她太不幸了，从一出生就不幸。就要为活着而奋斗。婉儿不是个卑鄙的女人。很多事她是不得已而为之。对婉儿来说，她的道德良心就只有一个标准，那就是生存。一切为了生存。如果她不是一出生就被满门抄斩，赶进掖庭；如果她的脸上不是被刺着羞辱的墨迹，她又何苦要费尽心机地用她的智慧和身体杀出这样一条生存的血路呢？婉儿是无辜的。也是清醒的。我还从未见到过如她般清醒的女人。想想如果清醒地去做那些违心的事，那会是怎样的痛苦。然而婉儿却只能去做。所以婉儿又是可怜的，令人同情的。我了解她。也知道她心里的那深深的苦。她活该去死。死也是她的愿望。其实也是我的愿望。我希望她死。希望她尽早解脱。临淄王永远也不会知道她是个多么好的女人。满朝文武尊重她。而只有真正与她亲近的人，才会真正懂得她……

刘幽求再度向崔湜告别。

崔湜突然不让他走，他痛苦地提出，刘大人，我就要走了。很难说你我今后是否还能见面。你我兄弟一场，崔湜最后只有一个请求,你还是告诉我她死时的情景吧。

她镇定自若,容止端雅……

在杀戮声中。

婉儿静静地坐在她的房间里听那杀戮之声。那一声一声绝望的吼叫。那战刀砍在人身体上的沉闷的响声。婉儿太熟悉这一切了。这就是宫廷里的声音。是那种不断轮回的永恒。既然这是宫廷生活中的一种必然一种常态,那么还有什么不能接受的吗？婉儿当然知道这最后的一劫是迟早的。所以她对这迟早要到来的劫难异常冷静。既然是迟早。迟不如早。那甚至已经是婉儿所盼望的了。她仿佛已经看到了那一刻。

即将到来的那一刻如此灿烂。那将是一种灿烂的完结,亦或是灿烂的新生。婉儿想在那一刻将会是她的血流出来了。而她的血流出来又会是什么样子呢？于是她想那血。于是一片红色的迷蒙。她已经不记得是在哪儿看到过那一片红色的迷蒙了。不知道是在记忆中的哪个角落。那似曾相识的温暖。那漫天飞舞的鲜红的血滴。如同红色的花瓣一般那么轻轻地缓缓地纷纷飘落在她的脸上身上。她用手去抓。但是却抓不到。那血色很快就迷蒙她的眼睛。后来又坠落在她柔嫩的嘴唇上。她吸吮着。有点像奶水的滋味。有一点甜,有一点咸腥,但却是温热的。哺育着她。婉儿便是被这红色哺育的。然后她长大。婉儿想着。但是她却真的记不起究竟是在什么地方看到过这鲜红而斑驳的景象了。迷蒙的一片血红。那便是她的初始。

在杀戮声中。

婉儿坐在了铜镜前。在幽暗而温暖的烛光下。婉儿已经很久没有这样坐在镜前了。不记得有多久了,自从她脸上有了那晦暗的墨迹。她本来是那么美。被那些英俊的皇子们所爱慕着并且追逐着。初次与贤的相遇。那是她生命的至爱。那时候婉儿只有十四岁。十四岁的青春和爱情。但是转瞬之间,那人生最美好的青春和爱情就全被政治毁灭了。她不能够选择她的爱情,她甚至不能选择人生。婉儿坐在镜前。在镜前打量着她自己。她仿佛是第一次看见脸颊上忤旨的墨迹,她抚摸着那一片早已模糊的晦暗,她始才知道,黥刑并没有使她变得很丑陋。镜中的那个女人还是她。婉儿。只是如今连她的墨迹上都布满了皱纹。她真的老了。还有她不知道从什么时候起全都苍白了的头发。她何苦还要在这艰辛的人世苦苦地挣扎呢?

在杀戮声中。

这是最后一次,婉儿为自己梳头。她拒绝了那些想要帮助她的宫女,她说这一次,让我自己来。她要自己为自己送行。她精心地为自己梳着头。她为自己梳起了一个朴素而典雅的发髻。她在镜中知道那发髻使她看上去是那么完美。她也不记得她已经有多久没有如此精心地梳头了。她对自己从来就不精心。她这样梳着便想起那曾经为女皇精心梳头的许多的清晨和夜晚。她记得女皇被送进棺椁之前的那发髻就是她为她梳的。她要她以最美丽的姿态成为永恒。她想她为什么会如此热爱那个女人?那个女人明明是她的仇人,明明杀了她全家,明明把她和她的母亲送进了那可怕的掖庭。婉儿想是的,她应该恨她,她必须恨她,她甚至也曾想过要杀了她。但是她竟然一生也没有这样做。她自从第一次见到她就被她所迷恋所吸引。她从此臣服于她,并疯狂地崇拜她。她一生爱她甚于仇恨她。她把她当作了自己的再生父母,她觉得能与女皇在一起是她毕生的幸福。所以当女皇离去的时候,她觉得她也就已经离去了。她不能想象没有了女皇的朝廷和后宫将会是怎样的枯燥和乏味。她便是在这枯燥和乏味中熬过了最后的五年。五年中,她没能一天停止过对那个远去的伟大女人的怀念。婉儿想，世间不会再有任何人会如她般对这个伟大的女皇怀有这么深切的爱同时又怀有那么深刻的恨。她就是这样爱着恨着，爱和恨都到了一种极致，这就是她们之间的那种刻骨铭心的关系。

然而现在梳着这满头白发的女人已经是她了，是她自己。婉儿想，她从小面对生存胆战心惊，然而最终还是难逃厄运。她不能寿终正寝，她甚至都不能有正常的死亡，她命该死于非命。她不知道是她的死期到了，还是因为她多行不义？但是婉儿知道，她已经不是个好女人，她其实已经很坏，在权力的争斗中，她的智慧已经变成了阴谋。但是那也是她不能选择的。她要活着，就必须要取悦于那些当权者，就一定要千方百计地去讨他们的欢心。而她讨他们欢心的方式没有别的，那就是为他们出谋划策，或者是为他们无偿提供险恶的但却马到成功的阴谋诡计。当然有时候她也会把她女人的身体加入进去。她甚至一直为此而很欣慰，她总是想，她幸好还有她的身体可以利用。果然她成功地利用了她的身体。她才得以在永不间断的急风暴雨中一直苟延残喘到今天。从章怀太子到中宗李显。又从武三思到崔湜。她把她的身体给予了他们。她从他们那里获得利益获得权力获得生存的保证；而在他们遭遇危难的时候，她又不惜牺牲了自己去救他们。她为什么要救他们？仅仅是为了她的床笫之欢吗？她为什么要把武三思送给韦皇后，又把崔湜送到太平公主的床上？她为什么要这样做？是为了他们，还是为了她自己？但是她最终还是没有能救下那些她以身相许的男人们。无论是章怀太子李贤，还是中宗李显，或是权倾一时的武三思，最终都是死于非命。她不知道她最后所爱的那个男人崔湜是不是能逃过临淄王政变的这一劫。她不希望她与之有过肌肤之亲的男人都死在她的前面。她希望在她死后，这世间还有个爱她的男人能怀念她。

宫廷中已遍布着马蹄声和喊杀声。到处是腥风血雨，到处是搏击和挣扎。已经是那种真正的四面楚歌。婉儿深知她的生命到了此处，便是真正陷入了腹背受敌、孤立无援的境地了。那才是真正的末日的来临。

铜镜中的婉儿依然是美好的优雅的。她很欣赏她自己的那种镇定自若的风度和视死如归的心态。尽管她的头发苍白，脸上有墨迹和皱纹，但是她知道她依然是美丽的。这一点她知道。她需要这美丽。她希望美丽是能和死亡连接在一起的，对死亡来说，美丽无疑很重要。

在杀戮声中。

婉儿开始更衣。她在选择她的衣裙的时候，听到那遥远的马蹄声正在风驰电掣般向她的房子逼近。他们已经冲进了玄武门，他们正一路杀风地扑向她。这一次他们就不仅仅是要索要她了。他们要抓住她，要将她斩于他们李唐的义旗下，然而，婉儿依然在耐心地选择着她的衣裙。这一次她要精心，她不再像几十年来那样的随随便便。就如同生是伟大的是庄严的，死亦是伟大而郑重的。婉儿在对自己告别的时候，她当然要面对一个无比美丽雍容的她自己。这一次婉儿为自己选择的是一身很女性化的典雅的衣裙。那种棕红的温暖的色调，那宽阔而浩大的裙摆。很美的那一种。在很美的衣裙的环绕下，婉儿上路。她翻掉了铜镜。她此生不再照人世间的镜子，然后她问身边的宫女，她问她们，这样上路，行吗？

年轻的宫女们不知道婉儿为什么要如此打扮自己。她们说她们还从未看到昭容娘娘这么漂亮过，真是恍若圣母。而年老一点更熟悉婉儿的那些宫女则是扭转头，暗自垂泪。她们知道婉儿为什么这么做，她们只希望风光了一世的昭容姐姐上路时能走好。

在杀戮声中。

然后婉儿手执红烛。

婉儿要求她的所有宫女们也都每人手执红烛，跟着她一道走出她的庭院，列队去迎接那些正在一步步逼近的满脸杀气的政变勇士们。

负责带兵诛杀婉儿的恰好就是临淄王的亲信，也是崔湜的密友刘幽求。他本来的目的很明确，就是杀死这个祸国殃民的邪恶女人，然后提着她的首级去见临淄王。婉儿就是临淄王要杀的那第三个女人，是临淄王此次政变的第三个目标，他是绝不会放过这个上官昭容的。

然而刘幽求做梦也没想到在一路腥风血雨之后，竟会有一支排列如此整齐的宫女队伍在静静地秉烛迎接他们。于是他们的人马在已经杀人不眨眼之后，面对如此的女人们突然停住了脚步，不敢再向前半步。这就是这些手无寸铁的女人们的力量。她们沉默。那沉默中的威慑，足以让那些男人望而却步，放下屠刀了。还有午夜中的那耀眼的烛光。那烛燃烧着。那一行一行流淌下来的烛泪。那是女人的眼泪和光芒，还有女人的温暖。

刘幽求被震惊了。

他身后的士兵们被震惊了。

就像是一片火海中的一块宁静的绿洲。

面对这样的主动迎接也就是主动出击，以攻为守的场面。男人们不得不下马，不得不收起他们鲜血淋淋的刀剑。

刘幽求站在带领宫女们秉烛迎接他们的婉儿面前。他看着烛光下的婉儿他觉得这是他此生所见到过的最美的女人。在她的那真诚的目光中仿佛不知道死期已近。她是那么端庄典雅，雍容华贵，又是那么平静自若，临危不惧。她就站在那里。就那样气宇轩昂、仪态万千地站在那里。而就是因为婉儿站在了那里，刘幽求便不得不在这个仿佛依旧权及天下的女人面前跪了下来。

刘幽求跪了下来。他甚至战战兢兢地说,昭容娘娘,臣下不得不送娘娘上路了。

于是婉儿走过去扶起了刘幽求。婉儿说，我理解刘大人的苦衷,我不会为难大人的。即使刘大人不来,婉儿也到了该上路的时辰了。既然圣上已经走了,作为圣上的嫔妃,婉儿还不该上路吗?我只是想活着看到临淄王起兵这一天。只是想看到这大唐的江山又回归了李唐皇室的手中。这便是婉儿在先帝驾崩之时,为什么要假托遗诏,坚持要相王参政。我特意拿来了这份假托的遗诏请刘大人过目,并在方便时转交临淄王。这一切,太平公主都是知道的。

可是娘娘,臣下军令在身,不得不……

不,刘大人,你误会了。我没有为我自己开脱的意思,我知道我是难逃此劫的。我人生的是非功过我自己是清楚的。我早就知道我的路已经走到了尽头。我其实已经全都准备好了，就等着大人来了。那么,就来吧,婉儿的头颅就在这里……

不不,娘娘,如果娘娘果真是对光复李唐皇室有功,当然不能与韦氏一道处置。只是臣下不能决定。容臣下去请奏临淄王,行吗?

那好吧。既然是你想去就去吧。其实我上路的时间和任何人都没关系。不过让临淄王知道我做过的这些也好。请刘大人转达婉儿对临淄王的敬意。我是在后宫从小看着他长大的。我也是从小就看出了他的帝王气象。我是那么爱他。敬慕他。让你的士兵们留下。我会在这里等你的。

于是刘幽求疾驶而去。以最快的速度赶到了镇守玄武门的临淄王李隆基的面前。年轻的李隆基看着高高耸入夜空的玄武门感慨万端,单单是他们李家争权夺势,就有多少亲人血洒这玄武门下呀。然后少年壮志的李隆基等待着刘幽求。他已经听到韦皇后死了，安乐公主和武延秀死了，他以为刘幽求所给他带来的，是他必欲置之死地的上官婉儿的首级。他翘首以待。他想不到刘幽求一来就两手空空地跪在了他的面前。他不知所以，便厉声问着刘幽求，那个女人的首级呢？

刘幽求跪在那里历数婉儿对李唐宗室的种种功德。说到动情处他便声泪俱下。他恳请临淄王能重新考虑对婉儿的处置，刘幽求希望临淄王能留下婉儿的命。

大概是刘幽求对婉儿的倾力弘扬，反而激怒了那个壮志凌云的李隆基。他大骂刘幽求，那个罪恶的女人怎么将你也俘获了？她给了你什么好处，让你万死不辞地为她求情？她是个什么样的女人我怎么会不知道！

临淄王，确有遗诏在这里，臣下带来了。

她为什么会假托这样的遗诏？还不是被重俊造反吓坏了。可重俊又为什么要造反呢？还不是这个女人整天鼓动安乐公主夫妇欺侮重俊。而且是她极力鼓动韦氏效仿武则天登基做女皇。又是她明目张胆地与武三思淫乱，致使后宫从此染上淫乱之风，甚至连先帝也浸淫其中，不问朝政，社稷滑落于外戚手中。如此罪大恶极的女人难道值得你如此同情？她甚至是比韦后更凶恶的东西。

但确是上官昭容坚持要相王参政，这些太平公主也很清楚。

那无非是她的又一条诡计。写上相王参政又怎样？不过是虚与委蛇，相王不是宣读中宗遗诏的第二天就被罢去参政之权了吗？这不过是婉儿的权宜之计。她怎么会极力鼓动韦后称制，而最后又不把王朝人权交给她呢？

可是大王，你也曾经说起过，当年五王被则天囚禁于后宫，是昭容娘娘每每去看你们……

刘大人你想干什么？

幽求以死相谏，昭容娘娘不该被诛杀，她是那么爱你……

你真的不去杀她？

臣下实在是下不了手，她毕竟是圣上的嫔妃，是女皇最亲近的女人，且她的祖父，又是上皇的近臣……

好了你不要再说了。如果你不想让这个女人的血弄脏了你的手，那就我来。我来亲手杀了她。我恨她。我有这个决心和勇气，留下她将后患无穷。未来的王朝中没有她的位置。

李隆基的双腿在他的战马上狠狠一夹，便独自奔向婉儿的官邸。刘幽求紧随其后。他从未见临淄王骑过这么快的马。

他们飞奔。

在暗夜。

暗夜中终于闪烁出如星光一般明亮的点点烛光。

李隆基拔出了他的长剑。

他知道王朝意味了什么，而女人又意味了什么。

所以他绝不迟疑。

所以他未来才能成为大唐王朝的一位伟大的名垂千古的国君。

而千古传唱的，却是那感天动地的关于爱的关于女人的《长恨歌》。那或许是他起兵清剿诛戮诸韦及上官婉儿时所想不到的。他或许是爱女人的。深爱。他是因爱而恨，而终于在他首次带兵打仗时，就把杀敌的目标定在了女人身上。他认为世间能将王朝摇撼的唯有女人。

他把女人当作了敌人。而敌人中的敌人就是婉儿。他如此快马扬鞭、剑拔弩张就是为了去杀婉儿。说是为了去报那个少年梦想破灭的仇。

他不能想那是怎样的深仇大恨。不能想他儿时被囚禁在后宫时，是怎样迷恋这个常常来看望他们的女人。他曾经觉得她是那么美，那么优雅，那么智慧。他喜欢听她讲话。他没有了母亲，他几乎把她当作了自己再生的母亲。那是他平生喜欢的第一个女人。他既把她当母亲去爱，但那爱中又有着一种他说不清道不明的感觉。那种时常涌动的少年激情。他几乎每个夜晚都想着她，而每个清晨又都切盼着她能来看望他。后来他对她的感情不再单纯。但却更加深邃。他甚至希望她永远是他的，是他一个人的，他甚至想过如果有一天他真能拥有王朝，他就要尊这个女人为皇太后。他想他可能今生今世都不会离开她了，至少他的大脑他的心不能离开她。这是偌大的后宫中独一无二的女人。那是他从未见到过的高雅志洁、出污泥而不染的女人。他虽然年少，但却视她为知己。他想人生就是该有这种对他来说充满了魅力和诱惑的女人做朋友。而且，她总是那么关切他爱护他，她从来没有因为他小就忽略了他，她也是一直把他当作朋友的。

这是怎样的一种少年的欢欣和梦想。

隆基也便是在这想入非非中一天天长大。

他觉得世界多美好。后宫多美好。被囚禁多美好。他甚至不想再离开后宫。他怕有一天他的祖母女皇放他们出宫，他就很难再见到这个几乎天天来看望他的女人了。

他爱她，并且，崇拜她。

但是有一天他看到了什么。

在祖母的后花园里他看到了什么。那全是他无意间看到的。他宁可没看到那一幕。他心中的理想中的梦幻中的女人，竟然被他最不耻的男人拥在怀中。而且那个男人还亲吻她在她的身上到处乱摸。她的所有纯洁的地方。就被那个污浊的男人污染了。她竟然听之任之。她竟然不挣扎也不反抗。她竟然还呻吟还要求。她竟然是那么投入那么热烈那么心向往之。

对于李隆基来说，那一切又意味了什么？他第一次看到男女之间的事情，而那个女人又是他最最在乎的。是的，对隆基来说，他看到那一切就意味着那种双重的破灭。第一重是他从此对感情的圣洁动摇了信念。第二重是，他从此对婉儿的圣洁发生了怀疑。同时少年隆基又飞快地建立起一种信念，那就是婉儿是个坏女人。他当时就恨不能杀了她。后来他终于明白，一个女人和一个什么样的男人在一起，就说明了她是个什么样的女人。那么婉儿又还有什么好留恋的吗？武三思是凶险的丑陋的卑鄙的无耻的，那么任凭他摸来摸去的婉儿还能高尚吗？还值得他去爱，去怜惜，去崇拜吗？

李隆基确乎是当时就想杀了婉儿。如果他能有剑的话。

后来不久，他很快出宫。满怀了对那个女人的仇恨。那是种怨恨。这怨恨就足以使他在以后的这十几年间，每一天都梦想着要杀了婉儿了。而一旦他萌生了这个愿望，他就没有一天不是睡在兵剑上。他要寻找一切机会。甚至，他打出匡复李唐的旗号，其实也是为了要杀婉儿。

李隆基在马上飞奔。

他没有想到这一等竟然等了这么久，等了十几年。于是他用十几年的时间为婉儿编织罪名。他要将婉儿杀得无懈可击，他要用这个女人的斑斑劣迹，堵住那所有尊重她爱戴她为她求情的人的嘴。

李隆基在马上飞奔，他高高地举起他的剑。

用十几年等待着杀一个女人，难道他还不够坚决吗？是的他从此再也看不到这个女人身上的优点。他甚至把她种种善意的举动都当作是恶意。他把她的智慧聪明看作是诡计多端。他把她的高雅明智当作是她的虚伪和狡诈。总之婉儿已十恶不赦。他已经等得太久了。他不能再等了。他一定要亲手杀了她。他要亲眼看见她的血流出来，亲眼看见她死去。

李隆基急匆匆地赶着去杀婉儿。

他不知道是一种什么样的感觉,仿佛被什么人追着,仿佛一旦晚了,他就杀不成那个他仇恨的女人,他就报不了那个少年梦想破灭的仇了。李隆基飞快地向前跑着。直到他终于赶到了婉儿的家,终于看到了宫女们手中的那一支支就要燃尽的红烛。

他终于没有能亲自把剑刺进婉儿的身体。但是他却看到了那个端庄典雅的女人正在缓缓地躺倒在地上,她胸前还依然插着那把刺得很深的剑。那也是李隆基所不曾料到的,他还不曾料到,那个躺倒在地上的女人,今天,此刻,竟是那样的美。他觉得他已经认识她很多年了,却从不曾看见她这么美过。而且是如此之美地去赴死。

是谁?他狂吼着。是谁杀了她?

士兵中一片沉默。

你们说呀,究竟是谁?为什么?为什么?李隆基的怒吼声撕破长夜。

于是才有个士卒战战兢兢站出来。他说是娘娘。是娘娘抢走了奴才的剑。娘娘说,临淄王来了。不用再等了。说着就把剑刺向了自己,我们谁也拦不住。

婉儿的鲜血流出来。红色的。那红色的记忆,她终于又回到了摇篮中。她笑着。觉得能回到婴儿时代,真好。是她自己把自己送回那遥远的记忆的。她不想让她的血染红了任何人的手。那是她的血。她自己的。那记忆中的。没有疼痛。疼痛被那梦幻一般的红色的迷蒙掩盖。

当婉儿在暗夜中看到了那个高举着长剑的李隆基。她很欣慰,她知道那个她从小最爱的孩子来杀她了,她知道了他很坚强也很坚定,她也更坚信了他必定是一代伟大的帝王。

而一代帝王的诞生,也就意味着,她的一切的一切都该结束了。她已经英雄末路。她更是美人迟暮。但是她并不在乎这人世间英雄末路、美人迟暮的悲哀。她早就该退出了。她不想再等待了。她已经看见临淄王举着长剑向她奔来,她知道一个帝王的诞生,就意味着一个朝代的开始。而她,已经不属于这个崭新的摧枯拉朽的新朝代了。

婉儿弥留着。

当鲜血流淌,当宫女们流泪,当李隆基正跳下马向她走来,当她已经开始意识朦胧,她知道,她已经走完了她人生的路。然而她坚持着。她努力睁大眼睛,不想这么匆忙地就离去。她想她依然是清醒的,她也仍然还有智慧。正因为清醒她才能感觉到她的清醒正在缓缓地弃她而去。她方才知道,原来那清醒与生命是一道的。当生命已经离去,她又怎么可能再拥有那旷世的清醒和智慧呢?她唯有告别。就告别了这对她来说已经无悔无愧的生命吧。

婉儿是在弥留中看见李隆基一步一步向她走来的。她听到了他的步履是那么沉重,她看见他的脸颊上竟挂着泪珠。他手里一直举着那把剑。他是走到婉儿身边才把那剑丢下的。剑撞击在石板地上发出“当啷”一声清脆的响声。李隆基走近她,便一条腿跪在了她的身边。

他们相对无言。

婉儿想她是那么爱他欣赏他,把他当作是自己的孩子,当作是人间所赐予她的唯一宝贝……

隆基流下眼泪。他看着奄奄一息而又美丽非凡的那个女人。他想这毕竟是他此生爱过崇拜过的第一个女人。

那就是他的目光。婉儿熟悉的,就像十多年前,他总是那样看着她……

不,你不要死。我原谅你了。留下来吧。你永远也不会知道有多少梦是关于你的。

不，不要哭。记得我给你讲的故事吗？已经晚了。可是你不让我走，那时候你才九岁……

不，等等，别闭上眼睛。别背叛我。你为什么总是背叛我？过去是用感情用身体，此刻却是用生命、用死亡……

他们相对无言。

婉儿抬起手臂。她想用她的手去摸摸临淄王的脸。就像他小时候那样。婉儿还想说，让我走吧。你看。天亮了。那么美。红色的……

然而婉儿的手终于没有能碰到李隆基的脸，没有能碰到那个三年之后终于登基的伟大唐明皇玄宗的脸。

宫女们手中的红烛一支一支地熄灭。

然后是一切的寂灭。

婉儿沉入了那永恒的黑暗。

而黑暗中所弥漫的是一片血红。

附录：

公元七一一年七月，婉儿周年祭的时候，太平公主请奏再度继皇位的睿宗李旦，要求为婉儿恢复名誉，赐谥“惠文”。那是太平公主念旧，不忘她们姐妹一般的手足之情。那时的崔湜早已从流配之地华州返回朝廷，不久便重投太平公主的府上，成为太平公主死心塌地的党羽。并由太平公主向睿宗举荐，复迁中书门下三品，拜中书令，又成为朝廷上举足轻重的臣相。想来太平公主提出为婉儿恢复名誉，其中也有崔湜的一番心意。他们不忍婉儿的灵魂总是在山野间飘荡。他们要给婉儿一个能够安置她灵魂的地方。

公元七一二年八月，睿宗李旦再次禅让。这已经是他在皇位上第二次禅让了。第一次是给母亲武则天，第二次是给儿子唐玄宗。

他的母亲和儿子都很伟大。他被夹在其间便只能是闲云野鹤。他总是很清醒也很明智。这一点他倒是和婉儿很像。睿宗禅位后皇太子李隆基宣誓继位。是为太极元年。

公元七一三年，唐玄宗李隆基与姑母太平公主为权力而剑拔弩张。昔日一个战壕的战友转瞬之间成为不共戴天的敌人。双方枕戈待旦,一触即发。太平公主秘密策划,安排布置,准备七月四日揭竿而起,一举夺下李隆基的政权。太平公主敢于如此,自然也是想步母亲武则天的后尘,做另一位登上王位的女皇帝。只可惜女皇当年痛下决断,要将皇位传于中宗李显的时候,就已经得出了“大周帝国唯朕一代”的结论。而女皇的这一结论是不可逾越的,太平公主也就命定她做不成女皇了。太平公主兵变的计划不知怎样走漏了出去,结果唐玄宗李隆基便先发制人,于七月三日提前剿灭了太平公主及其党羽。三天后,太平公主于家中被赐死。这一次便再没有女人能救崔湜了。作为太平逆党,崔湜被流放岭南。崔湜本以为他的兄弟崔澄能救他,但是他刚刚行至荆州,便被敕令追及荆州赐死,彻底结束了他沉沉浮浮的一生。崔湜是时四十三岁,距上官婉儿殁仅仅三年。

从此唐王朝进入了唐玄宗李隆基的“开元盛世”。开元初年,刚刚继位的李隆基就特令将婉儿诗文收集成册,编成文集二十卷,并请张说为之作序。只是这上官婉儿文集二十卷也不知在哪个朝代亡佚散失了。《全唐诗》中仅留婉儿遗诗三十二首,且多为应制之诗,不足以证明婉儿的多才多艺,明敏睿智。倒是婉儿用她在官海中波澜起伏的一生,证明了历史对她在政治领域中颇多建树、大有作为的评价。无论如何,婉儿是伟大的,是独一无二的,就像武则天是伟大的是独一无二的一样。便这样,婉儿才能穿越历史,来到今天,与我们这里相遇。

智性女人的社稷天下(后记)

这是一部女人的历史。

一个怎样的女人?

她的爱与恨。而她的爱与恨又是怎样地悬浮于那个巨大的政治背景之上。

上天降她于苦难之中，让她在襁褓里就沐浴了血雨腥风。那是亲人的血。是亲人的生命在流失。于是她在苦难中玉成。玉成一个非凡的女人。那是生命最初的时刻。从那一刻起就注定了她坚忍的人生。她便是凭靠着顽强的毅力,终于以横溢的才华走出了后宫黑暗的永巷。如此她摆脱了旧日的苦难,却又流落于仇人的营垒。她是在仇恨和复仇中生存并且成长的，她所面对的是那个曾将她的家族满门抄斩的女人……然而她竟然归顺了她。归顺了那个伟大的女皇。那是女皇的何等的魅力,又是这个女人怎样的胸怀。她竟然可以如此地尽释前嫌,乃至于忘了家族的血恨，忘了她所面对的就是她日日夜夜想杀死的仇人。她不仅抛却了心中的仇恨,甚至爱上了她的敌人,并且从此梦想着,有一天能为她的主子赴汤蹈火。

这究竟是个有着怎样经历的女人?而她的生命又是由什么构成的?她何以能够在宦海中沉浮?又能够久久不被淹没?

这就是我想要知道的。上官婉儿,那个几乎和武则天同样伟大的女人。她也同样热爱权力,热爱着女皇所给予她的政治的生命。对婉儿来说,政治的生命就等于是她的生命,因为她刚好是一个视政治为生命的女人,而又在政治的领域中拥有着非凡的才华。或者说婉儿就是个政治天才,她就像她那个时代帝国上空的一道长风。她只是被她的奴婢身份限制了。是生存的恶劣环境使她不得不止于人臣的位置。那是天意。否则,如果婉儿做了女皇,那天下不知又会是怎样一番壮观的景象。

婉儿之所以吸引我,当然首先是她的名字。很男性化的复姓的上官,和很女性化的甚至是柔媚的婉儿这样组合着。上官婉儿。名字的魅力和意义很重要。那从来是我很在乎的。

婉儿生活在没有男人的环境中,然而她的骨子里却天然生成了一种男子的气概。婉儿又天生是一个女人,因此她只能以女人阴柔的方式来生存。上天赐予她聪明智慧,她便以此来雕琢自己。在艰难的尘世中,她慢慢成了那个中庸狡黠、八面玲珑的女官。她学会圆融的关照,学会了左右逢源,学会了不偏不倚不卑不亢,以至于在偌大的男性朝廷中,唯有婉儿才堪称智慧的主宰。也唯有婉儿才能够真正地权秉国政,叱咤风云。

婉儿几乎终其一生地生活在武则天的身边。在某种意义上，婉儿是比武则天更加了不起的女人。武则天靠着她的美貌和对权力的无比热衷，先是爬上了皇后这个作为女人最高的位置，进而登基称帝，又拥有了皇帝这个作为男人最高的位置。于是她扬眉吐气，颐指气使，她可以任性，可以威严，因为她总是高高在上，总能将世人踩在脚下。然而婉儿不行。因为她是侍女，她是奴婢，所以纵然她有千种风流万般能耐，也只能把它们深深地隐藏起来，隐藏在女皇的光辉下，并在隐藏中使自己闪光璀璨，顽强地发出那躲躲闪闪的光芒。

永远被遮掩在武则天的阴影下，婉儿是压抑的。她的被武则天满门诛杀的身世，使她一出生就被烙上了仇恨的印记。这仇恨，是婉儿的，也是武则天的，就夹在她们这两个同样伟大的女人中间，像一道屏障，阻隔着，又像是一团燃烧的火，随时可以将她们中的任何一个人毁灭。而她们却要隔着那屏障那火焰朝夕相处终日纠缠在一起。没有选择。上天就是这样安排的，让她们之间的关系始终充满了戏剧性的、生与死的冲突。这就是历史的魅力，也是真实的魅力，在吸引我。将两个有着宿怨的女人安置在一起，看她们是怎样以智慧来驾驭这重复杂的关系。这其中既充满了一种探寻的乐趣，又让你对那个充满了悬念的终局满怀了期待。终于，武则天到底没有杀婉儿；而婉儿，也没有去杀她的仇人武则天。那么她们是怎样共荣辱泯恩仇的呢？这便是我在我的这部小说中所要探求的。于是把两个女人的内心铺排开来，沿着她们人生的轨迹，去寻找她们能将仇恨融解的真正原因。如此解释着并且描述着。但那或许终究不是真实的。真正的谜底不在今天。

今天的我们只能猜测。往事被尘封。随着武则天在上阳宫悲凉而悲壮的死，随着婉儿被唐玄宗李隆基英勇地斩于刀下，历史便被这两个卓越的女人带走了。

所以，写婉儿便离不开武则天。武则天是这部作品中永远也绕不开的一座大山。女皇无法回避甚至不可能仅仅把她当作一个伟大的背景，因为她是婉儿终生所附丽的一个权力最大位置最高也是最智慧最强大最杰出的女人。婉儿因她而生而死，又与她共同着政治和命运。二十七年的风风雨雨，婉儿始终和女皇生活在一起。她恨她爱她，甚至被她处以黥刑之后，在脸颊上毕生佩戴的羞辱中，她还依然死心塌地地效忠于她。她们是这部小说中互为存在互为作用互为依托的两个人。她们终生纠缠在一起，戏剧性的爱与恨、生与死……然后，武则天死了；五年之后，婉儿便也死了。比起年迈的武皇帝，婉儿也许不该过早地离开人世。但婉儿还是死了。这是命数。因为自从她为武则天送别，就谙知了她的生命将尽。那是她们的心有灵犀。那是她们生命的默契。尽管婉儿又苟延残喘了五年，但那五年已形同虚设。尽管那五年她也曾辉煌灿烂，但那浮华的背后早已是命若弦丝。女皇的终结就是婉儿的终结。婉儿唯有去殉了她这伟大的宗教，她的生命才会是完整的。

也许婉儿并不是一个好女人。作史的人总是把她说得作恶多端，好像所有阴谋诡计的始作俑者，都是这个诡诈奸猾的女人。婉儿生于唐朝的混乱时代，她经历了大唐的衰败，武周的兴盛，李唐宗室的光复及至丑恶的武韦之乱。在如此纷繁的更朝换代中，婉儿能一次次逃脱灭顶之灾，大概就是靠了她这诡计多端足智多谋。狡诈也好，聪明也罢，那是婉儿与生俱来的一种品质。其实她人生的目标并不高，无非是，活着。而她又不幸生为卑贱者。那么她怎样生？于是她便只能去逢迎那些能够给予她生存权利的权势者。譬如武则天，譬如唐中宗李显，甚至譬如那个被世人所不齿的奸佞小人武三思。而婉儿接近他们的方式，就是运用她的天赋。婉儿是那种能够全方位使用她的灵魂和肉体来保护自己的女人。她用她的智慧为权势者出谋划策，厉兵秣马。同时，她也会利用她的身体愉悦男人，安身立命。在婉儿毕生的自我保护的战争中，她的身体就是一种智慧，一件武器，她要出色地利用它，让她能够通过身体的桥，抵达那个她无比渴望的生命的岸。

然而婉儿是高贵的。甚至连她的卑鄙也是高贵的。婉儿到底是一个高贵于天下女人甚至高贵于武则天的女人。唯其高贵，婉儿才没有将那万千宠爱作为自己猎取权力的阶梯。没有。婉儿天生的高贵和优雅，使她更钟情于那往来唱和的千古诗篇，和文人雅士的风月清谈。婉儿的高贵还在于这个女人永远是有尺度的，她永远不会让自己去超越她自己的那个生存的限度。那种难得的清醒和难得的自知之明。那种世人皆醉我独醒的人生的把握。旁观者清并不难，难的是当局者清。这就是婉儿，她随时随地都能够清醒地知道，她是谁，她从哪里来，又向何处去。她还知道她的每一个动作的目的是什么，每一次交易的目标又是谁。在她的头顶总是明镜高悬，在她的身后总是夹紧的尾巴。她不停地用智慧和身体同有权势的男人做着各种各样的交换。她做得那么娴熟地道、流畅自然，以至看上去总是那么顺理成章天衣无缝。但婉儿同时又知道她的这一份份交易有多肮脏多卑鄙，又是多么地不得已而为之。她是在清醒地出卖着自己的身体和智慧。她别无选择。那也是她生为婉儿的悲哀。她知道什么是正义、什么是非正义，她是清醒地去作恶，去伤及他人的。唯其清醒，婉儿也才会更痛苦，更自责，更难以解脱，无法救赎。她的高贵使她比世人更加懂得什么是道德良知、什么是天良丧尽。她当然知道自己没有道德良知，她更知道她的道德良知就是生存。无论真善美还是假丑恶，婉儿都只有一个目的，那就是活着。活着是这个女人的唯一。

婉儿所谙知的另一条人生的道理，就是忍辱才能负重。于是在婉儿的性格中，忍性便成了她挣扎于朝廷后宫之中的一个非常重要的品格。唯有忍，忍辱忍羞。那是她的宫婢地位所致，但后来竟成为她做人处世的一项最基本的原则。她便在忍中周旋。那种方死而后生。那种山重水复。那种柳暗花明。婉儿的一生就是忍的一生。她忍受着做西台侍郎的祖父上官仪和父亲上官庭芝的被诛杀；忍受着和年轻的母亲一道被赶进掖庭为奴；忍受着武则天在她的面颊刺上忤逆的墨迹；忍受着爱而不能、空房独守的女人的寂寞。婉儿便是在这不尽的忍中，才真正堪以大任的。只有忍辱，才能负重，又是一种人生品格与理想抱负的交易。婉儿认同了这种人生的游戏规则，于是那所有的痛苦、艰难和不幸，那所有的逼迫、伤残和羞辱，便都是可以承受的了。如此婉儿在忍中学会了承受，她也由此而拥有了一个女人的胸怀。那才是真正的虚怀若谷，后来便成为婉儿一种生命的状态：在隐忍中的那种真正的英雄气概。也于是婉儿才得以真正地秉国权衡,参与朝政,在那个位同宰相、爵同诸王的昭容封号下,得心应手地在幕后操纵着整个王朝。

如此婉儿走在政治的路上。必得政治,她才终于成为皇帝的嫔妃。然而婉儿毕竟生为女人,她便也有着女人的爱和渴望。虚伪的或者真诚的,或者利用爱以达到别的什么人生的目标。

这便是我在我的书中所描写的另外的部分:婉儿的灵魂之爱和婉儿的身体之爱。那将为我们揭示这个女人更多的也是更深刻的层面。因为婉儿一直是生活在武则天的身边,便使她从少女时代就有了和皇室儿女们接近的可能。她几乎和他们一道长大。她的那一份天生的贵族资质和优雅的气息,便立刻赢得了皇子们对她生生不已的热情。那时候她刚刚走进男孩子们的视野。那时候她还是那么质朴,那么纯真,不懂得宫廷里的残酷和丑恶。于是在那个纯真的年代,婉儿以她清澈的心灵,周旋在李贤、李显和李旦这三个英姿勃勃的兄弟之间,任青春如流水。那是一段怎样短暂的欢乐时光。后来,所有由衷的爱情就全被政治剿杀了。真正的东风无力百花残。一个又一个的皇太子弃她而去。那是一段燃情的岁月,是一个女人和三个男人之间的恩恩怨怨,生命中充满了青春的爱和恨,还有反叛之后的变态与扭曲。无论爱有多深,都会被政治的铁拳捣碎。当爱被毁灭,婉儿才开始成熟。青春的挽歌是婉儿参透人生的代价——她此时才知道身体究竟意味了什么;而爱情这种东西又是怎样地脆弱怎样地不堪一击。

她不再眷恋那真正堪称爱的往事。接下来她便非常世俗地接受了武三思的身体的爱。史书中将婉儿与武三思的关系说成是淫乱。她与他之间应当是那种纯粹身体的关系,或者说是一种由身体所铸造的同盟的关系。他们彼此需要彼此利用同时又彼此帮助相辅相成狼狈为奸。同样是为了生存，婉儿同这个在宦海中风云的男人有着很深的也是很实际的关系。她不能离开他。她甚至依恋他。只是在他们的关系中,唯独没有爱。

而爱的男人是有的，就是那个风流倜傥的贵族公子崔湜。那是在婉儿中年的时代,崔湜的出现就像是婉儿心中的一道迷人的闪亮。他们之间的关系,应当是诗所编织的。诗便是理想便是浪漫也便是美好和忧伤。一种心心相印的绝望。仿佛被置身于地狱的煎熬中。他们在诗中彼此追求。他们用往来唱和,探求着精神和爱情的真谛。他们唯有通过这吟唱,才能彼此触摸相知相与灵肉相依。便是那诗的情愫,将他们的灵魂提升;也便是那诗的慰藉,才能让他们罪恶的心灵获得片刻的安宁和解脱。或者诗才是婉儿的真爱。她尽管置身于那尔虞我诈的丑陋关系中,但是在她心的深处还是孤傲地执着地迷恋着诗，迷恋着诗行所承载的那一份心情和洁净。诗是无以替代的。她便是因了这无以替代的诗，才爱上了那个诗情横溢的风流才子崔湜。她觉得唯有同这个男人在一起,才能有一种超越了肉体的沟通和提升。那便是精神。是婉儿的另一重至诚至圣的境界。

然而史书将婉儿与崔湜的这一重关系也大加挞伐，那是因为历史不能够理解一个身居高位、天生颖悟的女人为什么总是需要男人，而且是那些口碑不好甚至势利小人的男人。所以历史不容忍。所以历史将婉儿与所有男人的关系,通通称之为淫乱。历史不允许婉儿这样的女人有真情有欲望，当然历史更不能容忍那些有着卑鄙魅力的男人,对婉儿这种女人的吸引和诱惑。

便是因了这淫乱,婉儿才变得丰满了起来。那几乎无所不在的至情至爱的献身。于是婉儿在与她爱的男人的交往中,便表现出了一种女人的无私无畏的牺牲精神。她总是以一种两肋插刀的义气，竭尽全力地去帮助那些和她有着关系的男人，特别是当他们遭逢了灭顶之灾的时候。譬如当武三思处境艰难,婉儿宁愿将自己用身体爱着的这个男人献给当权的韦皇后,救三思于危难之中;再譬如她对那个崔湜,更是百般呵护,鼎力提拔。她不愿意自己用灵魂去爱的这个男人只是个抑郁不得志的小小的朝官,所以她才会不遗余力地举荐他,让他一步一步地升迁着,直到成为朝中那个举足轻重的宰相。而当这个得意忘形的男人遭遇弹劾、贬官、流放的灾难时,婉儿又一次置个人的安危于不顾,为这个危在旦夕的男人四处奔走,甚至再一次牺牲自己的爱和欲望，把崔湜送进那些能帮助他的女人的帷幄之中。所以历史疑问,这样的男人值得婉儿去帮助吗？婉儿这样做是显示了她忠贞不渝的美好品性,还是在助纣为虐呢?

婉儿不仅爱那些男人,帮助他们,并且还能够控制他们。婉儿拥有着卓越的控制能力,这一点是在她的教母武则天那里学来的。不同的是,武则天控制的是社稷天下,整个国家；而婉儿控制的则是那些身居要位并且爱她倾慕她的男人。从大唐皇帝中宗李显，到朝廷臣相武三思、崔湜。而婉儿控制他们的方式之一，就是利用这些男人对她的爱。男人痴迷于爱就自然英雄气短。而一旦英雄气短，他们便自然被玩弄于婉儿的股掌之中了。从此他们徒有励精图治之志，因为他们全力以赴的，是怎样获取昭容娘娘的欢心。所以年少的唐玄宗李隆基强迫自己仇恨婉儿。他知道只有恨这个女人才能不被她控制。而只有彻底摆脱了这个女人的阴影，当时机到来的时候，他才能毫不犹豫、义无反顾地杀了她。

婉儿便是这样在皇室、朝廷和男人中周旋着。在各种各样的势力中，她总是能够审时度势，高瞻远瞩，不断地调整自己，寻找到自己在其中进退有据的理想位置。她纠缠于政治的旋涡中，又游离于那个可怕的相互倾轧的政治机器外。这需要怎样的智慧。而婉儿是智者。她总是能站在一个很高的高处，不仅看到眼前权力斗争各派势力的强弱，还能看到未来的天下将会是属于谁的。于是她才能未雨绸缪，今天就选好明天的位置，现在就开始依附未来的势力。这便是婉儿的眼光。也就是她何以能够在险恶的宫廷争斗中将生命坚持到了将近五十岁，并且从一个小小的宫女，一直做到了那个掌握着朝中实际权力、操纵着王室各派势力的帝王的嫔妃。

这样的婉儿，任人评说。为什么会有那么多的人恨她畏惧她想杀掉她，而这所有仇恨她畏惧她又企图杀掉她的人又离不开她？婉儿就是有这样的能力，她总是让自己无比重要。她于是逃过了一劫又一劫，她于是永远立于不败之地。然而婉儿终于难逃厄运，皇室中到底有个人站了出来，将刀刃悬在了婉儿的头顶。这个英雄就是未来的那个伟大的君王李隆基。他挺身而出，英勇杀了婉儿，让这个权秉国政的女人万劫不复。但是杀了上官婉儿的李隆基便从此不得安宁。也许刚刚下令杀了那个女人，他就已经开始后悔了。他不知道该用什么来补救这个死于他的意气之下的生命。他终日提心吊胆，惶恐不安，总觉得被什么困扰着侵袭着，坐卧不宁。以至于在他刚刚登基的开元初年，就忙不迭地让爱卿张说将这位才女娘娘的诗文二十卷结集成册，并令其为婉儿作序。或许如此补偿，就安了这位大唐天子的心，他毕竟是敬佩这个了不起的女人的。他想由此而赶走那血腥的梦魇。

幸好婉儿有名垂千古的诗文。这就是为什么李隆基能找到救赎之路，毕竟是婉儿有诗文二十卷可供他完成这艰辛的良心与道德的自我完善。这也就是婉儿之于盛唐文化的意义，是古往今来的史学家们为什么总是将婉儿与男人的关系轻描淡写，一笔带过，却不遗余力地突出着她的贵族出身，和她在诗词中所表现出来的那非凡的才华。所以婉儿留给我们的就是这样一种很文化的形象了。与诗和文相联系的一个旷世才女，和大力提倡诗词歌赋的一位杰出女官。她总是奉劝当朝皇帝广置书馆，招揽学士；在她自己府邸开办的沙龙中，也总是文人汇集，诗意盎然。以至于在她的倾力倡导下，朝廷中竟相吟诗作赋，唱和往来，一时间竟靡然成风，那是一番怎样的文化景观。所以婉儿又代表了什么？她不单单是女人，是女官，是嫔妃，她还是一个地地道道的文化人。以婉儿为代表的宫廷文化，在某种意义上，就是盛唐的文化。

与此同时，婉儿还为提升女人的地位而竭尽全力。在古老的、封建的、男权的社会中，女人犹如草芥。是则天称帝这事实本身，开了女性多问政治的先河，从此妇女们便拥有了施展她们政治才华的无限可能和广阔空间。婉儿承前启后，继续鼎力为女性呼吁。她先是提出为母亲服丧三年；接着又建议提高公主待遇，视公主如皇子亲王，造成男女同权；再接下来婉儿鼓动所有被深锁后宫、不见天日的皇帝近嬖们搬出后宫，在长安市内置设私宅，开始她们作为人的新生活。如此，女人的地位在不经意中被迅速地提高着。婉儿的时代，女人们不仅多问政事，而且拥有了她们自己的感情生活。那是一个女性不断获得解放和自由的时代。那是一个止于此的、可望而不可即的、并且很难超越的女性权力的巅峰。想想古往今来，有哪个女人能在一个疆域如此广阔的国家享有如此的权力和威望——武则天的女皇之位，上官婉儿的权倾天下。

便是这样的婉儿，让我对她的故事心驰神往。我想走进她，想知道她在政治的涡流中怎样搏击，在精神的长河里又是怎样徜徉。但是有一点是确定的，那就是我绝不想让婉儿只是那个才华横溢的女诗人。而且在我看来，婉儿的诗并不是那么好，甚至根本不好。没有性情穿越其中，且多为应制之作。尽管词甚绮丽，但毕竟浮艳雕琢，不曾有一首甚或一行能够千古传诵。与她女诗人的作为相比较，倒是她在政治中的作为更令人钦佩。那才是她的真正价值。那种生存的方式，充满了戏剧性的人物关系，生命的哲学，与各种男人的纠葛，还有她对政治的病态的迷恋以及她对身体的智慧的运用……所有的这些，反倒令我激动。一种创作的欲望,想探询于这个女人那惊心动魄的生命流程中,想对她的一生扩展和深化,想在思想、在政治、在欲望、在感情、在心灵、在肉体,总之在这个女人的所有的层面上去揭示她,了解她,阐释她。我还想尝试着解释这个女人所有行为的动机和背景。单单是这种尝试就使我对描述婉儿充满了激情和兴致。所以这将是充满了挑战和探索的乐趣的一次写作的过程。想想看,你是在从蛛丝马迹中丝丝缕缕地走进一个女人的心。你是在一层一层地剥开她,一个层面一个层面的,政治的历史的文化的……这是个怎样令人兴奋的过程。在历史的框架中,用你所拥有的那一份解释历史的能力,重新解释这些人,重新解释这些人物的关系,重新解释历史,这便是一个创造的过程。这便是创造性。

这还是一部需要用智慧来结构故事、解释人物的小说,因为在官场中在权术中搏击的婉儿就是智慧的,所以你必得调动起你的全部智慧来丰满和丰富这个女人,使她恢复成那个有血有肉的真实的人。一个令人敬佩、使人同情,有时候又让人蔑视甚至厌恶仇恨的女人。一个真正的智者。

但是当然,我也许最终还是不能够穷尽这个非凡的女人,我只是把她同我曾经写过的武则天和高阳公主组合起来,使她们成为盛唐女性的一道奇异而壮丽的景观。这就是那个时代的那些美丽非凡而又成就非凡的女性们。在遥远的皇宫里,各自演绎着她们自己长歌以当哭的动人故事。

然后风流云散。

写作《上官婉儿》已拖了很久。我曾经很多次提到我要写的这部小说，但是直到今天才把它完成。能完成《上官婉儿》我非常高兴。这种高兴是过去不曾有过的。因为完成了这本书就意味着我用一百万字完成了我所了解的盛唐皇室女性的历史。无论如何这是个浩繁的工程。这工程让我很久以来一直处在艰辛的劳作和疲惫的思考中。于是当终结，我如释重负。我的心从此轻松，窗外是夏日的斜阳。

用婉儿来结束这一切，真好。在这个明媚的时刻，我只想告诉读者，婉儿是一个杰出的女人。她生活在古代，和我们今天毫无关系。但是你应该知道她。